Andreu Carranza

EL POETA DEL POBLE

Premi Josep Pla 2015

Edicions Destino

El jurat del Premi Josep Pla 2015 el formaven:
Sebastià Alzamora, Rosa Cabré, Antoni Pladevall, Ester Pujol i Àlex Susanna.

Carrer Pedro i Pons, 9-11, 11a planta - 08034 Barcelona

Primera edició: febrer del 2015
Segona impressió: març del 2015
ISBN: 978-84-9710-257-5
Dipòsit legal: B. 4-2015
Fotocomposició: Ātona Víctor Igual, S.L.
Imprès a: Cayfosa

PRIMERA PART

VIATGE A LA PLANA DE VIC

CAPÍTOL I

Una remor de veus va créixer des del fons de la sala. Tothom xiuxiuejava assenyalant amb un gest la darrera fila, on hi havia dos nois inquiets, que se sentien observats per tota l'audiència... Un d'ells portava barretina morada, pantaló i jaqueta de vellut, camisa blanca, llacet i faixa... L'orador que havia provocat aquella reacció en la concurrència continuà el seu discurs:

—Avui, aquí, entre tots nosaltres, tenim materialitzada, encarnada, la renaixença de la llengua catalana en un fadrí de muntanya, un jove poeta de la plana de Vic...

Al saló de l'Ateneu de Barcelona, les dotze campanades de la mitjanit ressonaven atenuades, llunyanes, mentre Víctor Balaguer estava fent el discurs de benvinguda als poetes convidats als Jocs Florals de 1868, que s'havien celebrat aquell mateix dia. I, al final, com a colofó, o més ben dit, cirereta del pastís, afegia aquell elogi espontani a un jove poeta que es trobava a la sala, confós entre la munió de gent. L'Ateneu era ple de gom a gom. Hi havia els lletraferits de la terra i tots els poetes convidats d'altres països, especialment de la Provença, i també els prohoms de la cultura catalana de la Renaixença. Víctor Balaguer, en el discurs d'inauguració dels Jocs Florals, es va dirigir a la joventut catalana, i hi buscava un poeta nou que fos el mirall de la Renaixença... «Potser, amagat aquí, entre tots nosaltres, hi ha el Virgili del futur»... Ara, abans de reprendre el discurs, va pensar en aquestes paraules pronunciades deu anys enrere i, amb gran cerimònia, s'aixecà i demanà silenci.

—És aquí, entre tots nosaltres, com també hi era la primera vegada, en la seva entrada triomfal al saló del Consell de Cent! Ara fa dos anys, vestit humilment de pagès català, amb la seva barretina... La nostra estimada barretina i els poemes premiats d'exaltació a la pàtria... *Els minyons d'en Veciana* i *A la mort d'en Rafel de Casanova*...

Un dels dos joves, de mirada blava, altiva, amb un deix d'orgull, els cabells rossos, efectivament anava vestit de pagès. També portava un bastó de tortellatge, i anava donant copets nerviosos a la mà plana. Si duia aquella roba tan humil era perquè aquest era el seu únic vestit de mudar, no en tenia cap altre, i era així que havia baixat del seu poblet, Folgueroles, situat a l'extrem oriental de la plana de Vic. Una vila petita amb un peu a la plana i l'altre a un vessant de les Guilleries, atapeïdes de rouredes i alzinars. En aquell moment, quan Víctor Balaguer parlava d'ell, el jove tremolava com una fulla d'arbre. No s'ho esperava, aquell any no havia guanyat cap garlanda dels Jocs Florals i més aviat estava empipat, sí, molt empipat...

—La pàtria catalana, morta durant més de cent cinquanta anys, convertida en cendra, ara, amb les ales d'aquest poeta que representa la joventut del nostre poble, la tan enyorada esperança de renaixença, ha tornat a aixecar el vol, com l'au Fènix. Nosaltres, la nostra generació, com el poble d'Israel, potser morirem donant tombs al desert, i ja no podrem entrar a la nova Jerusalem, però les noves generacions del futur que representa aquest jove pagès sí que un dia veuran el nostre somni, la nostra il·lusió realitzada... Demano un fort aplaudiment per al jove poeta de la plana de Vic... Jacint Verdaguer!

Amb aquestes paraules, Víctor Balaguer va presentar el poeta.

Va esclatar un aplaudiment tancat i fervorós que va durar uns minuts. En Cinto no entenia ben bé què estava passant, no sabia pas què havia de fer, tremolava de cap a peus. Però el seu amic Jaume Collell estava al cas de tot. De fet, va ser ell qui va suggerir que, a l'Ateneu, s'esmentés públicament el seu amic Jacint Verdaguer. El cas era que ell, en Jaume, havia estat un dels guanyadors d'aquell any i, per contra, en Cinto havia perdut i estava enfurismat, perquè creia que se li estava fent una gran injustícia. Aquesta escena, aquestes paraules, les acabava de pronunciar el gran Víctor Balaguer, a instàncies de Milà i Fontanals i del mallorquí Marià Aguiló, que també coneixien aquell fadrí de muntanya, i volien apaivagar els seus rampells de mal geni.

El saló de l'Ateneu de Barcelona, al carrer Canuda, era ple a vessar, i hi eren presents les figures més importants de la cultura catalana d'aquell moment i tots els convidats d'honor vinguts d'altres països. El president de l'entitat —fundada feia només vuit anys, el 1860— era Joan Agell i Torrents, i Milà i Fontanals era el bibliotecari. El jove poeta, que tenia en Jaume Collell, l'amic de l'ànima, a la vora, dret com ell, estava atabalat, impressionat... En Jaume, que s'havia conxorxat amb Víctor Balaguer i Marià Aguiló, dissimulant, el va empènyer una mica, i, a cau d'orella, li va dir:

—Vinga, Cinto... Que estan parlant de tu! Vés! Allà hi ha el teu admirat Frederic Mistral.

Víctor Balaguer va reclamar per tercera vegada la presència de Jacint Verdaguer:

—Que s'apropi el jove poeta pagès de la plana de Vic...

En Cinto encara dubtava, però era cert el que li deia el seu amic de l'ànima. En aquest moment, també es recordà de l'amic Francesc Masferrer, de Vic. En Cinto hi tenia una gran confiança. D'alguna manera, en Francesc li havia obert les portes de Barcelona un parell d'anys abans. Avui, però, no podia acompanyar-lo i tampoc la resta de la colla de l'Esbart de Vic, a la qual Verdaguer se sentia unit espiritualment, a l'entorn de la font del Desmai, on es reunien i recitaven poemes, a l'estil dels felibres del país d'oc. Aquella nova moda romàntica s'escampava poderosament arreu d'Europa. El gust per les coses de l'antigor, l'afany de restituir els herois del passat, les tradicions i els costums ancestrals.

Aquell any, el 1868, havia vingut convidat als Jocs Florals de Barcelona el màxim representant dels felibres, el gran Mistral de la Provença, que estava situat al costat del president, Víctor Balaguer. Barcelona s'havia rendit als peus del poeta provençal, que enlluernava no solament per la seva fama literària, sinó també per la seva figura imponent. En Cinto l'admirava vivament, com tots els de la seva colla de l'Esbart de Vic, que havien llegit el gran poema *Mireia*, sota les branques del Desmai. Ell, particularment, que estava passant una crisi amorosa, havia plorat d'emoció i fins i tot s'havia encomanat d'aquell esclat líric i havia escrit uns versos de temàtica amorosa: *Amors d'en Jordi i na Guideta*. En Cinto tremolava, enmig d'aquella ovació; els aplaudiments no cessaven. Hi havia, en aquella escena, un punt de teatralitat còmica. El jove de la plana, ara, es trobava voltat de gent important que aplaudia i reia. No tenia més remei que caminar fins al lloc on era el cercle dels homes importants. El gran Mistral, dret i sense deixar d'aplaudir, se'l mirava i somreia, feia que sí amb el cap... De fet, aquella escena li encantava: un pagès autèntic, un jove que feia versos, com un d'aquells pastors de l'edat mitjana. Tot plegat, una imatge bucòlica, que semblava preparada i tot, però que no ho estava. Mistral era un romàntic convençut. Frederic Mistral, la seva bella presència, la seva cabellera, el front ample, el bigoti prim, els ulls clars. L'autor de *Mireia*, el poemari que havia seduït tot França i ara també Barcelona, va fer una passa endavant i amb la mà alçada cridà el jove poeta indecís. En Cinto no gosava mirar-lo als ulls, estava realment commogut, de la impressió li faltava l'aire per respirar. No va tenir més remei que avançar fins al mig del saló, on el gran Mistral l'esperava amb els braços oberts. Verdaguer, amb el seu bastó de tortellatge, la seva barretina moradenca, semblava un personatge d'una altra època, un personatge sortit d'una novel·la de

Stendhal... Mistral, alt i amb els ulls brillants, va avançar un pas més cap al jove pagès de Folgueroles, el va situar al mig del cercle de les persones importants... La resta de participants va formar una ampla rotllana al seu voltant. Amb un gest del poeta de la Provença, tothom va emmudir, expectant. «Què estava passant?», es preguntaven tots; un sentiment inquietant saturava l'atmosfera de la sala. Tothom es preguntava què anava a fer aquell gran home que, quan caminava pels carrers de Barcelona, hipnotitzava, atreia totes les mirades. A més, es donava la circumstància que la renaixença de la llengua d'oc que Frederic Mistral i el moviment felibre havien propiciat era tot un referent per al renaixement de la llengua catalana. I aquella era la primera trobada.

Quan tots els que havien acudit a l'Ateneu van callar, tothom amb l'ai al cor, Mistral, amb gran cerimònia, es va tombar cap al jove fadrí de muntanya, va allargar la mà i amb el dit índex va fer el senyal de la creu sobre el front del poeta, i tot seguit digué aquestes paraules:

—Tinc l'honor de proclamar el nou Virgili.

Com si l'acabés d'armar cavaller, en aquell venturós orde d'edats reculades, Mistral acabava de beneir l'esperança de tot Catalunya, encarnada en aquell jove de mirada blava. En Cinto es va treure la barretina, va clavar un genoll a terra, no gosava aixecar el cap. El gest, la teatralitat, la llum d'una gran llàntia de mil llàgrimes de cristall que penjava del sostre, les cares lluents, els ulls il·luminats de tota l'elit de la Renaixença, els prohoms que havien fet possible que la llengua catalana tornés a caminar després de dècades de silenci. Un altre esclat d'aplaudiments va atordir completament el jove poeta. Estava extasiat, com si flotés enmig de la rotllana.

Les emocions travessaven l'ànima dolça i infantívola d'en Cinto, aquell estudiant del seminari, fill d'una família humil de la plana, del poble de Folgueroles. El seu pare, que era picapedrer, també havia de treballar al camp per poder pujar la nombrosa família. I ell, en Cinto, el fill predilecte, la nineta dels ulls de la seva mare, havia sortit poeta i era elevat a la màxima categoria, tenia un lloc al Parnàs. L'humil i jove poeta es presentà vestit d'aquella manera tan «encantadora» i teatral, tan autèntica per a algú com Mistral, que es va quedar vivament impressionat. En Cinto, però, tenia un batibull d'idees al cap, amb sentiments contradictoris. Li ressonaven els versos de *L'Espanya naixent*, un llarg poema èpic que parlava de l'enfonsament de l'Atlàntida. L'havia presentat als Jocs Florals d'aquell any i tots aquells personatges cultes i refinats, l'elit de Barcelona, no l'havien volgut premiar, ni se'l van llegir, si era cert allò que havia sentit. I, ara, rebia aquell calorós i unànime aplaudiment?

Havia baixat de la plana amb el cor carregat d'ira, amb ganes d'esclafar el cap de tota aquella gent. Hi havia vingut amb el seu garrot de tortellatge, que ell sabia manejar com ningú, per passar comptes. Quan li van donar la notícia que no havia guanyat, en comptes de disgustar-se, va sentir un rampell d'ira contra tothom, contra el món sencer. A dins de la seva ànima, s'hi barrejaven la incomprensió, la burla, el sentiment que el menyspreaven per la seva condició humil... El van voler calmar, però no hi havia res a fer. I, ara, per contra, alguna cosa l'havia remogut per dins. Les paraules de Víctor Balaguer i, sobretot, el gest noble de Mistral.

En Cinto se sentia desarmat davant d'aquell il·lustre poeta de la Provença. El veia com un déu baixat de l'Olimp, un déu que ara l'acabava de beneir, que l'acabava de proclamar príncep... El nou Virgili!

No es podia treure aquestes paraules del cap... El cor li galopava amb força dins del pit. El gran Virgili que va escriure l'*Eneida*, la seva obra de capçalera, que parlava de la renaixença de Troia, d'aquell poble vençut, com el català, els derrotats d'Ílion que fugen de les flames i la destrucció i que després renaixeran a la península d'Itàlia, i formaran la gran Roma, el gran imperi d'Orient i d'Occident que canvià el món, i també la Roma que va ser el bressol de la cristiandat... I ell era el poeta de la renaixença de la terra catalana, l'au Fènix, havia dit el gran Víctor Balaguer. Eren tantes les idees i les emocions que li sobreeixien de l'ànima, que no podia articular cap mot. De tota manera, en la ment d'en Cinto ja s'havia forjat la dualitat i la connexió. No s'ho podia creure, el tenia allí davant, tremolava d'emoció mentre Mistral encara li adreçava unes paraules d'elogi que ara el jove poeta no escoltava, ara ressonaven dins seu els versos de *Mireia*, el poema que havia llegit a fragments, a la revista *Corona*, col·leccionada per un amic de l'Esbart que la hi va facilitar, i amb una primera traducció de l'occità al català de Francesc Pelagi Briz. Era allà, l'autor de *Mireia*, l'escriptor que ell tant admirava, era l'home que tenia al davant i que ell veia ara envoltat d'una aurèola daurada. I, dins seu, en el seu cor, no deixaven de bategar els versos de Mistral...

—Oh Magalí, ma ben amada!
Guaiti ton cap al finestró!
Escolta un poc aquesta albada
de tamborins tota dolçor.

Frederic Mistral, en aquell discurs d'elogi al jove poeta, havia vist la imatge idil·lica, bucòlica i profundament romàntica d'aquell jove pagès vestit d'aquella forma tan estrafolària per ell, i va aprofitar el moment per lluir-se personalment dedicant-li un elogi afectat i massa exagerat potser, que causà impacte en els assistents. De fet, Mistral, ràpid de reflexos mentals, havia calcat l'escena que li havia passat a ell mateix a França, quan va enviar el seu poemari *Mireia* al ministre d'afers estrangers de la República Francesa, Chateaubriand, que en va quedar tan impressionat, que el va fer cridar i el va nomenar el nou Homer. Mistral havia recordat l'escena i es guardà el títol d'Homer per a ell, i a Verdaguer li atorgà el de Virgili.

CAPÍTOL II

Tots a la sala havien sentit a parlar de Verdaguer, el jove poeta de Vic que havia aconseguit guanyar els Jocs Florals dels anys anteriors. Però les paraules de Frederic Mistral, que encara no havia llegit res d'en Cinto causaren el seu efecte i, de fet, van servir per oferir a Barcelona, a Catalunya, a Espanya i al món el naixement d'un jove poeta.

Milà i Fontanals i Marià Aguiló contemplaven les reaccions de Jacint Verdaguer, l'escrutaven i somreien; el seu pla havia funcionat. El fadrí de muntanya, que volava amb ales de colom amb els seus versos, per causa del seu geni, d'aquell rampell de salvatgeria que baixava de la muntanya, era també un abrivat lleó, una fera salvatge que s'havia de domar, i ara ho havien aconseguit i se'n sentien satisfets. Llavors, van fer un senyal d'aprovació a Jaume Collell, aquell seminarista de Vic jove i culte, que, en els darrers anys, havia baixat molt sovint a Barcelona i freqüentava la tertúlia del cafè Suís.

D'ençà que Jacint Verdaguer havia fet l'entrada triomfal als Jocs Florals de 1865, de seguida va establir relacions amb Milà i Fontanals i Marià Aguiló, patricis de la renaixença catalana. Era una relació entre mestres i deixeble. Verdaguer, a través del seu amic de Vic Francesc Masferrer, ja havia fet arribar alguns poemes primerencs a Milà i Fontanals, com aquell *Dos màrtirs de ma pàtria*, que fins i tot li havien publicat a Vic. De la mateixa manera, havia fet arribar el seu poema èpic *L'Espanya naixent* als seus mestres de Barcelona. Milà i Fontanals, tot i que hi trobava parts molt bones, també considerava que hi havia aspectes que s'havien de millorar, i així li ho deia per carta, i també li aconsellava que no enviés el poema als Jocs Florals perquè no guanyaria, que fes una cosa més curta amb el mateix tema. Marià Aguiló, per contra, creia que era una equivocació: Verdaguer era un poeta jove i singular que pouava en el folklore català, rescatava una llengua popular genuïna, un lèxic perdut. Aquests eren els seus valors, els seus triomfs a Barcelona i, per tant, aquell llarg poema, amb el tema de l'Atlàntida enfonsada, era una equivocació, i també li ho havia fet saber.

Aquella mateixa tarda, abans d'acudir a l'Ateneu a fer la rebuda dels poetes d'altres terres —provençals, espanyols, valencians, mallorquins—, Milà i Fontanals i Marià Aguiló, que feien de mestres a Verdaguer, que coneixien les seves obres, havien parlat del seu caràcter, d'aquella reacció violenta d'en Cinto. Milà i Fontanals deia:

—I dius que estava disposat a fer anar el bastó? No m'ho puc creure!

—I tant que sí! Estava molt afectat, així m'ho va dir en Jaume Collell... Ningú no va aconseguir calmar-lo, venia disposat a tot... Em va explicar que faltaven pocs dies perquè es tanqués el termini d'admissió d'obres als Jocs Florals i que en Cinto, a trenc d'alba, va treure del llit l'amic Jaume, i li va fer llegir el poema. En Jaume li va dir que no era per presentar al concurs, opinava com nosaltres, si fa no fa, era un text massa llarg i enrevessat... Però es veu que en Jacint, tossut, confiava cegament en els seus versos i no va fer cas dels consells del seu bon amic, ni tampoc dels nostres consells, i va tirar pel dret i va presentar el poemari a l'últim moment... I, és clar, resulta que en Jaume té premi i ell, el seu amic Jacint, no... I s'ho ha pres molt malament.

—Ara ho entenc... Els dos amics. L'un fracassa i l'altre guanya, i no s'hi pot fer res... És el destí.

—Sí, però en Jacint ha tingut un disgust de mort.

—Home, potser no n'hi ha per tant! Ja t'ho vaig dir, jo crec que el poema és de volada, a voltes té un to èpic impressionant, nou, fresc... Hauríem d'anar a Llull o March, per trobar un referent, t'ho dic sincerament, Marià, tot i que ja li vaig assenyalar els defectes que jo hi veia...

—Vols dir que no exageres? Mira, jo li ho vaig desaconsellar de seguida... Aquest jove ha d'explorar molt més la vena popular, els temes patriòtics, aquest és el seu fort. Però tot això són misses dites, i ja veurem què farà en el futur. Ara mateix, el problema és que es veu que s'ha pres el fracàs com una cosa personal, s'ho ha pres a pit... En Jaume Collell estava una mica espantat. Ell el va anar a rebre a l'estació de Granollers. El seu amic baixava tot enfurismat, van haver d'agafar la diligència cap a Vic a la una de la matinada... Ja t'ho pots imaginar: tota la nit barrinant, sense deixar de rumiar-hi i de fer-se mala sang. I es veu que, quan va arribar a Barcelona, volia anar directament a clavar unes bastonades al mateix Víctor Balaguer...

—Mare de Déu! I el pobre Jaume, tan sensat i culte.

—El noi l'ha calmat, li ha dit que abans anessin a fer una xocolata al Rec.

—Sí, i després han vingut a casa meva, i jo he intentat calmar-lo, però no hi havia manera.

—L'hem fet seure davant de tot, al presbiteri, amb els adjunts, per apaivagar la seva ira, i saps què comentava a en Picó i Campamar, que el tenia al costat?

—Què li deia?

—Que n'estava fart, de lluitar amb els carreters amb el seu bastó de tortellatge... I que mai, mai no ha perdut cap baralla... Que en sabia molt, de donar bastonades, més que de fer versos...

—Mare de Déu! Tots hi hem posat moltes esperances, en aquest jove. Ell és l'encarnació vivent de la Renaixença. Però aquests esclats d'ira, aquests rampells...

—Es veu que algú li va dir que el seu poema, *L'Espanya naixent*, era massa llarg i que no se'l llegiria ningú...

—Uf! Ja ho pots ben dir... Jo mateix no el vaig poder acabar, de tan llarg que era, i em sembla fallit. Ja ho vaig dir i no afluixaré.

—Jo crec que es podria redreçar. Però has de tenir present que nosaltres hem creat «el monstre», vull dir el personatge. Nosaltres li vàrem donar ales... Buscàvem poetes joves amb talent. Això era el que mancava a la nostra naixent literatura catalana, joventut... I el vam trobar, el jove poeta de la plana. Sense treure-li mèrits i talents, que en té i molts, la veritat és que nosaltres el vam posar dalt d'un pedestal i ara me'n sento responsable.

—Però va ser un error presentar el seu poema als Jocs Florals. Recorda les paraules d'Horaci, amic: fa ressonar muntanyes i després només en surt un ratolí... Crec que és un poema superior a les seves forces, massa ambiciós, un tema mitològic, a partir d'un text de Plató, l'enfonsament de l'Atlàntida, amb Hèrcules i Colom... Què vols que et digui.

—Em sembla que el jove pagès admira profundament Mistral. En Jaume em va dir que el va impressionar moltíssim el seu gran poema *Mireia*, diu que en Cinto considera Mistral com el mestre dels mestres... Crec que n'hi podríem parlar i que, a la recepció de l'Ateneu, l'esmenti, i potser així li passarà el rampell; potser ell, el gran Mistral, que admira tant la nostra joventut, s'hi avindrà.

El cert era que a Cinto Verdaguer, els sectors més implicats en la cultura del país ja el coneixien. Dos anys enrere, el 1865, en Jacint presentà cinc poemes als Jocs Florals de Barcelona. El jurat estava format per Antoni Bofarull, Jeroni Rosselló, Lluís Roca, Francesc Muns, Adolf Blanch, Damas Calvet i Víctor Gebhardt, i s'hi van presentar cent vint-i-nou composicions. En aquella ocasió, *Els minyons d'en Veciana* va obtenir un segon accèssit unànime a l'englantina d'or i *A la mort d'en Rafel de Casanova* rebé un premi extraordinari. Verdaguer es va presentar al Consell de Cent de la ciutat a rebre el premi mudat de pagès amb barretina moradenca... Un dels presents, Pelai Briz, en una publicació anomenada *Calendari Català*, molt popular en aquells moments, i on col·laboraven els escriptors catalans més coneguts, així com els mallorquins i valencians, va referir l'anècdota de la següent manera:

«*Los dos accèssits a l'Englantina foren conquerits per en Tomàs Aguiló, el primer, i el segon..., mai diríeu per qui? Mai ho endevinaríeu! Mai... Per un pagès de la plana de Vic: per en Jacint Verdaguer, de Riudeperes. Quan en cridar-lo el secretari, s'aixecà de la cadira, tothom va fixar sobre d'ell la vista, i al veure que era un jove i un pagès, al veure que portava penjant dels braços la per nosaltres tan estimada barretina catalana, no van ser uns quants els aplaudiments que es llençaren enlaire, fou un torrent de crits de benvinguda i picaments de mans el que havia commogut en ple la història del Saló de Cent. Portava al front la vergonya, als ulls la modèstia, a la boca l'alegria, anava avançant el jove poeta i les dames i els cavallers el deturaven i savis i lletrats s'afanyaven, s'amuntegaven els uns als altres per veure'l passar...! Oh Verdaguer, tu dels erms plans i oliveres, has vingut a Barcelona a collir un ram de l'arbre de la glòria... Torna-te'n ara a ton niu, ocell que voleies en millor cel i com cada any les orenetes, prega a Déu que et deixi estendre les ales per venir a replegar un altre ramet d'alguna nova fulla, que nosaltres bé et rebrem, com bé et vam rebre la primera volta que esporuguit vas vindre*».

Aquella primavera de 1865, el mite del jove poeta de la plana amb barretina va començar a créixer. Era la seva primera aparició al gran món de la ciutat de Barcelona, el rovell de l'ou on es coïa tot aquell nou rebrot romàntic de cercar les arrels catalanes, perdudes des de feia dècades. Aquell era l'inici, el primer esglaó. I aquell poeta, de cop i volta, aquell dia, sense esperar-s'ho, potser de manera totalment atzarosa, es va convertir als ulls de tots els assistents en l'esperança d'aquell moviment que feia pocs anys que havia començat a créixer: la Renaixença. Significava que el ressò arribava lluny, no només a Barcelona i rodalia... La cultura catalana, la llengua i la literatura renaixien i en Cinto n'era el símbol. El *Diario de Barcelona*, *El Telégrafo*, *El Eco de la Montaña de Vic*, *La Opinión de Valencia*, tothom en va parlar, d'aquell esdeveniment. A Verdaguer li va servir també per començar a relacionar-se amb la gent de pes de la cultura catalana incipient. I va establir lligams d'amistat i de respecte amb Marià Aguiló, Francesc Briz —l'escena que va descriure s'escampà com la pólvora per la ciutat—, Milà i Fontanals i Víctor Balaguer.

Després d'aquell impacte, en Cinto va quedar tocat per sempre. El seu èxit havia estat sorollós, immediat. Es va sentir enlluernat, profundament colpit. I encara més tenint en compte el seu caràcter romàntic, somiador, tal com marcava el temps que li tocava viure. Com tots els romàntics, el somni de la seva vida era materialitzar la poesia, els versos, en la pròpia vida, en la pròpia carn i el propi esperit. I, en aquell esclat espontani i casual de la seva sobtada fama, hi veia la mà de la providència, d'un destí que l'arrossegava fins als cims més alts de la literatura somiada aleshores pels joves de la seva època. En Cinto hi veia la secreta mà de la seva «Rosa d'abril»: era Ella qui li havia revelat una part del missatge que ara s'estava acomplint.

L'any 1866 va tornar a rebre premis en els Jocs Florals. Així, doncs, les expectatives creades van començar a créixer, i la fama del jove poeta de Vic començava a agafar volada, i ell, el jove Cinto, n'estava envanit... El 1867 no hi va participar: estava concentrat en la seva nova gran obra, un poema èpic llarg i de pes, molt arriscat, això sí, però per ell, que s'hi havia deixat la pell de l'ànima, significava molt, era el triomf definitiu... Era la primera versió de *L'Atlàntida,* que duia el nom de *L'Espanya naixent*, l'origen del qual era un poema anterior dedicat a Colom. De manera que aquell 1868 ho va apostar tot, als Jocs Florals. Hi tenia posades les seves esperances, els seus anhels més íntims. Creia fermament que aquell any seria el de la glòria. Però no va guanyar i s'ho va prendre molt malament. Hi havia posat tot el sentiment, havia resat de cara a la imatge de la Moreneta fervorosament i es pensava que, finalment, s'acompliria tot. Havia de ser com un miracle. A més, la primera vegada que va venir a Barcelona va poder veure i viure que aquella aclamació era sincera. I això l'impulsava, tal com deien els clàssics... Però, quan es va enlairar, va topar contra la incomprensió. Era un fracàs, un fracàs terrible que li va omplir el cor d'ira. Baixà a Barcelona amb la intenció d'encarar-se amb el jurat i d'escometre'ls... Per la seva banda, en Jaume, aquell any, era feliç: ell sí que havia aconseguit les glòries dels Jocs Florals, però, per damunt de tot, intentava calmar el seu amic.

Però tota la còlera, tota la ràbia va quedar aplacada davant del seu admirat Mistral. I en Cinto va caure rendit als peus de l'autor de *Mireia*, el poema que ell havia llegit, durant les nits a la masia de can Tona, on treballava.

De genolls davant del poeta Mistral, Verdaguer encara tremolava d'emoció. Mirava a una banda i a una altra: estava envoltat d'aquells homes tan importants. Hi havia José de Zorrilla, Núñez de Arce, William C. Bonaparte-Wyse, Ventura Ruiz, Paul Meyer, Teodor Llorente... Alguns eren membres del felibritge de la Provença, d'altres havien vingut convidats pels organitzadors dels Jocs... I aquell dia es feia a l'Ateneu una recepció en honor seu. En Cinto no s'ho podia creure. El seu ídol, Mistral, l'acabava de nomenar cavaller de la poesia. En Cinto no havia escoltat ni una paraula del discurs que havia fet. Ara, però, intuïa que havia arribat al final. Mistral li va donar la seva benedicció i, a cau d'orella, enmig dels aplaudiments, li va dir:

—Verdaguer, no en facis cas, de les lluminàries de la gran ciutat. Et parlarà més al cor la llumeneta de la llàntia humil de l'església de ton poble.

I, tot seguit, li va xiuxiuejar:

—*Tu Marcellus eris!*

CAPÍTOL III

—No l'acabo d'entendre... Em sembla que en Mistral m'ha renyat... T'ho dic de debò, Jaume, amic... Què ha volgut dir el gran poeta amb aquestes enigmàtiques paraules? Aquesta sentència llatina... *Tu Marcellus eris!*

—Tranquil, Cinto, no has de tenir cap dubte... Tothom t'admira: ja ho has vist... El mateix Mistral t'ha lloat!

—Encara no me'n sé avenir... Ha anat tot tan de pressa! És com un somni, t'ho dic sincerament, Jaume. Estic tan emocionat...

Els dos joves caminaven pels carrerons que envolten la catedral de Barcelona. Tornaven a casa. La lluna era plena: els edificis, el terra, el cel, tot semblava tintat per una pàtina d'argent. Ja era molt tard, la llum feble i groguenca dels fanals de gas deixava els carrers en la penombra. Eren temps en què Barcelona vivia un estat de revolta latent. A causa de la intensa industrialització que s'havia produït a la ciutat i rodalia, els obrers, principalment del tèxtil, ja es començaven a organitzar, es reunien en secret en algun tuguri d'aquells carrers, a les cambres secretes de les tavernes. Se sabia que havien arribat a Barcelona activistes com Giuseppe Fanelli i que començaven a reclutar gent per celebrar la Primera Internacional Anarquista.

Però el jove Cinto i el seu amic Collell ho ignoraven, tot això. Al poeta de la plana, les paraules encara li bullien al cap, i ni l'un ni l'altre s'adonaven de les ombres que es desplaçaven d'una banda a l'altra, dels xiuxiuejos, de les rialles entretallades... Els dos amics travessaven aquells lúgubres carrers mal il·luminats protegits dins de la seva aureòla. En Cinto pensava: «Quin sentit té tot plegat?». Rumiava sobre aquelles paraules llatines finals... Eren un mal averany? Com ho havia d'interpretar?

—Ploraria de l'emoció, Jaume... Més ben dit, estic plorant. —Un nus a la gola va ofegar les seves paraules.

—Gaudeix, amic meu, gaudeix. Aquest moment de glòria, l'has de sentir a dins teu i donar gràcies a Déu pel premi que t'ha ofert.

—Sí, i a la Mare de Déu de Montserrat, amic Jaume, ja ho saps, és ella la que em guia... Ella és la font de la meva inspiració, sense la llum de la Mare de Déu jo no sóc res, res.

En Cinto estava tan boig d'alegria que en tot hi veia la mà de la providència. Aleshores, fins i tot en una de les travessies, va veure una llumenera sota una portalada. El cor li bategava amb força, tenia una intuïció i arrencà a córrer.

—Què passa, Cinto? On vas?

Jaume Collell no s'acabaria d'acostumar mai a aquells arravataments del seu amic Cinto: ara, es va aturar davant d'una capelleta, incrustada a la paret d'una noble casa barcelonina. En Cinto, rialler, es girà, contemplà l'amic, que va accelerar la marxa fins a acostar-s'hi.

—Ho veus, Jaume? És ella, la Mare de Déu de Montserrat, en aquesta humil capella, m'ha cridat i jo l'he sentit... Resem, amic.

En Cinto es va posar de genolls a terra sense pensar-s'ho dues vegades. Jaume Collell mirà a una banda i a l'altra, no es veia ningú, només les llums porugues dels fanals de gas a les cantonades. Barcelona dormia plàcidament. Només hi eren ells dos, en aquells carrers estrets... En Cinto, com si estigués en trànsit, sense fixar-se en res, sense adonar-se que es trobava al mig del carrer, tot just davant d'una capelleta de la Mare de Déu, amb aquella llum que tremolava, resava absort, i les llàgrimes li corrien galtes avall. En Jaume va sentir l'esclat de l'emoció, es va compadir del jove amic i en aquell moment també es va agenollar.

En Jacint estava extasiat, resava a la Mare de Déu amb els ulls tancats. Dins del seu pensament, la veia flotar a l'aire, la imatge de la Moreneta, sobre un cel blau radiant, i davall les muntanyes serrades, ben bé era en un altre món. Jaume Collell, al seu costat, va obrir els ulls de cop, havia sentit un soroll en un dels carrerons adjacents. El terrabastall va créixer d'intensitat, i aleshores va veure la figura al fons del carrer. La imatge era esgarrifosa: era un genet muntat al seu cavall negre que acabava de passar sota un fanal que es va apagar de cop. El genet anava amb una capa negra i clavava xurriacades a la bèstia, que renillava, que aixecava les potes del davant, i els esbufecs li sortien disparats dels narius com trompes de vapor. El soroll de les ferradures picant al terra de llambordes ressonava cada cop amb més força. Jaume Collell sí que es va adonar del perill: el cavall venia cap a ells, el carrer era massa estret i segur que els passaria pel damunt. Es va alçar de seguida i va empènyer el seu amic Cinto. Van topar contra una porta, que era oberta, els cossos dels dos joves estirats per terra dins d'aquella entrada. El cavall va passar a frec i continuà amunt amb gran rebombori. La llumeneta de la capella de la Mare de Déu es va apagar. La foscor era gairebé absoluta. Era una temeritat caminar per aquells carrers de Barcelona a la matinada.

—Vinga, Cinto, estàs bé, oi?

—Sí... Què ha passat? Què era? Qui era?

—Vinga, Cinto, ara no ens podem encantar.

—El diable! Era el diable, Jaume! L'he vist!

—Vinga, Cinto, no diguis bajanades, anem de pressa cap a casa. Barcelona està plena de malfactors i nosaltres som unes víctimes innocents. Li havia d'haver fet cas, al senyor Marià Aguiló, ell m'ha ofert el seu carruatge per acompanyar-nos fins a casa, però tu has insistit que volies caminar, xerrar. Anem, vinga. No podem perdre temps.

Però en Jaume no va acabar de sortir al carrer. Havia tornat a sentir els esbufecs de la bèstia.

El cavall es deturà uns metres més amunt, a la cruïlla següent, a sota d'un altre fanal de gas que es va apagar immediatament. Ara renillà i es va alçar dret sobre les potes del darrere, un altre cop. En Jaume va treure el cap i contemplà al fons la figura retallada, com emmarcada per l'estret carreró amb la resplendor de la llum del fons. Era tot molt sinistre, tètric. En Jaume va sentir un calfred, aquell cavall posava els pèls de punta. Collell va tornar a entrar a dins la portalada i, amb molt de compte, va deixar la porta ajustada.

—Què passa, ara, Jaume? El monstre encara és aquí, oi?

—Calla, Cinto, esperem...

Aquella entrada fosca els oferia certa protecció. Per l'escletxa de la porta entreoberta, en Jaume va veure passar la figura del cavall, negra i sinistra, les ferradures que ressonaven en impactar contra les llambordes del terra.

—És el diable? —va fer en Cinto en veu baixa.

—No! Un cavall..., o un lladre! Esperem-nos un moment, per si de cas, i després anem a casa... Per aquests carrerons hi pot passar de tot.

—Sí —va fer en Cinto, en la foscor.

Quan el ressò dels cascos del cavall ja s'havia allunyat, van sentir com un xiuxiueig. Venia del fons del passadís. Els seus ulls es van acostumar a la foscor i ara veien al fons una altra porta que es perfilava en la penombra. Era d'allà que venia el murmuri, com si hi hagués un grup de gent que resés.

—Deu ser una casa d'oració... —féu Jaume Collell.

—Sí, hi podríem anar a resar... Em quedaria més tranquil.

—No, espera't, Cinto...

Els dos joves van atansar-se lentament fins a la porta del fons, que era d'on sorgia aquella mena de lletania. En Jaume parà les orelles i va fer en veu baixa:

—No resen, no, això és una altra cosa.

—Què és, doncs?

—No ho sé, no n'estic gaire segur, però em sembla que són...

En Cinto va avançar-se i, per una escletxa de la porta, va mirar a dins. En el primer moment, no se'n va fer la idea. Després, lentament, hi va veure alguna cosa. La porta quedava a un lateral, veia figures com de frares amb túniques. Però, a la banda dreta, hi havia homes amb túniques; va poder veure una espècie d'altar, però allò no era una missa, no! Els símbols eren uns altres.

Tot d'una, en Cinto, fill d'un picapedrer, va reconèixer algunes imatges, una gaveta, un escaire, un escarpell, un cartabó... I, de sobte, digué:

—Maçons! Una missa... És la maçoneria! Hem sortit del foc per anar a caure a les brases! A la boca del llop!

Jaume Collell també va mirar i es va quedar esgarrifat.

—No fem gens de soroll, Cinto... Si ens enxampen aquí, no sé pas què podria passar. Però m'estranya que a la porta no hi hagués ningú vigilant. Les reunions maçòniques estan prohibides.

De sobte, van sentir unes passes i la porta del carrer es va obrir. Van veure una figura alta, un home retallat contra la mica de claror que entrava del carrer. En Cinto i en Jaume, enganxats a la paret, ni respiraven. Mentre es movien amb molt de compte, aquell home remugava:

—Merda, m'he deixat la porta oberta.

Els dos nois van intuir el que anava a fer aquell porter, o aquell guardià, que havia sortit un moment i s'havia deixat la porta oberta. Ara l'anava a tancar. Si no sortien corrents, quedarien enxampats dins la gàbia. Sense pensar-s'ho dues vegades, en Cinto, que anava sempre amb el garrot de tortellatge, va fer un salt i va clavar una bona garrotada a les cames d'aquell home, que es va girar i va deixar anar un crit de dolor. Jaume Collell va saltar al carrer, i al darrere seu, en Cinto, i tots dos van córrer esfereïts fins a arribar al portal de la casa on s'hostatjaven, que era de la família Nanot Renard. Tant Verdaguer com Collell eren amics d'un dels fills de la casa: Francesc Nanot.

Feia temps que corrien veus per la ciutat: es veu que els maçons n'estaven preparant una de grossa. Barcelona era l'epicentre d'una revolta que molt aviat esclataria. De moment, però, els dos joves estaven sans i estalvis. Se n'havien sortit, i això que eren a la gola del llop. Aquella nit havia estat plena d'emocions i ara havien de descansar. L'endemà, a primera hora, agafarien el tren fins a Mataró i, des d'allà, la diligència cap a Vic. Ja tindrien temps per comentar tot el que els havia passat aquella nit.

—Bona nit, amic... Aquesta nit, resem a la Mare de Déu de Montserrat, que ella ens ha protegit.

—Sí, Cinto, i val més que no ho expliquem a ningú. Bona nit.

CAPÍTOL IV

Cadascú va anar a la seva cambra. En Jacint, després d'una breu oració, es va ficar al llit, però de seguida va adonar-se que estava massa nerviós i que li costaria adormir-se. Era com a les nits a la masia a can Tona, on treballava al camp i feia de mestre als petits, per costejar-se els estudis al seminari de Vic. Allà, a la seva petita cambra, es passava la nit despert construint el seu poema, *L'Atlàntida*, aquella llarga i agosarada composició lírica que li exhauria les forces, li xuclava l'ànima. El poema que no li havien premiat, el disgust de mort que va tenir, la ràbia que va sentir i després Mistral i les seves paraules, un bàlsam que va aplacar-li la ira.

Va encendre una espelma que tenia a la tauleta de nit. Dins del calaix, li havien deixat alguns diaris. Esperant que li vingués la son, en va agafar un. Estava obert per una pàgina on hi havia aquells versos de Lo Gaiter del Llobregat que ell i tots els seus amics de la colla de l'Esbart de Vic se sabien de memòria. Tancà els ulls i els va pronunciar de memòria.

[...] dels antics trobadors la muda lira
jo arrencaré de llurs humits sepulcres,
i al geni que divaga entre llurs lloses
plorant invocaré,
i despertant-ne les que el món admira
ombres sagrades, noms cenyits de glòria,
los comtes i antics reis i llurs famoses
batalles cantaré.
Jove só, oh Pàtria!, sí, i la mà encara
tremola sobre l'arpa a on la cigala
brillà dels trobadors, a on ressonaren
los cants dels Cabestanys!:
jove só: mes ¿què importa si m'ets cara,
oh Laletània!, si a ton nom ses ales
bat mon trist cor; si em sobra en amor patri
lo que me falta en anys?

Fragment de *Mos cantars* (1839)

Lo Gaiter del Llobregat era seguit fidelment per tothom. Cada cop que apareixia una nova entrega, milers d'homes i dones anaven a comprar l'exemplar i s'exhaurien ràpidament. Lo Gaiter del Llobregat, més que cap altre d'aquells abrandats poetes, sintonitzava amb la vibració general que travessava totes les ànimes de la terra catalana. Aquell gaiter despertava de l'oblit les velles gestes dels reis catalans, d'aquells almogàvers ara mitificats, d'aquell rei Jaume que eixamplà les fronteres de la Corona enllà de les contrades conegudes. Les fonts tel·lúriques catalanes despertaven després de molts anys de decadència i fins i tot d'oblit de la pròpia llengua, de la història, dels costums i tradicions. Tot allò que venia d'aquell fons medieval oblidat a les golfes de la memòria ara tornava a la realitat, era vivificat per aquella nova generació d'homes i dones catalans que sintonitzaven les seves ànimes creatives amb l'onada romàntica que travessava tot el vell continent. Havia començat uns anys abans, era cert, amb l'*Oda a la Pàtria,* d'Aribau, tot just quan esclatava la primera guerra carlista. A mesura que el carlisme es feia fort al sud, a les Terres de l'Ebre, el Matarranya, el Maestrat, gràcies a l'empenta i el geni militar d'aquell jove català de Tortosa, Ramon Cabrera, anomenat *el Tigre del Maestrat*, l'oda d'Aribau va anar creixent com una veu de fons, fins que s'empeltà d'altres veus catalanes, i de boca en boca, de mas en mas, de poble en poble es va escampar, com un vent del passat que ningú no sabia d'on havia sorgit i on anava a petar. Un vent que ben aviat es convertí en una alenada d'esperança, de restauració de tot allò genuïnament català que s'havia perdut feia cent cinquanta anys, amb la derrota catalana del 1714, tot allò que estava colgat sota la pols de l'oblit va arribar al Gaiter, pseudònim de Rubió i Ors, i el so d'aquella *gayta* va créixer, es va fer gran, es va modular, i ara el seu ressò vibrava per tot Catalunya. El detonant, la guspira havia estat l'*Oda a la Pàtria*, però Lo Gaiter del Llobregat, per aquesta curiosa circumstància, potser només atzarosa, de l'harmonització, de la vibració amb l'onada general que feia bategar tots els cors de Catalunya, en va ser l'artífex. Ell va escampar més que ningú el so del nou naixement de la nació catalana, la seva llengua, la seva poesia, les glòries del passat, els herois de la pàtria catalana... I tot això passava el 1859, l'any de la restauració dels Jocs Florals, l'any que va esclatar la Guerra d'Àfrica, quan es va viure un fervor entusiasta per anar a lluitar al nord d'Àfrica, i es van formar batallons catalans amb barretina i espardenya que lluitaren a les ordres de Prim. I és també l'any 1859 que es van començar a enderrocar les muralles de Barcelona amb Ildefons Cerdà com a arquitecte d'un nou pla urbanístic, sense oblidar els recels, les suspicàcies, que sempre havien estat presents en els governs de Madrid, que amb la poderosa maquinària estatal anaven fent lleis i més lleis, colgant tota esperança de ressorgiment del català. Lleis com la de Moyano del 1857, d'instrucció pública, amb la qual es va prohibir l'ensenyament en català i la gramàtica de la llengua catalana, de Pau Estorch i Siqués. Així estaven les coses. Així i tot, els restauradors dels Jocs Florals, amb Víctor Balaguer al capdavant, van persistir i al final van triomfar. Però els recels de l'Estat espanyol centralista havien crescut. Sí que la restitució dels Jocs Florals era un triomf de la poderosa burgesia de Barcelona, però el govern de Madrid, un any abans, havia prohibit el teatre en català. Una de freda i una de calenta, pensava en Cinto.

Ell i el seu amic Jaume Collell havien fundat la colla de l'Esbart de Vic, feia només un any, sota la font del Desmai, calcant l'organització dels felibres de la Provença. Tots ells i molts altres joves amics del seminari de Vic, i d'arreu de Catalunya, van sentir-se tocats per aquell aire dels nous temps romàntics, de recerca dels mites del passat. Tots eren abrandats defensors de la terra catalana i pouaven en els seus ancestres, en les llegendes, en l'exaltació de la pàtria i dels herois. I així Lo

Gaiter del Llobregat i tota aquella generació van fer possible el retorn dels Jocs Florals, els concursos de poesia que venien de la Provença, de la terra dels trobadors, de les corts de nobles i reis que temps enrere van formar part de la gran nació catalana. L'any 1859 es va produir la restauració dels Jocs Florals. Víctor Balaguer, entre d'altres homes il·lustres, va ser un dels seus fundadors. Ell va ser l'ànima de la restauració. En total, hi va haver set mantenidors: Ors i Rubió, Bofarull, Amer, Cortada, Pons i Gallarza, Milà i Fontanals i el mateix Balaguer. També es creava una organització, un cos de cent adjunts, amb una quota de vint rals anuals. Tot es va portar, però, amb gran discreció. Aquell esdeveniment es presentava en societat com un fet estrictament literari i patriòtic, sota el lema «Pàtria, Fe i Amor», i hi van ser convidats poetes de Mallorca, València, el Rosselló i també de tot Espanya, com ara Núñez de Arce, Zorrilla o Ruiz de Aguilera. Fins i tot, en una ocasió, la reina Maria Cristina va ocupar un lloc d'honor en la celebració del certamen. Espanya vivia una època incerta, era com un dinosaure ferit de mort, amb la pèrdua de les colònies i de tota aquella grandesa d'*hidalgos* escampats per la Península. Una Espanya tocada de mort, a la qual la guerra carlista obria encara més la ferida de l'orgullós imperi. S'havia d'anar amb peus de plom, i aquells catalans van revestir l'acte de restauració amb l'aurèola lírica, sense cap mena de connotació política. Sempre van tenir l'opinió favorable de tot el consistori de Barcelona, amb Antoni de Bofarull al capdavant, que defensava a la premsa diària la restauració dels Jocs Florals, contra tots aquells que deien que, en el segle de la màquina de vapor, restaurar les corts de trobadors amb una reina de mentida era una cosa ridícula i tronada. Però ben aviat tothom va adonar-se que els Jocs Florals van ser, en aquell moment, la més alta manifestació de l'espiritualitat catalana. I potser els més agosarats hi van veure la llavor d'una cosa més gran, l'embrió que començaria a créixer i que potser en el futur assoliria la veritable llibertat per a la pàtria catalana.

L'any 1859 tot es va fer amb moltes precaucions perquè aquella Espanya moribunda recelava d'aquell despertar dels catalans. Hi havia grans figures, com ara Antoni de Capmany, el qual, d'una banda, enyorava la llengua que es parlava a la cort de la Barcelona del segle XIII i a tots els ports de la Mediterrània, on la nostra marina i el comerç català establien llaços, i que, al mateix temps, sentenciava que la nostra llengua, el català, *es un idioma provincial muerto hoy para la república de las letras...* S'equivocava! Capmany, que aconsellava estudiar els arxius catalans, però advertia que era una tasca inútil fer traduccions al català, rescatar-lo, perquè era una llengua del passat, encarcarada i regional, que ja era morta. Víctor Balaguer i aquella colla van anar amb molt de compte de no aixecar suspicàcies a la cort de Madrid i als successius governs. A més, la celebració es va revestir de gran solemnitat. Aquell dia dels Jocs Florals, el Saló de Cent de la ciutat obria de bat a bat les seves portes, engalanat amb corones i rams verds, domassos i tapissos, banderes i vells estendards de quan Catalunya era un imperi a la Mediterrània. El batlle i les autoritats de la ciutat presidien els actes, on eren convidats especials els reis d'Espanya, una representació del govern de Madrid i també el bo i millor de les arts, les lletres, les ciències i la poderosa indústria de la ciutat de Barcelona. Una gran multitud de ciutadans es va aplegar per presenciar la cerimònia. En una estrada principal, quan era proclamat el guanyador, sota un dosser, hi havia el tron de la reina, escollida per a l'ocasió. El poeta llorejat era acompanyat amb la marxa del rei Martí, entre els aplaudiments entusiastes, frenètics, dels nombrosos assistents.

Tot aquest cerimonial provenia de les corts de la Provença, com els que se celebraven a Tolosa i d'altres ciutats de la França medieval. Joan I va instaurar els Jocs Florals a Barcelona el 1393 i van tenir gran anomenada. Però va ser amb el rei català Martí I l'Humà que van assolir la seva màxima esplendor.

El pas estava fet, i el 1859 es van restablir a Barcelona. Antoni de Bofarull va fer el discurs i va parlar de *Mireia*, el poema de Mistral. Víctor Balaguer, amb un to messiànic, va reclamar per a la naixença de Catalunya la veu aglutinadora d'un nou poeta jove, que havia de néixer ben aviat. Ell seria el Salvador, la darrera esperança del renaixement de la pàtria catalana... I, al final del seu discurs, proclamava que els nous poetes catalans anirien vers «la conquista de la vostra promesa Jerusalem, entonant lo cant dels amors i l'himne de la pàtria».

En Cinto no s'adormia fins ben entrada la nit, mentre rumiava tot això, en un batibull de coses... La seva mare pietosa que li deia que ell estava consagrat al sacerdoci, Lo Gaiter del Llobregat que parlava de la restauració de la pàtria catalana, Antoni de Bofarull que recitava fragments del gran poema de Mistral, les paraules de Víctor Balaguer que esmentaven aquella «conquesta de la nova Jerusalem»... Tot plegat es convertia en un remolí que l'arrossegava cap a l'abisme de foscor, queia avall, al fons d'un pou, i els ulls esbatanats se li clavaven en la foscor insondable... En Cinto patia i sofria, però, al final, tornava a sorgir la rosa de llum, la rosa d'abril, la seva esperança, la seva Mare de Déu que li deia a cau d'orella: «Escriu, Cinto, escriu».

Es va despertar de cop. Va obrir els ulls en la foscor de la cambra. Ben aviat una tènue resplendor del finestró va ser suficient per veure al seu voltant com dansaven les ombres i sense saber per què recordà l'*Eneida*... La ciutat de Troia, conquerida pels grecs, per Aquil·les, i els supervivents que es refugien a la península Italiana i els descendents d'Ílion que fundaran Roma, crearan l'Imperi romà. Això era el que reclamava Víctor Balaguer, i llavors recordà també les paraules enigmàtiques que li havia adreçat Mistral: *Tu Marcellus eris*... Virgili, l'*Eneida*, el cant VI: era un presagi, era la part de l'*Eneida* que va emocionar August i la seva germana... Però què volia dir la frase? Li havia dit això, Mistral? Que ell moriria jove com Marcellus? Que ell seria una esperança frustrada? El seminarista de la plana de Vic havia establert la relació, i ara el cor li bategava de valent. Era ell, era ell l'escollit. El que havia de buscar la nova Jerusalem, i el camí l'havia d'obrir amb aquell esclat que sorgia sempre de dins del seu cor, de la foscor, era altre cop la rosa que girava en la foscor, els pètals de llum transformats en paraula, versos lluminosos, com una llàntia que no s'apaga mai, la llàntia de Montserrat que ell havia sentit, que havia experimentat secretament dins seu, un enigma que només podria rastrejar-se a través dels versos, els pètals d'aquella rosa d'abril que se li obria, com un cor immens ple de llum i de vida.

CAPÍTOL V

L'endemà, a l'alba, en Cinto i en Jaume van agafar el tren a la nova estació de la plaça de Catalunya i van viatjar fins a Mataró. Tot i que en Cinto havia vingut per Granollers, de tornada anirien a Vic per Mataró: el trajecte era una mica més llarg, però, tot i això, era el més ràpid. Feia vint anys que s'havia inaugurat el primer tram de ferrocarrils a la península Ibèrica, entre Barcelona i Mataró. Des de Mataró, haurien d'agafar la diligència de cavalls per arribar a Vic.

Els dos amics, en baixar del tren, després d'estirar les cames, van pujar a la primera diligència que sortia en direcció a Vic. Anava plena, amb dotze passatgers. Vuit anaven a cobert dins del carruatge, els altres quatre a dalt, amb els paquets, equipatges i saques de correus. En Cinto i en Jaume van comprar els seients del costat de la porta, un davant de l'altre; eren una mica més cars, però en Jaume tenia diners. Estaven impacients per arribar a Vic, per explicar tot el que havien viscut a Barcelona. Sobretot, ja tenien ganes de trobar-se amb la colla de poetes de l'Esbart.

En Jaume, com havia fet al tren, només de posar-se en marxa la diligència, va tancar els ulls i es va adormir. En Cinto contemplà el paisatge: el sol emergia per l'est, la nit anterior havia fet una mica de vent i netejà l'atmosfera, però, per l'oest, es veien núvols amenaçadors que ja començaven a cobrir el cel de gases grisenques. Van sortir de Mataró, i ja als afores, pel camí ral, en Cinto, amb els ulls oberts de bat a bat, es deixava impressionar pels colors del paisatge: els tímids rajos solars cobrien amb una pàtina daurada els camps, els masos i les muntanyes. I el seu pensament volà lluny, fins a la seva infantesa.

Ell era el tercer fill d'onze germans, però el segon, en Jaume, va morir abans de néixer en Jacint, i ell passà a ser el cabaler, el segon fill, el destinat per tradició secular de les famílies catalanes al sacerdoci. Va néixer el 17 de maig de 1845. La seva mare sempre li va tenir una estimació especial. El dia del bateig, van tirar confits i anissos des del balcó de casa seva, a Folgueroles. A sota, la canalla cantava: «Aquí i allà, si no tireu es morirà!». L'ambient social i polític està molt crispat: l'any vinent, el 1846, esclatarà la segona guerra carlista —anomenada «la guerra dels matiners»—, que durarà fins al 1849. Benet Tristany s'aixecarà a Solsona contra el govern. Més que una guerra civil, es considera una revolta catalana. La plana de Vic i tot el seu entorn viuen intensament el caliu de la revolta. Fins i tot Cabrera apareix per aquesta guerra, a la batalla del Pasteral.

Però el petit Cinto viurà protegit els primers anys de la vida al caliu de la llar, per la seva santa mare i el seu pare picapedrer i pagès. Recordava, sobretot, quan la mare, cada diumenge, l'agafava de la mà i anaven plegats a l'ermita de la Damunt, situada just a la sortida del poble.

Damunt de mon poblet hi ha una capella
d'una roureda secular voltada,
és son altar lo trono d'una Verge
d'aquella rodalia sobirana.
Era ma pobra mare, que al cel sia,
sa més fidel i més humil vassalla,
i, sent jo petitó, cada diumenge
a dur-li alguna toia me portava.

Aquelles excursions a l'ermita van marcar-lo definitivament. En els primers records de la seva vida, hi havia sempre una imatge del paisatge, des d'aquella perspectiva del petit turó de l'ermita, on es podia contemplar la plana i Vic al mig, amb les cases, els campanars i les torres... La terra, les plantes, les muntanyes, les rouredes, els conreus, les masades puntejant els camps de sembrats i de pastura, els rierols, els aires... Això el marcarà per sempre: la terra, la pàtria, els camps on es va forjar la seva personalitat formaran part del seu món interior. Era així que en Cinto estava unit a la seva mare carnal, identificada també amb la mare terra, la Verge, per vincles tan forts i inescrutables que era impossible destriar-los.

A més, la modesta ermita de la Damunt fou l'escenari d'un fet que es gravà poderosament en l'ànima d'en Cinto, aleshores un vailet que encara no tenia cinc anys, i que anava sempre agafat de la mare. Hi eren tots dos, ell i la devota Josepa Santaló, dins d'aquella senzilla ermita. El petit Cinto, mentre la mare resava amb devoció, va sortir fora, a buscar flors boscanes pels voltants. De vegades, collia branques amb boletes verdes dels ginebres que hi havia a la roureda que envoltava l'ermita, tot per fer una toia a la Verge i dipositar-la en marxar. En Cinto, tot content, portava el ram entre les mans. La mare, però, aquella tarda d'abril, encara resava i de la cara li queien silencioses llàgrimes. En Cinto es va entristir, ella se'l va posar a la falda. Aquell dia, semblava que la mare no volgués marxar d'allà: resava i resava i ell, el petit, no entenia què li passava. Al final de la tarda, quan la llum del sol ja declinava, la mare es va alçar, va fer el senyal de la creu i va dir l'oració final. En Cinto, amb el pom a la mà, anava als peus de la imatge de la Verge, hi dipositava el pom nou i retirava el vell, que hi havien deixat la setmana passada. En aquest moment, la mare i en Cinto es van girar de cara a la porta d'entrada de l'ermita, havien sentit xiular, i no era pas un ocell, sinó algú que entonava una cançó. Van veure, tot seguit, l'ombra allargassada sobre les lloses de l'entrada, recoberta del darrer or del sol de la tarda. Aquella ombra es va deturar, i mare i fill van observar una cosa estranya, un bony que sobresortia de les espatlles. De cop i volta, la figura va mirar dins l'ermita... I la mare exclamà:

—Oh venturós trobador, que potser veniu de la fira de Vic, de cantar vostres cançons?

Aquell jove, alt i de llargs cabells d'or, va riure complagut i parlà amb una entonació estranya.

—Sou italià, bon senyor? —va fer la dona.

—Sí, sóc de Nàpols, i sóc trobador: canto per places i carrers amb la meva arpa. Així em guanyo la vida, de poble en poble.

La mare va regirar pels faldons i a les butxaques, fins que en va treure uns cèntims, i aleshores va anar fins a la porta, però aquell noi no acabava d'entrar, s'estava a contrallum i no li podien veure bé la cara, es repenjava a un caire del portal. La dona li va donar els cèntims i li va dir:

—Fill de Nàpols, teniu aquests diners, és tot el que tinc, i amb l'harmoniosa música d'Itàlia feu-nos un rajolí de notes per a la Verge Santíssima, que es queda sola i de nit en aquests boscos salvatges.

La mare d'en Cinto va seure al marxapeu i el petit a la seva falda quan la primera nota de l'arpa va sortir projectada i la veu d'aquell trobador compassada al ritme de les notes vibrants de l'arpa va entonar una antiga melodia. I l'ermita, fent de caixa de ressonància, encomanava al petit Cinto un sentiment de benaurança que ja no oblidaria mai. I ell mirava tot el paisatge dels encontorns, guaitant per aquella finestra de l'arpa barrada amb les cordes vibrants. I tot l'entorn, les muntanyes, el cel i el sol van semblar deturar-se aquells bells moments gravats per sempre en l'ànima del petit Cinto.

La impressió que rebé va ser tan intensa que, baixant de l'ermita, quan ja fosquejava, va dir a la seva mare:

—Mare, quan sigui gran, vull ser com aquell home que avui tocava l'arpa.

Ella, amb llàgrimes als ulls, amb l'ai al cor, va abraçar el seu fill. Estaven tot just davant del cementiri de Folgueroles. Les llums violetes del capvespre s'esfilagarsaven al mur blanc, d'on sortia el xiprer, de cara al cel. Ella va agafar aire i li va dir:

—Fill, ets massa petit encara per comprendre la promesa que un dia vaig fer. T'he parlat del teu germà Jaume. Ell era el segon, va néixer després d'en Miquel.

—Sí, mare, en Jaume és al cel, tu m'ho vas dir i nosaltres li resem moltes vegades.

—Sí, fill meu, en Jaume és al cel, i jo vaig prometre a la Mare de Déu que, si tu naixies, si tu, Cinto, et feies gran i tenies salut, series sacerdot. Et vaig consagrar a ella, fill meu, a la Verge, a l'Església... I tu, un dia, seràs capellà i diràs missa de veritat, no com fas ara a la capelleta de mentida.

—Sí, mare, tu sempre m'ho has dit, i jo també vull ser capellà... I no podria ser les dues coses, mare? Capellanet i trobador?

Aquesta pregunta va quedar per sempre allà, clavada a les parets del cementiri, escrita amb una mena de tinta que no podia esborrar ni la calç, ni la pluja, ni la pedra, ni la boira del temps. Sempre hi havia estat present, i en Cinto la veia i no entenia per què no podia ser totes dues coses.

El fang en què fou modelat i que endurirà cuit al forn dels seus anhels i frustracions es transformarà en roca, roca de les pedreres de Tavèrnoles, poble del seu pare i de la seva família, lligats a l'ofici de picapedrer i també al de pagès per la pura necessitat de tirar endavant una gran família humil. El pare, en Pep de can Torrent, era home de poques paraules: per ell, només servien per explicar els fets. Aquest esclat de salvatgeria, d'ira i d'orgull que domina en Cinto quan s'empipa, davant d'una injustícia com la que acabava de viure als Jocs Florals, l'heretà del seu pare, acostumat a cisellar la pedra a cops secs i contundents de maceta o de mall. De la seva pietosa mare, en va heretar la sensibilitat d'una dona humil, que llegeix cada nit vides de sants, que no es perd cap missa ni cap rosari, que viu tancada amb ella mateixa i els seus, i especialment el seu Cinto, que un dia serà ministre de l'Església. Aquesta serà la il·lusió més gran de la seva vida. La seva promesa. Una dona que viu sempre amb el temor de Déu i que regala a en Cinto, el seu estimat petit, tot l'amor que té al cor, per ell ho fa tot, li canta cançons, antigues corrandes que la dona, llegidora de mena, i amb bona memòria, sap recitar sense deixar-se cap fragment. I, sobretot, ella és l'única persona al món que sap consolar el seu petit, quan espantat enmig de la foscor de la nit plora desconsolat. És l'única que conhorta el seu estimat quan els amics se'n burlen, perquè va a recollir toies de flors boscanes com les noies.

En Cinto recordava la seva primera infantesa, que arrencava tot just en aquelles imatges borroses, sense paraules, estampes que ell sempre veia des dels paisatges que contemplava amb la mare de l'ermita de la Damunt. Eren imatges amb un esclat lluminós rutilant i sempre velades per un filtre líquid, de matinada d'abril, amb mil gotes de rosada, veient el món a través del forat d'aquella arpa del trobador, escoltant la dolça cançó; això per ell era el paradís del cel.

Però cada dia, quan acompanyava la mare a l'ermita de la Damunt, i començava a fer-se fosc i era hora de tornar, amb els darrers rajos de sol veia estampat al mur blanc del cementiri aquella pregunta invisible que la mare de la terra no li havia contestat:

—I no podria ser les dues coses, mare? Capellà i trobador?

CAPÍTOL VI

El primer conflicte d'en Cinto va ser descobrir que a la terra també hi havia alguna cosa semblant al paradís ideal dels seus primers records. El descobriment del món, de Vic, la ciutat, especialment els dies de fira, o també en les celebracions religioses, les curses de braus, les festes grosses, amb els carrers plens de tota mena de gent estrafolària, circs ambulants, amb pallassos, acròbates. El món el cridava també, i pensava que allà hi havia una altra mena de paradís, terrenal, mundà, fascinant, que també el cridava amb la veu de mel de la sensualitat. Un jardí de l'Edèn amb coses sorprenents i captivadores. D'aquells records de la infantesa, dels carrers de Vic, quan hi anava amb els pares, tenia, però, la impressió viva d'un dia de fira i espectacles.

Sembla un camp de roselles
la plaça atapeïda
de mocadors vermells,
de llargues barretines,

i gent i bestiar
encara a doll hi arriben:
brama l'ase auregut
salta la mula guita,
bela el tendre anyellet
i el cavallàs renilla,
compta lo mercader,
lo quinquillaire crida,
canta el pobre ceguet,
mes les minyones frissen
que, venuda la fruita,
que a adinerar venien,
amb sos enamorats
fer-la petar una mica.

A un dels carrers, es va aturar a contemplar un home que portava un ós lligat per una anella al nas. Una fera salvatge, un monstre que s'alçava dret i ballava al toc del tambor del seu domador. Aquell ós agafat quan era un cadell, l'havien acostumat a ballar de molt petit, ficant-lo dins d'un braser i fent sonar el tambor. Cada cop que la bèstia escoltava el tambor, es creia que es cremava les potes i s'alçava i saltava, i això era el seu ball, el record de les brases cremant-li les potes associat al tambor. La canalla el seguia i, després de fer ballar la bèstia, l'amo passava el barret.

De sobte, l'animal, potser espantat per la multitud o pels gossos rabiosos que li bordaven, es va regirar, va deixar de ballar i tibà la cadena que el subjectava. El domador reaccionà de seguida, violentament. Amb una fúria i una ràbia inaudites. No dubtà a clavar-li una bona tanda de bastonades al cap i a les potes, amb totes les seves forces, acarnissant-se en la pobra bèstia i, després, amb una vara especial que portava lligada amb cadenes entre ell i la bèstia, el burxava al ventre, de manera que la fera va començar a fer grunyits i més grunyits paorosos, de dolor. Tothom reia, aplaudia, els més menuts amb la boca oberta, extasiats, tots estaven molt impressionats davant aquella bèstia que feia més de dos metres d'alçada i aquell home que la tenia ensinistrada, i a base de garrotades la feia creure i la bèstia es postrava submisa, amb els ulls esfereïts pel dolor que li havia infligit el domador.

En Cinto, però, no va poder resistir la imatge. Al primer moment, l'impressionà, però després, a diferència de tots els xiquets que reien i aplaudien, ell es va posar trist, va adonar-se que aquell animal, per molt monstruós que fos, estava patint, sofria... Aquell home li acabava de donar una pallissa a base de bastonades... Recordava les lectures de la mare, vora la llar de foc, quan li parlava de sant Francesc, de l'amor als animalets, que també són criatures de Déu. Sant Francesc, que parlava als pardals i a les feres, els donava aigua i menjar. En Cinto, recordant sant Francesc i els seus animalets, es va posar a plorar. Veia el dolor de la fera. En el seu interior, encara que de moment no pogués formular-ho amb paraules o amb un pensament clar, començava a intuir que en aquell paradís terrenal no tot eren flors i violes, sinó al contrari. Que allà hi havia sofriment, molt sofriment, hi havia la calavera de la mort i la mà del diable.

—En Cinto té por? Té por! —digué el seu germà

gran, en Miquel, amb grans riallades, burlant-se'n, assenyalant-lo amb el dit. Sempre aprofitava qualsevol cosa per escarnir-lo en públic i fer-lo plorar. Era molt, molt gelós, i el seu germà Cinto era el preferit dels pares. I ara gaudia de valent al mig del carrer de Vic assenyalant en Cinto, que plorava desconsolat—. És un cagat! Té por, té por... Cinto, gallina!, gallina!

La seva mare, que en aquell moment estava comprant ous a una de les parades, quan va sentir el plor desconsolat del seu fill, que va reconèixer immediatament, va córrer a veure què passava i efectivament va descobrir que el seu petit Cinto era al mig d'una rotllana, plorant, i, al seu voltant, hi tenia una colla de xiquets que se'n reien, i que al capdavant del grup hi havia el seu fill gran.

—Gallina! Gallina! Gallina!

—Vols fer el favor, Miquel! Vergonya, t'hauria de fer! És el teu germà petit i l'hauries de protegir! Ja veuràs quan ho expliqui al teu pare! —digué la dona, tot agafant en Cinto i intentant consolar-lo—. Ja està, fill! Què et passa? Només és un ós! I està ensinistrat, l'amo el té ben lligat i no et pot fer res...

I ell, entre sanglots, li deia:

—Que no, mare! Que no em fa por l'ós... No em fa por.

—Prou, fillet, no ploris més. Mira, ja se'n va, la fera.

—Mare, que no em fa por. Em fa pena! Em fa una gran pena! Sí, mare! Sant Francesc s'estimava tots els animalets i jo també, mare, per això ploro. Aquest home li pega, a l'ós, el fa sofrir, i l'animal es queixa del dolor. L'ós plora, mare, l'he sentit plorar, ho sé, mare.

Ella l'abraçà entendrida, els ulls velats de llàgrimes.

En canvi, amb una mirada fulminà el fill gran, per haver estat l'instigador d'aquella befa.

De fet, en Miquel, el germà gran, en arribar a casa, es guanyà una bona esbroncada i unes quantes fuetades del pare, en Pep de can Torrent, que, sense pensar-s'ho dues vegades, es va treure el cinturó i li va deixar marcades les natges.

—Els germans es protegeixen, Miquel. I encara més un germà petit! Què t'has cregut? Que sigui l'última vegada! —va dir el pare al noi, arraulit en un racó del menjador, amb les mans protegint-se el rostre i el cap.

En Miquel, però, estava molt enfadat i rancuniós, i aquella no la deixaria passar. Totes les culpes, les tenia en Cinto, el mimat. N'estava molt gelós. Els pares sempre havien sentit predilecció per en Cinto. I així, en Miquel, rabiós, quan es va quedar sol amb en Cinto, el va amenaçar, se'n va voler venjar. No li volia fer mal, només el volia espantar. El petit va fugir corrents, esglaiat, i el seu germà l'empaitava i li deia que si l'agafava el mataria, i era tant el seu esverament que sense mirar prim, fugint escopetejat, en Cinto, acorralat, es va llençar pel balcó.

En Miquel es va quedar glaçat, no s'ho esperava. El crit d'una dona que passava es va sentir per tot el carrer. El petit era a terra, sense xisclar... En pocs minuts, ja era allà tot el veïnat, i també la mare i el pare del noi, que es van quedar esgarrifats.

—Jesús, Maria i Josep! —cridà la mare, fent el senyal de la creu.

Per sort, en Cinto va reaccionar. No s'havia fet gaire mal, només algun blau i un bony al cap.

—Què t'ha passat? Et trobes bé? —va fer el pare, que es va ajupir per recollir-lo.

—No el toqueu, no el toqueu, que podria tenir trencada l'espinada, que ha caigut pel balcó! —va dir un veí.

En Cinto es va alçar tot sol. Els pares estaven drets al davant. En Miquel estava una mica més allunyat, darrere la multitud. Li tremolava la barbeta, estava blanc com el paper de fumar.

—Què t'ha passat, Cinto? Miquel, tu ho has vist, oi? —digué el pare, que es va girar i es va quedar mirant de fit a fit en Miquel.

Però en Cinto de seguida va dir:

—He caigut, pare, he caigut... Volia arrencar una floreta de les torretes que té la mare al balcó, per portar-la a la capelleta. He relliscat i he caigut.

La mare el va agafar, el va abraçar.

—L'àngel de la guarda, fill, l'àngel de la guarda et protegeix...

No acusà mai el seu germà gran i així es va guanyar per sempre més el seu respecte.

La mare desitjava que el seu fill fos sacerdot. Era el seu somni. I en Cinto n'estava molt, de la mare, ella era l'amor més gran de la terra.

Ara mateix, a la diligència que anava cap a Vic, mentre aquests records el visitaven, es materialitzaven dins del seu pensament, ja tenia ganes d'arribar a casa, a Folgueroles, per explicar a la mare tot el que li havia passat, fins a l'últim detall. Explicar-li què li havia dit, aquell poeta tan famós, Frederic Mistral, aquells homes importants de Barcelona, que l'havien elogiat, l'havien encoratjat a continuar escrivint poesies... I la seva mare, amb llàgrimes als ulls, li diria com sempre:

—Jesús, Maria i Josep... Això és un do que Déu t'ha donat, fill... És ella, la Verge, la Moreneta, la que et protegeix i et guia! Recorda-ho sempre, Cinto, a ella ho deus tot, fill, recorda que ella et va parlar a Montserrat.

El carruatge ha fet un sotrac i en Cinto s'ha despertat de cop. Aleshores, s'adona que el cel està tot cobert de núvols, fins i tot s'ensuma que la pluja no trigarà a caure. La diligència continua el seu trajecte i ell es torna a adormir i pensa, recorda aquella experiència de Montserrat que va canviar la seva vida. Però aquella evocació, sense saber el perquè, sempre va acompanyada de la mateixa escena... Feia cinc anys que li havia passat, en una excursió que va fer a Montserrat.

Tenia divuit anys, feia poc que era a can Tona, on feia de mestre als petits de la masia i ajudava els jornalers en els treballs del camp. Així es guanyava la manduca i podia continuar estudiant al seminari de Vic. Aquell dia, en Cinto havia fet una excursió a Montserrat. En començar el curs, un grup de seminaristes havia portat, en diversos carruatges, un nombrós grup d'infants de Vic i rodalia a la basílica de la Moreneta. Aquella era una excursió organitzada i sufragada pel bisbe de Vic. A l'excursió, hi anaven els petits de can Tona i també els germans petits d'en Cinto.

En finalitzar l'excursió, en Cinto deixa els petits a la masia de can Tona i amb els germans menuts arriba a Folgueroles, casa seva. Acabava d'arribar de Montserrat i la mare, tota il·lusionada, li demana que li expliqui coses... Però en Cinto no està gaire fi. No parla, està com absent. S'asseu a una cadira amb la mirada perduda al sostre. La mare, que el coneix, comença a estar preocupada. Aleshores, hi insisteix i ell, al final, amb un nus a la gola i els ulls brillants, li ho explica:

—Mare, avui, a Montserrat, m'ha passat una cosa. He fet una promesa a un monjo, una promesa que he de complir. Només a tu t'ho puc explicar, i a ningú més.

La mare està asseguda davant de la llar de foc, està preparant brou per sopar. El seu pare encara no ha arribat de l'hort de can Torrent, que és on treballa. La germana Francesca i els menuts de la casa no hi són. Com els passa sovint, la mare i el fill es troben sols a la cuina.

—Explica-m'ho, fill. És per voluntat de Déu. Ho sabia! És ella, la Verge, ho veus, fill! Te n'adones... Però explica-m'ho, explica-m'ho, i complirem la promesa de silenci i de secret per sempre. Què t'ha passat, fill?

A punt de plorar, aguantant-se el sanglot, li diu:

—El dia ha sigut tan bonic, mare... He pensat tantes vegades en tu, quan jo era petit i anàvem tots dos a l'ermita de la Damunt. El cel era tan clar, al matí. Només baixar del carro, hem anat tots plegats a la basílica, hem passat pel cambril. Els escolanets han tingut una atenció amb tots nosaltres i ens han rebut amb unes cançons. Després, hem fet una excursió, hem pujat a Sant Jeroni i, a l'hora de l'àngelus, quan les campanes ressonaven per totes les muntanyes, quina impressió. Hem tornat a baixar tot seguit a la plaça. Allà hem dinat. A la tarda, mentre tothom feia la migdiada, jo he baixat a la cova, amb una colla d'infants... He pensat en ella, en la Filomena, que es va morir i vaig plorar molt, però avui, aquesta tarda, ella també era amb nosaltres.

Avui he comprès aquelles paraules que em va dir a l'ermita de la Damunt.

—Sí, fill... Ella, la teva germana, és a la Glòria de Déu Pare. Però segueix, segueix.

—També venien amb nosaltres els fills de can Tona.

—Ja els podem estar ben agraïts, als parents de can Tona, així podràs continuar estudiant al seminari i un dia, si Déu vol, diràs la primera missa i llavors jo ja em podré morir perquè seré la mare més feliç de tot el món.

—No diguis aquestes coses, mare... —féu amb un rampell en Cinto, tot esverat.

—No, fill, no pateixis, però explica'm què t'ha passat a Montserrat, que jo sense voler t'he tallat...

En Cinto, assegut davant la taula, va agafar el missal. Amb els dits, en repassà lleument el llom, semblava extasiat, absent.

—Alguna cosa important t'ha trasbalsat el cor. No dubtis, fill, jo sabré guardar el teu secret per sempre.

—Mare, quina excursió més bonica que hem fet. Com et deia, després de dinar, jo m'he endut una colla d'infants. Hem baixat pel caminet avall fins a l'ermita on hi ha la cova on es va aparèixer la Moreneta... Mentre baixàvem, anava explicant als infants els misteris de la Passió i també alguna de les llegendes que tu m'explicaves de petit, de com els pastors van veure llums i van pujar a la cova i allà se'ls va aparèixer la Mare de Déu... Hem arribat a la petita esplanada. Tots han entrat dins. No hi havia ningú, en aquella hora, jo m'he assegut al banquet i he mirat la Mare de Déu, que tenia al davant. La cova fosca, la Moreneta allà plantada. Els nens han sortit a fora, els sentia cridar, jugaven, saltaven. Els he dit que anessin amb compte, que jo volia resar una salve i que sortiria per retornar a la plaça. A les cinc en punt, els carruatges ens havien de retornar a Vic. M'he quedat sol uns moments, tenia els ulls clavats en la imatge de la Verge, era com una atracció estranya, irresistible. No m'he adormit, ni tenia son, estava ben despert, mare... De sobte, gairebé sense adonar-me'n, ha passat una cosa ben estranya, mare... Al començament, m'he estremit, després m'he tranquil·litzat, he sentit dins meu una gran pau.

—Què t'ha passat, Cinto?

—Era la llum. La roca fosca de la cova ha començat a brillar intensament, era com un mural de roses que s'obrien sense parar i els seus pètals de llum giravoltaven contínuament canviant de colors com un calidoscopi formidable i em feien entrar més i més endins de la pedra... I la imatge de la Mare de Déu era allà, protegint-me, abraçant-me, i els meus ulls no podien deixar de mirar aquell miratge de llum i de color que travessava la muntanya i que a mi em travessava l'ànima... Allò era com una estampa del paradís, era d'una lluminositat i d'uns colors que no havia vist mai... I, a dins, he sentit una veu que em deia una vegada i una altra: «Escriu, Cinto, escriu...». I, sense voler, de la meva boca han sortit paraules, versos, com una oració on descrivia la bellesa d'aquell moment. Mare, m'ha passat una cosa: m'ha semblat sentir l'arpa d'aquell trobador, aquell fill de Nàpols que un dia vam fer cantar a l'ermita de la Damunt.

—Sí, fill, ho recordo com si fos ara mateix. Tu tenies cinc anys... I què t'ha passat?

—Al final, m'he quedat solament amb aquestes paraules: «Rosa d'abril! Rosa d'abril! Rosa d'abril!», i les rodes de l'arpa vibraven, era una cançó celestial, mare. Era això el que havia vist, la rosa d'abril esclatant de bellesa i de vida, la rosa de llum amb aquella aurèola de rosada que entrava dins la fosca roca del cambril de la Moreneta. Llavors, he tingut la sensació que em contemplava a mi mateix en un mirall, el que hi veia era el meu interior. He vist versos, poesies, cançons que feia dedicades a la Mare de Déu... He tingut molta por, molta. He reaccionat, m'he dit a mi mateix que allò no era possible. M'he espantat! I en aquest moment tot ha tornat a ser com abans. Els sorolls de l'arpa s'han apagat de cop. Però en el meu pensament encara ressonaven aquelles paraules... Rosa d'abril.

La mare d'en Cinto plorava a llàgrima viva.

—Resem, fill, donem gràcies a la Mare de Déu, que t'ha concedit aquest do de veure la llum del paradís... La llum de la salvació. I també la llum de la poesia. Ara ho veig clar. No ho oblidis mai, Cinto. Ara n'estic segura, és ella, la Verge, qui et guia. Escriu, fill meu... Escriu, Cinto. La Mare de Déu vol que siguis capellà i poeta!

En Cinto, en aquest moment, es va sentir transportat, era com si es trobés davant del mur del cementiri del seu poble, Folgueroles, ell agafat de la mà de la seva mare, baixaven de l'ermita de la Damunt, la paret rebia els rajos d'or antic del sol de ponent i allà s'esborrava aquella pregunta, aquell dubte que s'havia formulat feia tants anys i que cada vegada que passava per davant el veia escrit a la paret. Ara, s'havia diluït amb lletres d'or, i el seu cor estava exultant d'alegria, perquè estava consagrat a Déu, al sacerdoci, però dedicaria tots els seus versos a la seva musa catalana, la Moreneta. Així es reconciliava amb si mateix, amb la seva ànima i també amb el seu destí, amb el camí i la promesa sagrada de consagració que la seva mare havia fet quan ell va néixer.

Semblava com si mare i fill haguessin rebut el mateix missatge sense dir res, la complicitat era absoluta i aquell era un moment de reconciliació, de màxima felicitat entre tots dos. En Cinto va continuar:

—Després, he sentit soroll rere meu i era un monjo que resava de genolls a terra. Un monjo vellet. En veure'm tan esverat, aquell monjo s'ha compadit de mi, s'ha apropat i m'ha dit que em calmés, que tot el que m'havia passat era una experiència que havia de guardar en un lloc secret de la meva ànima, que la Mare de Déu m'havia revelat alguna cosa i que mai, mai, podria explicar-ho a ningú. El monjo m'ha dit que no m'havia de preocupar, que allò no era cap miracle, que cada dia allà mateix la Mare de Déu revelava coses als homes i les dones que la contemplaven i li obrien els seus cors... No sé, mare, si he comès cap pecat explicant-te tot això a tu... Però és que no podria, no podria.

—No, fill meu... No, a la teva mare, li acabes de donar l'alegria més gran de la seva vida. No diré res, guardaré aquesta joia dins meu per sempre. Però, Cinto, tu què has dit al monjo?

—Res, mare, jo estava tot trasbalsat. Plorant, tremolós, li he dit... «rosa d'abril»... i el monjo ha somrigut i ha marxat cap endins, allà on hi ha els exvots de cera.

CAPÍTOL VII

El record s'ha esvaït. De sobte, la diligència passa per damunt d'un sot i fa un sotrac, els cavalls renillen.

—Què passa? —diu en Jaume.

Un senyor que també va a la diligència, un comerciant de vetes i fils que es veu que fa sovint el trajecte, contesta:

—Una pedra... Aquesta part del camí n'està plena. El carreter ja ho sap, ja el sentireu!

—Ja el podrien arreglar, el camí... —fa una senyora de mitjana edat que també va dins del carruatge, acompanyant una àvia.

El carreter va començar a renegar i a clavar fuetades als cavalls.

—Aquests carreters tenen una llengua de dimoni.

—Sí, Jaume, amb el meu garrot de tortellatge, me les he vist moltes vegades amb aquesta tropa de malparlats i, ja ho saps, no he perdut mai cap baralla... Més d'un se'n recordarà tota la vida. No puc suportar-ho.

—És un mal costum d'aquests oficis, ja ho saps... Però la majoria de renecs no es diuen de cor... Són pecats venials, Cinto.

—Tant se val, Jaume! No ho puc resistir. És superior a mi... Si no calla, li trencaré la cara.

El carreter, en aquest moment, va deixar anar una altra tanda de renecs, aquesta vegada contra la Verge. En Cinto no ho va poder resistir, va treure el cap i mig cos per la finestra, brandant el bastó de tortellatge a la mà, i cridà amb totes les seves forces:

—Si el torno a sentir renegar, li juro que pujaré fins aquí dalt i provarà el meu garrot... Un respecte! Malparlat!

—Cony de capellans! No n'hauria de quedar cap! Ni per llavor! Seminaristes havien de ser.

En Jaume el va agafar per la cintura, perquè hauria caigut del cotxe en marxa.

—Prou, Cinto, deixa-ho córrer... Que Déu el perdoni. Una mica de compassió i perdonar, amic meu. Perdonar! Nosaltres resarem per ell, per salvar la seva ànima.

—Un mal llamp li hauria de partir l'espinada, a aquest carreter que té la llengua de Satanàs!

Al final, el carreter es va calmar. Els passatgers intentaven calmar en Cinto. Ara, els animals i el carruatge lliscaven per un tram del camí molt millor, sense sots ni pedres. I el carreter, aleshores, es va posar a cantar unes cobles... Devia faltar poc per arribar, havien entrat a la plana. Des que havien sortit de Manresa, al cel, per la banda de les Guilleries, s'estava congriant una tempesta, però el sol de tant en tant, per un forat, llançava un raig que daurava un camp de sembrats o un prat d'herba ufanosa amb roselles que esclataven amb un glop de sang i margarides groguenques.

En Cinto es va quedar tot sorprès, parat: el carreter, en aquest moment, es va posar a cantar una cançó popular, una tonada que la seva mare li cantava de petit. Tenia bona veu, entonada. A més, aquella cançó la hi havia cantat moltes vegades la seva mare, Josepa Santaló, que se sabia de memòria totes les llegendes i les corrandes de la plana i de més enllà. Era la cançó d'*Els segadors*. Amb l'amic Jaume Collell, amb qui feia excursions recollint romanços antics, havien anotat aquella antiga cançó popular que parlava de la Guerra dels Segadors. Però la veu d'aquell carreter agafava un altre aire, semblava molt antiga. No sabia per què, però en Cinto es va entendrir. Es revoltava, lluitava contra aquell malparlat: per la mateixa boca, feia tot just un moment, havien sortit els pitjors renecs que mai havia escoltat i ara, per contra, era la veu d'un poble derrotat... «Com pot ser? Així és d'estranya i contradictòria la vida», es deia en silenci, i es va deixar emportar... L'amic Jaume va obrir els ulls, i semblava que seguia la cançó d'*Els segadors*, que ja se sabia de memòria i que algun cop havien cantat amb en Cinto i la colla de l'Esbart.

Els ulls li brillaven, estava emocionat: resulta que aquell mateix carreter que tan sols feia un instant havia tret per la boca la fel contra Crist, la Mare de Déu i tota la cort celestial, s'havia convertit, ara, en un trobador del poble, una veu melodiosa, dolça, que cantava una llegenda antiga i arrossegava un carruatge ple de melangia.

L'ànima innocent, ingènua, d'en Cinto es deixava arrossegar per aquests impulsos; aquell home que hauria matat a garrotades ara era un poeta del poble que el feia vibrar d'emoció. Així de contradictòria era la vida. Quan el carreter acaba la tonada, ja s'ha fos el darrer raig solar. Al cel, els núvols creixen. De ben segur que no trigarà a ploure. El comerciant de vetes i fils acluca els ulls i, com si fos un gran entès en les qüestions del temps, deixa anar:

—Se n'està preparant una de grossa. Ben aviat, sant Pere canviarà els mobles al pis de dalt...

Jaume Collell, l'amic, no va fer cas del comentari, ara estava contemplant el rostre d'en Cinto, el mirava i somreia sorneguer, endevinava el que li passava al seu amic, el coneixia més que si l'hagués parit, com li havia dit alguna vegada de broma... Jaume Collell somreia amb ironia, i pensava: «Fa un moment, el volia matar a garrotades, el carreter, i ara se l'enduria a casa seva com si fos el seu ídol. No canviarà mai, mai... És com un nen, salvatge, indòmit. Però he de parar compte amb els seus rampells, aquests esclats d'ira... A Barcelona, es volia carregar tot el jurat dels Jocs Florals, i prou que ho hauria fet... Només Mistral, el seu poeta preferit, ha pogut calmar-lo, assossegar-lo. Mare meva, quin caràcter! Però me l'estimo com un germà. Ja ho crec. És tot imaginació, poesia en estat pur».

En Cinto estava tranquil. El ressò d'aquella melodia que acabava de cantar el carreter li havia deixat un regust melangiós, ja veia la seva plana, les muntanyes coronades del Pirineu. Només de respirar l'aire de la seva terra, el seu esperit, tot ell s'assossegava. Pensava en la seva mare i en Barcelona. Pensava en la mare, la seva profunda i devota fe, la il·lusió de la seva vida, el fet de veure'l convertit en sacerdot. Però, de cop i volta, sentia els aplaudiments de la gran sala de l'Ateneu, els crits encoratjant-lo, els aplaudiments que s'ajunten amb els del Saló de Cent de l'Ajuntament de Barcelona, quan va rebre el premi. La glòria del poeta, els honors del món, de la terra, aquell esclat de vanitat, d'orgull mundà... I, de sobte, tot això es fonia davant dels ulls i queia en un abisme. ¿La vida de renúncia al món del sacerdoci no es contraposava radicalment a l'hedonisme del poeta? Ell, per complaure la mare, voldria fer la vida de sant i renunciar al món, renunciar a tot per atènyer aquella rosa que havia vist a Montserrat i que el va enamorar per sempre. I, de cop i volta, l'Englantina d'Or apareixia davant seu, i una reina de mentida que presidia els Jocs Florals li somreia. I aquell era el somriure de l'amor terrenal, del sentits, de la vida, de l'esclat que sentia a les seves venes d'home, de poeta del poble, de trobador. I un altre cop l'ala d'una ombra negra el cobria, la caputxa del monjo franciscà, el seu rostre reclamant humilitat, dissoldre's en l'anonimat, renunciar al món com els poetes místics, els ascetes, sant Joan de la Creu, santa Teresa: les roses d'abril es transformaven en ferides obertes de la carn, estigmes del cor que sagnava i oferia a doll aquell premi del sofriment, la rosa de la passió... I un remolí de confusió se l'emportava i al seu cap retronaven les paraules... «Escriu, Cinto, escriu», i la rosa mística, la de la Passió de Crist, amb les espines punxegudes s'entortolligava amb la rosa de la vida, de la passió mundana, de la glòria i el triomf de la poesia. I allà, a les gotes de rosada que lliscaven de les fulles dels arbres, dins d'aquell misteri s'ocultava el secret místic de l'existència...

Cada gota de rosada
té son arc de Sant Martí
cada aucell sa refilada,
cada palau son jardí.
Té sa llum cada capella,
cada bosc sa fontanella.
Lo dia clou sa parpella,
mes tingué son dematí.
[...]
Quan recordo l'hermosura
d'aquell cel asserenat,
on cercà ma ànima pura
somnis bells i veritat;
somni bell que m'hi somreies,
flor divina, com te deies?
Si allí encara t'assoleies,
com mai més jo t'he obirat?

Ja als afores de Vic, en Jaume el va tocar lleument:

—Cinto, ja hi som... Hem arribat.

En aquest moment, un llamp travessa un núvol negre que penjava sobre les teulades. En Cinto, com feia sempre, començà a comptar en silenci.

L'espetec va ressonar fort i espantà les bèsties.

—Ha caigut ben a prop! —va fer un passatger.

Una dona gran, vestida de negre, resava:

—Santo Dios, santo inmortal, líbranos señor de todo mal...

—A Vic, hi ha parallamps a tots els campanars! —féu l'entès en tronades.

L'aire de tempesta es va arremolinar. Entraven al recer del primer carrer de la vila amb l'estrèpit de les ferradures. La pluja no trigà a caure. Primer unes gotes grosses i disperses i després una cortina, que, moguda per les ràfegues, anava i venia. L'aire xiulava, alguns trons espetegaven aquí i allà.

La diligència entrà a la plaça de Vic. Havien sortit de Barcelona a punta de dia, en gairebé tres hores ja eren a Vic. I hi havia mercat. Els tendals i borrasses de multitud de colors cobrien les mercaderies, sota aquell esclat de pluja.

La pluja va parar al cap de pocs minuts. Només era un xàfec. De tota manera, els dos amics estaven protegits, sota les porxades de la plaça Major de Vic, on s'havia refugiat també una gernació de mercaders que esperaven que escampés.

—Mai plou a gust de tothom! —deia un pagès.

—Si hi torna, ja no pararà. Ja ho veureu! —cridava un rambler, agafant de la brida una mula negra i llustrosa.

La majoria estaven enfadats i maleïen el cel i la tempesta. Una dona de mitjana edat, que tenia la parada de fruita i verdures del temps a la vora mateix de la porxada, amb un refilet de veu va dir:

—Carrers mullats, calaixos eixuts! Com hi ha món!

De moment, però, la pluja havia parat. La diligència va descarregar tres passatgers i també les saques de correus i va desaparèixer carrer avall.

—Cinto, què vols fer? Aniràs a casa dels Masferrer?

—No, no m'esperen... No els vaig dir res.

—Doncs anem a casa meva, esmorzarem. Després, si vols, et porto fins a Folgueroles amb el carruatge de casa, amb aquest temps... —féu en Jaume, estirant el coll, fora del recer dels porxos i mirant-se els núvols amenaçadors.

—No, Jaume, no cal que pateixis per mi. Ja tinc ganes d'arribar a casa. Demà ja ens veurem amb la colla de l'Esbart, els agradarà escoltar el nostre relat... Tots ells admiren Mistral. A més, tu ens has de llegir els versos que han guanyat, és una tradició a l'Esbart, ja ho saps.

—Sí, és veritat... Dóna records a la teva mare i als de can Tona.

—Així ho faré, amic, i tu també saluda la teva família de part meva.

—Estàs segur que no vols quedar-te? Em sembla que hi tornarà! Fins que passi la tronada? Ja has vist com n'està, de carregat, el cel.

—Ja ho saps, que no em fan por les tronades. M'agraden.

—Sí, sí, com hi ha món, no he conegut ningú tan estrany com tu, Cinto. Veure caure llamps i escoltar el rebombori dels trons. A fe de Déu que no sé com et pot agradar, Cinto.

—Ja ho saps, per mi és l'espectacle més gran de la natura. No hi ha res, ni cap obra humana, que se li pugui comparar.

—Està bé... Ets tossut com tu sol i sé que no et convenceré. Però, com a mínim, acompanya'm a casa i agafa un paraigua.

—Adéu, amic... Ja ens veurem demà! —va fer en Cinto que, amb la cara joiosa i riallera, ja travessava la plaça, amb l'equipatge, un senzill mocador de farcell al coll i el bastó a la mà, i deixava l'amic amb la paraula a la boca.

CAPÍTOL VIII

En Cinto va enfilar carrer avall fins als afores, i va anar a buscar el camí que tantes vegades havia transitat d'anada i de tornada, des del seminari fins a Folgueroles primer, i després quan va entrar a can Tona. El camí en direcció a l'est, el camí de Sant Hilari, les Guilleries... El recorregut fins a Folgueroles trigava una hora a peu. Va enfilar la senda, trencant pels llocs on coneixia la drecera, va fer via fins a arribar al pont del Bruguer, aquell imponent pont sobre el riu Gurri, el riu que travessa Vic, el riu de les hortes i les adoberies situades a les ribes del riu. El pont de pedra sempre havia estat un lloc predilecte per a en Cinto, des que, als deu anys, ja venia al seminari des de Folgueroles. L'imponent pont, on es bifurcava el camí de França, era com el centre del seu món. El pont gòtic, sòlid, majestuós i amb un punt de misteri, de quatre ulls, a sota dels quals s'havia protegit de la pluja més d'una vegada. El pont era el melic del seu petit univers. A prop d'allà, hi havia l'ermita de Sant Jordi, i la Torre de Morgades, amb la font del Desmai, punt de reunió de l'Esbart, i el lloc on anaven a menjar quan feien el romiatge a l'ermita. I can Tona quedava també força a la vora, només calia desviar-se una mica al nord del camí de Folgueroles. Des del pont, podia contemplar tot aquest paisatge amb els Pirineus al fons, cap al nord, molts mesos a l'any amb la mantellina blanca al cim. Hi destacava, sobretot, l'imponent Puigmal, de neus perpètues.

Als deu anys, havia ingressat al seminari de Vic, a la part baixa de la ciutat, al carrer de Sant Just. Allà va rebre les primeres lliçons de gramàtica. Amb la capa i el barret de seminarista, feia i desfeia aquell mateix camí cada dia. Tenia una casa de Vic, la dels Masferrer, on li deixaven escalfar la carmanyola i molts dies menjava de franc. Tenien fills que anaven al seminari i en Cinto s'avenia amb un d'ells, en Francesc, que també tenia velleïtats poètiques.

El camí de Folgueroles a Vic, aquella hora de trajecte d'anada i una altra de tornada, es va transformar per a en Cinto i la colla en l'espai i el temps dels seus jocs, i dels somnis, també, quan contemplava el paisatge, l'alba i el crepuscle, amb tot el cercle de muntanyes envoltant la plana i ell, el seu esperit, els seus ulls escapant-se cap al cel, sortint d'aquell clot i enlairant-se, entre les vetes de color lila que a les matinades, sobretot a la primavera, encenien les serres i les muntanyes. Quan arribaven a Vic, el sol ja escampava els rajos pel món i, si durant la nit havia bufat vent del nord, la claredat de l'atmosfera era tan diàfana, que convertia els petits turons empresonats al clos de la plana en prats de verdor rutilant, dolces sinuositats d'un paradís perdut, com dibuixat per la mà divina del mateix Déu, amb tots aquells turonets coronats per petites ermites, que esclataven com nuvolets caiguts del cel. A en Cinto, sempre el va fascinar l'espectacle de la natura, el commovia i, encara que no sabia ben bé per què, era com una força d'atracció hipnòtica, superior, que el connectava amb les fonts tel·lúriques, i era d'allà que agafava la força per fer volar la seva poderosa imaginació. Les tronades, les postes de sol, qualsevol fenomen de la natura, el sumia en un estat d'abstracció i de contemplació de la natura. Els seus amics, els nois que l'acompanyaven durant el trajecte, ja ho sabien. Era el seu punt feble. En Cinto sempre tenia resposta per a tot, feia anar el bastó a la mínima, era impulsiu, violent, però de tant en tant es quedava quiet contemplant el cel, com transportat a un altre món, i aleshores els amics respiraven i se'n burlaven una mica:

—Ja s'ha embadocat un altre cop!!!

—Què li passa?

—No ho sabem... per mi que deu ser mig bruixot.

—Calla, que si et sent t'obrirà el cap!

—Ep, que es desperta....

I quan en Cinto tornava en si d'aquell èxtasi involuntari que li havia provocat un núvol grandiós i blanc com la llet que es desfeia i adoptava formes estranyes, tots els nois l'observaven en silenci, amb veneració, sense comprendre res, i aleshores ell assenyalava el camí amb el bastó i reprenien la marxa.

Era el camí de Folgueroles a Vic, el mateix camí de la vida, la senda del seu destí, que contenia ja en llavor tot el que li esdevindria més endavant, les joies de l'èxit i les penes, les humiliacions, les tristors, les enveges, les cobdícies humanes. Era el camí de les malifetes innocents, també, com aquella que recordava amb amargor.

Anava amb la colla en direcció a Folgueroles. Era una tarda calorosa de finals de juny. La sega ja s'havia completat, els camps eren rostolls daurats que ennegririen a la tardor. A les eres destacaven els pallers.

Aquell dia, en passar davant d'una era, van adonar-se que, a la punta del pal, hi havia un vesper... Es veia el vol de les vespes, fins i tot un dels nois va rebre una fiblada a la cuixa...

—Ui! Ui! M'ha picat una vespa... Quin mal!

—Pixa't a terra, Josepet, vinga! —va dir en Cinto a aquell noi, que també anava amb ells al seminari.

—Ui, ui... No, no tinc pixera. Em fa molt de mal, Cinto... —En Josepet es dirigia a ell, perquè ja era el capitost de la colla, el més valent. En Cinto es va apartar una mica, va orinar sobre un terròs i amb les mans va fer una pasta. La resta de companys el contemplaven en silenci, amb els ulls oberts.

—Mira, ho veus, Josepet! El fang de la pixera es fica damunt la fiblada i ja veuràs com te la cura.

—Ui, ui, Cinto, encara em fa mal i sento pudor!

—Au, vinga, que això no és res!!!

La colla es va apartar a una banda de l'era. Es veia la borinor de les vespes al pal del paller, i en Cinto es va dirigir al grup:

—Les hem de matar. Han picat en Josepet! Però demà ens poden picar a qualsevol de nosaltres!

Un altre dels nois va dir:

—No hi ha res millor que el foc! El meu pare crema els vespers de l'hort amb un matoll encès...

—Molt bé, doncs, així ho farem. Algú té pedra i metxa?

—Sí, Cinto, té...

En Jacint els va dir:

—Ara tots atents, no feu soroll. Jo agafaré un matoll de palla, i m'enfilaré al pal del paller i quan sigui a dalt l'encendré! Però no feu soroll, que espantaríeu les vespes... M'heu sentit?

—Sí —van dir tots mig esporuguits, amagats a la vora de l'era.

Es miraven des dels matolls en Cinto, que s'enfilava al paller. Un metre abans d'arribar-hi, va treure l'encenedor de metxa, va clicar dues o tres vegades la roda i la pedra fins que en va començar a sortir fum. Després, va bufar amb força fins que la flama va agafar. Va ser aleshores que en Cinto es va adonar que allò no podia sortir bé, perquè era com calar foc a un polvorí, i ell estava al mig del polvorí. I el mateix diable va fer la feina: una ràfega de vent va calar foc al paller. En Cinto va saltar com va poder, mentre la flamarada s'escampava per dalt. Va notar l'escalfor a la cara, va tancar els ulls, però se li van socarrimar les celles i les mans. Els amics van sortir tots de l'amagatall per ajudar-lo... En Cinto, tot esverat, esgarrifat pel que acabava de fer, va cridar fora de si:

—Vinga, hem d'apagar el foc com sigui, agafeu branques!

Els nois van creure el seu cap i ràpidament es van posar a apagar el foc. Però no hi va haver res a fer. A més, en Josepet, el de la picada, va donar l'alarma:

—Que ve l'amo!

Van deixar les branques a terra i van sortir tots disparats. Van amagar-se durant tota la nit. La notícia va córrer més de pressa que el foc d'aquell paller consumit, i el pobre pagès maleïa cel i terra, perquè aquella palla era per al seu pobre ase famèlic, que era el puntal de la casa.

—Val més que em mori jo que no l'ase. Jo ja sóc vell, però l'ase és jove i serveix per llaurar, ell no es pot morir de gana, o morirem tota la família. Què farem, ara? Pobrets de nosaltres!!! —s'exclamava l'home.

Ben aviat es va saber qui havien estat els autors de la malifeta.

—Ves qui ha de ser... Els seminaristes. En Cinto, el fill d'en Pep de can Torrent! Quina peça que està fet! Ell és el cap d'aquesta colla. Em sembla que penjarà els hàbits molt aviat i agafarà el trabuc.

Les famílies dels seminaristes van haver de pagar la palla al pobre pagès. Els nois, de bon matí, un a un, es van anar presentant a les respectives cases, on els pares els estaven esperant.

La mare d'en Cinto resava i plorava i, quan va sonar la porta, tenia l'ai al cor. El pare, en Pep, home de poques paraules, que no havia dormit en tota la nit, tenia la corretja a la mà, li sabia greu el que anava a fer, però no hi havia cap més remei. Els nois se'ls havia d'educar i d'escarmentar, i aquella era l'única manera... La mare, amb llàgrimes als ulls, li va dir:

—No siguis gaire dur amb ell.

La pallissa que va rebre la va recordar tota la vida.

Durant els primers anys al seminari, també recordava molt sovint el primer mestre que va tenir a Folgueroles. Allà va aprendre les beceroles, però recordava sobretot aquell vellet ple de bondat. Ell tenia cinc anys, i l'ancià mestre que, segons Verdaguer, tenia més llarga la barretina que la ciència, els parlava de la vida, de les coses bones del món, els aconsellava. Potser no va aprendre gaire cosa dels llibres, però la benevolència d'aquell humil vellet, assegut a la seva cadira, el seu somriure de sant que tot ho perdona, li va deixar un record que reapareixia a les aules del seminari, tot estudiant la gramàtica, amb els càstigs i les bastonades que rebien tots amb aquell lema que tantes vegades havia escrit a la pissarra amb la vista velada per un plor de dolor i humiliació: *La letra con sangre entra.*

Aquell vell mestre, durant el mes de Maria, al maig, els feia sortir al camp i arreplegaven tot de flors boscanes i les posaven a sota de la imatge que presidia l'escola, i després resaven amb devoció i cantaven la salve.

Jo tenia cinc anys; anava a estudi
en mon humil poblet de Folgueroles;
de mos pobres esplets digne preludi,
portava sota el braç les beceroles.

Lo mestre era un vellet; sa barretina
més llarga era bon tros que sa ciència,
mes quina font tan pura sa doctrina!,
quin mirall tan hermós sa consciència!

Se sadollava d'aquesta aigua el llavi
no sabent en la terra millor font,
i quan tornava a casa: —De tan savi
—deia a la mare—, n'hi ha cap més al món?—

En sa grossa cadira de baqueta
encara em sembla veure'l assentat;
sa taula era coberta de baieta
que em recordava la verdor del prat.

La infantívola escola presidia,
dins sa capella de paper tenyit,
vostra imatge bellíssima, oh Maria,
que havia ja a mos avis presidit.

Va ser un mes de maig, però, que en Cinto, amb nou anys, va rebre una primera fuetada a l'ànima.

Moltes tardes, en sortir de l'escola, jugava amb la seva germana Francesca i les amigues a fer capelletes. La seva mare l'animava en aquest joc, que per ella era com la preparació del fill per al seu destí. El petit Cinto passava un desfici. Anaven amb la seva germana Francesca a buscar flors silvestres per guarnir el petit altar de cartó que la seva mare i el seu pare li havien comprat, privant-se potser del pa o del vi o del tall un dia assenyalat. Moltes tardes, anaven a buscar cassanelles, que després venien i amb els cèntims que recaptaven compraven estampetes de sants, per adornar l'altar. La mare, amb l'ajut d'unes ties, li havia fet a mà una petita casulla, tota brodada, que el petit Cinto es posava amb cerimònia. Encara li anava una mica baldera. La tia, amb dos punts, la hi havia embastat, però ben aviat, quan va fer la primera estirada, ja la va poder portar sencera, sense cap arranjament. La mare espiava el seu fill, quan feia les misses de mentida, amb la colla d'amigues de la germana Francesca, totes de genolls amb les mantellines cobrint els seus caps innocents. La mare plorava a llàgrima viva quan veia el seu menut, la nineta dels seus ulls, alçant el calze al cel i repetint amb força gràcia el ritual llatí... I després, en el *mea culpa* la mare també, encara espiant rere la porta, es posava de genolls i es donava tres copets al pit, tot somiant, gairebé veient el seu petit Cinto oficiant la primera missa, i ella obrint la boca i rebent la sagrada hòstia del seu propi fill, sang de la seva sang, consagrat a la carrera eclesiàstica.

Però aquell mes de maig la germaneta petita Filomena estava greument malalta. La darrera vegada que va anar amb la mare a l'ermita de la Damunt, asseguts al banc de pedra que hi havia a l'entrada, li va dir plorant:

—Cinto, la teva germaneta Filomena, l'angelet de la nostra casa que tu t'estimes tant, Déu Nostre Senyor la crida al cel.

—Què vols dir, mare? Com pot ser? Anem a pregar a la Mare de Déu, demanem-li que no la cridi... Jo no vull que marxi, mare...

—Ai, fillet, encara ets massa petit per entendre aquestes coses. Si Déu vol, aniràs al seminari de Vic, el mestre ens va dir que tens facilitat per aprendre, i nosaltres, el teu pare i jo, ja ens hem fet il·lusions. Allà al seminari aprendràs moltes coses, et faràs gran i algun dia, quan seràs capellà, recordaràs aquest moment, i la teva germaneta Filomena, i et posaràs molt content per ella, perquè la Filomena se'n va al paradís... Llavors entendràs aquestes paraules, perquè això és la voluntat de Déu, fill meu.

—Mare, jo no vull que marxi..., encara que se'n vagi al paradís.

—Resem perquè es posi bona, fillet.

Arran d'aquesta conversa, en Cinto, que estima amb bogeria la seva germaneta Filomena, cada dia fa una missa amb la germana Francesca i les amigues. Ara, tot sovint, van a buscar cassanelles, les venen i compren estampetes de sants, i les posen a l'altar i arreu de la capelleta. En Cinto celebra aquelles misses perquè es curi la germaneta Filomena; ell se l'estima molt, el seu cap d'infant no pot entendre les paraules de la mare, la voluntat de Déu, el paradís. La Filomena està greument malalta, ja fa unes setmanes que és al llit. Ell entra a la cambra i mira dins del bressol i la veu, la cara blanca, i li sembla que cada dia es va fent més i més petita... Aquell dia, en Cinto es va enfadar com mai amb la seva germana Francesca i les amigues, que no estaven atentes i reien mentre ell feia missa. No ho va poder resistir, els va llançar el calze de cartó, i amb un atac de còlera les va fer marxar.

—Fora! Fora d'aquí!

—Déu n'hi do! Quin caràcter! Quin mal geni que té el teu germà, Francesca, jo no hi jugaré més.

—Marxeu! —cridava fora de si.

Aquella mateixa nit, es va morir la Filomena. Aquest va ser el primer gran disgust, la primera gran pena de la seva vida, tristesa que arrossegarà sempre i que recordarà cada mes de maig.

Ara mateix, assegut a la barana de pedra del pont del Bruguer, contempla el cel, uns núvols blancs que creixen cap a la banda de les Guilleries, núvols que contrasten amb els més baixos, que són ben negres i amenacen tronada. En la blancor de cotó fluix d'aquests núvols, hi veu la seva petita germana Filomena, tota vestida de neu amb la caputxa blanca dels innocents i la petita caixa, també blanca, i la seva mare plorant, i el seu pare amb llàgrimes silents, i en Miquel, el germà gran, i la Francesca, tots plegats agafats de la mà, acompanyant la petita caixa blanca al cementiri de Folgueroles, on mai li van faltar les flors al mes de maig. En Cinto hi volia arribar i fer-li una visita al cementiri; abans volia arrencar margarides i recordaria amb llàgrimes als ulls el poema de Mistral.

Oh Magalí! Mes, si tu et fas
la margarida,
jo l'aigua clara em tornaré:
te regaré.

Deixa la toia a terra, davant la creu de pedra que va esculpir el seu pare amb llàgrimes de sang.

CAPÍTOL IX

El seminari, amb aquella munió de nois de la rodalia de Vic, que venien caminant com ell, per aprendre i, si servien, per estudiar més i, si eren dòcils com el jonc, per convertir-se en ministres de Déu. De Vic, n'havia sortit el gran Balmes, fill d'una família humil, però que havia assolit fama per tot Catalunya.

Al Seminari Conciliar de Vic, s'hi aplegaven uns mil alumnes. S'hi seguia un pla d'estudi sorgit del Concili de Trento. S'hi oferien tota mena de facilitats als estudiants de totes les condicions i, per tant, de tots els pobles de la rodalia. Els nois anaven al seminari, on s'estudiava forçosament per ser capellà. Allà es barrejaven nois de totes les condicions socials, fills de rics, pobres, menestrals, pagesos, comerciants... En un principi, s'hi estudiava dos anys de Gramàtica o tres de Filosofia, amb els rudiments d'Aritmètica. Molts d'aquells nois no passaven d'aquests primers estudis, tornaven a casa seva, entraven d'aprenents a diferents oficis o ajudaven els seus pares en les feines agrícoles i ramaderes. Els de les cases riques, si volien, podien passar a estudis superiors, a la universitat; d'altres seguien classes per convertir-se en capellans. En Cinto va ser un d'aquests.

Per aquell camí, de Folgueroles a Vic, amb onze anys, sortia a punta de dia amb una colla de nois de Folgueroles, i a cada trencall del camí, se n'hi afegien d'altres. Amb la carmanyola i els llibres, xino-xano, trigava una hora. A la tarda, a la posta de sol, tornaven cap a casa.

Mai no destacà gaire en els estudis, ni tampoc en la Retòrica o en la Poètica, les assignatures que més li van agradar, perquè li van obrir els ulls al món de la literatura. Els sil·logismes el portaven de cap, eren superiors a les seves forces, les qüestions teològiques el marejaven. En Cinto era pur sentiment, sensibilitat, tot cor, les coses de la raó i del pensament el portaven de corcoll. No hi entenia ni un borrall. I ell n'era plenament conscient. Per contra, ja des dels primers anys, mentre els professors explicaven les obscures i enrevessades lliçons de les disputes de l'escolàstica, ell, rere el quadern, aprofitant qualsevol paper, ja havia fet un rodolí, un verset satíric, que feia circular sota la taula, entre els companys de classe, que s'avorrien tant com ell.

De mica en mica, es va guanyar una certa fama entre els estudiants del seminari. No treia gaires bones notes, anava fent, passava cursos amb penes i treballs, però tenia gràcia fent versets. A més, es va aficionar a llegir, freqüentava la Biblioteca Episcopal, i també una altra de privada d'un parent seu que vivia a Vic. Però això, aquesta passió que se li havia despertat era una cosa secreta, vivia oculta dins seu, i davant dels seus companys procurava ocultar-la, era el seu secret. Després, quan tornava amb la colla de seminaristes del seu poble, ell era el cap. En Cinto era el més atrevit, el més valent, portava un garrot de tortellatge, i era molt hàbil fent-lo anar. Tenia fama per això i el respectaven. Es va guanyar el títol de cabdill a base de garrotades.

Però, en aquell noi de cabells rossos i d'ulls d'un color blau intens, hi havia una lluita interior, una dualitat. Ell era el més cruel, el més salvatge, el cap de colla que s'imposava amb la força bruta i, a més, tenia facilitat per fer versets de burla. Es va guanyar una bona fama de pinxo al seminari. La naturalesa el va dotar amb una gran vitalitat, l'energia li sobreeixia pels ulls, per la boca, tot el seu cos vibrava. I, al mateix temps, hi havia un racó de melangia dins seu, una part que l'unia a la seva mare, la part més lírica, més elevada del seu esperit. El mateix noi, orgullós i milhomes, que s'havia barallat amb un carreter o un llaurador a garrotades, a la tarda, quan tenia una hora lliure, anava a llegir a la biblioteca del Palau Episcopal del seminari, la més important de la rodalia, i allà va llegir amb ardor, amb veritable passió, els clàssics. Homer, Virgili, Horaci... I, als quinze anys, a més dels versets satírics, faceciosos, quartetes o dècimes, que algunes vegades feia córrer, en secret ja componia poemes més íntims, poemes d'amor també, que no gosava ensenyar a ningú, de moment. Aquells anys, en Cinto ja llegia també Lo Gaiter del Llobregat, procurava estar al corrent de la nova embranzida literària, d'aquells Jocs Florals que van restablir-se feia pocs anys, aquells autors de Barcelona de la Renaixença, que escrivien en català. A la Biblioteca Episcopal, en Cinto va trobar una gramàtica en català, i la va llegir, però tot i que ja començava a fer versos, se sentia insegur.

Durant la lectura, pel seu caràcter i la seva gran curiositat, de seguida es ficava en cos i ànima dins de la història, semblava abduït completament pel llibre, com transportat a un altre món, era com una transfiguració. Però, quan acabava, quan mirava el rellotge o quan escoltava el so de la campana i havia de tornar al seminari, o durant les pesades classes o quan feia el camí de tornada a casa, era com si en Cinto retornés al món. Tornava a ser el de sempre, el pinxo de Folgueroles, el fill d'en Pep de can Torrent. Al carrer, ja era el mateix, vestit humilment, atent sempre a les mirades de menyspreu dels fills dels senyorets, dels rics, mirades que ell reptava, desafiava amb ulls penetrants, vius, orgullosos, sempre a punt per barallar-se o per fer-ne una de grossa, com la de la masia de can Bou, que ara recordava i se'n feia creus, pensant la quantitat de malifetes que era capaç de fer, d'organitzar com a cabdill de la colla, sense sentir cap remordiment de consciència, com si res, quan tenia tretze o catorze anys, i fins als setze. Després, tot ell va canviar. I ara que en tenia vint-i-tres tot allò li semblava molt llunyà, i se n'avergonyia una mica. Li semblava impossible, i es penedia profundament d'algunes coses, sobretot de les trampes que era capaç de fer a les cartes, o d'aquell cop que s'ho va jugar tot a les bitlles, tots els estalvis que tenia, i d'això potser no feia tants anys... I després hi havia aquell episodi de la noia del mas de les Heures, que el turmentava i que volia oblidar, oblidar per sempre... I el millor per oblidar era suplir un record per algun altre, sobretot els que li plaïen, els que encara el feien somriure, i ara evocava un d'aquells fets, tot projectant el record en aquella immensa pantalla d'un cel ennuvolat, mentre reprenia el camí de Folgueroles i deixava el pont del Bruguer darrere seu.

Devia tenir catorze anys, havien passat les vacances d'estiu i, a la tardor, tornant del seminari, en Cinto es deturava un moment, dissimulant, arran del mur de la masia de can Bou, a prop ja del poble, Folgueroles. La resta de companys, una dotzena, que l'acompanyaven es preguntaven què li passava que, quan era a prop de la masia, aixecava el seu temible bastó de tortellatge enlaire, perquè aquell era el senyal de callar i fer aturar la tropa que el seguia uns passos enrere. Tots estaven intrigats, però en Cinto no deia res, sabia guardar secrets. Aquesta era una de les qualitats de les quals ell, també silenciosament, estava més orgullós. Una virtut que continuà practicant també en la seva tasca poètica. De les seves lectures, i també del fet que va presentar-se als Jocs Florals, l'any 1865, feia tres anys, ningú de la colla no en sabia res, ni el seu amic Jaume Collell, o els germans de casa Masferrer, on parava quan anava a Vic. En Cinto era així, dins seu sempre s'hi covava alguna cosa que creixia i creixia sense fer soroll.

Aquella tarda, però, en Cinto revelà als seus amics per què passava tan sigil·lós arran del mur de la masia de can Bou, i per què s'hi quedava una estoneta, tot dissimulant i mirant amunt.

—Nois, avui us diré el secret. Tots m'heu preguntat per què, en arribar a la masia de can Bou, us faig el senyal i jo miro dissimuladament el mur. Doncs mireu, demà a la matinada, a les quatre, tots aquí.

—Una hora abans? Però si sortim de casa a les cinc! Què els direm, als nostres pares?

—Digueu-los que demà comencem una hora abans al seminari, que ha vingut un missioner.

—Però, «capità»... Si encara no ens has explicat què farem demà a les quatre de la matinada... —va fer en Joanet, el fill del forner, un espavilat que ja tenia pensat deixar el seminari i dedicar-se a la fleca.

—Sou una colla de brètols, d'ignorants... —va esclatar en Cinto, que va brandar el seu temible garrot—. Hauríeu d'anar més a la biblioteca, com faig jo moltes tardes que em tanco allà.

—I què hem de fer a la biblioteca del Palau Episcopal? Si no ens hi deixarien entrar —va fer un altre noi, en Ramonet, amb un fil de veu, temorós que en Cinto no li clavés una trompada amb el bastó que encara tenia alçat.

—Sou uns ases... Llegir! Com faig jo.

En Joanet hi va insistir:

—De vegades, no t'entenc, Cinto... Llegir? Ja en tenim prou, amb la Retòrica i les bastonades que ens donen. Però jo potser no arribo ni a Tots Sants, ja ho he dit al pare.

—Allà hi ha llibres diferents, Joanet... Que t'ensenyen coses de la vida, aventures, no són com els de Retòrica o Gramàtica.

—Cinto! Anem al gra... Què hem de fer a les quatre de la matinada? —va preguntar en Miquel, un noi espigat, fill de pagesos de Folgueroles, que era molt nerviós i sempre es menjava les ungles. Però era l'únic de la colla que, en alguna comptada ocasió, quan s'enfurismava i perdia l'oremus, gosava parar els peus a en Cinto.

—Ara us ho explico! Des de fa uns dies que m'aturo un moment quan arribem a la masia de can Bou, i sabeu què faig?

La colla era al seu voltant, expectant, amb uns ulls com unes taronges. En Cinto es ficà les mans a les butxaques i, fent-se l'important, digué amb èmfasi:

—Vigilo els raïms.

—Els raïms? —féu en Ramonet, que no entenia res.

En Miquel li va clavar un clatellot.

—Ets un carallot! No entens res de res... Jo sí que sé per on va en Cinto.

—Sí que hi ha una bona parra que puja pel mur i s'enfila fins a la finestra del primer pis de la masia... —féu amb ulls de murri en Joanet, el fill del flequer.

—Vigiles els raïms? —preguntà un altre cop en Ramonet, que, tot i que era l'ase dels cops, tenia molta curiositat i no parava de xerrar.

—Sou uns ases i tu el primer, Ramonet, no canviaràs mai, ets un bocamoll... Sí, home, sí!!! Vigilo els raïms, no us hi heu fixat? Ja són vermells, és un cep d'una classe boníssima. Xalarem de valent, us ho asseguro! I ens fotrem ben tips! El meu pla no pot fallar! I mira que, a la primavera, a final de curs, hem voltat horts, a córrer la cirera, el meló i tota classe de fruita... Però els sucosos raïms de can Bou no els hem tastat mai... No! I ja és hora! M'hi he fixat bé, els grans són grossos i vermells i ja deuen ser dolços com la mel, i gairebé no tenen llavors... És una classe de raïm molt fina. L'altre dia, vaig sentir la conversa, el masover de can Bou deia al pare que cada any regalava un cove de raïm al senyor bisbe de Vic... De tan bons que són.

—Així deuen ser dolços com el sucre blanc. Diuen que el bisbe és molt llaminer i es fa portar coques i pastissos de tots els pobles de la rodalia... El meu pare ho explicava un dia a la mare... Si els raïms de can Bou agraden al bisbe, han de ser boníssims... —va dir en Joanet, el fill del flequer.

A tota la colla, amb els ulls molt oberts, ja els feia venir salivera. Van quedar tots d'acord a les quatre de la matinada de l'endemà. En Cinto hi va insistir:

—A les quatre de la matinada, que encara serà fosc i agafarem els masovers dormint... I tots hem de dir el mateix, que anem una hora abans a Vic perquè ha vingut un missioner i ens vol explicar coses de l'Índia. És important! Ramonet, em sents? I no xerris més del compte, que t'obriré el cap!

—No, no diré res, Cinto... Un missioner de l'Índia.

—L'Índia? —va fer en Miquel, rosegant-se les ungles com sempre, però ara una mica més excitat.

—Sí, home, un missioner de l'Índia que a primera hora ens explicarà com ensenya el catecisme als *indios*... I després farem les classes normals, entesos?

A les quatre de la matinada, quan encara no havien cantat els galls i el sereno feia la ronda, anunciant l'hora i el temps, la colla es va reunir a la plaça. Tots en silenci, amb en Cinto al capdavant, van sortir a les fosques, pel camí de Vic. Abans d'arribar a la masia, en Cinto els va reunir.

—Tu, Miquel, que ets el més alt i prim, pujaràs damunt les meves espatlles... Ja ho saps, quan juguem al pati del seminari, quan faig de cavall no em poden fer caure mai, i mira que sempre porto el Francesc de Masferrer a les espatlles.

—Sí, Cinto, tu ets el més fort... I nosaltres què farem? —preguntà xiuxiuejant en Joanet.

—Tu aniràs més endavant, enllà del mas, i et posaràs a la vora del camí. Si veus algú, ens avises. No cridis, vine corrents. No vull sentir cap crit ni cap soroll, els masovers dormen i, mentre dormen, els fotrem tots els raïms i ens atiparem com lladres!!! I tu, Ramonet, et posaràs a l'altra banda del camí i també vigilaràs si ve algú. Si veus llum al mas, en alguna de les finestres, també has de venir i avisar-nos... Vosaltres fiqueu-vos aquí a sota, arran del mur, i anireu recollint els raïms que anirà collint en Miquel. Tots d'acord? Quan haurem acabat de collir, sense fer soroll continuarem com si res, fins als afores de Vic, i quan arribem al Gurri, sota el pont del Bruguer, ens atiparem de raïms, quina festa que farem.

—Sí... —van fer tots a una.

En Cinto, amb els ulls enfurismats, que en la foscor semblaven brases roents, aixecà el bastó i digué amenaçant-los amb el garrot:

—Fluix... He dit! M'heu sentit? No parleu fort! Que els masovers dormen...

En Cinto i en Miquel es van quedar al mur i aleshores en Cinto, en veu baixa, li digué:

—Miquel, tu puges quan et digui. Si vols bellugar a un cantó o l'altre, només cal que em donis un copet a l'espatlla amb el taló... Dreta o esquerra, i així vas plomant el cep, n'hi ha per a tots... Quan hagis acabat, el senyal serà amb els dos talons. D'acord?

—D'acord! —digué en Miquel, que tenia el cor a la gola i no escoltà amb gaire atenció les explicacions d'en Cinto, que no perdia la calma per res.

Quan va acabar de dir això, es va recolzar amb dues mans al mur.

—Amunt, Miquel.

El noi va pujar. Tots els altres eren a les seves posicions.

En Miquel va pujar damunt les seves espatlles. Era alt i esprimatxat i, com havia calculat en Cinto, tocava els raïms amb les mans estirades. Era al mig del cep, entre els pàmpols tenia raïms a totes bandes, els palpava, el cor li galopava dins del pit... Era just sota la finestra. En Miquel, nerviós, amb les mans, amb els dits, sense mirar, va provar de tallar la branca de raïm que penjava sobre el seu cap, que era la que tenia més a prop. Ho va provar amb una mà, amb l'altra se subjectava a una branca del cep. Després, sense perdre l'equilibri, ho va provar amb les dues mans... Ho va intentar de totes maneres. Però no hi havia res a fer. El sarment era dur i verd, molt fibrós, no hi havia manera. Feia ja una estona que hi bregava. En Cinto, tot i que no estava cansat, aguantava bé el pes, però va començar a impacientar-se.

«Què coi li deu estar passant? Per què triga tant!! No he sentit caure cap raïm!».

Un dels nois s'hi va acostar i, a cau d'orella, li va dir:

—Què passa, Cinto? Què fa en Miquel? Tarda molt i tinc por, em sembla que he sentit un soroll...

Aleshores, en Cinto ho va entendre tot:

—Merda, no els pot tallar... No pot. A més, com que no té ungles... No hi havia pensat.

En Miquel, tot i que feia fresca matinera, estava tot suat, la camisa amarada, bregava, feia tot el que podia, es feia mal als dits, molt de mal, però allò era impossible. Finalment, gairebé a punt de plorar, es va quedar quiet, maleint cel i terra, mossegant-se els llavis. Tocava els raïms, ara un, ara un altre, els tenia allà, tornava a provar de trencar el sarment, però no podia, era impossible. Només que hagués pujat una mica més, els hauria tallat amb les dents, perquè tenia una bona dentadura, però els raïms li quedaven just sobre el cap... «Què faig, ara?». El noi, que era nerviós, va començar a tremolar. De fet, ja feia estona que tots els companys sentien la fressa de pàmpols... En Miquel no va poder resistir més i, dirigint-se a en Cinto, va dir:

—Necessito un ganivet! Necessito un ganivet!

A en Cinto se li va glaçar la sang. Havia cridat massa fort i segur que el masover...

Un dels nois, el que vigilava les llums de la casa, va arrencar a córrer i, nerviós, desesperat, sense arribar al mur, també va cridar:

—L'amo! Que ve l'amo.

I els porticons de la finestra es van obrir i la veu del masover de can Bou va ressonar:

—Té, ja te'l donaré jo, el ganivet!

I amb un garrot va pegar una bastonada. En Cinto es va posar de genolls en escoltar la veu del masover i, gràcies a això, no li van obrir el cap, a en Miquel. La colla va fugir a corre-cuita en direcció a Vic. Van sentir lladrucs i creien que el masover els empaitava amb una colla de gossos. No van parar fins al pont del Bruguer. En Cinto es va encarar amb en Miquel.

—Veus què et passa per menjar-te les ungles!!!

El noi, aquesta vegada, no s'hi va tornar. Tenia els dits encetats i fets malbé, i plorava de dolor... En Cinto no el va bastonejar, li feia llàstima.

—Au va! Ens hem quedat sense raïms!!! Però el primer que digui alguna cosa... Ja sabeu com les gasto... Vinga, fem un jurament de silenci, aquí sota el pont.

En Miquel, plorant de ràbia i de dolor, va allargar la mà, els dits i les ungles ensangonats. En Cinto, enfurismat, li va dir:

—Pixa-t'hi, Miquel... Ja ho saps, així es curen les ferides els mariners que van a alta mar.

Van jurar silenci. Durant el dia, van fer classes amb normalitat i, al vespre, en tornar, es van trobar tots al camí de Folgueroles. Al cap d'una hora, van entrar a la vila, tots en silenci, dissimulant. A l'entrada del poble, hi havia un banquet on els vells i les dones solien anar a prendre el sol. Aquella tarda, hi havia un grup de velles. Una, en veure la colla, es va alçar i els digué:

—Aquí vénen els lladres que han anat a robar els raïms de can Bou.

En Cinto, sense immutar-se, es va encarar amb la vella i, com si res, li va dir:

—Nosaltres només ens cuidem d'estudiar i vostè s'hauria de cuidar de les seves coses.

—Qui és el descarat? —va dir una de les dones.

—El fill d'en Pep de can Torrent!

—Diuen que és un diable!!! La seva santa mare està molt disgustada...

—És el cabaler... Els pares volen que es faci capellà.

Però em sembla que el noi té més tirada a fer la guerra que no pas la pau.

Eren anys convulsos. La sang li bullia. Però, durant l'adolescència, ell amagava tota aquesta part de les lectures. Era el secret d'en Cinto, el noi d'en Pep de can Torrent, el destraler, el pinxo que jugava a bitlles i a cartes, que es barallava per no res, pobre però orgullós com ell sol... El mateix noi que, d'altra banda, es tancava sovint a la biblioteca del Palau Episcopal i devorava llibres.

CAPÍTOL X

En Cinto mai no va destacar en cap assignatura del seminari, però li agradava llegir, sobretot poesia. Trobava en els versos la compensació al seu caràcter impulsiu, a la seva vigorosa natura. Ell era un noi rude, d'extracció humil, fill de pagès; la seva indumentària era com la de la gran majoria de seminaristes: roba apedaçada, digna, però sargida fins a un extrem que de vegades semblava còmic. Ell, si no hagués tingut la sort de tenir els parents de can Tona, hauria estat un fàmul, és a dir un servent, l'assistent d'algun seminarista ric. Això el mantenia en un espai poc definit, que li donava un cert orgull, que juntament amb l'ardor del seu caràcter era una barreja explosiva. Però, a més de tota aquesta violència temperamental, en Cinto tenia una exquisida sensibilitat, i era per això que li tiraven tant els versos, la poesia, era per això que ja de ben petit era capaç de commoure's davant d'una posta de sol. I, és clar, aquests dos elements configuraven en la seva ànima una paradoxa, una contradicció, que després, durant tota la seva vida, s'anirà repetint en major o menor grau, però que es plasmarà de seguida en la bifurcació dels seus dos destins: poeta i capellà.

Sigui com sigui, ben aviat, en Cinto va començar a empescar-se-les per aconseguir algun ral i així comprar-se els llibres que veia a les llibreries de Vic. Un dia, van fer una competició a córrer descalços per un camp de rostoll. Cada participant hi havia de posar una quantitat i el que guanyava s'ho enduia tot... En Cinto va ser el vencedor. Ell era el rei del camí de Folgueroles a Vic, transitat no només pels estudiants sinó també per carreters i traginers de tota mena, pelleters, quincallaires, ramaders i pagesos.

La fama del noi d'en Pep de can Torrent de Folgueroles anava creixent. La vitalitat d'en Cinto era proverbial: no només sabia córrer com ningú descalç o amb espardenyes, sinó que també era un mestre fent anar el garrot de tortellatge que sempre duia al damunt. Ja havia tingut alguna discussió amb algun carreter fatxenda, i en Cinto, impulsiu, amb un cop de geni, era capaç d'obrir el cap al traginer i als camàlics que de vegades anaven també amb el carro. A qui fos que li plantés cara.

En tot destacava aquell noi ros, que tenia a la mirada una resplendor estranya, blavosa i salvatge. Ningú no el guanyava a les bitlles, competicions que es feien a les places de Vic o al pati del mateix seminari. Era un noi traçut i decidit. I amb les cartes, concretament al *tresillo*, era tot un expert. No hi havia qui el guanyés. A les baralles entre els pobles, concretament entre els de Folgueroles i Sant Julià, vila veïna, en Cinto sempre estava al capdavant llançant pedres com ningú. I algunes vegades rebia i li obrien el cap, i durant uns dies havia d'estar-se a casa amb el cap embenat, però amb ganes de refer-se i tornar a la brega dels jocs, les baralles, on sempre destacava per la seva força, temeritat i aquell esclat d'ira que feia recular els adversaris, perquè veien en aquell noi algú que no tenia por de res. En arribar la nit, a la vora de la llar de foc, escoltava la mare, que li explicava algun romanç de temps antics o li llegia el fragment de la vida d'un sant. I en Cinto se n'anava a dormir somiant que era un missioner que anava a les Amèriques a predicar i s'enfrontava amb tribus de caníbals i animals salvatges, però ell era l'espasa de la fe i vencia els enemics... Ben aviat, els seus somnis de missioner van créixer i ja somiava viatjar a Amèrica. Fins i tot un dia va dir als amics que es deixaria tallar un braç per poder anar-hi.

Quan el jove Jacint Verdaguer tenia catorze anys, tot el país va viure la convulsió de l'atemptat contra la reina mare, Isabel II. Un capellà, Merino, va estar a punt de posar fi a la vida de la reina d'Espanya. Eren anys de turbulències polítiques, intrigues, proclames, cops d'estat, revoltes a les colònies, en contínua tensió i sempre sota l'amenaça d'una nova guerra carlista... I, per si no n'hi hagués prou, o potser per desviar l'atenció fora de la Península, es va iniciar la Guerra d'Àfrica, contra el soldà del Marroc, amb un pretext absurd: la guerra fou declarada perquè uns moros van destruir l'escut d'Espanya gravat en un molló de la frontera amb el Marroc. Mai una guerra no s'ha declarat per una cosa tan ridícula... I aquest va ser el moment estel·lar del jove general català Prim, natural de Reus, que va fer una proclama i va crear un cos de voluntaris catalans. Tot Vic, tota la plana, tot Catalunya va entusiasmar-se, com si es tractés d'una croada per conquerir Terra Santa... El petit Cinto, capitost de la colla, anava a veure la tropa de guarnició de la ciutat que feia maniobres a la talaia dels xiprers, als afores, preparant-se per a l'absurda campanya d'Àfrica. I, a les nits, inquiet, les lectures pietoses de la mare no aconseguien l'efecte d'assossegar el seu esperit. Durant la nit, somiava que lluitava contra els moros del Marroc i el mateix general Prim li posava una medalla i tornava a Vic enaltit per tothom. El seu nom era famós i sonava per tots els poblets de la plana i de més enllà... «Cinto Verdaguer, el noi d'en Pep de can Torrent, és un heroi de la Guerra d'Àfrica».

I, en aquell esclat de sincera vocació de reconquesta de l'infidel, de veneració per un general català, Prim, el nou Roger de Flor que encapçalaria les noves tropes d'almogàvers invencibles, es va produir un fet que potser hauria pogut canviar el futur del país, però que, finalment, només va ser un episodi fallit d'aquella eterna guerra civil...

Al port de Sant Carles de la Ràpita, hi va desembarcar el general Ortega amb tropes de Mallorca, escortant el pretendent del tron, el comte de Montemolín, el seu germà l'infant don Ferran i també el general Elio. Es volia aprofitar aquella guerra contra el Marroc per proclamar el rei de la branca carlista que, des del 1833, estava reclamant la legitimitat de la Corona espanyola. El fracàs fou estrepitós, els generals afusellats i el pretendent abandonat a la frontera amb França, tot signant la renúncia al tron per sempre.

Els nois de la colla ja coneixien força alguns dels traginers i drapaires que feien el camí de Vic a Folgueroles. I en Cinto va començar a pensar-ne una de les seves, per poder arreplegar algun ral i comprar-se algun llibre. Un dia, a prop del pont del Bruguer, va veure de lluny un drapaire que anava de poble en poble a vendre retalls de roba. En Cinto sabia que l'home era faceciós, li agradava la juguesca i apostar. Alguna vegada se n'havia burlat, de l'home, fins i tot un dia li va dedicar un verset satíric. En aquell moment, li va venir una idea. Va avisar la colla perquè li seguissin la veta. Es tractava de fer mossegar l'esquer al drapaire amb una discussió entre els seminaristes, a veure qui era el que corria més... Així, fent veure que discutien, els uns amb els altres, i que fins i tot s'anaven a pegar, es van apropar al carro del drapaire, que ja reia escoltant la discussió, mentre bevia a galet del bot de vi. L'home va tibar les regnes de la mula.

—Ep, nois! Què són aquests crits!!! Per què es barallen els senyorets seminaristes de Folgueroles, si es pot saber?

En Cinto es va avançar i va fingir que estava enfurismat.

—És que en Miquel, com que té les cames llargues i és el més alt de la colla, diu que em guanya corrent... Això no s'ho creu ell ni fart de vi!! —En Cinto alçà el garrot amenaçant el noi, que al principi es va quedar parat, però com que en Cinto li va picar l'ullet li va seguir el joc de seguida.

—I tant que el guanyo! —féu en Miquel, rialler i reculant una passa... No se'n fiava, d'en Cinto.

Tota la colla es va animar, discutint i apostant, tal com els va dir en Cinto.

—M'hi jugo el berenar que guanya en Miquel.

—Està bé, el teu berenar per les boles de plom.

—Jo també hi vull apostar... Tinc tres cèntims. Jo aposto per en Cinto!

El drapaire reia amb la seva boca esdentegada. Li agradava aquella situació, coneixia la colla i sabia que en Cinto n'era el cap. A més, el volia escarmentar, perquè encara recordava el verset d'aquell descarat. De fet, quan es trobaven, en Cinto se li plantava davant, sempre li parlava amb un to de burla, faceciós, el mirava sense por als ulls... El drapaire sempre reia, però la hi tenia jurada, al pinxo de Folgueroles, li volia fer abaixar els fums. Va observar en Miquel, que ja començava a saltar, feia uns bots enlaire que semblava que hagués de tocar els núvols, es preparava per córrer, mentre deia:

—Tinc les cames més llargues, Cinto... L'altre dia, et vaig guanyar i avui vols la revenja i no te'n sortiràs!!! Ha, ha, ha... Ets tossut com una mula, però perdràs, ningú no em guanya per cames!

El drapaire va mossegar l'ham.

—Espereu-vos, nois... Espereu... Que encara us matareu... Mireu, nois...

L'home es va treure un duro de la butxaca de l'armilla, i el va fer rodar enlaire. En Cinto i tota la colla es van quedar muts, els ulls hipnotitzats i clavats en el duro que rodava i rodava i que semblava que no hagués de caure mai a les mans negres i rabassudes d'aquell drapaire. En Cinto, en comptes de la moneda, veia rodar enlaire l'*Eneida* de Virgili. Aquest llibre, el va llegir per primer cop a la Biblioteca Episcopal, i el va impactar. Li va agradar tant que, ara que l'havia vist a l'aparador d'un llibreter de Vic i que valia un duro, el que veia girant a l'aire era aquell volum... I ell el volia, desitjava tenir-lo a casa seva.

El drapaire reia, cofoi, li feia gràcia tot allò, s'ho passava bé mirant la cara de tots aquells seminaristes, i encara més la d'en Cinto. Ara tenia l'ocasió de rebaixar-li l'orgull, a aquell pinxo que es burlava d'ell davant dels seus nassos.

—Vinga, nois... Jo aposto per en Miquel. Un duro! Miquel, si guanyes, et donaré dos rals! Amb això ja en tens prou... Que per a tu serà una fortuna... I, si perdo, dono a en Cinto el duro. I tu, què t'hi jugues, Cinto?

—Tres rals, és tot el que tinc... I els llibres, això és tot el que porto al damunt.

—A veure, vull que m'ensenyis els rals.

En Cinto es va treure un mocador, el portava lligat i a dins hi tenia els diners. Els va comptar davant seu, tremolant.

—Està bé! Però, a més de les dues pessetes, si perds, en arribar a Vic, et vull lligar davant la mula i hauràs de fer d'ase fins a la plaça del mercat de Vic.

El drapaire el volia humiliar davant de tot Vic, el volia deixar ben escarmentat. No s'ho va pensar gaire.

—Accepto!

—Fet... —va dir el drapaire, que va fer un salt i va baixar del carro. Va marcar a terra una ratlla i va dir—: Veieu, allà davant, hi ha el pont del Bruguer. Doncs la cursa serà arribar al pont, al primer ull, passeu per sota i en torneu a sortir per l'altre cantó... I això tres vegades. El que arribi primer aquí guanya!

El pont era allà davant, es veia tot a uns cinc-cents metres de distància. En Cinto i en Miquel van deixar a terra els llibres, la carmanyola i tot el que portaven, i es van preparar. El drapaire els va situar a la ratlla, amb el garrot enlaire, i va dir:

—Saps què, Miquel? Si guanyes, serà per a tu el duro sencer... —i esclatà a riure. De sobte, li va canviar la cara. Era una expressió diferent, d'odi, de venjança, i dirigint-se a en Cinto féu—: Tinc ganes d'entrar a la plaça del mercat de Vic amb un ase com tu, noi!!!

—Vinga, va, que es fa tard i vol ploure! —féu en Cinto.

—Nois, quan digui tres i baixi el bastó, comença la cursa... Fins al primer ull del pont i tornar... Tres vegades.

Els dos corredors van sortir disparats. En Miquel, però, es va avançar una mica.

La resta de la colla cridava, els animava. En Miquel va esperar en Cinto, i quan el va tenir a la vora li va dir:

—Cinto, un duro és un duro. Penso guanyar jo, encara que em matis a garrotades, el duro és meu, perquè guanyaré jo!

—Això ja ho veurem —cridà en Cinto esbufegant.

En Miquel, llarg de cames i esprimatxat, es va llançar endavant i de seguida el va avançar. Però la cursa era llarga. En Miquel anava davant, a força distància, durant les dues primeres voltes. Quan passaven per tercera i última vegada per sota el pont, en Cinto va començar a escurçar la distància que el separava d'en Miquel, que es veia cansat i perdia forces. Havia accelerat massa al principi i ara li pesaven les cames, li agafava rampa... En Cinto el va passar just abans d'arribar a la meta, davant del carro del drapaire. I l'home, seriós, amb la cara desencaixada, no va tenir cap més remei que donar el duro al guanyador.

Aquell mateix dia, en Cinto es va comprar l'*Eneida*, i aquella mateixa nit, a casa, va començar a llegir-la, en secret. No va gosar dir-ne res ni al seu pare ni a la seva mare, que segurament no haurien aprovat de cap manera que s'hagués gastat un duro, i encara menys per comprar-se un llibre pagà, que en aquella casa només es llegien vides de sants i el llibre d'un jesuïta, el pare Nuremberg.

En Miquel ja no va anar mai més amb la colla d'en Cinto. Al matí, sortia mitja hora abans de casa, i anava tot sol. Els amics l'acovardien, quan el trobaven l'escridassaven:

—Ai, si et veu en Cinto!

En Miquel es menjava les ungles i anava esverat d'una banda a l'altra.

En Cinto es va creuar amb ell més d'una vegada, però no li va dir mai més res. Fins i tot sentia una mica de compassió per ell, però de cap manera podia mostrar feblesa davant dels amics.

CAPÍTOL XI

Quan en Cinto feia camí, es coneixia cada racó, cada mas, cada turó; li agradava tancar els ulls i ensumar l'olor del camp, i encara més en un dia com aquell, que havia plogut, el temps estava alterat i potser molt aviat tronaria i cauria aigua a bots i barrals. Tancà els ulls i inspirà profundament l'olor de terra mullada; allò li portava records de la mare estimada. L'olor de la farigola acabada de collir, quan tot el jovent de la plana, el dia de l'Ascensió, anava al convent de Sant Tomàs a collir farigola florida i després a dansar i cantar per les eres, tots junts, nois i noies.

L'adolescent Cinto, en aquests anys, de la mateixa manera que era el primer a ballar, a jugar a bitlles, a escometre algun carreter amb el seu garrot, també tenia rauxes místiques. Influït per la seva pietosa mare, per les lectures d'aquelles vides de sants, que com veritables herois se n'anaven a predicar lluny de la seva terra i potser morien per defensar la fe, en Cinto, des de la més tendra infantesa, va sentir dins seu l'impuls de la vida d'aquells missioners que se n'anaven a Amèrica a predicar. Els veia com a veritables herois, amb aquella auréola de santedat. Una tarda, amb setze anys, es va posar de genolls davant la seva mare, que venia del rosari, de l'església de Folgueroles, i li va suplicar:

—Estic disposat a sacrificar la meva vida... Mare! Mareta meva, deixa'm anar a les missions a Amèrica. Em vull fer missioner franciscà, vull anar-me'n, mare, si us plau, tinc un amic que ben aviat marxarà a Amèrica i vull anar amb ell... Ahir, vaig anar a l'ermita de Sant Francesc, i li ho vaig prometre...

—Però, fill, si encara ets massa jove...

—Tant se val, mare. Estic ben decidit: me n'aniré a les missions a Amèrica, i ningú no podrà impedir-m'ho! Mare, tu ets devota de sant Francesc, i jo t'he sentit tantes vegades parlar-me del sant d'Assís, que vull fer-me'n seguidor.

—Què dirà el teu pare? Jo, jo...

—Mare, tu mateixa m'ho vas dir. Jo estic consagrat a Déu, al sacerdoci. I vull escollir la meva vida de sacrifici, de pobresa... Tu saps que el meu sant predilecte és sant Francesc d'Assís i vull seguir els seus passos. Hi ha una tradició a la nostra família d'ingressar al tercer orde franciscà de Folgueroles, tu mateixa, mare, n'ets... L'avi Bartomeu en va ser un dels fundadors... Doncs jo vull seguir els mateixos passos i anar més enllà... No em conformo d'ingressar a l'orde tercer vull anar a missions.

La seva mare, malgrat la jovenesa del noi, hi veia aquella ferma convicció, i no va tenir cap més remei que acceptar el que deia, no podia negar res al seu fill estimat, i encara menys allò que demanava, però en el fons sabia que era encara massa jove. Amb llàgrimes als ulls, acceptà la decisió del fill; no volia contradir-lo, tenia molt geni quan s'enfadava i per això va optar per no oposar-s'hi, tot i que prengué la determinació de parlar amb qui fos, amb el rector de Folgueroles, al seminari de Vic on cursava estudis, per impedir que el seu fill, que encara no tenia ni setze anys, se n'anés a Amèrica.

Efectivament, el confessor li va parlar clar, va dir a en Cinto que no podia anar a missions perquè ni tan sols havia complert els setze anys. I, enfadat amb aquella decisió que trobava injusta, el noi es va fer tercerol de la congregació i, tal com figura en el llibre del tercer orde del pare sant Francesc de la parròquia de Folgueroles, s'hi va inscriure, i el dia 29 d'abril de 1860 prengué l'hàbit.

I en Cinto, que durant aquesta època anava com un pèndol d'una emoció mística a una de mundana, també destacà en la seva adolescència com un gran ballador i un cantador excel·lent. No es perdia festa o romiatge, com la de la Gleva o la de Sant Jordi; sempre se'l veia saltant. I per Sant Joan ballant *La Balanguera* al so de la cornamusa. Aparentment, aquell adolescent que participa activament de totes les festes populars, i sobresurt com a ballarí, viu l'esclat de la primavera del seu cor com una festa continuada on la natura s'engalana per ell. Els somnis d'aquests anys, però, van quedar truncats per un fet ombrívol, una amarguesa que ara, camí de casa, de retorn de Barcelona, d'aquells Jocs Florals del 1868, no vol recordar, no vol evocar, perquè hi ha alguna cosa profunda que li dol en l'ànima. S'ho vol treure del cap, s'hi esforça, encara no ho ha paït del tot, i potser abans de fer-se sacerdot, abans que l'ordenin, haurà de passar comptes, però ara no és el moment, ara voluntàriament vol foragitar del seu pensament aquesta confessió amb si mateix, amb la vida i amb la seva estimada musa. Ara camina, com sempre, a pas ferm, però té un nus a la gola, assaboreix cada detall d'aquell paisatge, que és com un plec de la pell de la seva pròpia ànima. Tanca els ulls un moment, i dins la foscor del pensament busca la llum d'una imatge que demà o aquella mateixa nit pugui transformar en un vers, un nou poema que materialitzi en carn viva tot el que sent en aquell moment.

Molt aviat, tombant el camí, a prop d'aquell bosquet de roures que hi havia més endavant, va trobar el trencall del camí de Folgueroles, que es desviava amunt fins a la masia de can Tona, on vivia des dels divuit anys: allà, a la masia, s'hi hauria d'estar fins que acabés els estudis. Feia quatre anys que s'hi estava, però es trobava tot just al meridià i això el va fer esbufegar.

—Uf! Quatre anys més de seminaristes! No sé si ho podré resistir... Mareta meva, per tu resistiré les enrevessades classes, és per tu que ho faig... —remugà en Cinto en veu baixa, sense afluixar el pas i recordant l'any que va anar a viure a aquella masia, can Tona, on tenia una cambra per a ell sol, cosa que a casa seva no podia ser perquè eren massa pobres. La masia era d'uns familiars que el van acollir i, a canvi de fer de mestre dels petits de la casa i d'ajudar en algunes tasques agrícoles, hi tenia la manutenció de franc. A més, així escurçava a la meitat el camí fins al seminari que feia cada dia.

Els estudis al seminari de Vic se li feien cada cop més feixucs. En Cinto no treia bones notes i s'hi avorria molt. A més, hi havia aquell home, aquell professor de seminaristes, Serra i Mies, que l'odiava a mort i no entenia per què. Només pel seu posat, pel seu aspecte de pagès, la seva mirada blava amb aquella lluentor de vida interior. Vés a saber, el cas era que Serra i Mies, a les seves classes, mai no va deixar de turmentar-lo, humiliar-lo gratuïtament, ridiculitzar-lo davant de tots. En Cinto, sota el seu humil vestit de pagès pobre, era un noi orgullós que mirava als ulls i somiava el cel i la lluna i no es rebaixava davant de ningú, però no va tenir cap més remei que empassar-se l'orgull. En part, se li feia carregós el seminari per aquell professor, no podia suportar-lo. Però tampoc no volia donar un disgust a la mare, i mai no n'hi va dir res. Després, Serra i Mies li va donar classes de Teologia i ara li tocava Filosofia. Només pensar en aquell home ja li venia suor, a en Cinto. A més, en els darrers temps, aquell professor el martiritzava amb un malnom que ell mateix s'havia inventat.

En Cinto es deia Verdaguer de primer, i Santaló de segon, per la seva mare Josepa Santaló. Aquell malànima de professor, només veure'l i davant de tothom, amb mitja rialleta el cridava i li deia:

—Sant Taló, sant Taló. No faràs miracle, no...

En Cinto, però, que ja començava a versejar, sobretot en aquell estil burlesc i vallfogonenc, per venjar-se del professor li va dedicar uns goigs que també van circular de mà en mà pel seminari i que feien així:

GOIGS DE SANT TALÓ QUE PER FALTA DE CANTORS SE'LS CANTA ELL MATEIX EN LA SEVA PARRÒQUIA DE FOLGUEROLES

Puix del món vall de tristor
vós ne feu vall de tabola,
son, catxassa, vi i garjola
no deixeu a sant Taló.

Per vagabund i panarra
vostre pare us despatxà,
i a l'aula us acompanyà
amb una gruixuda barra;
i amb barret de musseró
guarníreu la bestiola,
son, catxassa, vi i garjola
no deixeu a sant Taló.

Algú, potser un company de classes que no podia veure aquell pagès de Folgueroles que se les donava de poeta, un dia va agafar una còpia dels goigs i la va entregar al catedràtic. Evidentment, al senyor Serra i Mies no li van fer gaire gràcia. En un primer moment, va semblar que el professor rebaixava una mica les seves vexacions, però dins seu covava la venjança. Era un home pacient i, arribat el moment, es venjaria d'aquell estudiant, Jacint Verdaguer, que tenia tants fums de poeta i fins i tot havia gosat dedicar-li un goig de burla, on no l'anomenava a ell directament, només faltaria, però que tothom sabia a qui anaven dirigits... No li ho perdonaria pas.

La vida a les aules es va animar sobtadament l'any 1863.

En Cinto tenia divuit anys, aquell fou el seu primer any a can Tona. A partir d'aquella data, va canviar la indumentària dels estudiants. En comptes de capa i barret, era obligatori portar sotana, manteu i tricorni, imposant-se així l'uniforme de Castella. Allò va causar un gran rebombori entre els estudiants. A casa mateix d'en Cinto eren pobres i no podien afrontar aquella despesa. Però amb l'ajut i l'avançament d'uns diners dels de can Tona, va poder arreplegar una sotana sargida i lluent, que li anava una mica curta, i val més que no parlem del manteu ni del tricorni, que va haver de comprar i que li ballava dins del cap, com el batall d'una campana. Aquell canvi d'uniforme va posar en evidència, a flor de pell, qui eren els estudiants de casa rica i qui eren els pobres, fills de pagesos que no es podien permetre una despesa com aquella. Alguns, els més pobres, i en Cinto n'era un, semblaven espantalls.

Quan sortien els estudiants de les aules, tothom treia el cap als balcons i als portals per contemplar aquella extravagant caterva de disfresses. Tant rebombori va provocar l'uniforme nou que alguns estudiants es van fer famosos pels seus versets satírics.

Un dels estudiants, Andreu Garriga, va assolir una singular fama amb unes dècimes que va compondre burlant-se d'aquell canvi d'indumentària. El títol de la composició era *Entusiasme d'un estudiant per la cresta*, referint-se al tricorni que havien de portar els estudiants. Garriga signava les dècimes amb el pseudònim *Samsonier de Tocasons*. Van ser publicades a Vic i van tenir tant èxit que no hi havia casa de la ciutat o dels pobles de la plana que no en tingués una còpia. Fins i tot, a l'aula de Teologia, l'autor un dia va haver de pujar a la trona per recitar el seu famós poema.

Andreu Garriga era amic de Jaume Collell. En Cinto els coneixia, però no gosava parlar-hi, eren d'una selecta elit de lletraferits que pertanyien al Círcol Literari de Vic, l'entitat vigatana amb més prestigi en matèria literària, abrandada defensora de la incipient renaixença de la llengua catalana. En Cinto també pensava que, segons com, el miraven de gairell, amb un cert menyspreu... Ell era un fadrí de muntanya. Amb els de la colla de Jaume Collell, el seu garrot de tortellatge no hi tenia res a fer. Aquells nois, intel·ligents, burletes, no es deixaven impressionar per la força bruta. Ells anaven per una altra cosa superior: la poesia.

En Cinto ja feia temps que visitava les biblioteques de la ciutat, llegia molt, i començava a somiar que ell també podria ser com ells, els de la colla de Jaume Collell, però no gosava apropar-s'hi, creia que el rebutjarien perquè ell era un humil fill de pagès que portava una sotana galdosa, sargida per totes bandes i, en canvi, ells anaven polits. No és que tots fossin rics, però eren fills de menestrals, pagesos adinerats, burgesos i potser n'hi hauria alguns que anirien a fer la carrera a Barcelona. Però, sens dubte, aquell èxit del *Somsonier de Tocasons*, Andreu Garriga, el va esperonar a escriure. Volia assolir la fama d'aquell noi, que tothom saludava, que encara no feia una passa i ja tenia al damunt seminaristes i professors rient i saludant-lo, felicitant-lo... Això va tocar en Cinto. A ell també li agradava fer dècimes, quartetes de to jocós, en català, que era la moda entre els estudiants; sobretot eren molt sonats i comentats els versets de Josep de Valldoriola, un estudiant que tenia gràcia amb les sàtires pujades de to, referides sempre a la vida dels estudiants del seminari, versets considerats de l'escola vallfogonina, en deien, en referència al rector de Vallfogona, Vicenç Garcia, l'últim poeta català i el més important de tot Catalunya del barroc, no solament per les seves sàtires.

En Cinto, tot i que de tant en tant feia versets i dècimes jocoses, no gosava mostrar-los a ningú, era el seu secret, la cosa privada que sempre va respectar, durant tota la vida.

En Garriga, després de l'èxit, en va fer una segona part, publicada a Vic per la impremta de J. Valls el mateix any 1863. A en Jacint li recava, el cor se li disparava quan repetia de memòria les seves pròpies dècimes i somreia, perquè ell creia que no li feien cap ombra les del *Somsonier*.

Sigui com sigui, esperonat per l'èxit de les dècimes d'Andreu Garriga entre els estudiants, i amb aquell neguit que creixia dins seu, per destacar, per sobresortir per damunt dels altres, per ser admirat, adulat i respectat per tothom, en Cinto va fer unes dècimes amb cara i ulls, amb el títol de *Als estudiants. Recepta.* Els versets tenien molta gràcia, eren satírics i amb enginy, i li foren publicats a la impremta de Lluís Barjau, en un plec solt, l'any 1864. La composició era anònima, però ben aviat tot el seminari ja sabia que l'autor era aquell noi de Folgueroles, amb fama de jugador, malgirbat, fill de pagès, i que feia anar el garrot de tortellatge com ningú.

Jaume Collell, que era sens dubte un dels alumnes més admirats i respectats entre els estudiants i també els professors, fill d'una família distingida i membre del Círcol Literari de Vic, va veure en aquelles dècimes satíriques alguna cosa de volada, enginy. En Cinto, però, al seminari es feia l'orni: quan volia, era molt murri; ho havia après gràcies a aquell camí transitat per tota mena de traginers, carreters i venedors ambulants. Fins que un dia la colla dels lletraferits, l'elit del seminari, el va convocar a una reunió de poetes, al pati.

Per a en Cinto allò va ser un èxit fulgurant. Li van pujar els colors a la cara, però finalment s'hi va presentar i van encaixar. Van riure i van xerrar. Amb tota la colla, anys més tard, fundarien l'Esbart de Vic, a l'estil dels seus admirats poetes provençals, els felibres. En Cinto havia pujat un esglaó dins la jerarquia dels seminaristes, ell ja era un més de la colla de lletraferits, l'elit dels estudiants, els més enginyosos, els més graciosos, els més intel·ligents.

De seguida va néixer una franca amistat entre ell i en Jaume, que sens dubte era el més culte i intel·ligent de tots. En Cinto se'n va adonar i no trigà a buscar-lo i a passejar per Vic amb ell. En Jaume també mostrava per en Cinto afecte i curiositat. Volia descobrir tot aquell seu món interior, aquella ingent imaginació que bategava sota aquelles celles espesses i negres i els ulls d'un blau intens. Un bon dia, tot caminant per Vic, li va dir:

—Jaume, et voldria demanar un gran favor... Tu ja saps que jo sóc un pobre poeta de secà...

—Vinga, Cinto, no em vinguis amb ironies, que ja ens coneixem...

—T'ho dic de veritat, amic... Et voldria ensenyar els versos que he escrit a can Tona, durant la nit. Em porten de cap, i només tu em podràs donar una opinió mesurada, tu ets el que en sap més de tots nosaltres. De vegades, amb en Francesc de Masferrer, de la casa on escalfo el menjar, ho comentem, et veig un gran futur, amic Jaume...

—Home, ja era hora, estava esperant el moment... Però ja saps, amic, que amb l'adulació no aconseguiràs res... Sóc implacable!

—Si em volguessis fer el gran favor... —va dir en Verdaguer abaixant els ulls.

—I tant, home! Ja tenia ganes que em portessis els teus versos... Però ja n'hem parlat i saps la meva opinió. Deixa la sàtira vallfogonenca. Abandona les dècimes burlesques. Tu, Cinto, has de fer coses més grans, de més volada, poemes seriosos d'exaltació de la pàtria catalana, dels herois del passat... Els nostres ancestres. Pensa, Cinto, que ara estem vivint un moment crucial per a la terra catalana, un moment de renaixença... Fa pocs anys s'han instaurat els Jocs Florals, que són l'esperit de la renaixença... Fes-me cas, Cinto...

—Sí, sí... Ja n'hem parlat i em sembla que és això... Vull dir que em sembla que faig poemes en aquesta direcció, des que m'estic a can Tona, i m'agradaria saber el teu parer i, si convé, els esmenes, els retalles o hi afegeixes el que vulguis...

—Ho sabia... N'estava segur, que estaves escrivint...

—Un moment, amic Jaume, i com ho saps? Jo no ho he dit a ningú.

—Home, Cinto, la ploma de l'autor anònim de la *Recepta*, un plec que s'ha fet famós a Vic i a tota la plana, ha de continuar rajant... Mira, això de la poesia és la droga més forta que existeix. Quan n'has fet una, i has tastat la mel de l'èxit... ja no es pot parar, Cinto.

—Molt bé, amic, però jo vull que sigui un gran secret. Un secret entre tots dos.

—No pateixis per això, per guardar secrets sóc una tomba. I dius que els has escrit des que ets a can Tona?

—Sí, però hi ha alguns poemes que són d'abans, dels catorze anys. Mira, quan vaig començar les classes de Retòrica i Poètica al seminari, en estudiar els clàssics castellans, me'n van venir les ganes... Vaig començar a escriure en secret. Però aquí, a can Tona, tinc la meva cambra. És humil, però és meva i he començat a escriure un poema llarg, estic molt emocionat... Ui, sí, durant la nit, quan tots dormen, de vegades em canta el gall, però no puc parar... I si la son em venç, amb les parpelles que em cauen, m'alço dret i començo a rumiar fins que em torna a venir la força... Ja t'ho dic, amic, m'he passat moltes nits en vetlla.

En Jaume, escoltant com parlava, la passió que hi posava, no en tenia cap dubte: aquell noi, ple de vitalitat i força, el fill d'en Pep de can Torrent, era un poeta de pura sang, un poeta romàntic, tal com s'estilava a l'època. L'endemà al matí, en Cinto, amb ulleres i el cap enterbolit, ja que s'havia passat tota la nit en vetlla revisant els poemes que havia de donar al seu amic, estava nerviós, portava el cartipàs farcit de poemes, el cor li galopava dins del pit.

Aquell dia, però, Serra i Mies, a la classe de Filosofia, en va fer un gra massa. Li havia arribat a les orelles que l'autor del reeixit pamflet anònim *Als estudiants. Recepta* era precisament aquell bordegàs de Folgueroles. No s'ho podia creure, no ho volia acceptar. Se li regirava l'estómac.

—Sant Taló, sant Taló... De miracles, no en faràs... No!

El senyor Serra i Mies no podia suportar que el ruc de la seva classe, l'ase dels cops, hagués assolit aquell èxit. De fet, no s'ho explicava, i envejós, rabiós, aquell dia fins i tot li va fer retallar unes orelles d'ase i en Cinto es va passar tota la classe en un racó, amb aquelles orelles i escoltant insults del professor. Passava una cosa també a l'aula. Entre els alumnes, tots estaven assabentats de l'animadversió de Serra i Mies i ningú no li seguia la veta, al professor. També s'ha de dir que el garrot de tortellatge d'en Cinto havia estat un bon argument els anys anteriors, per acabar de convèncer alguns estudiants espavilats, que gosaven riure les gràcies a Serra i Mies. Per tant, les vexacions que sofria eren una cosa entre dos, una qüestió personal, un abús de poder, i la resta de la classe procurava callar i no seguir-li la veta. Aquell dia, en Cinto estava molt cansat, mort de son, però, quan va començar la tortura, com feia sempre, havia adoptat una estratègia: en secret, resava, no perdia la concentració mai, repetia mil i una vegades la mateixa oració. Aquell dia, va fer el mateix, però amb la mala sort que per la repetició i el cansament que tenia, tota la nit revisant els poemes que havia d'entregar a en Jaume i amb la monotonia de l'oració, dret de cara a la paret, es va adormir, va fer una becaina, i en Serra i Mies el va descobrir.

El professor se li va apropar silenciosament. Un amic d'en Cinto el va voler advertir, però Serra i Mies el va fer callar amb un clatellot que li va clavar el nas al pupitre. El professor, a poc a poc, es va posar al darrere d'en

Cinto, va alçar la mà amb la temible vara que la majoria de professors feien anar amb tots els alumnes, i li va donar un fort cop a les cuixes tot dient amb totes les forces:

—Desperta, sant Taló! —L'home s'hi va acarnissar, es va posar vermell i mentre pegava anava dient—: Sant Taló..., sant Taló..., de miracles no en faràs, no.

Era estrany, aquell professor no era dels més cruels amb els càstigs físics. N'hi havia de terribles. Per contra, a Serra i Mies li agradava més torturar amb la burla, però aquella tarda va utilitzar les dues tortures alhora.

En Cinto, a punt de plorar, resistint, però amb els ulls clavats a terra, empassant-se l'orgull, en acabar les classes només tenia una idea al cap. En sortir al carrer, es va revifar de cop, la vitalitat i les forces li van retornar, no li feia mal res, estava més despert que mai, i content, l'alegria li va brotar com si res. Ple de vitalitat i de passió, va anar a trobar-se amb en Jaume, amb el cartipàs sota el braç.

Jaume Collell, aquell mateix dia, el va portar a casa i el va presentar als seus pares. En Cinto no s'ho esperava, es va sentir ridícul, no sabia com comportar-se, en aquella casa rica, en aquell ambient. Al rebedor, hi havia un mirall, i, en mirar-s'hi, va sentir molta vergonya. Anava amb la sotana vella, sargida, lluent... Semblava un pidolaire... De sobte, es va preguntar: «Què hi faig, jo, aquí?».

En Jaume el presentà a la seva mare com un amic estudiant de Folgueroles, després li va dir que farien xocolata. En Cinto, però, nerviós, reservat, va dir que no, gràcies, que havia de tornar a can Tona, que l'esperaven, era el temps d'espellofar el blat de moro i tenia molta, molta feina, i va sortir de la casa d'en Jaume embalat, nerviós, se'n va acomiadar a corre-cuita, com si el mateix diable el perseguís.

—Qui és aquest noi que has portat a casa, Jaume? —va demanar la seva mare, que es va quedar parada davant d'aquell noi—. Què li ha passat? Que li hem fet alguna cosa? Tu has vist com ha sortit? Esperitat!!! Mare de Déu!

—És un amic, mare —féu en Jaume, també una mica incòmode, perplex per aquella reacció d'en Cinto.

La mare, després de la primera reacció, va dir:

—Em sembla que el noi estava una mica avergonyit del seu aspecte, no gosava alçar els ulls, semblava el teu fàmul, Jaume.

—No, mare, ell és un bon amic... Això sí, és molt orgullós, té fums, i no té un ral, però és un bon jan.

—Em sembla que l'has ofès portant-lo aquí.

—Potser sí, mare. Jo el volia convidar a menjar xocolata desfeta. Ell m'ha donat els seus versos, vol que en faci una lectura i una valoració. Confia molt en mi, mare... Però és veritat, de vegades em fa una mica de pena com va vestit, deuen ser molt pobres a casa seva.

—Has d'anar amb compte, fill, de no ferir-li l'orgull. De vegades, sense voler, per la nostra posició, que tampoc no és que sigui gran cosa, però pel simple tracte amb pagesos humils, podem ferir-los l'orgull.

—Però, mare, si no he fet res... Només l'he convidat a prendre xocolata per berenar.

—No t'hi amoïnis, fill, ja li passarà. Demà es disculparà i tot... I has dit que és poeta?

—Sí, mare, i molt bo, el millor de tots nosaltres. Recorda el seu nom, mare, estic segur que d'aquí a uns anys sonarà molt. Ell serà el poeta nacional de Catalunya.

—El poeta nacional de Catalunya? I com es diu, el teu amic poeta?

—Jacint Verdaguer, mare.

Per aquell camí de tornada al mas, en Cinto es va sentir trist, ple d'amargor. Primer, la tortura de Serra i Mies i, després, en Jaume, la manera com el mirava, i els seus pares, que el van repassar de dalt a baix. La seva sotana, els seus vestits, eren de pobre, molt pobre, no podia relacionar-se amb aquella gent, eren de categoria i ell no era ningú, un pobre desgraciat, fill d'un pagès humil, que havia escrit alguns versets, un poeta de secà que buscava consell d'un estudiant culte i admirat per tothom... Per què? Per què aquell noi, en Jaume, havia d'acceptar la seva amistat? Per burlar-se'n? Per riure's del seu aspecte, de la seva pobra cultura, del seu destí, de la seva secreta ambició de pujar, remuntar el cel, obrir les ales de poeta i conquerir el món...? Per aquell camí, aquell dia va plorar amargament.

En Cinto es va deturar abans d'arribar a la masia de can Tona, es va recolzar tot just en aquella alzina on aquell dia va plorar en secret, va dubtar de la franca amistat de Jaume Collell, va dubtar també de la seva vocació de sacerdot... «No! No! I no! És tot despit? Orgull? Supèrbia?», es deia en silenci. Aquell dia va dubtar de tot, de tot, de si mateix, del que volia, del que estimava, de l'amor del món... Aquella noia del mas de les Heures, aquell malaurat dia a la plaça... «Encara n'estic enamorat? Què em passa? Vaig renunciar-hi, sí, em faré capellà, i l'amor celestial... Què és el paradís?». Se sentia perdut, sol, abandonat al mig del món, només la tenia a ella... Era ella! L'estimada! La mare, la Verge, l'amant... «No tornaré a escriure! Mai més, demanaré a en Jaume el cartipàs i ho llençaré tot a la foguera... Deixaré el seminari i em dedicaré al que sóc, a la terra, a conrear el camp, a ajudar els meus... A més, algun cop encara penso en ella... La noia del mas de les Heures, a ella van dedicats els versos d'*Amors d'en Jordi i na Guideta*, el meu poemari secret, el primer, amb el qual vull participar als Jocs Florals de l'any vinent. Aquí a can Tona tindré temps per treballar els versos. No he estat sincer amb en Jaume, no n'hi he dit res, però no ho puc dir a ningú... No, a ningú!... Jo vaig renunciar a ella i als plaers del món, i només en queden aquests versos, inspirats en el millor poema que he llegit mai... *Mireia*, de Mistral. I això serà el meu secret per sempre».

Poques setmanes després d'aquesta experiència, van organitzar l'excursió a Montserrat. Un grup de seminaristes, tots de cursos superiors, van acompanyar els infants de les parròquies de Vic i de tota la plana. Va ser un dia meravellós, però en Jaume, l'amic, no va poder venir, era a Barcelona; hi anava força sovint. I aquella tarda va ser l'experiència a la cova, que li canviaria la vida... Va ser Ella, la Moreneta, qui li va dir a cau d'orella: «Escriu, Cinto, escriu...».

CAPÍTOL XII

Aquell any del canvi, de la seva primera estada a can Tona, on ajudava en les tasques del camp i feia de mestre als petits, i així es guanyava la manutenció per continuar assistint al seminari, havien passat tantes coses a la seva vida... Significaven un punt d'inflexió. Havia començat a escriure versos, fins i tot li van publicar unes dècimes humorístiques, va fer la coneixença de Jaume Collell i la seva colla de lletraferits, va ser l'any de la revelació de Montserrat, que guardaria en gran secret i que tan sols coneixia la seva mare, la revelació que havia estat el puntal decisiu per continuar escrivint i per continuar la seva carrera eclesiàstica: les dues coses anaven per a ell unides per sempre. I aquell any també, a la tardor, va passar una cosa, un fet que el marcaria. Durant quatre dies, tot el seu món, la plana de Vic, es va deturar. Ningú no podia anar pels camins... Una terrible tempesta es desfermà sobre la plana. El Gurri es va desbordar, i també el Mèder, el riu que passa prop de Vic, i tots els rierols de la comarca.

El seminari va romandre tancat.

En Cinto recorda aquella tempesta. Des de can Tona, on les tasques agrícoles també s'havien aturat, contemplava embadalit aquell espectacle. De fet, però, al mas, a la llar de foc on feien vida i on menjaven, hi havia un quadre, una pintura a l'oli, que des que havia entrat a la casa el va fascinar; era un naufragi d'un vaixell, enmig d'una temible tempesta a l'alta mar. Aquells dies, la tempesta marina de la pintura, una imatge figurada, una il·lusió, un somni, se li va ajuntar, va quedar lligada a la tronada real i perillosa que submergia tota la plana en una atmosfera de llamps i trons, i ben aviat hi causaria grans danys... El Gurri, el Mèder i tots els rierols desbordats... La desgràcia... Allà, en aquella tempesta, hi havia l'origen del seu llarg poema, la primera versió de *L'Atlàntida*.

En Cinto, aquells dies, va sofrir un arravatament, estava com transportat, en silenci, des de les golfes de la casa contemplava la tronada, els castells de núvols amenaçadors, els llamps... Va rescatar un record infantil. Una de les lectures de la seva mare que el van deixar força impressionat. Ell devia tenir tres o quatre anys, no ho recordava amb precisió, es trobava a casa seva, a Folgueroles, a la llar de foc; estava plovent, se sentien els trons llunyans, però la tempesta s'acostava; ell estava a la falda de la mare, mentre li llegia un fragment d'un llibre que tenia sempre a la cuina, un llibre molt popular que era a gairebé totes les llars de la plana. Era d'un jesuïta, el pare Nuremberg, i hi havia un capítol, «Temporal y eterno», que parlava de les grans catàstrofes del món, els cataclismes i terratrèmols esdevinguts per causa dels seus pecats. Parlava d'un continent entre Amèrica i Europa, on vivien milers de persones, que fou enfonsat enmig de la mar atlàntica per Déu, amb terratrèmols i cataclismes, condemnats els seus habitants pels seus pecats... Estava plovent a bots i barrals, el foc espetegava i ell, en Cinto, arraulit a la falda de la mare, agafat ben fort, va tenir molta por; aquells terratrèmols, aquells cataclismes que sortien de la lectura, de la veu de la mare, per a ell, per a la seva ment infantil, es materialitzaven davant seu, estaven passant allà mateix. De tant en tant, espetegava un tro, i ell tremolava, s'espantava encara més. Un llamp il·luminava els camps, ell tancava els ulls molt fort, i la mare es persignava i, quan començava la tempesta, ella acabà de llegir el fragment terrorífic del pare Nuremberg.

Ja tenien la tempesta de pluja, llamps i trons a sobre el seu poble, Folgueroles. Aleshores, la mare es recordava de santa Bàrbara:

—*Santa Bàrbara va pel camp, amb el llum de l'Esperit Sant, santa Bàrbara què fa aquí, tres ennigulats veig venir: un de trons, un de llamps i un de mals espants.*

Si la tempesta creixia d'intensitat, invocava sant Marc i santa Bàrbara, i a cada tro anava repetint com una lletania:

—*Sant Marc, santa creu, santa Bàrbara no ens deixeu! Sant Marc, santa creu, santa Bàrbara no ens deixeu! Sant Marc, santa creu, santa Bàrbara no ens deixeu!*

Aquell dia, la mare va aconseguir dissipar la tronada, ella el consolà, dissipà totes les seves pors i, al final de la tarda, l'arc de Sant Martí es dibuixà sobre la plana i ell, en Cinto, va creure que era tot per obra de les oracions i la bondat de la mare.

Però la impressió d'aquella lectura i la tempesta li van quedar per sempre gravades al cor, i aquells dies dels aiguats que van assolar la plana de Vic, els va recordar intensament a la seva cambra de can Tona. En Cinto baixava al menjador on era la família, els petits arraulits vora la llar. L'amo de la casa preocupat, els jornalers desvagats jugant a cartes en una tauleta del fons. Es comentaven les desgràcies que havia causat el Mèder a Vic, emportant-se cases, corrals i més de trenta vides humanes, a més d'horts i bestiar de tota classe, un desastre, una catàstrofe... En Cinto baixava de les golfes, s'asseia al banquet del foc i els seus ulls es clavaven a la pintura, escoltava la tempesta, veia les cares de desolació, recordava la lectura del pare Nuremberg que li va fer la mare. I, dins del seu cap, ja ressonaven les veus, ja veia aquell continent mig enfonsat, sentia els crits de pànic, veia alçar-se la terra i clivellar-se, i els volcans esclatar en terribles explosions de foc i de cendra, i la mar obrir-se, com es va obrir quan la va tocar Moisès, i aquell món, l'Atlàntida, va enfonsar-se.

I el cor se li va disparar, recordà les paraules del seu nou amic, Jaume Collell: «Cinto, has d'escriure versos de més alta volada...». Ara ja en tenia un, tenia el tema, l'havia vist, sentit a dins seu, i escoltava el cant, la veu interior que anava recitant un llarg poema èpic, l'enfonsament del continent de l'Atlàntida i el naixement de la península Ibèrica, Espanya, els Pirineus... I de sobte aparegué Colom, aquell heroi que ell sempre havia admirat, i ara formaria part del seu llarg poema. Una composició èpica, amb fragments mitològics, organitzada per cants, un poema de molt alta volada. Tot un repte, sí senyor. I sense més ni menys, amb la mirada encara il·luminada per la lluentor del darrer llamp que queia prop del mas de can Tona, es va alçar dret, sense dir res, el cor dins d'un puny, com si en aquell instant hagués vist passar davant seu un àngel. El foc de la llar espetegà, el fat era allí dins d'aquella cambra, la musa havia enviat al poema un alè d'inspiració, una alenada que havia entrat per la xemeneia i amb mil guspires es dispersava per la cambra i entrava dins l'esperit del poeta. L'amo de la casa, el seu oncle, el mirà estranyat, arrufà les celles sense comprendre què coi li passava, un dels jornalers a punt de cantar les quaranta es va deturar sense saber ben bé per què. Un tro terrible va fer tremolar la vaixella del bufet. La tia es persignà tres vegades i invocà santa Bàrbara, tot seguit encengué un ciri. En Cinto amb dues gambades va sortir del menjador i pujà a la seva cambra i, tremolós, el cor inflamat per la vena lírica, encetà aquell poema.

Aquell havia estat el germen, la primera embranzida del poema sobre l'enfonsament de l'Atlàntida, que inicialment van ser uns versos inspirats en aquella famosa tronada, la riuada del Mèder i el Gurri, després adoptaria el nom de Colom. Aquell poema que ara cinc anys després havia presentat als darrers Jocs Florals, del 1868, i ni el van mencionar.

En Cinto no s'ho podia treure del cap, el fracàs li pesava. Mentre caminava reflexionava, intentava posar ordre dins del seu cap confús, tèrbol com aquell cel enterbolit que amenaçava aigua d'un moment a l'altre. Aquell era el cinquè any que era a can Tona.

El primer any al mas, el 1863, ell tenia divuit anys i començà a escriure versos, sempre en el més íntim secret, però d'una forma més regular i seriosa, sobretot gràcies a l'experiència de Montserrat, i a tenir un espai, una cambra i una mica de temps a can Tona, especialment a les nits... Aquell any, va fer la coneixença de Jaume Collell i la colla de lletraferits, tots companys del seminari; per aquella època va començar a relacionar-se més assíduament amb un cosí germà seu, trenta anys més gran, Jaume Salarich i Verdaguer, que també tenia una biblioteca particular oberta al fadrí de Folgueroles. A Jaume Collell, li va mostrar alguns dels seus versos, però se'n va guardar d'altres, com aquell poemari més seriós i íntim, de temàtica pastoril, que començava a esbossar i que parlava directament d'una experiència emocional que el va marcar, el seu primer fracàs d'amors mundans d'en Jordi i na Guideta. Estava molt i molt content, emocionat, amb l'embranzida hipnòtica de l'eufòria poètica de la recent creació d'aquells versos que materialitzaven els seus sentiments d'amor per una noia, i aquest poema llarg, de clara influència renaixentista, i especialment mistraliana, va estar a punt d'enviar-lo als Jocs Florals de 1864, però finalment, al darrer moment, va pensar en la mare, va pensar en el seu conflicte intern, la seva carrera de capella, el calze i la lira, i aquesta vegada va guanyar el calze, i aquest poemari del seu amor mundà, el va guardar al fons de la calaixera. Però de cap manera va poder aplacar el seu imponent anhel d'obrir el seu món interior, reclòs com un reflex del propi paisatge de la plana, tancat i ofegat entre altes muntanyes; tenia unes ganes immenses de volar, de llançar-se a l'abisme i convertir els seus versos en pluja que arribés a tot arreu, pobles, valls, muntanyes, rius mars, ciutats i especialment... Barcelona. El desig de triomfar al cap i casal era molt fort, dins seu. La ciutat que l'atreia tant, perquè allí hi havia tot el que el seu univers de poeta reclamava. Reconeixement, fama, admiració... La seva estimada Barcelona. I aquell any de 1864 no hi va enviar el poema prohibit, *Amors d'en Jordi i na Guideta*, però sí que hi va enviar poesies soltes a diferents modalitats: *La caseta blanca* i *La nina i lo barquer*. I no va guanyar, però tampoc es va desesperar.

De mica en mica, s'anava afermant l'amistat amb Jaume Collell i ell es deixava influir; en Cinto l'admirava i sempre es deixava guiar per l'amic, que li comentava lectures, llibres, tendències del moment. En Jaume estava al dia de tot, especialment del moviment de la Renaixença.

En Cinto, aconsellat per Collell, ja estava embarcat en projectes més seriosos que entroncaven amb la realitat del moment. Poemes llargs, com aquell de caràcter més clàssic, influït per les classes del seminari, Retòrica i Poètica, on s'analitzaven poemes castellans. En Jaume sí que n'estava al cas, i havia llegit fragments de *Dos màrtirs de ma pàtria, o siga Llucià i Marcià*, on es parlava de dos màrtirs ausetans. Aquest fou el seu primer poema llarg i seriós.

En Cinto, però, es reservava sempre una carta, un secret, projectes que covava i que no deia a ningú. I aquell any 1865 seria el seu...

En Jacint, a Vic, parava a cals Masferrer, on va fer amistats amb els nois de la casa. Un dels germans, en Francesc, aquell any estava estudiant a Barcelona, i en Cinto li va demanar un favor. Pel volts del Nadal del 1864 es van veure i van parlar.

—Amic Francesc, com et va per la gran capital, Barcelona?

—Molt i molt bé... Assisteixo a algunes tertúlies literàries. Tothom està entusiasmat amb la renaixença de la llengua, dels antics herois de la pàtria. Només es parla d'això a les tertúlies, els homes importants del moment, com Manuel Milà i Fontanals, a qui conec d'una tertúlia, diu que hem de pouar en el nostre passat, els grans autors que no poden ésser oblidats, Ausiàs March, Llull i tants d'altres. I hem de salvar la nostra llengua, que miraculosament encara resta viva a les fonts populars. Diu que ara només falta que aparegui un jove poeta, que serà el catalitzador de tot aquest moviment que a Barcelona està tan de moda ara.

—Coneixes personalment don Manuel Milà i Fontanals?

—Doncs, sí... Ja et dic, d'una tertúlia literària.

Francesc Masferrer, amb tota la bona fe de molt món, hi va posar més pa que formatge.

—I tant que el conec, he parlat moltes vegades amb ell i està molt interessat en la llengua i els costums i tradicions de la plana de Vic.

—Ho dius de veritat?

—I tant, amic Cinto.

—Home, és que jo... Bé, no goso... No voldria comprometre't, saps?

—Va, home, parla. No canviaràs mai, sempre hi ha alguna cosa que et ronda... Si vols res i jo et puc ajudar, només cal que m'ho diguis. Va, parla.

—Sí, veuràs, voldria demanar-te un favor... Em dius que Manuel Milà i Fontanals està molt interessat en les tradicions populars de la plana, en la nostra llengua?

—Sí, així és... M'ha dit un munt de vegades que reculli per escrit totes aquestes tradicions abans que es perdin i que les hi porti, ell les revisarà i les publicarà. Està fent un cançoner.

—Bé, mira... És que tinc un poema llarg que parla d'això, de tradicions ausetanes, de la plana, vull dir, a més recullo també paraules i expressions populars.

—Ho sabia, que en portaves alguna de cap. De què es tracta?

—M'agradaria molt que quedés entre tu i jo.

—No canviaràs, sempre amb secrets.

—Mira, Francesc, és que ja saps que tinc molts dubtes, encara. Bé, amb la colla d'aquí ho hem parlat moltes vegades. Tots compartim el mateix sentiment d'amor a Catalunya i a la nostra llengua, la nostra pàtria, però encara no tenim una gramàtica com cal, una gramàtica moderna, àgil, hi ha coses del passat que tots hem llegit. Però hi ha molts termes populars que ben bé no sabem encara com utilitzar-los, no tenim unes normes.

—Sí, Cinto, aquesta és la nostra gran mancança, som a les beceroles, però no podem defallir. Estic d'acord amb tu, comparteixo aquest dubte. I coneixent-te com et conec, el teu caràcter indecís, això et pesa, és clar.

—Veig que m'entens perfectament. Tu podries fer

arribar a Milà i Fontanals el meu poema perquè em digui la seva opinió.

—I tant, home, només faltaria... Però encara no me n'has parlat, com es titula? Quina és la temàtica?

—Ja t'ho he dit... És un tema tradicional de Vic. El poemari es titula *Dos màrtirs de ma terra, o siga Lluçià i Marcià*.

—Home, i tant... Els dos màrtirs de Vic. Tots coneixem la llegenda. Un poemari. Que interessant... Però espera un moment, Cinto... Calla, que ho endevino. Tu vols tirar als Jocs Florals d'enguany!

—Calla, Francesc, que encara et sentirà algú. Això és el meu gran secret.

En Francesc va riure, complagut pel seu descobriment, i afegí:

—Ho sabia, Cinto, quan vols ets un murri. Sempre en portes alguna de cap, sempre... I és clar, vols consell, per això, pels Jocs Florals.

—Sí, és clar.

—No pateixis, seré una tomba, guardaré el secret.

Francesc Masferrer es va posar a riure obertament.

—De què rius, ara...? Em fas patir, que passa alguna cosa?

—No, no pateixis. Ja em veig, enguany, assistint als Jocs Florals, et veig a tu, Cinto, rebent el premi.

—Va, home, això és un disbarat..., seria un miracle.

—Mira, Cinto... Dóna la casualitat que conec algú més relacionat amb els Jocs Florals d'enguany...

—Qui? —preguntà en Cinto, tot intrigat.

—Mossèn Mateu Bruguera.

—No el conec...

—Aquest capellà enguany ha ofert un premi extraordinari als Jocs Florals per una composició sobre el setge de Barcelona de 1714... A més, jo crec que has d'obrir el ventall i anar per totes.

A en Cinto, els ulls blaus li van resplendir. Aleshores titubejà:

—No sé què vols dir, amic.

—Que has de tirar a tots els premis, noi. Si et vols obrir camí, això és el que fan tots, i jo et puc facilitar informació sobre el 1714.

—T'ho agrairia, és un tema obscur, per a nosaltres... La història s'ha perdut o està tan amagada, oculta en algun arxiu que ningú sap on trobar.

—Efectivament, per això mateix mossèn Mateu, un catalanista implicat com molts en la Renaixença, ha ofert aquest premi.

En Jacint estava neguitós; mentre li parlava se li va ocórrer una cosa. Ell coneixia alguns noms importants d'aquell setge de 1714 que va ser crucial per a Catalunya perquè en la derrota de l'onze de setembre es va perdre tot. Catalunya a partir d'aquell moment comença el seu declivi com a nació.

—Francesc... Tu podries facilitar-me informació d'un personatge cabdal del setge de Barcelona del 1714?

—Parla...

—D'un dels herois del setge... Rafael Casanova. Em faria gràcia, però no en sé res, del personatge.

—A Barcelona buscaré. Sí, amic, deixa'm uns mesos de temps... Passat Cap d'Any, d'aquí a dos dies, he de tornar a Barcelona i et diré alguna cosa.

—Molt bé, amic... Demà et porto el poema *Dos*

Màrtirs... perquè el facis arribar a don Manuel Milà. I de l'assumpte de Rafael Casanova ja me'n diràs alguna cosa. De tota manera, que sàpigues que jo començaré a versejar... I seguiré el teu consell. Però m'agradaria, sobretot, que això quedés entre tu i jo.

Els dos amics van encaixar les mans. Francesc reia, tenia la seguretat que veuria triomfar el seu amic de Folgueroles als Jocs Florals de 1865. L'endemà, a primera hora, en Cinto deixà un paquet a casa dels Masferrer perquè el lliuressin a en Francesc. Va fer el viatge expressament de can Tona a Vic, anada i tornada. Aquella nit també la passà en blanc revisant aquell llarg poema.

CAPÍTOL XIII

No trigà gaire a arribar la carta de Masferrer de Barcelona. Encara no havia passat un mes. En Francesc li deia que Milà i Fontanals trobava alguns problemes d'estructura en la composició, a part també de la seva excessiva llargada. Li deia clarament que no el premiarien als Jocs Florals, i en canvi li deia que si escrivia una composició curta del mateix tema i optava a un premi religiós tindria possibilitats. Verdaguer li va fer cas i va presentar als premis un poema curt anomenat *Llucià i Marcià*. El mateix mossèn Bruguera, que regia el premi, facilità les dades de Rafael Casanova a Francesc Masferrer, que no trigà a enviar-les a en Cinto. Fent cas també de l'amic Francesc, es va presentar a totes les modalitats que va poder, amb els poemes *Els minyons d'en Veciana, A la mort d'en Rafel de Casanova, Llucià i Marcià, La caseta blanca* i *La monja i lo soldat*. Masferrer afegia a la carta que li havia arribat a les orelles que els seus versos havien despertat cert interès a la capital en alguns dels prohoms de la Renaixença, sobretot en l'aspecte de recuperació de la llengua popular i de les tradicions folklòriques, i que era per aquí per on havia de continuar si volia triomfar a Barcelona. Francesc Masferrer va ser l'únic de la colla de Vic que ho sabia. Ni el seu estimat amic íntim, Jaume Collell, se'n va assabentar.

Van anar passant dies, setmanes i mesos, s'acostava la data i en Cinto ho vivia en una estranya febre. No podia evitar-ho, quan ajudava al camp els jornalers de can Tona, quan anava al seminari, a la nit, en acabar de donar la lliçó als més menuts del mas, quan es retirava a la seva cambra, ara tenia un neguit. No podia compondre, només repetia una vegada i una altra els poemes que havia enviat als Jocs Florals; sense voler, la imaginació volava i intentava veure, sentir quina reacció tindrien aquells homes de la gran Barcelona quan llegirien els seus versos... Els rebutjarien? Els veurien com unes composicions maldestres d'un pagès de la muntanya? Els agradarien? Així s'agitava en dormir, molt tard, repetint mentalment els versos, per veure quin efecte produïen. Primer s'emocionava molt pensant que tots aquells homes, lletraferits de la Renaixença, se sentirien colpits per les seves composicions, quedarien com enlluernats... Però després veia tot de defectes en els versos i pensava que tot faria cap al cove.

I el dia del veredicte s'acostava. Amb el cor galopant dins del pit, un matí sortí disparat de can Tona. Pel camí se sentí com anorreat, avui aniria directe a casa dels Masferrer, aquesta era l'adreça que havia indicat. Tremolava de cap a peus. Aquí havia d'arribar el correu. Si no deien res... Tot perdut, fracassat... Però si tenia una carta, allò volia dir èxit... En Cinto somiava, tenia aquesta esperança, pensava en la Mare de Déu de Montserrat, en la seva mare. Els camps es revifaven amb l'arribada de la primavera. La festa se celebrava el primer diumenge de maig.

Va travessar la ciutat, havia d'acostar-se a casa dels Masferrer. Però era el dia de la fira de primavera, la ciutat era plena de gom a gom, i prop de la plaça es va trobar amb uns amics del Círcol Literari de Vic que parlaven entusiasmats de Victor Hugo, Lamartine, Chateaubriand, Goethe, Walter Scott... Larra es va suïcidar, Espronceda, Rosalía de Castro a Galícia... Eren els vents nous de la literatura de les arts que arrasaven a Europa, els romàntics que pouaven en el passat medieval, el gòtic, la construcció de les catedrals, la pàtria, la regió, la tribu, els costums ancestrals, el folklore, la mirada cap endins de la pròpia terra i del propi poble, cercant les arrels... I sempre acabaven parlant de la Renaixença de Barcelona, que era el rovell de l'ou d'aquell esclat de germanor i fraternitat que recorria tot Catalunya i que despertava els fantasmes del passat, les lluites èpiques dels almogàvers, les gestes del rei Jaume I, la llengua d'Ausiàs March, de Llull... A en Cinto el cap li marxava a un altre lloc, ell pensava: «Pàtria, Fe i Amor... El lema dels Jocs Florals... I si m'han premiat? No, no pot ser... Però què estic dient... I per què no? Crec que els meus poemes poden competir amb qualsevol». En Cinto tenia totes les esperances posades a obtenir el reconeixement dels prohoms de la Renaixença de Barcelona i els Jocs Florals eren sens dubte l'única plataforma de llançament que tenia la literatura catalana d'aquells temps.

I amb totes aquestes cabòries al cap, aquell matí, quan va poder es va escapolir i va anar a casa dels Masferrer.

—Cinto! Tens una carta... Ha arribat aquest matí amb la diligència de Barcelona.

La va obrir al menjador, tremolant, els llavis li vibraven, li semblava tenir els dits balbs, maldestres, no encertava; finalment la va obrir, la va llegir un cop, dos, tres... No s'ho creia, no s'ho creia, no podia ser... Per fi! Per fi! Després d'anys d'humiliacions, de treball, d'amagar-se i avergonyir-se per la seva condició, per la seva vestimenta, ara, ara tot això...

A la casa dels Masferrer no hi era, en Francesc, l'amic d'en Cinto, però hi havia els seus pares i un dels germans. En Jacint, amb una exhalació, va fer:

—He guanyat! He guanyat!

—Què dius? —féu la mare d'en Francesc, que en veure el noi tremolant amb la carta a la mà estava una mica espantada.

En Cinto li va allargar la carta i la dona va llegir en silenci.

—Premiat als Jocs Florals de Barcelona... Sí! Enhorabona, Jacint, la teva mare segur que plorarà de l'emoció... Moltes felicitats, Cinto!

La dona continuà llegint i digué:

—Sí, dues poesies, t'han premiat... *Los minyons d'en Veciana* i *A la mort d'en Rafel de Casanova*.

Tot van ser felicitacions i abraçades. Tots els de la casa se'n van alegrar i molt, però en Cinto dubtava.

—I voleu dir que hi he d'anar, a Barcelona?

—És clar, home, has d'anar a recollir els premis, diuen

que fan una gran celebració al Saló de Cent de l'Ajuntament, no hi pots faltar.

En Cinto flotava, no escoltava el que li deien, només pensava en els premis, a dir-ho a tothom, a comunicar-ho al seminari, als professors, especialment a Serra i Mies, que el martiritzava contínuament, al Círcol Literari, a tota la ciutat de Vic... I especialment al seu amic Jaume Collell. Sortí disparat de casa Masferrer i va anar a buscar-lo, sabia on trobar-lo. En Jaume segurament seria a la plaça remenant a les parades dels llibreters barcelonins que pujaven a la fira. Pel carrer es va trobar algun conegut del seminari:

—Cinto... Coi, què et passa? On vas tan de pressa, sembla que hagis vist en Serra i Mies! —li digué un seminarista, burleta.

Verdaguer va deturar-se davant d'ell, que era amb altres amics davant d'una sabateria i, gairebé sense alè, va dir:

—Heu vist en Jaume Collell?

—Molt t'arrambes als senyorets... Que potser t'ha de pagar la despesa?

En Cinto no es va poder aguantar i agafà pel pit el noi, l'arrambà contra la paret d'una bursada i aixecà el garrot de tortellatge a l'altura del pols.

—Què vols, tu, desgraciat! Si obres la boca, et bado el cap!

La resta de nois el van agafar... i en Jacint es va calmar. Un altre dels nois féu:

—Em sembla que és a la parada del vell Llodac remenant volums antics. Però baixaves corrent... Que et passa alguna cosa?

—He estat premiat als Jocs Florals de Barcelona... Dos poemes, sí —féu en Cinto, que va deixar anar el noi que tenia agafat pel garganxó, i llavors amb aquella ingenuïtat tan característica d'ell, amb un rebrot d'innocència i de sinceritat desmesurada, digué—: Però no sé si anar-hi, a Barcelona, és un acte de molta etiqueta... Allí hi ha la flor i nata...

—T'hauràs de ficar catxutxa —digué un altre dels estudiant company d'aula d'en Cinto, que en aquest moment es va girar de cop i arrencà a córrer.

—Què diu el de Folgueroles? Deu estar tocat del bolet! Perquè fa quatre rodolins burlescos ja es pensa que és Lope de Vega... Un pagès de muntanya, amb una mà al davant i l'altra al darrere.

—Més pobres que una rata són, heu vist la seva sotana? Vergonya, li hauria de fer, i va amb uns fums que es pensa que li hem de posar catifa per on passa.

Ja no va poder escoltar els comentaris d'aquells nois. En Cinto va trobar Collell a la parada de vell amb dos llibres a les mans.

—Jaume, Jaume, sóc premiat, premiat... —Li faltava l'alè.

—Però què coi et passa, amic?

Va agafar aire, es va tranquil·litzar una mica i digué a l'amic que tenia davant amb uns ulls oberts com unes taronges, expectant:

—Jaume, vaig tirar als Jocs Florals i la vaig encertar, i m'han premiat dues composicions, *Els minyons d'en Veciana* i el premi especial a *A la mort d'en Rafel de Casanova...*

En Cinto tremolava d'emoció, especialment els llavis, les mans... En Jaume li va dir:

—Enhorabona, amic! —i li va estrènyer la mà afectuosament.

Se n'alegrà sincerament i durant tot el matí van estar parlant i fent plans. Verdaguer, però, com sempre, estava indecís per alguna cosa. En aquest cas, no sabia què fer, si anar a Barcelona o no. En aquell dubte hi havia velada una ombra d'hipocresia, és clar, ell havia somiat durant els darrers mesos aquell moment, anar a Barcelona a rebre el premi, aclamat per tota la Ciutat Comtal. Però ara, comenta a Collell que té dubtes, especialment perquè no tenia la roba adequada per assistir a un acte d'entrega de premis d'aquella categoria.

—Els Masferrer m'han dit que no puc faltar a la festa, però...

—I tant, només faltaria, i suposo que hi aniràs amb barretina!

—M'han dit que potser m'he de posar catxutxa.

—Barretina i que no se'n parli més... T'has de presentar tal com ets, sense enganyar a ningú, Cinto, i d'aquesta manera triomfaràs i t'obriran les portes. A Barcelona ja fa temps, des que es van celebrar els primers Jocs Florals, que estan esperant un poeta com tu, un poeta de la terra, amb barretina.

—Vols dir?... Però, és que jo només tinc...

En Cinto es va engolir les darreres paraules i s'acomiadà de l'amic.

—Adéu, Jaume, vaig a donar-li la notícia a la mare i a tota la família. M'agradaria tant que m'acompanyessis...

—Adéu, Cinto, ja ens veurem.

Finalment, va demanar a un amic de Folgueroles, Joan Teixidor, la jaqueta i la barretina musca o de color morat, aquella barretina que era de mudar, i que també utilitzaven els homes principals. I així, vestit de vellut, de pagès amb faixa, es presentà al saló del Consell de Cent de Barcelona i per a tots els presents va ser com una aparició, com un miracle de la poesia. Tot allò que feia anys reclamaven els prohoms de la Renaixença havia aparegut encarnat en un jove poeta, un fadrí de muntanya que portava la força viva de la llengua popular, la saba que la nodria. I, a partir d'aquest moment, va començar a créixer el mite de Verdaguer.

Quan va tornar de Barcelona, en Jacint venia com enlluernat, com si viatgés dalt d'un núvol. Barcelona el va captivar definitivament, va despertar dins seu un lligam que mai, mai es destruiria; era com si endevinés que allà, en aquella Jerusalem o aquella Babilònia, hi havia una fita del seu destí.

«*Quina impressió em feren aqueixos camps! No sé si en digui jardins, que verds i florits, s'escalonaven de feixa en feixa des de la mar al Guinardó, enquadrats per les blaves ones i la muntanya i per sos dos altres respectables veïns, lo Besòs i Barcelona, aqueixes masies que es tornaven barri, que es tornaven pobles, inflats pel vent de la civilització, que bufa, sempre més fort, de la banda de ponent...*».

La família, els amics, van felicitar-lo... Tot Vic se'n va fer ressò, la notícia havia causat expectació i també un cert grau d'incredulitat per part d'una part de la població que no s'ho acabava de creure, d'un pobre pagès de Folgueroles, un estudiant del seminari que vivia a can Tona, on feia de mestre de minyons, i que escalfava la carmanyola a casa dels Masferrer. Ningú o ben pocs donaven crèdit al que es deia. No podia ser veritat que un pobre pagès hagués aconseguit aquella alta distinció. Alguns pensaven que potser havia estat un error, o potser un cop de sort, res més, i que li anava gran... En Cinto, quan encara fruïa de l'èxit que va transformar la seva vida, de seguida va haver de retornar a la rutina diària. Aquells dies, al seminari se celebraven els exàmens finals d'aquell curs, i entre l'esclat d'alegria va haver de trobar l'espai de concentració suficient per encarar aquella dura prova. L'examinador era el seu torturador, el catedràtic de Teologia Serra i Mies, el dels versos de sant Taló. Mala peça tenia al teler.

Es va presentar a l'examen, i en acabar va creure que estava aprovat, li havia anat francament molt bé. Estava convençudíssim de l'aprovat i va dir a l'amic Jaume que aquell any assistiria personalment al lliurament de notes. I el dia assenyalat, quan ell i tothom donava ja per fet el seu aprovat, es va presentar a la lectura pública de les notes. El senyor Esteve Serra i Mies va anar donant les notes i quan arribà al seminarista poeta de Folgueroles, aquell noi que no podia veure, un orgullós i inepte estudiant que se les donava de poeta i que fins i tot a Barcelona l'havien premiat, segurament per error, es va deturar... Era el seu moment de venjança i el professor en gaudia, fredament i sense immutar-se, però per dins esclatava d'alegria, la falsa felicitat que dóna la venjança... En aquell moment, una arruga a la comissura del llavi li desdibuixà un xic el rostre, era una rialla de murri, amagada als seus dintres, que ara li sortia com la punta d'un iceberg de malícia... Es va escurar la gola, tres vegades, volia captar l'atenció de tots, alumnes, pares, professors i familiars.

I a fe de Déu que ho va aconseguir; tothom coneixia el jove poeta de Folgueroles, amic de Jaume Collell i de Francesc Masferrer, que havia estat premiat als Jocs Florals de Barcelona. El silenci era sepulcral. En Cinto en aquell moment endevinà intuïtivament l'escarni públic, la humiliació que s'anava a produir, era el mateix, la mateixa tortura que li havia estat imposant durant anys aquell home... «Sant Taló, de miracles no en faràs, no». Tal volta l'amic ja inseparable, en Jaume, també havia sentir alguna cosa al seminari. Don Ramon Andreu havia parlat amb Serra i Mies del jove poeta, però no en va treure res en clar. El catedràtic havia arribat a Verdaguer i, amb calma pastosa, com si mastegués les paraules, va dir:

—Jacint Verdaguer Sant... Taló... Suspensus!!!

En Cinto es quedà pàl·lid, si el punxen no li treuen sang. Després li va venir l'huracà de còlera, de ràbia. Havia estat consumada la venjança i ell va esclatar i amb un cop de geni va llençar a l'altre cantó del pati el bastó de tortellatge, que va rebotar contra la paret estrepitosament. La multitud, també en silenci, va deixar un passadís, i ell, humiliat, va marxar, capcot, tremolant, sense dir ni piu... Al seu cap apareixien els dubtes, les preguntes, els retrets. «Què diran de mi tots aquells homes de Barcelona si s'assabenten d'això? Quin desastre! Què dirà Milà i Fontanals, i el gran mestre Aguiló, que em va abraçar efusivament i em va obrir les portes de la seva amistat? Què diran de mi... Són uns desagraïts! Tots! Vic, el seminari, la gent... Tota aquesta plana desagraïda, com és possible que m'hagin fet una befa, un escarni públic d'aquesta magnitud?».

L'amic va córrer darrere seu.

—Cinto! Cinto, espera, home... No t'ho prenguis així! Va, assossega't, home...

Però ell no deia res, tenia la mirada velada per una calitja de ràbia i de plor, d'incomprensió per tot el que sentia, per tot el que volia... I per tot allò que ara els seus compatriotes de Vic, tota aquella terra que ell estimava tant, li negaven materialitzat en aquell home, en aquell catedràtic que havia fruït tant afonant-lo, humiliant-lo davant de tots... «Verdaguer... Suspensus!», ressonava a les seves orelles.

—Va, home, no t'ho prenguis tan a pit... Al setembre aprovaràs, tothom s'ha adonat que Serra i Mies s'ha passat. Et volia humiliar públicament, sí... Però ara s'ha posat en evidència davant de tots, ha estat una venjança ridícula i prepotent. T'ho asseguro, a Vic hi ha molta gent que t'aprecia.

—Ara deixa'm, amic... Vull marxar, vull fugir d'aquesta terra, d'aquest poble... Com poden castigar aquell que lloa la seva terra, la seva gent... Com? No m'ho explico.

Va ser un cop dur i difícil de pair per a ell, i al primer impuls va decidir marxar, fugir, però de mica en mica va anar canviant de parer. Encara que tothom li va aconsellar que el millor que podia fer era marxar, fins i tot la família. Però al final decidí quedar-se; havia estat una decisió molt difícil, però arribà a la conclusió que fugir era com acceptar la derrota i ell no l'acceptaria mai, mai. Mentre tingués un alè de vida, Jacint Verdaguer no es donaria mai per vençut ni davant l'enemic més poderós de la terra.

Aquells dies va escriure la carta al seu amic Francesc Masferrer, que era a Barcelona i ja li havia aconsellat que marxés del seminari, una carta on li deia, referint-se a certs sectors de la societat vigatana:

«*[...] solament per a fugir del domini de persones com algunes de les que fan més rollo en nostra pàtria, si de persones mereixen lo nom, una gent sense llei ni raó, sense amor ni pietat, sense pàtria, sense sentiments, sense cor, com són los que han comès lo crim d'insultar a qui els dóna glòria... I després de comès lo crim han escampat que no ho mereixia, fent fer mals pensaments sobre ma conducta i cap d'ells ha volgut haver llençat la pedra...*».

Però al final de la llarga carta on feia tots aquests retrets del disgust de mort que tenia, de la incomprensió dels seus, en Cinto li deia que ara havia vist molt clar que no marxaria, tal com tots li aconsellaven, fins i tot la família...

«*No penses que m'hagi d'encaparrar per això, lo que m'encaparra és lo que d'això resultarà, si faig lo que m'aconsellen los amics i que quasi em manen los pares: que deixi lo bressol de ma infantesa, lo paradís terrenal que plagué a Déu fer-me créixer, puix fora d'aquí estaran mortes per a mi les tradicions i la poesia, que són la saba del meu cor, i estaran mortes, perquè no poden viure en mi lluny i amb malvolença de la pàtria meva.*

No marxaré, t'ho asseguro, quasi suspès o reprovat, en vida o en mort, però et confesso que no se me n'anirà la melancolia que m'ha donat lo veure, així follament, esbrostat l'arbre dels meus somnis. Ma musa ha quedat amb un perdigó a l'ala, com se sol dir, i et torno a dir que passo hores d'agonia».

Que dur que va ser aquell estiu per a ell, semblava

com si hagués marxat del món, dels camps, les muntanyes, les valls, aquell esperit que els vivifica, que els dóna color i llum, aquell esperit que per a en Cinto era l'alè sagrat de la poesia, la ploma d'un àngel voleiant pels cels de la plana... Va escriure també a altres amics, cartes semblants, a l'amic Segura, juntament amb una nova composició poètica i també amb tota mena de retrets contra dos professors del seminari, que van gosar suspendre'l a tercer curs de Teologia. Per a en Cinto aquell *suspensus* posava en dubte la seva credibilitat com a poeta.

La tempesta va passar i els ànims del poeta es van calmar. Al setembre va aprovar i *El Eco de la Montaña*, el diari de Vic, li va publicar el seu primer poema èpic, *Dos màrtirs de ma pàtria, o siga Llucià i Marcià*, en la primera versió, la més llarga i que havia enviat a Milà i Fontanals. Aquell era el seu primer poema publicat amb el seu nom, els primers versos immortalitzats amb tinta. Més endavant també sortiran publicades, en el volum corresponent, les poesies premiades als Jocs Florals d'aquells anys.

La llegenda del fadrí de muntanya que triomfava al Saló de Cent de Barcelona vestit de pagès i amb barretina musca començava a escampar-se, i fins i tot a Vic, a la seva terra, començava a créixer la seva fama. L'any 1868 Verdaguer intensifica el carteig amb els apòstols de la Renaixença catalana, Aguiló, Fontanals, Briz... Tots l'encoratjaven perquè continués bevent de la font popular. Tots van quedar sorpresos del domini i del coneixement de la llengua popular i vulgar que tenia Jacint Verdaguer. D'allí extreia aquells versos carregats d'amor per la pàtria, d'exaltació de Catalunya, i també el seu paradís. Verdaguer per a tots ells era la jove promesa de la poesia catalana, el poeta que projectaria aquella Renaixença enllà de l'esdevenidor.

Mentrestant, en Cinto, al seu racó de can Tona, continuava treballant i escrivint:

Poeta i fangador só,
i en tot faig feina tan neta
que fango com un poeta
i escric com un fangador.

L'any 1866 es va tornar a presentar als Jocs Florals i aquest cop amb el pseudònim *Un fadrí de muntanya*, que era tota una declaració de principis, i aquella vegada, el primer diumenge de maig, li van atorgar quatre premis.

El 1868 havia perdut als Jocs Florals de Barcelona, però la seva ciutat, Vic, a voltes tan ingrata, tan injusta, tan incomprensiva als alts i baixos, a les flaqueses humanes del poeta, ara li atorgava un gran honor, i fou l'encarregat de La Crida. A Vic es va imposar la tradició de proclamar la festa major de juliol a través d'una crida en vers encarregada a un poeta anònim local. Un poeta que al final tothom acabava identificant. L'any anterior l'havia fet l'amic Jaume Collell i aquell any li tocava a ell l'honor d'escriure en vers.

«*Homenatge a S. Miquel dels Sants, u crida de las festes ab que, com á Patró sèu, la molt lleyal y agrahida ciutat de Vich lo galerejará en los dies 4 y 5 de Juliol del any mil vuicents xixanta sis*».

Potser amb l'honor de La Crida, amb la publicació a *El Eco de la Montaña*, hi havia una part del reconeixement de tot allò que reclamava en Cinto, de la seva terra, de Vic, de tota la plana, dels seus convilatans, tot allò que li van negar amb aquell terrible *suspensus* que ja era vist com una cosa d'un passat molt llunyà. I, en el fons, potser va tenir una mena de sentiment estrany, de satisfacció, però també de pèrdua d'alguna cosa molt valuosa que no acabava d'identificar. I també en el fons, aquella actitud seva de voler quedar-se a la plana, quan tothom li deia que marxés a Barcelona, a ell li va servir per enfortir aquella part del seu caràcter tossut, i terriblement exagerat, com el de tots els somiadors.

CAPÍTOL XIV

Un traginer s'atansa pel camí, va amb el carro tirat per una mula, que va rebent les xurriacades del carreter amb la tanda de renecs i malediccions.

—Mula! Arri! Arri! Que és tard i vol ploure...

En Cinto es planta a la vora del camí. L'home atura el carruatge.

—Mira, si tenim aquí el seminarista de Folgueroles, el més murri de la plana... I m'han dit que t'has fet poetat i tot? I que has guanyat un premi... Veus, quan em van dir que havies guanyat, m'ho vaig creure de seguida... Coneixent-te com et conec, em vaig dir: «Alguna trampeta ha fet lo noi d'en Pep de can Torrent...». Diable! Si en saps de viure...

Aquell mala peça el va retornar a la realitat. Havia arribat de Barcelona amb un fracàs a les espatlles, i ara anava camí de can Tona amb el cel amenaçant ploure i aquell pelleter li estava dient el que pensaven alguns... Era sempre el mateix, en Cinto pertanyia al poble, era fill de pagès, vestia humilment, però en els darrers temps, sobretot amb els de la colla de l'Esbart, tots de casa bona, gallejava amunt i avall pels carrers de Vic i això els seus, el poble baix, no li ho perdonaven, no perdonaven que algú dels seus, un humil pagès, hagués aconseguit remuntar un lloc en l'escalafó social, tan ben delimitat, on l'única alternativa possible per sortir-se'n era la carrera eclesiàstica, fer-se capellà; això estava acceptat per tothom, però en Cinto a més de capellà ara es feia amb els fills de les cases fortes de Vic, inflava el pit de poeta i tots li reien les gràcies, i això els seus no ho podien tolerar i cada cop que es creuava amb algú, com aquell pelleter, de seguida li ficava el dit a la ferida... En una altra circumstància, en Cinto hauria reaccionat violentament, plantant cara i amenaçant el traginer amb el garrot de tortellatge que no deixava mai... Però no ho va fer: en lloc d'això, va somriure.

—Què, Cinto... És veritat tot això que diuen? M'han dit que també us trobeu tota una colla aquí baix a la font de la Torre de Morgades. I què hi aneu a fer, si es pot saber? Segur que alguna en porteu de cap... Al temps de la fruita no deuen quedar melons, síndries i pomes per aquests horts... Mecàgum Cristina puta!

Ell era impulsiu de mena, tot i que intentava sempre controlar-se, però una cosa era que l'insultessin a ell i una altra de ben diferent era que insultessin la família o els amics... I això no, per aquí no hi passava. Deixà caure la petita maleta a plom a terra, es donà un copet a la mà plana amb el garrot i d'un bot etzibà al pelleter un cop al séc de les cames.

—Oi! Oi! Ets un mala bèstia... Però què t'he fet jo?

—Als meus amics i a la meva família, no els tornis a

insultar a la boca o rebràs una garrotada que t'obriré el cap! —féu en Cinto, que ja estava agafant pel pit aquell pelleter, que tenia els ulls desorbitats, aguantant-se el dolor—. Mai, mai en tota la teva miserable vida tornis a insultar cap dels meus amics de l'Esbart... Mai... I quan passi per aquí, a prop de la font del Desmai, resa un parenostre... Perquè Déu s'apiadi de la teva ànima de diable...

—Sí, sí, oi, oi!!! Ja ho saben tota la colla de senyorets, que tractes així els teus?

—Els meus, dius?... —féu en Cinto, que escanyava cada cop més el pobre desgraciat—. Retira el que acabes de dir o no afluixaré pas!

—Sí, sí... uf, argggg! Animal, ho retiro... ho retiro... Agg!

—Com et senti tornar a insultar els meus amics de l'Esbart, t'obro la closca!

Els seus amics eren intocables! En Cinto baixà d'un bot del carro i va donar un bon cop a l'anca de la mula, que s'espantà, sortí esperitada i arrencà a córrer d'un bot, estirant el carro i el pobre pelleter, que intentava agafar les regnes i frenar l'animal desbocat.

—O! Ooooo! O, et dic!!! Mala bèstia! Filla de Satanàs!!!

Certament, es trobaven molt a prop de la font del Desmai. Allí van fundar la colla de l'Esbart... Un grup d'amics, tots lletraferits, poetes, amants de la lletra i de la renaixença de la llengua i cultura catalanes. Els de la colla de l'Esbart van copiar el mateix model que seguien els felibres, de la Provença, encapçalats pel seu admirat Mistral, que ell acabava de conèixer, i tot fent camí de cara a casa encara notava un cop de cor quan hi pensava, encara estava impactat per la rebuda, per les paraules que li va dedicar l'autor de *Mireia*, el poema que ell rellegia tantes vegades. Allí a la font, es reunia la colla a l'ombra del desmai i llegien els versos, llegien proclames, poemes i textos, en ple gaudiment de la natura. Aquell esclat líric entroncava amb el moviment romàntic que en aquells temps dominava per tot Europa.

A més, es donava el cas que Verdaguer coneixia aquell lloc molt bé. De petit, solia anar-hi a portar la carmanyola al seu pare, que treballava en una finca propera. Allà descansava el pare, feia un mos i bevien l'aigua cristal·lina de la font. El petit Cinto s'havia passat hores jugant i somiant en aquell indret especial. Mentre el pare descansava una estona, amb el mocador encara parat sobre una pedra plana del marge, amb les molles de pa, que els pardals i altres ocells de l'indret venien a buscar, mentre l'home descansava i el seu fillet jugava entre els avellaners, els arbres majestuosos, els oms de l'entorn o l'herba que, com una molsa, cobria l'indret i sempre se sentia la cantarella de l'aigua. Per a en Cinto, la font del Desmai, aquell indret sempre serà un petit fragment del veritable paradís, el lloc on la musa venia a visitar-lo i li obrí el cel de la poesia, als ulls blaus d'aquell adolescent impulsiu, que era tot cor, tot passió desbocada i que només trobava una part de consol en les paraules de la seva mare carnal, i també al redós de la seva mare natura, encarnada en el paisatge, i en aquell petit camp, l'espai espiritual de la font del Desmai.

Després, quan entrà a treballar a can Tona, el jove Cinto acudia molt sovint a la font que era propera a la masia. Fins i tot en les cartes als personatges de Barcelona que ja començava a conèixer, com l'eclesiàstic Ferran Sellarés, que dirigia el periòdic *La Luz*, un dels primers escriptors de la Renaixença i un home que ja havia entrat en contacte amb el Círcol Literari de Vic i amb la colla de seminaristes lletraferits, que li deia:

«Lo dia que no vaig a la torrentera vaig a una font que és un xic més enllanet, a la que hi torno també a la tarda, acompanyat sinó de mos pensament. I bo i assegut allà sobre l'herba, solo esperar que toquin l'oració de les ànimes o que els mossos de can Tona em cridin tornant de la treballada. Açò és a l'estiu, a la primavera, anant i venint de Vic, cada dia veig sortir i pondre el sol, i, encara que haja d'anar-me'n a la classe a sentir seds i ergos, no quedo per açò de gosar de la vista dels camps i les muntanyes, però en aqueix temps d'hivern, més que més, los dies d'aula són per a mi molt carregosos. Amb això, no n'hi diré pas res de com los passo, perquè de prosa rai. N'hi ha bé massa a Barcelona».

Hi anava a llegir l'*Eneida*, i també la *Jerusalem*, els seus dos llibres de capçalera per aquella època. L'*Eneida* de Virgili l'havia comprat de la seva butxaca, amb els diners que va guanyar d'una aposta de joc, i la *Jerusalem* era el premi com a guanyador d'alguna modalitat dels darrers Jocs Florals. Quantes hores de somieig havia passat el jove Cinto sota el desmai... omplint el seu cap d'imatges poètiques, cercant també les justes paraules per materialitzar els versos. Allí estava sempre la seva musa, la musa catalana, ell la sentia molt prop seu, la Moreneta, manifestant-se a través de l'aigua, dels cels, de la verdor rutilant de l'herba i el brancatge del desmai. Allí el trobaven la colla d'amics, tots de casa bona, d'aquell Vic convuls, que encara tremolava de por per les matances i la revolució de la darrera carlinada, i temia l'esclat de la propera... Allà els germans Masferrer, Jaume Collell, en Cinto i la resta de la colla van fundar l'Esbart, i en celebrar les esbartades els unia un sentiment nou, renovador, amb els lligams de la franca amistat i de la poesia compartida en plena natura, com manaven els cànons romàntics de l'època. La idea, però, va néixer del seu amic Jaume. En Cinto recordava la conversa que havien tingut un any enrere, devia ser a mitjans de juny del 1867 per aquell mateix camí...

—Podríem reunir-nos de bon matí a l'aire lliure i celebrar sessions poètiques durant les vacances d'estiu. Què et sembla, Cinto?

El cor li va fer un bot. En Cinto somrigué a l'amic i li digué:

—Em sembla una idea genial, amic Jaume... I jo ja tinc el lloc. El tinc! A més, ja li he canviat el nom... La font del Desmai!

En Collell de seguida va entendre el seu amic i li semblà també que el lloc era perfecte.

—La Torre de Morgades... Si és aquí baix mateix.

—Quants moments hem passat llegint, somiant, quan veniu a veure'm a la masia de can Tona... —recordà amb veu alta en Cinto.

En Jaume reblà:

—Sota la font del Desmai! Ja està fet, demà si et sembla bé, ho dic a la resta del grup, que ens reunim a casa dels Masferrer...

—És clar, Jaume, també vindran els estudiants de Barcelona.

—I tant, em sembla que a tots els agradarà.

—Saps, amic, aquí vaig veure llambrejar una nit de Sant Joan, amb les teies que baixaven de Sant Hilari i Torelló. Com una processó de llantions que baixava de la muntanya, en aquest herbatge de flors i un cel d'estrelles, per engalanar tota la plana.

»Jaume, aquest lloc de vegetació exuberant, idíl·lic, té per a mi un sentit molt especial, aquí m'he perdut moltes hores, escoltant la mare natura, perquè jo he crescut en la poesia com la flor de pastor, sense jardiner... Les dues fonts d'inspiració que m'han guiat i em guiaran per sempre són el paisatge, la natura que m'envolta, i també les cançons populars que de petit m'ensenyava la mare i que ara anem a collir per aquests pobles els dies d'aplec o de romiatge... Això és la meva llet, no tinc més saba o suc poètic que aquest... Recordo també que aquí fa uns anys vam venir a dinar una colla d'amics caramellaires, per imitar els grans, i vam rondar per aquestes masades cantant caramelles... —En Cinto va callar de cop, potser guardava algun que altre secret, d'aquelles caramelles, d'aquell venturós dia que va cantar al mas de les Heures a la noia més bonica de tota la plana. I fins i tot pensant en ella va escriure dolços versos d'enamorat, tal com havia fet Mistral.

Lo roseret de la plana
és la masia dels faigs,
així los fadrins ho diuen
i a fe que no s'erren pas,
que hi ha unes rosetes veres,
que unes poncelles hi ha,
que jo i més de quatre d'altres

per a poder-s'hi posar
se farien papallones
si el pensament hi bastàs.
Mes lo roser de la plana
per a mi mai florirà!
La xica passa dels quinze,
als vint no arriba la gran,
[...]
Los camillaires del poble
que, hala, hala, hi van pujant
amb barretines vermelles,
amb calces de vellut blau,
amb les mantes a l'espatlla,
amb los garrots a la mà.

I així va ser que el dia 19 de juny del 1867, per la vigília de Corpus, a l'alba, es van reunir a la plaça de Santa Teresa de Vic una bona colla formada pels germans Masferrer —Pere Andreu, Francesc i Josep—, Marià Campà, Josep Serra i Campdelacreu, Josep Salarich, Antoni d'Espona, Martí Genís i Jaume Collell. I van enfilar el camí de l'est en direcció a Folgueroles, i van anar a buscar a can Tona en Cinto, que ja els esperava, de fet gairebé no va dormir en tota la nit, la curta nit vigília del solstici i dels focs de Sant Joan. En Cinto els va rebre amb abraçades i alegria desbordant, i els va regalar brots d'alfàbrega i marduix, amb clavells de pastor, i tots plegats van arribar a la densitat del petit bosquet. Al cor de la vegetació hi havia la font i un petit espai d'herba on creixia aquell imponent desmai. El sol banyava el món amb rajos daurats que pentinaven les fulles més altes dels arbres, era el moment màgic del matí, quan els moixons comencen a cantar, quan la vida sembla escampar-se pel món... Allí vora la font, asseguts entre l'herba i recolzats a les marjades de pedra es van aplegar la colla d'amics mentre ell, en Cinto, els va adreçar un llarg discurs. Després llegiren composicions poètiques Marià Campà, Jaume Collell, Martí Aguilar i en Jacint al final de tot. Durant tot l'estiu de l'any anterior, les esbartades es van produir gairebé cada quinze dies... A més es va imposar el costum d'anar-hi cantant cançons populars, com «La presó de Lleida», «Les noies de Camprodon» «Els estudiants de Tolosa». I ara tots tenien ganes d'iniciar-les també amb la mateixa il·lusió del primer any. L'anomenada d'aquelles festes, amb tan sols un any, havia arribat lluny, fins i tot els carreters o el pelleter que s'havia creuat amb ell se n'havien fet ressò. Aquelles reunions de joves poetes eren veritables festes espirituals. Ja havien quedat amb la colla que aquell any es reunirien el dia 20 de juny, i faria el discurs de benvinguda Jaume Collell. En aquest moment, pensant en el discurs, en Cinto va tornar a la realitat, era ja molt a prop de la masia de can Tona, no podia encantar-se i es va dir: «Ostres, és veritat, encara he de revisar el discurs de l'any passat, el discurs fundacional de l'Esbart... L'he d'enviar a la revista *Lo Gay Saber*... Me'l volen publicar, serà el primer que faré en arribar a casa, però l'he de repassar». I mentalment, quan enfilava ja l'últim tram abans d'arribar a la masia, quan des del camí podia veure la clapa de vegetació que envoltava la font, i que per a ell era com l'enyor d'un bocí de paradís, repassà el discurs. En primer lloc li va venir a l'esment el títol: «Discurs per donar començament a les Acadèmies Literàries tingudes en la font del Desmai». Després, pel pur atzar li venien a l'esment frases soltes que potser calia polir i millorar, perquè era molt diferent llegir un text que publicar-lo; abans de sortir imprès amb tinta calia revisar-lo.

«*Els que ens hem reunit avui aquí, sota la font del Desmai, som afectats al bon nom de nostra terra i ho hem fet per parlar una estona de ses cançons, de sos hèroes de son passat i de son esdevenidor...*

Dolços records de la infantesa, cadena d'or que lligues mon esperit a la terra...

Oh mos companys! Qui ha donat aqueixa força i dolçor a les nostres velles cançons, mai prou assaborides, sinó aqueixes aspreses i turons de què són la veu robusta, i aqueixes rebolledes i camps de què són deliciosa flaire! Oh, mentre elles hi volen, mentre elles hi canten, dormim ab repòs sota l'arbre de la Pàtria, prou lo vetllem, despertats per elles los valents fills de les serres!».

El pensament d'en Cinto saltava d'una part a una altra del discurs, repetint-lo interiorment, les frases soltes, per veure l'efecte que produirien als lectors.

«*Encara bull com mai la sang catalana, en parlant de llibertat i de Pàtria...*».

Les frases d'exaltació a la pàtria sovintejaven en tot el discurs i era com una premonició de l'esdevenidor, la consciència del poeta que potser de forma involuntària viatjava enllà del temps...

«*[...] vos diran que la nació catalana té arrels tan fondes com elles en la terra, que viu ab la seva vida i que, com elles, no morirà sinó ab lo món*».

Per a en Cinto, aquell primer discurs que inaugurava l'Esbart havia tingut un significat molt especial, i per això va trobar tot un simbolisme en l'arbre de la pàtria, que era aquell desmai on es reuniren, símbol de tot un poble que estima la llengua, la poesia, un poble que Verdaguer en el discurs anomena «tribu del gran Ausiàs March» en referència al grandíssim poeta català medieval, que ell havia descobert no feia gaire, i que havia llegit amb deler i gairebé amb llàgrimes als ulls, d'emoció continguda i melangia, per un passat esplendorós i perdut, un passat que ara renaixia en tots ells. Com els passà a tota aquella generació de romàntics que pouaren en les arrels de la terra catalana, el gaudiment era doble, el descobriment de la immensa poesia d'Ausiàs i el propi passat bategant en aquells versos. Això és el que significà aquell arbre de la Pàtria i era allí on aquella colla es va reunir l'estiu anterior i on ara tornarien a trobar-se, perquè tant en Cinto com tots els amics ja estaven somiant, il·lusionats de tornar-se a trobar en plena natura en aquell estiu que s'obria per davant esplendorós.

«*[...] sota la destrenada i caiguda cabellera d'un desmai...*».

CAPÍTOL XV

De sobte, un llamp esbiaixà un núvol negre que penjava sobre el paisatge. L'espetec del tro ressonà per tota la plana. Va accelerar el pas, can Tona no era gaire lluny. Veia les cortines de pluja que queien als peus del Montseny. En Cinto accelerà el pas sota la pluja que ara ja començava a caure, i semblava que s'animava per moments; el mas ja era a prop, de tota manera, la cortina d'aigua era densa i ja estava tot xop. Tenia ganes d'arribar a casa i veure la mare, però sota aquella pluja no es podia anar enlloc. Hauria d'esperar a can Tona que parés de ploure.

Corrents es va atansar directe a la porta. Algú de dins de la masia per la finestra havia vist que algú corria camí avant, i es va atansar a la porta i la va obrir. En Cinto, xop com un poll, va entrar dins del mas... Saludà els oncles, els nens.

—Cinto! Ets tu, t'he vist córrer camí avant, passa i vés a la vora del foc.

—Em vaig a canviar, tia, estic xop com un poll...

—Sí, fill, vés a la teva cambra, i quan t'hagis canviat baixa a escalfar-te... Mare meva, quina tronada... I ens contes com t'ha anat per Barcelona.

—Sí, tia...

El seminarista va fer la ullada als més petits, que se'l miraven embadalits, ell els feia de mestre i hi havia complicitat. En Cinto amb dues gambades pujà a la seva humil cambra, el lloc on havia despertat el somni del jove poeta. Quantes nits en vetlla veia sortir l'estrella de l'alba i els galls cantaven i ell, repenjat a la humil taula, amb la ploma a una mà i a l'altra recolzat el cap, on les imatges de les fantasies que durant el dia havien omplert estances de versos, de cants, d'enyorances i de somnis, ara, com un alquimista que cerca la pedra filosofal, ell aquelles nits d'insomni també destil·lava a l'alambí del seu cor el mot precís d'un vers que era com una petita finestra a tot un món de sentiments que eren dins seu, en aquell fabulós univers interior que ell, cada nit, fins que clarejava el dia volia recórrer, agafat de la mà de la mare, que li cantava antics romanços populars, vides de sants que ell volia emular.

La humil cambra de can Tona, amb la taula, un bagul on tenia els seus llibres, l'*Eneida* conquerida amb una cursa, la *Jerusalem* de Tasso que li van donar com a premi als Jocs Florals de feia dos anys. Allí estaven ordenats també els llibres del seminari. I en un racó de preferència, els fulls que li havien publicat a Vic, i la revista *El Eco de la Montaña* on hi havia el seu primer poema llarg, d'envergadura, *Dos màrtirs de ma pàtria*. Aquí va començar el seu primer intent èpic, el Colom, que després va esdevenir el germen d'*Espanya naixent*, el poema on havia posat totes les esperances, totes i més, perquè s'hi havia deixat la pell. En Cinto quan va entrar a can Tona a més a més de mestre dels més petits del mas també ajudava, quan podia, en les tasques del camp. I per culpa d'aquell temperament arravatat moltes vegades es feia el fatxenda:

—Poseu totes les garbes a l'esquena... Carro? No fa falta! Que jo tot solet les puc portar al mas!

—Au va, Cinto... No diguis bajanades!

—Que no puc? Què va l'aposta...?

—Home, els diners no me'ls puc jugar, però tinc conills.

—Fet, si guanyo jo guanyo el conill, si guanyes tu guanyes el preu del conill.

I en Jacint, amb un esforç sobrehumà, per pebrots, acabava guanyant i portant les garbes tot sol al mas i després més content que unes Pasqües s'emportava el conill a casa, el donava a la mare, perquè els seus passaven estretors econòmiques i ell ho sabia i els portava tot el que podia, i després quan tornava de veure la mare, cosa que feia sempre que podia, encara tenia temps fins a altes hores de la matinada per llegir o empescar-se un poema. Així havia anat creixent aquella llarga història èpica de l'enfonsament de l'Atlàntida. Robant hores al descans de la nit o de la migdiada, quan els jornalers feien la becaina sota les velles rouredes, ell s'apartava un xic, i entre el refilar de les caderneres i els verderols, lluitava contra el pes de les parpelles, s'eixorivia i tornava a enlairar-se amb el vol de la merla, el pinsà o l'oriol, l'ocell més bonic d'aquestes terres, l'au del paradís, segons en Cinto... I és clar, aquells versos que li havien costat gotes de sang havien fracassat estrepitosament, ni se'ls van llegir a Barcelona... Van trobar el poema massa llarg i feixuc, li va dir un confident, un mal amic que li volia enverinar la sang. Això era el que li coïa més en aquell moment, que ni tan sols se l'haguessin llegit.

A la cambra, tot estava tal com ho havia deixat feia dos dies, abans d'anar a Barcelona, quan va assabentar-se que no havia guanyat, i també va rebre la carta de Jaume Collell, el bon amic, feliç i exultant. La va agafar i la va tornar a llegir en silenci, la carta que ell va llegir amb tristor, perquè per a ell era un estrepitós fracàs, en canvi per a en Jaume eren els llorers.

«*Estimadíssim amic, amb quin plaer et donaria una forta abraçada, jo, que moltes fulles de la corona les dec a l'amic i humil poeta de Folgueroles...*».

I després, encara tot xop com anava, mogut per sempre per aquella embranzida que li sortia de dins..., es va asseure i es posà a escriure.

«*...moltes vegades si t'ha fet llàstima el meu exterior, més te'n farà el meu esperit, tu que me l'aguantes, com dius. Guarda't tot l'encens per a Déu, jo no en tinc de menester cap engruna per fer allò que Ell vulgui de mi, i per acabar amb una paraula, o plegueu tu i els nostres bons amics de dir-me mestre, o jo no seré més de l'Esbart*».

—Cinto, et quedes a dinar?

La veu de la tia el va distreure de les cabòries. La pluja queia a bots i barrals, però ell era en un altre món, va sortir de la cambra i cridà:

—Sí, tia... A la tarda, quan escampi, aniré a veure la mare. Ara, em quedo una estona aquí a dalt, tinc una mica de feina.

La tia de can Tona, que el coneixia força, va somriure i remenà el cap; sabia perfectament que, quan en Cinto deia que es quedava a la cambra i que tenia una mica de feina, el temps li passava i no s'adonava de res.

—Ja torna a versejar! No hi pot fer més! Què farem amb el nostre estimat Cinto? —remugava la tia.

Era ella la que havia de pujar a dalt i dir-li:

—Cinto, baixa a sopar...

I ell, nerviós, gairebé cridant, contestava:

—És que no tinc gana, tia, ara no, no puc deixar-ho.

Era inútil, era més fort que la seva voluntat, quan escrivia no sortia de la cambra, per a ell aquell petit espai era el món, l'univers, ho tenia tot, no menjava, no dormia, només somiava i somiava i escrivia sense parar, i això lentament també anava minant la seva salut, però era jove i ni se n'adonava... La tia patia molt per ell i ja sabia que aquella tarda no baixaria a dinar, es quedaria a la cambra i després corrents a veure la mare, la seva estimada mare. La tia recordava el dia que van acordar que en Cinto anés a viure amb ells al mas.

El germà gran, en Miquel, es va casar i Josepa Santaló i en Pep de can Torrent van convidar a la boda els familiars de can Tona. En un moment del convit, les dones van tenir una conversa a la cuina, amb el davantal:

—No sé què farem... En Pep treballa de sol a sol, ja no pot més, el pobre, i el nostre Cinto al seminari, no el podrem mantenir, i em sap tant de greu.

—Josepa, no pateixis, som família, me'n faig el càrrec... Que vingui al mas, i així farà de mestre als petits i si es vol guanyar uns dinerets per a la roba que ajudi l'oncle en les tasques del camp, hi ha molt feina en un mas i per a tots... No se'n parli més, l'altre dia li ho vaig proposar al meu home, els nens necessiten un mestre, i havíem pensat en ell. Moltes vegades ens ve a visitar al mas... Sobretot, quan ronda per la font de la Torre de Morgades o quan fa el camí del seminari.

—Jesús, Maria i Josep! Déu ens ha escoltat! Amb en Pep, també n'hem parlat, no sabíem què fer... Però primer ho ha de voler ell, ja saps, algun cop t'he parlat del seu caràcter, no podem contrariar-lo en res, en res... Té molt geni i ens fa una mica de por i tot, no sabem què seria capaç de fer... No sé què dirà, ell està tant per mi, pel seu pare i les germanes...

—Josepa, no pateixis, deixa-ho a les meves mans. Ja li ho diré jo, i faré veure que tu i jo no n'hem parlat.

—Vols dir? Ui, i si endevina que li diem una mentida? Em fa por...

—No pateixis, serà una mentida pietosa, ja ens en confessarem, dona, però és millor així, que vegi que som nosaltres, els que ho proposem, i no vosaltres... Ell, en Cinto, és orgullós, el conec... Val més així.

—Sí, ho deixo a les teves mans. Alabat sia Déu!

I, aquella mateixa tarda, la tia de can Tona, quan els joves estaven tots cantant i dansant a l'era, celebrant la boda, rient, menjant coques i bevent, va cridar-lo:

—Cinto! Cinto!

Ell havia complert divuit anys, era un jove impetuós, de galtes vermelles. Estava mig suat de tant cantar, però es va apropar a la tia, que estava una mica separada, a la vora. Ella portava un càntir d'aigua fresca de la cisterna.

—Té, beu una mica... Uf, mare meva! No pares de ballar i de cantar, para una mica...

—Gràcies, tia... —féu ell amb els ulls resplendents i posat a la rotllana que es tornava a formar amb una nova cançó popular.

—Espera una mica, Cinto, vull dir-te una cosa molt, molt important per a tu i per als teus...

El noi va copsar el gest seriós de la tia, aquella dona sempre li havia caigut molt bé, l'estimava sincerament, era una bona dona. Moltes tardes, quan feia el camí de Folgueroles, amb l'excusa de donar un encàrrec a la seva mare, la tia el feia seure al mas de can Tona, que no era gaire lluny del camí, i li preparava un bon berenar.

—Cinto, ja saps que els teus pares estan passant per una situació delicada... No et poden mantenir... Ni la teva mare, ni el teu pare no m'han dit res... I jo tampoc els he dit res. Primer, ho vull parlar amb tu... Mira, Cinto, els meus fills menuts necessiten un mestre i he pensat que tu... Què et sembla? Vindries a viure al mas, ajudaries els jornalers del teu oncle, i, és clar, cada dia vindràs a veure la teva mare... Sempre que vulguis... Així el teu pare anirà més tranquil i tu també escurçaràs la meitat del camí i podràs continuar estudiant al seminari... que és la il·lusió més gran de la seva vida...

En Cinto tenia els ulls plens de llàgrimes. Mirava a totes bandes, volia eixugar-se els ulls, així no podia tornar a la rotllana, on l'estaven esperant amics i amigues.

—Tia, jo... no sé què dir...

—I què has de dir... Avui mateix, véns amb nosaltres al mas, i ara vés a ballar, no pateixis, que jo en parlaré amb la teva mare i el teu pare...

—Gràcies, tia...

En Cinto la va abraçar de cor i va besar-li les galtes

de content, i després, saltant d'alegria, va tornar a cantar i ballar. I la gresca no va acabar fins a la vesprada. I així amb aquesta mentida el fill d'en Pep de can Torrent, el seminarista, podria continuar estudis. La Josepa, riallera, engolint les llàgrimes va preparar-li la roba, tot dins d'un bagul, que l'oncle, el masover de can Tona, va pujar al carro.

En Cinto es va acomiadar de tots, deia que allò no era res, que cada dia aniria a veure'ls... I va arribar l'hora de partir. L'oncle tenia preparada la tartaneta. La tia va seure davant, els menuts ja dormien i els van fer un jaç dins del carro amb un parell de mantes, la dida els acompanyava. En Jacint va seure darrere, encara tenia a la boca un llarg brot de romer.

Els estels començaven a sortir. El cavall va fer camí pels carrers de Folgueroles. Ell contemplava la seva mare que li feia adéu des de la porta de casa. La vila va quedar enrere, lentament la natura els va envoltar. Era una nit d'estels titil·lants. En Cinto sentia un nus a la gola, era com si el desterressin, com si tornés a néixer. Era enyor? Era melangia... La nit era molt fosca, la lluna sortiria en un parell d'hores, ja començava a delatar la tènue resplendor per l'horitzó. Semblava com si un tros del blau fosc de la nit hagués caigut dins dels ulls d'aquell jove, que, ara sí, sentia com si li estripessin l'ànima, i ja no tenia ni ganes de plorar. Se sentia com abandonat per tots.

De seguida se li va passar la tristor, l'enyor. La tia, aquells primers dies, va estar molt per ell, no podia substituir la mare, però feia el que podia. En Cinto de seguida va adonar-se que la seva estada a can Tona no era cap presó, al contrari, aquí gaudia de la seva pròpia habitació, el seu espai íntim, cosa que a casa no podia tenir. Això el va reconfortar i amb les primeres setmanes va adonar-se que allí, en aquell espai de solitud, allò era el gineceu de la poesia, dels versos que durant el dia anava component la seva imaginació poderosa, que saltava amb la força d'un cavall desbocat. Allí tenia el punt de solitud i de concentració perquè la ploma anés dibuixant, paraula a paraula, els somnis diürns.

En Cinto es va treure la jaqueta mullada, la va penjar rere la porta, després va posar la mà sota la biga on tenia l'original del seu poemari i el va tornar a rellegir; en un altre paper a part anava escrivint les possible rectificacions, enregistrava el número del vers que potser calia variar... Però no ho feia damunt d'aquell original, primer ho volia meditar. I també volia consultar-ho a algú que hi entengués, que tingués ganes d'ajudar-lo, perquè ell no desistiria mai d'aquell poemari, mai. I llegia un altre fragment i es preguntava en silenci per què no l'havien premiat... «Com és possible que no s'hagin adonat de la profunditat d'aquest vers? I aquest gir? Sí, aquest passatge m'agrada, em transporta, però potser l'hauria d'escurçar». I s'alçava dret, mirava la finestra i aquella tronada de primavera, les altes torrasses que creixien a l'horitzó, el so del tro, que retronava per tota la plana, i els llamps, tot aquell paisatge era com el seu poema del continent submergit... l'Atlàntida! I contemplant el paisatge tenebrós de la tronada imaginava el continent esfondrar-se, i aquells núvols blancs que emergien per la banda del Montseny i les Guilleries eren el Pirineu naixent... I de sobte, arravatat per un esclat d'inspiració, tornava al poema i escrivia uns nous versos, rectificava, ampliava o suprimia algunes imatges excessives i en el seu cap anava ressonant el nom... Atlàntida, Atlàntida... I de cop i volta, enlluernat encara pel darrer llamp, es va deturar i es va dir en silenci: «Sí, és veritat! El nom del poemari, he fallat també amb això... Ara ho veig clar, s'ha de dir *L'Atlàntida*... Si té una ressonància mítica, fins i tot clàssica... La *Ilíada*, l'*Eneida*... *L'Atlàntida*... No sona malament. Decidit, es dirà *L'Atlàntida*. No se'n parli mes».

I de cop va deturar la ploma, va deturar les cavillacions perquè el dubte terrible l'havia sorprès novament, un petit defalliment, un calfred li va recórrer l'espinada. Sembla que la tronada, amb els seus alts i baixos, anava allunyant-se lentament. Aleshores li van sonar els cops a la porta.

—Cinto? Cinto?

—Sí, tia, sí, disculpi... —i va obrir la porta i aquella dona que se l'estimava com una mare li portava una safata amb un plat de verdura, patata i mongeta tendra, amb un tall de botifarra, un bocí de pa i un got de vi.

—Has de menjar, Cinto! Quan entres aquí, amb els versos i els llibres, perds el món de vista, fill! Menja, que si no la teva mare em renyarà!

—Sí, tia... La meva mare? Ui, sí, l'he d'anar a veure, després de dinar...

—Menja tranquil, o encara et farà mal, no pateixis, encara és d'hora, les dues de la tarda, només... Espera un parell o tres d'hores i quan escampi la tronada podràs anar a veure-la...

—Sí, tia, com sempre tens raó... I l'oncle? No l'he vist.

—Avui és a mercat. No trigarà gaire a arribar.

—I els nens...

—Avui és dia de festa major per a ells, s'estan al paller amb els jornalers, es veu que juguen a bitlles.

—Hi aniria, tia, ja sap que jo sóc bo.

—Sí, fill, com hi ha món... Encara recordo el dia que vas venir a buscar tots els teus estalvis per jugar-te'ls a una partida de bitlles.

—Caixa o faixa! Tia, ja sap com sóc! —féu en Cinto, orgullós, repetint la frase que havia fet famosa el general Prim, aquell català de Reus que havia estat vencedor a la campanya d'Àfrica, un home de geni militar que va saber encoratjar tot Catalunya en aquella campanya al nord d'Àfrica. Tota la joventut de Vic es va entusiasmar i va competir amb Reus en la formació dels batallons catalans. En Cinto havia sentit també l'impuls de la milícia: era massa jove encara, però recordava la frase cèlebre de Prim i quan la repetia sentia un cert orgull.

—Ai, fill, no canviaràs mai... I ara jo et dic el mateix! Quan torni, vull que al plat no hi quedi ni una engruna o ja saps el que passarà... —va dir, enèrgica, la tia. En Cinto se la va mirar de fit a fit, no comprenia la ironia. La dona va somriure amb picardia, coneixia molt bé en Cinto i sabia que, quan tenia la vena creativa, era com un infant petit, no entenia res, era tot cor... La tia, però, va remenar el cap i féu—: Si no t'acabes el dinar... O caixa o faixa!

En Cinto va somriure, era com si hagués tornat a entrar al món.

—Sí, tia, no pateixi, m'ho acabaré tot.

La dona va sortir de la cambra i quan la porta es va tancar el jove poeta va sentir una punxada al cor. Era el dubte. El rosegava contínuament. Era la indecisió, era el fracàs del seu poema, de la seva aposta per un poema seriós i llarg, un poema èpic i de ressonàncies clàssiques. I, enmig dels dubtes i les cavil·lacions, els ulls li van anar a la finestra. En aquest moment, un raig de sol s'escolava entremig dels núvols, un arc de Sant Martí, que es va dibuixar breument, amb una llambregada pel cantó del Puigmal, i dins del cap li va retrunyir un nom: «Milà i Fontanals... Ell el va llegir, em va aconsellar, li va agradar el poema. Em va suggerir algunes rectificacions. Qui millor que ell per fer-me de mestre? De guia? Milà i Fontanals és la clau de tots els meus dubtes. N'estic més que segur, convençut. Li escriure, li diré que estic treballant en *L'Atlàntida* i que necessito que m'ajudi. Sé que ell ho farà, n'estic segur... Però he de revisar a fons el poema, cada part».

I, com un foll, es va asseure i es concentrà damunt les pàgines del poema; tornava a rellegir, meditar i el temps s'anava escolant, i el plat de mongeta tendra i patata ja estava completament fred i la botifarra també, allà sobre la tauleta, tal com l'havia deixat la tia feia una estona... Quanta estona? Ja feia hores? Ja no sabia quant de temps feia que era allà, sobre el paper, amb els dits una mica tacats de tinta, i de sobte, quan els darrers trons ja ressonaven lluny, la veu de la tia va esclatar:

—Cinto! Ara pujo a retirar-te la safata. Em sembla que ja són les cinc tocades, és hora d'anar a veure la teva mare.

I en Jacint, tot esverat, tancà de cop la llibreta de les

notes del poemari i la va tornar a desar sota la biga, i de pressa i corrents va endrapar el plat de verdura, la llonganissa, el got de vi, el pa, tot... pensant en la seva tia, i també en la seva mare. Havia d'anar a veure-la, li ho havia promès abans de marxar a Barcelona. Els passos van ressonar, era la tia que s'apropava... En Cinto va fer el darrer glop de vi, i es va girar de cara a la finestra, dissimulant i engolint un tall de botifarra que li havia quedat a la boca i ara ja era a la gola.

—Cinto... Veig que t'ho has acabat tot! Així m'agrada!

El noi s'escurà la gola i digué:

—Boníssima la botifarra i les mongetes tendríssimes, tia... Es fonen a la boca.

—Ja ho poden ser, fill, són les primeres de la temporada. El teu oncle les ha collit aquest matí de l'hort.

—Ja ha arribat l'oncle?

—Sí, és a baix. Au, vés a saludar-lo.

—Sí, tia, ara baixo...

—Però home, Cinto, encara no t'has canviat els pantalons... Els portes bruts de fang...

—Ui, tia, ni me n'havia adonat.

—Ai, fill, sempre tens el cap a la lluna de València... No sé què farem amb tu!!!

CAPÍTOL XVI

Verdaguer va albirar el campanar de l'església romànica de Folgueroles dedicada a Santa Maria. Va endinsar-se a la vila i de seguida es plantà al peu de casa. Va trucar a la porta i va sortir la seva germana Francesca a rebre'l:

—Cinto? T'esperàvem per dinar.

—M'he aturat a can Tona, plovia a bots i barrals. I la mare?

—És a l'església a passar el rosari.

—I el pare?

—A l'hort, avui vindrà tard, ens ha dit, li ha sortit una feina.

—Una feina?

—Sí, de jornaler... Em sembla que és al molí fariner de Calldetenes.

—Al molí de la Calvaria, deu ser... El criden algun cop. Francesca, me'n vaig al rosari amb la mare.

En Cinto, amb dues gambades, travessà el carrer i enfilà la plaça. En aquell moment sortien, va veure una munió de dones, totes de negre de dalt a baix amb mantellines cobrint els monyos recollits.

Al mig de la plaça, mare i fill es van abraçar.

—Cinto, explica, explica. Com ha anat per Barcelona? Vas marxar tan enfadat, fill. He resat tant per tu, el teu geni em fa patir molt. Ai Senyor, quan es temperarà el teu caràcter?

—Ja saps el que penso!... *¡A Dios rogando y con el mazo dando!*

—Fill, pensa que Déu Nostre Senyor acull i protegeix els dòcils.

—Mare, no has de patir per res. Saps una cosa? He conegut el gran Mistral...

—Frederic Mistral de la Provença?

—Sí, mare, el mateix, m'ha saludat, fins i tot m'ha dit... —En aquest moment va callar en sec. La seva mare sabia llatí, i era llegidora, i també coneixia l'anècdota de Virgili, l'autor de l'*Eneida*... Quan Virgili va fer plorar Octàvia, la germana de l'emperador August, quan llegint un passatge del llibre sisè, concretament pronuncia la frase «*Tu Marcellus eris*», a Octàvia li va fer recordar el seu fill, que va morir assassinat a la flor de la seva joventut, un fill intel·ligent, bo, valent, que era l'esperança de Roma, i finalment aquella esperança no es va complir. Aquella locució llatina havia passat a significar promesa que mai no es complirà.

—Què t'ha dit, fill? A la teva mare no li pots amagar res... —En Cinto es va posar una mica nerviós, va mirar a una altra banda i va mentir:

—Doncs que li agraden molt els meus poemes. I que vagi a la Provença a visitar-lo.

—I què hi has de fer, tu, a la Provença, tan lluny?

—Mare, ja saps que si fos per mi ara mateix me n'aniria a Amèrica! Ja ho saps, sempre ha sigut la il·lusió de la meva vida. Fins i tot vaig estar a punt d'anar-hi de missioner, però no tenia l'edat.

—Ai, fill, recordo que vaig plorar molt.

—Ja ho saps, mare. M'agrada viatjar, conèixer món. Mai no he sortit d'aquest redós, la plana... I si pogués, si tingués ales, voldria remuntar totes aquestes serres i muntanyes com una àliga. Volar sobre el Puigmal, els Pirineus i més enllà i tot.

—Sempre somiant, Cinto... —féu la mare, que de seguida va endevinar que el seu fill s'havia guardat alguna cosa, i ara estava dissimulant, però tampoc no volia contrariar-lo. Això mai de la vida. El seu caràcter era turbulent i tenia un geni terrible, i aquella mare que venia del rosari volia pau, i tenir la festa en pau.

Van arribar a casa agafats de bracet, caminant i somrient, saludant el veïnat. La dona caminava amb orgull amb el seu fill i no es va treure la mantellina fins que arribà a casa. Allí, a la llar de foc, en Jacint, el seu fill preferit, la nineta dels seus ulls, li va explicar tot el viatge, la gran il·lusió que li feia Barcelona. Li encantava la gran ciutat, l'atreia, però també hi havia un punt inquietant, d'incertesa, que la mare copsava i callava. Es va fer tard, era de nit. En Cinto va alçar-se de sobte i digué:

—Vaig al molí de la Calvaria, a Calldetenes, a ajudar el pare; m'ha dit la Francesca que té una feina a jornal.

—Vols dir, fill? Però si és molt tard! No estàs cansat del viatge?

—No, mare, si vaig de presseta en una hora ja hi

sóc. Tornarem plegats amb el pare, l'ajudaré i així acabarem abans i soparem tots junts, que avui em quedo a dormir aquí... Demà matinaré, a can Tona hi ha molta feina i l'oncle em necessita.

—Com vulguis, fill.

En Cinto va trigar menys d'una hora. Va arribar al molí fariner de la Calvaria i el seu pare era allà, descarregant sacs de blat, en portava un al cap i cobrint-li l'espatlla, semblava un monjo amb l'hàbit massa curt. Encara quedaven tres carros més per descarregar.

—Hola, pare... —féu en Cinto carregant-se un sac a l'esquena. L'home li va fer la ullada, no li digué res més.

Van acabar més d'hora, suats i esbufegant, però contents, especialment el pare. Tots dos van tornar a casa.

—Estàs fet un home, Cinto. Però ta mare i jo volem que acabis els estudis al seminari.

—Sí, pare...

—Ai, fill... Quantes alegries ens has de donar. Però escolta el consell, ja saps que sóc home de poques paraules. No com tu.

—I quin és el consell, pare?

—Que el molt escriure no et faci perdre el llegir.

El silenci de la nit va embolcallar pare i fill en una abraçada d'argent, d'aquella lluna en quart creixent. Lluna de projectes nous, d'il·lusions, de camí per fer.

Van sopar tota la família junts, com volia en Cinto, regnava pau, silenci, només se sentia el sorollet de la Francesca, que li agradava aspirar el suc del brou calent, gairebé cremant.

—Filla, és de mala educació fer soroll mentre es menja. Les vegades que t'ho he dit.

En Cinto la va imitar còmicament. I la rialla fou general. Tots estaven contents, eren feliços, se'ls notava en les cares, els rostres lluents. El pare va fer dos o tres xarrups del porró i fins i tot va fer petar el galet al clotet del bigoti. Només es van creuar unes paraules parlant de Barcelona, d'aquella ciutat que creixia descomunal, com un monstre que no podien contenir les velles muralles medievals, que es tiraven a terra, i s'estenia la ciutat amb quadrícules perfectes, noves avingudes, amb aquell projecte de Cerdà anomenat Eixample. El pare li va comentar també les novetats del poble... Aquella nit vora el caliu de la llar de foc, la mare va llegir per a tota la família un fragment del llibre de Jonàs. I després tots a dormir.

En Cinto es va incorporar als treballs del camp a can Tona, com feia tots els estius i durant les vacances, agafava la rella, llaurava i arranjava una tanca, i es posava a cantar. A mitja tarda sempre tenia la visita d'algun amic de l'Esbart per preparar la propera trobada, i ell sense deixar de treballar parlava, comentava. Al cap de tres dies de la seva arribada, un dia va venir el seu amic de Vic i membre fundador de l'Esbart Josep Salarich; en Cinto estava birbant l'herba de l'hort, l'amic dret, al seu costat.

—Josep, m'has de fer un favor... Porta la carta a Vic i tira-la a la bústia, és molt important. Avui hi havia d'anar jo, però he tingut més feina del que em pensava i em sap greu demanar permís a l'oncle, ara hi ha molta feina.

—I tant, amic, demà a primera hora sortirà.

—Ja ho veuràs, va dirigida a Milà i Fontanals, li demano consell sobre *L'Atlàntida*, li explico quin és el meu punt de vista i també li manifesto la meva intenció de no abandonar el projecte... I sol·licito la seva ajuda, el seu mestratge.

—Em sembla bé, Cinto, quan vas llegir uns fragments a la font del Desmai, recordo que hi va haver uns versos que em van impressionar.

—Sí, vas ser sincer amb mi, em vas dir que aquells quatre versos era tot el que salvaries del poema.

Els dos amics es van posar a riure.

—Sí, és veritat, no t'enganyaré mai... Però crec que si vols refer el poema el millor és Milà i Fontanals.

Al cap d'una setmana, en Cinto va rebre una carta al mas on el mateix Manuel Milà i Fontanals el convidava a passar uns dies a casa seva a Vilafranca del Penedès; així llegirien plegats el poema i treballarien. En Cinto, amb la carta a la mà, el cor batent d'alegria, va anar a veure l'oncle.

—Oncle, oncle... Voldria demanar-li permís.

—I tant, Cinto... digues.

—És que don Manuel Milà i Fontanals m'ha convidat uns dies a Vilafranca a casa seva per refer un poema que tinc entre mans.

—No se'n parli més. Quan penses marxar?

—Demà mateix, si puc, agafaré la diligència fins a Mataró i després el tren...

—Parla amb ta tia.

—Sí, oncle, gràcies, gràcies.

—Cinto, a un home com Milà i Fontanals no li pots dir que no. Vinga, corre, vés a veure ta mare.

A Vilafranca, a casa de Milà i Fontanals, seguint els

seus consells i suggeriments, van fer una feinada, exhaustiva, de concreció, i el poema *L'Atlàntida* va quedar gairebé enllestit definitivament. Per a en Cinto aquella obra era una espina clavada a l'ànima i ara ja se l'havia tret. Ja no li importava que el poema no fos premiat. Calia esperar el seu moment, però tenia la certesa que al final aquella obra el projectaria, li donaria fama i renom per tot Europa.

Retornà a can Tona a les tasques del camp. Es va retrobar amb l'amic Jaume Collell, veritable animador de les esbartades. Aquell any, la font del Desmai, lloc sagrat per a tota aquella colla d'entusiastes lletraferits impulsors de la Renaixença, va ser molt visitada. Per qualsevol motiu, ja es trobaven recitant, parlant amb els amics, cantant velles cançons de la terra. Especialment quan arribava algú de la capital, Barcelona. L'endemà a punta de dia s'organitzava una esbartada.

La tensió política i social al país creixia per moments, les colònies es revoltaven contra la metròpoli, les diferents famílies polítiques estaven a mata-degolla les unes contra les altres, a la monarquia espanyol continuaven les intrigues, les successions de ministres, de governs... Semblava tot plegat un caos. Si no es manava es conspirava, aquesta era la dinàmica. Però cada cop més el centre d'aquell vòrtex de caos social i polític se centrava en el vencedor del Marroc, el general català, fill de Reus, Prim, que es trobava fora d'Espanya, preparant un cop ben sonat.

I al mes de setembre, just abans de començar les classes al seminari, va esclatar la revolta. Però els esdeveniments venien de lluny. L'agitació política a Madrid, capital de l'estat, havia crescut en els darrers dos anys.

Els aixecament a la caserna de San Gil i després a la de San Daniel, amb més de vuit-cents morts, eren comentats per tothom. El cop definitiu es va pactar a la ciutat belga d'Ostende. Allí el Partit Progressista i el Partit Demòcrata, juntament amb la Unió Liberal, van pactar l'enderrocament de la reina Isabel. El cop l'encapçalaria el general progressista Joan Prim.

Jaume Collell, aquell activista cultural que no parava mai quiet i que esdevindrà un dels grans prohoms de la Renaixença, estava ultimant una exposició artística arqueològica al convent de Sant Domènec de Vic quan van saber-se les primeres notícies pels carrers de la ciutat. En Jaume i en Cinto les van escoltar mentre caminaven pels carrerons adjacents al seminari. Un botiguer parlava a la porta de l'establiment amb un viatjant.

—Cadis s'ha revoltat! Pel que es veu és una part de l'Esquadra. Darrere d'aquest cop hi ha Topete i Joan Prim!

—Sí, sí, és cert. Jo vinc de Mataró i allí ho donen per fet. Un amic de Barcelona m'ha dit que la tropa d'Andalusia s'ha sublevat... I em sembla que aquest cop arribarà més lluny.

—Què vols dir? Vols dir que no canviarà el govern i au?

—No, no, ara apunten més alt... Apunten a la monarquia i dispararan amb bala. Prim no pot veure la reina Isabel.

—Sí, és cert... Haurem d'estar al cas.

Els dos amics van saludar el botiguer, un home que també freqüentava el Círcol Literari de Vic.

A primers d'octubre es va confirmar. Prim, l'almirall

Topete, Serrano i Dulce es van sumar a la revolta. Fins i tot l'escriptor López Ayala va redactar el manifest «España con honra». La revolució va escampar-se per tot Espanya com una taca d'oli. Joan Prim lliurà la batalla d'Alcolea i va vèncer. La reina Isabel II, que es trobava a Sant Sebastià, agafà Alfons, l'hereu de la Corona, i es va exiliar a França. Joan Prim encapçalaria el govern.

Per totes les terres i nacions de l'Estat espanyol la notícia provocà un gran entusiasme. La gent estava cansada de tantes intrigues, confabulacions, cops, proclames, inestabilitats, caos... Ara hi havia un cap visible que actuaria amb mà de ferro, un general vencedor.

En Cinto ajudava en algunes tasques l'amic Jaume Collell en la preparació d'aquella exposició. Es trobaven asseguts a la terrassa d'un cafè quan van veure, al fons, que d'un altre cafè en sortia una banda de músics entonant l'himne de Riego, i una manifestació espontània de ciutadans en to festiu, alegre, cridava: «Visca Prim!!!». En Jaume es va alçar de sobte, es temia el pitjor.

—Cinto, me'n vaig a l'exposició... És molt a prop de les barraques dels burots dels consums i sempre que hi ha revolta acaben cremant.

I corrents va sortir com un coet. En Cinto es va quedar sol. Dos homes de la vora comentaven amb inquietud:

—La Gloriosa... Aquest és el nom de la revolta.

La plaça es va omplir de gent, es va trobar algun amic, coneguts del seminari que també cantaven d'alegria, fins i tot un li va dir:

—Home... Si és aquí el noi d'en Pep de can Torrent.

—El poeta? —féu una dona vermella de cara que, en aquest moment, s'esgargamellava cridant contra la reina—: Ja ha caigut la botiflera.

—El poeta? Doncs que escrigui uns versets.

Tothom el va felicitar.

—És el seminarista de Folgueroles, Verdaguer, el fill d'en Pep de can Torrent, el picapedrer. Es veu que ha guanyat als Jocs Florals de Barcelona. Tothom el coneix. I té molta traça...

En Cinto es va trobar voltat de gent que l'encoratjava i el felicitava, la multitud va fer una rotllana al seu entorn, fins i tot la banda de músics, que no paraven d'entonar l'himne de Riego, li va dedicar uns acords. Ell al mig del grup es va sentir encoratjat, lloat, aplaudit. Es va sentir content, compartia aquell esclat d'alegria del poble. El poble. Ell s'enorgullia a Barcelona davant dels prohoms de la literatura catalana que la seva saba, la seva llet, provenia del poble. I ara, era el poble qui l'aclamava de forma espontània, el victorejava.

—Que faci uns versets d'aquest dia.

—Sí, que escrigui el poeta, que parli de Prim.

I la dona de galtes vermelles va continuar cridant:

—Ja ha caigut la botiflera.

I en Cinto, transportat al seu cel de poesia, envoltat de tota aquella gent, es va contagiar d'aquella febre popular, es va ajuntar amb la munió de gent, mentre al seu cap ja començaven a sonar les lires d'una composició. Mentrestant, el seu amic Jaume Collell romania tancat i barrat dins l'antic convent de Sant Domènec, amb tots aquells funcionaris dels burots tremolant de por, perquè els de fora els amenaçaven de matar-los. Finalment,

Collell va poder sortir del convent i es refugià a casa seva. No va dormir en tota la nit, es despertava esverat quan algun grup de revolucionaris cridava alguna proclama. A la matinada va aparèixer l'amic, en Cinto, tot esverat, va trucar a la porta, una, dues, tres...

—Sóc jo, en Cinto! Obre, Jaume, obre...

Van reconèixer la veu i el mateix Jaume baixà a rebre l'amic, pensant que li havia passat alguna cosa. En Cinto, quan l'amic va tancar la porta, es va treure de la butxaca un full, estava somrient per l'emoció, es notava que no havia dormit en tota la nit, tenia l'excitació als ulls, a la cara. S'escurà la gola i li va llegir un romanç que començava:

«Ja ha caigut la botiflera».

En Jaume acabà d'escoltar el romanç en silenci, en Cinto es va anar desinflant, fins que caigué rendit a la cadira que hi havia al rebedor... Li rodava el cap, es va posar la mà al front i, a l'altra, caiguda, hi portava el paper: era un gest molt seu, que anirà repetint durant tota la vida. Un gest que significava desolació absoluta, abandó, tristesa per la incomprensió no solament de la resta d'humans, sinó també de la seva pròpia ànima, d'aquell monstre líric que portava dins i que l'arrossegava d'una banda a una altra com si fos una ploma perduda enmig de la tempesta marina més impressionant que poguessin congriar tots els oceans.

—Descansa, amic. No has dormit en tota la nit.

Sempre va penedir-se d'aquell romanç, que ell mateix va cremar perquè mai més ningú li ho pogués retreure. I, com li solia passar, aquella feblesa, aquella derrota, com la dels Jocs Florals, es va magnificar dins de la seva ànima de poeta fins a límits que ningú, ni tan sols els amics, podia sospitar: hi havia en l'esperit profund d'en Cinto un espai insondable, misteriós, que ni tan sols ell mateix acabarà d'esbrinar mai. Un camí fet d'ombres i llums, que ara, després d'un llarg silenci, començarà a retrobar, preparant-se per a l'altar, per al dia en què serà ordenat sacerdot a l'ermita de Sant Jordi, una ermita on hi ha també un dolmen. D'aquesta manera, la seva ànima trobarà el punt d'equilibri entre el dolmen, les forces de la natura, la força poètica que sadolla els seus camps de creació, i la creu de l'altar. Mentrestant, el país tornava a la normalitat caòtica de sempre, a les intrigues, les confabulacions i els canvis de govern, un cop van haver retirat de la circulació el general de Reus, Joan Prim, assassinat a Madrid, que havia estat l'esperança de la nació per posar ordre i pau. Així, doncs, l'odiada reina Isabel, la botiflera, i el seu fill, l'hereu Alfons, tornarien a entrar a Espanya.

SEGONA PART

VIATGE A MONTSERRAT

CAPÍTOL XVII

L'èxit, per a un poeta, significa molt més que un premi. No és només aquell noble impuls de la immortalitat dels versos, que mai no moriran perquè algú d'un futur remot els farà viure amb el seu alè, i s'escamparà entre les tribus dels homes com un bes que va de boca en boca, d'esperit en esperit, per cantar les gestes d'uns éssers que tornen a viure als paratges de l'imaginari. L'èxit per a un poeta va més enllà de la veneració, l'admiració dels coetanis, o de veure reproduïda l'obra en aquella torre de Babel que les impremtes escampen pel món. Hi ha un sentit amagat, secret, hi ha alguna cosa que s'escola entre els dits i que no es pot atrapar, com un peix, com un grapat de sorra o com un glop d'aigua. I al final, el poeta es mira les mans i continuen buides, ha estat un miratge, un instant, solament. Però aquells versos, aquella obra que espera delerosa el veredicte de la posteritat ha estat veritablement una empresa, un treball a mata-degolla, de tenacitat, tossuderia, de deixar part de la pròpia vida impresa en cada mot, de deixar també part de la pròpia mort en cada silenci.

Aquells Jocs Florals de 1877, per a mossèn Cinto Verdaguer, amb trenta-tres anys, l'edat de Crist, van significar un punt d'inflexió. El triomf de la seva *Atlàntida*, el llarg poema èpic que havia fracassat als Jocs Florals de 1868, ara nou anys més tard va omplir un buit que havia quedat a la seva ànima. Tot ell aquells dies de primavera era com si visqués una vida prestada a algú, un ésser celestial que anava donant tombs, rebent homenatges, felicitacions. Verdaguer, a més de ser el poeta més famós de Catalunya, tenia una posició privilegiada, era el confessor de la casa Comillas i amic personal del marquès. Al Palau Moja de Barcelona, mossèn Cinto exerceix de capellà de la família més rica i més influent d'Espanya, la del marquès de Comillas. Arriben telegrames de tot arreu, el vell marquès i el seu fill adoren el poeta que tenen a casa. El ressò del triomf de *L'Atlàntida* durarà anys, projectarà el poeta arreu del món, travessarà l'oceà, i a Buenos Aires la revista *L'Aureneta* publicarà el poema èpic en fulletó. Fins i tot el sant pare Lleó XIII en demanarà a mossèn Cinto un exemplar. Verdaguer viu sota una veritable pluja d'homenatges que li arriben de tots els llocs i estaments. Es donava el cas que als Jocs Florals de 1877 Guimerà va obtenir tres flors, tres premis i, per tant, en uns mateixos jocs seria nomenat mestre en Gay Saber, però en aquells Jocs Florals va triomfar *L'Atlàntida* i el nom de Cinto Verdaguer va eclipsar-ho tot. El seu veritable jo, el seu pensament sincer, però, era en el camí de Vic a Folgueroles, a can Tona... Ell encara era allí caminant, sempre viatjant amunt i avall, amb el seu estimat amic de l'ànima.

Ja feia dos anys que *L'Atlàntida* havia triomfat, en

Cinto tenia trenta-quatre anys, i ja era tot un mite per Catalunya i un poeta admirat a tot Espanya i a l'estranger. El dia 2 d'octubre de 1879, el dia del Roser, remuntava la muntanya de Montserrat a peu amb el seu amic Jaume Collell, que també era capellà com ell. Aquella era una data molt assenyalada per a en Cinto, perquè va ser, nou anys enrere, un 2 d'octubre també, quan va dir la seva primera missa. Avui també volia dir missa a Montserrat.

Com dos romeus, pujaven amunt des de Monistrol, van remuntar pels carrers del poble en direcció a la muntanya, van aturar-se un moment a l'església de Sant Pere i també a la Font Gran de Monistrol, una de les més abundoses, on van omplir les cantimplores d'aigua fresca. Després d'agafar el camí de l'Àngel van continuar amunt pel camí del mateix nom que porta a l'ermita de l'Àngel. Aquell era un dels camins medievals de romiatge de Montserrat. Ara ja eren fora del poble, enfilant la drecera coberta de desgastades lloses de pedra, al darrere la serralada de Montserrat, com el teló de fons d'un escenari colossal.

Havien de reunir-se amb l'abat Muntades i la resta de la comissió del mil·lenari de l'aparició de la Mare de Déu de Montserrat que se celebraria a so de bombo i platerets l'any vinent, el 25 d'abril de 1880. Aquella idea havia sorgit del capellà i activista apostòlic Fèlix Sardà i Salvany, en un article publicat a la revista que ell dirigia, *La Revista Popular* (4-XII-1879). Els dos amics mentre caminaven, com sempre, xerraven preferentment de poesia. Mossèn Jaume Collell havia tret el tema perquè va ser ell qui va entregar a mà, a Lleó XIII, l'exemplar de *L'Atlàntida* dedicat, un exemplar de gran luxe, relligat en pell de Rússia, amb motllures i relleus al·legòrics, dedicatòria miniada sobre fina vitel·la...

—Ho veus, Jaume, jo vaig creure en *L'Atlàntida*, fermament... Quan ningú, ningú no hi creia. Estava sol, defensant-la... M'hi vaig deixar la salut, ho sé, però era el meu deure com a poeta. I tots vosaltres em vau aconsellar que deixés el poema, que no tindria res a fer, que era massa llarg... Recordo els penosos dies de can Tona, els dies d'hivern a la humil parròquia de Vinyoles d'Orís... La terrible malaltia! No és un retret contra tu, ni contra ningú, no podria fer-ho i menys a qui ha estat i és el meu únic i veritable amic i mestre. Què faria sense tu?

—Cinto, dóna gràcies a Déu... Sí, és ben veritat, mai vaig creure que faries res amb aquest poema. Ja saps el que penso, per mi els teus millors fruits són en els poemes de caràcter més popular o de to més religiós. Jo opino com Menéndez Pelayo, crec que *Idil·lis i cants místics*, l'obra que has publicat enguany, és superior a *L'Atlàntida*, per mi és el contrapunt, té poemes d'una gran espiritualitat, de gran tendresa, i també diu el mateix el teu admirat Mistral. Ell també creu que és aquí el veritable poeta del poble.

—Mistral. Em va escriure una llarga carta. Em va recordar aquell dia als Jocs Florals de 1868. Recordes, Jaume? Jo estava tan, tan enfadat, que vaig anar a Barcelona a passar comptes amb tots, amb tots. Recordo les seves paraules. Em deia en la carta: «Heu complert llargament, oh valent poeta, la promesa que ens donàreu en vostra joventut. Encara me'n recordo, d'aquella formosa festa de l'Ateneu de Barcelona on us coneguí, humil estudiant, amb vostra barretina morada, i en què vau acostar-vos a mi amb tanta gràcia i entusiasme. Tots tenien posades en vós les més hermoses il·lusions. *Tu Marcellus eris* i ara heu realitzat complidament les esperances que posà en vós la pàtria»... *Tu Marcellus eris*, i encara no he acabat d'esbrinar què és el que volia dir. És un dubte que de tant en tant m'assalta i em rosega l'esperit.

—Sí, amic, recordo aquella nit a l'Ateneu i després la por que vam passar pels carrers de Barcelona, de retorn a casa; érem joves, temeraris, no teníem por de res i tota la vida per davant. I ara mira't. La fama, el triomf, tot són homenatges, ets el poeta més llorejat de tot Catalunya, tothom et coneix, vol acostar-se a tu, el poble t'adora. Mossèn Cinto! Mossèn Cinto, el poeta del poble!

—Poeta del poble, dius? No sé què pensar, de vegades em sento perdut al Palau Moja de la Rambla o a Comillas, i al balneari, sempre acompanyant els marquesos... A les mansions, palaus. Les tedioses recepcions de gent principal. La reina Isabel II, el seu fill Alfons XII, fins i tot vaig rebre l'emperador del Brasil, volia que li recités un fragment de *L'Atlàntida*. Jo sóc amic personal de don Claudi López, és veritat... Però m'enfarfega tant de luxe, els criats tot el dia vestits amb jaqué negre i guants blancs, el silenci sepulcral del Palau, les cambres sempre tancades. De vegades tinc la sensació que només sóc un ornament. El pati interior on junyeixen les cavalleries a carruatges de luxe excessiu, barroc, les amples sales, estrets i freds corredors de la Portaferrissa. Rebem personatges il·lustres, bisbes, cardenals, presidents de governs, ministres, la noblesa. De vegades em pregunto què hi faig, allí? Si hagués pogut hauria triat la humil vida de monjo franciscà. Ja ho saps! De jove vaig intentar-ho sense èxit. Encara recordo ma segona missa a la bella i humil ermita de Francesc s'hi moria...

—D'aquest tema, ja n'hem parlat molt... Cinto, no pots tenir remordiments per això. Déu ho ha volgut així, tu no has buscat res, no has intrigat ni confabulat per haver obtingut aquest lloc de privilegi, capellà de la família més rica del país. Un lloc que tants capellans envegen, cobegen... Gràcies a Déu has de donar. Què voldries? Voldries tornar a la mísera parròquia de Vinyoles d'Orís on vas perdre la salut i vam haver de rescatar-te? Què vols? Potser vols malviure de la caritat dels amics, i anar a pidolar cada dia al bisbat, com vas fer durant vuit mesos a Barcelona? I els teus constipats? Durant l'hivern, què faries? No, no i no, Cinto, no t'enganyis, no pots renunciar al teu destí, al que la providència t'ha donat, com un regal... Com pots menysprear el que Déu t'ha donat en el camí de la vida? Aquesta és tal vegada la prova que ell t'ha posat davant dels ulls. Mai no ens conformem amb el que tenim. Tu que ets pagès ja ho saps, que mai plou a gust de tothom.

Un llarg silenci es va creuar entre tots dos, només s'escoltaven els passos, els esbufecs per la costa que pujaven, xino-xano, pel camí medieval de Monistrol al monestir de Montserrat, sempre amunt de cara a la gran paret de pedra. Ben aviat remuntarien un primer cim, el coll de la serralada de Canfranc, que va fent ziga-zagues per la vessant nord, faldejant la serralada. El Cavall Bernat, a punt de llançar-se al galop... Clapes de núvols volanders, que semblaven sorgir del fons de la terra, es desplaçaven aquí i allà, s'arrapaven a la roca i lliscaven amunt cap al cim, com paràsits de granit. A mossèn Cinto li agradaven els elogis, la veneració, fins i tot l'adulació que sentia al seu entorn, no solament de la gent humil, el poble, que ell s'estimava tant, sinó també li feien pessigolles els elogis de tots aquells personatges del poder polític, econòmic i eclesiàstic que menjaven a la mà del poderós marquès de Comillas, propietari de la Transatlàntica, de l'empresa de Ferrocarrils del Nord i d'altres negocis. Fins i tot també mossèn Cinto s'estava fent un raconet, uns estalvis que li guardaven a la casa del marquès, i tenia algunes accions de les companyies.

Tant el vell marquès, don Antoni López, com el seu fill don Claudi van tractar el poeta amb deferència, era el confessor. A més, ja va començar a ser l'acompanyant de don Claudi als freqüents viatges que feia o en les seves estades a les finques de descans de Caldes d'Estrac, Comillas (Santander) o la finca de Las Cabezas (Càceres). L'any 1877 van viatjar per terres d'Occitània, visità el santuari de la Lorda. A Tolosa de Llenguadoc es va emocionar davant del monument a Clemència Isaura, protectora dels Jocs Florals.

Després hi havia les febleses humanes, la vanitat de l'artista, del poeta, de vegades l'envaniment li sobreeixia i ell, quan això passava, quan n'era conscient, se sentia molt incòmode, era com si traís la seva altra vocació franciscana. Però quan al seu entorn sonaven les campanetes de plata dels elogis, en aquest moment de futilitat, era com un infant que està fent una malifeta i no té consciència de fer mal i continua el joc, perquè gaudeix, li agrada i no pot parar, és més fort que ell mateix. En tot cas, sempre era allà l'amic, en Jaume, la seva consciència, a ell li ho consultava tot, tot! I més quan l'assaltaven els dubtes, fins i tot aquell any li va preguntar si seria adient que figurés el seu retrat a la portada de la seva darrera publicació, *Idil·lis i cants místics*, amb pròleg de Manuel Milà i Fontanals i finançat pel comte de Peralada, Antoni de Rocaberí. Ell ho va pensar i després se'n va penedir, tenia escrúpols, era vanitat? Mossèn Jaume Collell, que el coneixia molt bé, al final li donava la solució que ell desitjava en el seu interior i no gosava manifestar-la per una espècie de pudor, d'aquella timidesa que embolcallava el poeta.

«Sí, Cinto, no faràs cap pecat si figura el teu retrat al llibre. Estigues tranquil, home...».

No podia evitar-ho, el poeta que portava dins era molt, molt ambiciós, volia volar molt alt, sortir a fora, viatjar sempre lliure d'un cim a un altre encara de més alt, com si la poesia, els versos, fossin proves, muntanyes cada cop més altes, esgraons d'aquella escala santa, per assolir el cel algun dia. Però quan l'au del paradís baixava al món a descansar, també necessitava l'aplaudiment, l'encens, la lloança del món sencer, necessitava enlluernar amb els seus versos la gent del poble, els humils pagesos i menestrals, i també necessitava enlluernar els poderosos. Però era una vanitat innocent, pel simple goig d'agradar i no demanar res a canvi. Aquest era l'impuls del poeta. Sense oblidar mai que dins seu també hi havia el capellanet de poble, el sacerdot humil, el fill d'en Pep de can Torrent, el fangador. I és clar, ara, que es trobava al zenit de la glòria, la fama s'estenia més enllà de les fronteres, anés on anés sempre hi havia algú que el reconeixia i causava admiració, veneració... «Mireu, si és mossèn Cinto!», i la gent corria a besar-li les mans per la seva doble condició. I es donava també la feliç circumstància que vivia a Barcelona protegit per la família més rica i influent del país, els marquesos de Comillas. Ara que ho tenia tot, també vivia una lluita interna terrible entre aquests dos anhels; en el fons, aquell era l'etern conflicte, era la inscripció a la paret de l'humil cementiri de Folgueroles, ell era el trobador italià que cantava a la Mare de Déu de l'ermita de la Damunt i era també l'humil sacerdot que pujava cada diumenge a la trona i parlava als feligresos amb aquella antiga llengua dels ocells. En Cinto vivia dins d'una contradicció que continuava més viva que mai i que ell traduïa en dos símbols: el calze i la lira.

En Jaume sabia que la suor que corria pel front del seu amic era més per les cavil·lacions que per l'esforç físic, i va voler distraure'l, i com que el coneixia bé, l'afalagaria, l'ensabonaria amb tacte, aquest era el millor antídot contra aquella melangia, aquella tristor, la nostàlgia per alguna cosa inassolible, que arrossegava sempre.

—La llegenda de Montserrat, de fra Garí, aquest poema que estàs preparant per a la celebració del mil·lenari, i del qual em vas llegir algun fragment, té una força i una sensibilitat genuïna, aquí hi ha el veritable Verdaguer. És del millor que has fet.

Amb un gest d'amargura, en Cinto contestà:

—La llegenda de fra Garí ho ha pagat! S'ha quedat com estava abans de l'estiu. He hagut d'acompanyar don Claudi, quan ja tenia pensat tornar a Vic, reunir-me amb tu i la colla... Em va cridar que anés amb ell a Sant Sebastià, a Comillas. No té gaire salut i ell confia en mi. Ja t'ho vaig dir per carta. Volia fer tantes coses aquest estiu, venir a Vic, a la font del Desmai, a les esbartades, a passejar pels carrers amb tu, a escalar algun cim... I sobretot a treballar la llegenda de Montserrat.

—Em vaig preocupar, Cinto... Recordo que em deies: «Adéu-siau per aquest estiu, alzines rabassudes i roures de mil anys d'aquests boscos, i adéu-siau vosaltres, que si bé no sou tan vells, em feu encara més ombra». Semblava un poema de comiat definitiu... Una exageració, Cinto, ja saps el que penso, no et pots deixar emportar per aquests atacs de melangia, d'enyor malaltís que no et porten enlloc.

—És el preu que he de pagar. Però ara, Jaume, aquestes dues setmanes que tinc de permís del marquès, aquí a Montserrat reprendré la llegenda... Vull fer tantes coses. La muntanya, la Moreneta, sento que em criden... Voldria dedicar-li tots els meus versos, la meva vida, tot. I tenint-te al costat em sento segur.

El silenci parlava per si sol. Mossèn Cinto aquell mateix estiu escrivia a l'amic, mossèn Jaume Collell, li deia que enyorava Catalunya, Vic, la seva terra, la seva gent. Enyorava tot aquell món de llibertat. Saltar pels camps, lliure, volar, pujar als cims, cantar les velles tonades amb ells, fer excursions a les ermites que pengen de les altes serralades, llibertat, llibertat. És el mateix enyor que sentia a alta mar quan va navegar de capellà dels vaixells de la Transatlàntica, propietat del marquès. Era un nàufrag, perdut a l'oceà. I malgrat tot, a mossèn Cinto, al Palau Moja, el cridaven per a una recepció i li presentaven un alt dignatari del país o estranger que volia conèixer el poeta més famós del moment... Ell no s'hi podia negar.

En Cinto ja havia après a contenir aquell esclat de joia, d'alegria quan algú elogiava els seus versos..., es deixava adular, es deixava ensabonar, com un gosset falder que acaronen i de qui tothom parla; tothom n'està orgullós i més els marquesos de Comillas, que el tractaven no com un objecte de la seva propietat, sinó com un amic, com un membre més de la família... No té l'obligació d'acontentar els seus amos. No el tenen emmanillat, ell només ha d'oficiar la missa al matí, per l'ànima de l'Antoni, el germà gran de don Claudi, l'hereu que va morir massa jove. També deia el rosari a la tarda. Per això va ser contractat quan se li van acabar les llicències per continuar fent de capellà de vaixells de la Transatlàntica. Don Claudi López, el segon fill del vell marquès, adorava el poeta, ell també tenia vel·leïtats líriques, i componia versos a l'estil de Bécquer, el poeta del moment. Don Claudi, quan mossèn Cinto es va quedar sense feina als vaixells de son pare, de seguida li va proposar fer de capellà domèstic de la família. Un lloc de privilegi, perquè a casa del marquès es col·locaven ministres, es treien governs, es proposaven bisbes, canonges... Estava instal·lat al rovell de l'ou del poder. I en poc temps es va convertir en amic íntim del marquès, en el seu home de confiança, i per això l'acompanyava a ell i la família quan li ho demanaven. Què pot demanar més?

—No sé, Jaume..., de vegades tinc la sensació que sóc un ocell tancat en una cel·la d'or.

—Cinto, no penso tornar a discutir. Crec que en el nostre viatge al santuari de Lorda i després per Castella seguint la petja de santa Teresa, vam parlar cada dia d'aquest tema i va quedar clar... Tasso, Horaci, Goethe, Dant o el mateix Virgili van construir la seva gran obra, immortal, gràcies a algun mecenes, gràcies a estar protegits pel poder, sempre ha sigut igual. Que jo em dediqui a l'empresa del periodista catòlic i català també és voluntat de l'Altíssim.

—*La Veu de Montserrat...* —féu Verdaguer.

—Sí, així vam fundar la revista aquí a Vic. Però a tu la providència t'ha beneït! T'ha ficat dins de la família més influent del país, els marquesos de Comillas! Has d'acceptar-ho, acceptar el teu destí. Fins i tot recordo, a Alba de Tormes després de venerar la tomba de la santa, que em vas prometre que sí, que no et tornaries a deixar portar per un atac de nostàlgia i de remordiment.

—Sí, amic, sé el que et vaig prometre... Però jo sé que tu en el fons entens els meus dubtes, Jaume... Jo voldria seguir els passos de sant Francesc..., viure enterament la pobresa, i en canvi estic condemnat a viure dins d'una urna de luxe.

—No, no i no... Vas per mal camí capficant-te amb un absurd. Has d'acceptar el teu destí, has d'acceptar-te. Això és el més difícil, jo diria que la teva creu és més difícil de portar, perquè has de ser digne, has de saber administrar la riquesa, el poder, la joia que la providència t'ha posat a les mans. Ara gaudeix, tothom t'admira, reps cartes de reis, de dignataris, felicitacions d'entitats literàries, polítiques, eclesiàstiques, fins i tot de Roma; en el romiatge el Sant Pare et va rebre amb els braços oberts, en audiència especial. Això és el teu testimoni, les teves paraules en els articles del viatge que van sortir publicades a *La Veu de Montserrat*, jo no vaig retocar ni esmenar res.

—Però va ser una cosa espontània. Es veu que a Roma algú va parlar al Sant Pare de *L'Atlàntida*, potser el mateix bisbe d'Osca, no ho sé. I em va cridar, em va rebre en audiència privada. Jo em vaig posar de genolls als seus peus i li vaig prometre que li faria arribar un exemplar de *L'Atlàntida*. Ell, el mateix Sant Pare, em va aixecar, m'abraçà... Com un veritable pare, em va encoratjar a continuar fent versos i a tenir sempre Déu com a guia, i em va donar la benedicció... No pots imaginar-te el que això va significar per a mi.

Els ulls d'en Cinto brillaven intensament recordant aquell romiatge a Roma, el Sant Pare. De fet, Collell ja coneixia tots els detalls del viatge perquè mossèn Cinto va publicar les seves impressions a *La Veu de Montserrat*, aquella revista que ell havia creat i dirigia i que es publicava a Vic, la revista que més endavant serà *La Veu de Catalunya*, que afavorí l'aparició de la Lliga, on Cambó va projectar-se com un dels polítics catalans més importants del moment. Jaume Collell, juntament amb el seu amic Torras i Bages defensaran un catolicisme regionalista, d'arrels profundament catalanes, que es contraposarà al federalisme laic de Valentí Almirall. Collell, en sintonia amb el capellà sabadellenc Fèlix Sardà i Salvany, integrista, autor del llibre *El Liberalismo es pecado*, va engrescar també mossèn Cinto en la campanya apologètica que l'Església catalana estava portant a terme aquells mesos. El capellà poeta es va entregar totalment contra «el materialisme», per combatre aquell corrent laic que pregonaven socialistes, anarquistes, comunistes, liberals, la maçoneria. En Cinto es va lliurar amb fervor a compondre multitud de goigs, càntics religiosos i sobretot místics que es cantaven per les ermites de tot el país, i la seva popularitat encara havia assolit un graó més. Collell era un activista culte i molt intel·ligent que sabia buscar complicitats i viatjava sovint fora de Catalunya. Per això, ell i Torras i Bages es van anar distanciant de l'integrisme tronat de Sardà i Salvany. En un d'aquells viatges a Roma, a la Santa Seu, mossèn Jaume va ser l'encarregat de lliurar al Papa de Roma l'exemplar de *L'Atlàntida* que el seu amic Verdaguer li havia promès.

—Sí, Cinto, el Sant Pare em va dir que t'admirava. Ja en pots estar segur. Déu t'ha beneït, t'ha posat l'estrella al front... El Sant Pare t'admira, a la casa Comillas, els marquesos, don Claudi, l'home més influent del país, et venera, Isabel II, el seu fill, el rei d'Espanya Alfons XII, ministres, comerciants, reis. Tothom vol saludar el poeta més famós del moment! Ho tens tot, Cinto.

—El marquès m'estima de veritat, Jaume, puc dir que sóc l'home de confiança seu, el seu confessor... Per això trobo un xic excessiu que ells paguin l'edició de luxe, l'edició prínceps de *L'Atlàntida.* Però no els podia dir que no, estaven tan il·lusionats... Al palau, en una vitrina de preferència tenen totes les meves obres, i les mostren amb orgull als convidats... Què puc fer?

—Res! Res, no has de fer, a propòsit d'això... A Vic, els teus convilatans, que t'han nomenat soci d'honor del Círcol Literari, volien publicar-la...

—Em sap greu però no puc dir que no a don Claudi, el marquès... Fes-te'n el càrrec.

—Ho entenc, Cinto. No saps la sort que tens... El marquès de Comillas, amic íntim d'Alfons XII, el rei d'Espanya.

—Ja saps que per a mi això no té cap importància, al contrari... Per això vaig voler viure en un piset del carrer Canuda, casa meva, humil com una cel·la de monjo franciscà. El Palau Moja té massa luxes.

—Pensa, Cinto, que pel lloc que ocupes, com a capellà domèstic i confessor dels marquesos de Comillas, molts homes haurien intrigat, confabulat... I ara t'ha nomenat almoiner!!! Disposes de grans sumes de diners per repartir entre els pobres, això és un càrrec d'estricta confiança de don Claudi, que t'aprecia i t'estima. Imagina el gran honor i la gran responsabilitat que tens. Pensa que molts homes i fins i tot capellans haurien venut l'ànima al diable per tenir el que tu tens.

—En això tens raó, Jaume, ser almoiner del marquès és una gran responsabilitat... Ja et vaig consultar els meus dubtes. Però crec que estic ajudant molta gent necessitada, inclosa la família, la pobra germana Francesca, que ho està passant molt malament.

—Ja t'ho vaig dir, Cinto... No tingues cap remordiment de consciència per ajudar les teves dues famílies, la carnal i l'espiritual. Hi ha tants capellans necessitats encara, des de la restauració borbònica del 1875 i els privilegis de la Constitució del 1876, a l'Església estem vivint un nou temps, les aigües tornen al seu lloc després del sexenni revolucionari del 1868... Però encara hi ha molta feina per fer, i crec que s'ha d'ajudar molts humils sacerdots, perquè en fer-ho ells ajudaran la comunitat. Recorda quan eres a Vinyoles d'Orís.

Els dos amics remuntaven el coll de Canfranc, a uns quatre-cents metres d'altitud, el primer desnivell important que es troba en sortir de Monistrol, de cara al camí dels Degotalls de Montserrat. Havien arribat a la partida de l'olivar del Marcet, la finca estava en part conreada, rengleres de pedres delimitaven alguns bancals; des d'allí van fer cap al monestir de Sant Benet. Com que s'ho havien pres amb calma, feia una hora i trenta minuts que caminaven. Eren dos quarts de deu del matí. En aquest indret van allunyar-se un xic del monestir. Van seure una estona a contemplar el bell paisatge, van beure aigua, van fer un mos i van respirar. Mossèn Cinto tenia al cap la darrera frase del seu amic: «Recorda quan eres a Vinyoles d'Orís». El seu pensament va viatjar, va volar lluny a aquells anys...

Li va ordenar que hi anés el bisbe de Vic i ell obeí com a bon sacerdot novell en la seu primera missió eclesiàstica. Encara estava vivint aquells primers temps, després de la commoció que significà per a ell l'ordenació de sacerdot i la seva primera missa a l'ermita de Sant Jordi de Folgueroles. Al primer moment el poeta acceptà amb submissió i alegria aquell repte. Quan va arribar a la petita parròquia situada a la muntanya, amb carrers costeruts, saludà mossèn Galceran, el vicari, un capellà afable, xerrador i carlí acèrrim. Vinyoles està situat al nord de la plana, entre muntanyes; era hivern i estava tot nevat. Un poble costerut i vell, que semblava penjat de la cima. Tot voltat de muntanyes feréstegues i amb poca vegetació, des del cim on estava situada l'església els dies clars es veia una part de la vall del Ter, amb els seus pobles, i al fons, cap a la banda de Ripoll, les muntanyes nevades.

Encara no feia uns mesos que hi era, que el 15 d'abril de 1872 el pretendent Carles VII va cridar a la revolta i es van aixecar partides al País Basc i Catalunya. Esclatava un cop més la carlinada... La tercera guerra. Una de les partides que rondaven per la zona era la del germà de mossèn Galceran. Els dos germans estaven molt units, s'estimaven, i de tant en tant rebia la visita discreta del capitost. En Cinto mai es va voler posar en política, respectava el vicari, i fins i tot li donava suport, però ell volia fer la pau, no la guerra. Les va passar magres al poble de Vinyoles d'Orís, mentre va durar aquella tercera guerra carlista. Fins i tot visitant masies, perdudes per aquelles aspres muntanyes, que formaven part de la parròquia, va estar més d'una vegada a punt de perdre la vida. Les partides de voluntaris i milicians rondaven amunt i avall i deixaven un rastre de mort i destrucció per allí on passaven. L'ombra de venjança i terror anava creixent imparable, inhumana. Mossèn Galceran, quan el seu germà va morir en una de les topades, va penjar els hàbits i agafà el trabuc, i en poc temps es va convertir en un dels caps de la revolta carlista, i va assolir més fama que son germà. A mossèn Cinto, que ho donava tot pels seus feligresos, en aquells temps de penúries, la gent senzilla de Vinyoles l'adorava, el venerava, però el poeta anava perdent la salut de dia en dia. Pel seu temperament de poeta passional, es lliurava amb excessiu fervor a la seva tasca visitant malalts, ajudant, portant la comunió als moribunds, ajudant els perseguits per la guerra, tant d'un bàndol com de l'altre, arriscant la pròpia vida... Però això l'exhauria en extrem. Només trobava un moment de calma quan baixava fins al torrent de Talamanca, als afores de Vinyoles, un lloc que li recordava vagament la font del Desmai. Un dia, feliç, dels pocs que va tenir a la humil parròquia, va plantar un llorer al petit jardinet de l'abadia. I durant les nits a la seva humil cel·la continuava fent el cor fort i abocava tot el seu sentiment i intel·ligència als versos de *L'Atlàntida*; el seu poema èpic l'arrossegava com una riuada imparable... I durant aquelles nits de guerra, mentre escrivia, repassava estrofes, i dins del seu cap ressonaven les tempestes marines del continent perdut. De sobte s'escoltava un tret en la llunyania i després el seguien d'altres, i ell com un infant s'espantava, tenia un sobresalt, com si acabés de despertar d'un malson. Els homes es mataven, els germans, els parents i els amics, en aquella guerra carlista fratricida que cada generació rebrotava amb més virulència que abans, i ell sofria i encara s'enfonsava més i interiorment pensava: «Aquesta terra té una maledicció, fa trenta anys que dura l'odi entre germans, no hi ha treves entre els homes, ni respecte pels innocents... Sembla com si el mateix diable hagués baixat a la terra i fos ell el que dirigís les matances de nens, vells, dones indefenses... Fins i tot s'acusen de canibalisme... Déu meu! Déu meu! Què hem fet? Quins són els pecats tan terribles que hem comès perquè ens enviïs una plaga tan tenebrosa?». I el capellà es posava de genolls a terra i resava fervorosament.

Els amics que de tant en tant l'anaven a veure, molt poc per la contínua circulació d'escamots carlistes, per aquella part de muntanya, quan el veien li deien que feia mala cara, li donaven ànims i li pregaven que es fes visitar per un metge. Però ell, tossut, no volia, i corria a socórrer els seus feligresos... Mossèn Cinto no feia cas, i quan arribava a l'església el primer que feia era regar i cuidar el llorer que havia plantat, com si aquell ésser vegetal estigués secretament lligat a la seva vida i la seva salut. La gent del poble el venerava com un sant, l'estimava sincerament perquè aquell jove mossèn ho donava tot.

—Cuidi's, mossèn Cinto... —li deien les velles del poble en veure la seva cara un xic demacrada, amb pòmuls sortits, ulls enfonsats.

—És un tros de pa, aquest vicari... Però si no es cuida la salut, em sembla que acabarà malament.

—No dorm. Fa poesies, es veu la llàntia de la seva cambra encesa tota la nit.

—Valga'm Déu!

Fins que un dia, la malaltia, que l'anava rosegant, el va obligar a deixar la parròquia... Es va espantar, perquè en això també era com un infant, quan la fiblada de dolor físic li va travessar el cap. Es va espantar, i banyat en suor freda va obrir la maleta, va ficar-hi les seves coses, els seus llibres, els quaderns, amb mans tremoloses dipositá *L'Atlàntida*, el poema que el consumia dia i nit, i va baixar a Vic. Va deixar el poble plorant a llàgrima viva, la gent que el va veure marxar també l'acomiadà i ell els va dir:

—Adéu, bona gent! Tingueu cura de regar el llorer que he plantat al jardinet de la rectoria. És l'única cosa que us demano.

—No pateixi, mossèn Cinto... Nosaltres ens ocuparem del seu llorer i vostè vagi a veure un metge, i cuidi's! Cuidi's, mossèn Cinto!

Se'n va anar directe a casa de Jaume Collell, a Vic, on sempre tenia un llit i la taula parada. La mare d'en Collell l'estimava com un fill. Ja no podia més, el dolor era terrible. En Cinto li ho va contar tot, a en Jaume. L'amic, quan el va veure, ràpidament féu cridar un metge, que li diagnosticà una anèmia mental i també li va dir un xic enfadat:

—Et prohibeixo que tornis a ficar-te al poema... Deixa *L'Atlàntida*, si us plau, està consumint la teva salut. Ja hi tornaràs quan estiguis guarit... Fes-me la promesa, Cinto!

Es va quedar unes setmanes a Vic a casa de Collell. Es va rapar el cap i el metge li receptà uns cataplasmes que encara li provocaven més dolor.

Com la salut de mossèn Cinto, el país estava malalt, estava vivint esdeveniments convulsos, era la tònica de l'època. El general Prim havia estat assassinat. Amadeu I de Savoia, el rei que havia posat Prim, finalment abdicà i marxà d'Espanya, i el 1873, amb una atmosfera carregada de turbulències, amb una guerra carlina pel mig, es proclamà la Primera República, i per si això no fos prou, a Cuba començaren una altra tanda de revoltes.

Jaume Collell és ordenat sacerdot i diu la seva primera missa a Vic. En Cinto l'acompanya i també Torras i Bages, l'altre amic que tanta importància va tenir en la vida de tots dos i en la de tot Catalunya. Mossèn Cinto anava amb el cap rapat i sobre la testa portava un emplastre que li havia receptat el metge per guarir la malaltia. Per aquesta raó deia missa en privat a l'oratori del seminari, i l'ajudava un seminarista cosí seu, un tal Joan Güell, que mossèn Cinto ajudà i adoptà, gairebé com un fill.

Al país es va desfermar un altre cop l'anticlericalisme. Eren temps de revolta, Carles VII havia promès la restauració dels antics furs catalans. Els dos amics Cinto i Jaume, els dos capellans, juntament amb Torras i Bages, també ordenat sacerdot, es van exiliar durant aquella tempesta a França, al Rosselló, hi van passar pel coll d'Ares. En Cinto, durant el curt exili, va veure per primer cop el Canigó i va quedar profundament impressionat. Van fer alguna excursió per la zona, i a mossèn Cinto, quan sortien de cara a la muntanya, tot i trobar-se malalt, se li omplia el rostre de llum, li retornava la felicitat, i l'amic Jaume Collell li deia:

—Més que un fadrí de muntanya, tu ets el poeta de les altes muntanyes.

Era el seu territori predilecte, les altures, els cims, era com si allà dalt, com més amunt millor, es trobés a les portes del mateix cel, el cel que tant va enyorar als seus versos.

Quan va tornar de l'exili, encara amb les fiblades de la malaltia va anar a Barcelona, els aires de la mar li convenien, allí hi havia bons metges i tal vegada encertaven el remei. Primer es va instal·lar a casa dels Picó, els propietaris del mas de can Torrent i padrins el dia d'ordenar-se sacerdot. Però la desgràcia entrà en aquella casa. Les dues filles, que havien guarnit l'altar de l'ermita de Sant Jordi de la seva primera missa, van morir en poc temps. Els pares, dessolats, van tornar al mas de can Torrent.

En Cinto durant vuit mesos terribles va deambular per Barcelona d'un lloc a l'altre. Continuava amb els dolors, i a més ara s'hi afegia la misèria. Un dels metges que el visità li va donar dies de vida i ell es va començar a preparar, fins i tot va escriure un poema amb el tema de la mort. Vivia en un estat de postració i humiliació contínues. No tenia on caure mort, rodava d'un cantó a l'altre per Barcelona, vivia de la caritat dels amics, de la compassió, havia d'anar a pidolar assistència a la secretaria del Palau Episcopal, on ja es començava a fer pesat i ell se n'adonava. Anava de mal en pitjor quan un dia es va trobar amb un amic del seminari, Jaume Serra i Jordi, que estudiava a Barcelona i estava amb la seva mare. Aquell amic fou la salvació. Serra i Jordi se'l va trobar per les Rambles de Barcelona, pidolant caritat, amb un missal a la mà, la cara desfigurada, xuclat de galtes, els ulls enfebrats. El noi tenia un deute pendent amb mossèn Cinto. Al primer moment no el va conèixer, li va fer llàstima i es digué: «Pobre capellà, un ancià i es veu obligat a demanar caritat». Després es va adonar que no era tan vell, simplement estava demacrat, i finalment en escoltar-lo parlar, per l'entonació de la veu, es va dir:

—És de la plana! Però no pot ser, no pot ser!!! Si és... mossèn Cinto! Per l'amor de Déu... Què feu per aquí?

Els dos amics es van abraçar amb llàgrimes als ulls, i el poeta li digué:

—La providència t'ha enviat... Ara ho veig, és un miracle... Avui no he dinat i ahir no vaig sopar...

—Però que en saben res a Vic? Mareta meva! Cinto!!! I la família? I el teu amic Jaume Collell... No m'ho crec! Si ell et veiés! Si en Jaume ho sabés, vindria corrents a socórrer-te!!!

—No, no li digues res, no vull que ho sàpiga, si us plau!!! Ell és tan bo amb mi i jo... No vull ser una càrrega per a ell, no, no vull que ho sàpiga, fes-me la promesa... No, no li ho podria dir. No tinc paper per escriure, ni tinta... Mira la sotana! Veus, llustrosa, sargida... No podria presentar-me així a casa seva. Fes la promesa que mai, mai li ho diràs a en Collell ni a la seva santa mare, ni a ningú de la plana, de Folgueroles, al meu pare... a can Tona! Jura que no diràs a ningú que m'has trobat així, demanant un rosegó de pa per les Rambles de Barcelona.

—Sí, Cinto, t'ho prometo, però ara vindràs amb mi, tant si vols com si no vols.

I se'l va endur cap a casa, el coneixia i sabia que hi havia quelcom dins d'en Cinto, aquell arravatament d'orgull instintiu, inconscient, salvatge, aquella forma de ser tan seva que el torturava sempre; ell era fill de pagesos humils, no suportava la llàstima, la commiseració dels amics, dels coneguts i dels éssers que estimava, i fins i tot preferia morir de gana, miserablement..., mentre es deia per dins: «Si vols conservar els amics, no els demanis favors».

Gràcies a Jaume Serra i Jordi, mossèn Cinto va establir contacte amb tertúlies de capellans, seminaristes, intel·lectuals, estudiants de bona casa de Barcelona. Jaume Serra va parlar també amb un altre capellà, Antoni Estalella, ben relacionat, que el va col·locar de capellà de vaixells a la companyia Transatlàntica, propietat del marquès de Comillas. I de sobte mossèn Cinto va recobrar la il·lusió de viure. Per ell tot eren miracles de la providència, i aquest cop va resar donant les gràcies. Amb el vaixell partiria cap a Amèrica. De sobte havia passat de trobar-se abandonat del món, a les portes de la mort, a estar a punt de realitzar el somni de tota la seva vida: viatjar a Amèrica. Anys enrere a Folgueroles fins i tot havia arribat a dir que es deixaria tallar un braç per anar a Amèrica. Per a en Cinto aquell era el final d'un calvari que havia començat a Vinyoles d'Orís. I era el principi del seu restabliment i també de la seva ràpida ascensió a la fama com a poeta i a la seva posició social.

CAPÍTOL XVIII

Els dos amics capellans, després d'aquell descans, van tornar al camí de Montserrat. Ara la sendera pujava fent grans ziga-zagues entre uns boscos de pinasses i l'alt matollar de marfull. Aquell tram era conegut com la baixada dels matxos.

Mossèn Cinto cantava, en silenci, mentalment, perquè l'aire el necessitaven tot per omplir els pulmons i ascendir per aquell viarany tan costerut. Al coll de can Maçana, de sobte, va alçar la vista i contemplà la roca impressionat del Cavall Bernat. Sempre li passava el mateix, aquella roca sempre li causava una forta impressió i no es cansava mai de mirar-la. Aquest cop, però, sense saber per què, la va relacionar amb el dolmen de l'ermita de Sant Jordi on va cantar la seva primera missa.

Mentre feia camí, recordà aquell venturós dia...

L'ermita de Sant Jordi de Puigseslloses és una de les més belles de la plana de Vic, pertany al poble de Folgueroles. En Cinto hi havia anat moltes vegades, primer amb la mare i després sol. Es donava la circumstància que sota el turó hi havia la font del Desmai, on es reunien els amics per cantar i llegir versos en aquelles famoses esbartades. I molt a prop es trobava també la masia de Puigseslloses, d'on era la noia que ell emmascarava als seus poemes i la convertia en la xica del mas de les Heures.

La matinada del dia 2 d'octubre de 1870, aquell vent de tramuntana que ve de la banda del Puigmal, i que feia ja dos dies que assotava la plana, va anar minvant i va desaparèixer del tot a mig matí. El cel va quedar esbandit, net com una patena, d'un color blau encès, ja només quedaven les restes de l'oratge en la remor suau de les rouredes i les pollancredes dels torrents que ja començaven a trasmudar els colors ocres tardorals. Aquell suau oratge semblava la cantarella d'un riu de fulles que resaven l'oració primitiva dels ciclopis, de les primeres races dels homes que van poblar aquells indrets i van construir al turó un altar de dòlmens, lloses immenses. Imitant potser les mans invisibles, inescrutables de la providència, que havien col·locat els dòlmens naturals, com el fabulós Cavall Bernat, les agulles i tots els cims de Montserrat formant també un tancat on la Moreneta resplendia nit i dia.

La vespra de la seva primera missa, el sol de la plana lluïa un groc d'or antic en un cel tan blau, que semblava pintat i sense màcula. Per les fondalades, les fulles dels àlbers, tacades ja de groc, delimitaven els riuets que serpentejaven entre camps encara erms, a punt per tornar al cicle de les collites. En Cinto no havia dormit en tota la nit, era a casa seva a Folgueroles. D'allí sortiria la comitiva a peu vers l'ermita on diria la primera missa.

Aquella nit, l'amic Jaume Collell va anar a rebre Marià Aguiló, que venia expressament de Barcelona per acompanyar en Cinto en aquell dia tan especial. Don Marià, patrici de les lletres de la Renaixença, amic i mestre d'en Cinto, es quedaria a Vic a casa d'en Jaume. En Cinto es va acomiadar de la masia de can Tona, allí hi havia estat els set anys més importants de la seva vida, set anys de formació, on va néixer i conrear la seva vocació poètica; allí entre les bigues de la seva cambra quedaven ocults alguns poemes, els primers que va compondre quan la fiblada de l'amor mundà el va travessar; allí també tenia oculta la primera versió de *L'Atlàntida*, que ara estava adormida, en estat de latent espera, perquè la seva vida, en els darrers dos anys, s'havia encarat definitivament cap a la renúncia al món, cap al dur i sacrificat sacerdoci. Per a ell, era com morir i tornar a néixer, i és per això que durant aquell darrer any va refrenar el seu impuls poètic, volia concentrar-se únicament en aquell pas decisiu que significava un trencament amb el seu passat, amb tot el que havia estat. Era una mort en vida per renéixer al ministeri de Déu.

Cap al tardet del dia 1, la vespra de la consagració de la seva primera hòstia, va venir a visitar-lo un amic de l'Esbart que sentia per en Cinto una gran admiració i també se l'estimava com a bon company. En Cinto, que aquells dies arrossegava com un sentiment de tristesa, un llast de melangia mal dissimulada, en veure l'amic se li va obrir el cor. Ell hauria preferit que fos Jaume Collell, l'amic de l'ànima, però Collell havia de rebre don Marià. Era un altre Jaume, Jaume Serra i Jordi, un bon noi que acudia a les esbartades.

—Cinto! Cinto, espera! Cinto!

Verdaguer aquella tarda tenia un neguit, anava d'un lloc a l'altre, no parava quiet. Era com si es volgués acomiadar del seu poble, dels carrers, de l'església, del cementiri, de l'ermita de la Damunt... Pujava i baixava. L'amic el va trobar precisament als afores del poble, pel camí de Vic. En Cinto sortia caminant amb el seu inseparable bastó de tortellatge.

—T'he buscat per tot el poble. La teva mare m'ha dit que no sabia on eres, que potser aniries a can Tona a buscar alguna cosa que t'havies deixat.

—Home, Serra i Jordi, quina alegria de veure't... No, no vaig a can Tona, vaig a la font del Desmai.

—Vols anar-hi sol o t'hi acompanyo?

—Necessito algú amb qui parlar... Saps? Els de can Tona, els familiars, petits i grans, em van abraçar. M'he emocionat. Els estimo i ells a mi; mai, mai els oblidaré, potser gràcies a ells sóc el que sóc; els dec tant...

Els dos joves, aturats als afores de Folgueroles, van començar a caminar, l'un al costat de l'altre. Serra i Jordi, que coneixia Verdaguer, el va deixar parlar, ell l'escoltaria... Havia vingut per dir-li que l'endemà no podria assistir a la seva primera missa, li sabia molt de greu, perquè tota la colla de l'Esbart hi serien, però ell havia de partir a la matinada cap a Granollers amb el seu pare per un assumpte familiar i no podria ser-hi, li sabia molt de greu, i per això va agafar el carruatge de casa, el cavall i la tartana, i va venir a veure en Cinto, per acompanyar-lo el vespre una estona... Havia deixat el cavall lligat a l'anella de casa d'en Cinto i va córrer a buscar-lo. Aquell noi, en Serra i Jordi, tenia una altra cosa que el corcava per dins. I potser aquell era el motiu veritable de la seva presència. Era una qüestió que volia comentar a en Cinto, a soles, alguna vegada ho va provar quan estaven sols, però al final no s'atrevia, era un secret, alguna cosa del passat de les aules del seminari. Potser més per això, per quedar-se tranquil, sense remordiments, per fer les paus amb si mateix, Jaume Serra i Jordi ara era allí. En Cinto, sense deixar de caminar, amb la mirada cap endavant, després d'un llarg silenci, féu:

—Serra, és que... encara tinc tants dubtes. Encara no sé què fer, no vull defraudar la mare, però el sacerdoci, el ministeri, és una cosa tan gran... Serviré Déu dignament? Sabré ser humil, sabré creure les ordres, seré submís? Sabré guardar-me de les vanitats del món? Durant aquest darrer any, poca cosa he fet en poesia. M'ho vaig dir a mi mateix, això és un secret que només Jaume Collell sap, i ara tu.

—No t'entenc, Cinto... Què vols dir?

—Que volia decidir-me una vegada per sempre. O sóc poeta o sóc capellà, però les dues coses... Hi ha com una contradicció que mai, mai no he acabat de resoldre... Recordo que, amb la meva mare, de petit, un dia un trobador italià cantava... I jo volia ser com ell, i la mare volia que fos capellà. Com s'ajunten les dues coses? I vaig decidir no escriure mai més, deixar la poesia i ser un humil sacerdot, consagrar la meva vida als pobres, a Déu, sense vel·leïtats poètiques.

Serra i Jordi es va deturar. Tenia el sol darrere. En Cinto no se'n va adonar i encara va fer uns passos, com si parlés sol, llavors es va girar i en veure la cara astorada de l'amic digué:

—Per què te n'estranyes tant?

—És que no m'esperava que em diguessis això, Cinto... Tu, tu ets el millor de tots nosaltres. Jo, saps, sempre he tingut enveja, en secret, he plorat de ràbia, he demanat a Déu que em doni el teu do, la teva vena poètica, la teva gran facilitat per fer versos... Fins i tot jo vaig pecar... Vaig cometre un crim. Sí, per a mi, ara que ja han passat uns quants anys, això encara és un crim que em corca la consciència, tinc molts remordiments i t'ho havia de dir, sí... Abans que fossis capellà, perquè ara encara no has dit la primera missa, ara encara ets un home com jo, i després, quan siguis capellà de veritat, et veuràs en l'obligació de perdonar, ara no. Si em perdones ara, ho faràs d'igual a igual, ho faràs de cor... I si no em perdones, jo marxaré i mai més em tornaràs a veure.

El jove es va quedar en silenci, estava trist, tenia els ulls d'un color marró clar i ara estaven humits.

—Em penedeixo tant, Cinto...

—No t'entenc, què vols dir, Serra? —féu amb cara innocent, preocupat.

—Jo t'envejava tant, Cinto... Era pura enveja, el pitjor monstre que pot posseir un home amb ambició d'artista, de poeta... Tu, un trist pagès de Folgueroles, un no-ningú, feies versos i més versos, i eren els millors. Jo també componc, algun cop a la font us he llegit algun poema. Però la providència m'ha negat aquesta ambrosia, aquesta mel que jo tant desitjava i anhelava. Sí, al seminari mai no vam parlar, però jo t'envejava tant, tu acabaves de guanyar als Jocs Florals de Barcelona, jo també m'hi vaig presentar sense pena ni glòria, tu eres el millor, elogiat per tots i jo... No ho podia sofrir, no podia dormir, la ràbia i l'enveja em corcaven i un dia vaig anar a veure el catedràtic Serra i Mies; portava una còpia dels goigs a sant Taló i la hi vaig entregar... Vaig ser un traïdor! Ho sé i ara me'n penedeixo tant, i per això he vingut.

—Vas ser tu? Aquell home, el professor, em va suspendre! Em va humiliar públicament davant de tots. Encara ressonen a les meves orelles el seu... «*suspensus*». «*Suspensus*», va cridar ben fort, perquè tots ho poguessin escoltar bé! Amb aquells ullets de mofeta, rient-se de mi, humiliant-me davant de tots!!! —féu en Cinto enfurismat, cridant, amb un cop de sang, d'ira, amb el garrot alçat a punt de badar el cap a l'amic de l'Esbart.

De seguida se'n va adonar, es va reprimir, va tancar els ulls i es va persignar, va sentir al mateix temps un profund defalliment. Una llàgrima li va córrer galtes avall. Serra i Jordi, que tenia el cap acotat, avergonyit i també profundament penedit, li va dir:

—Et demano que em perdonis. No puc viure amb aquesta culpa dins de mi. Tinc remordiments pel que vaig fer. Va ser un acte baix innoble. No puc anar a les esbartades, somriure't, aplaudir els teus versos, abraçar-te, menjar, riure, cantar amb tu, fer veure que no passa res, quan tinc aquesta gran pena dins de mi. Perdona'm, perdona'm... —li va dir l'amic amb llàgrimes als ulls i la veu tremolosa.

En Cinto es va sentir commogut, no s'ho esperava. Va deixar caure el seu temible bastó de tortellatge a terra i abraçà l'amic:

—Serra i Jordi! El meu estimat amic... Et perdono

de cor, no tingues més pena, ni remordiments. De veritat, abans m'ho havies de dir...

—No, no trobava el moment, Cinto. Tens tant geni... Tenia una mica de por, però volia demanar-te perdó, rebaixar-me, ans que diguessis la teva primera missa.

—Demà et vull al meu costat... —va fer Verdaguer commogut.

—No, no podrà ser... Me'n vaig amb el meu pare a Granollers.

—I no pots ajornar el viatge?

—Temo que no.

—Demà pensaré en tu. T'ho prometo, perquè m'has fet veure una cosa... Si ara estic content és perquè potser, com li va passar a sant Pau camí de Damasc, avui aquí camí de la font del Desmai, camí del lloc on la colla hem consagrat la poesia a la mare natura, avui com sant Pau, el teu acte m'ha donat llum i m'ha fet veure que he de deixar el camí de la poesia, si... Ara ho veig, he de seguir el camí del sacerdoci, i per això he de renunciar al món. Fins i tot a allò que més estimo... Els versos!

—Jo, jo, Cinto... Però què estàs dient?

Encara estaven parats l'un davant de l'altre, mentre el sol morent de la tarda s'ocultava per l'oest, cap a l'Aragó. Serra i Jordi va obrir els ulls, semblava pensar, buscava dins del seu magí alguna cosa. En Cinto era al seu davant, la cara il·luminada per un raig de sol, semblava content, un somriure beatífic se li dibuixava al rostre, però a la blava mirada hi havia un deix d'alguna amarguesa. Serra i Jordi es va apartar un xic i canvià de gest, amb una veu enèrgica, dura i tallant va dir:

—No, Cinto, això no m'ho facis. Em vols carregar a mi la culpa d'haver mort el poeta de Catalunya, l'esperança de la Renaixença. El nou Virgili, tal com ens vas explicar que et va dir Mistral... No, no... Jo no puc carregar amb això. Jo no sóc el raig que va fer caure del cavall de la poesia Cinto Verdaguer, el més alt poeta de Catalunya de tots els temps.

Verdaguer va obrir els ulls, no entenia ben bé l'actitud del seu amic, a qui acabava de perdonar, i li va dir:

—Què, què m'estàs dient?

—Cinto, tu ets un poeta... Ho portes a la sang, és un do que Déu t'ha donat i no pots menysprear-lo. Jo vaig envejar ser com tu, vaig demanar tantes vegades a Déu que em concedís el do de la poesia... Per això, vaig trair-te, i ara me'n penedeixo tant. Cinto, pensa el que has dit. Jo no puc ser el botxí dels teus versos.

—I què vols que faci? —féu en Cinto d'una revolada, i reprengueren la marxa en direcció a la font del Desmai.

—Espera, no corris tant, bon amic... Parlem amb calma. No veus que tu pots servir Déu fent versos? Et consagraràs al sacerdoci, però enlloc està escrit que hagis de renunciar a la poesia. Déu no ho vol, si ell t'ha donat el do de fer versos, deixa que sigui ell qui te'l retiri. No el menyspreïs, o faràs un pecat de supèrbia... No, Cinto, t'equivoques.

—Serra i Jordi, mai no havíem parlat així tu i jo, però m'adono que les teves paraules són enteniment ades... Però és que tinc tants dubtes! Demà he de dir la primera missa i no sé encara si podré. Defalleixo, amic meu... Tinc por de no ser digne, de no ser un bon servidor de Déu. Hi ha dins meu tot un món que desconec, que batega, que vol sortir fora i mostrar-se al món... Tinc una mica de por de mi mateix, desconec tant el meu cor...

Van arribar a la font quan les últimes vetes de sol s'ocultaven a l'horitzó. Sota el brancatge del desmai, voltats d'aquella densa vegetació que en Cinto comparava amb les selves americanes, protegits per aquell agre de la natura on ells, aquells joves de l'Esbart, venien a regalar els fruits del seu cor, els dos joves van sentir el cant d'un rossinyol, es van mirar amb complicitat i somrient es van posar a cantar:

Rossinyol que vas a França, rossinyol.
Encomana'm a la mare, rossinyol,
d'un bell boscatge, rossinyol,
d'un vol.

Les veus del cant van harmonitzar els batecs del seu cor. I va passar una cosa estranya, que al principi els va espantar i després va ser un motiu de gran alegria. Mentre cantaven aquesta cançó popular que havien cantat tantes vegades, van sentir com un eco que anava repetint la tonada. Tots dos van callar de cop, es miraven estranyats; en Cinto va dir a en Josep:

—Estàs sentint el mateix que jo?

—Sí, Cinto... Calla, que va creixent.

—Sí, amic, són ells, reconec la veu d'en Jaume.

Efectivament, pel camí van aparèixer la colla de l'Esbart amb Jaume Collell i Marià Aguiló i Francesc Casabosca, que l'endemà havia d'exercir de ministre assistent de l'acte. També hi anava el grup de nois joves, hi havia tots els de les esbartades, i venien amb una corrua de carros. Aleshores en Cinto ho va recordar:

—És clar, els carros deuen venir a muntar les taules i l'envelat, demà després de dir ma primera missa esmorzarem aquí.

En Josep i en Cinto van anar a rebre els amics de l'Esbart i Marià Aguiló, que en baixar del carruatge abraçà efusivament en Cinto sense deixar de cantar.

Va ser una esbartada improvisada, fins que la llum del dia no se n'anà del tot, el grup de poetes i Marià Aguiló van anar recitant versos, parlant de poesia, mentre un grup d'homes, jornalers i algun fuster anaven preparant l'envelat de l'endemà, un cobert que van alçar de bigues i després van cobrir amb borrasses. Després pararen les llargues taules. Les llums del capvespre declinaven i van encendre les torxes. I en Cinto va sentir la germanor de l'amistat, va sentir-se embolcallat de poesia i d'amistat com mai en la seva vida. Semblava que tots els dubtes del seu cor s'haguessin marcit de cop, com un pom de flors. Ara estava content, feliç. Només al final quan es va acomiadar de tots fins l'endemà, que era el seu gran dia, en Cinto va dir amb llàgrimes als ulls:

—Prego a Déu que si alguna vegada es recorda de mi, que em faci un bon capellà abans que un bon poeta.

Anys més tard aquell amic, Serra i Jordi, havia de ser el seu salvador a Barcelona, quan es trobava perdut i malalt per la gran ciutat.

Durant aquella nit, els dubtes l'assaltaren un altre cop. No es creia amb prou forces per acceptar la vida submisa, sacrificada, d'un sacerdot, un ministre de Déu. Ell era conscient que la seva vocació poètica era innata, com la seva rauxa sobtada, aquell arravatament que la seva voluntat no podia controlar. Això, aquesta llavor, ho portava dins, era superior a les seves forces. I per aquest motiu temia que això, aquesta embranzida que li naixia de dins, del més profund de l'ànima, algun dia, en algun moment, el trairia i fallaria a Déu. Independentment del fet de convertir-se en capellà o no, el que més preocupava en Cinto era apartar-se d'aquella fe, cega, que havia respirat durant tota la seva vida. Primer al si de la llar, amb la seva mare, d'una gran sensibilitat, d'un ardor religiós sincer, però extrem, gairebé fanàtic. Això l'influí, el marcà per sempre.

Es va aixecar del llit, suava, havia de resoldre aquell dubte terrible. El rompent de l'alba del gran canvi trencava per l'horitzó. Tot el que havia estat fins ara havia de quedar enrere, ho hauria de deixar per abraçar el ministeri del sacerdoci amb tota la seva voluntat, el pensament i l'ànima, tot ell seria un altre. El Cinto que havia estat fins ara havia de morir per sempre més, havia de quedar colgat allí en un túmul. Però encara dubtava, hi havia dins seu un sentiment, un record, un episodi que fins ara havia anat deixant de banda, que no havia volgut encarar, sempre posposava el moment d'enfrontar-se a la veritat, aquella ferida havia quedat oberta, i resultava que aquells esdeveniments havien provocat la seva fugida, la seva escapada de casa quan era un adolescent... Durant tres dies va marxar de casa i amb un amic va arribar fins a Figueres. Aquella fugida va ser per causa d'ella, d'aquell amor humà per aquella noia. Després del gran fracàs va sentir la necessitat d'oblidar, marxar, deixar-ho tot, abandonar els pobles, amics i família i construir una vida nova ben lluny de la plana; la seva idea, la seva fixació de sempre, havia estat travessar l'Atlàntic i viatjar fins a Amèrica. Tenia una predilecció especial per Amèrica, ja des de petit somiava amb el nou continent. Volia fugir del seu món, allunyar-se com més millor de tot allò que li portés el record de la noia del mas de les Heures. Aquella noia que ell va mirar, per primer cop, aquell llunyà dia de les caramelles. Influït pels versos de Mistral, pel seu poemari *Mireia*, amb una embranzida poètica que el va segrestar durant alguns dies amb les seves nits, ell va escriure el seu poema d'amor mundà. Naturalment va canviar els noms del protagonistes: ell, en Cinto, es projecta en el poemari com en Jordi, i ella, el seu amor de la terra, l'amor de joventut que el feia tremolar d'emoció, de cap a peus, que el feia sentir-se diferent, enamorat, feliç, content, ella es diria na Guideta. I així va néixer aquell poemari que també va ocultar sota les bigues de la seva cambra a can Tona. Un poemari que va escriure amb llàgrimes d'emoció als ulls per un amor que mai no seria seu. I per això va fugir de casa i ara, també amb llàgrimes als ulls, ara també volia fugir del món, de tots, per un amor que potser no podria ser seu, perquè no tenia temperament de sacerdot, ell era un poeta, un poeta profundament creient, un poeta que tenia per musa catalana de la seva inspiració la mateixa Verge de Montserrat, la Moreneta, la més estimada.

Ara, mentre el dia despuntava, ja no podia lluitar més, havia de resoldre aquell conflicte amb si mateix que havia posposat, que havia esquivat fins ara. Era l'hora de la veritat i si havia d'abraçar amb totes les seves forces el calze del sacerdoci havia d'encarar-se a si mateix, a la veritat que portava dins: la lira.

CAPÍTOL XIX

Els dos amics ja feia una estona que estaven en silenci, el camí era feixuc, s'empinava cada cop més, però a dalt hi havia el premi, la Moreneta, els aires de Montserrat, la basílica i tot l'entorn de misteri i de santedat. Per això era la muntanya sagrada de tot Catalunya. Van seguir per la raconada de la torrentera del Cavall Bernat. Les parets montserratines impressionen sempre. Només es van deturar una estona, a contemplar el paisatge...

Tot el Baix Llobregat, Sant Llorenç del Munt i la serralada Litoral, una panoràmica extraordinària. Per aquest tram del trajecte els van sorprendre les bafarades d'humitat, la boirina que semblava sorgir del mateix cor de la muntanya. Van reprendre el camí dirigint-se a la raconada del pou del Gat, aquí van enfilar per unes escales esculpides a la pedra, i després per una vessant del talús van agafar el camí de Sant Jaume fins a arribar a l'ermita mig derruïda de Sant Jaume el Blanc.

—És una veritable llàstima que es perdi aquesta capella... —féu en Jaume.

—Haurem de dir-ho a l'abat de Montserrat. Sant Jaume, el patró dels caminants, dels romeus, mereix tenir una ermita en condicions.

—No t'ho sabria dir, però a mi em sembla que pertany a la parròquia de Monistrol... —va contestar Collell.

Mossèn Cinto, en aquest moment, va pensar en Folgueroles, en el camí de Sant Jaume dels romeus que baixaven de França, del Pertús, i enllaçaven amb Roda de Ter fins a Vic i en el trajecte entre aquestes dues poblacions el camí passava prop de l'ermita de Sant Jordi de Puigseslloses, anava seguint el camí de la torrentera de Folgueroles, pel bosc de Sala a l'esquerra fins a arribar a la font del Glaç. Aquell camí de la torrentera, per on creuava el camí de Sant Jaume, li portava records de la seva joventut, per aquell camí s'arribava fins al mas de Puigseslloses, que quedava prop de l'ermita de Sant Jordi. En els seus versos, aquell mas era el mas de les Heures. Per aquell camí el jove Cinto, amb la lira a la mà, va acompanyar una de les filles del mas, una tarda de Setmana Santa. Per aquell camí de la torrentera, anaven a follar nius amb els amics els dies de festa major. I el seu pensament volà lluny cap al passat amb la flaire de la festa major...

—Cinto, afanya't... Vinga, porta el gambeto a ton pare que ja el té preparat i crida ta germana Francesca, ja han tocat el segon toc de campanes i ja saps que no vull fer tard a la missa major de la nostra patrona, santa Maria.

—Sí, mare... —féu el noi, tot atrafegat.

Ell ja feia una estona que anava mudat. Fins i tot

havia anat a l'església, de bon matí, a veure com encenien les llumeneres del retaule, i a veure també com guarnien de flors de jardí i boscanes l'altar, per la missa major. Quan tornava cap a casa es va creuar amb en Tonet i en Xavier, dos amics del poble, que li van dir:

—Cinto, avui encabat de dinar, quan toquin el llevant de taula, nosaltres anirem a buscar nius de pardals a la pollancreda. Ara se senten cridar tothora.

—Sí, quedem de trobar-nos vora el torrent. Veurem els fanalets i potser en podrem agafar algun.

Els tres amics van riure amb complicitat, la cosa quedava feta, a l'hora de la migdiada, quan la cobla passava pels carrers per anunciar el final dels abundosos àpats i l'inici de la dansada a la plaça major, ells tres acudirien a la pollancreda a follar nius.

Tota la família d'en Pep de can Torrent va sortir de casa en direcció a l'església. La mare lluïa aquell dia les arracades d'or de la seva mare, les úniques que tenia, una joia que s'havien passat de mares a fills des de l'antigor. Tots mudats i empolainats, tots de cara a la missa major. Havien vingut per la festa major els parents de la masia de can Tona. Aquell dia havien matat dos galls i es feia un dinar abundós, de festa major, compartit amb els forasters, els familiars que venien de fora. Pel carrer es van anar trobant altres famílies, tots reien, tothom estava content, els nois amb barretina roja, la musca per als pares o els vells i les dones amb mantellina. Folgueroles es va convertir en una plana de rierols de gent en què tots feien cap a un gran lloc al centre del poble, l'església dedicada a santa Maria, i engalanada amb els seus millos vestits per aquella festa.

La missa va ser cantada, la cobla entonava amb els acords i harmonitzava amb els oficis del vicari, acompanyat de dos capellans més. En Cinto i els seus amics durant tota la missa van riure i es van mirar, posant-se els dits als llavis, com volent dir: «És un secret! Un secret! A l'hora de la migdiada, a follar nius a la pollancreda del torrent».

Tota la família es va posar a la llarga filera per prendre la comunió. En Cinto estava neguitós, es va posar impacient al costat de la seva mare. Ella s'hi va recolzar, mentre la filera avançava de cara al mossèn que donava la forma consagrada, i l'escolanet, que era precisament en Tonet, posava la patena banyada d'or davall, a l'altura de la nou del coll, per si l'hòstia consagrada queia de la boca.

Quan en Cinto va obrir la boca, quan estava a punt de tancar els ulls per rebre Crist consagrat, en Tonet, dissimulant, amb la safata al seu coll li va fer l'ullet. En Cinto va abaixar les parpelles, en notar que l'hòstia era a la llengua. I ràpid va haver de reprimir un esclat de rialles. Va ser superior a les seves forces, li va agafar un atac de riure, aquell brètol d'en Tonet era un murri i a en Cinto li va fer molta gràcia la seva expressió, no se la podia treure del cap. Estava a punt d'esclatar amb una riallada. La seva mare el va mirar amb severitat, com volent dir: «Però què et passa?». En Cinto engolí l'hòstia i tancà els ulls, va clavar els genolls a la fusta del reclinatori i resà, i mentre ho feia pensava: «Ja veurà en Tonet... Me les pagarà. Si em torna a fer riure quan vaig a combregar, li obriré el cap».

En rebre la benedicció, amb el repic de campanes,

tothom va sortir de l'església. La plaça feia goig, el dia era lluminós, la gent reia, es feien grupets d'homes i dones, a la porta del temple els homes fumaven, treien grans trompes de fum. Era el moment de comentar el sermó de festa major d'aquell any. Els parents parlaven amb els amics del poble que feia mesos o anys que no veien. Es preguntava per tal persona, per tal altra. Entre una cosa i l'altra es feia l'hora del ball de vermut. El flabiol ressonava cridant els balladors i balladores de la primera sardana. I al toc de la tenora ja hi havia una rotllana dansant, tots pendents d'en Joan, el baster, gran entès en sardanes, ell era el que portava la veu cantant, el que repartia els passos.

Fins a l'hora de dinar sonaven les sardanes. Amb aquell sol que queia a plom, que badava les pedres, els dansarins i dansarines suaven saltant, i en Joan, el baster, el cap de dansa, comptava els passos, repartia els llargs i els curts, i feia quadrar els enllaços i somreia al final quan tots cridaven «Visca!». El cap li bullia de números perquè mai no preguntava als músics i per tant era un repte per a ell cada sardana nova que la cobla feia ressonar.

Josepa Santaló i la Francesca van anar cap a casa, hi havia forasters i parents a dinar, i calia preparar la taula. Els homes es van quedar una estona a la plaça fumant. Fins i tot en Pep de can Torrent va anar a fer una despesa al cafè amb els parents. Van fer un vermut i unes olives amb anxova per enganyar l'estómac, tot un luxe de capital.

A en Cinto li encantava ballar, i es va reprimir a la primera sardana, però la segona, amb el cor bategant, quan va veure que es formava una altra rotllana més petita dins de la gran que abraçava tota la plaça, aleshores va entrar, tal com pertoca: havia de buscar un lloc entremig de dues dones, aquestes eren les regles. Les dones podien entrar a la rotllana sempre que volguessin; en canvi els homes només ho podien fer entremig de dues dones. En Cinto va entrar, va tocar les mans i es van obrir i va agafar-les. Era la primera ronda de llargs, quan la sardana agafa més ritme. En pocs compassos en Cinto va començar a saltar, tot mirant de reüll en Joan el baster, el cap de colla, que continuava remugant, comptant passos, tot capficat.

Quan encara no havia acabat la tanda de llargs, en Cinto va notar per darrere que algú li tocava la mà, suaument. Es va girar i va obrir la rotllana: era ella, la del mas de les Heures. El cor se li va accelerar de tal manera que es pensava que li faltava aire per respirar. En Cinto no va gosar mirar-la ni un moment, la sentia a través de la mà. En aquell moment, li va desaparèixer el món. Només hi eren tots dos agafats de la mà. Ell la sostenia alçada, ell era el que saltava, reia, gaudia i somiava. I ella el seguia, seguia els compassos i no deia res, però també somreia... En Cinto no volia que aquella sardana s'acabés mai perquè també s'acabaria el moment de joia. Quan van sonar els darrers compassos i van empènyer els braços endins de la rotllana en el darrer contrapunt, en Cinto i ella es van mirar, van somriure i ja està, cadascú va córrer amb els seus amics. No es van dir res més. Fins i tot per a en Cinto allò havia estat una cosa estranya, encara no havia pres consciència del que li havia passat, de fet ho considerava una feblesa que no tenia importància. Eren molt més importants els amics, els seus jocs de nois... I tant! De lluny, però, es va mirar la noia, i es preguntà en silenci: «Què deu pensar?».

Encara no feia ni sis mesos, per la Pasqua de Setmana Santa, li va passar una cosa amb aquella noia. Va ser després dels oficis del Divendres Sant. Sempre li havia agradat aquella mena de bosc de flors i testos que la gent del poble portava per guarnir la capella del sagrari, formant una veritable escultura popular anomenada «el monument», una obra d'art espontani i del poble mogut per la seva fe, un monument efímer, que duraria la Setmana Santa. Allí es guardarien les hòsties consagrades en la darrera missa, perquè fins a la resurrecció de Crist, fins a les dotze de la nit del tercer dia, la missa de Pasqua, no es podia celebrar missa ni es podien consagrar hòsties. Aquells dies de dejuni i abstinència no es podia escoltar música, ni podien sonar campanes, i per tant els escolanets per anunciar les misses ho feien amb les matraques de fusta, que ressonaven tothora. Allí quedava un petit dipòsit, dins del calze, hòsties consagrades per la darrera missa, que servirien per a casos de necessitat, extremuncions o pel que cregués necessari el vicari.

Va ser aquell divendres, ell va entrar dins l'església, volia veure el monument. Durant tota la nit i aquells dies de la mort de Crist, fins a la resurrecció, quan al món regnava la tristor i el maligne es trobava a l'aguait, el monument no es quedava mai sol, es feien torns per fer guàrdia, per acompanyar sempre les darreres hòsties consagrades.

Va obrir la porta del temple. La foscor el va sobtar i també una bafarada d'encens dels oficis que encara quedava surant a l'atmosfera. Encens, flors i cera cremada, aquesta era l'olor que va sentir. Aleshores va notar la presència d'algú darrere seu, es va girar i la va veure... El cor li va fer un bot, però no va dir ni mu, va ficar la mà dins la pila d'aigua beneita i es va quedar quiet. Va sentir un impuls, alguna cosa dins seu, es va girar i va donar aigua beneita a aquella noia, i es van tocar els dits. Els dos joves, ja dins de l'església, ella amb la mantellineta al cap i ell amb el cor com un timbal, es van persignar i després van anar plegats a resar al sagrari, davant del monument es van agenollar l'un al costat de l'altre. Van estar una estona allí, sentint-se a prop, però tots dos amb la mirada endavant resant.

Ella es va alçar de cop i en Cinto, que tenia els ulls tancats, els va obrir de cop. En aquest moment ella el va mirar per primera vegada. En Cinto estava dret com un estaquirot, ella li va dir a cau d'orella, fluixet:

—Anem, Cinto... Vull que m'acompanyis fins a casa.

Ell, tot tremolós, va dir que sí. Immediatament va pensar: «Però què dic, jo? Què diran els amics? Segur que m'esperen! Se'n riuran, de mi!!! Diran que sóc un marieta que vaig amb noies... De petit ja m'ho deien, quan anava a buscar flors boscanes per dir missa a la meva capella... I la mare? Què dirà la mare si vaig amb noies?».

En Cinto, amb tots aquests dubtes rondant-li pel cap, es va apropar a la porta i es va avançar, va ficar la mà dins la pila d'aigua beneita i en va donar a ella, i la noia va somriure, i quan es van tocar els dits humits en Cinto es va sentir travessat per un estrany pessigolleig.

Quan van sortir al carrer, ja fosquejava. En Cinto va respirar, no va veure els amics; a més, si l'haguessin vist, ell ho negaria a mort i fins i tot seria capaç de desafiar el pinxo que el contradigués amb el seu terrible bastó. Caminava la parella l'un al costat de l'altre sense dir res, van travessar la plaça, les ombres de la fosca començaven a circular. El món amb el Crist mort, i fins que no ressuscités, estava governat pel diable. Això pensava en Cinto amb ella al costat, i gairebé als afores del poble ell li va donar la mà i ella va prémer fort els seus dits.

En Cinto l'acompanyaria al mas de les Heures. Pel camí solitari, els dos joves agafats de la mà, la parella innocent reia, parlaven de coses absurdes, feien broma, fins i tot en Cinto es va posar a cantar i ella el va seguir, i en harmonitzar les veus, per primer cop en la seva vida van sentir l'alè de l'amor tendre, primerenc, del color de rosa.

Abans d'arribar al mas, ella es va deturar, el va mirar als ulls i li digué:

—Cinto Verdaguer Santaló, gràcies per acompanyar-me... Llàstima que aquest any no feu caramelles, tant que m'agraden... Recordo l'any passat per Pasqua, quan vau pujar a cantar. Estàvem totes les germanes escoltant, alegres a l'entrada del mas. Recordo, Cinto, que només tenies ulls per a mi... Com ara...

En Cinto es va posar vermell, vergonyós. La noia va riure i després, acostant el seu alè a la seva cara, aquell alè que quasi talla la respiració a en Cinto, li va dir en veu baixa, però amb tota la intensitat del seu cor:

—Cinto... M'agraden tant els teus ulls blaus... Quan miro el cel del capvespre, quan les estrelles comencen a puntejar, en aquell color et veig a tu, que em mires, perquè és el color dels teus ulls... A la festa major, el dia 15 d'agost, a les dansades de la tarda, t'esperaré, tu seràs el meu únic ballador.

Ella va marxar corrents cap a casa, ja feia tard i s'estava inventant alguna excusa per dir a la seva mare. En Cinto, dret com un estaquirot al mig del camí. La fosca es va ensenyorir del món de cop i volta. El seu cor bategava intensament; era ella, aquella noia. A ella li cantava aquesta caramella que ja ressonava dins del seu cap, i ell la repetia, de cara a casa, tot content.

Lo roseret de la plana
és la masia dels faigs,
així los fadrins ho diuen
i a fe que no s'erren pas,
que hi ha unes rosetes veres,
que unes poncelles hi ha,
que jo i més de quatre d'altres
per a poder-s'hi posar
se farien papallones
si el pensament hi bastàs.
[...]
Al porxo de casa seva
dissabte de Pasqua estan
de colzes a la barana
aguaitant tossol avall
les grans fent la rialleta,
les xiques saltironant;
l'una a l'altra a cau d'orella
se parlen de baix en baix.

Què hi ha que tant los agrada?
Què hi ha que febregen tant?
Los camillaires del poble
que, hala, hala, hi van pujant
amb barretines vermelles,
amb calces de vellut blau,
amb les mantes a l'espatlla,
amb los garrots a la mà,
amb violins i guitarres,
panderos i redoblants.

Se'n penedí tantes vegades, d'aquell afer! Li feia vergonya, i també tenia por que la seva mare es disgustés per això. Però en Cinto, amb quinze anys, sentia un formigueig per tot el cos. Allò seria el seu gran secret. Ningú no els havia vist i per tant no calia comentar-ho a ningú i menys als seus amics de tabola, que ja l'esperaven l'endemà al matí per anar-se'n a tombar per les torrenteres i boscos de roures dels entorns de Folgueroles. I en Cinto, a la nit, va pensar: «Què ha volgut dir amb això de la festa major? Només jo ballaré amb ella? No, no m'ho crec. A més, a la tarda, a l'hora de la migdiada, sempre anem a follar nius, és l'època de l'any que hi ha més pardals i més fanalets i jo això no m'ho perdo ni boig».

I el dia 15 d'agost de la festa major havia arribat. Ell, en Cinto, ja ni es recordava de la cita. Quan veia la noia de lluny, si no hi havia ningú a la vora, ni amics ni familiars, per no passar vergonya, ell la saludava i li somreia, ella també el mirava de forma estranya i marxava corrents i saltant d'alegria. Els unia un secret del cor.

Va ser mentre dinava que es recordà de la cita. Però havia quedat també amb en Joanet i en Xavier a follar nius, després de la cobla pels carrers tocant el llevant de taula. El dinar es va perllongar, van treure les coques i els licors, especialment la ratafia, que un parent tenia fama de posseir el veritable i únic secret d'aquest licor i sempre en portava una ampolla. A l'hora convinguda els tres amics es van trobar a la torrentera de Folgueroles. En Cinto estava nerviós, i els va dir:

—Les caderneres que vam deixar l'altre dia ja deuen estar grosses i amb ploma a punt de volar... Són les que ens pagaran millor, canten molt bé. I potser ens trobem amb una bona colla de tàperes, sortides de l'ou.

En Cinto es mirava els dos amics, que no actuaven com sempre, en Joanet portava un tros d'espill a la butxaca i el deixà plantat al nus d'un saule i es mirava, amb les mans s'aplanava el cap estufat, s'estirava els pantalons, s'espolsava la barretina de festa major, roja com les cireres. A en Xavier també se li va encomanar aquell desfici de presumit que gaudia en Joanet, i s'estava arreglant el corbatí, després s'escopí a les sabates de pell que lluïa per mudar, sargides per totes bandes, aquelles sabates sempre les portava penjades al coll i només se les posava per entrar a l'església o a alguna casa; quan sortia anava descalç. En Cinto no s'ho creia...

—Què us passa, nois? Hem vingut a follar nius o què?

En Joanet i en Xavier, sense dir res, van arrencar a córrer en direcció a la font. En Cinto anava darrere cridant:

—Espereu-me! On aneu si es pot saber?

I en arribar a la font on ja hi havia altres nois i noies

del poble, amb una branca d'herba a la boca, llarga com una pipa, feien el fatxenda davant les noies. Fins i tot en Joan es va plantar davant d'una noia grassoneta i de pèl roig i li va fer la ullada i ella, la noia, mig espantada i mig xisclant de rialles o de por, vés a saber, va sortir corrents. I en Joan va anar darrere d'ella perseguint-la.

—Anem a ballar a la plaça.

Va ser llavors que en Cinto va començar a entendre alguna cosa. En Xavier, que també tenia ataüllada una noia formosa, la filla d'un pastor, que estava asseguda vora la font amb les amigues i no parava de mirar-lo, li va dir:

—Vols que t'ho digui? Hi ha una altra cosa que m'agrada més que els ocells, i són les minyones del poble. Ha començat ja el ball, vaig a traure-hi la més bonica, i tu, com a bon amic, ballaràs amb aquella a qui vas cantar una corranda una tarda de caramelles.

—Sí, Cinto, sí, la del mas de les Heures —féu en Joanet amb una riallada.

Ell se sorprengué, es pensava que era un gran secret... Fins i tot li havia fet un vers, que mai no va ensenyar a ningú, un vers que guardava enterrat al fons del seu cor amb una barreja de sentiments d'amor, odi contra si mateix, confusió, anhel, alegria, tristesa, tot barrejat. I en aquest moment, en Cinto va mirar al cel, un núvol fugisser creuava el firmament, va tenir un cop de cor, un pressentiment que el va deixar uns instants embadocat, fora de joc mentre pensava: «L'amor de la terra serà com un núvol fugisser».

En Xavier va agafar-lo de la mà, el va estirar, i torrentera amunt se'l va endur en direcció a Folgueroles, i ja quan eren als afores se sentia la música de violins i de flautes. En Cinto, amb el cor sortint-li del pit, va repetir mentalment el vers on hi havia un nom, que era un dels secrets més grans de la seva vida, el nom d'aquella noia...

Los uns s'agraden del lliri
los altres del galdiró,
jo em só agradat de la rosa
que és lo nom del meu amor.

I en aquell moment va tornar a recordar la filla del mas de les Heures. «Ella em va dir que m'esperaria el dia de festa major i que jo seria el seu ballador». I un estrany somriure es va dibuixar al rostre d'en Cinto, que estava radiant de felicitat, el cor li sortia per la gola, i en contemplar la plaça amb aquell esclat de roges barretines, dels nois tots mudats que anaven a buscar les balladores, aquelles noies de les espellofades, aquelles noies amigues de sa germaneta que potser l'havien ajudat a dir la missa de mentida a la capella de cartró, ara eren allí totes engalanades, amb els ulls brillants, la rialla a la boca esperant ballador; eren com àngels baixats del cel que en aquell moment es transformaven en veritables nines, enciseres i boniques com les imaginen els joves que ja no les miren amb ulls innocents i també de menyspreu per la poca força o la poca traça que tenen en pujar als arbres. Era una altra mirada llaminera, com de deixar-se perdonar. En Cinto va donar un cop d'ull a la plaça i es va adonar que molts d'aquells nois, que gallejaven pels camins i pels boscos, allí davant d'aquella formosor de nines esperant per treure-les a ballar a la propera dansada, eren com soldats mutilats de peus i mans, que demanen almoina pels carrers. Ells, amb els ulls oberts com cabres ofegades, també demanaven una altra classe d'almoina a les nines, tal volta uns besos furtius, i les tocades mans a la dansada, que era tot el que podia repartir l'amor a aquelles hores i davant de les padrines que amb ull sever vigilaven.

I els primers compassos van sonar i en Joanet va treure a ballar la de pèl roig i l'amic Xavier també treia la filla del pastor, que portava agafada de la mà. En Xavier, en passar per davant seu, va donar la ullada a en Cinto i li digué a cau d'orella:

—Treu-la a ballar, que la pobra ja fa estona que t'espera! Vinga, que sembles un estaquirot i ella només té ulls per a tu. Que als pobles se sap tot, Cinto! M'ho va contar la filla del pastor, que és una bona amiga seva... Cinto, si no la treus a ballar, aquí s'acaba la nostra amistat.

En Cinto estava tremolant, el cor ara ja semblava un timbal. Els ulls ja feia estona que estaven clavats en la noia, la filla del mas de les Heures, a ella li va dedicar aquella corranda el dia de caramelles, amb ella van sortir plegats el Divendres Sant i la va acompanyar fins a l'entrada del mas. Ella era a l'altre cantó de la plaça, estava radiant de felicitat, els dos joves es miraven, s'atreien, reien de felicitat, estaven com suspesos a l'atmosfera, flotaven per damunt de tots, i la música, els compassos, era l'atmosfera que els mantenia suspesos enlaire. Ella ara parlava amb una amiga ara amb una altra, però no treia els ulls de damunt a en Cinto. I ell va començar a travessar la plaça, de cara a ella, com si fos un fantasma que levita, que sura i avança decidit cap al seu destí. I per en Cinto aquella rialla d'ella va ser com si li obrís el llibre blanc del seu cor, i ell, en Cinto, el noi d'en Pep de can Torrent, seria el primer a escriure en aquell llibre de joia i de felicitat. I ell li va tornar la rialla, ara ja amb confiança, amb aquella seguretat innocent d'aquella estranya complicitat que sorgeix quan dos enamorats es diuen que s'estimen amb la mirada. En Cinto era a uns passos d'ella, la trobada s'anava a produir, s'ajuntarien els dos joves enamorats, innocents, per primer cop ballarien junts, tota l'estona, parlarien, i després en Cinto, com feien tots els fadrins, la convidaria a un refresc i cap al tard, abans de sopar, l'acompanyaria a casa, com se solia fer... I aquell capvespre tal volta seria la primera vegada en sa vida que festejaria a la porta de casa. I ella, potser, li obriria un xic la porta i a la foscor de l'entrada s'abraçarien com dos vells enamorats, i potser es farien el primer bes, aquell que sempre es recorda, aquell que obre les portes de l'amor i tanca per sempre més la vida passada.

En Cinto no pensava en tot això, ara estava com hipnotitzat, va avançar un pas, dos, i després es va deturar de cop. Alguna cosa havia vist i va tenir com un defalliment general, com si li hagués marxat la força de les cames, una fluixesa li va recórrer les venes. Es va adonar que aquell noi de barretina musca, ben vestit, el fill d'un principal de la vila, ara estava parlant amb ella. I ella se'l volia treure de davant, l'apartava un xic, per trobar la mirada d'en Cinto. I ell plantat com un estaquirot al mig de la plaça, en una posició ridícula sense saber què fer. Paralitzat, com si un llamp l'hagués travessat.

En Cinto va adonar-se que aquell noi que parlava amb ella era ni més ni menys que el fill de l'amo dels camps on treballava son pare de jornaler. Pel seu cap van passar tantes coses... El noi, el fill de l'amo, un fatxenda orgullós que ningú al poble podia sofrir, es va girar i el va veure i li va fer un senyal, a en Cinto, amb el dit al coll, com volent dir aquesta noia és meva i no me la prendràs o perilla el teu coll.

En Cinto va entendre el missatge. Alguna vegada s'havien trobat pel poble, s'havien enfrontat en una baralla i en Cinto, amb el temible bastó de tortellatge a la mà, no havia gosat aixecar-lo contra ell. El fill de l'amo ja l'havia amenaçat amb menyspreu amb aquell gest que sempre feia, passant-se el dit pel coll: «Cinto, surt-me del davant, poca roba! Si goses aixecar-me el teu bastó... juro que demà dic al meu pare que foti al carrer en Pep de can Torrent! De jornalers, ens en sobren...».

En Cinto va entendre l'amenaça. Va veure la cara de la seva mare, el seu pare, al carrer i sense poder portar el jornal, i a casa que no tenien res. De què viurien? Què farien? Què menjarien? Haurien d'anar a demanar caritat? Si donava el pas endavant, ell agafaria la fruita del jardí de l'Edèn i potser la mossegaria, i fruiria del paradís terrenal de l'amor, però condemnaria la família a la misèria i la ruïna? Què havia de fer? Es va estremir i amb una immensa llàgrima presa damunt la nineta, va recular. Va sentir el gust amargant del fracàs, la submissió, aquell sabor de la humiliació que tantes vegades havia sentit al seminari de Vic, perquè la seva imaginació volava molt alt, i en canvi la seva condició era arran de terra amb els fills dels jornalers pobres. Els ulls dels enamorats es van trobar per última vegada, ella desafiant-lo i ell... Va abaixar la mirada a terra, vençut. Va acotar el cap, i ella se'n va adonar, que era un renuncio. La xica del mas de les Heures es va posar molt, molt trista, deixà caure les mans com volent dir «Ja està!», perquè ella sí que sabia què estava passant. Per a en Cinto va ser molt dur, violent, com si fos un xiquet que està a punt de collir la rosa més bonica del jardí i es topa amb una punxa, l'espina més llarga del roser, que el fa recular amb una fiblada de dolor que li arriba fins al cor.

Amb passes curtes, capcot, es va allunyar. La seva mirada estava ara com velada per una cortina de fum que tot ho embrutava. Va allunyar-se un xic de la plaça i els seus ulls van topar amb la blancor de la paret del cementiri. Allò el va retornar a la realitat. Enmig del batibull de la dansada, ell semblava un espectre, estava com molt allunyat del món. En Cinto caminà cap al cementiri, a la vora de l'església, i buscà amb la mirada la tomba de la seva germaneta petita, Filomena, que ell estimava tant i que va plorar tant el dia que va marxar per sempre, com una nina dins aquella caixa blanca. Les herbotes cobrien les tombes, però ell buscava amb els ulls on hi havia el xiprer; recordava que era allí vora el mur, a l'ombra del xiprer, encara que les herbes el cobrien, sabia que era allí... I en silenci, un xic allunyat de la gresca, en Cinto, trist, abatut, avergonyit, humiliat i amb els ulls plens de llàgrimes, va pensar com si parlés amb ella, la germaneta morta, i li van sortir aquestes paraules de l'ànima:

«Benaurada tu, oh Filomena! T'adormiràs en els braços de Déu abans d'obrir els ulls a la vida, amortallada amb la capella de la innocència. Jo era fins ara innocent com tu, mes l'agradosa fressa del món ha arribat a les meves orelles, i m'hi criden falagueres sirenes que no sóc prou valent per rebutjar, les seves veus i el seu aire se m'emporten l'ànima... Feliç tu, Filomena... Ai! No me l'han robat, el cor, encara, que enlaira amb el teu pel pur amor de la Verge, però les seves veus se me l'emporten, ara, i, esllanguit, cauré als seus braços. Verament, la poesia i la florida i la flaire de l'ànima és l'amor; però és feliç solament el que, com tu, hi esclata, no per posar arrels a la vall de llàgrimes ni marcir-se i fer-se malbé en pits mortals, sinó per posar-hi ales i, com ocell nascut per volar, anar a perfumar els cels on tota flor és eterna».

I del fons del pit va llançar un sospir profund, que va quedar colgat per la gresca i la música de la vora, i ara sí, les galtes les tenia humides de les llàgrimes que li corrien avall. Va esperar una estona, així de cara al cementiri, amb els ulls encara clavats a la paret on hi havia la tomba de sa germaneta. Després es va girar i va veure un altre cop aquell esclat d'alegria de la plaça, les noies dansant i els amics giravoltant i a ella, la noia del mas de les Heures, ja no la va veure. Els amics a la vora el van voltar, el van estirar:

—Cinto... Vine a ballar. Va, home, què et passa? —deia en Joanet mentre començava a sonar una altra dansada.

Però en Cinto, amb una fixació a la mirada, es va desprendre dels amics, va fer uns passos més cap a la porta reixada del cementiri. Amb els ulls fixats a la tomba, encara va veure la seva germaneta voltada amb la corona de flors, tal com estava gitada a la tomba, entre setins blancs, i s'afigurà que era sa germaneta qui obria els ullets tendres i el cridava que entrés dins el cementiri. I en arribar a la porta reixada, en Cinto va girar els ulls i va dir xiuxiuejant:

—Adéu-siau, plaers del món, no us vull tastar! D'altres més dolços i purs em criden, als quals no puc fer el sord... I ja no sóc més vostre!...

Ara sí que en Cinto va reaccionar. Va entrar dins del cementiri i amb passos decidits se'n va anar a l'església. Allà, com sempre, hi va veure la seva mare, que pregava a primera fila. La mare resava per tot el poble, per tota aquella joventut disbauxada que ara estava ballant a la plaça, que feia tabola. Josepa Santaló feia penitència, carregava amb el mal del món i demanava a la verge patrona de Folgueroles que perdonés el seu poble, que no sabia el que estava fent, que ella carregaria amb tot aquell pecat del món que es manifestava allà a la plaça, amb el ball i la frivolitat de la festa major. I sobretot ella, Josepa Santaló, pregava pel seu fill Cinto, el seu fill que estudiava al seminari, i ella havia promès a aquella mateixa verge que es consagraria a l'Església i ara ella havia vist, havia sentit o li havien explicat les xafarderes, mentre rentava roba al safareig, que hi havia una noia, la del mas de les Heures, que li feia gràcia a en Cinto, que els havien vist junts. I ella patia, sofria en silenci.

Josepa Santaló va sentir els passos rere seu i alguna cosa li deia que era ell, que per fi havia lluitat en aquella batalla contra el diable, contra el món i el pecat, i ell, en Cinto, havia vençut la temptació de la carn, la pitjor de totes, la temptació del diable que fa perdre la xaveta a tots els homes. I la mare, en sentir el seu fill al costat, no va dir res, ni es va girar, va continuar resant, ara sí amb més intensitat, amb una espurna d'alegria incontenible als ulls.

En Cinto es va posar de genolls al seu costat i en silenci es va posar a plorar, i a resar la salve, acomiadant-se per sempre del món. I demanant a Déu, fervorosament, que no l'abandonés mai, ni en les pitjors tribulacions, i que al final de la seva vida li guardés un lloc a l'ombra del xiprer al costat de la seva germaneta Filomena.

Sí, és ben cert, allò va significar renunciar al món. I en aquell moment, la sensibilitat a flor de pell, amb la seva mare reconfortant-lo, consolant-lo, en Cinto va tenir el miratge: pensava que ja havia rebutjat els plaers de l'amor mundà, pensava que havia vençut. Però quan la tempesta va passar, com que la renúncia no va ser plenament voluntària, no li va néixer de dins com una vocació pura, com li va néixer la poesia, perquè va ser una abdicació davant la intromissió del fill de l'amo i l'amenaça de la misèria familiar, el record de la noia del mas de les Heures li retornà amb més força. I així va ser que no va poder suportar-ho, no sabia què fer, no sabia com desempallegar-se dels ulls d'amor de la noia que el miraven nit i dia, i ell, sense adonar-se'n, tornava a somiar, tornava a il·lusionar-se, i no s'ho podia treure del cap. Amb un amic va decidir fugir de casa. Allunyar-se del seu món, dels pares, germans, de la plana de Vic i, sobretot, d'ella. Perquè per ell caminar pels camins, arribar a la plaça, veure i recórrer els llocs on ella era present era una tortura insofrible que l'arrossegava al món de les il·lusions insatisfetes.

Va ser un daltabaix per a la família. Tres dies romangué fora de casa, va arribar fins a Figueres, d'allí volien passar la frontera i anar-se'n a França. Però van recular, van tornar a casa. El remordiment era molt fort.

No cal dir quin quadro es va trobar en Cinto, davant del seu pare, amb la seva mare abraçant-lo, i els germans. En aquest moment son pare es va adonar que en la mirada del seu fill predilecte hi havia orgull i rebel·lia, quelcom estrany que se li apareixia amb rauxes de boig capaç de fer qualsevol barbaritat amb un rampell. El seu pare va abaixar els ulls i a partir d'aquell dia van començar a témer els seus cops de geni.

Però el record d'aquella noia no se li va esborrar, a en Cinto a can Tona, algun cop pensava en ella. Era una contradicció que s'oposava a la seva carrera eclesiàstica, però no podia fer-hi res. El seu cor de poeta encara va voler sublimar aquell amor tendre, el seu primer i tal vegada únic amor, escrivint un poema. Ho va fer en part a la cambra de can Tona i assegut al pedrís de la font del Desmai. El dia després de rebre l'impacte, mentre llegia el poema de Mistral que el va fer plorar, el va commoure i el va fer somiar que ell també tenia una amada encara. La noia del mas de les Heures que vivia al paradís de la seva imaginació.

Mireia, el poema del poeta mes famós de França, li va obrir les portes, i allí va escriure el seu amor prohibit sublimat projectat en en Jordi, que era ell, i na Guideta, la seva enamorada, aquella noia que encara l'estava mirant a la plaça, entremig de la dansa, amb la música de la festa major de flabiols i de violins, amb aquell esclat de barretines vermelles, de xiscles d'alegria i felicitat.

Els anys han passat i mossèn Cinto, el capellà domèstic dels marquesos de Comillas i el poeta més cèlebre de Catalunya, que es troba a mig camí de Montserrat amb el seu amic Jaume, descansant una estona i contemplant el paisatge, veu una parella de caderneres que voletegen per les branques del pi on ells descansen, i en aquest instant li vénen als llavis uns versos d'*Amors d'en Jordi i na Guideta*, el poemari amagat entre les bigues de can Tona. Davant les dificultats que tenen els enamorats, el jove poeta va imaginar que són ocells i volen lliures, per veure's i trobar-se:

—Si així nascut lliures haguéssem
i aletejar com ells poguéssem,
que dolç fóra lo viure pels enamoradets!
Com volaríem per aquestes
valls d'espernalles i ginestes!
Que ens en faríem, ai!, de festes!
Que te'n daria, Jordi, de dolços petonets!

Mes, si tenim una hora bona,
tu em deixaràs d'aquí a una estona
i a veure'ns altra volta qui sap quant trigarem;
jo en lo carrer, tu en la masia,
veurem passar un i altre dia
i d'enyorança i d'agonia,
de dies i setmanes, ai, quants ne passarem!

—Oh, sí! Ja em sembla assaborir-ho;
si en eixos ulls en què ara em miro,
en lo cel de tes nines, ai!, jo em pogués quedar!

Si en tos rullets de cabellera
embolicar-me jo poguera!
Si dins ta boca petonera
pogués fer niu, Guideta, no me n'hagués d'anar!

D'altres cosetes se parlaren
fins que en l'església repicaren
lo migdia, i encara que era fer-los bocins,
a llavors sí que se desferen,
raque o no raque, se digueren
l'adéu, i prompte se perderen
carrer avall la noia, lo minyó bosc endins.

CAPÍTOL XX

Mossèn Cinto encara està ensonyat mirant els moixons, escoltant com refilen les caderneres enamorades, tal volta repetint aquells versos d'en Jordi i na Guideta que va escriure feia anys i que ara per res del món volia publicar.

Jaume Collell el va distreure de les cabòries:

—Cinto! Vinga, va! Amunt, que al migdia ens esperen per a la reunió del mil·lenari i hem de ser-hi abans al monestir; vull parlar amb l'abat... Per cert, a més dels versos de la llegenda de fra Garí, suposo que prepares algun poema més.

—Sí, Jaume, estic treballant en el *Virolai* i en altres poemes. Vull dedicar a la Verge tot allò que el meu cor sigui capaç de donar-li. Fins i tot, més endavant, tinc pensat publicar un llibre dedicat íntegrament a Montserrat. Ja ho saps, per mi la Verge és la musa catalana, la meva estimada musa, i a ella li vaig dedicar els primers versos de ma vida i també li dedicaré els darrers, si Déu Nostre Senyor em permet viure uns quants anys més...

—I tant que viuràs, Cinto. Estàs ple de vida, remuntes les costes de la muntanya com si tinguessis quinze anys, en canvi a mi em costa més. Ja ho saps, no sóc tan àgil com tu..., de tant en tant m'he d'aturar per agafar aire. I em sembla una molt bona idea això que deies de dedicar un llibre de poemes, amb totes les teves composicions, a la Moreneta...

—A ella em vaig consagrar com a poeta, i també com a sacerdot. Avui farà nou anys, amic Jaume, el dia del Roser, quan vaig dir ma primera missa a l'ermita de Sant Jordi Puigseslloses; recordes el dia?

—I tant, Cinto! Em vaig emocionar tant, va ser tan bonic... Marià Aguiló va venir expressament de Barcelona i s'hostatjà a casa meva a Vic. Va ser un dia esplendorós.

—Sí, amic... —va dir. Va cloure un moment els ulls, i en el silenci interior la seva veu va parlar: «Bella aurora del meu sacerdoci, m'agrada recordar aquell feliç dia. La capella de Sant Jordi és per a mi allò que per al mariner que navega el port de la pàtria d'on ha fet la primera sortida, i per a l'ocell que va pels aires, el niu des d'on ha fet la primera volada... Deixeu-m'hi tornar amb la imaginació, ja que avui no puc d'una altra manera... Deixeu-m'hi pensar i parlar-ne i escriure'n i rabejar-me en son dolç record...».

Els dos amics ara ja enfilen el darrer tram, fins a arribar al camí dels Degotalls. Pel bosc, s'inicia la pujada, que cada cop s'empina més i més, hom té la sensació que tota la serralada és una immensa escala que es remunta fins al cel. Deixen enrere un corriol que baixa dret com una cascada, avall, passen una altra torrentera i arriben així a la roca Tirana, on fan un respir. Mossèn Cinto va tenir un petit defalliment, es recolzà a una pedra i va alçar el cap al cel del record. El paisatge que es veia des del cim de la petita ermita de Sant Jordi, on les seves mans van alçar per primer cop l'hòstia consagrada. La seva imaginació va volar cap al passat...

«Des del seu cim, albiro, sota el campanar de Folgueroles, la caseta dels meus pares; cap a migjorn, més enllà de la font del Desmai, veig la pagesia tot conreant la terra. Que jo, amb la suor del meu front, aprengui a conrear la poesia; cap al nord, veig, sota el castell d'Orís, l'única parròquia en què he servit com a pastor d'ànimes, veig d'un cap a l'altre la plana de Vic, l'altívol Montseny, i la meitat del nostre Pirineu. El nom del turó és de vegades Sant Jordi i de vegades Puigseslloses, és a dir, que al seu cim, hi viuen en íntim maridatge la llegenda cristiana i la ciclòpia, les dues fonts de poesia en què he begut amb preferència...».

—Escolta, Cinto... Ja és ben cert el que vas dir a en Salvany... —féu en Jaume.

En Cinto va tornar en si.

—Va llegir els *Idil·lis i cants místics*, li van agradar molt, ja saps com és, carlí, un defensor del catolicisme més pur, un activista contra tots els nous corrents socials... No sabia com dir-m'ho... Jo he treballat amb ell braç a braç, per la mateixa causa de la fe... Ja he perdut el compte dels goigs i poemes religiosos que he fet i que s'han escampat per la nostra pàtria catalana. Jo sóc un soldat de la fe cristiana, ja ho saps, i les meves armes són els versos. Per això mossèn Fèlix Sardà i Salvany em va fer algun retret sobre *L'Atlàntida*... No ho entenia...

—Ho recordo, estava present... I tu vas contestar-li: «Per alguna cosa he cantat ma primera missa entre un dolmen i un altar».

—Jaume, aquestes són les dues font de poesia en què he begut.

—Mossèn Fèlix treballa intensament per una causa justa... Però dins de l'Església catalana hi ha sectors que creuen que és massa radical, és massa extremista. Ell és un integrista! Com una gran majoria de capellans catalans, són carlins i encara agafarien el trabuc. Però els temps canvien, amic. La idea de la celebració del millenari va ser seva. Per això l'abat Muntades de seguida creà una comissió. Són coses de la política. Perquè mossèn Fèlix no pogués remenar les cireres ell tot sol, comprens? Avui a la tarda, al monestir tindrem la primera reunió; també hi serà en Sardà, però no tindrà la veu cantant. S'ha de saber trobar el punt exacte d'equilibri.

—Ja saps que odio la política, les intrigues. Sempre me n'he allunyat voluntàriament.

—És cert, Cinto, però és necessària per al govern dels homes i també de l'Església. I nosaltres hem adquirit una gran responsabilitat vers la nostra pàtria Catalunya, per a nosaltres ser catòlic va unit també al fet de sentir-nos catalans. En la nostra fe catòlica hi ha una estimació, una comunió profunda amb la terra, amb la família, la propietat, el llinatge... Amb l'amic Torras i Bages en parlem contínuament i creiem que el nostre apostolat ha d'anar per aquest camí del catalanisme conciliador entre els integristes i els mestissos.

Després d'aquell breu descans, van continuar amunt per una senda que ja començava a internar-se entre les escletxes de les immenses roques, sota les arbredes de Montserrat; pujaven just per davall del camí dels Degotalls.

La ment de mossèn Cinto era, però, a l'ermita de Sant Jordi, quan va dir la seva primera missa. Aquell sens dubte va ser el dia més feliç de la seva mare, una felicitat que li va durar poc, perquè pocs mesos després de dir la missa primera, la seva mare va morir i en Cinto es va quedar sense mare, i cinc anys després va morir el seu pare, en Pep de can Torrent.

Josepa Santaló, la mare del poeta, va ser la primera a arribar a l'ermita, mentre el seu fill potser encara estava passant comptes amb el seu passat, resolent els dubtes que tenia a fer aquell pas radical que canviaria per sempre la seva vida. La Josepa, amb una estranya vitalitat, amb un somriure silenciós instal·lat al rostre, aquella matinada, abans que el sol trenqués la ratlla del mar Mediterrani, ella ja estava postrada als peus de l'altar resant el primer Ave Maria d'aquella jornada en què es compliria el seu anhelat somni, la seva il·lusió, el seu paradís: veure el seu fill consagrant el pa i el vi, celebrant el ritual de sa primera missa... Ella sabia que feia el darrer esforç, que després d'allò demanaria a Déu que se l'endugués, perquè la seva missió a la terra ja estava complida.

La Josepa, solitària, resant, agenollada al reclinatori del primer banquet, mentre la claror del dia entrava per la portalada oberta, va escoltar les primeres veus, i ella es va afigurar que eren els àngels que venien a acompanyar-lo, i així veié ella les dues germanes Picó, la Carme i la Rosa, i la filla del general Manso. Els Picó eren els propietaris de la masia de can Torrent, d'on era descendent el pare del poeta i parent llunyà dels senyors Picó. Ells farien al novell sacerdot el patrimoni de còngrua, tal com marcaven els sagrats cànons, perquè els pares d'en Cinto no tenien res, eren pobres i no podien. La família Picó serien els padrins i sortirien de la masia amb el carruatge, a l'hora convinguda amb una senyora de qualitat, la vídua del general Manso, donya Esperanza Pérez de Tafalla, comtessa de Llobregat i vescomtessa de Montserrat, que venia a donar llustre a l'acte, amb la seva filla, que ara a primera hora del matí s'havia escapat amb les germanes Picó per adornar l'altar i l'ermita per a l'ocasió.

—Hola, bon... dia... Sóc la mare.

—La mare de mossèn Cinto? Quina alegria més gran! —féu la filla del general Manso, que segons Collell era un tipus formós de bellesa femenina. La noia venia amb els braços plens de flors que havien collit del seu propi jardí especialment per a l'acte.

Després de les presentacions tot van ser abraçades, besades a les galtes, i les dones tot seguit van començar a adornar l'altar amb els poms de flors. Després van canviar els ciris vells dels peus de la imatge del sant i en van posar de nous de cera blanca com la neu... Quan ja tenien l'ermita tota engalanada, van sentir veus... I tot d'una es va presentar Francesc Casabosca, que faria de ministre assistent a l'altar. Venia a supervisar l'ermita, perquè tot estigués a punt, amb el rector de Folgueroles, que tampoc es perdria aquell acte, i un parell d'escolanets que ja es quedarien a l'ermita i farien els repics de campanes.

Les dones es van acomiadar amb rialles. Encara faltaven unes hores. La mare del poeta també va baixar a casa, a mudar-se, a despertar la família i el seu home, per dirigir-se tots a la masia pairal de can Torrent, d'on sortirien en comitiva de carruatges.

Tot estava disposat i al tercer repic de campanes arribaven els darrers convidats: els amics de l'Esbart, amb Jaume Collell i Marià Aguiló, que van entrar apressats a la petita ermita, sobretot en Jaume, que volia arribar a primer fila, on li havien reservat un lloc; la resta de la colla no va poder entrar a l'ermita i es van quedar a fora entre les grans lloses de Pedra, el fabulós dolmen que hi ha just a l'entrada de l'ermita mateix, plantades de peu formant un tancat.

En Cinto de petit havia escoltat moltes vegades la llegenda de la pastora santa que li havia explicat la seva mare. Era la llegenda popular que donava explicació d'aquells dòlmens, i els atribuïa a una pastora santa, que volia resar a l'ermita, però no podia perquè portava un ramat, i aleshores la pastora va anar a buscar aquelles grans lloses de pedra per formar un clos, un corral on tancar el ramat mentre ella resava a l'ermita.

Jaume Collell, com va poder, es va situar al capdavant, amb el convidat d'honor de les lletres, el lingüista i poeta mallorquí descendent d'una família xueta, don Marià Aguiló, mestre i amic de Jacint Verdaguer. En Jaume, l'amic inseparable de mossèn Cinto, després quan algú li preguntava com havia estat l'acte, la primera missa d'aquella jornada màgica i sagrada, ell perdia els ulls al sostre i, amb greus paraules, amb emoció continguda, uns anys més tard va escriure:

«Oficiava tremolós, no molt segur. En aquells sublims instants la gràcia sacerdotal s'apoderava enterament de mossèn Cinto. En sa ànima casta es donaven un òscul d'amor i una indissoluble abraçada entre Poesia i Religió...».

Quan va alçar la sagrada forma per primera vegada repetint el ritual, en Cinto va perdre la vista pel recinte. Allí hi havia la seva mare, amb llàgrimes d'alegria als ulls, ella havia estat sempre el seu refugi, el seu consol, el seu suport quan dubtava, quan li fallava l'alè, quan se sentia humiliat al seminari... «Pobra mare. Les seves fervoroses oracions em donaren força per pujar a l'altar per primera vegada i qui sap si ajudaren el meu esperit que defallia a acostar-se al més august dels sacrificis... Aquell dia fou de veritable alegria per a ella tant com per a mi, fou tal vegada el millor de sa vida».

Una mica enrere, en un lloc discret, hi havia el pare d'en Cinto, en Pep de can Torrent, també emocionat, resant fervorosament. Allí dins la capella hi ha la seva vida, els amics de la infantesa, de Folgueroles, aquells nois amb qui, amb ell com a capitost, tantes vegades hi va jugar; eren allí també els somnis de l'adolescent i del jove que estimà amb un profund respecte aquella noia. Era l'amor mundà, era la vida que havia portat fins ara que es quedaria allí en aquell altar. Allí quedaria per sempre el garrot de tortellatge, la seva arma que sempre l'acompanyà des que va començar a fer el camí del seminari. Allí quedaria la barretina, la faixa, el vestit de pagès del jove fadrí de muntanya que havia triomfat a Barcelona, causant impressió als Jocs Florals i es posarà per sempre les robes talars consagrades a Déu. Eren allí també els amics de l'Esbart. En Cinto fa esforços suprems per no defallir, veu la seva mare, els seus amics, i continua endavant, sap que a partir d'aquest moment la seva vida canviarà per sempre, ell morirà i renaixerà, nou, servint Déu per sempre més.

«*Adéu-siau plaers del món, no us vull tastar, altres més dolços me criden*».

Al final de la missa, respira alleujat, ara esclata l'alegria. La seva mare l'espera amb els braços oberts, per a ella tot s'ha acomplert i els mesos de vida que tindrà a partir d'aquest moment seran ficats en el llibre del destí, com un afegit marginal, sense importància. Ella es va morir allí als braços del poeta. Va donar tot el seu alè, tota la força de la seva ànima al seu fill, mossèn Cinto, i ella es va quedar exhausta, sense vida.

Jaume Collell també recordava aquest instant amb precisió:

«*Acabada la missa, li besàrem les mans, primer sos pares i parents i després los quatre amics que tinguérem la sort d'acompanyar-lo en tan venturosa jornada, i eixírem de l'ermitatge, tots amb els ulls humitejats*».

Tota la comitiva es va dirigir a la font del Desmai, al peu mateix del turó de l'ermita de Sant Jordi. Allí ja estaven preparades les taules i el petit envelat. Mossèn Cinto, que durant l'acte es va sentir tan fortament commogut, transportat al mateix reialme de l'esperit, en acabar la missa, va ser com si tornés a baixar i tornés a tocar de peus a terra a la realitat, recuperà el seu tarannà, recuperà també aquella veu interna, que de vegades, en les ocasions especials, escrivia amb la seva imaginació, perquè així més endavant pogués rescatar, pogués evocar amb força el moment. I aquell esdeveniment, al llibre secret de la memòria va quedar gravat amb aquestes paraules:

«*Sota les branques dels avellaners i oms de la font del Desmai, arbre de Guernica de la poesia vigatana, bressol de l'Esbart de sos poetes, nos esperava un dinar senzill, mig de pagès mig de ciutat, que no es desdigués de cap de les dues menes d'amics, de per amunt i de per avall, que m'acompanyaven*».

L'endemà al matí, mossèn Cinto i uns quants amics van anar a una altra ermita de la plana, la de Sant Francesc s'hi moria, que per a ell tenia una significació molt especial, perquè mossèn Cinto admirava el sant profundament, sentia veritable fervor franciscà, i allí va celebrar la seva segona missa. I també va escriure uns versos que van sortir recollits en la seva darrera publicació, *Idil·lis i cants místics*:

A on caigué el sant
ara hi ha una ermita,
la de Sant Francesc,
Francesc s'hi moria.
De tantes que en té,
n'és la més antiga.
Un àngel d'amor
hi canta i refila,
de l'ermita al pou,
al pou de la vida.

Jaume Collell, encara indecís, no sabia què fer amb el seu futur. Aquell dia tan especial va rebre l'impuls decisiu per abraçar la vida sacerdotal. «Jo me'n torní cap a Vic sentint en el meu cor més fort que mai l'ala de l'Esperit Sant vivificant en el meu enteniment una visió clara de la meva vocació i en la meva voluntat la forta determinació de seguir fidelment i sense tardança...».

I al llibre del destí, aquell dia es van inscriure dos noms, dues vides, dos amics que seguirien els mateixos passos, mossèn Cinto Verdaguer i Jaume Collell, que poc després serà ordenat sacerdot, i així també serà el puntal espiritual del seu amic Jacint Verdaguer Santaló, tal com ho havia estat fins ara en la seva poesia.

La lira de mossèn Cinto, certament, va sofrir un canvi transcendent, abandonà per sempre més les temàtiques frívoles, massa mundanes, i consagrà la seva ploma enterament a volar amb l'alenada de l'esperit.

Mossèn Cinto, ara, mentre pujava al cim, al monestir de Montserrat, també volava amb les ales del record. Esbufegava, la costa era empinada, però dins de la seva ment rememorava aquells dies, quan va tastar els fruits del triomf, la fama nacional i internacional com a poeta, amb la seva *Atlàntida* que el va situar al Parnàs de les lletres del moment. Es trobava també al cim de la seva carrera eclesiàstica, com a capellà domèstic de la família més influent i rica de tot Espanya, la dels marquesos de Comillas. I per aquestes condicions, el capellà havia vist temples fastuosos, havia dit missa a catedrals, bellíssimes esglésies, capelles ornamentades d'or i plata de luxosos palaus... Però el seu cor era allí, dins d'aquelles dues ermites, humils i senzilles, Sant Jordi i Sant Francesc s'hi moria.

Potser per això mateix, per aquesta estranya connexió que el pensament, la imaginació i l'esperit de vegades fan, en Cinto, mentre pujava de cara al camí dels

Degotalls per l'estreta senda amb escales de pedra, va unir les dues ermites on sempre restarà el seu cor, la de Sant Jordi Puigseslloses i la de Sant Francesc s'hi moria, amb les paraules que el gran Frederic Mistral li va dir aquella jornada a l'Ateneu de Barcelona, quan la seva *Atlàntida* fracassà:

«Verdaguer, no facis cas de les lluminàries de la gran ciutat... Et parlarà més al cor la llumeneta de la llàntia humil de l'església de ton poble».

Però tota aquella gran alegria quedaria truncada per un esdeveniment que va commocionar el poeta. Mossèn Cinto parava molt per Vic, esperant destinació. Vivia a casa de Jaume Collell, on tenia sempre una habitació i plat a taula. Els dos amics sempre eren amunt i avall, atrafegats, fent excursions, fent recerca de llegendes populars, de corrandes. Mossèn Cinto feia uns dies que no visitava la seva mare, que el darrer Nadal va caure malalta d'aquell ofec que cada hivern la postrava algunes setmanes al llit, i els metges no li trobaven remei. Ja no es va aixecar del llit. Cap al tard d'un dia rúfol d'hivern, de vent gelat i boires, un amic de Folgueroles havia vingut a buscar-lo amb la tartana. Va haver de preguntar a la plaça i es veu que allí li van indicar on parava la casa de Jaume Collell. Mossèn Cinto i l'amic acabaven d'arribar d'una excursió. Eren a l'entrada de casa, encara amb el fang a les botes, quan van sentir el rebombori i després el crit:

—Oh! Oh! Et dic...

Els dos joves van sortir a fora i van veure la tartana i un noi, espigat de cara, que de seguida va reconèixer el que buscava:

—Mossèn! Mossèn Cinto, he vingut a buscar-lo... La seva mare... S'ha posat malament... El seu pare m'ha dit que vingués a buscar-lo; és urgent. He rondat per tot Vic i al final a la plaça m'han dit que...

—La mare? T'han dit que em vinguessis a buscar?... —féu el poeta, esverat, tallant en sec el noi, que es va quedar amb la paraula a la boca.

En aquell moment va sentir una punxada al mig del pit, acompanyada d'un defalliment general, recordà les seves paraules, quan va dir la seva primera missa, en acabar la missa a Sant Jordi de Puigseslloses. Ell es va esgarrifar, no volia ni recordar-ho... No, no era possible. La seva mare, però, era una dona de salut feble i tots els hiverns agafava aquells constipats, patia d'ofec, deien els metges, s'estava algunes setmanes tossint, a casa, potser feia llit un dia o dos i després es restablia. Potser només era això, un constipat i prou. Però l'havien vingut a buscar! Mossèn Cinto es va notar la boca molt seca...

—Vols que t'acompanyi? —féu Jaume Collell.

—No, no, anirem més ràpids amb la tartana tots dos i vull arribar com més aviat millor, abans no...

—Vols dir que està tan greu?

—Si m'han vingut a buscar és senyal que està greument malalta... —va dir mossèn Cinto.

El noi que havia vingut a buscar-lo va abaixar els ulls a terra i féu:

—El mossèn ha anat amb el viàtic a casa seva...

Els ulls del poeta es van obrir, estava esgarrifat, tenia por, molta por, tremolava tot ell. Allò no podia ser veritat, no s'ho acabava de creure.

—Verge de Montserrat! Si us plau... us ho demano, tingueu pietat... —va fer mossèn Cinto, i saltant dins la tartana no esperà ni que el noi es posés dins, va fuetejar el cavall—. Arri! Arri!

—Esperi's, mossèn... —va fer el noi, que a l'últim moment va poder agafar-se i saltar dins, mentre el cavall renillava pels carrers de Vic.

—Calma, amic, compte pels carrers! Calma! —cridava rere seu Jaume Collell.

Mossèn Cinto, amb les regnes agafades, dret i amb el fuet a la mà, no va donar ni un minut de descans a la pobra bèstia, que arribà totalment suada a Folgueroles. La foscor va embolcallar la tartana abans d'arribar al seu poble.

—Arri! Arri! —cridava esverat mossèn Cinto quan entrà a la vila.

A la porta de casa, ja va veure moviment de gent, dones que entraven i sortien vestides de negre. Es va témer el pitjor, i en silenci es va dir: «Si és morta, si és morta, no m'ho perdonaré mai... Jo no m'havia de bellugar del seu costat! Mai podré perdonar-me, mai... Déu meu senyor! Verge, a vós us ho demano! Que estigui viva...».

Va saltar de la tartana en marxa amb perill de badar-se el cap, perquè l'animal encara continuà corrents i el noi va agafar les regnes i cridava:

—Oh, mala bèstia! Oh, et dic...

Mossèn Cinto no veia ningú, no saludà els parents, ni abraçà el seu pare, ni la germana Francesca, ni el germà gran Miquel, que també s'estava allí al menjador, tots resant el rosari. Amb dues gambades, sense dir res, esbufegant, va entrar a la cambra on era la seva mare al llit. Allí hi havia el metge i una dona, una cosina de la mare, que ajudava el metge. El jove capellà, amb la cara desfigurada, els ulls fora de les òrbites, es va quedar quiet, plantat com una estàtua, mentre el metge i la tia sortien de la cambra sense dir res i tancaven la porta al seu darrere. En aquest moment va escoltar la ranera profunda, la respiració de la mare. El llit era davant seu a uns passos i allí, enfonsada entre llençols i coixins blancs, era ella. Hi havia poca llum, a la tauleta de nit, un ciri i, al fons a la calaixera, la imatge de la Mare de Déu de Montserrat, amb moltes llànties que titil·laven en la foscor. Una veueta feia esforços.

—Cinto, ets tu? Ets tu? Ho sé, apropa't, fill meu... T'estava esperant... —va dir Josepa Santaló, la mare del poeta, amb veu molt dèbil, gairebé sospirant i fent llargues pauses.

Ell es va llançar de genolls a terra, a una banda del llit, i agafà la mà de la seva mare i la besà moltes vegades, omplint-la de llàgrimes que humitejaven els dits prims, amb aquella pell fina, blavosa, gairebé transparent de la malalta.

—Perdona'm, mare... Jo havia d'estar amb tu aquí, al teu costat... Fa una setmana que no t'he vingut a veure. Perdona'm, mare, si jo hagués estat aquí...

—Cinto, fill meu, no t'he de perdonar de res... —La Josepa, per l'esforç, es va ofegar.

En Cinto es va espantar.

—Mare, disculpa, assossega't...

Al cap d'uns segons, quan la dona es va recuperar, amb un altre esforç, xiuxiuejant va dir:

—És la voluntat de Déu, i faràs un pecat mortal si et

penses que tu, amb les teves súpliques, les teves oracions, implores a Déu Nostre Senyor per la meva salut. Ell m'ha cridat i jo, fill, vull anar-me'n amb els braços oberts... No tinc por, fill.

—No diguis això, mare, si us plau...

Josepa Santaló va semblar que es rejovenia. Per un moment recuperà el vigor, la força.

—Cinto, Cinto, fill meu... Déu em crida, però estic contenta, ma missió és complida... Tu, fill meu, ets el premi, jo et vaig lliurar a Déu i ara ell em reclama. És el pacte que vam fer. El teu germà Jaume va morir i jo li vaig prometre que si tu vivies et consagraria a ell i jo ja podria morir en pau...

—Mare, no, no diguis això... No vull que marxis, què faré? Pobre de mi sense mare! Què faré?

—Fill, escolta bé les paraules que ara et diré... Fa uns anys vas contar-me una cosa que et va passar a Montserrat, a la cova... Hi vas anar amb la canalla, en una excursió que vau fer al seminari...

—Sí, mare, és el nostre gran secret... Només ho saps tu, mare.

—Sí, fill meu. Vull que em facis una promesa.

—El que vulguis, mare, però no vull que marxis.

—Déu em reclama i jo ja no tinc forces per continuar vivint, Cinto... Però sé que viuré en tu, cada cop que pregaràs a la Mare de Déu de Montserrat també em veuràs a mi, a la teva mare de la terra, ella m'ho ha dit...

—Qui, mare?

—La Moreneta... Ahir a la nit, vaig tenir un somni, ella era aquí asseguda al meu costat, em va donar la mà i em va dir que les llums que vas veure a la cova han de ser el nostre gran secret. Ningú, ningú a la terra ha de saber-ho. No podràs contar-ho mai a ningú, ni en podràs fer un vers, ni una sola poesia. Cinto, fill meu... M'has de prometre que no ho diràs a ningú, mai, mai...

En Cinto, tot trasbalsat, contestà:

—Sí, mare, ho prometo... Ho prometo.

—Pensa, fill, que al món hi ha molta injustícia... Alguns se'n riurien, de tu, ningú no et creuria. Fill meu, la Mare de Déu em va dir que hauràs de passar una gran prova, que et voldran fer passar per foll!!! Et voldran fer passar per boig i et voldran tancar en un manicomi! Aquesta serà la teva creu. Fins i tot els amics i els familiars et trairan!!! Això serà el teu calvari, però tu, mai, mai has de contar el nostre secret, que jo m'enduré amb mi a la tomba...

—T'ho prometo, mare...

—Gràcies, fill —féu ella, i just en aquest instant va passar una cosa, els ulls blaus de la seva mare, aquell color de firmament en una nit clara, van brillar intensament, es van obrir i van mirar-lo a ell de fit a fit. En Cinto va veure l'infinit en aquells ulls. Va veure com se n'anava la vida, com la mirada lluent, les ninetes, es cloïen, es tancaven fins a desaparèixer... Ho va saber, aquell era el darrer instant de la seva vida, i un crit de dolor amb un plor desconsolat que va escoltar-se de la cambra del costat va delimitar aquell moment transcendent.

Van entrar el metge, el pare, en Miquel, la Francesca darrere, i el van trobar a ell de genolls agafat a la mà de la seva mare, plorant com un infant. Aquella mà que de petit l'havia acompanyat tantes vegades a l'ermita de la Damunt, aquells dits que el consolaven les nits que tenia por i es pensava que els diables de l'Apocalipsi venien a buscar-lo, aquella pell suau que li acaronava la cara quan estava trist perquè l'havien humiliat al seminari... Aquella mà que sostenia el llibre cada nit, quan escoltava les llegendes i les vides de sants. Aquella mà banyada en llàgrimes que en Cinto no volia deixar per res del món... Que besava i besava desesperat intentant tornar-li la vida, aquell gust de mort que se li va quedar gravat al paladar i que mai, mai oblidaria.

—T'ho prometo, mare, t'ho prometo... Guardaré el secret per sempre més.

CAPÍTOL XXI

Amb un petit esforç, per un altre tram d'escales van fer cap als Degotalls. Entre una cosa i l'altra, feia ja més de dues hores i mitja que ascendien, des que havien sortit de Monistrol. El camí en direcció a l'esquerra anava planant fins a arribar a la basílica.

—Descansem una estona, amic. Anem amb temps suficient: he quedat amb l'abat que ens trobaríem després de l'àngelus... —va dir en Jaume, que ja buscava una pedra per seure, just a la vora del camí.

Mossèn Cinto va recular un petit tram.

—On vas?

—Aquí baix... Avui fa un dia clar i des d'aquí es pot veure el mar... Els dies més nítids fins i tot es pot veure l'illa de Mallorca.

El poeta va sortir del camí i es va situar a la punta d'una llisera de roca que sobresortia una mica. Des d'allí contemplà la bella panoràmica, el mar... Va fer-se visera amb la mà per protegir-se del sol i intentar veure més lluny, tal com feia quan pujava a la derrota del vaixell i anava a veure l'Andreu, el timoner, un dels catalans de la nau, durant els dos anys que va viatjar de capellà per a la companyia Transatlàntica. De tant en tant, sortia a babord o estribord, on hi ha els aparells que marquen la ruta, i des d'aquí mirava la llunyania, l'horitzó marí, els dies de calma. Els dies de mar agitada també sortia a sentir el vent a la cara, per veure aquelles masses d'aigua de l'oceà Atlàntic dansar al seu entorn enfurismades... Imaginava fragments del poema que havia portat de Vinyoles d'Orís, i que acabaria de polir al transatlàntic. Quan hi havia tempesta, estava prohibit sortir a la coberta de la nau. Quan la mala mar amenaçava, fins i tot estava prohibit circular pel vaixell, perquè es donava l'ordre de compartiments estancs; així, el vaixell, amb les portes tancades dels diferents compartiments, enmig del temporal surava com una llauna de sardines, mentre la popa anava trencant les onades, evitant posar-se de cantó, travessats a la mar.

Mossèn Cinto aquests dies de tempesta pujava a la derrota amb el seu amic Andreu, timoner, que juntament amb altres mariners feien torns al timó que comandava el capità o el segon del vaixell, i també marcaven la ruta a les cartes de navegació. L'experiència en viu de la tempesta marina el fascinava, era com la música de fons que necessitava, l'energia, l'empenta per fer avançar el seu poema èpic, *L'Atlàntida*, que li havia consumit la salut mentre va estar a la petita parròquia de Vinyoles d'Orís. Però els dies de Barcelona, a en Cinto li va néixer un nou temor, impressionable com era; només va faltar que aquell metge li digués que era a les portes de la mort. El poeta tenia sovint aquesta premonició, i l'arrossegava l'abatiment, una força morbosa imparable. Aleshores reaccionava, i encara tenia més temor de no poder acabar el seu poema èpic. Havia de lluitar contra si mateix, perquè tenia prohibit qualsevol esforç mental.

Recordava quan va embarcar per primer cop. Va ser el 1874. Ell era a Barcelona i d'un dia per l'altre el van avisar que l'havien acceptat i que s'havia de presentar a Cadis, d'on sortia el transatlàntic. Mossèn Cinto, que fins i tot va estar a punt de plorar davant del vell marquès perquè li donés aquella feina, va caure de genolls a terra, va resar, implorant aquella ocupació que li havia de salvar la vida. Era un altre miracle de la providència, n'estava completament segur. Era el premi als seus mesos de penúries i calamitats a Barcelona.

Va fer un viatge a la plana, a Vic, a Folgueroles, volia veure la família per acomiadar-se'n, ja que el van avisar que segurament passaria mesos embarcat. A Vic es va trobar amb els amics de l'Esbart, també amb l'amic Jaume, que l'acompanyà amb la tartana fins a Folgueroles. Va anar a veure en Miquel, el germà gran, i després la germana Francesca, va preguntar pel pare...

—Està treballant, al camp... Per la masia de la coma.

—Me n'hi vaig —féu tot decidit.

En Jaume el va portar amb la tartana fins a la font del Desmai i allí li digué:

—Espera un moment aquí... Està treballant allà baix.

—Saps..., quan era petit li solia portar el menjar, mentre ell treballava jo jugava per aquí per la font, després menjàvem en silenci contemplant el paisatge. El meu pare sempre ha sigut curt de paraules... —digué en Cinto, emocionat.

—Au, vés... No triguis gaire, has de partir cap a Barcelona al més aviat possible, demà et surt el vaixell cap a Cadis.

Mossèn Cinto, arrossegant la sotana entre els terrossos d'aquell camp de sembrats que el seu pare llaurava, es va apropar a ell amb el cor dins d'un puny. L'home, en veure'l, deixà les regnes de l'animal, clavà la punta de l'aladre en terra, es va treure un mocador de quadres de la butxaca, es torcà la suor del front, de la cara, es va mirar les mans, que tenia brutes de terra, i instintivament se les va amagar rere els pantalons. En Cinto tenia els ulls plens de llàgrimes. Enmig d'aquell camp llaurat, pare i fill es van abraçar, van restar agafats els dos cossos uns segons, pressionant amb les mans, pit contra pit, mirant la llunyania, intentant fondre's per sempre més en aquella abraçada.

—Pare, me'n vaig... —féu en Cinto deslliurant-se un xic, però encara amb els braços agafats, i continuà dient—: Tinc una ocupació... M'han donat feina de capellà de vaixell a la companyia Transatlàntica. Demà surto cap a Cadis i d'allí cap a Amèrica...

—Amèrica! El teu somni; quan eres petit sempre deies que volies anar a Amèrica, que et deixaries tallar un braç...

—Sí, pare... Potser trigaré mesos, qui sap si anys, a tornar...

—Ho entenc, fill, vés en pau.

Pare i fill es van tornar a abraçar, ara sí, els dos homes amb llàgrimes als ulls perquè sabien que aquell era el comiat definitiu i que ja no es tornarien a veure mai més, com així va ser.

Mossèn Cinto afonava els peus pel mig dels cavallons de la terra oberta per l'aladre, arrossegava la sotana, les vores ja les tenia totes amarades per la saó d'aquella terra que ell com son pare també havia treballat, i aleshores se'n va adonar, i es va deturar. El seu pare estava dret al mig del camp, contemplant-lo. En Cinto es va girar, el va mirar de lluny i li va fer adéu amb la mà. Son pare va acotxar el cap un parell de vegades, aquella era la seva forma de dir adéu per sempre. En Cinto es va ajupir, va agafar un grapat de terra i va marxar.

El país estava immers en la guerra carlista i en les revoltes, i per tant era perillós creuar-lo per terra. Aleshores, una vegada arribat a Barcelona, decidí embarcar i arribar a Cadis amb vaixell. Serra i Jordi, el bon samarità que el va acollir a Barcelona, el mateix noi que el va venir a trobar el dia abans de cantar missa i que li va revelar que el va trair, ara el va acompanyar al port. Els passatgers ja pujaven per la passarel·la des del pantalà fins al vaixell.

—Serra, bon amic, ja m'han donat el bitllet, ja ho tinc tot. La maleta, tot, sí. Estic tan content, tan il·lusionat... No oblidaré mai el que has fet per mi. M'has salvat d'una mort segura, aquesta és per a mi la darrera esperança per guarir-me.

—Exagerat com sempre. Cinto, no n'hi ha per tant, home... I ja veuràs com els aires de la mar t'aniran molt bé.

—Així ho espero, de moment ja només tinc ganes d'embarcar...

—Cinto, deixa'm veure el bitllet del passatge.

—Té, aquí el tens.

—Tercera? —féu Serra i Jordi aixecant la cella, i

l'agafà de les mans i li digué—: Espera un moment aquí, Cinto...

—On vas?

—Un moment.

Al cap d'uns minuts, es va presentar content amb un altre passatge:

—He pogut parlar amb el capità. Té un passatge de segona, i encara és poc.

—Però, Serra, no calia, jo no ho puc pagar...

—Tranquil, Cinto, no pateixis. Sempre estaré en deute amb tu.

Els dos amics es van abraçar i mossèn Cinto, amb la cara radiant de felicitat, com un nen petit que porten a veure món, va pujar a la coberta del gran vaixell. El capità el va saludar i va indicar a un mariner que li agafés la maleta.

—No, no, no cal... —féu el capellà al mariner rialler.

—Us he conegut, vós sou el poeta... Mossèn Cinto Verdaguer —li va dir el mariner.

—Sí, i tu d'on ets...?

—Sóc de la Ribera d'Ebre, vaig néixer en un poblet que es diu Ascó i ara visc a Flix. Allí tinc dona i fills, que veig de tant en tant.

—Com et diuen?

—Andreu... I sóc timoner.

—Em farà molt de goig parlar amb tu, un català al vaixell.

—Mossèn Cinto, hi ha algun oficial de Barcelona també... Però sempre que vulgueu, si no us fan por les altures, podeu vindre a veure'm a la derrota, només cal que pregunteu per mi.

—Gràcies, Andreu, la veritat és que m'agraden les altures.

—Ja està fet...

—Andreu el timoner?

—Sí..

Abans de salpar del port, van pujar al vaixell dos nois joves. Tots els mariners els feien reverències, fins i tot el capità els va rebre amb tot de capotades, visiblement alterat.

Un mariner va venir a buscar mossèn Cinto.

—El capità el crida... Els fills del marquès volen parlar amb vostè.

El poeta va seguir el mariner, que el va portar fins on era el capità i aquells dos nois elegants.

Allí va conèixer l'Antoni i en Claudi, els fills de l'amo de la Transatlàntica, don Antoni López. En Claudi es va avançar de seguida, jovial:

—Vostè és poeta, ha obtingut premis als Jocs Florals, he llegit algunes coses dels certàmens, de fet tinc totes les publicacions, i m'agraden.

—Moltes gràcies, senyor...

—Claudi, em pot dir... A mi també m'agrada fer poesia... —féu, i en aquest moment el seu germà Antoni, que era el gran, l'hereu, es va posar pel mig.

—Sí, mon germà vol ser poeta, i jo he llegit alguns versos i també són molt bons, però no vol publicar res, li fa vergonya.

—Com pot comprovar, el meu germà Antoni és un exagerat...

Tots tres van riure i van xerrar durant una estona, fins que l'Antoni, que semblava que era el que portava la veu cantant, va dir:

—Claudi, Claudi... Disculpa, germà, ja sé que tenies moltes ganes de conèixer mossèn Cinto, però és que el vaixell ha de salpar.

Els dos fills de don Antoni López es van acomiadar del poeta i van baixar. Els mariners, i fins i tot el capità, en contemplar aquella escena, van quedar convençuts que aquell capellà era quelcom més. De la forma com parlava amb els fills de l'amo, devia ser amic íntim de la família. I Verdaguer es va guanyar el respecte.

Ell estava tan content, que era com si flotés. Ben aviat s'anava a complir el gran somni de la seva vida, viatjar a l'Havana, Amèrica. Estava exultant de felicitat, radiant, semblava com si la malaltia que arrossegava li hagués donat una treva aquells dies, i tenia la cara llustrosa, els ulls brillants. Al camarot, hi tenia una petita imatge de la Verge de Montserrat, i a ella dirigia les seves oracions i a ella va encomanar-se sempre. Abans de pujar també va escriure a Jaume Collell, l'amic de l'ànima.

En pocs minuts, van retirar les amarres i van començar a navegar, guiats pel pràctic del port de Barcelona. En Cinto, amb la maleta entre les cames, mirava emocionat l'amic Serra i Jordi, que no s'havia mogut, i estava entre la munió de gent acomiadant amb els mocadors el vaixell. Tenia un nus a la gola. Lentament, va anar endinsant-se a la mar. El capellà no es volia perdre ni un instant d'aquella visió que sempre el fascinà... Les llums tènues del capvespre dibuixaven els perfils de la ciutat, que cada cop es feia més i més petita. La silueta de Montjuïc, davant de tot i lentament va anar apareixent per darrere, el Tibidavo, Collserola... I en Cinto continuava allí, fixant aquella imatge en el seu record...

Ja lluny de la costa, el poeta va creure veure per un instant la silueta de la muntanya santa catalana, Montserrat. Ara sí, el nus a la gola se li va desfermar, mentre la llàgrima dels ulls s'eixugava ràpidament amb l'embat d'aquella brisa marina que li colpejava el rostre.

D'aquell viatge, de Barcelona al sud de la Península, tot li va agradar. Era com viatjar dins d'un somni. A Cadis es va presentar al capità del vaixell; era el dia de Sant Esteve, havia embarcat en aquell immens transatlàntic que als seus ulls el primer cop que el va veure li va semblar un poble de muntanya, arrapat al cim on hi havia el castell amb les seves torres. Com a capellà del vaixell havia de dir missa cada dia. Tota la tripulació estava obligada a assistir-hi; a més, havien de combregar com a mínim cada dues setmanes. Aquestes eren les ordres del propietari, el riquíssim i poderós don Antoni López, marquès de Comillas.

La seva primera travessia de l'Atlàntic, la va viure en un estat d'excitació gairebé contínua. A més de l'Andreu, aquell noi de la Ribera, també hi havia al vaixell algun oficial català, i algunes vegades feien tertúlia. I com passa sempre a tots els catalans que s'allunyen de la pàtria, ells també se sentien travessats per aquella dolça enyorança de la terra, dels aires, els pobles i les muntanyes. I mossèn Cinto, que en els seus versos i en la seva forma de ser era el català sublimat, portava l'enyorament fins al paroxisme, i en aquelles sessions a la coberta de la nau, sota aquell cel d'estrelles lluminoses de la mar, algunes llàgrimes li rodolaven galtes avall quan ell recitava un poema que va fer només sortir de Barcelona, contemplant encara la costa catalana...

Dolça Catalunya,
pàtria del meu cor,
quan de tu s'allunya
d'enyorança es mor.

Hermosa vall, bressol de ma infantesa,
blanc Pirineu,
marges i rius, ermita al cel suspesa,
per sempre adéu!

I aquell sentiment d'enyorança, que ell, el poeta, atiava amb aquell esclat líric que l'assaltava al mig de l'oceà, anirà creixent i creixent; així ho escriu a les cartes als seus amics Collell i Serra i Jordi:

«Estic molt bé, tinc bon capità, bon camarot i bona taula, alguns oficials són catalans... Un dels timoners és de la Ribera, ens hem fet bons amics, li diuen Andreu i m'ha convidat a visitar-lo a Flix, a casa seva, té tres fills. Em sembla que, com tots els catalans, és també una mica poeta. M'explica que el riu Ebre, en passar per aquest poble, fa una ampla llaçada, un espectacle natural digne de contemplar, i és per això que té dos rius, el de dalt i el de baix, i moltes cases viuen de la navegació fluvial. Pobles de llaüters, mariners d'aigua dolça. Em parla amb enyorança del romiatge de l'ermita del Remei i de tantes coses de la seva terra que de vegades m'emociono... És en aquests moments que amb ell, l'Andreu, girem els ulls a llevant i enyorem Catalunya».

A les properes travessies que va fer, la cosa ja anava rodada. Mossèn Cinto anava recuperant la salut, tot i que sempre arrossegà aquella feblesa als pulmons, la seva facilitat per agafar constipats. Els aires de la mar li van anar molt bé. També havia recuperat la il·lusió per continuar endavant amb el seu poema èpic, *L'Atlàntida*. Allí a alta mar, a la derrota del vaixell amb el seu amic Andreu, en Cinto contemplava les tempestes marines, i imaginava els terratrèmols, l'enfonsament del continent perdut, el naixement dels Pirineus, mentre el seu heroi, Hèrcules, obria l'estret de Gibraltar a cops del seu temible garrot, i Colom escoltava la llegenda del vell anacoreta.

En Cinto també parlava molt sovint de la plana, es podien passar hores recordant, evocant moments dels seus pobles, paisatges, festes, costums... Mossèn Cinto havia deixat son pare a Folgueroles treballant al camp i tenia un estrany pressentiment, i així ho va dir un dia al timoner:

—Em sembla, Andreu, que al meu pare ja no el tornaré a veure mai més.

—Jo també vaig deixar una mare i ara ja és al cel... Però conservo el seu record com la joia més gran de ma vida. Què ho fa, mossèn Cinto, que els catalans som tan enyoradissos de la nostra terra? Jo ja fa deu anys que em vaig embarcar i quan em trobo amb algun català sempre ens passa el mateix, al final sempre acabem així, els nostres cors amarats d'enyorança...

Mossèn Cinto, a part de tornar al poema èpic *L'Atlàntida*, anava component també altres versos, creant imatges, paraules que sempre enfilaven per la senda de l'enyorament... I més si les travessies coincidien a la primavera, l'època dels Jocs Florals, de les esbartades, d'aquelles reunions de germanor i felicitat sincera, a la font del Desmai amb els bons amics de la terra...

Niuada de calàndries, poetes de ma terra,
jo enyoro vostres càntics d'amor, dintre la mar;
avui que el maig aboca ses flors pel pla i la serra,
ai!, qui us sentís a l'hora de l'alba refilar!

Qui pogués amb vosaltres volar per les rouredes
que beuen les suades de l'aspre Pirineu,
i vora els banys de cisnes d'aqueixes pollancredes
descabdellar lo somni que és vida del cor meu!

Les notícies que rebia de Collell no eren gaire bones respecte als afers polítics del país, sempre convuls, en desordres socials, cívics. El general Pavía havia escombrat els republicans i els seus somnis; també els republicans federals catalans que ja somiaven l'autogovern per a Catalunya. Es preparava el restabliment de la monarquia, amb el fill d'Isabel II, el jove Alfons XII.

Mossèn Cinto, entre travessia i travessia, etern viatger, ara que pot aprofita per anar a Andalusia, i queda encantat de la terra del Betis: Sevilla, Còrdova, Granada, l'Alhambra, on Boabdill, l'últim emir, rendeix la ciutat als reis catòlics... I cada cop s'enyora més de Catalunya, de la plana de Vic, Folgueroles, els amics, Barcelona, la ciutat tan estimada per ell, i sobretot Montserrat. Aquest sentiment l'arrossega, és més fort que ell, i es refugia en els versos de *L'Atlàntida*, que ja té força avançada.

I la sirena del transatlàntic, que torna a sonar al port de Cadis, i el capellà poeta hi pujava un altre cop, per tornar a travessar la mar, tal vegada emulant un altre dels herois de la seva *Atlàntida*, Cristòfor Colom. Aquell cop, però, quan el vaixell encara era davant les costes, al golf de Yagüe, el timoner el va anar a trobar al seu camarot:

—Mossèn Cinto, mossèn Cinto... Si us plau, és una urgència.

El poeta, que estava abocat al seu poema, no reaccionà fins passats uns segons, quan acabà de perfilar la rima de la darrera estrofa.

—Què passa, Andreu? Per què véns tan esverat?

—Vingui amb mi, mossèn, hi ha una nena acabada de néixer, filla d'uns passatgers, que està molt greu, vingui... Segons el metge està a punt de morir.

Mossèn Cinto agafà el petit maletí del viàtic, que tenia en una lleixa. Se'l va comprar amb la primera paga que li van donar al vaixell i encara no l'havia utilitzat. Era un petit maletí de pell negra i folrat de roig a l'interior, on hi havia un viàtic petit, rodó i de plata, asperges, un purificador petit, una estola, un crucifix i alguns recipients amb els olis de l'extremunció.

Així es va presentar al camarot de segona classe. El matrimoni estava plorant, desconsolat, el capità i alguns oficials hi havien acudit. La nena petita, d'un mes, encara no estava batejada. Mossèn Cinto va dir a l'Andreu que anés a la capella del vaixell i agafés, amb un pot, un got o el que tingués a l'abast, una mica d'aigua beneita.

La nena era morta, als braços de la seva mare, que plorava desconsolada. El capità del vaixell va fer seure el pare, que també estava fora de si. La mare no es volia desprendre de la criatura morta i encara calenta.

—Marina, Marina, aquest és el seu nom... L'havíem de batejar a l'Havana, només arribar, la família ens espera, els avis volien conèixer-la... La Marina que ja se'n va... Ai! Pobreta filla meva... Marina.

Mossèn Cinto, commogut per l'escena, la va batejar allí mateix, mentre encara la sostenia la mare desconsolada, que no es volia desprendre per res del món de la seva filla.

—Jo et batejo, Marina, en el nom del pare, del fill i de l'Esperit Sant...

I, en escoltar aquestes paraules, en escoltar el nom, Marina, a tots els presents se'ls van omplir els ulls de llàgrimes; aquell nom va ser com un raig de llum dins del senzill camarot, mentre mossèn Cinto pronunciava les paraules del ritual de bateig.

Aquell mateix matí, a les dotze, amb un sol radiant i uns quants nuvolets blancs com el cotó fluix penjats cap al nord, a la coberta principal del vaixell hi havia tota la tripulació, els mariners i els oficials, tots en formació, i també el passatge. El silenci era sepulcral, només se sentia el grall d'alguna gavina llunyana. La costa del golf de Yagüe es veia borrosa, al fons, velada per una boirina. La calma de la mar era absoluta, semblava una immensa planície blavenca, un camp preparat per llaurar, com els de can Tona, quan en Cinto ajudava en les tasques del camp. Només, de tant en tant, es veia alterada per alguna petita ona d'escuma blanca, que de sobte espetegava i que era el senyal que ben aviat hi hauria mar de fons.

La petita caixa blanca estava situada a la banda de babord; els mariners, des del capità fins al carboner, que també havia pujat a coberta, tots es van descobrir els caps, mentre el mossèn, amb veu tremolosa, deia les darreres absoltes. Després de beneir el petit taüt, encara hi va haver un altre espai de mutisme aclaparador... De sobte, el capità aixecà un xic els ulls, féu un gest lleu amb la barba blanca. Un dels mariners situats a l'extrem, gairebé a la popa, va fer sonar aquell xiulet mariner. Els oficials van apropar-se a la caixa, dos per banda, i van alçar la plataforma.

El petit taüt blanc com la neu va caure per la borda i va entrar dins d'aquell camp líquid i d'un color blau, i al cap d'un moment va tornar a surar a la superfície. Alguns passatgers van contenir el pare, que era a la barana, desesperat, cridant.

—Marina! Marina, no te'n vagis, no te'n vagis...

La petita caixa nívia, després de fer algunes capcinades, va ser empesa per un corrent d'aigua i es va submergir lentament, com una ploma d'àngel que cau del cel i es gronxa a l'atmosfera i sembla que mai, mai hagi de tocar la terra. Mentrestant, els mariners cantaven la salve, i un toc de salva ressonava des de la popa. El poeta, commogut, com tota la tripulació, com tots els passatgers, se'n va anar al seu camarot i va fer aquests versos:

Avui, desvetllador, un toc de salva
ressona dins la nau.
[...]
Farem-te un bressolet de mareperla
que el pèlag ha brunyit.
[...]
Estels del mar darem-te per joguina,
i una arpa de coral
[...]
que done a nostres penes medecina
i adormi el temporal.
[...]

Oh, qui tingués tes blanquinoses ales,
gavina del cel blau,
[...]
a mar i terra amb sos tresors i gales
per dir adéu-siau!

El record d'aquell fet, com de tants altres, va ser materialitzat, viscut un altre cop en els versos que mossèn Cinto deixà escrits mentre durà la seva vida marinera. La nostàlgia, l'enyor del poeta anava creixent, feia dos anys que no trepitjava la seva pàtria i a les cartes als amics, especialment a Jaume Collell, així ho manifestava ja amb un anhel malaltís: volia tornar a la seva terra, volia deixar de ser capellà de vaixell, era cert, però encara tenia el record massa recent d'aquells vuit mesos de penúries a Barcelona, i la seva estada a la petita parròquia de Vinyoles d'Orís. Per res del món volia tornar a passar per aquell calvari, per res. Com sempre durant la seva vida, la seva ànima turmentada lluitava al bell mig de dues forces, mentre el deixant del vaixell llaurava la pell blavenca d'aquella mar en direcció a l'Havana.

En Cinto encara no ho sabia, però aquest cop embarcava en el seu darrer viatge. En aquella travessia, va conèixer un grup d'actors, cantants de sarsuela. I a les nits, sota aquell cel estelat que només es pot contemplar des del vaixell, navegant al mig de l'oceà, mossèn Cinto s'entendria cantant amb aquella colla la *Salve del Molinero*. Però al vaixell també hi viatjava l'arquebisbe de l'Havana, un home que es feia l'erudit; li agradava parlar de literatura i era un enamorat d'*El Quixot*. En assabentar-se que el capellà era mossèn Cinto Verdaguer, un poeta català llorejat als Jocs Florals de Barcelona, el va anar a trobar. I cada nit el feia cridar i el pobre poeta, submís i callat, havia de deixar el que més li plaïa, que era cantar a la coberta del vaixell amb els actors de sarsuela, i baixar al camarot de l'arquebisbe a escoltar lectures i comentaris feixucs sobre l'obra de Cervantes. Tant n'estava, d'aquell capellà, que li va proposar un lloc a l'Havana, un lloc proper a l'arquebisbe. Aquella oferta el va temptar, certament, però en Cinto no podia trair el que més s'estimava, no podia trair la seva pàtria, la seva terra, la plana de Vic, el seu petit poble, l'ermita de Sant Jordi, la font del Desmai, els amics de l'Esbart i Jaume Collell, i Barcelona, la gran ciutat que l'atreia i també li causava inquietud, perquè dins el seu cor tenia aquesta doble aura, i a voltes era la nova Jerusalem i d'altres vegades era Babilònia. Mossèn Cinto no es va quedar a Cuba. Probablement, un altre capellà humil com ell, sense cap destinació, no hauria rebutjat l'oferiment... Però ell perdria massa coses, perdria la seva musa, la Moreneta, Montserrat, la muntanya santa, que tant enyorava, i es moria de nostàlgia.

Tot es va complir, per fi tornava a port, a Barcelona. El primer que fa és visitar la plana, Folgueroles, els amics de l'Esbart, Jaume Collell, la família i, finalment, com un deure sagrat inexcusable, un anhel que ha sentit durant tot el camí de retorn a Vic, mossèn Cinto visita el cementiri municipal de Folgueroles. Allí camina solitari, porta un missal a la mà, resa en silenci, el bategar del cor se li accelera. Allà ja hi són enterrats el pare i la mare, i també aquella germaneta petita, la Filomena, que ell tant va estimar, un àngel del cel, com la Marina, la nena morta al vaixell que ell batejà i per qui va dir la missa de difunts. El principi i el final d'una vida, l'alfa i l'omega. Camina fins que arriba davant la creu que el seu pare, un bon picapedrer, un dia va esculpir, de pedra forta, simulant dos troncs d'arbre, rodons, amb una heura recargolant-s'hi. Li tremola la barbeta, és el nus que té a la gola que li puja, ja no pot resar, té els ulls velats per una gota líquida, una llàgrima immensa. Tanca els ulls, pensa en el seu pare, el va deixar allà llaurant, es van mirar i es van dir l'últim adéu, i ara és enterrat allà, i a mossèn Cinto li sap molt greu, sent el dolor dins de l'ànima, amb una mà toca la pedra i en aquest moment ja no pot més, esclata en un plor desconsolat i diu en un xiuxiueig:

—Pare, pare, pare... Sabies que no ens tornaríem a veure.

Se li ha fet fosc al cementiri municipal. Quan en surt toquen les campanes de l'església, i en Cinto s'encamina cap a l'abadia; saludarà el rector i després anirà a casa la seva germana Francesca, casada amb Pau Llussà, que viu a Folgueroles a l'antiga casa dels avis. Aquella mateixa nit també va a veure son germà gran, l'hereu, en Miquel, casat amb Carme Aguilar, que viu a la casa dels pares. Mossèn Cinto sempre va considerar aquella llar casa seva i sempre hi tenia una cambra preparada. En Miquel conreava les terres de casa.

L'endemà a primera hora del matí, amb la maleta a la mà, enfila el camí de Vic. Allí encara el ve a veure un altre parent, l'oncle Segimon, i la seva dona. L'oncle, com el seu pare, també era mestre d'obres, i a Vic havia aconseguit certa fama. Tenen un noi, Narcís Verdaguer Callís. L'oncle l'abraça:

—T'acompanyo en el sentiment, Cinto.

La tia el besà i es persignà tres vegades.

—Mossèn Cinto. Ai, fillet... Pobre Josep, el teu pare, en pau descansi, va tenir una bona mort, li van portar el viàtic i l'extremunció, tal com hauria volgut la Josepa, la teva mare, una santa dona. Al cel siguin tots dos. Allà dalt els tens, fill...

—Sí, tia, són al cel, al paradís...

—Ja sé que, quan véns a Vic, vas a casa del teu amic... a casa dels Collell. Però, si vols, a casa nostra, també hi tindràs un llit parat i plat a taula. Som parents.

—Gràcies, tia...

L'oncle Segimon, de poques paraules, com el seu pare, va empènyer aquell minyó que es mirava mossèn Cinto amb ulls esbalaïts.

—Vinga, Narcís, saluda el teu cosí...

La tia, amb llàgrimes als ulls, li va dir:

—En Narcís és al seminari, però vol ser advocat. No sé com ens ho farem, haurà de baixar a Barcelona a estudiar...

—No patiu, tia... Jo he estat dos anys de capellà en un dels vaixells de la companyia Transatlàntica, però trobaré una altra ocupació a Barcelona, n'estic segur... Quan sigui el moment, m'ho feu saber i ajudaré en Narcís en tot el que pugui.

—Ai, fill, ho veus, Segimon? Mossèn Cinto no oblida la família, és un sant baró com la seva mare.

—I com el meu germà... Ell ho ha deixat tot a en Miquel, l'hereu, ja ho saps, però en Josep també era un sant baró, pertanyia a l'orde terciari de Sant Francesc i també a la confraria del Roser, com tots els homes de la família.

—Sí, oncle...

En aquell moment, l'amic Jaume Collell venia ja a buscar-lo. Era l'hora d'acomiadar-se. Es van tornar a abraçar en silenci. Mossèn Cinto, abans de marxar, va donar una ullada a en Narcís.

—Així que vols ser advocat?

—Sí, mossèn Cinto...

—Molt bé, noi, no deixis d'escriure'm... I aplica't força, i quan hagis de venir a Barcelona m'ho feu saber i faré el que pugui pel noi... Adéu.

A Vic, mossèn Cinto s'instal·la sempre a casa de l'amic Jaume Collell. La mare d'en Jaume se l'estima com un fill. Però, aquell mateix matí, en Cinto ha rebut un telegrama urgent, ha de partir a Barcelona. El missatge és de don Claudi, el fill d'Antoni López, el primer marquès de Comillas i propietari de la Transatlàntica, on ell ha treballat com a sacerdot de vaixell.

Don Claudi s'entrevista amb ell i li explica que la seva família ha sofert una enorme tragèdia: el seu germà Antoni, l'hereu, ha mort. El vell marquès estava molt afectat per la pèrdua del seu fill predilecte, l'hereu que havia de dirigir la immensa fortuna de la família, i aleshores don Claudi, el germà que sense esperar-ho es va convertir en hereu, va proposar al seu pare que llogessin un capellà domèstic, que cada dia del món digués una missa per l'ànima del difunt Antoni, tan estimat. El vell acceptà l'oferiment i mossèn Cinto Verdaguer entrà com a capellà al Palau Moja, al si de la família més rica i influent de tot Espanya.

El país, en aquells mesos, entrava en una nova etapa, potser de més estabilitat política. Aquell any 1876 es restablia la monarquia borbònica, amb la figura del jove rei Alfons XII. El pretendent Carles passava la frontera francesa derrotat amb deu mil homes. La tercera guerra carlista es va donar per acabada. El general Ramon Cabrera, el vell Tigre del Maestrat, va signar la defecció, l'abandó de la bandera carlista, i la seva submissió i dels seus partidaris al jove rei Alfons XII. I en aquell comunicat, Ramon Cabrera demanà també per al País Basc el restabliment dels furs. En canvi, no demanà el mateix per a Catalunya, que també tenia antics furs, que foren abolits amb el Decret de Nova Planta i que en els darrers temps havien estat reivindicats no solament pels carlistes sinó també pels republicans catalans. I Ramon Cabrera, el català de Tortosa, casat amb Marian Katherine Richards, una rica hereva anglesa que vivia a la mansió de Londres, encara viurà els darrers mesos de la seva existència amb el remordiment d'aquest oblit. «Em pesa, em pesa... Els furs de la meva terra, Catalunya».

De sobte, en Cinto sentí unes campanes llunyanes. Ressonaven al seu entorn, però ell encara tenia els ulls il·luminats, mirant l'horitzó, mirant el mar, des d'aquella talaia del camí dels Degotalls, recordant la fi de la seva aventura marina. En Cinto era a la derrota del vaixell, amb el seu amic Andreu, el riberenc, i van sortir a fora per contemplar l'arribada. La proa entrava i sortia de la mar, trencant les onades; era al final de la tarda. Mossèn Cinto, dos anys abans, havia embarcat també al capvespre. Al pantalà deixà el seu amic, Serra i Jordi, que havia estat el seu àngel de la guarda. El pràctic del port de Barcelona encara no havia pujat al vaixell quan a la llunyania en Cinto per fi va veure la muntanya de Montserrat i va tenir un cop de cor. Es va emocionar.

I commogut, amb el cor encongit, va tornar a escoltar les campanes al seu entorn, que anaven creixent i creixent com si tota la muntanya, les imponents agulles de pedra, fossin els tubs d'un orgue gegantí i ells es trobessin dins del seu ventre. Així va tornar a la realitat: era al camí dels Degotalls, havia pujat amb Jaume Collel, el seu amic, tenien una reunió amb l'abat Muntades per preparar la festa del mil·lenari de la Mare de Déu de Montserrat, i de sobte la veu de l'amic esclatà esverada:

—Cinto! Cinto! M'he quedat adormit, he fet una becaina. Ja toquen l'àngelus, anem, l'abat ja ens deu estar esperant al monestir.

Pel camí dels Degotalls, planant ja en direcció a l'abadia, quan eren a l'altura del cementiri del monestir, que queda a mà dreta, sota el bosc dens que hi ha davall les altes cimes, va aparèixer un monjo caminant. Les campanes de l'àngelus sonaven i tota la muntanya feia de caixa de ressonància dels sons que s'escapaven pertot arreu. El monjo es va dirigir a ells:

—Bon dia... Vós sou mossèn Cinto, el poeta...

—Sí, i ell és mossèn Jaume Collell.

—També n'he sentit a parlar, de mossèn Collell, home de lletres, guanyador dels Jocs Florals.

—Bé, el poeta és ell, mossèn Cinto... —féu en Jaume.

Es van saludar cordialment i després el monjo s'interessà per l'obra poètica de mossèn Cinto i li digué:

—Sé que esteu buscant llegendes de Montserrat.

—Sí, estic treballant amb la llegenda de fra Garí.

—Una llegenda que estava reflectida en un antic retaule que va ser cremat a la Guerra del Francès, quan van destruir el monestir. En un dels còdexs més antics i valuosos del monestir, el *Llibre vermell de Montserrat*, hi havia la versió original de la llegenda de fra Garí, però les pàgines foren arrencades...

—Sí que veig que esteu ben informat... L'abat em va deixar llegir l'única còpia de l'original, que va fer dom Miquel López, monjo i mestre de l'Escolania de Montserrat l'any 1715 per complaure uns monjos maurins de Saint-Germain-des-Pres.

—Si voleu, puc explicar-vos un altre fet, potser us inspira i componeu un poema...

—Un fet?

—Sí, potser ningú us ho ha contat, tal volta no n'heu sentit a parlar mai, però va commocionar tot el monestir. No fa tants anys que va passar, potser en fareu un poema.

Les campanes de l'àngelus ressonaven, però ara semblaven més fondes, el so era com si anés compassat amb la veu d'aquell enigmàtic monjo, que els va deturar al mig del camí i allí de peu dret ara tenia els dos amics seduïts, escoltant, i així va encetar el seu relat:

—La mort d'un escolà...

CAPÍTOL XXII

Sis mesos després d'aquella ascensió a Montserrat per les escales dels Degotalls, mossèn Jaume Collell i mossèn Cinto es trobaven un altre cop al santuari de Montserrat. Era el dia gran, la data tan esperada. La Junta de la commemoració del mil·lenari de la troballa de la imatge de la Moreneta, formada per Sardà i Salvany, Collell, Verdaguer i l'abat Muntades, havia treballat intensament perquè aquella celebració fos un acte que perdurés en la memòria col·lectiva de tot Catalunya. Aquell dia 25 d'abril de 1880, a la tarda, al claustre del monestir de Montserrat va tenir lloc l'acte de lliurament dels premis literaris convocats amb motiu de la celebració del mil·lenari. Durant tot el matí, hi va haver actes litúrgics, de veneració i enaltiment de la Mare de Déu. Es va dir una missa cantada, amb la presència de les màximes autoritats eclesiàstiques.

A la tarda era l'acte més esperat: el lliurament dels premis literaris. La convocatòria es va fer el 2 de febrer i el termini era fins al 10 d'abril. Hi havia dos premis importants, el primer, una arpa d'or i argent a una oda a la Verge. El segon, una bandola d'or i argent amb esmalts a l'autor d'una composició basada en llegendes i tradicions del santuari de Nostra Senyora de Montserrat. Hi havia altres premis extraordinaris, fins i tot un flabiol d'or amb esmalts a una melodia popular que s'adaptés al Virolai que havia compost Verdaguer i que s'estrenaria al final de la jornada literària. A l'entrada del claustre, es donava en mà un pamflet amb el *Virolai*, perquè la gent s'hi afegís cantant després d'haver après els primers compassos.

Feia mal temps, els núvols s'arrossegaven per les muntanyes, de tant en tant guspirejava alguna gota, però hi havia un ventet persistent, suau, que allunyava les nuvolades i en portava de noves. Allí, al claustre del monestir, ple de gom a gom, sota les arcades, hi havia la multitud. Allí estan tots barrejats, cavallers, pagesos amb barretina vinguts d'arreu, poetes, comerciants, rics i pobres, tots expectants. S'havia fet gran publicitat d'aquell esdeveniment, va sortir a *La Veu de Montserrat* i a totes les publicacions de Catalunya, València, tot Espanya i la Provença, ja que hi podien concórrer obres en castellà, català i provençal.

Ja s'havia fet públic el veredicte del jurat, i per tant tothom sabia que mossèn Cinto Verdaguer aquell cop no havia guanyat el primer premi. L'arpa d'or i argent fou atorgada a don Tomàs Forteza, cosí i col·laborador de don Marià Aguiló. Un germà d'aquest va acudir a rebre el premi en absència de l'autor. Fou llegit el poema amb grans aplaudiments.

Es van sentir alguns trons, que allà dalt a la muntanya, amplificats pels roquerars i precipicis, van formar un eco estrident que es va anar perdent. Es van començar a desplegar paraigües negres al mig del claustre. Mossèn Cinto Verdaguer havia obtingut el segon premi a una llegenda de Montserrat. A pesar de la pluja, l'ovació va ser espectacular. Mossèn Jaume Collell, que als púlpits ja havia tingut ocasió per mostrar els seus grans dots d'oratòria, va ser l'encarregat de llegir alguns fragments del poema, la llegenda de fra Garí, un anacoreta de Montserrat, amb fama de sant, que va acollir en la seva gruta una jove i formosa donzella, Riquilda, filla del comte Guifré el Pilós, per guarir-la. Fra Garí no pot resistir la temptació i viola i després mata Riquilda. La composició de Verdaguer, plena de tendresa, en la interpretació de Collell va fer saltar llàgrimes d'emoció als assistents. Ho va llegir de manera tan excepcional, tan vehement, que es va commoure tota l'audiència. Mossèn Cinto, ple de vergonya i timidesa, no va tenir més remei que sortir i saludar el públic fervorós que l'aclamava. Se sentia molt petit, pensava en la seva joventut, quan va visitar la cova, el secret guardat al cor, la promesa de la mare, al llit de mort... «He tingut un somni, aquesta nit. Fill, el secret de Montserrat, mai no el podràs contar, he fet la promesa a la Verge, que m'ha vingut a veure al peu del llit...». I ell li digué: «Mare, us prometo que mai no contaré el que vaig veure a la cova». Mossèn Cinto va guardar per sempre el secret; ni al seu millor amic el va contar mai. Només ell i la seva mare, que era al cel, compartien aquella experiència. El poeta, però, de ben jovenet cantà a la Mare de Déu i li dedicà els seus millors versos:

Moreneta és la Verge de qui estic enamorat.

En acabar la lectura, hi va haver uns instants de silenci. Tot seguit l'aclamació va ser tan espectacular —va ser una explosió d'entusiasme—, que va apagar els trons i els llamps de la pluja que en aquell moment va començar a caure de forma més persistent, com si se sumés a l'aclamació popular que la gent i la terra oferien al jove poeta de la plana, el poeta per excel·lència de la muntanya sagrada de tot Catalunya, predestinat a perdurar en el temps tal com havia vaticinat Víctor Balaguer amb unes paraules premonitòries:

«*Lo dia en què un d'exos nobles poetes que avuy té Catalunya pose en vers las llegendes de Montserrat, haurà fet un poema que viurà mentres visca la pàtria*».

L'aigua queia, però d'allí ningú no es movia, continuaven aplaudint fins que, l'escolania, acompanyada dels monjos, va cantar per primer cop el *Virolai*, amb lletra de mossèn Cinto. El guanyador del flabiol d'or a la composició de la melodia havia estat Josep Rodoreda. La gent, amb llàgrimes als ulls per les fortes impressions rebudes aquella tarda inoblidable, va obrir els papers, sota la pluja, i protegint-se amb els paraigües intentà seguir els compassos d'aquella dolça melodia dedicada a la Moreneta, que aquella tarda es va cantar per primer cop:

Rosa d'abril, morena de la serra,
de Montserrat estel,
il·luminau la catalana terra;
guiau-nos cap al cel.

Els actes del mil·lenari encara no havien acabat. A la primera reunió amb l'abat Muntades, Collell, Verdaguer i Sardà Salvany, es va decidir que els actes finals tindrien lloc el 1881, un any després d'iniciades les festes.

Encara no havia passat un mes que el nom de mossèn Cinto tornava a ressonar. Aquell any el poeta es va presentar als Jocs Florals de Barcelona. Com havia estat des que es van inaugurar, la festa de la poesia estava en la seva màxima esplendor. Tot Barcelona va acudir al lliurament dels premis, el poeta més llorejat del país havia tornat a triomfar: la sala estava de gom a gom quan va ressonar el nom:

—Mossèn Cinto Verdaguer guanya amb el poema... *La barretina*!

Aquell era un poema que va escriure a la Presta, on anava amb don Claudi a estiuejar. Era el tercer triomf als Jocs Florals i en el mateix acte el president li va atorgar la màxima distinció:

—En nom del consistori i per a glòria de les lletres catalanes proclamo mestre en Gay Saber mossèn Cinto Verdaguer.

Aquestes foren les paraules del valencià Teodor Llorente, president mantenidor dels Jocs Florals, amb qui mossèn Cinto sempre va mantenir una gran amistat. Havia assolit el premi que li faltava. Ara tenia la màxima distinció dels Jocs Florals i anava vestit amb robes talars, era un ministre de Déu. El temps havia passat, potser massa de pressa, com un vent que ho arrossega tot. Però aquell dia ell tenia la sensació que tancava un cercle, iniciat quan va guanyar el seu primer premi als Jocs Florals i va anar vestit de pagès amb barretina, i ara l'acabaven de nomenar mestre en Gay Saber amb un poema dedicat a la barretina.

No va sentir mai l'embriaguesa de la fama, ans al contrari, per a ell el reconeixement i la glòria eren com l'aire, necessitava respirar admiració al seu entorn, aquest era l'oxigen, i ho acceptava amb la serena convicció del qui es creu mereixedor d'aquell premi. Però això tampoc no l'acabava d'omplir. La fama, la popularitat, la celebritat no eren un objectiu en si mateix, no... El capellà poeta ho sabia, sabia que l'única cosa que valia per si mateixa era la pròpia poesia, els versos. I per aquest motiu es presentava no solament als Jocs Florals de Barcelona, sinó també als de tot Catalunya. Ho feia amb l'alegria de la joia secreta, inesperada, per enlluernar els jurats, imaginant la cara que farien, el que sentirien quan llegissin aquells versos: plorarien d'emoció, dirien aquest poema és el millor, m'ha commogut... Però mossèn Cinto, que vivia l'època més esplendorosa, una vida regalada, envejada, acompanyant don Claudi, el seu amo, a les seves possessions luxoses, als balnearis, castells i propietats, se sentia insatisfet. Mossèn Cinto era considerat un més de la família més rica i influent del país. A més, era admirat sincerament pel poble català, ja era el poeta per excel·lència no solament de la Renaixença, sinó que alguns ja el tractaven d'autor immortal, el poeta de Catalunya. I malgrat tot això, li faltava alguna cosa, no era feliç, li semblava tot massa fàcil. Potser era com aquella incomoditat, aquella basca secreta que sent l'amant quan l'amor és massa fàcil, i aleshores tot s'esborrona, tot cau, res té sentit i allò que abans semblava que era el cim més alt de l'amor, ara quan l'enamorada o l'enamorat es rendia als seus peus, ara sentia rebuig, ja no l'atreia... Què li estava passant? Era com quan viatjava al vaixell, s'hauria deixat tallar un braç per anar a Amèrica, va implorar als peus del vell marquès que li donés aquella feina de capellà a la Transatlàntica, i quan feia uns mesos que hi era, quan ja tenia el que més desitjava, aleshores li apareixia també aquell altre sentiment, una barreja de basca i incomoditat. I mossèn Cinto s'enyorava profundament de Catalunya i ja frisava per tornar a terra, a la seva pàtria, al seu Vic, a Folgueroles, a la font del Desmai... No hi havia res que el satisfés del tot. Ni la glòria assolida pels seus versos, ni l'envejada posició social al si de la família dels marquesos de Comillas. La seva ànima estava buida, i entrava en contradicció contínuament, xocava el seu anhel de santedat, de beatificació, d'humiliat franciscana, contra la realitat luxosa que vivia, al palau de la Portaferrissa, aclamat, llorejat, victorejat per tot Catalunya. Ho havia aconseguit tot, i per això mateix, perquè ho tenia tot, se sentia cansat, fastiguejat amb si mateix, amb el món, se sentia sol, perdut, abandonat, incomprès.

Llorente el va convidar a València a casa seva, on fou rebut com el nou Ausiàs March de les lletres catalanes. Per a mossèn Cinto, que no rebutjava cap acte multitudinari on se li retés homenatge, el millor de la seva estada a València fou el tracte senzill amb la família de Llorente; mai no oblidarà l'afecte i la tendresa d'aquella família que li obrí els braços.

Els viatges, força freqüents, eren per a mossèn Cinto com petites escapades de la seva cel·la de luxe. Ell cada any havia d'acompanyar don Claudi a Santander, a Comillas. Els darrers estius, el marquès anava als banys de la Presta, al Pirineu de la Catalunya Nord. Mossèn Cinto es va entusiasmar. Era com retornar a casa, al cor de la seva llegenda, l'Atlàntida. I va començar a fer excursions pels cims més alts, la Pica d'Estats, el Puigmal, l'Aneto, i d'aquí li va néixer la secreta atracció pel cim que donarà nom a un poema que començava a gestar-se en el seu magí: el Canigó!

Aquell any 1880 mossèn Cinto publicà dos llibres sobre Montserrat, *Cançons* i *Llegendes de Montserrat.* A Barcelona, al seu piset del carrer Canuda, enllestí molts d'aquells poemes, que havien begut de la inspiració directa en les seves excursions per les ermites i sendes de la muntanya.

Al piset del carrer Canuda número 14, el venien a veure amics, com Bartrina, el poeta de Reus, amb qui Verdaguer tenia llargues converses. Bartrina era autodidacte i treballava en diversos diaris, *La Renaixença*, *La Campana de Gràcia*... Era un ateu convençut, positivista científic, un romàntic adscrit al naturalisme, molt interessat en els avenços científics. Havia guanyat un premi als Jocs Florals de 1878 amb un poema, *Epístola,* que va ser criticat pels sectors catalanistes cristians, molt implicats en la gènesi dels Jocs Florals. Bartrina afirmava que era el dubte el que el feia escèptic, davant dels misteris de la fe cristiana que defensava mossèn Cinto tan aferrissadament. No obstant les seves discrepàncies, eren amics, conversaven tot sovint...

Mossèn Cinto va rebre la visita del poeta, malalt de tuberculosi. Seria una de les últimes vegades que el veuria, però aquest cop portava un jove amb ell.

—Home, senyor Bartrina, passi, passi, ja sap que a casa meva sempre és benvingut.

—Bona tarda, mossèn Cinto, li porto un jove arquitecte de Reus, segur que el deu conèixer, potser de vista o potser hi ha coincidit en alguna tertúlia. Es diu Antoni Gaudí, em va demanar que l'hi presentés personalment.

—Antoni Gaudí. Sí, disculpi, conec tanta gent... Disculpi, però no ens han presentat... Calli, home! Ara em ve al cap... Ja sé de què em sona el seu nom... Sí. És clar, el senyor Eusebi Güell, el cunyat de don Claudi López, sí, és clar... N'ha parlat algunes vegades i sempre amb elogis. Diu que és un geni, una jove promesa de l'arquitectura, de Reus, com Prim, com vostè, Bartrina...

—Disculpi, sóc de Riudoms, la meva família prové d'aquest poble del Baix Camp i som calderers d'ofici —precisà Gaudí.

El poeta Bartrina continuà la presentació:

—Ara, amb un grup d'intel·lectuals han creat la Catalanista d'Excursions Científiques. Va treballar amb Fontserè i també per a Francesc de Paula Villar, l'arquitecte. Em sembla que ha fet el projecte de l'absis de Montserrat, destinat a encabir el cambril de la Verge. Acaba de fer el servei militar, no va anar al front, perquè encara estudiava, però és anticarlí convençut...

—Reus, una ciutat que ens ha donat homes il·lustres, com el malaguanyat general Prim... El general català més important dels darrers temps, com el poeta Joaquim Bartrina...

—Mossèn Cinto, no el feia a vostè tan irònic... —féu Bartrina.

—Ho veu, amic Joaquim? Jo sempre l'estic intentant convèncer perquè torni a la fe autèntica de Crist..., i vostè, en comptes de sentir-se assetjat per un predicador foll, per la meva vehemència, em regala el do de la seva sapiència i m'ensenya a ser una mica irònic...

Tots tres van riure mentre entraven ja al petit menjador del piset. En Joaquim va començar a tossir. L'Antoni li va donar uns copets a l'esquena i es va recuperar. Van agafar tres cadires i, a l'entorn de la taula rodona, amb braser a l'hivern, es van posar a xerrar. Mossèn Cinto, però, es va mostrar preocupat:

—Em fa patir, senyor Bartrina, l'ha vist algun metge?

—No pateixi per mi, mossèn Cinto, ni la ciència ni la fe poden curar el meu mal. Suposo que em deu quedar poc temps de vida, però mentre duri, resistiré.

Un altre atac de tos va tallar les darreres paraules del poeta reusenc. El jove Antoni Gaudí, de vint-i-vuit anys, va allargar una ampolleta de làudan al seu amic de Reus. Encara mig ennuegat, Bartrina en va beure un parell de glops. Es va eixugar la boca amb un gran mocador i va semblar restablert, momentàniament, tot i que els ulls, la mirada, la tenia vidriosa, fosca...

—Amic Antoni... Aquí davant té el poeta més famós de tot Catalunya. El Virgili vivent de la literatura catalana. Així el va anomenar Mistral. Un autor immortal, ja li ho dic jo. Ell és el príncep dels poetes. Ha rescatat la nostra llengua de més de tres-cents anys d'oblit i ignominiosa decadència. La Renaixença sense Verdaguer no seria el que és... És la Renaixença, el punt que ens ha unit, tot i que som de pensaments tan radicalment diferents.

—No n'hi ha per tant, senyor Joaquim. Vostè com sempre tan exagerat. Senyor Gaudí, no li faci cas. Jo només sóc un instrument de la providència i recullo els fruits que la musa em va deixant cada primavera pels camins i sendes que transito.

—Mossèn Cinto..., ja veu en quin estat em trobo. No volia venir, però havia contret una promesa amb el meu amic de Reus, Antoni Gaudí. Ell el volia conèixer personalment i no m'hi podia negar. És un llegidor assidu de *L'Atlàntida*...

—Amic Joaquim, jo no em pensava que estigués tan malament. Necessita alguna cosa? Només cal que m'ho demani...

—No pateixi, Antoni... Només és una manera de parlar.

Llavors, es va dirigir al poeta de Folgueroles:

—Mossèn Cinto, aquest jove arquitecte que té al davant es convertirà en un geni d'aquí a no res, li ho dic jo, que el conec a fons. No m'equivoco. I, a més, té moltes coses en comú amb vostè. Per això, quan em va dir que el volia conèixer, em vaig dir que faria tot el possible, i som aquí... Els dos estels dels nostres dies cara a cara. Jo ja he complert la meva missió i, ara, si em disculpen, marxaré, que no puc fer tard, he d'anar a veure un metge.

Gaudí es va posar dret immediatament.

—Joaquim, marxarem junts, l'acompanyaré.

—Què diu, home... Encara em puc valdre per mi mateix. No pateixi, que no estic tan malament. Com li deia, mossèn Cinto, Gaudí freqüenta la tertúlia del carrer Pelai, la Renaixença, és un fervent seguidor dels Jocs Florals, un catalanista de cap a peus, com vostè. A més, comparteixen un altre tret fonamental.

Joaquim Bartrina va somriure, els seus ulls traspuaven ironia, escepticisme vers tot el món que l'envoltava. Aleshores, va dir:

—El misticisme...

El poeta de Reus, dret, va mirar els dos homes. Ara canvià d'actitud i, amb un somriure sincer als llavis, hi va afegir:

—Sí, és això mateix. Aquí tenim els dos grans místics catalans, l'un poeta i l'altre arquitecte. Els artistes més importants del nostre segle. No, no cal que m'acompanyi, mossèn Cinto, els deixo... Tenen moltes, moltes coses a dir-se.

CAPÍTOL XXIII

Gaudí i Verdaguer es van quedar en silenci, cara a cara, van sentir els passos de Bartrina, la porta del pis que s'obria i després es tancava amb un cop sec. Després van sentir com baixava les escales i, tot seguit, un altre atac de tos. Tots dos es miraven de forma còmplice, estaven a punt d'alçar-se per anar a socórrer el poeta Bartrina. Però va parar de tossir i els passos de les escales es van perdre, i en aquest moment van ressonar les campanes de la catedral.

Antoni Gaudí va trencar el silenci:

—L'amic Bartrina, amb qui m'uneix una amistat de Reus de quan érem estudiants, és un exagerat. Vostè ja el coneix. Però gràcies a ell he llegit tots els clàssics grecs i llatins i també tots els moderns. No puc dir que m'hi hagi obligat... M'ha seduït, i la veritat és que li ho agrairé sempre. Amb ell he parlat moltes vegades d'això, jo no em considero un místic, tot i que reconec que en els darrers temps estic tornant als orígens, sobretot després de la mort de l'àvia...

Antoni Gaudí va callar de cop. Mossèn Cinto va notar que aquell record, la mort de l'àvia, havia afectat l'arquitecte; era una emoció continguda. Es va quedar mut, després respirà fondo i continuà:

—La Calderera, així li deien. Era la gran mare de tota la família, tots la veneràvem, l'estimàvem, era una santa dona, l'àvia, ella em va inculcar l'amor a sant Francesc d'Assís. Em feia repetir tantes vegades l'himne al sol... Quan era petit, anava a missa amb ella.

Se li va tallar la veu, el jove arquitecte estava commogut; aleshores reaccionà:

—No sé per què li conto tot això.

Antoni Gaudí dubtava, tenia alguna cosa a dins que no acabava d'expressar. Mossèn Cinto se'n va adonar i féu:

—No, no pateixi, si no vol parlar...

—Sí, sí que vull... Jo, de jove, potser em vaig deixar influir massa per les modes del moment; després, aquí a Barcelona amb els germans Fontserè, que pertanyen a la maçoneria. Durant un temps em van atreure totes aquestes filosofies, fins i tot l'amic Bartrina em va presentar Salvador Pagès, el socialista utòpic, el de l'obrera Mataronense, amb qui estic col·laborant i ho faig per voluntat pròpia, perquè crec en l'obrerisme cooperatiu, que no té res a veure amb anarquistes i marxistes. Salvador Pagès s'hi ha desvinculat. Potser em vaig apartar del camí de la fe, ho reconec, aquells anys van ser convulsos... Però ara m'adono que el projecte de l'obrera s'acosta molt a les primeres comunitats de cristians, hi ha un esperit de germanor. I malgrat tot tinc una recança...

—Vol una confessió, senyor Gaudí? —li va preguntar mossèn Cinto.

—No, no, no he vingut per confessar-me, li parlo amb franquesa. Sap una cosa, mossèn Cinto? La vaig fer patir molt, l'àvia, ella m'estimava amb deliri. Patia perquè m'apartava de la fe cristiana, m'ajuntava amb ateus, maçons, socialistes, ella ho sabia... Però el dia de la seva mort ens vam reconciliar. Em va afectar molt. Ella abans de morir, al llit de mort, em va regalar el llibre de l'Apocalipsi... Des d'aleshores ha estat i seguirà sent el meu llibre de capçalera. Però abans de morir em va dir que vingués a parlar amb vostè. M'ho va fer prometre. Ella adorava els seus poemes, deia que la seva inspiració li venia de la Moreneta, la Verge de Montserrat. Li queien les llàgrimes cada cop que recitava un poema seu. Durant els darrers anys de la seva vida, no hi havia dia que no recités un poema de mossèn Cinto. L'àvia estava segura que si parlava amb vostè canviaria, tornaria a abraçar el camí de la fe... «Antoni, fill meu, promet-me que aniràs a parlar amb mossèn Cinto...». Aquestes van ser les darreres paraules.

—Em deixa parat, no sé pas què dir-li, senyor Gaudí. Vostè ja ha complert la promesa de la seva santa àvia, però jo, pobre de mi, humilment, què hi puc fer? Què li puc dir?

—Hi he rumiat molt. Per això he vingut a veure'l, a demanar-li consell. Jo també tinc dubtes, tribulacions, temptacions, com qualsevol home. I sóc feble, i el positivisme científic, la racionalitat, l'ateisme són imants que atreuen, que revelen a l'home modern un nou Déu. Aquest autor alemany, el filòsof Friedrich Nietzsche... N'he llegit algunes coses inquietants. El món està canviant molt de pressa, mossèn Cinto... I nosaltres, els artistes catalans, tenim un repte amb el nostre temps, amb el futur.

—Sí que té raó, senyor Gaudí, el món està canviant massa de pressa. Per això, la nostra fe ha de ser de pedra picada. Després, hi ha qüestions, dogmes cristians, sagraments, dels quals no podem dubtar. Són eterns, són els pilars de la nostra fe... O caixa o faixa!, com deia el gran general Prim, de Reus, com vostè. D'alguna manera, jo em considero un soldat de Crist que intenta vèncer el mal dels nostres temps, que adopta diferents formes: maçoneria, liberalisme, ateus, socialistes, anarquistes, marxistes..., descreguts anticlericals! La meva espasa és la ploma, els versos, per combatre tots aquests moviments socials que capten els pobres, els obrers, i els ofereixen una salvació purament material, sense sentit. Sí, en la meva joventut, durant un temps vaig voler ser soldat i anar a lluitar amb el general Prim a la Guerra d'Àfrica. Soldats de Catalunya som, soldats que defensem la fe i la catalanitat perquè una cosa sense l'altra és impossible. Hauria de parlar amb el meu amic Jaume Collell i amb Torras i Bages, ells són els fars del catalanisme cristià que ha fet possible la Renaixença.

—Sí, n'he llegit algunes coses, estic d'acord amb vostè, ells són puntals del catalanisme cristià... Però jo li vull fer una pregunta compromesa. I no goso, no vull que es pensi que sóc massa atrevit, encara no ens coneixem gaire i, ja ho veu, jo em presento aquí amb l'amic Bartrina i tota l'estona li estic parlant de mi...

—Siguem francs, si l'ha portat aquí l'amic Bartrina, per mi és benvingut, i pregunti... Pregunti el que vulgui. Què vol saber?

—Mossèn Cinto, he llegit amb devoció la seva *Atlàntida*, i també els *Idil·lis*. Hi ha poemes que els podria haver escrit sant Joan de la Creu, santa Teresa de Jesús... Juntament amb l'Apocalipsi, per a mi són obres inspiradores, van molt més enllà de les paraules, em traslladen a universos interiors. Hi ha tota una litúrgia.

—Vagi al gra, pregunti el que vol saber, senyor Gaudí...

—Vostè creu que nosaltres hem vingut al món per complir una missió?

Hi va haver un llarg silenci. El poeta no sabia què dir. Aleshores, va recordar una de les frases que havia dit Gaudí i féu:

—Abans que li respongui aquesta difícil i compromesa pregunta, vostè me n'ha de contestar una altra. Abans, quan parlava de *L'Atlàntida* i dels *Idil·lis i cants místics*, ha dit que hi ha tota una litúrgia. A què es refereix?

—O sí, és clar... Jo, com a arquitecte, com a artista. I vostè com a poeta, també, i suposo que m'entendrà, dic la paraula «litúrgia» en el sentit del terme grec «koiné», obra social... Obra civil, servei al poble. Aquest és el significat al Nou Testament, de la litúrgia. És la part estètica, la forma, el ritual; necessitem la litúrgia i tot el seu simbolisme per transmetre el significat profund de les obres que com a artistes oferim al món, oi que m'explico?

—I tant! És la bellesa, és la representació de la Divinitat, d'allò que és al cel... De la veritable puresa i beutat de Déu. Nosaltres, aquí, a la terra, a través del nostre art només podem fer una representació defectuosa de la veritat. Això és la bellesa!

—Veig que ens entenem. Els arquetips són al cel. Això diu Plató. Per mi, és d'una gran importància aquest significat de la litúrgia, perquè com a arquitecte he d'utilitzar tots aquests aspectes estètics per construir la forma dels edificis, com un tot, com un poema, com *L'Atlàntida*... I tota aquesta litúrgia que m'ha d'ajudar a transmetre la veritat, el significat profund del missatge, la trobo reflectida en la pròpia natura, que és la creació de Déu... La Natura és el llibre de la vida del Creador, i aquí en aquest llibre ja hi és tot escrit, i per això la Natura és el meu model d'arquitectura, viva. La Natura també ens dóna unes noves matemàtiques. Sí, mossèn Cinto, jo sóc un arquitecte gòtic, aquesta és la meva font, però vull construir edificis sense crosses, ni contraforts, vull construir edificis com si fossin éssers vius, utilitzant les matemàtiques de la vida que estan inscrites dins la Natura, a l'esquelet de totes les coses, la forma mateixa que els va donar Déu quan les va crear... No cal res més, i és tan difícil veure això que tenim davant dels ulls...

—Hi estic completament d'acord. Jo penso que tota obra d'art ha ser això: una obra viva, una representació de la divinitat, un reflex d'una imatge del paradís. Això és la bellesa.

—Sap què? Gràcies a Bartrina, vaig llegir alguns autors anglesos romàntics, molt interessants, ell em va fer descobrir William Wordsworth, i també Samuel Taylor Coleridge i el seu poema del vell mariner. Aquest darrer autor explica la història d'un home que cada nit somiava que visitava el paradís, i el somni era tan real que al matí l'explicava a la seva família, convençut que havia visitat el paradís, que tot allò era absolutament real. Ningú se'l creia, és clar, però ell hi insistia, i no el podien fer canviar d'opinió, convèncer-lo que només era un somni. Fins que va arribar un dia que li van dir que per creure-se'l havia de portar una prova del paradís. L'endemà al matí, el van trobar mort sobre el llit i, a les mans, hi duia la prova...

—Una flor del paradís! Un conte realment molt bonic.

—Jo crec que a vostè i a mi en certa manera ens passa el mateix. Volem convèncer els altres que hi ha un paradís. Vostè als seus versos ho diu, n'està convençut, ens parla de Déu, de la força del seu amor i també de la força de la seva ira, dels terribles cataclismes de *L'Atlàntida*, la força descomunal de la Natura que va fer enfonsar tot un continent pel seu pecat de supèrbia, el poble atlàntic descregut. Però hi ha molta gent que no ens creu. El mateix Bartrina ens diu que el nostre Déu és un somni, no hi ha ni paradís ni infern per a ells... Els ateus, molts liberals materialistes, la maçoneria, els socialistes, els anarquistes i els comunistes ens diuen que tot és una il·lusió de la nostra ment, ens diuen que Déu i el paradís no existeixen.

—Entenc el que vol dir. I nosaltres, amb el nostre art, despertem del somni i mostrem la flor del paradís. Què és la inspiració divina, què són els versos i els poemes? Les flors del paradís i les del calvari.

—Això mateix. I el seu poema, *L'Atlàntida*, per mi, en alguns cants reflecteix la bellesa de Déu en moviment, el Déu creador, la Natura en estat pur. Sobretot, en l'incendi dels Pirineus, o en el cant III a l'hort de les Hespèrides. Jo faig cases, obra civil i també religiosa, necessito una litúrgia, un simbolisme per mostrar que cada nit viatjo al paradís. A través de l'art, intento explicar al món, als que m'envolten, que el paradís existeix.

Però sé que només els convenceré en la darrera hora, la mort, quan la meva ànima despertarà a l'altra vida i el meu cos es quedarà aquí, sobre el llit, amb una flor de testimoni entre les mans. Per això li preguntava si vostè creia que nosaltres hem vingut al món amb una missió.

Verdaguer no sabia què contestar. Al cap d'una estona, va exclamar:

—La meva vida està marcada per un dolmen i una ermita... Un calze i una lira.

Després, mossèn Cinto va recitar alguns versos inèdits, que havia escrit els darrers dies. La pregunta que va fer Antoni Gaudí a mossèn Cinto va quedar sense resposta, a l'aire, potser perquè els dos homes, contents, joiosos de compartir idees tan íntimes sobre la concepció de l'art, van oblidar-se completament d'ells mateixos i van parlar de tantes coses, de tants detalls...

Antoni Gaudí, el jove arquitecte, a partir d'aquest dia, va mantenir una secreta complicitat amb el poeta. Tots dos sabien que estaven units per un mateix destí i això els va vincular per sempre.

Per aquell pis de mossèn Cinto, hi van passar molts homes, intel·lectuals de l'època que vivien en aquella Barcelona convulsa, on la bohèmia començava a penetrar a través dels artistes que viatjaven a París. El venien a veure artistes, escriptors, aduladors que potser només buscaven una bona relació amb aquell poeta, que era almoiner de la casa Comillas.

Poques setmanes després d'aquella visita, una tarda van trucar a la porta del pis del carrer Canuda. Mossèn Cinto havia d'agafar el tren cap a Vic, va obrir i s'hi va trobar l'arquitecte de Reus.

—Antoni Gaudí. El veig molt atabalat, que li passa alguna cosa?

—Mossèn Cinto... L'amic Joaquim està molt malament.

—Passi, passi...

—M'he permès la llibertat de venir-lo a buscar, sé que tant vostè com jo ens l'estimem molt. Això em fa sentir malament, mossèn Cinto... Ell és ateu, jo voldria que en aquests moments, ell... Però és obstinat, en Joaquim defensa que no hi ha Déu, i, malgrat tot, sembla guiat per la mà de Déu, la seva bondat no té res a envejar a cap servidor de Déu, a cap creient. Per què? Ara Déu el crida, i ell morirà fidel als seus ideals, sense esperança.

—Anem a veure'l... Estaré una estona amb ell, tinc temps, d'aquí a tres hores marxo amb tren cap a Vic.

Al cap de pocs minuts, Gaudí i Verdaguer van arribar al pis on s'estava Bartrina. Van deixar passar mossèn Cinto, tothom coneixia el capellà poeta. La sala era plena de companys, periodistes, obreristes, ateus, anticlericals, i en veure la sotana de mossèn Cinto van callar, van abaixar la vista. Coneixien l'amistat d'en Joaquim i el poeta de la plana de Vic... El de Reus s'estava dins la cambra, incorporat amb uns coixins. Un metge va sortir quan entrava el capellà, que va seure al costat del llit.

—Amic, amic, sóc aquí, amb vostè. No pateixi, parlarem, com sempre, de poesia. M'ha vingut a veure el seu amic de Reus.

—L'Antoni... El calderer de Riudoms.

—Sí, Gaudí...

—Mossèn Cinto, ajudi'm a incorporar-me una mica... Tinc set, acosti'm aquell vas...

El malalt, amb els dits llargs i ossuts, la pell blanca que deixava veure les venes, va semblar més relaxat, va respirar i digué:

—Abans de marxar, abans que la meva matèria es transformi en el que és... Abans que els meus àtoms tornin al cosmos, tornin a barrejar-se amb la vida, sense paradís, sense consciència, sense memòria, abans que tot el meu pensament abraci el no-res, per tornar a ser no-res...

Mossèn Cinto resava en silenci, mentalment, pregava per l'ànima del seu amic, demanava a Déu que aquell home tingués una darrera oportunitat, que es reconciliés amb la fe, que Déu li obrís les portes del paradís, que no el condemnés a aquella trista llangor del poeta Virgili, que només podia viatjar fins a les portes celestials, sense poder entrar al cel, tal com havia relatat el Dant a la *Divina Comèdia.*

—Amic Bartrina, no he vingut a convèncer-lo de res... He vingut perquè som amics. Però deixi'm resar a mi, deixi-m'ho fer, si us plau...

—No, no vull que resi per mi... —va dir Bartrina amb un atac de tos descomunal. Quan es va calmar, va dir—: Mossèn Cinto, no vull que resi per mi, per la meva ànima; després de la mort no hi ha res... Res. Ho sé i accepto el meu destí. Però sí que vull que faci una cosa per mi...

—Parli i el complauré...

—És l'argument d'una llegenda, una balada molt estranya, potser serà la darrera cosa que hauré pogut llegir. No sé si ve de França, si és bretona, nòrdica o potser és una llegenda d'Egipte... Com li deia, és la darrera cosa que he llegit i m'ha impactat, li ho asseguro, m'ha fet recordar la meva mare, a Reus. Vostè un dia em va explicar que estava molt unit a la seva mare. Em va llegir alguns poemes...

—Sí, amic Bartrina...

—Sap que el principi natural, el biològic, la mare, per una estranya raó que mai comprendré, tanca el cercle de la meva vida? Per això, vull explicar-li aquesta balada i m'agradaria tant que en fes un poema. M'agradaria enganxar-me al record d'aquest poema tota l'eternitat.

El capellà va escoltar, atentament. A estones, en Joaquim havia d'agafar aire, tossia una mica, sense forces, amb una ranera profunda. Mossèn Cinto escoltava, no es volia perdre ni un segon, ni un sospir, sabia que era la darrera vegada que es veurien. Com en aquella conversa que havia tingut amb Gaudí, potser en Joaquim, abans de morir, li estava oferint la flor del paradís, del seu paradís. Mentre el poeta de Reus li explicava la balada, mossèn Cinto va pensar en la seva mare però també en el seu pare, que ell va deixar al tros, treballant la terra. Va pensar en tantes coses... I aleshores va entendre Gaudí, va copsar-ne el patiment, el dolor. Ell que tenia fe en Crist..., potser si la seva vida era digna, al final, després de la mort, després de passar pel purgatori, potser aniria al cel, al paradís, i allà es retrobaria amb els éssers estimats, la seva estimada mare, el seu pobre pare. Però mossèn Cinto plorava amargament perquè sabia que mai, mai tornaria a veure l'amic Bartrina. Això li va provocar una tristesa tan gran que va sortir de la cambra amb al cor a la gola, va sentir tanta pietat per aquella ànima bona que mai no entraria al paradís. No podia parlar, ni tan sols es va acomiadar de Gaudí. D'allà va anar directe a l'estació de ferrocarril de Barcelona i va sortir cap a Vic, i en el trajecte de tren, inspirat en aquella balada que li va contar Bartrina, l'amic que perdria per sempre, va fer un poema titulat *Amor de mare.* I, en arribar a Vic, va anar a casa del seu amic Jaume Collell, i li va comentar el cas i li pregà que trametés per carta aquell poema a l'adreça de Joaquim Bartrina, amb l'esperança que el poeta de Reus pogués llegir-lo abans de morir.

La carta amb el poema de mossèn Cinto no va arribar a temps. Joaquim Bartrina havia mort. Però la va obrir Antoni Gaudí, i en la cerimònia civil va llegir-la, mentre els companys d'en Joaquim baixaven el taüt al clot del cementiri sense creus.

AMOR DE MARE

Lo dolent fill a la dolenta filla
digué un matí:
—Tu ets de mon cel l'estela que més brilla,
què vols de mi?

Te portaré de casa del meu pare...
tot un tresor;
te portaré les joies de ma mare.
—Porta'm son cor.—

Lo dolent fill la troba que dormia
tot somiant;
lo somni dolç que dia i nit somia
n'és son infant.

Obre son pit i amb un coltell arranca
son pobre cor.
son cor que viu, com colometa blanca,
del seu amor!

Com llàntia d'or portant-lo en sa mà dreta,
batre lo sent.
—Oh qui et sentís, oh cor de ma mareta,
d'amor batent!—

Tot caminant, de sa estimada queia
prop del portal,
i amb dolça veu lo cor hermós li deia:
—Fill, t'has fet mal?

Mossèn Cinto va tornar a Barcelona a les seves obligacions al Palau Moja. Cada dia, però, estava més i més molest amb si mateix, hi havia en el fons de la seva ànima alguna cosa que el torbava. Ell volia seguir la vida de sant Francesc, volia seguir el camí de la renúncia del món, de la pobresa, sentia aquell anhel dels místics d'apartar-se del món per sempre, però justament havia de viure l'opulència, el luxe del palau. Tot el contrari d'allò que el seu cor li demanava. Això li creava càrrecs de consciència que cada cop s'agreujaven més i més. Al palau, hi trobava una mica de consol en el fet d'encarregar-se de la beneficència d'unes quantes dotzenes de famílies pobres, o al seu piset del carrer Canuda, figurant-se potser una vida de capellà pobre, mentre ajudava, sempre que podia, tots els que l'anaven a veure al pis, i encara més si eren artistes.

Aquella tarda, esperava la visita del seu amic Jaume Collell. Portava amb ell un cosí, aquell xicot Joan Güell, que l'ajudà a dir missa quan va baixar de Vinyoles d'Orís. El poeta havia aconseguit del marquès una pensió per a la seva germana Francesca, i també ajudava sempre tota la família i en aquest cas es comprometia a ajudar el cosí, que era més jove que ell, i tots els parents que li ho demanessin. El cosí Joan Güell venia a Barcelona a rebre els ordes sagrats, com a sotsdiaca.

Com sempre que esperava l'amic Jaume, mossèn Cinto es posava molt content. A més, aquella tarda tenia una gran notícia per donar-li. Va intentar escriure una estona, fent temps, però estava inquiet. De sobte van trucar. Ell va córrer a la porta, es pensava que era l'amic. Però, en obrir-la, va trobar-se una dona que anava vestida molt pobrament.

—Què vol, senyora?

—Vostè és mossèn Cinto, oi?

—Sí, què vol?

—Em fa venir Amadeu Vives, vostè el coneix.

—Sí, és músic, ha vingut a parlar amb mi alguna tarda. I què fa? Com està? Es troba bé?

—M'ha donat aquest escrit per a vostè. Jo no sé què hi diu, no sé llegir, però m'ha dit que m'esperi.

«*Mossèn Cinto, vostè sempre m'ha ajudat... Jo no gosava demanar-li res, ja ho sap... Però vostè insistia... Avui és molt urgent, ho necessito de veritat, li prego que doni sis pessetes a aquesta dona, fa un dia que no menjo res*».

Mossèn Cinto va entregar a la dona una petita bossa i li digué:

—Això és per a l'amic Amadeu... I tingui, aquestes dues pessetes per a vostè.

La dona es posà de genolls a terra i besà les mans del capellà.

—Gràcies, mossèn Cinto, l'Amadeu ja m'ho va dir. És un tros de pa, un sant... A Barcelona tothom ho sap, gràcies, mossèn Cinto.

Quan la dona baixava escales avall, va topar amb algú.

—Compte, senyora!

En Cinto va reconèixer la veu, era l'amic Jaume, i el va esperar a l'entrada del pis amb la porta oberta.

—Hola, amic.

—Com estàs, com ha anat el viatge?

Es van abraçar, i després el poeta va saludar el cosí:

—Hola, Joan, m'han dit que véns per quedar-te a Barcelona.

—Sí, mossèn Cinto, em vull ordenar aquí.

Van entrar al piset, mentre se sentien de lluny les campanes de la catedral que tocaven les vuit de la tarda. Mossèn Cinto, després de preguntar per familiars i amics de l'Esbart, va dir-li:

—Amic Jaume, tinc una gran sorpresa, una cosa que sempre has desitjat.

—Cinto, ens coneixem de fa massa temps, som amics... No em pots posar la mel a la boca... Digue'm... Que és?

—Et nomenaran canonge... Ja està fet.

—Cinto, amic... Em vas dir que Cánovas, el ministre, tenia un altre candidat.

Hi va haver uns instants de silenci. En Joan, el parent de mossèn Cinto, va obrir els ulls de bat a bat, escoltava la conversa, estupefacte. Aquell noi, callat, submís i sempre molt educat i amable, era també molt ambiciós, però sabia esperar, guardar-se el trumfos. En aquell moment no s'ho acabava de creure, el seu cosí mossèn Cinto, el poeta, havia aconseguit, per algun cop de sort a la vida, assolir un lloc al si de la família més important i poderosa del país, la del marquès de Comillas, que posava canonges i bisbes. Aquella casa era el rovell de l'ou del poder. Va ser tanta la impressió que, a pesar que sempre sabia amagar els seus sentiment, se li va escapar i va dir fluixet, impressionat:

—Cánovas... El ministre?

Jaume Collell i en Cinto el van mirar un instant, però no li van fer cas. Mossèn Cinto, per impressionar encara més el noi, i dient la veritat, per descomptat, hi va afegir:

—Sí, en vaig parlar amb el marquès, ell té tracte directe amb la reialesa, ja ho saps... I al final seràs tu, amic, mossèn Collell, el nou canonge de gràcia de la catedral de Vic.

En Jaume estava tan content que no sabia com donar-li les gràcies, a l'amic. Certament, aquell càrrec implicava moltes coses: les prebendes que significaven una manutenció més que digna, sense haver-se de preocupar la resta de la vida per la subsistència, un càrrec proper al bisbat, una parcel·la de poder des d'on ell podria exercir el seu influx, la seva carrera d'activista catòlic i de patriota català.

En Cinto, de sobte, va canviar d'actitud: el seu gest era trist, com malhumorat, com si estigués disgustat..., mentre en Jaume continuava dient:

—Quina alegria, sabia que ho faries. N'estava segur... Jo mai t'ho vaig demanar.

—Sí, és clar... Però jo sabia que desitjaves el càrrec i per mi amb això ja n'hi ha prou.

—Sembla mentida, Cinto, com han canviat les coses...

—Sí, amic Jaume... Jo al seminari anava darrere teu, gairebé vaig haver de pidolar la teva amistat, et vaig ensenyar aquell cartipàs ple de versos, recordes?

—Calla, aquells anys per mi són els millors. Et recordo, Cinto, el fadrí de muntanya.

—Vaig haver de pidolar la barretina musca i la jaqueta per anar a recollir el premi dels Jocs Florals, el primer, l'any 1865...

—I ara, ets tu qui torna els favors. T'estaré eternament agraït —féu en Jaume, amb sinceritat, emocionat, gairebé amb un fil de veu.

—Em preocupa, amic, que les coses, a partir d'ara, no siguin com sempre han estat entre nosaltres. Em preocupa que la canongia no ens distanciï. No m'ho perdonaria mai, necessito el teu consell, amic Jaume, i ara tinc por que...

El cosí de mossèn Cinto va prendre nota d'aquesta conversa. Ara ja tenia clar el seu objectiu a Barcelona: vindria a resar cada tarda amb ell aquí, el serviria, li faria companyia, també tots els encàrrecs, se'l faria seu, el cosí poeta, que tot i que era més gran que ell era tan càndid, tan innocent per a les coses mundanes. I al final, qui sap, potser ell, quan l'ordenessin capellà, també aconseguiria una canongia, com la de Jaume Collell, o potser més i tot...

I, a partir d'aquest dia, en Joanet, tal com l'anomenava mossèn Cinto, cada tarda venia a dir les oracions amb ell. Es va guanyar la confiança de mossèn Cinto. Aquell jove, que s'ordenaria sacerdot ben aviat, era de la família, i per al poeta això era sagrat. Era de la família sanguínia i també de la família de Vic, de la plana. El noi es mostrava molt afectuós amb mossèn Cinto i hi compartia les experiències, els pensaments, les oracions, en aquell piset del carrer Canuda, on el poeta venia a retrobar-se amb si mateix, lluny dels luxes del palau de la Portaferrissa. Per aquell piset hi passava molta gent, sobretot gent necessitada, a més d'aduladors que venien a veure si podien enredar el bon mossèn. En Joanet se'n va adonar de seguida, que el poeta, per segons quines coses, era com un infant, i que l'enredaven amb qualsevol mentida per aconseguir quatre rals. Un dia, el mossèn va rebre una visita. Durant una estona, es va estar a la porta parlant amb algú. Després, molt impressionat, va entrar a dins, se li va encarar i li va dir:

—Joanet, no et facis mai poeta. Acaben d'obrir una inscripció de beneficència per a l'autor del *Tenorio*! No m'ho hauria pogut imaginar mai.

—Zorrilla? —digué el noi.

—Sí... Fes-me cas, Joanet. Ni poeta ni músic. Si hagués pogut triar, m'hauria estimat més ser cua de predicador que cap de poeta. M'hauria agradat ser predicador, com aquell sant Vicenç Ferrer, o el pare Claret o el gran, l'inigualable Ramon Llull de Mallorca.

CAPÍTOL XXIV

Van passar els mesos, l'amic Jaume Collell fou nomenat canonge de Vic. Els dos amics, després del Cap d'Any, els primers dies del 1881 es van tornar a trobar al piset del carrer Canuda per preparar les festes que celebrarien a l'octubre. Va anar a obrir la porta el cosí de Verdaguer, que ja s'havia guanyat completament la seva confiança.

—Hola, Joan...

—Molt bona tarda, canonge Collell, deixi'm que li besi les mans.

A en Jaume aquell noi li feia mala espina, però era familiar del poeta, i no gosava dir res a en Cinto. Amb cara somrient, mentre entraven al pis, al menjador on s'esperava mossèn Cinto, el canonge li va dir:

—I què, Joan, quan t'ordenen?

—Molt aviat, ja en tinc ganes.

—Així m'agrada, noi, i sobretot cuida'm mossèn Cinto, ell viu al seu món de versos...

El poeta abraçà l'amic:

—Com vols que et digui? Canonge Collell o amic Jaume?

—Au vinga, no facis broma, Cinto... Per a mi, sempre seràs un bon amic, ja ho saps.

Van riure i de seguida van seure a la petita tauleta. En Joanet els va preparar una mica de xocolata desfeta, i va baixar a una fleca a buscar pastissos. Quan el noi pujava, en entrar al pis va escoltar aquesta conversa:

—Amic Jaume, ja fa massa temps que la seu del bisbat de Vic és vacant. He sentit converses a casa del marquès, don Claudi, i també el vell don Antoni López, que cada cop està pitjor, però sempre encapçala la taula de dinar i a la tarda ningú li treu la seva partida de *tresillo*... El *tresillo* i la missa diària que faig a les deu del matí, per l'ànima del difunt Antoni, són les úniques ocupacions. Ja gairebé ho ha deixat tot en mans de don Claudi... Tot menys el nomenament de bisbes i canonges...

—I què en diu el vell comerciant de l'Havana, don Antoni López i López, del bisbat de Vic vacant?

—Sonen alguns candidats. La mare d'Alfons XII, la reina Isabel, sempre que ve a Barcelona s'hostatja al Palau Moja. La reina sempre em vol veure i parlar amb mi, no només de poesia, també de nomenaments. I em va preguntar pel doctor Josep Morgades i Gili. L'any vinent volen fer el nomenament. El marquès m'ho va dir perquè jo sóc súbdit del bisbat de Vic i em volia complaure comentant-me la confidència de qui seria el meu superior.

—El doctor Morgades... Una bona elecció com a bisbe de Vic, ja ho crec. Aconsella la reina i el marquès que aquesta és la millor elecció; és un catalanista convençut i dels nostres, conciliador... Ja saps la guerra interna que ens ha tocat viure a l'Església. Nosaltres som conciliadors, no som de la colla dels carlins, els integristes de Sardà i Salvany i el bisbe Casañas, tot i que tampoc no estem en absolut desacord amb ells i en moltes coses coincidim, però nosaltres intentem trobar el camí del mig... No som tampoc dels mestissos de la Unió Catòlica, de Rubió i Ors, que s'han reconciliat amb l'estat liberal. Tampoc podem oblidar que els mestissos van rebre la benedicció del papa Lleó XIII, que aconsella de participar en la política real. Josep Morgades és un home enèrgic i d'acció, un gran emprenedor, el conec personalment, canonge de la catedral de Barcelona i rector del seminari, és l'home de confiança del bisbe Urquinaona. Però jo em pensava que ell substituiria el bisbe Urquinaona, ell volia el bisbat de Barcelona...

—Amic Jaume, és veritat el que dius. Segons em va dir don Claudi, Josep Morgades serà nomenat bisbe de Vic; allà agafarà experiència durant uns anys, preparant-se per substituir el prelat Urquinaona, quan mori... Després, Josep Morgades serà nomenat bisbe de Barcelona, que és el que més desitja. Això han pactat.

—Ja saps, Cinto, que amb l'amic Torras i Bages coincidim plenament. Josep Morgades ha de ser el nostre puntal. Abans que em publiquessin *Catalanisme. Lo que és i lo que hauria de ser*, Morgades, Torras i Bages i tu mateix en vau ser els tres primers lectors. No cal que et digui que dins l'Església estem vivint un moment crític. Anem refent-nos dels passats anys d'anticlericalismes i crema de convents, però la causa de la renovació i afirmació de l'Església s'ha d'identificar també amb la causa de la pròpia pàtria. Aquesta és la solució, el punt de confluència de Torras i Bages i de Morgades. Els integristes volen restablir l'Antic Règim, diuen que el liberalisme és contrari al catolicisme. Això és impossible, és com voler tornar al passat. No saben el món en què viuen, aquests carlins tronats s'enfronten contra els liberals, contra els mestissos i contra nosaltres. Però, desgraciadament, les idees anarquistes i comunistes i la maçoneria han penetrat a les classes obreres i menestrals, que clamen contra nosaltres. El liberalisme ha canviat la nostra societat i hem d'adaptar-nos als temps moderns, sense perdre la nostra influència sobre el poble. Cinto, ja saps el que en penso, i no em cansaré de dir-ho... Som catalanistes perquè tenim fe en Crist, per això en la Renaixença conflueixen les dues forces, el renaixement de la pàtria i la llengua catalana, i el renaixement també de la fe catòlica, apostòlica i romana.

—Ja saps que jo penso el mateix... Per això, a Montserrat, crec que enguany per cloure les festes haurien de fer un romiatge.

—M'agrada la idea... La fusió perfecta dels nostres ideals, catalanisme i catolicisme, units al cor de Catalunya. Montserrat i la Mare de Déu seran el símbol d'aquesta unió. Sempre ens mantindrem fidels a la pàtria catalana i a Déu. Aquesta unió és indestriable. Ho haurem de parlar amb l'abat Muntades, amb Morgades i Torras i Bages, crec que ells hi estaran d'acord.

—Convidarem tots els poetes i escriptors catalans a la coronació canònica de la Verge per oferir-li una Corona Poètica.

—Em sembla perfecte.

—Estic treballant en un altre poema de la muntanya. Sobre sant Jeroni... Francesc Masferrer m'escrivia dient que potser hauria de deixar aquesta temàtica. No et sembla que tanta cançoneria ha d'arribar a empipar els lectors de *La Veu*? Des de fa un any, hi estic abocat completament i no me'n penedeixo. La Moreneta és la musa catalana, cada cop que faig un nou poema és com si caminés per un nou camí de Montserrat, entre boscúries i muntanyes que em porten un altre cop a ella. La Verge.

—No li facis cas, a en Masferrer... És un exagerat. A la cloenda del mil·lenari, hi han d'acudir tots els poetes catalans; publicarem la crida a *La Veu*, aquest mes mateix. Serà una garlanda que els poetes catalans oferiran a la Mare de Déu, juntament amb la corona d'orfebreria, sufragada per subscripció popular. Pujarem tots a l'ermita de Sant Jeroni i allí llegiràs el poema últim que em vas ensenyar: *Don Jaume a Sant Jeroni*.

—Encara l'estic acabant. Però ara voldria demanar-te l'opinió d'un altre poema sobre Montserrat, encara no l'he ensenyat a ningú, voldria llegir-te'l primer a tu... Recordes aquell monjo que ens vam trobar camí dels Degotalls?

—I tant! La primera trobada per preparar els actes del mil·lenari. Que estrany, vam preguntar per ell i resulta que ni l'abat ni ningú sabia qui era.

—Recordes, Jaume, que davant del cementiri mentre sonaven les campanes de l'àngelus, ens va explicar aquella història de l'escolanet mort?

—Sí, ho recordo...

—Al cap d'una setmana, tu ja havies marxat, un dia,

parlant amb el monjo bibliotecari de Montserrat, Ramir Rodamilans, va venir al cas la història que ens va referir aquell estrany monjo camí dels Degotalls. El bibliotecari em va dir que era certa. Resulta que l'escolà mort era un xiquet que es deia Eudald Miró i Florensa; havia mort de tifus... El bibliotecari em va dir que al monestir, tot i que havien passat més de vint anys, tothom recordava els plors d'aquell trist dia, tota l'escolania, tots els monjos, un mar de llàgrimes. D'aquella història, n'he fet un poema i te'l vull llegir.

En Joan va servir-los la xocolata, en una safata portava els pastissos. Mossèn Cinto es posà dret i recità:

A Montserrat tot plora,
tot plora d'ahir ençà,
que allí a l'Escolania
s'és mort un escolà.
[...]

Té el violí a l'esquerra
que solia tocar;
lo violí a l'esquerra,
l'arquet a l'altra mà.

Sos companyons de cobla
lo duen a enterrar.
[...]

Los monjos també ploren,
sols canta un ermità,
sentint cantar los àngels
i amb ells lo nou germà,

aucell d'ales obertes
que cap al cel se'n va.

Mentre ell canta pels aires,
lo violí sonà.

Joan Güell i Jaume Collell, vivament emocionats, no van dir res. Mossèn Cinto s'estava amb el full a la mà. Per fi Collell va dir:

—És una joia. Té un lirisme, una tendresa... Ara sí que veig, Cinto, que la Verge, la Moreneta realment t'ha inspirat, ara me n'adono. Ella t'ha guiat, i tu ets el cantor de la muntanya sagrada de Catalunya, el seu poeta, ningú com tu ho ha fet millor. Les paraules de Víctor Balaguer s'han complert.

En Joan es va emocionar també. Va marxar de la sala perquè no el veiessin plorar, se'n va anar a la cuina, tenia un nus al pit. Per fi una veu el va cridar:

—Joanet, vine!

El noi, encara torcant-se els ulls humits, entrà a la sala.

—Agafa una tassa i vine aquí amb nosaltres. El meu nebot és un bon noi, aviat s'ordenarà sacerdot, li auguro un gran futur, però no em canso d'insistir-li: fuig de la poesia i de la música. Ja veus la quantitat de gent, de grans artistes, com Bartrina, o com Amadeu Vives, el músic, que passen fam.

El canonge Collell es va mirar de gairell el noi i li digué:

—Cinto, potser al teu cosí li hauries de buscar una ocupació... A casa del marquès. Ho endevino, Joanet?

—No, no, senyor canonge...

El noi es va posar molt nerviós i, en silenci, es va dir: «No m'agrada aquest home, sembla que em llegeixi els pensaments». El noi va tossir una mica, reaccionà i de bursada digué:

—Jo, jo, jo voldria anar de missioner...

El poeta va aixecar una cella i li digué:

—No m'ho havies dit... Molt noble de la teva part. Però abans t'hauràs de preparar molt.

—Ho veus, Cinto, ja estàs influint massa en ton cosí... —féu Jaume Collell amb ironia.

En Joan, el cosí de mossèn Cinto, ja era diaca, i anava molt sovint al pis del carrer Canuda, resava les oracions amb son cosí, mossèn Cinto, més gran que ell, i l'ajudava com un servent, esperant el seu moment per fer el salt a casa del marquès, de la mà del poeta. Aquell noi somiava en aquell palau, de vegades passejant per les Rambles s'hi apropava per veure son cosí i entrar dins. Un cop va estar a punt de trucar i preguntar per ell, però es va reprimir, ja li arribaria el moment. Mossèn Cinto de mica en mica s'anava consolidant com el conseller de don Claudi, que amb son pare malalt, el vell Antoni López, primer marquès de Comillas, havia d'assumir el pes de la direcció de la immensa fortuna. Mossèn Cinto, a més de capellà domèstic, era l'almoiner de casa Comillas i també l'encarregat dels capellans dels vaixells de la Transatlàntica, on havia entrat per primer cop al servei de don Antoni López. I aquestes tres ocupacions eren remunerades pel seu amo, don Claudi López. De moment, però, la seva feina era dir missa i acompanyar el marquès en els seus freqüents viatges per tots els balnearis del Pirineu, a Comillas, Santander i allà on volgués.

El poeta tenia com a encarregat de les almoines mossèn Magí, que era el seu home de confiança, un capellà amb experiència que sabia manejar les tres-centes famílies de pobres que acudien a demanar almoina.

Al Palau Moja, hi anava molt sovint Eusebi Güell i Bacigalupi, casat amb la Isabel, filla de don Antoni, el marquès de Comillas. Tenien dos fills menuts que moltes tardes venien a jugar i omplien el palau de rialles. Mossèn Cinto parlava molt sovint amb don Eusebi Güell, fill d'un industrial català del tèxtil. Sobretot des que el capellà li va dir que coneixia personalment Gaudí, l'arquitecte.

A l'entorn de la taula del vell marquès es reunia tota la família, i també quan anaven a la terra pairal dels López a Comillas, Santander, d'on un dia el vell marquès va sortir cap a Amèrica, pobre, amb una mà al davant i l'altra al darrere, i en tornà immensament ric.

Pel Palau Moja passaven les grans personalitats del país, tant les polítiques com les eclesiàstiques. Alguns cops venien també a demanar ajut econòmic al marquès directament. Però el vell don Antoni cada cop delegava més les tasques de direcció en el seu fill Claudi.

Fou el cas que aquells mesos: el pare Governa, jesuïta, presentà a don Claudi un projecte per construir un gran col·legi a la part alta de la ciutat, i va demanar-li el seu suport econòmic. Don Claudi, després d'escoltar la petició, com sempre féu cridar el seu conseller, el capellà poeta:

—Pare Verdaguer, voldria consultar-li una qüestió... Vostè sap que he contret un deute amb la fe, amb l'Església, i aporto diners amb donacions, no solament almoina per als pobres de Barcelona, sinó per a altres obres de caritat i apostolat.

—Sí, hem parlat moltes vegades de la gran responsabilitat que tenim amb els pobres. La caritat... —féu Verdaguer.

Don Claudi el va tallar de cop, el coneixia i sabia que en aquell moment estava a punt de fer una reflexió sobre la pobresa, l'obra de sant Francesc... Aleshores don Claudi féu:

—Sí, sí... Fem i farem tots els possibles, obres de caritat en la mesura de les nostres possibilitats, però el meu compromís, el de la família, el del meu pare, va més enllà. Nosaltres creiem que, a més de la caritat, l'obra apostòlica també és de summa importància. Concretament, el meu pare va adquirir el compromís de construir el seminari de Comillas amb el pare jesuïta Tomás Gómez. Una obra de la companyia que em sembla que definitivament dirigirà l'arquitecte Joan Martorell, amic del meu cunyat, l'Eusebi; ell l'ha recomanat i al meu pare i a mi també ens agrada. És una obra que ens costarà milers de duros...

—Sí, és clar... Li fa molta il·lusió, al seu pare, don Antoni, fa poc en vam parlar, em sembla que va dir que també aportaria els diners per a la manutenció d'alumnes i professors.

—Sí, la Companyia de Jesús ja pot estar contenta. Així ens ho ha fet saber el pare Governa, que m'ha vingut a veure, i també m'ha demanat finançament per a una altra obra, aquí a Barcelona. Volen construir un gran col·legi a la part alta de la ciutat. Tingui, miri's el projecte. Què en pensa, vostè, pare Verdaguer?

Aquell dia mossèn Cinto havia meditat sobre la vida del sant que més admirava, sant Francesc d'Assís. Recordà la seva segona missa, a la humil ermita de Sant Francesc s'hi moria, fins i tot esbossà alguns versos. En escoltar el marquès, com tantes vegades que li demanava consell, aquesta vegada veié la imatge de la pobresa en estat pur; veia el mateix sant demanant almoina, i de cor, sense pensar-ho, féu:

—Don Claudi, la seva família ja contribueix a Comillas per fer un seminari dels jesuïtes... ¿No seria més grat a Déu que la vostra generositat fos repartida entre els pobres necessitats, que cada dia en són més i entre els quals n'hi ha a punt de morir de fam i de misèria?

Don Claudi no va dir res. Es va quedar mirant el mossèn, i en les seves paraules, en la vehemència amb què les va dir, va veure que el sacerdot realment en aquell moment estava inspirat per una força divina.

Al cap d'una setmana d'aquesta conversa, mossèn Cinto anava cap a casa i el va aturar a la Rambla un pare jesuïta. Primer el va felicitar efusivament pels seus èxits poètics.

—Vós, mossèn Cinto, ja sou el gran poeta de Catalunya, heu rescatat la llengua catalana, jo crec que sou un viu continuador de Llull i de March.

—Moltes gràcies, potser no n'hi ha per tant. Només sóc un humil capellà.

El pare jesuïta va riure irònicament, com amagant alguna cosa, i molt ràpid desvià la conversa:

—I tant que sí, mossèn Cinto. Crec que la seva missió és escriure versos, enaltir la pàtria i Déu... Aquesta és la seva veritable missió a la terra. Allunyi's de la política; ja ho veu, Barcelona, l'anarquisme, el satanisme, la maçoneria..., els obrers són captats pels anticlericals. Vivim una autèntica croada contra tots aquests ideals ateus!

—Ja té raó, pare... Fa estona que parlem i encara no m'ha dit el seu nom; veig que és jesuïta.

—Oh, sí, sóc jesuïta. Però he de marxar de Barcelona demà. Algú ha aconsellat a don Claudi, el marquès de Comillas, de qui vostè és capellà domèstic, que no doni diners per fer un col·legi a la part alta de la ciutat. I, és clar, la meva feina aquí ja s'ha acabat... Hi ha algú que no ens vol a Barcelona i pel que es veu és important, és algú que viu prop del marquès, un conseller que potser atorga canongies i bisbats a amics seus i donatius a familiars i amics, i en canvi aconsella a don Claudi que no construeixi el nostre col·legi...

Mossèn Cinto es va quedar mut, com si li acabessin de tirar a sobre un gerro d'aigua freda. Què significava allò? El jesuïta, un home molt xerrador, simpàtic, afable, en aquest moment li digué:

—És un consell, mossèn Cinto, no es fiqui en política, vostè és poeta.

El pare jesuïta va canviar totalment, continuava rient, amb aquella expressió beatífica, i sense perdre la calma féu:

—La vostra ingerència en els nostres assumptes us costarà llàgrimes de sang...

I va marxar deixant mossèn Cinto com una estàtua, al mig de la Rambla. Una rufagada d'aire arremolinà per terra les fulles dels arbres. El capellà continuà caminant, sense saber què pensar d'aquella escena.

Aquell hivern, concretament el 19 de març de 1881, hi va haver al palau de la Portaferrissa un esdeveniment que va alterar la vida de mossèn Cinto, el va despertar d'aquella letargia, d'aquell ensopiment amb què havia acabat vivint a la casa del marquès la major part de les hores del dia, fins que no arribava al piset del carrer Canuda, on el cosí Joanet potser l'esperava per resar les oracions. Només allà recuperava una mica l'aire de llibertat que tant anhelava.

Don Claudi López, en un dels seus viatges al nord, va conèixer María Gayón, parenta llunyana de disset anys, considerada la noia més guapa de tot Espanya. I don Claudi s'hi va casar al palau de la Portaferrissa, i a la boda, hi va acudir la flor i nata del país. Es van casar a l'oratori del palau. El vell marquès estava malalt i li van aconsellar que no viatgés fins a Alacant, que era on vivia la mare de la núvia i on en principi volien celebrar la cerimònia. Finalment se celebraria a Barcelona i oficiaria la missa el mateix bisbe José María Urquinaona.

Verdaguer va compondre un poema de circumstàncies que agradà molt a la jove núvia, que ja havia sentit a parlar molt d'aquell poeta al seu recent espòs don Claudi, onze anys més gran que ella, que només tenia elogis i lloances per a mossèn Cinto. María Gayón, després de casada, abans de partir amb el seu home en el viatge de noces, va voler que li presentessin el famós poeta.

—Mossèn Cinto, quantes ganes tenia de conèixer-lo... En Claudi m'ha parlat tant de vostè. Deixi'm que li besi les mans.

—Senyor marquesa, no, no cal... Jo només sóc un humil servidor de la casa. No mereixo que...

El capellà es va sentir torbat, no s'ho esperava. Aquella noia, acabada de casar, semblava un veritable àngel baixat del cel. Aquella bellesa, aquella innocència i beutat el trastornaven profundament. El poeta se sentia vençut. Per ell, aquella noia, la dona del seu protector, del marquès, era molt superior al millor dels poemes. Si durant tota la seva vida l'ànima de mossèn Cinto es debatia entre el calze i la lira, aquests eren els moments en què la lira ressonava amb més força dins seu. Després vindria la sublimació del sentiment a través del calze... Però el primer impuls davant la bellesa d'un alt cim, d'una flor, d'un paisatge o d'una dona formosa com María Gayón era la poesia, era el vers. Don Claudi el va salvar d'aquella situació.

—Mossèn Cinto Verdaguer, el poeta més important del país. T'he parlat tantes vegades d'ell... L'acaben de nomenar mestre en Gay Saber, per *La barretina*, aquell poema que et vaig dir que havia escrit als banys de la Presta, l'estiu de 1879... Ell escrivia mentre jo dibuixava casalots, rònegues masies i raconades amb roures i penyals. L'encarregat dels banys era un barretinaire que havia estat a Olot aprenent l'ofici i que després es va instal·lar a Prats de Molló, però va plegar per falta de clients.

Só barretinaire
de Prats de Molló;
me diuen cantaire,
mes no canto gaire,
mes no canto, no.

—Sí, recordo aquell poema. Aquest any, he llegit la seva *Atlàntida*. Un exemplar de la magnífica edició prínceps que m'ha regalat en Claudi. I també he llegit *Idil·lis i cants místics* i m'han agradat molt, molt, li ho dic de veritat. Ja veu, quan vam decidir enllaçar les nostres vides, de seguida vaig voler conèixer la seva obra, i ell, en Claudi, m'hi ha ajudat molt, sobretot amb algunes paraules que utilitza vostè.

Mossèn Cinto reaccionà, es va posar content, va sentir-se confortat i va exclamar:

—Senyora, quan vostè vulgui, em pot preguntar...

Don Claudi, dirigint-se a la seva jove dona, encara hi va afegir:

—Jo confio en ell com un amic, és el meu conseller, María, i tu també has de confiar-hi. És un sant, ja ho veuràs. Des del primer dia que el vaig veure, aquell llunyà dia que, amb el meu germà Antoni, ens vam presentar al transatlàntic, abans de partir a l'Havana, vaig saber que no m'equivocava triant-lo.

—Recordo el dia amb emoció, don Claudi. Vostè i el seu germà, tan joves, tan il·lusionats, parlant de poesia just quan estava a punt de salpar en el meu primer viatge cap a Amèrica. I, per l'ànima de l'Antoni, ara dic cada dia missa al palau, a les deu del matí, la seva ànima estarà sempre present entre nosaltres.

—Sí, mossèn... —va fer María Gayón, i es va postrar davant d'ell i li va besar les mans. I el poeta es va estremir, va abaixar els ulls, amb aquell posat d'humilitat i de reclusió dels sentiments amb què vivia i es mostrava sempre al palau de la Portaferrissa.

Don Claudi i María Gayón van anar de viatge de

noces. El poeta va marxar tot il·lusionat cap a Vic, amb ganes, però, de tornar al palau per veure i parlar amb la marquesa, aquella dona sensible que llegia poesia i que l'admirava, la dona del seu amic don Claudi. Ell seria el seu confessor, ell coneixeria el seu interior, aquella ànima innocent que formaria part de la família. Per un moment, aquell pes que sentia, quan arrossegava la cadena d'or del seu captiveri luxós amb el marquès, al palau, acompanyant-lo als banys de la Presta, a la casa de Comillas i a tots els viatges que feia, es va tornar una mica més lleuger.

Aprofità per anar a Vic i veure el seu amic. El poeta havia estat nomenat mantenidor dels Jocs Florals d'aquell any, i ell tenia, com sempre, molts dubtes. Ho va consultar a Jaume Collell. I aquest li va aconsellar que havia d'acceptar el nomenament.

—Cinto, tu ho deus tot als Jocs Florals. Tu ets un fill dels Jocs Florals, sense... qui t'hauria conegut? No series res! No és una obligació, home..., és un servei a la pàtria!

—Com sempre, tens raó. Em sembla que Rubió i Ors hi vol renunciar.

—Caldria mirar de convèncer-lo. No sigui cosa que els Jocs Florals caiguin en mans d'homes poc catòlics..., com Frederic Soler, que també n'és mantenidor. Cinto, també aquí als Jocs Florals hi ha una lluita interna i cal vèncer.

—Li escriuré, crec que Lo Gaiter del Llobregat no pot renunciar-hi i deixar en mans dels ateus el certamen literari que ha estat el pilar de la Renaixença.

Aquells certàmens, des del seu naixement el 1859, havien estat la plataforma de llançament de molts poetes i autors catalans, començant pel mateix Jacint Verdaguer, com també per Guimerà i tants d'altres. I aquell any 1881 van ser els Jocs Florals d'un jove autor, Joan Maragall.

Per primera vegada, l'acte de lliurament de premis no es va celebrar al Saló de Cent, com havia estat habitual. Els mantenidors, davant les grans expectatives d'aquell any, van celebrar-lo a la Casa de la Llotja, molt més gran i espaiosa. I també amb una significació com a referent del passat esplendorós de la Catalunya medieval. Com cada any, Zorrilla, el poeta més popular d'Espanya, que triomfava amb *El Tenorio*, hi assistia entre els convidats d'honor. Allí hi havia també personalitats de la ciutat, representants de la casa reial que havien vingut amb don Claudi i María Gayón, que va escoltar les paraules del president, mossèn Cinto, amb viva atenció. El poeta va fer una exaltació del rei Jaume I, convertint-lo en la figura cabdal, l'essència del poble català i en senyera de la Renaixença.

«*De l'amor que tenia a la nostra parla benvolguda, què més vos ne diré? En català s'enraona amb lo rei de Castella, en català escriu al khan de Tartària i al soldà de Babilònia; i traient del seu modest bressol eixa dolça llengua, li lleva, per ferla literària, los bolquers que l'estretejaven... Jaume I més gallard que les palmes d'Elx, més fort que les oliveres mallorquines, més alt que els faigs i roures del Pirineu.. Pel Conqueridor neixen tres regnes, l'un darrere de l'altre, neixen per ell a la llum i a la vida de la civilització cristiana...*».

Després, l'amic Jaume Collell, que mossèn Cinto ja havia presentat a María Gayón, va fer el discurs, i com sempre commocionà tota l'audiència.

«Cada heroi, cada dinastia d'herois, és una estrella, o una constel·lació en el firmament espiritual de Catalunya; ell, don Jaume, és el sol, sota ell, Catalunya assoleix la plenitud».

I després d'un viu esclat d'aplaudiments conclogué el discurs:

«No! Puix nostra mai prou estimada Catalunya viu encara. Don Jaume no és mort!».

Aquell any 1881, el marquès tot just casat, mossèn Cinto se'n va anar sol als banys de la Presta. El Canigó, el cim que tant l'atreia, el cridava, volia remuntar-lo a peu, amb un paraigua i una maleta, així pujava els cims el capellà poeta. I de les anotacions d'aquelles excursions va començar un nou poema, amb una llegenda pirenaica que continuaria en anys posteriors, ja fos acompanyant el marquès i la seva dona, o també aventurant-se ell tot sol o amb algun amic escollit, que era la manera com més li agradava anar-hi.

Aquell any, trobant-se tot sol a la Presta, a la Catalunya Nord, comarca del Vallespir, remuntava els cims amb altres il·lustres excursionistes amics de don Claudi, com el marquès de Marianao o el comte de Siscars, que ja es coneixien d'altres excursions. També anava sol al santuari de la Mare de Déu del Munt. La seva activitat era frenètica, visitava monestirs, ermites, parlava amb pastors i escoltava llegendes i cançons populars. I així ho relatava per carta al marquès, que ja l'estava esperant a Comillas, on es van reunir al cap d'unes setmanes. I d'aquell esclat d'alegria que sentia escalant el Puigmal, arribant-se fins a Núria, contemplant els llacs d'alta muntanya com el Lanós o el Meranges, o dormint en refugis de muntanya i velles ermites al voltant del Canigó, quan retornava amb els seus amos ja no n'hi quedava res.

Però el deure el reclamava al costat dels seus amos, els acabats de casar, que el van cridar perquè a Comillas es preparava un esdeveniment important: els reis d'Espanya Alfons XII i Maria Cristina hi havien d'anar a passar uns dies. Tot eren preparatius, fins i tot es va portar de Barcelona per a aquesta ocasió un quiosc de ferro, vidre i fusta disseny d'Antoni Gaudí; també s'estrenaria la llum elèctrica a l'interior dels edificis i en les festes a l'exterior. La festa va ser espectacular, amb tota la pompa que es requeria per a l'ocasió. Segons la premsa que seguia l'esdeveniment, don Antoni López s'hi va gastar més de 700.000 pessetes. La comitiva reial entrà als jardins amb tota una escorta militar, els reis van caminar per una llarga catifa vermella mentre ressonaven les campanes del poble i uns espectaculars focs artificials il·luminaven el cel de Comillas.

Alfons XII va congeniar de seguida amb el marquès i quedà seduït per la gràcia de la jove esposa, María Gayón. El rei feia dos anys que havia perdut la primera esposa, Mercedes, admirada pel poble, i ara estava casat amb l'arxiduquessa d'Àustria, Maria Cristina.

Mossèn Cinto, que fou presentat a la reialesa, tenia el cap a les altes muntanyes, al seu enyorat Pirineu. María Gayón estava massa atabalada amb les festes i els sumptuosos convits, les recepcions que preparava per als reis d'Espanya. El poeta escrivia a Collell:

«Ja fa dies que he deixat els Pirineus i les terres dels meus somnis per aquest tros de la província de Santander que no diu res al meu cor. Francament, aquest any, m'ho ha destorbat tot. Alabat sia Déu... Em passo el dia amunt i avall de la mar, tot sol, contemplant els rics tresors de la Natura».

En una de les caceres organitzades en honor a Alfons XII, el marquès es va mullar i agafà fred i es posà molt malat, va vomitar sang i es van disparar les alarmes. Els metges es van esverar i li digueren que li quedava poc temps de vida. Fou un drama per a la jove esposa, que en aquest moment va necessitar el suport del mossèn de la família. I mossèn Cinto era allà per donar consol. De Panticosa, el marquès i la família se'n van anar a Suïssa a recuperar la salut.

Aquell mateix any, a l'octubre, es va celebrar la cloenda dels actes del mil·lenari de la Moreneta, amb el romiatge dels poetes que van venir de València, Mallorca i el Rosselló. Mossèn Cinto va deixar al palau el marquès i la seva esposa. Don Claudi, tot i que amb la salut precària, tornava a viure a Barcelona per restablir-se.

La pujada a Montserrat en romiatge va ser un èxit. L'acte es va acabar al cim més alt, a l'ermita de Sant Jeroni, on el poeta va llegir el seu poema, que era una reivindicació dels Països Catalans, en la figura del gran rei Jaume I el Conqueridor:

Per veure bé Catalunya,
Jaume Primer d'Aragó
puja al cim de Sant Jeroni,
a l'hora en què hi surt lo sol.

CAPÍTOL XXV

Tal com estava previst, i com havia dit mossèn Cinto a l'amic i canonge Jaume Collell, el 16 de juliol de 1882 el bisbe Urquinaona de Barcelona consagrà bisbe de Vic Josep Morgades, que havia exercit deu anys de professor i rector al seminari de Barcelona i vint anys la dignitat de canonge penitencier de Barcelona. Verdaguer el coneixia, havia fet uns versos dedicats al Sagrat Cor, feia anys, per col·laborar en una publicació que dirigia Morgades. També l'havia vist alguna vegada pel palau, fins i tot hi havia parlat quan venia a recaptar diners per a la façana de la catedral. El canonge Morgades es va mostrar molt amable i el va felicitar per la seva obra poètica i apostòlica. Però no es podia dir que fossin amics. Pocs dies després del nomenament de Josep Morgades com a bisbe de Vic, al palau de la Portaferrissa Verdaguer va rebre una carta del canonge Jaume Collell, en què li demanava que l'anés a veure, així anirien plegats a besar les mans del nou bisbe. L'amic Collell li va dir que ell era amic del doctor Morgades i que el rebria amb els braços oberts; a més, Verdaguer pertanyia al bisbat de Vic i per tant li devia obediència.

El poeta i Jaume Collell van ser rebuts pel nou bisbe, que els va atendre durant tot el matí i els va explicar entusiasmat els projectes que volia fer immediatament.

—Mossèn Cinto, recordo l'èxit que van tenir les cobles al Cor de Jesús que li vaig encarregar.

—Sí, crec que van sortir publicades el 1872...

—Sí... Amb l'amic Torras i Bages vam treballar per a l'apostolat del Sagrat Cor durant molts anys i encara ara; no defallirem, i penso que hem de continuar en aquesta tasca, la devoció al Sagrat Cor de Jesús ha de ser un dels puntals del nostre apostolat. Ho pensava quan era canonge a Barcelona i ara que sóc bisbe de Vic encara més.

El canonge Collell va intervenir:

—Fins i tot va crear una escola literària al seminari.

—Collell, veig que n'esteu al cas. Sardà i Salvany, Torras i Bages, Gatell, amb tots ells vam formar l'escola, i ara tots són eclesiàstics importants. Va donar fruits...

Mossèn Cinto va dir:

—Conec el seu interès per la propagació d'aquesta devoció, i sembla que per diferents camins hem arribat a la mateixa cruïlla.

El canonge Collell va intervenir en aquest punt:

—Ara mossèn Cinto està treballant en un altre gran cant èpic. Però el que vol dir és que al mateix temps que en l'èpica, també és capaç de treballar en altres poemes; de fet mai no descuida la seva important tasca apostòlica, la seva producció és realment sorprenent, un miracle. I em sembla que té alguns poemes de la llegenda del Sagrat Cor...

—Estic component sobre una temàtica: el somni de sant Joan i la llegenda del Sagrat Cor —va dir mossèn Cinto.

—Molt interessant, em fa molt conten. Compti amb mi per difondre el seu poema i especialment aquesta devoció. Però diu que està treballant en un altre cant èpic, com *L'Atlàntida*? —va preguntar el bisbe, intrigat, especialment perquè els sectors més integristes ja havien criticat aquesta obra de mossèn Cinto, on les forces de la natura i els herois ateus, com Hèrcules, assoleixen un excessiu protagonisme.

—Encara estic aplegant documentació. Però no és ben bé com *L'Atlàntida*. Ara parlo de mites catalans, de les arrels de Catalunya, el comte Tallaferro i Guifré. La fundació de diversos monestirs. Les arrels de la nostra estimada pàtria. Però situo l'acció al Canigó. Hi apareixeran els fundadors de Catalunya i també hi té un paper importantíssim, cabdal, l'abat Oliba...

—L'abat Oliba, bisbe de Vic, com jo, i abat de Ripoll. Ara que parla d'aquest llegendari abat, artífex de la treva de Déu... Sap, estic molt interessat a rehabilitar el monestir de Ripoll, és una vergonya que la seu, el bressol de la nostra nació catalana, el lloc que fou un centre difusor de la cultura i la fe, en una època de croada contra els sarraïns, estigui en ruïnes.

El bisbe Josep Morgades, sanguini i autoritari, es va enfurismar, va donar un cop damunt la taula i digué:

—Una vergonya per a tots nosaltres, la nostra generació. Però això no quedarà així... M'he proposat restaurar Ripoll i ho aconseguiré! —féu amb una cega convicció. Després, canvià d'actitud i amb veu més calmada es va dirigir al poeta i al canonge Collell—: I per això necessitaré la seva col·laboració, Verdaguer. Vostè té la gran sort que viu al Palau Moja, i el marquès, don Claudi, que també conec personalment com vostè sap, li té una gran estima. Vostè pot fer molt, mossèn Cinto, molt!!! I el necessito allí al Palau Moja al costat de don Claudi.

—Restaurar Ripoll. Em sembla una gran obra i, no en dubti, faré els possibles perquè això sigui una realitat... —contestà Verdaguer.

—El primer és prendre possessió del claustre i de les ruïnes del monestir de Santa Maria de Ripoll, per això cal demanar a Madrid la cessió de la mitra al bisbat de Vic. Això està en tràmit, i jo ara estic buscant fons, diners. Però no es pensi, tot són pals a les rodes; els catalans hem d'anar amb molt de compte a Madrid, tot són suspicàcies i recels. No se'n fien, de nosaltres, ja cal que ho tingui present. Tot són problemes, a Madrid, per això necessitem aliats forts, persones importants com el marquès. Necessitem que ell estigui de la nostra part.

Jaume Collell prengué la paraula:

—El monestir de Santa Maria de Ripoll, fundat per Guifré el Pilós l'any 888... Ell és el pare de la pàtria catalana, allí fou enterrat...

Mossèn Cinto va exclamar:

—Guifré el Pilós va ser l'últim comte que va retre vassallatge a l'emperador carolingi. A partir d'ell es funda el casal de Barcelona, el primer que va llegar els seus estats als seus fills. El fundador de Catalunya. Ell va ser el que va repoblar la plana de Vic, una terra de ningú entre els comtats catalans sota el domini de Guifré i els musulmans.

—A partir d'ell neix Catalunya. Després, amb l'abat Oliba, assoleix el prestigi que més endavant...

El nou bisbe de Vic va tossir, nerviós; no parava quiet, era un home d'acció... «Quan el patge el vestia, ell ja caminava». Amb aquesta frase del filòsof de la Torre de les Hores, Francesc Pujols, que corria per Barcelona, es definia el temperament d'aquell home, que va interrompre la conversa que s'anava a produir entre Collell i Verdaguer, dos homes de lletres.

—Senyors, senyors... Vull restaurar el monestir de Ripoll, vostès s'encarregaran de la propaganda, tal com s'ha fet amb Montserrat per la festa del mil·lenari. Hem de convertir la restauració del monestir de Ripoll en símbol de Catalunya, de la Renaixença; farem una gran festa, tal com cal. Convidarem els homes més importants del país, no cal dir-ho... Però no sigui cosa que ens passi com al conte de la lletera. I és per això que vostè, mossèn Cinto, té una tasca molt important a la vora del marquès.

—Comprenc el que diu, i no pateixi, jo hi parlaré; ell m'escolta, som amics... —va dir mossèn Cinto abaixant els ulls, com avergonyit.

Josep Morgades de seguida va veure o endevinar el caràcter d'aquell poeta amb qui, fins aleshores, tot i que l'havia tractat en alguna ocasió, no hi havia parlat. El bisbe en aquest moment li va dir:

—El bisbe Urquinaona de Barcelona em té la màxima confiança. Ell va aconseguir del papa Lleó XIII la consagració del patronatge de la Verge de Montserrat sobre tot Catalunya i la coronació de la Verge.

A la reunió es va parlar de molts temes. Tal com ja

va informar-lo el canonge Jaume Collell, amic íntim de Verdaguer, el poeta era un bon jan, en determinats aspectes massa innocent i tot, obedient i molt impressionable. Al final el bisbe també va parlar de l'estat de l'Església, segons la seva visió:

—Ens arriben temps molt durs, els nostres enemics, els integristes, no pararan, els conec molt bé, aquesta colla de carlins. Per això hem de fer pinya amb Torras i Bages i tots els que puguem. No hem d'escatimar esforços. Hem de treballar intensament a la premsa, als diaris, a les revistes. El nostre apostolat, especialment el del Sagrat Cor de Jesús, s'ha d'estendre entre les classes obreres, i és per això, mossèn Cinto, que vostè, en qualitat de poeta conegut arreu del país, no pot descuidar la seva tasca apostòlica. Ja està bé que faci poemes èpics, no li ho prohibeixo, és clar, i més si han de servir per engrandir la nostra pàtria catalana.

—Senyor bisbe, estic a la seva disposició —va fer mossèn Cinto, submís davant del seu bisbe, però també una mica molest per aquell to autoritari.

—Millor que ho faci a través del canonge Collell... Jo tinc massa feina. Vostè, mossèn Cinto, m'hauria de preparar una entrevista amb don Claudi. Els rics tenen els diners però els bisbes els hem de distribuir perquè nosaltres sabem on són les necessitats, i aquí al bisbat de Vic s'han de restaurar convents i monestirs: Sant Joan de les Abadesses, Montgrony, Lluçà... I especialment Ripoll, ja ho sap; Ripoll és la nineta dels meus ulls, és el somni que un dia acompliré.

La conversa quedà així. Mossèn Cinto, en tornar a Barcelona, tal com li va demanar el seu bisbe, concertà l'entrevista amb don Claudi, que ja coneixia els dots persuasius del doctor Morgades.

Aquell estiu del 1882 Jacint Verdaguer va fer una excursió al Pirineu, va pujar al cim de l'Aneto, de 3.404 metres d'alçada, i va realitzar també nombroses excursions pels encontorns. Va recórrer tot l'Alt Urgell, el Pallars, la vall de Cardó, Ferrera, les valls d'Àneu, la vall d'Aran. Dins seu la musa de la inspiració l'impulsava a pujar cims, preguntar a les masades als pastors. S'amarava de llegendes, històries d'aquells paratges d'alta muntanya. Visitava les ermites, les coves, les gorges, les afraus, i a la seva llibreta anava enregistrant els mots i les notes d'una música nova que naixia allí al cor del Pirineu, un gran poema que necessitava beure de les fonts, banyar-se als llacs d'aigües cristal·lines. I el ritme de fons, la simfonia, ja ressonava dins del seu cor. I tot ell, com era habitual, s'hi abocava amb vehemència en cos i ànima.

En arribar a Barcelona va tenir una alegria en veure publicat *El Romancerillo catalán* del seu mestre i amic Milà i Fontanals, que l'hi va fer arribar al pis del carrer Canuda. El va obrir amb goig, i va llegir la cançó dels segadors, aquella antiga tonada de la Guerra dels Segadors que ell havia recollit a la plana i les Guilleries amb el seu amic Jaume Collell, quan eren joves:

Bon cop de falç,
defensors de la terra,
bon cop de falç.

Recorrien els pobles, romeries i masades buscant llegendes i cançons del passat de Catalunya. En aquell temps va publicar també *El somni de sant Joan* i *Col·lecció de càntics religiosos per al poble*, on hi havia goigs, poemes religiosos per a diferents pobles i congregacions de tot Catalunya, un recull de la seva intensa activitat apostòlica. Però l'any 1882, enmig de l'activitat frenètica, que consistia a assistir a certàmens, sense descuidar les seves funcions al Palau Moja, o acompanyant el marquès a Santander o als balnearis, i quan podia s'escapava al Pirineu a treballar i a aplegar dades i més dades per al seu nou poema, entremig de tot aquell batibull va rebre una notícia de Folgueroles. Havia d'anar-hi amb la màxima urgència: el seu germà gran, en Miquel, de quaranta anys... Es va quedar gelat, si el punxen no en treuen sang.

Durant tot aquell viatge de retorn a la plana va sentir una opressió al pit, un presagi funest. Hi va arribar tard, el funeral amb el taüt ja sortia en comitiva de casa seva. Era el dia de Sant Isidre Llaurador. La plaça estava plena de pagesos amb carros, mules, tots amb cistells curulls de fruits dels horts i dels camps per oferir al sant, però l'enterrament s'havia de fer abans.

Mossèn Cinto es va posar al cap del dol, amb la seva germana Francesca, es van mirar un sol instant i s'ho van dir tot, ella amb els ulls, amb un gest li va fer un retret, com volent dir: quan més et necessitem tu no hi ets, Cinto. Van entrar a l'església. En Cinto va voler escoltar la missa i les absoltes allí assegut encapçalant la família; ell era el cap visible, el puntal dels Verdaguer Santaló de Folgueroles. Al final, quan van endur-se la caixa cap al cementiri, no ho va poder resistir, les llàgrimes li queien galtes avall. No podia parar, un sanglot entretallat el va fer tremolar. No ho va poder resistir, se'n va anar plorant. Travessà la plaça plena de pagesos en silenci amb un plor desconsolat.

Aquell estiu va treballar intensament en el seu poema *Canigó*. Amb el permís del marquès, va escapar-se d'excursió a Girona, visità el llac de Banyoles, escenari del poema, l'Empordà, Besalú, pàtria del comte Tallaferro, es passà tot un mes documentant-se, visitant paratges, ermites, muntanyes, i entremig escriví al seu amic Jaume:

«Fa molts anys que no havia passat dies tan tranquils i solitaris, i dolços, verament, jo no he nascut per viure en les ciutats i sento un ver sentiment d'haver-hi de tornar...».

És feliç, però ha de retornar a la gran Babilònia, que per a ell és Barcelona, les cartes a l'amic mostren el seu estat d'ànim:

«Encara, gràcies a Déu, estic en eixe cim de terra, *passer, solitarius, intacto*, encara que no tan solitari que no vegi cada dia devots de la Mare de Déu, que em porten noves del món. Si hagués tret de casa el *Canigó*, aquí hi hauria despenjat de nou l'arpa mística que se'm va rovellant, i que amb pocs anys de tràfec del carrer Canuda se m'espatllaria per fi la glòria, si Déu em fa la gràcia d'anar-hi... Mes no té tota la culpa el *Canigó*, puix una setmana fa que no l'he fullejat, sinó el ròssec de coses que un porta d'allà baix, de la Babilònia de sota el Montjuïc, que en hores d'altres entusiasmes he cantada».

CAPÍTOL XXVI

A primers de gener del 1883, mossèn Cinto acompanyà don Claudi, el fill del vell marquès, al Maresme, a Caldetes. No estava gaire fi, li ronsejava la tisi, sobretot després de la desgràcia que van patir amb la mort de la germana Maria Luïsa, que va provocar un daltabaix a la família.

Aquells dies havia compost un poema, intitulat *Vora la mar,* uns versos que el feien estremir i no sabia per què, potser només eren un vaticini del que li depararia el futur... Potser era una catarsi, un confrontar-se amb el mirall i contemplar-se cara a cara preguntant-se on anava, què volia, per què escrivia. Aquell poema no el va ensenyar a ningú, ni al seu amic Jaume, se'l va guardar i potser no el publicaria mai..., qui sap?

Al cim d'un promontori que domina
les ones de la mar,
quan l'astre rei cap a ponent declina
me'n pujo a meditar.
[...]

A la vida o al cor quelcom li prenen
les ones que se'n van;
si no tinc res, les ones que ara vénen,
dieu-me, què voldran?

Amb les del mar o amb les del temps un dia
tinc de rodar al fons;
per què, per què, enganyosa poesia,
m'ensenyes de fer mons?

Per què escriure més versos en l'arena?
Platja del mar dels cels,
quan serà que en ta pàgina serena
los escriuré amb estels?

Un emissari va arribar a corre-cuita des de Barcelona portant males notícies. El vell marquès exhalava el darrer sospir. Pel Palau Moja van passar els grans d'Espanya fent els darrers honors al vell *indiano*, don Antoni, que havia fet la fortuna a l'Havana traficant amb esclaus. Els telegrames arribaven de tot Espanya, d'Amèrica, de les capitals europees. El poeta féu un poema de circumstàncies dedicat al vell protector, don Antoni López, que en els darrers anys, sobretot després de la mort del seu fill predilecte Antoni, es va recloure a la seva cambra, gairebé no sortia de palau, feia una vida metòdica, escoltava missa diàriament, presidia la llarga i estreta taula on seia la família a l'hora de dinar, que el pare Verdaguer beneïa. Després, a mitja tarda el vell marquès feia la seva partida de *tresillo*. Cada cop delegà més els negocis en el seu fill Claudi.

Mossèn Cinto en el poema cantava amb grans elogis les seves virtuts. Uns anys enrere també li va dedicar el seu gran poema *L'Atlàntida*, l'obra que el va catapultar a la fama. El seu únic fill mascle, don Claudi, va quedar com a hereu de la immensa fortuna familiar.

L'enterrament congregà a Barcelona les personalitats més importants del moment. Després, la vida continuà igual. Mossèn Cinto, però, el capellà àulic, havia de dir també la missa pel vell marquès i pel seu fill Antoni.

Al Palau Moja, ja des dels primers anys que va entrar de capellà domèstic mossèn Cinto, a qui els marquesos anomenaven pare Verdaguer, tothom sabia que el poeta anhelava un viatge a Terra Santa, Jerusalem, la ciutat santa. Aquell any el pare Verdaguer estava esperant el tan desitjat viatge a Palestina. Ell estava convençut que allí trobaria la clau, es trobaria a si mateix, rebria la definitiva revelació, i seria el punt d'inflexió en la seva vida.

Però aquell darrer viatge a Terra Santa, tot i les promeses dels marquesos, per una cosa o altra mai no acabava d'arribar. A primers de març, don Claudi, que encara estava afectat per la mort de la germana i de son pare, decidí llogar un *yacht* anglès i convidà el poeta a un viatge pel nord d'Àfrica. El poeta es va mossegar els llavis, pensava que aquesta vegada partirien rumb a Palestina, però no va ser així... Tot i això, els viatges sempre el motivaven. En el iot de luxe *Vandalis*, hi anaven també altres il·lustres convidats. Van visitar Màlaga, Cadis, Tànger, l'Alger i Mallorca. Durant aquest viatge va néixer la idea de construir un monestir franciscà al Marroc, una obra que després projectaria l'arquitecte Gaudí, però que mai no es va realitzar.

En arribar a Mallorca, mossèn Cinto va resar amb devoció davant la tomba del gran Ramon Llull. Abans de marxar havia enviat als Jocs Florals l'*Oda a Barcelona*. El viatge excitava sempre la imaginació del poeta, era un motiu per somiar, per activar aquell ressort de l'enyorança de la terra, la nostàlgia... Totes les impressions les enviava a *La Veu de Montserrat*, on sortien publicades les cròniques en prosa dels seus viatges.

De retorn a la ciutat de Barcelona, que cada vegada portava més dins del cor, mossèn Cinto va rebre la gran, la immensa notícia: la seva *Oda a Barcelona* havia estat guardonada en els Jocs Florals d'aquell any. L'Ajuntament en ple i tota la ciutat van aclamar mossèn Cinto. Rius i Taulet, alcalde de Barcelona, li concedí la medalla d'or de la ciutat, i llavors va fer imprimir l'*Oda* en cent mil exemplars, amb un retrat del poeta, destinats gairebé a totes les escoles de Catalunya. Li van ploure homenatges de totes bandes, fins i tot li arribà una corona de llorer d'argent enviada pels catalans de les Filipines. Verdaguer agraí el regal, compongué un poema i oferí la corona a la Verge de Montserrat.

Va coincidir que amb tots aquells homenatges que rebia per part de l'Ajuntament de la ciutat i de tot Catalunya, Barcelona va entrar en una nova època, en què s'inaugurà la llum elèctrica a la plaça de Sant Jaume. La multitud quedà meravellada per aquell enginy. La ciutat bullia d'entusiasme, els carrers engalanats, els teatres s'omplien amb les obres de Pitarra i de Valenciano. Però també hi havia una altra ciutat soterrada, la dels obrers, la misèria, la fam, les fàbriques, els sindicalistes... Una olla que ben aviat esclataria.

La lira del poeta ressonava pertot arreu. Vivia extasiat, no podia sortir al carrer, tothom el volia convidar, abraçar, felicitar. El poeta assistia complagut a tots els actes, amb el seu posat circumspecte, revestit d'aquella innocent humilitat que respirava.

Una tarda d'aquell estiu xafogós, mossèn Cinto estava impacient esperant al piset del carrer Canuda el cosí germà Narcís Verdaguer i Callís, disset anys més jove que ell, que arribava aquella tarda. Venia de la plana a estudiar dret a Barcelona, i ja havia convingut amb els familiars que es quedaria a casa seva, tindria una cambra. El poeta estava llegint el diari i de sobre exclamà:

—Verge de Montserrat!

—Què passa, mossèn Cinto? —féu mossèn Joan Güell, el cosí que feia pocs mesos s'havia ordenat capellà i continuava acudint al pis del poeta.

—Res, Joan. Una notícia que acabo de llegir. Un volcà d'Indonèsia ha esclatat i ha fet desaparèixer una illa sencera, mira les fotos... El Krakatau! Pel que es veu és l'explosió volcànica més important des que es té coneixement!! Una illa sencera! Un continent! Com l'Atlàntida, enfonsat pels pecats del món. Resem, Joan, resem... L'ateisme ha entrat a Barcelona, cada dia hi ha més misèria, més pobres. Resem, fill. Només la caritat pot redimir aquells milers de desgraciats, famílies d'obrers de les fàbriques que es moren de fam i són captats per l'ateisme, l'anarquisme i la maçoneria.

A mossèn Cinto els fenòmens de la naturalesa l'atreien, el captivaven, era un amant de les tempestes. Quan feia excursions a la muntanya i el sorprenia una tronada, gaudia situant-se en un punt elevat per contemplar l'espectacle de llamps, trons i núvols encesos. Quan va navegar a l'Havana amb el transatlàntic, pujava al pont amb el seu amic Andreu a contemplar les tempestes marines. La notícia d'aquell volcà el va deixar un instant atuït... Pensava que era un avís del mal del món, d'aquella arrel diabòlica que comença a penetrar dins de Barcelona per convertir-la en Babilònia, una ciutat pagana i condemnada, tal volta, a l'enfonsament, com aquella illa d'Indonèsia.

El cosí Joan Güell, acabat d'ordenar capellà, encara no tenia ocupació, però mossèn Cinto ja tenia reservat un lloc per a aquell xicot a la casa del marquès. Aquella tarda, mentre esperaven el parent que venia de la plana, el poeta va dir:

—Ja ho he parlat amb el marquès, don Claudi, i també amb el bisbe de Barcelona. T'he buscat una ocupació, faràs d'ajudant d'almoiner. Seràs el meu home de confiança en el repartiment d'almoines al Palau Moja. Mossèn Magí Cornet és un bon home, com saps ell n'és l'encarregat, a ell li vaig delegar aquesta delicada feina, però ja és gran i voldria que tu, Joan, de mica en mica l'anessis substituint, fins que ell es jubili definitivament. Què et sembla?

—Gràcies, moltes gràcies, mossèn Cinto, no sé què dir. Jo em pensava que aniria a una humil parròquia, com vostè, a Vinyoles d'Orís... M'ho ha contat tantes vegades... —va fer el noi amb llàgrimes als ulls.

—Calla, fill, allà una mica més i em moro. Recordes el cataplasma que duia a Vic... Portava el cap rasurat i aquell pes. I tot per a res!! Fins que no vaig pujar al vaixell no vaig millorar. Però gràcies a tu podia dir missa, sempre m'has servit, has estat al meu costat i és l'hora que et recompensi. El marquès confia en mi i tinc carta blanca... I d'aquí a uns anys quan jo em retiri tu seràs l'almoiner de casa Comillas, la família més important del país. La família que fa més caritat de Barcelona, i m'atreviria a dir de tot Espanya. Tu hauràs de distribuir grans quantitats de diners, tindràs una gran responsabilitat, hauràs de passar comptes amb l'administrador. Parla amb mossèn Magí, ell et posarà al cas de tot. De moment tu l'ajudaràs i aniràs prenent nota de tot.

—Moltes gràcies, quina alegria... Però vol dir que jo sabré fer d'almoiner? —féu el noi, intentant amagar l'alegria que sentia, provant d'embolcallar-se d'un sentiment d'humilitat que no tenia ni sentia.

—Demà, a primera hora del matí, aniràs al Palau Moja; no entris per la porta de la Rambla, entra per la Portaferrissa i pregunta per mossèn Magí; dius al porter que véns de part meva. Ell ja n'està al cas.

—Així ho faré... I no el defraudaré, mossèn Cinto, sempre recordaré tot el que ha fet per mi, li ho juro. Mai, mai oblidaré això.

El poeta va somriure complagut, interiorment pensava: «Ja tenim un parent col·locat...». En aquell moment van trucar a la porta.

—Joan, ja tindrem temps més endavant per parlar dels teus honoraris i on viuràs... Passaràs a cobrar una paga mensual i també t'haurem de buscar un lloc, un pis digne, tot a càrrec del marquès, és clar, i ara vés a obrir la porta, aquest deu ser en Narcís...

Efectivament, era el cosí germà de mossèn Cinto que venia a estudiar dret a Barcelona. El poeta ja havia arreglat la cosa amb els familiars en el darrer viatge a la plana. En Narcís també havia estudiat al seminari de Vic i es quedaria a viure al pis del carrer Canuda, tindria una cambra allí mentre estudiés dret, així ho van acordar amb els oncles. Mossèn Cinto, amb la seva situació privilegiada, feia temps que s'havia convertit en el suport de tota la família, i ell n'estava orgullós, no s'hi podia negar. La família era el pilar fonamental per a ell i per això havia aconseguit del marquès una pensió per a la seva germana Francesca i els seus fills, que passaven estretors econòmiques, i també ajudava la Carme, vídua del germà gran Miquel, i els seus fills, i sempre que podia, tots els parents que li ho demanaven.

Semblava que aquella felicitat que en Cinto vivia no s'acabava mai. La seva fama creixia, les traduccions de les seves obres sortien publicades, tothom volia tenir mossèn Cinto al costat, celebrant una festa, una inauguració, una trobada. A ell li plaïa tot això, i no va dir mai que no quan el van sol·licitar per presidir uns jocs florals, un certamen artístic, una peregrinació, una festa major... Però, ara a dins seu havia nascut un neguit, ara la seva lira tornava a sonar. Somiava tornar al Canigó, perdre's per les altes muntanyes del Pirineu, i potser fou per això que va insistir tant a l'amic Collell que l'acompanyés al Rosselló, on els felibres volien coronar Guimerà i a ell mateix en una gran festa. Allí tenia grans admiradors, hi hauria el gran Mistral i també altres poetes i capellans, com Pepratx, rector de Banyuls.

Amb l'amic Jaume al costat, mossèn Cinto era capaç d'anar a la fi del món. A més, tornaria a respirar els aires del Vallespir, la Catalunya Nord, el territori de la seva nova llegenda, el llarg poema que ja estava construint, que el tenia completament seduït: *Canigó*!

La mort del bisbe de Barcelona José María de Urquinaona va deixar vacant la plaça durant poc temps. Mossèn Cinto, com també Collell, pensaven que el càrrec seria ocupat directament per Josep Morgades, aleshores bisbe de Vic. Però no va ser així, encara no feia ni dos anys que havia estat nomenat bisbe de Vic i tant la nunciatura com els poders fàctics van creure convenient nomenar Jaume Català nou bisbe de Barcelona. Aquest fet va ser el desencadenant d'una nova lluita interna entre els dos bisbes, el de Vic, que anhelava la plaça de Barcelona, i el prelat Jaume Català. Una lluita interna, d'odis i revenges que al final acabaria tocant també mossèn Cinto.

El poeta no pensa en el seu bisbe Morgades ni tampoc en el bisbe Jaume Català de Barcelona, a ell només li interessa poder tornar a volar lliure. I a la mínima ocasió que va tenir se'n va anar directe a les muntanyes regalades, al Pirineu. El gran poema estava creixent i ell s'hi devia fidelment, com un esclau lligat a la cadena dels versos. No li importen les absurdes lluites mundanes entre els bisbes, entre els integristes carlins, els mestissos i els conciliadors, o entre els partits polítics que pugnen al país i a la ciutat de Barcelona. No hi ha cosa al món que li faci més fàstic que la política.

—Maleïda política... —deia al seu cosí Narcís, que ja començava a sentir-se atret per les distintes tendències polítiques del catalanisme.

A l'altre cosí, Joan Güell, que ja coneixia l'animadversió de mossèn Cinto per la política, moltes vegades li havia dit:

—Joan, aparta't de la política. La política és el filat amb què el dimoni agafa els ministres de Déu!

Mossèn Cinto, però, confiava en aquells dos cosins, eren la seva família i ell és un home de família, de la terra, de la llar, per això adoptava com a lema la divisa sallustiana: *Pro aris et focis*, que el seu amic Jaume Collell traduïa «per Déu i Catalunya», o d'una forma més íntima, tal com li agradava a Verdaguer, «per l'altar i la llar». Aquella era la seva llar i ell exercia de pare protector dels dos cosins.

Abans de partir en direcció als alts cims que el reclamaven, es va acomiadar dels dos cosins, Joan i Narcís, que ja s'havia instal·lat al seu pis del carrer Canuda.

—Narcís, seré unes setmanes fora. Tu quedes amo i senyor de la casa. Té, agafa aquests diners, et serviran per comprar menjar i per a les teves necessitats. Vindrà mossèn Joan Güell, m'agradaria que resésiu el rosari junts, mentre jo seré fora.

—Sí, mossèn Cinto... Així ho faré, i no pateixi, resarem junts. Vol que l'acompanyi fins a l'estació?

—No, fill, ja veig que el dret et fa anar de cul, has de preparar exàmens i val més que no perdis el temps, estudia força.

Mossèn Cinto, amb la maleta penjant d'una mà, va sortir, content, exultant en direcció al Canigó. Li encantaven les excursions, de fet aquesta va ser una constant durant tota la seva vida. «Com Ramon Llull, l'autor de *Blanquerna*. La meva vida és un viatge», es deia en silenci, mentre recordava algun fragment, alguna pregunta que l'amic feia a l'amat.

La seva estada al Vallespir va ser molt profitosa. Amb

la maleta en una mà i el paraigua a l'altra, pujava muntanyes, vivia als masos, on els pagesos i els pastors l'acollien, escoltava cançons populars, llegendes del cim que presidia la contrada. Visitava monestirs en ruïnes, com el de Sant Martí. Visita l'Alt Pallars, Castellbó, Sant Joan de l'Erm. Els noms dels llocs es van emmagatzemant a la llibreta de notes i també dins del seu cor. Sempre que pot escriu al canonge Jaume Collell, el seu amic, i les cartes traspuen aquella alegria infantil. Li conta que vola per l'alt Pirineu, passa d'una muntanya a una altra, visitant paratges recòndits, ermites perdudes vora els precipicis, afraus i gorges, fins que arriba al Conflent.

Porta al sac tantes llegendes, tantes emocions, tants volts de llibertat que gairebé no pot arrossegar-lo. Així, exultant de felicitat arriba a Vic, i allí es reuneix amb els amics de l'Esbart. I allí l'amic Collell va recitar, per primer cop a la font del Desmai, alguns fragments del *Canigó*, el poema que ara li donava ales per viure i respirar. Aquell estiu del 1884 volia acabar d'arrodonir el poema i farà una llarga estada al santuari de la Mare de Déu del Munt. Abans, però, fa una estada d'una setmana a Banyoles, on una colla d'amics l'espera, i rumbeja amb una barca pel llac. En aquesta població va rebre un homenatge i fou convidat a una vetllada literària. Des d'aquí pujà al santuari del Munt i en quedà meravellat. Tant és així que hi va romandre cinc setmanes acollit pel capellà custodi, mossèn Joaquim Comadevall i Santaló. Mentre és al santuari, mossèn Cinto visita tota la comarca de la Garrotxa. Sant Llorenç de Sous, en plena festa major, el fa el seu convidat d'honor. També visità Besalú, Montgrony, Olot, Sant Pau de Segúries, Sant

Joan de les Abadesses, Ripoll..., a la recerca de llegendes, contes, tradicions... L'activitat és frenètica. Escriu a l'amic Collell i li diu:

«*Veig el Canigó cara a cara i faig amb ell algunes enraonades... Veig el Canigó com una magnòlia immensa, que en un rebrot del Pirineu se bada*».

En arribar a Barcelona, va al Palau Moja. Amb el marquès, el tracte és amable, don Claudi està molt content de veure'l. Mossèn Cinto li explica que està molt entusiasmat amb el llarg poema sobre el Canigó que acaba d'escriure. En aquest moment entra la seva jove esposa, María Gayón, saluda el poeta amb un ample somriure i després escolta un fragment del poema *Canigó* i queda meravellada d'aquell ritme, aquella musicalitat. Sobretot li agrada la història d'amor de Gentil i Flordeneu.

—M'haurà d'explicar el significat de tantes paraules d'aquest bell poema, pare Verdaguer...

—El pròxim estiu, si tinc salut, podem fer una altra excursió pel Canigó i allí als peus o als cims de les muntanyes, amb l'escenari al fons, ens podrà recitar el poema... Què li sembla la proposta, mossèn Cinto? —va preguntar el marquès.

—Per a mi seria un honor, don Claudi. Ja sap que és gràcies a vostè que jo puc escriure... A vostè i al seu pare, els dec tot el que sóc...

—Calli, si us plau, l'honor de tenir per amic el millor poeta d'Europa és nostre... —va fer María Gayón, sense dissimular gens la seva alegria.

El marquès, en aquest punt, va dir-li:

—Abans que me n'oblidi, ahir va venir el meu cunyat, don Eusebi Güell, m'ha dit que el vol veure urgentment... Vol que treballi amb un nou arquitecte, Antoni Gaudí, que ell patrocina i protegeix. Ell va fer el disseny del mobiliari per a la capella panteó del nostre palau de Sobrellano a Comillas, recorda?

—Sí, sí, sé qui és, hem parlat algun cop... M'ha vingut a veure al pis. El senyor Eusebi em va dir que va conèixer Antoni Gaudí a l'Exposició Universal de París de l'any 1878.

—L'Eusebi està molt interessat que el visiti, es veu que Gaudí s'està inspirant en *L'Atlàntida* per fer algunes obres i una porta reixada espectacular a la finca que ha comprat recentment als afores de les Corts.

—Fa dies que no el veig, el senyor Eusebi Güell, ja sap que som amics i tenim llargues converses... Amb l'arquitecte Antoni Gaudí, fa molt poc ens vam trobar a Poblet, en la reunió dels poetes de tots els països catalans: València, Mallorca, Rosselló. Ell va ser l'encarregat d'il·luminar amb torxes les ruïnes del monestir, on es van llegir poemes. Va ser una vetllada literària magnífica. Amb Gaudí, vam parlar molt poc, recordo que em va dir que estava molt interessat en *L'Atlàntida*, per aplicar-la a una obra, un projecte. Li vaig dir que em vingués a veure al pis, però deu estar molt enfeinat. A mi m'agrada el que fa, és tan diferent, tan a prop de la natura... Els fanals de sis braços de la plaça Reial, que li va encarregar l'Ajuntament de Barcelona, són una meravella, don Claudi, em sembla que serà un plaer treballar amb ell.

—Un gran arquitecte amb un futur esplendorós. Fa poc temps, per indicació de l'arquitecte Joan Martorell, ha acceptat l'encàrrec de continuar les obres de la Sagrada Família.

—Sí, ja ho vaig llegir als diaris. Però ja és definitiu?

—Sí, ja li ho dic... M'ho va confirmar l'Eusebi, el meu cunyat. Es veu que Gaudí se'n farà càrrec, davant les discrepàncies que tenen l'arquitecte Francesc de Paula i l'Associació Espiritual de Devots de Sant Josep, que promou l'obra. Antoni Gaudí també ha acceptat fer-se càrrec a Santander, a Comillas, del projecte de construcció d'una casa, per a un parent casat amb la tia, Máximo Díaz de Quijano. Vostè el coneix, pare Verdaguer.

—Sí..., el músic, oi?

—Sí. He vist el projecte i realment és sorprenent. Es dirà El Capricho. El meu cunyat Eusebi està entusiasmat amb Gaudí, des que l'hi va presentar l'arquitecte Joan Martorell, que només parla d'ell; s'entenen, tots dos són profundament catalanistes, com vostè. Em sembla que s'avindran, no en tinc cap dubte. Ara també està treballant per a ell, fa algunes obres a Mataró, però a mi em sembla que aquest arquitecte, i no dubto de la seva capacitat i la seva originalitat, fa cases i palaus que semblen pastissos. Però sens dubte és original i està de moda, tot Barcelona en parla. Potser li encarrego alguna obra al nord d'Àfrica, a Tànger potser, ja sap que la meva intenció és estendre l'apostolat... Un convent de franciscans.

—Sí, ho recordo, quan vam fer el viatge amb el iot pel nord d'Àfrica en vam parlar. Ja sap que jo sóc franciscà terciari...

—Sí, sí, és clar, pare Verdaguer. Si finalment el projecte tira endavant, compto amb vostè. I si diu que coneix Antoni Gaudí, molt millor... Ja li ho dic, està de moda, tothom li vol encarregar cases, palaus, mansions, obres... L'altre dia, l'administrador em va dir que els Vicens, els ceramistes de Gràcia, també li volen encarregar una casa. Quina bogeria!

L'endemà al matí, mossèn Cinto va desplaçar-se fins a la finca d'Eusebi Güell, un lloc que ja coneixia, fins i tot s'havia passejat entre l'arbreda i les fonts dels jardins, per inspirar-se, per llegir. Allà va escriure un dels seus poemes, *El somni de sant Joan*, que Verdaguer va dedicar al matrimoni Güell. Aquella nova finca venia a engrandir la propietat dels Güell. L'Eusebi va adquirir grans extensions de terreny i va voler millorar la propietat. Aquí era on treballava Gaudí. Les reformes consistien en l'edificació d'un mur perimetral amb tres portes, i dos pavellons a l'entrada, unes cavallerisses, un mirador, una font i la reforma d'una casa antiga que Güell havia adquirit juntament amb els terrenys.

Mossèn Cinto sempre era molt ben rebut a la casa i a les propietats del cunyat de don Claudi. Un dels porters li va dir que don Eusebi no hi era, però li va indicar on trobaria l'arquitecte Gaudí.

—Vagi avall seguint el camí, ja veurà la casa i els jardins, just arran d'una arbreda, a mà esquerra, hi té una cabana feta de fustes. És allà dins on treballa l'arquitecte, fa els plànols, però també li agrada anar amunt i avall a peu d'obra amb els artesans i mestres d'obra... No pateixi, el veurà sempre atrafegat.

Mossèn Cinto estava content, ja coneixia el jove arquitecte i el seu nom quedaria per sempre unit al de Bartrina. Recordà el dia que en Joaquim els va presentar, la llarga conversa que van tenir. A Poblet, en l'acte de l'Associació Excursionista de Catalunya, de la qual l'Eusebi era un dels promotors, van parlar una estona de Catalunya, dels nous temps que els tocava viure, de la Renaixença, i tots dos van coincidir que era un gran moment per a Catalunya. Gaudí li va parlar de Reus, de Riudoms, la seva terra, i també d'un dels seus primers projectes per reconstruir el monestir de Poblet. Gaudí es va emocionar parlant d'aquelles ruïnes, i llavors va sentir vergonya d'un país que permetia que un dels llocs capitals de la seva història estigués en aquell estat d'abandonament.

Don Claudi tenia raó: Gaudí estava de moda i tothom volia encarregar-li obres, palaus, cases... Però el marquès li havia dit que acabava d'acceptar l'encàrrec de la Sagrada Família, aquella catedral que havia començat Francesc de Paula. Aleshores va recordar la primera conversa, quan Bartrina, el poeta, el va portar al pis i allí van parlar d'aquell conte, la flor del paradís. Era una rosa, sí, n'estava segur, l'Antoni Gaudí construiria una catedral i dins del seu cor hi hauria la rosa mística. Ara anava caminant per trobar-s'hi; venia a parlar amb ell personalment. A més, li portava un regal embolicat amb un paper, un exemplar de l'edició de luxe de *L'Atlàntida*.

Mossèn Cinto va sentir soroll, picapedrers, paletes cridant el manobre, i de sobte per damunt de tot una veu:

—Senyor Gaudí, han vingut els de la forja, diuen que el drac és massa gran i que no entenen bé el seu plànol... Les ales, no saben de quin material les han de fer.

—Les ales? Ja els ho vaig dir, que aprofitin uns retalls de xapa... Molt bé, Miquelet, vés i digue'ls que m'esperin a la barraca, ara hi vaig, que tinc una mica de feina.

Mossèn Cinto contemplà l'escena rere un grupet d'oms i xiprers, d'una tanca verda que delimitava un dels camins dels jardins de l'antiga casa de can Cuyàs, i va veure l'arquitecte que, agafant l'escaire amb la mà, la camisa arromangada fins als colzes, donava instruccions al paleta, un home de mitjana edat, amb camisa ampla i gorra negra, que se'l mirava atentament, vora una construcció, una casa d'obra vista, de rajola. Hi havia altres obrers, peons i paletes, que estaven atrafegats, alguns enfilats a les bastides, d'altres fent anar corrioles...

Verdaguer esperà que acabés, el va espiar, el va veure treballar, era al seu element, com el peix a l'aigua, i es va imaginar que algú l'espiava a ell quan feia versos i va sentir-se una mica molest; allò era com profanar alguna cosa sagrada. I, després, quan l'arquitecte enfilà el camí cap a la barraca, va anar darrere seu i el cridà:

—Don Antoni Gaudí!!!

L'arquitecte es va girar, es va quedar quiet com una estàtua, al primer moment no el va conèixer, però de seguida reaccionà:

—Quin honor!!! Mossèn Cinto. Vostè per aquí! Disculpi que no li doni la mà! Ja ho veu, la tinc tacada d'argamassa...

—No pateixi, jo he treballat la terra, a la plana. El meu pare era mestre d'obres i un gran picapedrer, estic segur que li hauria agradat com treballava.

—Folgueroles, un poble de picapedrers.

—Sí, però també havia de treballar la terra per mantenir la família.

—És una llàstima que els artesans catalans no puguin viure del seu treball. Així es van perdent els oficis. Però per sort a Catalunya encara tenim un bon planter de mestres d'obra i artesans de tota classe. Sap, jo treballo directament amb ells; posseeixen la saviesa antiga del poble, que es passen de pares a fills, coneixements acumulats per l'experiència. Els seus avantpassats van construir totes les catedrals gòtiques d'Europa. Em mereixen un gran respecte. Ara mateix han vingut a veure'm els de la forja. I miri quina coincidència. D'això mateix volia parlar-li... Sap, vaig dir al senyor Güell que volia...

—Sí, sí... Sé que les obres que fa estan inspirades en *L'Atlàntida*. Miri, tingui, li he portat un regal, un exemplar de l'edició prínceps.

Gaudí es va girar, els seus ulls es van quedar clavats al paquet que portava el poeta, embolicat amb un diari.

—Moltíssimes gràcies. Per a mi és un honor.

—No es disculpi, senyor Gaudí. Sabia que li faria il·lusió...

Els dos artistes es van mirar. El sol resplendia, només se sentia una cantúria allà baix, on els mestres d'obra aixecaven murs; uns pardals dels jardins van refilar enmig d'aquell silenci mentre aquelles dues mirades blaves es penetraven l'una a l'altra, els dos artistes més importants de Catalunya, dos homes units per l'art, la poesia, l'amor a la natura i també amb vocació de frares franciscans. Alguna cosa va passar en aquell moment, un fil imperceptible va unir aquelles dues mirades que es van somriure, es van entendre i es van agermanar per sempre. Un oriol mascle, de colors llampants, com les aus del paradís, va creuar el cel, el seu vol va passar a frec dels seus caps i va fer el seu característic xiulet llarg i fort.

Antoni Gaudí, de trenta-un anys, va reaccionar:

—Mossèn Cinto, vostè que domina les paraules, els noms. m'ha de buscar un nom per a una font que vull reconstruir aquí, a la finca, vull posar-hi una columna amb el bust romà d'Hèrcules, amb el casc... També tinc alguna idea de la font, vull que hi hagi quatre dolls d'aigua simulant les barres de sang de la senyera. Admiro la seva poesia i *L'Atlàntida*... Per a mi, és una obra èpica que perdurarà. Li ho dic sincerament, per això vaig dir al senyor Güell que aquesta finca, els pavellons, la tanca, les portes i la font, totes les reformes que faig, estan inspirats en el seu bell poema. Això serà el jardí de les Hespèrides... I el reixat de la porta principal serà el guardià, el drac Ladó. Vingui, allà a la barraca li ensenyaré alguns plànols i dissenys de la porta forjada. A veure què me'n diu.

—El drac Ladó que protegeix les taronges d'or del jardí de les Hespèrides. I Alcides s'hi atansa cautelosament i el mata, i agafa una branca del taronger...

—Sí, en realitat és l'hort de les Hespèrides, el seu segon cant... És bellíssim. —I Antoni Gaudí, en aquell moment, en va recitar un petit fragment:

Lo cimeral de l'arbre per abastar, s'hi atansa,
quan llest descaragola's lleig drac d'ulls flamejants,
i en roda la gran cua brandant com una llança,
tantost amb gorja i urpes li copsa ambdues mans.

—Veig que se'l sap de memòria.

—No, i ara! Només algun fragment, aquest concretament m'ha inspirat la forja del drac que he dissenyat per a la porta més gran de l'entrada de la finca, la dels carros. Entrem a la barraca i li mostraré una còpia del disseny.

A l'entrada d'aquella barraca de fustes, hi havia dos nois tots mascarats, cares negres, gorres brutes; a les mans portaven unes cadenes i unes molles de ferro oxidades...

—Albert i Nicolau... Què us passa?

—Don Antoni, ens fan venir de la forja, resulta que hi ha un problema amb les ales del drac... Com han de ser?

—Bé, espereu un moment. Ara estaré per vosaltres. Passi, mossèn Cinto, li vull ensenyar Ladó, el drac alat, el guardià del jardí...

Sobre una taula de fusta, hi havia un plànol, un dibuix d'un drac.

—Què li sembla?

—És realment magnífic.

—El drac ja l'estan acabant al taller de Vallet i Piqué. Vull utilitzar-hi tota mena de materials i per això tinc problemes constantment, per això han vingut en Nicolau i l'Albert, que són dos ajudants de la forja. I veu aquí, a la columna de l'esquerra? És el taronger d'or... Serà d'antimoni.

—Antimoni?

—Sí, és un metall! Veu, mossèn Cinto? Vull recrear aquí aquest passatge del seu poema. Però no vull esgotar el tema de *L'Atlàntida*, m'agradaria col·locar el drac

Ladó sobre una gran casa del passeig de Gràcia, al terrat... Les escates de colors iridescents serien les teules.

—Una magnífica fantasia. Però aquest drac és realment espectacular.

—I els ulls seran de vidre... Com vostè diu al poema: «ulls flamejants»

Gaudí es va netejar les mans en una palangana d'aigua neta que tenia al fons, es va eixugar i es dirigí de cara al poeta, que en aquell moment féu:

—Tingui, don Antoni, això és per a vostè... —En aquest moment, el poeta li va donar el llibre.

—Moltes gràcies, mossèn Cinto, és una edició magnífica, jo l'havia vist a casa de don Eusebi, és clar, però a la meva biblioteca tinc una primera edició més modesta, que vaig llegir amb passió i que rellegeixo sovint. La tinc al costat del meu altre llibre predilecte.

—L'Apocalipsi de sant Joan?

—Sí..., veig que recorda la conversa que vam tenir al seu pis —va dir Gaudí.

Mossèn Cinto no treia els ulls d'aquell magnífic disseny del drac amb la boca oberta, la llengua sinuosa, la cadena que Hèrcules, Alcides en el poema, li va posar al coll per subjectar-lo i així poder arrabassar-li una branca de l'arbre de taronges d'or. *L'Atlàntida*, de fet, estava basada en l'onzè treball d'Hèrcules, quan l'heroi roba la poma d'or del jardí de les Hespèrides. Antoni Gaudí tenia el disseny sobre la taula, i el mossèn semblava absolutament magnetitzat, com si es trobés un altre cop dins del poema, escrivint-lo. En contemplar les ales de ratpenat la seva imaginació va aixecar el vol, va viatjar en un instant a Vinyoles d'Orís, la parròquia perduda a les inhòspites muntanyes del nord de la plana. Les tempestes al mig de l'oceà, amb el seu amic Andreu, a la derrota de la nau, perduda al mig d'un fabulós temporal.

—Veig que ha captat totalment l'essència del poema. Aquesta imatge és magnífica.

—I tindrà un significat. Aquest estiu vingui una nit i veurà com la disposició del drac Ladó coincideix perfectament amb la constel·lació del drac. He estat comprovant les posicions, i he fet coincidir el drac Ladó amb la seva constel·lació, per tant a l'estiu si ens col·loquem a terra veurem una imatge al cel, i la seva reproducció a la terra, en la forja del drac; serà com una imatge reflectida en un mirall. Tal com diu el parenostre, aquí en la terra com en el cel.

—Em deixa realment de pedra. Ha pensat també en això, en aquesta disposició? No me'n sé avenir.

—Mossèn Cinto, ja vam parlar d'això a casa seva. La natura és l'obra de Déu i la Bíblia és la seva paraula. L'arquitectura que intento fer segueix el patró de la creació de Déu, és un reflex de la natura però també té tota una simbologia que surt de la Bíblia, de la paraula de Déu, de tots els seus llibres, tant de l'Antic Testament com del Nou, on per a mi té un paper preponderant el llibre de l'apòstol Joan, l'Apocalipsi. Per això el drac Ladó d'aquesta reixa no és res més que el reflex de la constel·lació que a l'estiu és just sobre la ciutat de Barcelona, sobre el drac del jardí de les Hespèrides. Concretament el drac està orientat al nord i així la posició del cos, el cap i la llengua dibuixen la constel·lació del Dragó, mentre que la pota forma la d'Hèrcules, i la cua, l'Óssa Menor.

—Segons aquest mite, els déus van convertir el drac Ladó en una constel·lació després que fou vençut per Hèrcules en aquest onzè feixuc treball que li va manar Eristeu, el rei de Micenes. Les Hespèrides eren tres: Eglé, Aretusa i Hiperetusa; elles tenien cura del taronger d'or. Hèrcules va vèncer el drac i es va endur el cimeral de l'arbre de les taronges d'or per plantar-lo a Hispània.

—Sí, és el mite que vostè recrea en el seu bell poema, *L'Atlàntida.* I que jo intento plasmar aquí. Exactament en la posició de les constel·lacions, com si la ciutat de Barcelona fos un mirall on es reflecteixen totes les estrelles. Per això vull que la constel·lació del Dragó, Hèrcules i l'Óssa Menor coincideixen exactament amb la posició del drac forjat a la porta.

—És fascinant el que vostè vol fer... Un reflex del cel. Aquí en la terra com en el cel. El parenostre, l'oració que Jesús ens va ensenyar.

—Per a mi l'arquitectura ha de ser un reflex de la mare natura, l'obra de Déu, i per això el que és a baix és igual al que és a dalt.

Antoni Gaudí es va girar, va remenar entre unes carpetes que tenia a la vora i li mostrà un altre disseny.

—Veu, això és una maqueta a petita escala.

Per la cara que va fer mossèn Cinto, l'arquitecte va deduir que no entenia res, aleshores va somriure i li va dir:

—Ara doni la volta al full...

El poeta li va donar la volta i aleshores exclamà:

—És realment sorprenent. És un edifici, una església, al revés, amb les torres... Però no entenc, fa els plànols, les maquetes al revés, vostè?

—En certa manera treballo a la inversa, com si construís dins d'un espill... Això és una maqueta polifunicular de cordills i saquets de perdigons, veu? Així, treballo amb l'ajut de la força de la gravetat. Ja li ho dic, el meu model és la natura; parteixo del gòtic, és cert, però vull que les columnes siguin arbres, l'esquelet humà, la forma dels arbres, tota la natura és el llibre que Déu ens ha donat als homes perquè seguim el seu model.

—Ara entenc el que volia dir abans.

—Per això el drac Ladó ha de coincidir a l'estiu amb la posició de les estrelles que formen la seva constel·lació. Així en la terra com en el cel. És molt senzill, mossèn Cinto.

—Ara sí que veig que vostè, les seves obres, tenen una inspiració divina.

—Ja li ho vaig dir, per a mi la litúrgia és fonamental, és el llenguatge de l'ànima, la llengua perduda dels ocells, la llengua de les ambaixades, la llengua adàmica... Que és la llengua de Déu, d'abans de la torre de Babel. És un coneixement que ens ve dels antics constructors de les catedrals gòtiques, sens dubte. Jo sóc seguidor de l'arquitecte Eugène Violet-le-Duc, a França; durant tot aquest segle fins que va morir, ell va fer renéixer aquest art medieval.

—Parlant de catedrals gòtiques. El marquès m'ha dit que ha acceptat l'encàrrec de dirigir les obres de la Sagrada Família.

—Vull dedicar la meva vida a la catedral. La catedral dels pobres. Tot això que faig aquí, les cases i els palaus per als rics de Barcelona i de tot Espanya, que estic dissenyant i que construiré els propers anys, només seran provatures, assajos dels nous models, per poder aplicar-los en la construcció de la catedral dels pobres. Vull que les columnes siguin arbres fruiters, i que la llum sigui una part orgànica de l'edifici.

—Una part orgànica, diu?

—Sí, es tracta de construir un edifici viu.

—És clar, senyor Gaudí, és el mateix que jo intento fer amb la poesia, que els versos tinguin alè de vida.

—L'arquitectura per a mi és un art superior que va molt més enllà. La Sagrada Família ha de sintetitzar la pròpia naturalesa que ens envolta. També la consciència del pensament i l'art sobre la base de la cultura popular del nostre poble, Catalunya, i finalment una visió estètica del mateix art unit indestriablement a un sentiment religiós: estètica i religió fusionades. Comprèn?

—Em sembla que començo a entendre el que vol dir. En certa manera, jo intento fer el mateix amb la poesia, la meva llet són les fonts populars, el poble, però crec que els versos han de volar, han de ser un instant que ens apropi a l'eternitat, a Déu, a l'infinit. I és tan difícil això de sostenir el calze i la lira...

L'arquitecte se'l va mirar de fit a fit i féu:

—L'art i la religió per a mi estan units. Religió, ésser humà i naturalesa, la Trinitat... Encarnació, Redempció i Salvació, això serà la Sagrada Família. Pare, Fill i Esperit Sant... Sant Josep, la Verge Maria i Jesús... La Trinitat!

Mossèn Cinto es va quedar sense paraules. Finalment Antoni Gaudí trencà el silenci:

—Tinc trenta-un anys, però ara ja sé quina és la meva missió a la terra. Dedicaré tota la meva vida, tot el meu esforç, tots els meus estalvis a construir la Sagrada Família. A vostè li ho puc dir, he llegit els seus poemes i sé que em pot entendre.

—Jo en tinc trenta-vuit... He dedicat la meva vida a la poesia i crec que vostè és molt afortunat; poques persones poden dir amb aquesta seguretat què hi han vingut a fer, al món. Vostè ho sap, en té la seguretat, i per això l'admiro. Jo en canvi busco, tinc un neguit, contradiccions, penso que he malgastat la meva vida amb la lira. I potser ara li toca parlar al calze. En una cosa anem pel mateix camí, vostè com jo tenim com a model la Natura, i per a nosaltres la Natura és Déu. Tots dos bevem de les fonts de la cultura del nostre poble, Catalunya, vostè treballa a peu d'obra, amb els mestres, els artesans, la gent que coneix l'ofici, els secrets... Jo també parlo amb els pagesos, masovers, pastors, gent del poble, recorro la nostra pàtria i rescato de l'oblit i la decadència la nostra llengua. Però vostè, senyor Gaudí, ha superat el dilema. Recordo aquella història de Samuel Coleridge que em va contar al pis. Ara ja sé que vostè ha trobat la seva flor del paradís, i la posteritat el creurà, les seves obres seran vives per generacions, seran la prova que ha estat al paradís. En canvi, jo encara busco...

CAPÍTOL XXVII

Don Eusebi Güell i Bacigalupi, convertit ja en mecenes de Gaudí, va convidar mossèn Cinto a un viatge en tren per tot Europa, fins a Rússia. El poeta hi va anar encantat de la vida, els viatges eren la seva passió, l'única medecina que guaria la seva ànima delerosa sempre de la recerca del més enllà, a través de la poesia, de la inspiració que la Verge de Montserrat un llunyà dia de la seva joventut li va mostrar a la cova, el secret de la llum que la seva mare va endur-se per sempre més a la tomba.

El poeta va mirar aquells nous països nòrdics i del centre d'Europa amb els ulls expectants. França, Suïssa, Alemanya, Rússia... De la vella Europa naixien amb molta força les arrels d'aquells moviments socials que pregonaven l'ateisme, que arrelaven en les organitzacions d'obrers de les fàbriques. Per a mossèn Cinto tots portaven l'estigma de l'ateisme, el liberalisme descregut... Les ales negres de Satanàs volaven per Europa i havien penetrat a Catalunya. Un fantasma recorre Europa, deia el Manifest Comunista. Bakunin, Marx, Engels i aquell inquietant filòsof foll, Nietzsche, que parlava obertament i amb raonaments filosòfics de la mort de Déu i del naixement del superhome... Què volia dir? A París, que era el centre cultural de tot aquell món frívol i laic, mossèn Cinto es va sentir perdut a la ciutat de l'Apocalipsi, la nova Babilònia. Però a Montmartre va assistir a una processó del Sagrat Cor de Jesús i va veure un símptoma d'esperança. El Sagrat Cor de Jesús, la devoció que el nou bisbe de Vic, Josep Morgades, estava tan interessat a estendre i propagar per tot Catalunya. Les mostres de devoció el van impressionar. Però al costat d'això també hi bategava aquella ciutat laica, atea i llibertina, el París de la bohèmia que alguns artistes pregonaven ja per Barcelona. Tot això feia tremolar mossèn Cinto, que sentia paor; volia dedicar la seva vida i la seva obra a redimir tota aquella humanitat desencaminada. De vegades pensava que el seu poema *L'Atlàntida* era premonitori. Déu enfonsaria el continent europeu per causa dels seus pecats igual com havia fet amb l'Atlàntida.

I la seva ànima viatgera cada cop anhelava més trepitjar Terra Santa: allí trobaria la veritat. Havia viatjat amb el marquès, amb el seu cunyat, per mig món, i en canvi aquell viatge místic a Terra Santa, ell sempre el va demanar i se li va negar, per alguna cosa, un detall, un accident. Mossèn Cinto sabia que a Jerusalem, a Palestina, hi trobaria potser allò que tant estava buscant, allí trobaria potser la seva flor del paradís, el seu roser de tot l'any, el seu Sant Francesc s'hi moria. Envejava el seu amic Antoni Gaudí, que havia resolt el dilema: la seva missió seria construir una gran catedral dedicada a la

Sagrada Família, la catedral dels pobres... Aquesta era la clau, l'arma del cristianisme per combatre els nous temps que venien, per canviar totes les relacions entre homes i dones, entre parents i companys obrers de classe. La Família, el pare, la mare i el fill, la Trinitat, era la solució, era tornar als orígens de la Natura, als orígens de Déu, de la bondat divina, fonamentat en l'exaltació de la tradicional família cristiana arrelada a la pàtria catalana, a la natura, al poble i a la litúrgia, l'estètica pura de la religió, com a única via de redempció i salvació. Antoni Gaudí obria aquest llibre de pedra al cor de Barcelona, aquest era el seu destí. Però i ell? I el pobre mossèn Cinto? Havia de complir alguna missió? Trobaria la seva flor del paradís? I si la trobava, el creurien les generacions futures?

De moment, però, la seva situació no havia canviat gens ni mica. Se sentia sol, molt sol, no tenia mare, ni pare, havien enterrat el seu germà Miquel el dia de Sant Isidre llaurador. Nomes li quedava la seva germana Francesca, i també aquells dos cosins, Joan Güell, que treballava d'ajudant d'almoiner de la casa Comillas, assistint mossèn Magí Cornet, i Narcís Verdaguer, l'estudiant d'advocat que tenia una cambra al seu pis. Continuava escrivint sense descans a *La Veu de Montserrat,* dirigida pel seu amic Collell, era el lloc on enviava les seves impressions sobre els viatges que feia, les excursions; després tot aquest periodisme de viatges era reproduït en altres publicacions del país: *L'aplec de Montgarre, Excursions a l'Alt Pallars, Records de les costes d'Àfrica, A vol d'aucell.* A partir del 1880 comença a publicar també a *La Il·lustració Catalana,* del seu amic i editor Francesc

Matheu. Des de feia anys, des que fou vicari de Vinyoles d'Orís, mossèn Cinto també feia una intensa tasca del que amb Collell i també amb el sacerdot Torras i Bages en deien campanya de propaganda catòlica. Sobretot fou molt intensa des que conegué el capellà ortodox Fèlix Sardà. Els encàrrecs li plovien de tot arreu. Feia més de vint anys que escrivia goigs, càntics, caramelles, nadales... Per tot Catalunya aquestes composicions religioses de caràcter popular, sempre amb aquell punt patriòtic català, s'escampaven editades a milers per cada diòcesi. Els fullets impresos es trobaven a totes les esglésies, a totes les ermites, els seus versos arribaven arreu. I les seves cançons, com *La barretina,* musicada per Càndid Candi el 1880, o el mateix *Virolai* de Montserrat, eren peces que s'interpretaven pertot arreu. La fama de mossèn Cinto era tan gran, que no hi havia racó de Catalunya, per recòndit i apartat que fos, on no es cantés o recités un poema religiós seu.

En tornar d'aquell viatge per Europa, el seu esperit estava enriquit per les noves experiències adquirides, les neus de Rússia, les selves frondoses del centre d'Europa, els grans rius, les grans capitals, com París, que el van impressionar. En tot havia copsat algun missatge en aquell llibre obert que ell sempre trobava escampat per tota la terra.

Però res havia canviat en la seva vida. Va tornar al Palau Moja, a dir les misses per la mort del difunt Antoni i pel vell marquès. Després, resar el rosari, les recepcions al palau, acompanyar don Claudi i l'esposa a Santander, als balnearis... Tot això ara ja no l'omplia, l'única llum que trobava en aquell vell i tètric palau era parlar amb la jovial esposa de don Claudi, María Gayón.

Les confessions, els secrets, els anhels d'aquella ànima pura abandonada allí al palau. Ella li confessava que se sentia engabiada, que pecava perquè era hipòcrita amb el seu home, amb el qual encara no havia tingut cap relació íntima. Ella sentia la força de la natura bategar en cada centímetre de la seva pell i ell, don Claudi, de naturalesa feble, de moral molt estreta i religiositat catòlica gairebé fanàtica, no volia saber res d'estimar, de fer l'amor carnal, tal com un home i una dona han fet des que el món és món. A ella, la pobra María Gayón, la noia més bonica del país, se li havia negat tenir fills, que potser serien el seu únic consol, el consol d'una noia obligada a casar-se amb l'hereu de la fortuna més important del país, un home feble, malaltís, preocupat únicament pels negocis, i d'una fe ortodoxa, tancada.

María Gayón no era feliç, potser reia, es mostrava jovial, però amagava com el confessor alguna cosa dins seu, una recança. Mossèn Cinto l'escoltava i no podia deixar de sentir llàstima, comprensió, per aquella ànima pura, d'àngel, que patia el mateix mal que ell, tots dos tancats en una gàbia d'or. Això d'alguna manera els unia, feia la seva secreta complicitat més forta.

—Ave María Purísima...

—Sin pecado concebida, filla.

—Pare Verdaguer, avui he pecat un altre cop. He desitjat amb tota la meva ànima, amb tot el meu cor. Aquest matí, a l'alcova, abans que en Claudi s'aixequés del llit. Ell dormia... He mirat sota els llençols i he tocat. He pecat de pensament, pare Verdaguer! Contra el sisè manament de la llei de Déu. Un altre cop! No he pogut resistir la temptació.

—Filla, recorda que això que fas és pecat. Déu va castigar Onan... Al llibre del Gènesi, hi ha la cita. Ja t'ho vaig dir... Resa, filla meva, resa.

—És que estic perduda, pare Verdaguer. Jo sóc l'esposa del marquès i necessito que ell m'estimi de veritat, que m'abraci com fan totes les parelles del món. Necessito el seu amor, si no aquí em moriré. Ell ni em toca. És molt bona persona, un sant, però jo necessito un home, no un pare o un germà. L'estimo, estem casats per l'Església, la nostra missió com a matrimoni és formar una família. Almenys intentar-ho... Però ell, don Claudi, em rebutja sempre. I ja no sé què fer, li ho dic de veritat.

—Filla meva, María. Entenc el que vols dir, però no puc aprovar el que fas. L'Església, la doctrina, no ho aprova, és un pecat. Un pecat venial en el teu cas, perquè Déu ha volgut que els homes i les dones es casin i tinguin fills, formin una família, i no hi ha més remei que realitzar l'acte, la unió carnal... Que mai es pot considerar fornicació!

—Pare Verdaguer, vol que em posi el cilici?

—No!!! No, ja t'ho vaig dir, María. El teu pecat és venial, tu com a dona tens l'obligació de buscar el teu marit, de complaure'l, i si no vol, si està desganat, perquè m'entenguis, tu, a l'alcova, tens l'obligació d'utilitzar allò que Déu t'ha donat per aconseguir que el teu marit fiqui la llavor. Sense pecar d'indecència o de lascívia.

—Però és que ja no sé què fer. Jo em mostro nua davant d'ell. Això em va dir que no era pecat, els matrimonis s'han d'estimar.

—Sense lascívia, filla meva. Ja et vaig dir que traguessis la banyera de la vostra cambra.

—Si ell, don Claudi, es va enfadar molt... Em va dir que m'hauria de confessar. Que tot allò era pecat, pecat!!! Però jo, pare Verdaguer, no vaig fer res. Simplement vaig fer-me portar la banyera a l'alcova, em vaig banyar i vaig demanar a en Claudi que em portés una tovallola. I ell es va enfurismar molt. Després va plorar com sempre als meus braços, com un infant. Sí, pare Verdaguer, com un infant, res més. M'estima com si fos la seva mare o la seva germana gran o la seva dida. M'estima de veritat, però...

—Filla meva, has d'apartar el pecat d'Onan, la lascívia...

—Ja ho intento, pare Verdaguer. Però hi ha vegades que...

—Hem de vèncer la temptació. Sé que ho pots fer, filla meva.

—Però jo vull tenir fills. Això no és pecat, no és pecat... I l'única manera que jo conec per tenir fills és...

—Calla, filla, no diguis la paraula... No diguis mai, mai, la paraula en aquest confessionari.

—Només li demano que parli amb ell, parli amb don Claudi, pare Verdaguer, parli amb ell, digui-li què és el que ha de fer. Vostè ho sap! Vostè sap el que ha de fer. Vostè és un home, ho veig en els seus ulls...

—Calla, Maria! Calla, filla meva... Sóc un ministre de Déu.

—No em malinterpreti. Vull dir que vostè com a capellà i home que és sabrà què dir-li a ell, a en Claudi, perquè fiqui la llavor dins de mi. Sóc jove, molt jove...

La il·lusió més gran de la meva vida és poder tenir un fill. Quin mal hi ha a voler tenir un fill del teu home?, estem casats en sant matrimoni.

—No desesperis, filla meva. Parlaré amb don Claudi.

Aquelles sessions al confessionari posaven a prova mossèn Cinto. Ell havia d'absoldre aquell àngel, aquella dona insatisfeta casada amb un impotent. Havia d'imposar-li una penitència pels seus pecats de desig carnal, pecava en pensaments contra el sisè manament, el pecat d'Onan, aquella falta greu que també temptava tants capellans, homes de Déu, com ell, que havien jurat el celibat per complir la paraula de Déu i allunyar-se per sempre de la temptació de la carn. Per a mossèn Cinto era un veritable turment conèixer la intimitat del confessionari d'aquell matrimoni, que ell s'estimava de veritat. Don Claudi era com un amic, ell el confessava, li feia de conseller... I ella, María Gayón, era l'àngel de la casa. Aquella noieta que portava llum i color a les cambres tètriques, als foscos passadissos del Palau Moja.

Però mai va saber com dir a don Claudi que la seva jove esposa desitjava un fill seu amb tota l'ànima i tot el cos. Mai va saber com reprendre aquell espòs que tant descuidava les tasques íntimes i acceptades per l'Església. Marit i muller a la cambra, l'un davant de l'altre, s'havien d'estimar, i fruit d'aquell amor sincer vindrien els fills. El poeta no encertava la forma, la manera, el camí, la insinuació... Simplement, a don Claudi no li interessava gens ni mica el sexe, no el necessitava. Aquesta situació el va arribar a preocupar molt. Ell també s'estimava verament aquell matrimoni. Ell, mossèn Cinto, havia après a sublimar aquell amor i a transformar-lo en poesia... Quan va deixar el bastó de tortellatge a l'entrada de l'ermita de Sant Jordi, el llunyà dia que va dir la seva primera missa, allà va quedar també el desig carnal. No, a ell no li passaria com a fra Garí, encara que alguns dies en somnis el diable s'infiltrava i pecava i pecava... Però com confessar-se d'un somni? Era impossible. Mossèn Cinto estimava profundament i de forma vehement, sentia tota la força viril a les seves venes, però era capaç de vèncer la temptació sense acudir a l'onanisme. Per a ell, el celibat era sagrat. Algunes vegades pensava en María Gayón i somiava que es donaven la mà, que viatjaven junts, que reien, que sospiraven davant d'un capvespre, eren com amants innocents que viatjaven per muntanyes i valls, pujaven als cims amb aquella alegria, invocant els besos i les danses d'una llunyana festa major del seu poble... Fins i tot ara que estava enderiat construint el seu poema *Canigó*, que per aquells dies era ja el seu únic refugi, algunes vegades pensava en María Gayón, somiava que ella veia aquell paisatge a través dels seus ulls; de vegades la il·lusió anava més enllà, i quan escrivia un vers, ell la sentia a la seva vora, escoltant-lo. De cop i volta, però, reaccionava, es posava molt neguitós i es deia: «Senyor, perdona'm... Perdona'm... Flordeneu, Riquilda... Maria... Verge Maria, ajuda'm!! Ajuda'm si us plau!!!». I s'imposava una petita penitència per oblidar, resava i resava i certament oblidava, perquè el poeta podia sublimar tot el que sentia, aquell esclat de vida que naixia al seu pit. Els ulls se li omplien de llàgrimes, pensava en els dubtes que va tenir abans de dir la seva primera missa, però després resava a la Verge de Montserrat perquè ella era el seu veritable amor. L'amor a la Verge sublimava, cremava tota passió mundana, tot pecat de lascívia, tot quedava colgat per aquell gran sentiment que era capaç d'esborrar del seu pensament tota temptació. I dins del seu cor apareixia el veritable amor a la vida i a la mort... I en aquests moments quan per fi es deslliurava d'aquell desig, plorava de felicitat i d'amargor, i aleshores sabia que el seu cor estava escrivint els versos més purs del seu sentiment, que en aquests instants, a ràfegues incontrolables, fins i tot podien assolir instants místics, instants màgics on el poeta volava, es deslliurava completament del cos. Tota la seva vida, tota la seva poesia, la donava per viure l'emoció sublim d'un sol instant de creació pura, d'encarnació d'un vers, un pensament que el connectava amb la divinitat, el connectava amb totes les fonts de la terra, amb tots els arbres, els rius, les altes muntanyes, els cims i les gorges. I allí hi havia la mirada pura com el cel d'abril de la Verge de Montserrat, la seva única i veritable enamorada.

Com un xiquet menut, mossèn Cinto fugia cap al Pirineu, i era com si fugís d'estudi, s'escapava de casa a jugar, tot i saber que després el renyarien. No hi podia fer més, la llegenda del Canigó ja prenia cos, ja estava pràcticament acabada. Havia llegit alguns fragments als seus amics de l'Esbart, vora la font, sota les branques del Desmai. No cal dir-ho, el seu amic íntim Jaume Collell estava al corrent del poema, li havia suggerit i esmenat versos, l'havia orientat... «Cinto, aquest poema és el de la fundació de la pàtria catalana. Els seus orígens com a nació vinculats per sempre més a la Treva de Déu de l'abat Oliba... Amb l'amic Josep Torras n'hem parlat, d'aquest tema... Faltava el gran poema fundacional de Catalunya i tu, Cinto, pots estar orgullós, tu seràs immortal per aquest poema...».

Una tarda, al piset del carrer Canuda es va reunir un grupet d'amics selectes, estimats, entre els quals es trobava Antoni Gaudí. Primer els va explicar quina havia estat la gènesi del poema, la importància del paisatge, el fons de llegendes i el seu anhel de rescatar del llarg oblit les restes d'aquell passat esplendorós, de quan la nació catalana fou fundada per esdevenir en pocs anys una de les més importants de tot Europa, una potència de la Mediterrània, amb grans centres difusors de la cultura, com eren els monestirs importantíssims, com el de Ripoll, Montserrat, Sant Miquel de Cuixà, Sant Martí del Canigó. Aquell poema buscava les arrels de Catalunya, era una exaltació d'uns herois del passat, un cant èpic.

La trama del poema se situa als Pirineus, a la Catalunya del segle XI; els protagonistes són personatges històrics reals. Tenim el comte Tallaferro i el seu fill Gentil, que és armat cavaller a l'ermita de Sant Martí. Gentil s'enamora perdudament de la pastora Griselda, una falsa pastora perquè en realitat es tracta de Flordeneu, la reina de les fades del Canigó. Gentil, instigat pel seu escuder, abandona el seu deure, la missió que li han encomanat de protegir el castell de Rià, perquè les tropes mores han desembarcat a Cotlliure i entren a mata-degolla a les contrades pirenaiques. I Gentil va a buscar Flordeneu. La reina de les fades el sedueix, i Gentil l'acompanya en un viatge pels seus reialmes. Mentrestant, l'exèrcit sarraí derrota les tropes cristianes. Guifré, l'oncle de Gentil, puja al Canigó i troba el nebot en braços de Flordeneu. Gentil ha abandonat el seu deure com a soldat i per això els sarraïns els han vençut. Guifré, en un atac d'ira, estimba el seu nebot des d'un penya-segat i el noi mor. El cadàver, el porten a l'ermita de Sant Martí, on hi ha l'abat Oliba, que aconsegueix calmar Tallaferro, el pare de Gentil. Tallaferro perdona el seu germà Guifré, que ha matat el seu fill. Guifré decideix fer-se monjo, i funda el monestir de Sant Martí del Canigó. L'abat Oliba, al capdavant de l'exèrcit cristià, puja al cim del Canigó a plantar la creu. En aquest moment les fades baixen del cim i l'abandonen per sempre. Se'n van per sempre les deesses paganes, i el cristianisme triomfa sobre les forces tel·lúriques ancestrals. Com també passa en el mite artúric. El poema s'estructura en tretze cants i un epíleg intitulat «Los dos campanars».

Aquella tarda va llegir-los la darrera versió i l'afegit final de l'epíleg, i encara dubtava... Aquest havia estat un dels primers apartats que va escriure, i tracta de la conversa de dos campanars dels monestirs en ruïnes, Sant Miquel de Cuixà i Sant Martí del Canigó.

Dels romànics altars no en queda rastre,
del claustre bizantí no en queda res;
caigueren les imatges d'alabastre
i s'apagà sa llàntia, com un astre
que en Canigó no s'encendrà mai més.

Com dos gegants d'una legió sagrada
sols encara hi ha drets dos campanars:
són los monjos darrers de l'encontrada,

que ans de partir, per última vegada,
contemplen l'enderroc de sos altars.

Són dues formidables sentinelles
que en lo Conflent posà l'eternitat:
semblen garrics los roures al peu d'elles;
les masies del pla semblen ovelles
al peu de llur pastor agegantat.

Quan va acabar la lectura, els que l'escoltaven es van quedar en silenci, es miraven els uns als altres, sense saber com reaccionar, conscients que havien estat testimonis d'un fet cabdal de la literatura universal. Era com si en aquell moment haguessin viatjat vuit segles abans de Crist i haguessin sentit per primer cop la veu d'Homer, recitant la *Ilíada* o l'*Odissea*, abans de publicar-se per primera vegada.

Antoni Gaudí fou el darrer de sortir del pis, i quan s'acomiadava del poeta li va dir:

—Ja sap, mossèn Cinto, que *L'Atlàntida* per a mi és un gran poema èpic. A la porta reixada de la finca del senyor Eusebi Güell quedarà per sempre Ladó, el drac..., i el taronger d'or. Vostè en els seus versos místics és germà de sant Francesc d'Assís i de sant Joan de la Creu... De *L'Atlàntida*, ja n'hem parlat, per a mi és un poema de gran volada, però..., avui he escoltat per primer cop i complet el *Canigó*, i també aquest poema final que jo li aconsello que formi part del poema, «Los dos campanars»..., i li ho dic sincerament per tot el que he escoltat, crec que el *Canigó* és molt superior... A *Canigó* vostè és perfecte com Mistral a *Mireia*, per bé que tracten temes diferents. Deixi'm que li digui que cada vers, cada imatge, surt amb la frescor i la força de la naturalesa pirenaica. L'acció s'escorre com un exacte reflex del temps. És la realitat traduïda a bellesa...

Tots els que van escoltar-lo van afirmar el mateix, estaven entusiasmats d'haver estat testimonis directes d'aquella lectura que, sens dubte, tots creien que seria una peça clàssica. Antoni Gaudí abans de marxar li va dir:

—Per cert, mossèn Cinto, moltíssimes gràcies pel nom de la font... Satalia, ja m'explicarà quin és el seu origen.

—A l'Àsia Menor, a la Pamphilia, al golf d'Adalia concretament, hi ha la ciutat de Satalia, famosa pels horts de tarongers.

—Ara ho entenc... D'aquí ve la relació amb el jardí de les Hespèrides.

Antoni Gaudí va somriure.

Mossèn Cinto gairebé tenia el poema enllestit, tot i que creia que encara li ballava pel cap una de les parts, concretament el *Cant de Gentil*, dins del IV Cant, el dels Pirineus. Es coneixia i sabia que no pararia fins que aconseguís la versió definitiva. I a aquesta missió es va lliurar en cos i ànima, i començà a redactar-ne una segona i una tercera versió.

Al Palau Moja, els marquesos ja no sabien com elogiar el seu «pare Verdaguer», aquell capellà poeta d'una virtut inqüestionable de sant. El van presentar a reis, nobles, ministres; l'alabaven sempre. En un lloc de preferència, una vitrina separada de la resta de la biblioteca contenia les obres de mossèn Cinto, i en destacava especialment l'edició prínceps de *L'Atlàntida*. Després d'un àpat amb gent de categoria, don Claudi López i

María Gayón tenien una especial satisfacció a portar els prestigiosos convidats davant d'aquesta luxosa vitrina. Aleshores, aquell humil capellà, ple de bondats i humilitats, es dignava a signar un exemplar dedicat. Mossèn Cinto, que tenia el cap al *Cant de Gentil*, procurava complir amb les obligacions, els afalacs i les cerimònies; mirava amb ulls compassius la jove esposa del marquès. I ella semblava entendre aquell llenguatge de mirades, i era aleshores quan ella amb el somriure li deia en silenci: «Vés, corre a escriure versos, noble poeta...». I ell sortia disparat al seu piset. Allí respirava lliure, com el monjo a la humil cel·la, com l'amant que torna d'una cita tot content perquè se sent estimat, i ara en aquell moment de soledat gaudeix, recorda, rememora i la seva mà guiada pel cor es lliurava amb passió als versos.

El pare Verdaguer es feia amb ministres, diputats, bisbes, cardenals, nobles, reis, rics empresaris de fortunes escandaloses... Li escrivien i li demanaven consell, i potser buscaven també el seu favor... Aquells dies, els cosins Narcís i Joan eren per casa, discutint. Ell, com sempre, treballant, abocat al seu poema, els sentia discutir i finalment va posar ordre, eren joves i els bullia la sang, res d'importància. Tot d'una van trucar a la porta. Un senyor demanava per mossèn Cinto. Portava una carta en mà del bisbe de Vic, Morgades. En Cinto era súbdit del bisbat de Vic, li devia obediència, a Morgades. El cas era, però, que en els darrers temps el poeta Verdaguer estava fastiguejat d'aquelles feines que li encarregava el bisbe, se sentia presoner, com un fals espia obligat a fer informes d'un amic. A més, li feia la impressió que el bisbe n'abusava, massa interessat en la bossa del marquès. De fet Morgades baixava amb certa freqüència a Barcelona a buscar finançament per a la seva incansable tasca de restauració de monestirs, ermites...

Al poeta li sabia molt de greu que algú el destorbés quan estava en plena embranzida creativa. Es va acostar a la porta i de seguida va saber de què es tractava. Era algú recomanat pel bisbe que buscava la seva influència. Verdaguer va fer passar aquell home, que es va presentar com a enginyer, de nom Miguel Sanz. El poeta va llegir la carta de recomanació en silenci davant d'ell.

«*Siento haber que incomodar a usted tanto, pero no sé resistir lágrimas, que son las que me deciden a mortificarle para que vea usted si podría colocarse en Ferrocarriles u otro puesto, el dador don Miguel Sanz, ingeniero y que posee la aptitud...*».

Mossèn Cinto el va atendre amablement i li va dir que l'endemà parlaria amb el marquès, que deixés la seva adreça i tan aviat com tingués una resposta li ho faria saber. Era enutjós, incòmode, fals, actuar així, però es resignava i tornava a la feina, el *Cant de Gentil*, que el reclamava. Aquelles situacions es produïen amb massa freqüència, i li sabia molt de greu. Ell no volia exercir aquest poder, li sobrava, li feia nosa, no sabia com gestionar-lo, però tampoc li ho podia negar, al seu bisbe, Josep Morgades. El poeta l'únic que volia era volar pels cims dels Pirineus, amb Gentil i la fada Flordeneu del seu poema *Canigó*.

L'endemà, després de la sagrada missa de les deu del matí al Palau Moja, va parlar amb el marquès d'aquell assumpte. I, com sempre, el marquès va complaure, i aquell enginyer de nom Miguel Sanz aviat es posaria a treballar a l'empresa de ferrocarrils del marquès de Comillas. Don Claudi, però, li va dir que es quedés:

—No marxi, pare Verdaguer, la meva esposa i jo mateix hem de donar-li una bona notícia. Ja feia temps que ho havíem pensat, però ens faltava que algú de dins la jerarquia eclesiàstica ens donés suport i fes la petició ara. Amb la carta que acabem de rebre del doctor Estallella, ja podré fer la gestió i ningú posarà cap entrebanc, per tant ja ho dono per fet.

—De què es tracta? —va preguntar intrigat mossèn Cinto.

La jove marquesa, jovial i rutilant, va aparèixer al despatx amb una carta a la mà i va llegir:

«*Son muchísimas las personas respetables de Barcelona que desearían ver canónigo de nuestra catedral a don Jacinto Verdaguer. Y como quiera que la rara modestia del ejemplarísimo sacerdote ha de ser siempre excusa poderosa para que ni directa ni indirectamente manifieste ni haga manifestar deseo alguno, y por otra parte, es altament conveniente para el lustre de los cabildos que los honren, perteneciendo a ellos, personas del indiscutible mérito del señor Verdaguer, yo, que jamás he solicitado gracia alguna para mí, me creo en el deber de llamar la atención de usted acerca del particular y de suplicarle que interponga su valiosa influencia ante el señor Ministro de Gracia y Justicia, para conseguir que nuestro buen amigo sea agraciado con uno de los canonicatos vacantes...*».

María Gayón, emocionada després de llegir, mentre el poeta s'acostava, va tornar la missiva al marit. Don Claudi li va dir:

—Estem contents i tristos a la vegada, mossèn Cinto... No sé què farem, estem tan acostumats a la seva presència entre nosaltres... Vostè ja és de la família, és més que un amic o un conseller, i ara ha arribat l'hora que assumeixi la responsabilitat que li correspon.

El poeta es va espantar una mica... «Què deuen voler de mi? Verge de Montserrat, que el jou, la cadena, no sigui massa gros, jo vull volar com un aucell...».

—Com ja sap, s'ha produït una vacant de canonge a la catedral de Barcelona. I nosaltres creiem que ha de ser vostè, pare Verdaguer... —va fer la María amb un tremolí d'emoció a la veu.

—El meu mestre, el doctor Estalella, ens ha ajudat en la gestió... —afegí don Claudi—. La canongia de la catedral de Barcelona és per a vostè. A través d'ell, del doctor Estalella, vostè va entrar a la companyia Transatlàntica, a casa nostra, al servei del meu pare, en pau descansi... I ara és a través d'ell que sortirà d'aquesta casa. Estranya coincidència del destí. Però vostè sortirà del Palau Moja per la porta gran, per la canongia.

Mossèn Cinto es va quedar sense alè, era la cosa que menys s'esperava. Es va quedar com extasiat, en aquest moment pensava en les paraules de Gaudí: «Vostè és germà de sant Francesc d'Assís i de sant Joan de la Creu». No va reaccionar fins que María Gayón va dir:

—Pare Verdaguer..., què li passa?

—No, no res. Em fan un gran honor, sí, molt, molt gran... Però no puc acceptar el càrrec. No, no és per a mi, aquest càrrec. Els ho agraeixo tant... Senyor marquès, senyora, refuso aquest càrrec.

Li tremolaven els llavis, estava visiblement emocionat, i amb un rampell que els marquesos consideraren de la més vera santedat va dir:

—La meva il·lusió és morir en un hospital. Sense res, només amb l'hàbit de tercerol de sant Francesc, com la meva mare i el meu pare, com la meva família.

Els marquesos, vivament emocionats per aquell arravatament, no van voler insistir. El pare Verdaguer, definitivament, per a ells era un veritable sant. Qui podia renunciar a una canongia?

Al poeta, que estava aturat a la quarta versió del *Cant de Gentil*, aquella notícia el va inquietar molt. És cert que davant dels marquesos va refusar-ho sincerament, però al seu piset del carrer Canuda pensava en altres coses. El cosí, mossèn Joan Güell, que cada cop assumia més responsabilitats com a almoiner del marquès, es va assabentar de la notícia a través d'un majordom. El pare Verdaguer era un veritable sant, capaç de refusar canongies. Els criats, minyones, majordoms i jardiners de la casa Comillas encara van venerar més aquell mossèn poeta que era lloat contínuament pels amos. Mossèn Joan Güell, el cosí, va sentir-se una mica molest per aquest gest d'humilitat i de menyspreu al càrrec i a la seguretat econòmica que significava aquella canongia. Ell no l'hauria rebutjat, ningú amb dos dits de seny ho hauria fet. En arribar al pis del carrer Canuda, on mossèn Cinto estava concentrat en la seva cinquena versió del *Cant de Gentil*, i no se'l podia molestar, va anar a cercar l'altre cosí i trucà a la porta:

—Narcís, Narcís...

—Què vol mossèn Joan, l'almoiner?

—Encara no, encara no, però tot arribarà...

—Si us plau, mossèn Joan, estic memoritzant el Dret Civil, necessito concentració, tinc exàmens.

—Narcís, no saps l'última? —va dir xiuxiuejant perquè no ho sentís el poeta.

—L'última? A què et refereixes, mossèn Joan?... —féu en Narcís mentre l'altre entrava a la cambra i tancava la porta amb compte de no fer soroll—. Explica't, va, que tinc feina...

El jove capellà va dir:

—Al Palau Moja no es parla de res més. Mossèn Cinto ha renunciat a la canongia de la catedral de Barcelona.

—Què m'estàs dient?

—El que sents... Els criats i majordoms es pensen que és un sant baró, carregat d'humilitats i de menyspreu al món. Ha, ha, ha..., només tu i jo sabem que ell només ho fa per no sortir del palau, es veu que allí hi ha algú que li fa el pes... Ell el que vol és continuar escrivint versos, que és el que li agrada.

—Calla, Joan, no sé com pots ser tan desagraït. I tan malpensat! Un dia d'aquests ho diré a mossèn Cinto.

—No ho faràs, Narcís, et conec, tu ets igual que jo... Som homes de seny, en canvi ell és poeta, un somiatruites.

—Com pots parlar així? Ell t'ha col·locat a la casa dels marquesos i tu li pagues amb ganivetades a l'esquena.

—Calla, Narcís, ja saps que això no és veritat... Jo me l'estimo, mossèn Cinto. Però ja em diràs, renunciar a una canongia! Ja veuràs què li dirà la seva germana Francesca. La conec i només mira pels seus interessos. Tots els familiars de Folgueroles viuen d'ell, de la pensió que els envia de casa els marquesos, però i si s'acaba? Què faran? Això és una bogeria, una bogeria. Que no ho veus, Narcís? Si no pensa en res, només en aquest nou poema, *Canigó*; li té el seny absorbit. I només falta que vingui aquell amic seu, un altre boig, Gaudí... Mareta meva, quin parell de tocats del bolet! Has sentit el que diuen d'ell per Barcelona?

—Prou, no et consenteixo que parlis així en aquesta casa!

—No, no parlis tan fort! Encara ens sentirà!!!

—Ara ho veig clar, és enveja!!! Tu voldries tenir lluny mossèn Cinto per fer-te l'amo a casa del marquès. L'enveja et rosega, t'ho he dit moltes vegades.

—Au va, Narcís, amb tu no es pot parlar. Què et penses? Qui et penses que ets, tu? Un desgraciat, ja t'ho dic jo...

El to va anar pujant, una altra baralla entre cosins. Mossèn Cinto va obrir la porta de cop.

—Ja està bé! Voleu fer el favor de callar?, com ho he de dir? Necessito pau, concentració, estic acabant el poema, sóc a la recta final.

El poeta va tancar la porta de cop i va tornar als seus versos. Semblava que finalment amb aquella cinquena versió del *Cant de Gentil* ja començava a veure la llum del Canigó. Estava emocionat, ja ni pensava en la canongia, al cap només hi tenia *Canigó*. Anava al Palau Moja, feia missa i parlava amb els marquesos. María Gayón el mirava d'una manera ben estranya, se li notava que li estava profundament agraïda, ella volia tenir el seu confessor sempre a la vora. Aquell poeta sant, humil, carregat de virtuts, era l'únic home a la terra que l'entenia, escoltava els seus pecats, el seu secret. María Gayón se sentia unida a aquell home i per això li estaria eternament agraïda; ara ja sabia que sempre el tindria a la vora i la vida al palau se li feia més plàcida. Cada cop que parlava amb el pare Verdaguer, era com un pardal que sortia de la gàbia d'or, volava lliure una estona pels camps, pels cims i després tornava a la gàbia; era com si estigués tancada en una presó i aquells moments de confessió, de despullar-se, de sinceritat, eren l'energia del cor que la feia resistir els barrots que empresonaven la seva llibertat.

Aquell any 1884 es va produir un fet que impactà tota la península Ibèrica, tot Espanya i Catalunya. A Andalusia, concretament a Granada i Màlaga, hi va haver un terrible terratrèmol que causà més de mil doscents morts i el doble de ferits, devastant un munt de pobles i arruïnant moltíssimes famílies. El rei Alfons XII es traslladà a Andalusia; també el marquès de Comillas, don Claudi, organitzà un tren de socors pagat per ell i es desplaçà a Màlaga i Granada. A tot Espanya es van produir mostres de solidaritat de tot el poble. Mossèn Cinto publicà el seu llibre *Caritat*, on hi havia els seus darrers treballs i també poemes que havien estat publicats de forma dispersa en distintes revistes, i destinà tots els beneficis per a Andalusia. Hi havia també en aquesta obra, com el nom indica, un seguit de composicions que mossèn Cinto havia fet els darrers mesos, quan va sentir la necessitat interior d'acostar-se més als pobres, a les tres-centes famílies que el marquès de Comillas mantenia com a almoina.

El seu cosí Joan Güell, que ajudava mossèn Magí Cornet a distribuir les almoines, quan era a la feina i veia mossèn Cinto rondant a la vora, se sentia vigilat; després s'adonava que era el de sempre, perquè el seu cosí es lliurava a la caritat amb la vehemència que li era característica, amb la mateixa intensitat i frenesí que quan componia versos. Escoltava aquells pobres, escoltava les seves tristes històries, les seves misèries, i s'emocionava, els donava ànims, se sentia entendrit, veia que allí entre els pobres hi havia tal volta l'essència poètica del seu sant predilecte, sant Francesc. Fins aquell moment, mossèn Cinto, sempre atrafegat, viatjant amunt i avall amb els marquesos, o ficat de cap i peus dins d'alguna composició, havia delegat aquella funció seva, perquè ell ostentava el títol oficial d'almoiner del marquès. Però a partir d'aleshores, sempre que podia procurava dedicar-hi un temps. El contacte amb la misèria de Barcelona, la pobresa, era com un bàlsam per al seu esperit delerós d'una vida mística, d'un anhel de santedat i d'humilitat franciscanes absolutes. De moment, però, aquest despertar interior encara no havia acabat de materialitzar-se, sobretot perquè la lira ressonava dins del seu pit, i el poema *Canigó*, després dels entrebancs, començava a prendre cos.

Aquells dies van rebre la visita de la reina Isabel II, que, tal com acostumava a fer, s'estava a casa dels marquesos, al Palau Moja. María Gayón, tota il·lusionada parlant del poeta, va explicar a la reina les virtuts del capellà. No trobava elogis per a aquella ànima bondadosa que ja era com de la família, que havia rebutjat una canongia i que oferia els seus llibres, els seus versos, als necessitats. Isabel II, impressionada pel relat de la jove i bella marquesa, va fer cridar el poeta i almoiner dels Comillas, va parlar una estona amb ell i després va fer el pas: volia per a ella aquell poeta, ple de bondats, carregat de virtuts. Per què l'havia de posseir aquella joveneta, María Gayón, una marqueseta insatisfeta, que semblava vivament enamorada del poeta? La reina Isabel va pensar: «He de fer un gran favor al marquès, don Claudi... La seva jove esposa li farà el salt amb el poeta, hi haurà un daltabaix, i jo m'estimo la família de don Claudi. Ho sé per pròpia experiència, al final això acabarà com una novel·la. M'enduré el pare Verdaguer amb mi a Madrid. Faré tots els possibles, ell serà com el pare Claret, sí... Li oferiré el càrrec de capellà del palau de Madrid. No podrà rebutjar-lo, només un boig ho faria!».

Mossèn Cinto rebutjà l'oferiment de la reina, li va parlar amb el cor a la mà i, tal com ho havia fet abans amb els marquesos, li repetí un altre cop la fórmula:

—La meva més cara il·lusió és morir pobre en un hospital, amb els hàbits de sant Francesc.

Aquesta va ser la resposta que es va endur la reina Isabel II a Madrid, amb el presagi que allò acabaria, d'una manera o d'una altra, com el rosari de l'aurora.

CAPÍTOL XXVIII

—Cinto, no m'ho puc creure... Renunciar a la canongia de Barcelona? Que t'has begut l'enteniment? Rebutjar l'oferiment de la reina mare, Isabel II! Ara sí que veig que els versos t'han fet perdre l'oremus... Cinto, toca de peus a terra, home. Pensa que nosaltres som la teva família, si renuncies a la canongia potser un dia et veuràs al carrer. I què faràs? I nosaltres, Cinto, què farem? Què farem... —va dir-li la Francesca, la seva germana, que havia rebut una carta del parent, mossèn Joan, on li explicava amb detall tot l'afer que ja coneixia tot Barcelona.

Mossèn Cinto havia vingut a veure la família a Folgueroles, a interessar-se per la situació de la vídua del seu germà Miquel, la Carme. Després va anar a casa de la seva germana Francesca i ara estava escoltant-la, sense saber què respondre. Ella insistia:

—Sé que ets molt tossut, Cinto. Et conec, però pensa en nosaltres, no siguis egoista, no pensis en tu, en la teva vida, en els teus versos, pensa en nosaltres, què farem si ens falles tu, el puntal de la casa, de la família? Què faran els meus fills? Què farà la Carme, la vídua de ton germà? Com ha de mantenir els fills? Cinto! Cinto, fes-ho per la memòria de la mare i del pare.

—No, Francesca, a ella i el pare no els barregis en tot això.

—Tossut i egoista. Ja ho veig, no ens en sortirem, però un dia te'n penediràs. Et deus pensar que tota la vida tindràs el favor del marquès! I quan siguis vell? I nosaltres què farem? El cosí Joan em va enviar una carta, diu que la reina Isabel et va oferir un lloc a Madrid a la capella del palau dels reis d'Espanya. És cert? És cert?

—Sí, germana, sí... I també vaig rebutjar l'oferiment.

—Cinto, recapacita, ja no ets un jovenet sense res al cap. No tens res, ets un trist capellà... Que no ho veus, que de la mateixa manera que ara tens la fortuna de la teva part potser arribarà un dia que tot se't girarà? Valga'm Déu, dir que no a la reina! No me'n sé avenir! Renunciar a la canongia de la catedral de Barcelona! Quin poc suc!

Es donava la circumstància que aquell dia parava per casa un parent llunyà, humil capellà de l'església d'un poblet, Santa Maria de les Llosses, un home pràctic i prudent. La Francesca parlà amb ell perquè fes entrar en raó en Cinto. No hi va haver manera. El poeta, tot i que la seva germana i el capella el van fer dubtar, finalment es va mantenir inflexible. El capellà no va voler insistir-hi més i quan es va acomiadar de la Francesca li comentà:

—El teu germà ha obrat malament renunciant a la canongia, perquè pot arribar un dia que es vegi obligat a sortir de casa dels López.

Així quedà aquella conversa, no hi va haver manera, mossèn Cinto rebutjà a la canongia i també a la capella del palau reial de Madrid. I va tornar a les seves tasques de sacerdot domèstic de l'aristocràcia. El poeta ja tenia quaranta anys, i vivia un especial moment d'eufòria interior, havia estat capaç de renunciar al món, als privilegis d'una vida assegurada i això per a ell era un èxit. A més, vivia la febre del llarg poema *Canigó*, que ja estava gairebé acabat.

Mossèn Cinto havia manifestat a casa de don Claudi que li agradaria molt exercir de capellà d'un convent de Santa Teresa de les carmelites descalces que hi havia al carrer Canuda, on ell vivia. Algunes vegades havia anat al convent a parlar amb la superiora. Aquell càrrec li era perfectament compatible amb el de capellà àulic del Palau Moja. El mes de gener de 1885 li va arribar el nomenament i de seguida es va posar a la feina a l'església de la congregació oberta als fidels. Mossèn Cinto, al confessionari, es va posar en contacte amb un món de la ciutat que fins aquell moment sabia que existia, però que desconeixia completament. A Barcelona hi havia una gran quantitat de gent, famílies d'obrers, que vivien en la més pura misèria. Aquesta tasca al confessionari ja no l'abandonaria, s'hi sentia fortament lligat com a una missió sagrada, perquè era allí on estava en contacte directe amb tota la realitat que bategava a les clavegueres de la ciutat.

El mes de març d'aquell 1885 va rebre l'oferiment de pertànyer a la comissió del Memorial de Greuges. Mossèn Cinto en principi va dubtar, cada cop es volia allunyar més dels temes de partit, de les disputes polítiques del moment. Com sempre, el seu amic, el canonge

Jaume Collell, s'encarregà de convèncer-lo. Jaume Collell per aquesta època havia superat les diferències amb el catalanista Valentí Almirall, que encapçalava la comissió que sorgia del Centre Català, una entitat que en principi discrepà amb el catalanisme catòlic ortodox de signe carlí dels primers anys de la Renaixença, on es trobava adscrit Collell.

Mossèn Cinto acceptà l'oferiment de formar part de la Comissió de Greuges, entre altres coses perquè el mateix Collell també va formar-ne part, amb diputats, al capdavant de la qual hi havia Valentí Almirall. Tots van viatjar a Madrid i es van entrevistar amb el rei Alfons XII. La comissió, entre altres qüestions, reclamà al rei els antics furs catalans, el dret català que Felip V esborrà de Catalunya amb el Decret de Nova Planta, el dia 11 de setembre, quan fou derrotada la ciutat de Barcelona, cap i casal. En la llista de greuges hi havia un aspecte molt important: la reclamació de la puixant burgesia catalana del tèxtil, que se sentia amenaçada davant les lleis lliurecanvistes de Madrid, que perjudicaven directament la indústria catalana i afavorien els grans terratinents espanyols. El rei els va escoltar amb la seva esposa Maria Cristina al costat. Naturalment, Jacint Verdaguer, el gran poeta català, al cim de la fama, donava prestigi a la comissió. A més, amb els reis ja havia tingut alguna xerrada de cortesia a Santander, amb els marquesos de Comillas, amics dels monarques. El rei, que havia complert els vint-i-set anys, els va atendre amb molt bona disposició, i fins i tot es va comprometre a ser el valedor de les aspiracions catalanes.

Aquells mesos el cunyat de don Claudi, don Eusebi

Güell, en un dinar familiar comentava que per fi s'iniciaven les obres del Palau Güell al carrer Nou de la Rambla, dissenyat per Antoni Gaudí. Un nou brot de còlera es va estendre pel país. Un metge català de les Terres de l'Ebre, concretament de Corbera, el doctor Jaume Ferran, seguidor dels revolucionaris mètodes de Pasteur, assajà amb èxit les primeres vacunes. Alfons XII no acabaria aquell any, al novembre moria sobtadament a Madrid. Espanya tornava ser a la vora de l'abisme. A París, Ruiz Zorrilla ja estava coent la nova República.

L'any 1886 arriba per a mossèn Cinto el moment tan desitjat, per fi havia aconseguit arrodonir, a la sisena versió, el *Cant de Gentil,* i surt publicat el poema *Canigó*, que parla dels orígens de la nació catalana. El poema va causar un impacte encara més gran que *L'Atlàntida*, era superior, més humà, més autèntic, més genuí, i parlava dels orígens de la pàtria, de la fundació de Catalunya com a nació. El sentiment d'admiració va ser general. Mossèn Cinto, per indicació de Collell, va designar com a censor del llibre el doctor Torras i Bages, que per aquella època ja era l'autoritat màxima del pensament catalanista conservador i catòlic. També el va felicitar coratjosament aquell home que sempre anava al gra, Josep Morgades, el seu bisbe de Vic, al qual Verdaguer devia obediència, tot i que amb els permisos adients, des de feia anys estava exercint al bisbat de Barcelona regit pel prelat Jaume Català, en guerra a mort amb Morgades.

La lluita entre els dos bisbes ja era *vox populi*. Jaume Català acusava Morgades d'intromissió al seu bisbat, de baixar a la seva diòcesi a recaptar fons per a tot aquell seguit d'obres que realitzava l'impetuós, incansable home enèrgic i sanguini, que ja es projectava com el bisbe més important de Catalunya. Jaume Català deia que tot allò ho aconseguia al seu bisbat, trepitjant-li el territori. No ho podia resistir i intrigava tant com podia contra ell. Josep Morgades, bisbe de Vic, l'acusava d'integrista, de formar part de tota aquella colla de clergues tronats, del passat, que pujaven a la trona amb la boina carlista i el trabuc. La guerra entre prelats es va estendre, i naturalment el pare Verdaguer, que pertanyia al bisbat de Vic, col·locat al si de la família més poderosa i més rica del país, era vist com un espia pel prelat barceloní. Jaume Català estava disposat a tot per allunyar aquell capellà, retornar-lo a la seva diòcesi, fer-lo fora de casa Comillas, i així el marquès, el bo de don Claudi, i la seva esposa estarien lliures de la influència del poeta que treballava per al seu enemic, Josep Morgades, que sempre tractava amb deferència, de manera molt especial, aquell capellà poeta. Era, si més no, una de les peces més valuoses del tauler de joc, d'aquella batalla entre Josep Morgades i Jaume Català, prelat de Barcelona.

Mossèn Cinto ignorava completament els terribles núvols de tempesta que es congriaven sobre la seva vida; ell ara vivia al seu núvol d'èxit, i com les altres vegades el poeta no va tenir més remei que deixar-se estimar, afalagar, homenatjar per tot Catalunya en ple i en veu unànime. El *Canigó* era ja l'obra definitiva, era un monument a la pàtria catalana que el consagrava entre els autors immortals. El *Canigó* era el gran poema que necessitava Catalunya, la cultura catalana, per tornar a volar i sortir definitivament de la postració i l'oblit. Amb aquest poema Verdaguer havia restaurat la llengua catalana, i l'havia elevat a llengua moderna i universal. Mossèn Cinto, amb defectes i virtuts com tot home, havia estat l'artífex d'aquell miracle, havia rescatat la llengua de la gran decadència, havia pouat en el poble, en les fonts de la llegenda, de la cançó popular, en la llengua viva que encara sobrevivia a muntanya entre la gent humil, els pagesos, els pastors, els menestrals, malgrat el Decret de Nova Planta, malgrat les prohibicions al català. Havia estat un miracle. La Renaixença i els Jocs Florals havien estat els espais, les atmosferes adients, la terra adobada i llaurada on la llavor del geni del poeta va créixer, va arrelar, s'ho va creure i es va abocar a la tasca immensa de rescatar tota una llengua de l'oblit.

I no va faltar aquesta vegada el merescut homenatge de la terra, de tota la plana de Vic. «Ningú no és profeta a la seva terra». La sentència bíblica era molt clara i contundent, però davant de la grandesa d'aquell poeta a qui ja es comparava amb Ramon Llull, creador de la llengua catalana, el malefici es va esbargir completament. Mossèn Cinto, assegut en el lloc principal, va escoltar vivament emocionat l'ovació més important i sincera de la seva vida al teatre principal de Vic. Era ple de gom a gom, les autoritats i el poble, tota la plana, havien fet acte de presència, i també els parents, coneguts, amics de Folgueroles i del seminari, vells professors que presumien d'haver donat classes a mossèn Cinto. Els amics entranyables de l'Esbart van llegir tota l'obra de Verdaguer. I a cada pausa, un nou esclat d'aplaudiments clamorosos...

Mossèn Cinto no va tenir més remei que acudir a València, on Lo Rat Penat, l'entitat que dirigia el seu amic Llorente, li va retre un calorós homenatge. També va haver d'anar al Rosselló: a Montpeller els felibres estaven entusiasmats amb aquell poeta català que havia situat el seu gran poema tot just a la seva contrada, el Conflent.

El punt culminant, el zenit de mossèn Cinto Verdaguer, de la seva obra i tal volta de la seva vida va ser, per fi, a la festa d'inauguració de les obres al monestir de Ripoll, que fou arrasat el 1835 i profanades les tombes dels reis catalans i cremada la biblioteca, una de les més importants d'Europa en el seu temps. El bisbe de Vic havia aconseguit els diners per iniciar la restauració. Gràcies a mossèn Cinto i a la influència que tenia a la casa Comillas, el prelat havia parlat amb els poderosos industrials catalans, que havien sufragat bona part d'aquella important restauració que significava també la restauració del monestir fundat per Guifré i la seva esposa Guinedilda. Això va ser considerat pel bisbe de Barcelona una intromissió al seu bisbat i es va queixar al nunci. La guerra a mort continuava, però Morgades ja era considerat el bisbe més important de Catalunya, per la seva valenta i decisiva empenta de reconstrucció de monestirs, capelles i ermites, i per la seva vitalitat i energia a l'hora d'assumir les tasques d'apostolat conciliador entre integristes i mestissos. El seu nom ja sonava com a futur cardenal.

Mossèn Cinto va acudir a Ripoll convidat per Josep Morgades, el seu bisbe, que també hi va convidar tots els clergues i homes importants del món de les lletres i la cultura catalana de la Renaixença. El bisbe de Vic volia celebrar el dia que es posava la primera pedra de la restauració del monestir de Santa Maria de Ripoll a bombo i platerets, com una data especial, un símbol per a Catalunya, com ho havia estat cinc anys abans la celebració del mil·lenari de la coronació de la Verge de Montserrat. La premsa se'n va fer ressò, i la flor i nata del país acudiria a l'esdeveniment. Josep Morgades, amant del luxe, va disposar tot un seguit d'actes protocol·laris, i va invertir els diners adients per rebre els convidats.

El 21 de març d'aquell any 1886, en funció solemníssima s'inauguraven les obres del monestir de Santa Maria de Ripoll. Jaume Collell caminava amb mossèn Cinto; havien acabat els actes litúrgics i protocol·laris i ara anaven al dinar de germanor, que se celebrà en unes escoles de Ripoll.

—M'estranya tant, Jaume, que no m'hagi dit res el bisbe...

—Què vols dir? —va fer intrigat en Jaume.

—Res, és que potser estic mal acostumat. No m'ho tinguis en compte, amic, deu ser vanitat...

—És clar, ja t'entenc... Al final del dinar hi haurà discursos i t'estranya que no t'hagin dit de parlar, de llegir algun vers.

—És que ni tan sols m'han encarregat una composició per a l'ocasió.

—No pateixis, Cinto... Ja veuràs com al final et faran parlar. I, per cert, jo tinc preparat un bocí del *Canigó* per llegir. Era una sorpresa, però com que et conec, val més que t'ho digui per endavant.

—Ara ho entenc.

—El què?

—És que he notat alguna cosa estranya. És com si tots els que han acudit a l'acte sabessin alguna cosa que jo no sabia. Un secret. No sé com explicar-ho.

—És clar, deu ser això. La meva lectura sorpresa del *Canigó* en finalitzar l'acte.

—No, Jaume, no... Aquí hi ha alguna cosa més.

En aquest moment es van creuar amb un canonge de la catedral de Barcelona que parlava animadament amb dos joves, dos literats barcelonins que havien acudit a l'acte. En passar per davant van callar de cop i després van somriure d'una forma estranya, sobretot els joves, que no sabien dissimular.

—Ho veus, Jaume? Ja t'ho deia jo... Aquí passa alguna cosa que jo no sé.

—Imaginacions teves, Cinto... —va fer el canonge Collell.

En aquest moment van entrar a les escoles. Hi havia una sala gran disposada amb taules i cadires totes parades. Havien decorat tota la sala amb garlandes de flors, tires de colors. En Jaume acompanyà mossèn Cinto a la taula presidencial. El bisbe en veure'l tot rialler va anar a abraçar-lo:

—Estimat poeta, seuràs aquí a la taula presidencial.

—Però jo, potser no cal...

—I ara, amic Cinto, jo seré allà al teu costat... —va dir Collell, fent l'ullet al bisbe Morgades quan el poeta es va girar.

Mossèn Cinto va seure, la gent entrava, agafava lloc, però el poeta veia mirades que d'una banda a l'altra l'assenyalaven; ell somreia i saludava ara l'un ara l'altre. Però aquells gestos, aquelles rialletes, tot allò... «Què deu estar passant aquí i per què jo no en sé res?».

En Jaume es va alçar.

—Ara vinc, vaig a parlar amb el bisbe, un moment... Vigila el lloc, vull dinar al teu costat.

—No pateixis, no crec que ningú s'atreveixi a prendre un lloc d'aquesta taula presidencial.

Jaume Collell va anar a veure Morgades, amb un gest li indicà que anés a una banda lateral on hi havia una habitació. Primer hi va entrar el bisbe, tot seguit Collell.

—Em sembla que sospita alguna cosa. N'hi ha que no saben dissimular —va fer enfadat Collell.

—Jaume, tens la corona?

—Sí, l'he deixat aquí abans, senyor bisbe. És del llorer que va plantar mossèn Cinto a l'hortet de l'abadia de Vinyoles d'Orís, durant la seva primera destinació. Va deixar encomanat a la gent que li cuidessin el llorer, i ja li asseguro jo que creix ufanós cuidat per tot el poble. Va deixar un gran record al poble, mossèn Cinto.

—Hi vas anar expressament?

—Sí, és clar, i l'he teixit jo mateix amb dues branques tendres de llorer. Miri...

En Jaume va anar a un armari, l'obrí i en va treure la corona de llorer, i l'entregà en mà al bisbe.

—Carai, ha quedat preciosa... I aquesta cinta amb les quatre barres?

—Em va dir el seu cosí, l'advocat Narcís Verdaguer, que la hi posés...

—M'agrada aquest noi, Narcís, li auguro un gran futur com a advocat i catalanista... —va fer el bisbe amb la corona entre les mans, i tot seguit va dir—: Molt bé, deixem-la aquí i quan sigui el moment...

—Jo la hi entregaré en mà, senyor bisbe.

—Sí, sí, molt bé, després m'aixecaré, caminaré fins al lloc que ocupa, l'alçaré, l'abraçaré i li posaré la corona.

—No s'oblidi... de les paraules exactes que ha de dir.

—No pateixi, canonge Collell, tot ha de sortir com ja tenim estudiat i preparat minuciosament. Serà com la coronació de Petrarca pel poble romà al capitoli de la mà del senador Orso dell'Anguillara.

Durant l'àpat es va menjar i es va beure amb un to distès, el xivarri anava creixent d'intensitat. Mossèn Cinto estava inquiet, intranquil, aquella sensació que havia tingut al principi de l'acte va anar augmentant i amb l'eufòria que provoca el menjar i el beure alguns ja es van anar destapant i feien comentaris en veu baixa als de la vora, després miraven el poeta i reien. Ara ja començava a sospitar que allí hi havia alguna cosa que ell no entenia. De tota manera, l'amic Collell, que no parava de fer gestos perquè callessin, perquè no fessin comentaris, li va anar donant conversa. Quan va arribar l'hora dels discursos, al local ja tothom sabia de què es tractava. Molts van considerar-ho fins i tot còmic, hi havia un punt de teatralitat en tot aquell acte. Lentament, les rialletes, les burles, els comentaris sarcàstic, irònics o directament malintencionats, s'anaven escampant de taula en taula... El bisbe aixecà la copa per fer el brindis i tothom es va posar en peu. «Ara, ara...», deien uns; els altres comentaven: «I la corona? Ara la hi posaran?». Aquests comentaris s'anaven escampant i causaven rialles, burles... Jaume Collell s'adonava del caire que prenien els esdeveniments, però ara ja era massa tard per deturar-ho. Després dels discursos, mossèn Cinto estava molest; la seva finíssima sensibilitat, l'instint, li deia que allí estava passant alguna cosa i ell no en sabia res. Quan tots els discursos van finalitzar, en Jaume, l'amic, es va alçar i a cau d'orella li va dir:

—Disculpa'm un moment. Ara vinc, Cinto...

Es va fer un silenci sepulcral. Les rialletes, els comentaris sarcàstics, les ironies, es van tallar de cop. Josep Morgades, el poderós bisbe, ferm en les decisions, es va alçar i amb una sola mirada imperativa, autoritari, va tallar qualsevol xiscle, qualsevol gest. El bisbe va mirar tota la sala. Ell, com tots fins a aquest moment, durant l'àpat havia participat d'una forma o altra d'aquelles ironies benèvoles que van dedicar al llorer, a la corona i la cinta, a l'acte en si que ara mateix anava a culminar. La seva mirada deia molt, estava dient: bé, fins ara us he permès l'esbarjo, el sentit de l'humor, els sarcasmes... Però ara s'ha acabat el bròquil!, i el valent que em contradigui se les veurà amb mi personalment i sabrà qui sóc jo!!!

Jaume Collell entregà la corona de llorer amb la cinta al bisbe.

—Ara és el moment, senyor bisbe.

Josep Morgades, amb la corona a la mà, es va alçar dret i caminà pausadament fins a la punta de la taula presidencial on era mossèn Cinto. El silenci era sepulcral. El bisbe va deturar-se a la cadira de Verdaguer, aleshores mossèn Cinto s'ho va veure venir... El cor se li va disparar.

—Mossèn Cinto! Amic meu! —féu el bisbe amb els braços oberts, amb una actitud del tot postissa, falsa.

El poeta es va alçar, i es va produir aquella abraçada entre els dos clergues.

Tota la concurrència es va posar a aplaudir frenèticament, excessivament sorollosa. Fins i tot es van sentir crits, algun comentari no gaire adient, còmic, que altres van voler tallar en sec.

—Silenci... Psss, silenci...

Llavors Josep Morgades, el bisbe de Vic, amb gran cerimònia, li va encastar al cap la corona de llorer, a un mossèn Cinto totalment desconcertat, blanc, astorat, tremolós.

—En nom de tot Catalunya...!

La concurrència va tornar a aplaudir, però també es van començar a sentir rialles, paraules exagerades... «Ave Cèsar!», «Ja s'ha acabat la coronació?», o altres que deien «Habemus papam» i «El nou Petrarca!». L'acte va tenir alguna cosa teatral, alguna cosa que estava fora de lloc, i el caràcter català burleta, mig món se'n fot de l'altra meitat, caricaturitzava l'escena, i aleshores es va disparar la befa, la paròdia. Però mossèn Cinto, l'interessat, ni se'n va adonar, de tot això. Ell vibrava d'emoció, tenia el bisbe davant amb els ulls també plens de llàgrimes sinceres, perquè Morgades, home d'acció i de poques poesies, també tenia un racó sentimental i ara estava a flor de pell... I contemplava mossèn Cinto amb aquella corona de llorer encastada al cap amb la cinta, i li van venir ganes de riure, però ràpidament va transformar les rialles en sanglots d'emoció, mentre deia:

—En nom de tot Catalunya us nomeno... príncep dels poetes!

TERCERA PART

VIATGE AL PARADÍS

CAPÍTOL XXIX

Era el dia 17 de maig de 1902, mossèn Cinto feia cinquanta-set anys. Del seu naixement a Folgueroles fins al pis del número 235 del carrer Aragó de Barcelona, la seva vida havia estat un continu viatge. Quan trescava per la muntanya, que era el seu lloc predilecte, els masovers, pastors i ermitans el reconeixien de lluny amb la sotana, la maleta penjant d'una mà i el paraigua sota l'aixella. Així, remuntant els cims del seu estimat Pirineu, buscava sempre l'agre del cel i de la terra. Ara també estava a punt d'emprendre un nou viatge. Però se sentia massa cansat. Sentia la fluixesa a les cames i el cap enterbolit per la febre. Vivia al pis del carrer Aragó, del seu bon amic, el prestigiós biòleg Ramon Turró, que va posar l'immoble al seu nom per evitar que els creditors poguessin embargar l'únic cau que quedava al poeta. El famós científic català Ramon Turró i el jove advocat Joan Moles van ser els seus amics incondicionals, quan van anar mal dades.

Mossèn Cinto estava assegut a la butaca de la cambra del pis, molt més espaiosa que la que tenia abans, amb una finestra que donava al carrer; llegia el llibre de Blanquerna, l'obra de Ramon Llull que li va mostrar la senda que ell tant perseguí, en forma de perles:

Digué l'Amic a l'Amat:
—Per lo molt que m'heu donat,
trist de mi, què us donaria?—
Digué l'Amat a l'Amic:
—Dóna'm ton cor fredolic,
que d'amor te l'ompliria.

Aquell dia el van venir a veure els amics Rafael Ballester i el sacerdot Josep Costa, que amb el doctor Turró i l'advocat Moles encara havien de fer un altre servei de vital importància al poeta. De moment, però, van assegurar-li que la seva nova residència seria ideal per restablir-se de la malaltia. No hi havia cap dubte, gràcies a la intervenció del doctor Robert, el bacteriòleg Ramon Turró havia detectat al seu laboratori la pesta blanca, com era anomenada la tuberculosi. Necessitava aires sans, de muntanya. Mossèn Cinto, però, va posar condicions:

—No vull marxar de Barcelona, i allí on jo vagi, la família Duran vindrà amb mi.

De les nombroses visites d'aquell matí de comiats, es va sentir especialment emocionat de veure aquella colla de joves artistes de Barcelona, amb les cabelleres estrafolàries, els barrets d'ala ampla, els seus vestits... Eren bohemis, i deien que portaven aquelles modes de París, aquella gran Babilònia que ell també havia conegut. Això el va posar trist, però el cor li va fer un bot d'alegria perquè allí a Montmartre també va trobar la comunitat del Cor de Jesús, i es va emocionar. En els darrers temps, però, volia distanciar-se de tot aquell caliu de la ciutat, d'aquella febre d'idees polítiques que la travessaven. «Maleïda política!», remugava. I, en distanciar-se del món, el seu cor es va eixamplar, era com un petit miracle, senzill, que potser passava desapercebut als ulls de la gent, perquè no tenia res d'espectacular ni de prodigiós. Era un miracle interior, de l'ànima, de sentir que s'obria al món i era capaç d'estimar fins i tot les persones que no eren com ell, que no eren cristianes i potser es trobaven a l'altre cantó de l'abisme. Crist havia ensenyat a estimar els enemics, però potser era més difícil estimar els estranys, els altres, els que ni tan sols no eren enemics. La seva ànima havia après a volar, a llançar-se, a saltar al precipici per abraçar un germà, una germana, una vida que no tenia res en comú amb ell, que no compartia els ideals, el sentiment religiós, la creença en Déu, que en ell cada dia era més ferma i fervorosa. Mossèn Cinto veia en tots aquells joves artistes que l'anaven a veure una espurna de bondat dins dels seus ulls. Era la lluentor de la joventut, l'esclat de joia de la primavera, quan la flor del cor s'obre al món lluminós i resplendent del migdia. El venien a veure i ell veia en tots aquells ulls un deix de reverència, de respecte, i també hi havia bondat en aquells joves que tothom criticava a Barcelona i que ell defensava sempre.

Quan la colla de joves poetes i pintors va marxar del pis, riallers, amb el seu aire modernista, tots van deixar unes monedes, col·laborant amb aquella darrera subscripció que es va fer a Barcelona per ajudar el pobre poeta mossèn Cinto, que les estava passant magres, malalt i vivint en la misèria més absoluta. Va ser una crida que va recórrer tota la ciutat de punta a punta i que va fer despertar en la gent senzilla de Barcelona un esperit de solidaritat mai vist fins aquell moment a la ciutat.

Els joves van marxar i al pis es van quedar l'amic i doctor Falp, que era el seu metge de capçalera, la família, Amparo Duran, el seu home, en Guri, la Mercè la geperudeta, que no es movia del balancí; només faltava l'altre germà petit, en Manolo, que era un tarambana i ja s'havia convertit en una de les preocupacions més grans del poeta. Mossèn Ricard també es va quedar a l'habitació mentre els joves parlaven amb el poeta.

Mossèn Ricard era amic del poeta, i en els darrers temps el substituí a la parròquia de Betlem, on mossèn Cinto feia uns anys, des que es va reconciliar amb el bisbe Morgades, que hi deia missa. Mossèn Ricard, capellà del sector ultra, integrista i defensor dels carlins, no veia amb gaires bons ulls aquelles modes que venien de París i que havien seduït la joventut barcelonina i corromput les seves ànimes.

—Aquesta colla de joves, ha vist com anaven vestits, mossèn Cinto? Un escàndol darrere l'altre. Fa un parell d'anys, un dia que passava pel carrer de Montsió, per curiositat vaig entrar a la taverna dels Quatre Gats, aquell antre on es reuneix la tertúlia dels avançats... No sé com Casas i el senyor Girona van poder finançar l'establiment; a més, s'hi menja molt malament. Mareta meva, no sé on anirem a parar. Hi exposava un noi malagueny, un tal Pablo Picasso. Uns retrats al carbó que em van semblar horripilants. No sé què hi veuen, en el nou art de París que tant els enamora. L'alè del diable, la francmaçoneria, hi veig jo, totes aquestes noves modes que arriben de França tenen l'arrel del pecat i el llibertinatge. Vol que li digui la veritat? Una colla de dropos, són, uns esquenadrets, alguns de famílies benestants de Barcelona que dilapiden la fortuna. No sé on anirem a parar, mossèn Cinto.

—Pablo Picasso... És clar, és un dels nois que ha vingut avui amb Utrillo, recordo tots els noms... Sabartés, Rocarol, Ángel de Soto, Pallarès... No, no m'equivocava amb el malagueny.

—Què vol dir?, no l'entenc.

—Res, mossèn Ricard... Aquests nois han vingut alguna vegada amb Utrillo, ells es van presentar com a artistes, però jo des del primer dia vaig veure que aquest tal Picasso era pintor.

—I quin d'ells era? Que potser era el que li ha donat *L'Atlàntida* perquè la hi signes amb una dedicatòria?

—No, no, no... Aquest és de la Terra Alta del poble d'Horta de Sant Joan, es diu Manuel Pallarès... Picasso era el noi que era al seu costat, baixet, el dels ulls negres i grossos com llunes; no ha parlat en tota l'estona, però els seus ulls anaven d'una banda a l'altra, no perdia detall de res, de res... Aquest noi ho pintarà tot.

—Doncs el que jo vaig veure exposat als Quatre Gats, ja li ho dic, mossèn Cinto, no em va agradar gens ni mica. Jo no hi entenc, de pintura, però a mi em sembla que aquest noi no farà res... Ja ho diu la dita, joventut, pa tou i fetge. Una colla de jovenel·los sense res al cap... Uns poca-soltes! Igual com l'estrafolari ateu de Rusiñol i l'altre cap de colla, Romeu!

—No parli així. Són bons nois, mossèn Ricard, artistes. Ells busquen el seu art, com nosaltres fèiem quan érem joves..., la colla de l'Esbart de Vic, a nosaltres també ens criticaven, deien que érem uns excèntrics.

—Encara tindrà raó el seu cosí, mossèn Güell, i sí, tots aquests són una colla de francmaçons que volen seduir-lo, enxampar-lo! Vigili, mossèn Cinto, la maçoneria ronda prop de vostè, alguna cosa volen...

El poeta es va quedar uns instants amb la mirada suspesa a l'atmosfera; evocava les esbartades, amb la colla d'amics a la font del Desmai, a ells també els deien que estaven bojos, que estaven tocats del bolet, i ara tornava a passar, aquells joves modernistes eren com ells.

El món era molt vell i donava tombs i més tombs, les generacions s'anaven succeint, però moltes persones es quedaven atrapades a la tardor de la vida; aleshores els seus ulls s'entelaven, s'adormien en la letargia del gel hivernal i ja no tornaven a despertar mai més, estaven vius, continuaven respirant, menjant, pensant, treballant, somiant, vivint..., però la mirada s'havia quedat glaçada a l'hivern i en contemplar l'esclat de la primavera plena de llums, colors, perfums, els semblava una gran disbauxa, una bogeria que acabaria amb la vida i el món, i tot faria cap al caos de l'abisme. Tenien la vista congelada. Tot estava concentrat en la mirada, aquest era el secret, perquè la primavera era la mateixa any rere any, l'únic que canviava eren els ulls que la contemplaven. El poeta, amb veu cansada, li va dir:

—Només les llàgrimes de l'amor poden fondre el gel de l'hivern.

Mossèn Ricard no va entendre res i va callar, sabia que el poeta en aquell moment havia deixat anar una frase poètica, un verset. Una inspiració lírica o el que fos, perquè ell no hi entenia ni un borrall, de fet la poesia li agradava molt poc i estrictament dins la fe catòlica, apostòlica i romana i, per tant, desconfiava dels nous poetes i li semblava molt millor continuar repetint el parenostre, el credo, la salve... Les poesies i oracions de tota la vida. En aquest moment, entrà en Josep, aquell jove que feia d'assistent del poeta; i portava una tassa amb una infusió d'eucaliptus i mel, l'olor s'escampava per l'atmosfera de la cambra. El noi, atent i servicial, va deixar la tassa a la tauleta vora el llit i va sortir. Mossèn Cinto, recolzat amb dos coixins al capçal, el va seguir amb la mirada mentre deia:

—Ja no és el meu temps, mossèn Ricard... Però, cregui'm, tota aquesta colla de joves moderns tenen un bon cor, li ho dic jo. Fa uns anys, just quan acabaven d'inaugurar la taverna dels Quatre Gats, hi vaig entrar a saludar l'amic Casas i també Santiago Rusiñol i el senyor Romeu. Vol que li digui la veritat? Aquests joves artistes moderns que tant critiquen han estat al meu costat en els moments més difícils de la meva vida. En canvi, molts que es deien amics meus van fugir del meu costat com si fos un empestat. Em van abandonar... Tots aquests joves em recorden l'amic Bartrina de Reus, en pau descansi.

—Un altre ateu, Déu l'hagi perdonat.

Van trucar a la porta de la cambra.

—Pare Verdaguer? Pare Verdaguer...

Mossèn Ricard féu:

—És l'Amparo... —L'home es va apropar fins on era el malalt, recolzat amb dos coixins al llit, el llibre *Blanquerna* entre les mans—. No m'agrada acomiadar-me, mossèn Cinto, però sé que serà fins ben aviat, ja veurà com es restablirà a la nova residència, i resi per tots nosaltres, que bona falta ens fa.

—Adéu, mossèn Ricard, resaré per vostè i per tots els feligresos de la parròquia de Betlem. No descuidi els pobres, hi ha tanta misèria a Barcelona, tantes famílies d'obrers desemparades, i només si els socorrem, els guanyarem per a la causa del bon Crist abans que no caiguin a les mans dels anarquistes, els ateus o els comunistes.

—Així ho faré. Fins ben aviat, mossèn Cinto... Vindré a veure'l. I vigili amb els maçons.

Van tornar a trucar a la porta. Mossèn Ricard féu amb mala gana:

—Ja va! Ja va! —i tot seguit la va obrir.

El sacerdot que sortia i l'Amparo que entrava ni es van mirar, no es parlaven, es van creuar a la porta i la jove aixecà la barbeta, orgullosa, en fregar el seu vestit amb la sotana del capellà, que sortia simulant que resava un rosari que penjava dels seus dits.

La noia va seure en una cadireta baixa que hi havia a la vora del llit, el capellà poeta tenia mig cos recolzat als coixins, amb la mirada perduda a la finestra, el llibre entre les mans.

—Pare Verdaguer... Si us plau, no marxem. Vol dir que hem de sortir de Barcelona? Però si aquí estem molt bé!

—Ai, filleta, jo estic en mans dels metges, el doctor Robert no té dubtes... M'ho va aconsellar; m'acompanyarà el doctor Falp. Són tan bons amb mi... I també el senyor Ramon Turró, ell també m'ho va dir. Ja ho saps, vaig posar la condició que vosaltres, tu i l'Amadeu i la

Merceditas, vindríeu també amb mi a la torre. No us abandonaré mai.

—Però vol dir que hi estarem millor, allà?

—I tant, filla, ho diuen els metges... Recorda d'avisar en Manolito, em fa patir tant el teu germà, fa dies que no en sabem res.

—No pateixi per ell, pare Verdaguer, és a Portugal amb un amic, per qüestions de feina.

—No estic tranquil, filla... En Manolito va pel mal camí... I el teu home..., encara no ho entenc. Per què ha deixat la feina? Que farà, ara?

—L'Amadeu s'encarrega de les almoines que rebem... Des que vostè és al llit rebem ajudes de totes bandes, de Barcelona, i també d'altres ciutats. Ara que està tan malalt, ara se'n recorden; quan vivia la mare no se'n recordava ningú.

—Sí, filla meva, ja ho veus... Donem gràcies a Déu..., però digues al teu home, l'Amadeu, que torni a la feina, que això de les almoines no és una cosa segura. No es pot viure d'això i vosaltres heu de formar una família. Em feu patir tant!

—Sí, ja li ho diré, però ara... Ara, nosaltres no ens separarem de vostè, pare Verdaguer... Som la seva família.

—Ai, filleta, no em facis plorar.

La noia li va agafar una mà i se la va posar a la cara eixugant-se la humitat de les llàgrimes. El poeta sempre va creure que aquella noieta fràgil, malaltissa, que patia al·lucinacions i entrava en èxtasi per fer revelacions, acabaria convertint-se en una santa. Ara, però, des que s'havia casat, sense deixar mai d'estimar-la, la mirava d'una altra manera:

—Vindreu d'aquí a dos dies, Amparo, tal com us va dir el senyor Joan Moles. Feu-li cas, és advocat i molt enteniment at. Jo tampoc us abandonaré mai, mai. Ho vaig prometre a la vostra santa mare, al cel sia.

El record de donya Desidèria Martínez va creuar per la ment del poeta, i també el del seu home, el senyor Duran, tots dos difunts. El poeta havia fet la mateixa promesa al matrimoni, no abandonar mai les dues filles, l'Amparo i la petita, la geperudeta, i el petit Manolo. Va conèixer els Duran quan feia d'almoiner a la casa Comillas, visitant una família de la pobra barriada del Pedró, en un carrer brut i llardós de Botella. Els Duran vivien davant per davant de la casa que visitava i l'home de la Desidèria, ja malalt, admirava vivament el poeta. Un dia es van creuar a la porta. Van fer amistat i així es va relligar la relació. Només va faltar que donya Desidèria, una dona de família rica de Madrid vinguda a menys, acabés de fer la feina. Era petita i molt enèrgica, però vanitosa i manipuladora. Des del primer moment, es va fer seu el capellà, li va explicar la seva trista història, i Verdaguer, sigui perquè se'n va compadir, sigui perquè aquella família se li va obrir de bat a bat, de mica en mica es va fer assidu de la casa.

Havien passat els anys. Ara, l'Amparo estava casada i en Guri, el seu jove espòs, un galifardeu que s'aprofitava tant com podia de la situació, també formava part de la família.

—La mare, mossèn Cinto... Si ella fos aquí, segur que no deixaria que marxés. No me'n fio, de tota aquesta gent que ve per casa, i aquest noi, en Josep? No sé per què vol que li faci d'assistent! Que no el cuidem bé, nosaltres?

—Sí, dona, sí... No et preocupis, que ells em volen ajudar.

—Si la mare, en pau descansi, fos aquí, ja li ho asseguro jo que vostè no marxava del pis. Ella era ferma, quin caràcter que tenia, un caràcter que jo no tinc, pare Verdaguer.

—Au vinga, filleta meva, no ploris més... Ja em tens preparades les maletes? I els llibres?

—Sí, tot el que em va dir i tal com em va dir. Li he dit a aquest noi, en Josep, que les baixi a l'entrada. Però, pare Verdaguer, per què no vol que l'acompanyi jo?

—Vosaltres vindreu d'aquí a dos dies, filleta meva... Ah, i que no se t'oblidi avisar la Francesca, la meva germana, ella encara no en sap res, del meu trasllat.

—Sí, pare Verdaguer, com vulgui... Però a la seva germana segur que l'avisa el seu cosí, aquell fastigós que no puc veure i que el va trair!

—Calla, Amparo, no parlis així.

—La seva germana fa d'espia de mossèn Joan Güell, el seu cosí li passa una pensió, tothom ho sap. Insisteixo: jo voldria venir amb vostè, pare Verdaguer.

—No pateixis, serà un viatge curt, aquesta vegada. A més, filleta meva, ja hi deus estar acostumada.

—Ai, pare Verdaguer, no digui això. Mai m'hi acostumaré... Em fa patir tant quan va de viatge...

La noia es va alçar d'una revolada, eixugant-se les llàgrimes, i abans de travessar la porta va tornar a insistir amb veu plorosa:

—Per què ha de fer el viatge? Per què ha de fer el viatge? No hi vagi! No hi vagi!... —I després va riure de forma nerviosa.

CAPÍTOL XXX

Mossèn Cinto va tenir un petit ensurt, li va semblar recordar la veu de l'Amparo quan estava en els processos d'èxtasi, d'exorcisme, quan era posseïda per algun ésser del més enllà que parlava a través de la seva boca, i ell es quedava quiet, resant, escoltant, gravant a la seva ment els missatges, que per a ell eren orientacions, vaticinis d'esdeveniments que li passarien. El poeta després escriuria a les llibretes totes aquestes impressions. Mossèn Cinto es va girar cap a la porta, aquell mateix to de veu que no era de la noia, que semblava sorgir d'un ésser fosc, d'una caverna profunda, aquelles mateixes paraules que va escoltar també un dia, abans d'anar-se'n a l'anhelada Terra Santa, el seu darrer viatge mentre fou capellà domèstic del marquès de Comillas...

Potser aquella fou una de les primeres sessions d'exorcismes a què va assistir acompanyat del pare Piñol, que resava exorcismes a malalts i posseïts. Allí va escoltar el vaticini que li va fer l'Amparo:

—Viatge! Jerusalem. Viatge, Jerusalem... Passaràs pel

camí d'Emmaús... Viatge. Trepitjaràs la sorra d'un desert... Viatge. Jerusalem que no volgué per espòs Jesucrist és esclava de Mahoma... Viatge.

«Jerusalem... Viatge», aquella paraula es va quedar suspesa a l'atmosfera de la cambra, amb l'aire remogut per l'ímpetu de l'Amparo, que tancà la porta de cop. «Viatge», la paraula l'enlluernava, li donava coratge, li donava força, era la seva medecina natural per revitalitzar la seva ànima i el seu cos, i ara ho necessitava. La seva vida havia estat una eterna peregrinació, sempre d'un lloc a l'altre, caminar, veure món, ascendir al pic de les muntanyes, travessar continents, mars... Viatjar era la raó de la seva vida? S'ho preguntava en silenci.

Però, per a mossèn Cinto, només hi havia un viatge... El que va fer a Terra Santa l'any 1886 amb l'amic eclesiàstic Jaume Almera. Els viatges que va fer abans van ser preparacions per a la peregrinació als llocs sants, que va significar una veritable odissea personal i mística. El va canviar per sempre. El camí tan desitjat durant tota la vida, l'anhelada peregrinació a Palestina, a la Jerusalem celestial, per fi es va complir. Va sortir amb vaixell de Barcelona, i aquest cop no va sentir el dolor de l'enyorament, del comiat, aquesta vegada estava delerós de trepitjar els carrers, les mateixes lloses desgastades de pedra per on va caminar Jesús, on va vessar la sang de la Passió. Tremolava d'emoció, els llavis, tot el cos, els ulls velats... Durant tot aquell viatge va viure una febre mística que transformaria per sempre el seu esperit, la seva vida. Es va emocionar tant en aquell «Viatge de tots els Viatges!», que mai tornaria ser el d'abans. Cada lloc, cada poblet, cada edifici, cada muntanya, cada riu. Tot resplendia de llum interior, la claror del record de les primeres lectures de la Bíblia, assegut a la falda de la seva mare, amb les guspires de la humil llar de foc mentre recitava passatges de l'Antic i del Nou Testament. Tot cobrava sentit, es materialitzava com el millor dels seus poemes. Ser conscient de respirar l'aire, contemplar el cel, els núvols, el paisatge que un dia, gairebé mil nou-cents anys abans, havia contemplat aquell que va venir a salvar l'home i a redimir-lo dels seus pecats, el va commocionar vivament. Li va deixar una marca inesborrable.

Va canviar per sempre més, ja no tornaria a ser el d'abans. El capellà poeta, l'almoiner del marquès de Comillas, el cantor de les muntanyes regalades ara deixaria la lira i alçaria el calze. La imatge de la vida passada quedava velada per un glop de la pitjor boira de la plana de Vic, la seva terra, d'aquelles bromes denses com la llet, quan no es veia la mà al davant. Alguna cosa havia passat dins seu; en algun lloc de la seva ànima es va obrir la ferida, la llaga dolorosa que esdevindria en el seu cor la rosa mística per excel·lència. Les escenes dels textos sagrats se li barrejaven a la ment, caminant per aquelles terres sagrades. Sens dubte aquell viatge va significar una fita única a la seva vida. Un abans i un després.

Ja durant la travessia de la mar Mediterrània amb el vaixell, va viure experiències premonitòries. Va ser tot un senyal del seu destí personal trobar-se amb els frares franciscans que, amb aquella joia que ell tant envejava, emprenien el camí de les missions vers un lloc de Terra Santa on l'orde custodiava els Sants Llocs, o potser endinsant-se en aquelles selves encara en bona part desconegudes del continent negre, Àfrica. I, després, el jove mariner biscaí, que ho deixà tot i se'n va anar també amb els franciscans... A ell el cor li anava darrere d'aquest noi, recordant quan era jove i ell també volia marxar amb l'hàbit, el cordó i la pobresa del sant d'Assís, un anhel que tenia dins i que tal volta amb aquell viatge li sobreeixiria pels ulls de l'ànima.

El dia 13 d'abril de 1886 arribava l'expedició a Jerusalem. Des d'un turó, els pelegrins van contemplar la Ciutat Santa. Mossèn Cinto ho veia tot borrós, tenia els ulls negats de llàgrimes. Aquella era la Jerusalem celestial, la que ell contemplava amb la mirada del cor. Tot eren símbols, tot era llenguatge espiritual escampat en cada racó d'aquella geografia mística.

Van sortir de Jerusalem amb una caravana en direcció al Jordà, on Jesús fou batejat per Joan Baptista. En ser al riu sagrat, es va ajupir, va recollir a la cassoleta de la mà una mica d'aquella aigua de la vida, la va besar amb devoció, en va fer un glop i es va mullar la cara i la nuca. I es va sentir renovat per dins, com si en aquell moment el mateix Joan Baptista, amb una petxina, el bategés de nou, inferís la marca perpètua del Crist Crucificat a la pell de la seva ànima.

A la tomba de Llàtzer de Betània, es va deturar, va baixar un a un els esglaons de pedra del sepulcre subterrani i contemplà trasbalsat la gran llosa, la porta de la tomba que Jesús va obrir quan digué:

—Llàtzer, surt fora!

Va travessar els camps de la figuera maleïda. I, en arribar a Betlem, va dir missa sobre l'estrella del naixement... «Mos ulls han vist lo que mon cor somiava des que sóc al món», havia exclamat aquell venturós dia. «Amb quin recolliment un s'agenolla en aquelles lloses on s'agenollaren els pastors i els àngels la Nit de Nadal».

I per tota Terra Santa els germans de sant Francesc els acullen i ell, el capellà poeta, cada cop hi veu més clar, dins la seva ànima, cada cop s'acosta més a la resposta que sempre havia cercat. En passar per Sodoma i Gomorra, sent també la ira de Déu, el terrible càstig que van sofrir aquelles ciutats, igual com l'antiga Jericó, igual com la seva Atlàntida poètica enfonsada a l'oceà pels seus pecats. El món s'esfondra sota terra colgat per una gran tempesta. La Gran Babilònia dels temps moderns amb aquelles masses d'obrers anarquistes, comunistes, ateus, liberals, anticlericals, la maçoneria, la xusma satànica cremant esglésies, clamant contra el cel, també esfondrada per la còlera de Déu totpoderós.

Quan s'aixecava a resar a l'estel del matí, mossèn Cinto tenia la impressió que el cor li saltaria esberlat en mil estelles d'emoció. El camí de Betlem, entre vinyes i horts, és lluminós, ple d'estels i enyors, llegendes dels textos sagrats. Està empedrat, i les petges dels profetes, de David i Salomó, encara estan impreses en aquelles lloses desgastades. I el camí de Jesús, Josep i Maria, la Sagrada Família... I en aquell moment va pensar en Catalunya, en Barcelona, en el seu amic Gaudí, que estava construint la catedral dels pobres. «La Trinitat de la terra tindrà, d'aquí a pocs anys, potser, el temple més gran i més formós de tot el món». I, en pensar en la seva terra, es va sentir viatger d'un etern pelegrinatge, amb aquell deix que mossèn Cinto pot sentir, com un vent, o una sageta que li travessa el cor, com la que va travessar també el cor de la seva estimada i admirada santa Teresa. I allí sorgeix la llegenda encara viva d'un arbre, un terebint sagrat que expliquen que va fer ombra al nen Jesús, quan la Sagrada Família es va deturar en aquell punt del camí a descansar. Els pelegrins, en passar per aquest lloc, abracen l'arbre, el besen, arrenquen fulles de relíquia, de record. Però l'amo moro d'aquell hort va talar l'arbre per fer llenya, cansat de veure tanta gent abraçant-lo i besant-lo.

L'expedició s'atura als jardins de Salomó i mossèn Cinto evoca els versos del místic castellà que ell venera com el pare dels místics, sant Joan de la Creu. Amb les flaires de l'hort de Salomó escolta el Càntic dels Càntics, aquella conversa amorosa entre l'amada i l'estimat que ara també desperta en ell les tendreses més pures del seu amor a la Verge de Montserrat.

És temps de Setmana Santa i no es perd el Via Crucis, record inesborrable a través dels carrers de Jerusalem, rememorant en cada estació el sofriment de Jesús, el fill de Déu crucificat pels homes, camí del Calvari. Jerusalem és el centre neuràlgic, des d'aquí es fan excursions per tot Palestina. Però arriba el moment de partir.

Emprèn el viatge, i en passar pel lloc on fou martiritzat sant Jordi, prega per tot Catalunya. En aquest moment, el seu pensament se'n va a la terra enyorada, la somia, la veu amb els ulls renovats d'aquell viatge i sent una nova classe d'alegria perquè sap que quan trepitgi Barcelona, quan visiti Vic, la plana, Folgueroles, quan tresqui amunt i avall per les muntanyes i camins del seu petit país, res serà igual que abans. I ja només té ganes de pujar a Montserrat per explicar a la Moreneta tot el que ha sentit...

Estrella del matí, mística rosa —diuen els uns—.
Causa del nostre goig —diuen els altres—.
Pregau, Mare de Déu, per tots nosaltres
en vostra casa d'or de Montserrat.

El canvi que està patint és tan profund que trasbalsa tot el seu enteniment, i quan contempla la muntanya del Carmel, la veu amb els ulls del cor i afirma que és el turó més bell de Terra Santa, amb la Galilea a una banda i la mar a l'altra.

Però allò que, potser, li va deixar més empremta de tot el viatge fou Natzaret, que vol dir «flor». Allà va tornar a sentir el regust a la gola de l'aigua de la vida del Jordà. Aquí, el dia 9 de maig, damunt del sepulcre de Santiago, va resar per Espanya. Va posar-se de genolls demanant fervorosament a l'apòstol sant Jaume que la fe no defallís en aquells moments de grans turbulències polítiques i socials. Natzaret, allà va començar tot. En aquella volta de pedra l'Àngel del Senyor va donar a Maria l'ambaixada més gran que han vist els cels i la terra.

Per fi retornen, però abans passen per Egipte i visiten la piràmide de Keops, la gran muntanya construïda com una torre de Babel, una muntanya artificial, bastida per l'orgull dels homes que mai van conèixer la veritable paraula del Déu redemptor de la humanitat. I aquella ingent obra d'enginyeria humana li recorda la seva muntanya sagrada, Montserrat, la muntanya construïda per la providència per encabir en el seu cor l'altar de la Verge, la Moreneta, la seva musa, que ja el crida des de l'altra banda de la mar Mediterrània, que ben aviat creuarà per tornar a casa, per mostrar-se a si mateix davant el mirall de la pobresa. Ja que, d'aquell viatge, mossèn Cinto en va tornar amb el gran enigma de la seva ànima resolt. Què hem vingut a fer al món? Tenim alguna missió a la terra? Quina és? Què he de fer? Aquestes eren preguntes que molt sovint es feia.

A Terra Santa, va veure que la seva missió era lliurar-se en cos i ànima a la caritat... La caritat era el gran secret de la humanitat, l'única cosa capaç de canviar la societat i regenerar-la. Podia canviar el món, transformar aquella gran Babilònia, la rutilant Barcelona industrial, burgesa, on cada cop hi havia més misèria i pobresa, on cada cop les famílies d'obrers desemparats triaven els equivocats camins de l'ateisme llibertari, el camí contrari a Déu. Tots aquells moviments socials que s'esdevenien a la gran ciutat, els combatria amb l'arma infallible de la caritat. Estava disposat a sacrificar la seva vida, a donar-ho tot, el que tenia i el que no tenia, per complir aquesta missió sagrada.

En tornar de Terra Santa, aquell estiu del 1886, mentre passava uns dies al Bac de Collsacabra, en una carta al seu amic Jaume Collell, que li estava fent una ressenya per a una publicació, deia:

«Ací en la soledat he vist passar d'un a un els meus quaranta anys i de tots estic avergonyit...».

Se sentia avergonyit de la seva vida passada? Potser perquè allà, a la Jerusalem somiada, va rebre l'aigua de la vida del Jordà i per a ell tot va canviar. Sens dubte, aquella confidència a l'amic era el clar senyal d'insatisfacció personal que havia anat arrossegant durant els anys de bonança i també de contradicció a casa dels Comillas. El fràgil equilibri entre la lira i el calze s'estava trencant. Estava vivint un moment de catarsi, que el portaria a un replantejament de la seva vida, i aquell canvi transcendent que es va produir a partir d'aquest moment el portà a un extremat neguit de perfecció espiritual.

Mossèn Cinto va escoltar un clàxon i les evocacions d'aquell viatge a Terra Santa es van fondre, corrien avall com les gotes entelades de la finestra del record. Totes aquelles impressions van quedar testimoniades en el seu millor llibre de prosa, *Dietari d'un pelegrí a Terra Santa*, publicat el 1889. Va tornar en si, el clàxon venia del carrer, era el vehicle que venia a buscar-lo.

Era el doctor Falp, venia amb un amic seu que era propietari d'uns dels primers automòbils de Barcelona, que ell mateix havia cobert amb una petita cabina aprofitada d'una tartana. Venien a traslladar mossèn Cinto del carrer Aragó, on vivia els darrers anys, fins a Vil·la Joana, una gran masia del senyor Ramon Miralles, que l'havia deixat al poeta perquè anés a restablir-se de la malaltia. Estava situada a Vallvidrera, al cor de la muntanya de Collserola. El doctor Falp i Plana era el metge que de forma totalment altruista atenia el poeta en la seva malaltia. Josep Falp, descendent d'una família benestant de Barcelona, anys més tard, va ser el fundador i president de la Lliga Vegetariana de Catalunya.

Van ajudar-lo a baixar les escales. Al carrer, es va formar un grupet de gent de forma espontània. Primer, els va atreure l'atenció aquell cotxe amb el motor en marxa que anava traient fum per un tub del darrere alt com una xemeneia. Era tota una novetat a Barcelona, on es començaven a veure automòbils, però encara predominaven les tartanes i els carros estirats per cavalls. El conductor, tot i que el cotxe era cobert i tenia un gran vidre al davant per protegir-lo de l'aire, portava ulleres i una mena de casc de cuir. El doctor Falp va obrir la porta del darrere. En Josep ajudava a caminar mossèn Cinto, que en trepitjar el carrer es va enlluernar amb un esclat de sol.

—És mossèn Cinto... El treuen de casa... —va fer la gentada, que primer havia acudit per la novetat de l'automòbil però que ara estava pendent del poeta, que caminava recolzant-se en aquell noi. El doctor el va ajudar a pujar, van seure al darrere, als dos còmodes seients, i van tancar la porta. Aquell cotxe era tota una novetat perquè l'amo, l'amic del doctor, era un manetes i en va entapissar l'interior fins a tancar hermèticament la part del darrere i va incorporar vidres a les dues grans finestres laterals, i per tant quedaven aïllats del carrer. Tot i que l'estructura era aprofitada d'una tartana, el resultat final semblava una altra cosa. Van posar uns coixins a mossèn Cinto perquè es pogués recolzar. La multitud, que venerava el poeta, primer estaven en silenci; després, quan el cotxe es va posar en marxa, enmig de les trompes de fum i les explosions, van començar a dir:

—Mossèn Cinto, posi's bo! Resarem per vostè!!

—Adéu, mossèn Cinto! Torni aviat!!!

Després, quan es dispersaven, anaven comentant els uns als altres:

—Diuen que el porten a un sanatori...

—Està molt malament... Tuberculosi.

—Resarem per ell...

—M'han dit que va a una finca del senyor Miralles a Vallvidrera.

CAPÍTOL XXXI

El poeta es va girar i, per la finestra del darrere, amb la mà saludava la gentada congregada al carrer. L'automòbil s'allunyava i ell mirava enrere, veia la multitud, alguns xiquets corrien riallers, i el seu pensament, per un instant, va viatjar al passat...

Aquella gent aglomerada allí al carrer saludant-lo, acomiadant-lo, el va portar deu anys enrere, quan es formaven aquelles llargues fileres de pobres, en molts casos famílies senceres que ocupaven la Rambla, la Portaferrissa, a l'entorn del Palau Moja. L'esperaven a ell, i mossèn Cinto ho sabia. El dia que ara li torna als ulls de la memòria va ser molt especial. Ell es trobava al terrat del Palau Moja, de cara al mar. Contemplava una fenomenal tempesta marina, que es produïa davant la costa de Barcelona, un temporal acompanyat d'una formidable pluja de llamps. L'Alfons, el majordom del Palau Moja, va pujar al terrat, estava inquiet, volia advertir-lo d'un perill i no sabia com fer-ho, ja que el va trobar absort, contemplant la llunyania, amb les ratxes de vent contra la cara:

—Mossèn Cinto, avui l'espera molta gent, sembla que la tempesta hagi congregat tots els pobres de Barcelona davant del palau. Quan marxi, cridaré el jardiner, en Pau, i el seu ajudant Carles; tots dos l'ajudaran a sortir al carrer i arribar a casa. Em sembla que avui hi ha més gent que mai i amb aquesta gentada no podrà fer un pas pel carrer... Vagi amb compte, mossèn, he vist alguns aprofitats i malfactors, els conec del barri.

—No, no pateixi per mi, avui faré tard, tinc sessió a la meva cambra... —féu el poeta mentre caminava en direcció a la porta que donava a les escales.

L'Alfons el va seguir, i el va entendre de seguida i es va mossegar el llavi. Mossèn Cinto li va dir:

—Com és costum, m'acompanyarà el meu cosí, mossèn Joan Güell, però abans anirem a resar a la capella del palau. També vindran donya Desidèria i la seva filla Amparo, i el pare Piñol... Deixi'ls passar, si us plau.

L'Alfons, el majordom, ara va fer mala cara, no li agradava aquella gent i el pare Piñol, expaül, que era l'exorcista més famós de tot Barcelona, encara menys. Era un home misteriós, fosc, prim, alt i escardalenc, xuclat de cara, semblava que portava la sotana penjada, caminava com si levités. De mirada esverada, parlava sempre com un il·luminat. Aquell home feia de director espiritual de mossèn Cinto. I el majordom no ho entenia, se'n feia creus... «Com és possible? El pobre mossèn Cinto dominat per aquesta gent». Fins i tot havien portat al palau aquelles pràctiques, que tot i que l'Església i el Papa les havien permès, feien por, respecte, i no eren gaire ben vistes ni per la jerarquia eclesiàstica catalana ni tampoc per la gran majoria de ciutadans, que consideraven aquella colla de fanàtics dirigits pel pare Piñol uns insensats. I encara menys pels marquesos, que estaven assabentats de totes les activitats de mossèn Cinto.

Primer es reunien a l'Oratori, a la barriada de Sants, després en un pis del carrer Miralles i més tard a la cambra del capellà domèstic del Palau Moja. Mossèn Cinto hi assistia, fins i tot va començar a escriure unes llibretes on recollia les seves experiències amb els endimoniats. Influït pel pare Piñol, el poeta creia cegament que a través dels posseïts rebia revelacions de l'altre món, auguris, presagis... El primer que va rebre va ser el de l'Amparo, la filla de donya Desidèria. El vaticini del viatge a Jerusalem.

Mossèn Cinto, de caràcter molt impressionable, hipersensible, vivia en un estat de forta sensació, de suggestió. Creia fermament que a través d'aquella noia, Amparo Duran, visionària, rebia missatges del més enllà, de la providència. Va arribar a tal punt la seva dèria que fins i tot va començar a realitzar sessions al palau, a la seva cambra. Hi assistia també el seu cosí, mossèn Joan Güell. L'Alfons, el majordom, no veia amb gaires bons ulls tot allò i en alguna ocasió va insinuar al poeta que ni al marquès ni a la jerarquia de l'Església no els agradaven gens ni mica aquelles pràctiques medievals, i també li va dir que els marquesos es disgustarien si sabien el que estava fent.

—Jo, mossèn Cinto, no els en diré res, als marquesos... Ells em pregunten, però jo em faig l'orni, però pensi que n'hi ha d'altres a palau que parlen pels descosits, d'altres que potser té a la vora, vagi amb compte...

Els marquesos per aquesta època ja passaven la major

part de l'any a Madrid, a la seva residència del carrer Independència, però estaven puntualment informats d'aquelles activitat que portava a terme el seu capellà àulic, l'almoiner de la casa, que des que va tornar de Terra Santa havia canviat el seu caràcter. I la veritat, començaven a estar molt preocupats pel seu capellà.

Mossèn Joan Güell, cosí del poeta, quan arribaven els marquesos de Madrid, amb molt de secret, corria a informar don Claudi de les enormes quantitats de diners que darrerament havia gastat en almoines mossèn Cinto. De vint-i-cinc famílies que socorria inicialment havia passat a més de tres-centes, sense comptar les llargues fileres de pobres que es formaven a la porta del palau, convertint-se en un escàndol públic, perquè allí, barrejat amb els veritables necessitats, hi acudia el pitjoret de la ciutat. El cosí del poeta, que l'ajudava en la tasca de repartir almoines, amb un to melós, però incisiu, exagerant els aspectes més escandalosos, explicava al marquès:

—Miri, don Claudi, el meu cosí és tan bo que no s'adona que vénen tota classe d'espavilats i lladres, comediants que es fan passar per pobres. És un sant i s'ho gasta tot en caritat, no viu... Comprèn?

—I al damunt s'ha comprat la finca de Penitents? Com la pagarà? Què li passa, al seu cosí, mossèn Joan?

—Jo crec que ara s'ha lliurat a la pobresa de forma absoluta; ell sempre ha volgut ser un frare franciscà. També hi ha les confessions, els dejunis excessius, jo sempre li dic que al final agafarà fluixesa. I aquest pare Piñol és una mala influència per a ell. Fins i tot ha donat tots els estalvis que tenia, ja no li queda res, don Claudi... No sé com pagarà la finca i la capella, ha firmat pagarés i més pagarés.

—No sé per què s'ha comprat aquesta finca. Que potser es pensa que l'he de pagar jo?

—Es veu que a la finca, a més de la capella, hi ha una cova i es reuneixen allí per fer exorcismes, amb el pare Piñol.

—Un fanàtic, un boig... Ja li ho vaig dir, al bisbe de Barcelona.

—Senyor marquès, no sé si sap que aquest il·luminat mossèn expaül que resa exorcismes s'ha convertit en el pare espiritual de mossèn Cinto.

—No ho sabia. Gràcies, mossèn Joan, per tenir-me tan ben informat. L'assumpte està prenent unes dimensions que no m'agraden. No m'agraden gens ni mica.

—De la quantitat que ha gastat aquest mes, ja li he fet referència... Aquí està tot.

—Una xifra important, sí, molt important... Però això rai, el que em preocupa de veritat és la salut del pare Verdaguer. No em sap greu que gasti quantitats desorbitades per fer obres de caritat, sempre que estigui ben distribuïda entre els pobres, i d'això pel que veig se n'encarrega vostè, mossèn Joan, i el felicito. Cada cop confio més en vostè, segueixi així...

—Don Claudi, hi ha una altra cosa respecte a les almoines... Resulta que mossèn Cinto és tan bo que a Barcelona ja ha corregut la veu entre els espavilats, lladres, malfactors, estafadors. I molts hi van a confessar-s'hi i l'enganyen sense escrúpols, es fan passar per pobres i no ho són. Aquí tinc una llista. Per això la xifra és tan elevada. Jo faig el que puc, és clar, tinc els meus informadors, però no puc passar per davant de mossèn Cinto, ell és l'almoiner oficial.

—Sí, sí, és clar... Em preocupa molt, molt, el que em diu, mossèn Joan. No sé què li passa, al pare Verdaguer, potser necessita unes vacances, un descans... I aquella dona i la seva filla? Expliqui'm... Vénen per aquí?

—Donya Desidèria i l'Amparo, la filla que entra en éxtasi, no es mouen del palau.

—Com diu, mossèn Joan?

—Bé, quan vostès són a Madrid, a la cambra del poeta es reuneixen alguns de l'Oratori, el pare Piñol i altres, i es fan sessions, jo hi he anat algun cop...

—No m'agrada gens mi mica aquest capellà fanàtic, gens ni mica... Ja he parlat amb el bisbe de Barcelona i alguna cosa farà per deturar-lo, ell és el culpable d'aquesta dèria pels exorcismes, ell és qui influeix en el pare Verdaguer. El meu bon amic s'està perdent i em sap molt de greu. Confio força en vostè, mossèn Joan, tingui'm informat puntualment de tot, de tot... M'ha entès?

—No pateixi, don Claudi, li escriuré a Madrid.

—No deixi de fer-ho amb regularitat i si observa alguna cosa sospitosa o alarmant m'ho fa saber amb urgència.

—Així ho faré.

Mossèn Joan, el cosí del poeta, sempre procurant exagerar, deixar una porta oberta al dubte... Ell cobejava el lloc d'almoiner i de mica en mica anava guanyant terreny en la confiança del marquès. El va introduir al palau mossèn Cinto, però mossèn Joan no va dubtar ni un moment a fer-li la traveta sempre que podia, a malparlar a la seva esquena amb tots els homes importants, també amb el cunyat de don Claudi, don Eusebi, que era a Barcelona i de tant en tant passava pel palau. Mossèn Joan veia molt clar que el seu cosí, el poeta, anava per mal camí, estava caient pel pendent. Començava a tenir en contra el marquès, el seu protector, i sobretot el bisbe de Barcelona, Jaume Català, que no veia amb gaires bons ulls aquelles disbauxes i fins i tot va prohibir directament al pare Piñol la realització d'exorcismes. Mossèn Joan sempre procurà, dissimuladament i sense que se n'adonés, empènyer de mica en mica el seu cosí per aquella costa avall que el duia a la perdició. El cosí del poeta ja ensumava el seu triomf personal: ser nomenat almoiner del marquès de Comillas. Aquest era el seu objectiu vital.

El majordom, que ja sabia tot el que passava al palau, aquelles estranyes sessions que posaven la pell de gallina a tot el servei, en aquest moment i per primer cop va gosar parlar obertament amb el capellà poeta, que apreciava dels anys que feia que estaven junts, servint els marquesos:

—Mossèn Cinto... Li vull dir una cosa en privat, en absoluta confiança.

—És molt urgent, Alfons? Podríem parlar demà? És que ja ho veu, se sent el xivarri del carrer, m'estan esperant. El meu cosí, mossèn Joan, està desbordat de feina, cada cop hi ha més pobres necessitats a Barcelona que hem de socórrer. I després vindrà l'Amparo amb la seva mare, la vídua Duran, amb el pare Piñol. Sobretot avisi'm quan arribin. I encara bo que he deixat les confessions. La feina és gran però la ciutat necessita la nostra obra, la ciutat està caient en l'anarquia i l'ateisme... L'arrel del diable, ja li ho dic jo... —féu mossèn Cinto, neguitós, a punt de baixar a les estances on rebien els pobres i feien el repartiment d'almoines.

—Per la confiança que li tinc... Hem de parlar ara, urgentment, mossèn Cinto, o serà massa tard... —féu el majordom.

El poeta va veure que havia de ser alguna cosa molt important; coneixia el majordom des de feia disset anys, sempre havia tingut un bon tracte amb ell, fins i tot li va posar una dedicatòria en algun llibre de poesia, l'home llegia versos i admirava el poeta.

—Parli, Alfons, tinc molt poc temps, però si és tan urgent...

—Aquí no, mossèn, les parets del palau tenen orelles, escolten. Vingui amb mi...

L'Alfons va anar a l'arxiu de la biblioteca, una cambra petita i fosca adjunta a la biblioteca, plena de llibres per les quatre parets, que feia de magatzem. Va agafar un llum de gas, el va encendre i van entrar dins, va tancar la porta. Hi havia una taula i dues cadires. Van seure amb el canelobre al mig:

—Tantes precaucions, Alfons... Em portes aquí d'amagat. Ha de ser una cosa important.

—Ho és absolutament, per l'estima que li tinc, mossèn Cinto, pels anys que fa que estem junts. Escolti'm bé... Això que li vull dir, vull fer-ho sota secret de confessió.

—Vols que et confessi, aquí i ara?

—Sí, mossèn Cinto, ha de ser un secret inviolable el que diré perquè em jugo el meu lloc de treball i el benestar de la meva família, que com vostè sap és molt nombrosa.

—Molt bé, doncs, no cal que t'agenollis.

El mossèn va dir les paraules del ritual en llatí, Alfons el majordom besà l'estola i començà la confessió.

—Mossèn Cinto, li estan parant el llit!

—Com dius, Alfons? Saps que és un pecat mortal aixecar calúmnies, falses acusacions, fill...

—Sí, però del que ara li diré n'estic molt segur. Vull que m'escolti bé... Fa dues setmanes, quan van venir els marquesos, el bisbe de Barcelona, Jaume Català, i el seu bisbe Josep Morgades es van reunir amb don Claudi i també amb el seu cosí, mossèn Joan Güell, i el jesuïta, el pare Governa...

—Fa dues setmanes? Sí, és veritat, van venir els marquesos... No em van dir res? Que estrany! María Gayón va parlar amb la vídua Duran i l'Amparo, la seva filla. Es van fer molt amigues amb la marquesa, i els van permetre assistir a la missa diària que faig al matí. A més, amb la marquesa vam aclarir el malentès de la carta...

—El pare Governa fa córrer la veu que vostè vol separar la marquesa de don Claudi. Diu que vostè va escriure una carta a la marquesa on li demanava que deixés don Claudi i fundés una comunitat de monges dedicades a la caritat. I això no ha agradat gens ni mica al marquès.

—Mentida, calúmnies, Alfons...

—No cal que m'ho digui, mossèn Cinto, jo sé que vostè seria incapaç de fer una cosa així, vostè és un tros de pa i em sap tant greu... Però d'aquest jesuïta no se'n fiï, la hi tenen jugada, i no sé per què...

—Ho vam aclarir tot! María Gayón és tan bona amb mi... Jo no li deia res d'això, li explicava un somni que vaig tenir on la veia a ella fent obres de caritat, res més. I don Claudi també ho va entendre i em va dir que em disculpava. I la marquesa semblava tan contenta de tenir al palau donya Desidèria i la seva filla Amparo.

—No s'ho cregui, mossèn Cinto. Ni el marquès ni la marquesa veuen amb bons ulls aquesta família Duran. A vostè li ho perdonen tot, l'estimen, mossèn Cinto... Potser davant li fan una cara. Però jo he vist i sentit coses. Vostè, la seva bondat, es fa estimar, però cregui'm, no els agrada gens ni mica que aquesta senyora, donya Desidèria, i la seva filla Amparo rondin pel palau... I això no és el pitjor...

—Explica't, doncs.

—Com li deia, el marquès va parlar amb el bisbe de Barcelona i també amb el bisbe de Vic, Morgades. A la reunió, també hi era present el pare Governa i el seu cosí, mossèn Joan Güell... Ja sap que jo no sóc dels que posen l'orella rere la porta, però hi ha una criada nova, una noia de la Terra Alta, la Misericòrdia, que té l'orella molt fina, i em va dir que alguna de grossa se'n prepara i que tota l'estona parlaven de vostè, dels exorcismes, de les almoines, de la família Duran...

—Això és tot?

—Li sembla poc? Li estan parant el llit. El seu cosí, mossèn Joan Güell, cobeja el seu lloc d'almoiner. Malparla de vostè, mossèn Cinto, al palau tothom ho sap!

—Ho sé...

—No, no es doni per vençut.

—Au, Alfons, et considero una bona persona i jo t'absolc dels teus pecats. Però això només és xafardeig... No en faci cas.

—Li ho dic de veritat. Aquesta vegada va de debò, aquesta noia no m'ha enganyat.

«Aquesta noia no m'ha enganyat». La frase del passat se li va enganxar al pensament, la va repetir mentalment una, dues, tres vegades, mentre es despertava, obria els ulls i tornava en si després d'aquest lapsus; fins i tot la va pronunciar, com si remugués una oració, amb el soroll infernal de l'automòbil. En Josep, l'assistent, que era a la vora, no va poder entendre el que deia i li ho va preguntar:

—Vol alguna cosa, mossèn Cinto?

—No, no és res, pensaments del passat...

En Josep, aquell sol·lícit i amable noi que mossèn Cinto volia tothora al seu costat i es va convertir en el seu assistent per voluntat del poeta tot i les reticències de la família, es va treure un dels coixins que tenia i el va posar al poeta. En aquest moment el doctor Falp es va girar.

—Dormi una mica, mossèn Cinto, descansi, no trigarem a arribar a vil·la Joana... Descansi.

—I el doctor Robert? Em va dir que avui vindria a veure'm, ja sap que jo confio molt en ell... No vull dir que vostè no sigui un bon metge, no s'enfadi, doctor Falp, vostè ha sigut tan bo amb mi...

—No s'esforci i descansi.

El vehicle continuava el seu camí. En Josep mirava per la finestreta, embadalit. El cotxe no va anar directe a Vallvidrera, el doctor Falp necessitava uns medicaments especials per a mossèn Cinto que li preparava una farmàcia de l'altra punta de Barcelona i havia de passar a recollir-les, l'esperaven. El metge va fer un gest a en Josep, com volent dir, trigarem una estona a sortir de la ciutat, deixem descansar el poeta... En Josep va somriure i amb la manta va tapar les cames a mossèn Cinto. El vehicle anava fent via a poc a poc, sobretot en els trams on hi havia sots, per no molestar el malalt i despertar-lo del seu son. El doctor Falp es va dirigir al conductor, com si fos una conversa que duien de feia temps i hagués quedat interrompuda:

—Almenys li hem estalviat el disgust dels Jocs Florals d'enguany... Un escàndol monumental, no sé on anirem a petar. Per primera vegada des de la restauració no s'han pogut celebrar els Jocs Florals. Prohibits!

—El president Francesc Matheu es va equivocar, crec jo, no havia d'acceptar mai la imposició d'aquell delegat del govern de Madrid.

—Ens va amenaçar que si no posaven la bandera espanyola se suspendria l'acte, què podia fer?

—Però va ser pitjor el remei que la malaltia. Quan van posar la bandera espanyola, tota la Llotja de gom a gom xiulant, quin espectacle, i aquell energumen de delegat va fer entrar la policia i va suspendre l'acte definitivament.

—Han anunciat que enguany se celebrarà a l'exili, a França, a Sant Martí del Canigó, sota la protecció del bisbe de Perpinyà Juli Carsalade.

—Hi ha molta oposició a Madrid contra el catalanisme, cada cop més... Des de la publicació de *La tradició catalana* de Torras i Bages, a Madrid estan esverats, faran tot el que podran per impedir que Catalunya recuperi els furs. De mica en mica ens aniran escanyant. De moment, ja ni podem parlar per telèfon en català, està prohibit! Tot el que fem en català comença a estar prohibit i això no pararà aquí.

—El diputat Romero Robledo va carregar fort contra Torras i Bages... Vaig llegir el seu discurs publicat a la premsa i realment és incendiari —féu el doctor Falp. Després mirà de reüll al darrere i en comprovar que mossèn Cinto dormia va dir—: Jo crec que el moment de reacció va ser quan Josep Morgades, fa dos anys, en ser nomenat bisbe de Barcelona, va publicar la seva primera carta pastoral demanant que s'ensenyés el catecisme en català. Això va despertar la fera de l'anticatalanisme a Madrid i a tot Espanya, i des d'aleshores no han parat ni pararan.

—Ja té raó, doctor... Quatre sessions al Parlament i tres al Senat, va provocar la carta pastoral de Morgades demanant el catecisme en català... Es va aixecar una viva polèmica a la premsa i al Parlament espanyol.

—Alguns se'n van alegrar l'any passat amb la mort del bisbe Morgades...

El doctor va callar de cop i parlà una mica més baix, per no despertar mossèn Cinto, i amb èmfasi va dir:

—Tot i que amb el poeta la seva actuació va ser del tot nefasta, prepotent i profundament injusta, hem de reconèixer que el bisbe, autoritari i carregat de defectes, també ha sigut un home clau de la Renaixença i del ressorgiment del catalanisme. La seva voluntat d'ensenyar el catecisme en català va aixecar molta polseguera.

—A Madrid i per tot Espanya es va produir una reacció violentíssima, fins i tot una exhortació del cardenal Rampolla, secretari d'Estat.

—Però nosaltres, els catalans, som així, mentre de Madrid ens foten la punyalada aquí encara tenim humor per fer obretes de teatre que fan crítica dels Jocs

Florals... L'obra de Santiago Rusiñol estrenada enguany, Els *Jocs Florals de Canprosa*, una paròdia... No sé què pensar de tot això.

—Sí, mig món se'n fot de l'altra meitat, diem els catalans, i en això tens raó... Ells van tots a una contra nosaltres, contra els catalanistes; en canvi nosaltres, tants caps tants barrets, només fem capelletes. Tots barallats, sempre hem sigut així. De totes maneres, aquí a Catalunya no s'afluixarà, recordo que de seguida que el bisbe va publicar la carta pastoral, es va produir la signatura de més de seixanta advocats demanant poder utilitzar el català en l'exercici de l'administració de Justícia.

—El mes de març passat a Manresa es va donar un pas en ferm, es van posar les bases per a la constitució regional catalana.

Mossèn Cinto no dormia, escoltava la conversa amb els ulls tancats. Parlaven de política, sempre era el mateix, odis entre grups i faccions, i no li agradava gens, sempre s'havia apartat d'aquell mal que engendrava tots els diables de l'odi i la rancúnia. Però en escoltar el nom de Morgades, bisbe de Barcelona i anteriorment bisbe de Vic, el seu pensament va anar al passat, tot just als Jocs Florals de 1893. Recordava aquell dia perfectament com si el tingués gravat a la memòria. Quantes vegades havia repassat mentalment tot el que va passar aquell crucial dia en què la seva vida donava un tomb radical i s'obria una nova senda en el seu destí. Evocava la jornada com si fos ara...

CAPÍTOL XXXII

Als Jocs Florals de Barcelona del 1893 el bisbe de Vic, Josep Morgades, va ser nomenat president i mossèn Cinto tenia l'honor de fer el discurs. Es commemorava el trenta-cinquè aniversari dels Jocs i es va convidar el felibre Fèlix Gras, i també un amic de Verdaguer, el valencià Teodor Llorente, que ja n'era un assidu, i el rossellonès Justí Prepatx. Hi havia, també, de convidat d'honor el general Martínez Campos, que després del discurs del bisbe Morgades i del «Visca Catalunya» unànime de tota la Llotja va marxar indignat, traient la fel per la boca, clamant contra el bisbe i contra aquell acte subversiu catalanista. Així estaven els ànims anticatalanistes al tombant del segle.

Quan l'acte es va acabar, el maquès de Comillas havia convidat Josep Morgades i també Fèlix Gras a dinar a casa seva. Després de dinar i de fer la tertúlia corresponent, on mossèn Cinto i els seus versos van ser com sempre protagonistes destacats, tots van elogiar la trilogia que el poeta havia començat a publicar el 1890 amb

Jesús infant: Natzaret, seguit el 1891 per *Jesús infant: Betlem*, i tot just ara estava treballant en el darrer poemari, *Jesús infant: la fugida a Egipte*.

Abans de marxar, el bisbe Josep Morgades, rialler, afable, però sempre amb aquell punt autoritari i paternalista, el va cridar a part, volia parlar amb ell un moment.

—Mossèn Cinto, benvolgut amic, com es troba?

—Molt bé... Ja ho veu, les meves tasques són enormes, en els darrers temps he deixat una mica el confessionari, però la Verge Maria em dóna forces per continuar la meva tasca... La caritat! Ja ho sap!

—Té la veu apagada, mossèn Cinto, darrerament no el veig amb aquella vitalitat. Té els pòmuls sortits i fa ulleres de cansat... Miri's al mirall.

—No m'hi havia fixat, senyor bisbe. Però no pateixi. Em sento fort i amb ganes de continuar endavant.

—Sí, és clar... A tots ens passa el mateix, deixaríem la vida per la feina, l'apostolat... Però de vegades ens enganyem inútilment, ens volem creure que estem bé, que tot continua igual, i en canvi ens fallen les forces.

—Ai, senyor bisbe, a mi encara no m'ha arribat aquest moment, però reso a la Verge i al Sagrat Cor de Jesús que mai no em deixin, que em socorrin.

—Miri, mossèn Cinto, fa anys que ens coneixem, li ho diré clar... En els darrers temps el veig cansat, té massa coses al cap, fa de confessor, almoiner, escriu versos, viatja amunt i avall, assisteix a actes culturals i religiosos; el criden de tot arreu. I tots som humans... A més, li he de dir la veritat: m'han arribat veus que em tenen preocupat.

—Què vol dir?

—No, no, no és res d'importància, és clar que no... Treballa massa... Ja li ho dic jo, necessita un descans.

—Il·lustríssima, estic una mica cansat, els anys comencen a pesar, però em trobo perfectament de salut. I ara, no podria descansar ni que volgués. Hi ha tanta feina a fer... La tasca d'almoiner del marquès m'absorbeix molta part del temps, però tinc el meu cosí, mossèn Joan Güell, que m'ajuda... No es pensi, que per a aquesta tasca he tingut fins a tres cirineus, és una creu... I cada cop hi ha més gent necessitada i...

—Ho veu!!! Així no pot continuar!!! Vostè és el necessitat! —el tallà amb veu autoritària el bisbe.

Mossèn Cinto, com sempre submís i més davant d'aquell home, va abaixar els ulls a terra. Josep Morgades va fer un petit esforç de condescendència vers el seu súbdit, aquell capellà poeta que ell estimava sincerament. El considerava un amic, però hi havia una tasca més important, una tasca que estava per damunt dels sentiments i de l'amistat, i Josep Morgades, el bisbe autoritari, aquell home que ostentava el poder eclesiàstic i l'exercia amb tota la pompa i la mà dura possible, no podia defallir.

El prelat el va mirar de dalt a baix, amb compassió, sentia una cosa al pit, a la gola, però havia de complir la missió, per molt dura que fos. Mossèn Cinto, en els darrers temps, sobretot després del viatge a Terra Santa, on va sofrir un canvi transcendent, místic, s'havia convertit en un veritable problema per al marquès de Comillas, el seu protector i amo, i també havia esdevingut un veritable problema eclesiàstic, que enfrontava les dues diòcesis, la de Vic i la de Barcelona. Jaume Català, el prelat barceloní, el seu enemic a mort, odiat per sempre més, se li va queixar amb raó i va obligar Josep Morgades a endur-se mossèn Jacint Verdaguer a la seva diòcesi de Vic. L'acusació era greu. Josep Català havia amenaçat mossèn Cinto diverses vegades perquè deixés de practicar exorcismes, i més a casa del marquès, amb l'escàndol que tot això suposava per al bon nom d'aquella casa. A més, el marquès de Comillas, don Claudi, que havia estat el seu millor amic durant disset anys, ara li havia perdut la confiança, sobretot arran d'una carta que el pare Verdaguer va escriure a la seva esposa. Des de feia uns anys, don Claudi i la seva dona cada cop passaven més temps a Madrid. La relació entre el poeta i don Claudi es va anar refredant i a més el marquès rebia informes puntuals de les activitats del poeta al palau. Mossèn Cinto gastava veritables fortunes exercint la caritat, cada dia augmentava la quantitat perquè cada dia eren més els que acudien a la beneficència. Les fileres de pobres que acudien al Palau Moja eren llarguíssimes, donaven la volta per la Rambla. Un escàndol a la ciutat de Barcelona. Al capellà l'assaltaven pel carrer grups d'obrers sense feina, pobres, miserables i també tota mena de truans i malfactors que s'aprofitaven del caràcter bondadós i caritatiu del capellà poeta, que ho donava tot pels pobres, fins i tot els seus propis estalvis. Molts d'aquells que acudien a rebre les almoines eren autèntics necessitats, però barrejats entre aquella ingent multitud hi havia també tota una bona colla d'aprofitats, lladres i comediants que anaven a furtar tot el que podien. Les llargues fileres de pobres que cada tarda anaven al Palau Moja s'havien convertit en un escàndol públic.

El marquès rebia a Madrid puntualment notícies d'aquella disbauxa que s'estava produint amb diners de casa seva. Les cartes de Joan Güell, que ajudava a repartir almoines, l'informaven amb detall de l'activitat frenètica i desorbitada de l'almoiner mossèn Cinto, afegint alguns comentaris de collita pròpia perquè el marquès anés perdent la confiança en el pare Verdaguer.

Mossèn Cinto Verdaguer feia nosa. Finalment, per tallar aquella disbauxa, es van reunir don Claudi, el bisbe de Vic, Josep Morgades, i el de Barcelona, Jaume Català. El poeta s'havia esgarriat, aquesta era l'opinió de tots tres; començava a tenir símptomes d'alguna malaltia mental, una obsessió, una mena de fluixesa mental com la que va patir anys enrere a la parròquia de Vinyoles d'Orís. Aquest era el seu diagnòstic. Van decidir que calia allunyar el capellà poeta de la casa del marquès, de Barcelona..., i el bisbe Josep Morgades, superior jeràrquic de Verdaguer, n'era l'encarregat i aquesta era la missió que ara estava realitzant, amb un pesar al pit.

El bisbe refrenà el seu ímpetu i, amb veu conciliadora, féu:

—És un rebrot de la seva malaltia, mossèn Cinto... Recorda què li va passar a Vinyoles d'Orís? Massa feina i després els versos. I al final va acabar amb una anèmia mental. Nosaltres creiem que és el mateix mal, un rebrot passatger... No es troba bé i necessita descansar un parell de mesos, es restablirà i...

—Jo, jo, jo... estic bé! No em fa mal res, em trobo bé... No ho entenc! Anèmia mental, diu? Però si estic bé, com pot dir això, senyor bisbe?

—No em vegi ara com el seu superior jeràrquic, al qual deu obediència plena i absoluta. No em miri així... Ara escolti'm com a un amic. Com a un amic. Ho he parlat amb el canonge Collell.

—En Jaume també creu que...?

—Sí, sí, no faci aquesta cara. Precisament va ser ell qui m'ho va contar... Va ser a Vinyoles d'Orís, allí on va plantar el llorer. El canonge Collell el va acollir a Vic a casa seva, malalt d'anèmia mental. No pot ser bo, treballa massa, escriu massa i a més les confessions, les almoines... I els exorcismes, això és el pitjor, vostè i el pare Piñol han desobeït el bisbe de Barcelona, això em dol molt, molt... Tota aquesta activitat l'ha debilitat; res, amic, amb un parell de mesos restablert. Vindrà amb mi demà cap a Vic. Dos mesos de vacances, viurà al Palau Episcopal, tranquil, assossegat, allunyat de Barcelona, de tot...

—Però jo, senyor bisbe, perdoni que li ho digui, no tinc res. Em trobo bé de salut, insisteixo, no necessito dos mesos de descans. Que no ho veu? Jo no puc marxar d'aquí, qui cuidarà tots aquests pobres de la ciutat de Barcelona? Qui? No, no..., de cap manera.

—Cinto, treballa massa, li convé reposar una temporada lluny del confessionari, de l'hospital i dels pobres i malalts que el maregen contínuament. Li ofereixo una cambra al Palau Episcopal de Vic, un parell de mesos...

—Senyor bisbe, li ho torno a repetir: estic perfectament de salut.

—Calli, si us plau, pensi que hem consultat metges, fins i tot algun dels que ja el van visitar quan va tenir la primera crisi. I tots ens han dit el mateix. És pel seu bé, ha d'enfortir el cervell, cregui'm... No es resisteixi, és pel seu bé!

El capellà estava dret davant del bisbe, es resistia, no s'ho creia, amb el cap deia que no, mussitava en veu baixa. Hi va haver un moment de tensió, aquells dos homes que es coneixien de feia anys, des del 1872, ara es van mirar amb recel. Mossèn Cinto va dir:

—Per què? No entenc res. Jo no estic malalt, senyor bisbe.

Josep Morgades es va posar nerviós, per primer cop, i esclatà:

—És una ordre! Obediència! I no se'n parli més! Entesos?

—Obediència i humilitat —féu Verdaguer sense abaixar els ulls, reptant-lo.

—Em desafia?

La paciència de Josep Morgades tenia un límit. Per molt que admirés aquell capellà, per molt que l'hagués coronat príncep dels poetes a Ripoll, encastant-li al cap una ridícula corona de llorer que va ser la riota general, per molt que considerés el capellà un bon jan, fins i tot un fill que ell s'estimava com un pare. el sacerdot era un súbdit seu i com a tal havia d'obeir. En aquell moment havia arribat al límit. Amb veu autoritària, contundent, freda i sense contemplacions, va dir:

—Demà a la tarda vindrà amb mi a Vic amb el tren. Vagi a acomiadar-se i a fer les maletes... I no se'n parli més!

Encara hi va haver una reacció del poeta, que estava desolat, sense comprendre res. Una reacció de rebel·lia gravada als ulls que miraven el gest del bisbe implacable, que en aquest moment li va allargar la mà perquè la besés, donant per acabada l'entrevista. Mossèn Cinto es va posar de genolls a terra i va besar l'anell del prelat amb reverència. Josep Morgades va recordar-li:

—Demà sortim cap a Vic amb el tren de la tarda...

El cel, tots els astres del firmament, li van caure al damunt. No entenia res, i es preguntava en silenci: «Per què? Per què?». Mossèn Cinto demorà un dia més l'estada a Barcelona, abans li ho demanà permís al bisbe i aquest, condescendent, li ho va atorgar. Al marquès de Comillas, assabentat de tots els passos, li va semblar que no era correcte allargar-li un dia més l'estada al palau, per no veure un símptoma de rebel·lia en el seu antic amic poeta, però el bisbe el va tranquil·litzar.

—Senyor marquès, deixi aquest penós assumpte a les meves mans. La corda no es pot tibar massa o es pot trencar, donem-li peixet i ja veurà com recuperarà el seny.

—Confio molt en sa il·lustríssima, senyor bisbe, estic tranquil, sé que vostè sabrà com tractar el malalt. Disposi de mi en qualsevol moment i tingui'm puntualment informat de tot. El meu administrador li lliurarà una primera quantitat... Comencem amb cinc mil pessetes per totes les despeses i els maldecaps que suposi aquest trasbals del pare Verdaguer. Preguem tots perquè ben aviat recuperi el seny. Però em temo que ja mai no serà com abans... I si li convenen més diners, només cal que ho digui, per a mi la salut del pare Verdaguer és el primer.

—He parlat amb alguns metges i efectivament ja no tornarà a ser com abans, val més que en siguem conscients... Ell ja no tornarà mai més al palau, però el procés serà llarg i segurament les despeses augmentaran.

—Disposi, disposi, senyor bisbe, i li estarem eternament agraït, jo i la meva dona, que sent una especial estima pel poeta. Encara està afectada per la carta... Sap què li deia?

—Sí, he parlat amb el pare Governa i m'ha informat de tot.

—Per a mi va ser un cop fort, definitiu..., podríem dir. Aconsellar-la que em deixés? Que es fes monja i es dediqués a cuidar nens orfes, pobres...

—No li ho tingui en compte, mossèn Cinto és una bona persona, jo el conec de fa temps; ara passa una crisi, feblesa mental. He parlat amb alguns metges i amb el seu amic, el canonge Jaume Collell.

—I què en diu, ell?

—El canonge va ser el primer que em va avisar d'aquestes febleses mentals, que ja va patir a Vinyoles d'Orís... Això que li està passant és una anèmia cerebral, una recaiguda forta, dubto que se'n refaci.

—Ara mateix vaig a donar instruccions a l'administrador. Sempre que ho necessiti, demani-li la quantitat que li faci falta. Una altra cosa, senyor bisbe...

—Digui, don Claudi...

—Què en pensa, vostè, del seu cosí Joan Güell? Li oferiria el càrrec d'almoiner?

—Pot confiar en ell completament, és submís i obedient, no té res a veure amb el poeta, res... Sembla que no siguin família.

—Moltes gràcies de nou, il·lustríssima... No sé com li puc pagar tots aquests favors.

Mossèn Cinto, ànima càndida i bondadosa, gens malpensat, ignorava aquesta conversa i tot el que s'havia tramat d'amagat seu. No sabia com prendre's el que li acabava de passar, estava com atordit, confós, fora de joc, no sabia com reaccionar davant d'aquella situació. Abans de marxar va poder acomiadar-se dels amics de l'Oratori, era la vetlla del Santíssim a la capella de la Sang del Pi. Va visitar la família Duran, que va quedar consternada. Donya Desidèria es va alarmar i el va advertir:

—L'han fet fora de casa Comillas, pare Verdaguer... Que no ho veu?

—No, no, només seran dos mesos. No he vist el marquès, el bisbe m'ha dit que seran unes vacances de dos mesos, després tornaré.

—Pare Verdaguer, la seva bondat, la seva ingenuïtat, no li deixa veure les coses. L'han fet fora. Mareta meva! Si el meu home aixequés el cap!!!! Què farem ara, nosaltres? De què viurem? Vostè ens va fer una promesa. No ens deixi desemparades.

—No patiu, mai, mai us deixaré, donya Desidèria, compliré la promesa... Seran només dos mesos, i després tornaré al palau.

—L'han enganyat, aquella rata del seu cosí, mossèn Joan...

—No puc consentir que parli així d'un familiar.

—Ell ha aconseguit el que volia, ja li ha pres l'ocupació al palau, que no se n'adona?

—No vull malpensar de ningú, tot s'arreglarà, potser només es tracta d'un malentès, una confusió... Jo no he fet res. A més, el marquès i ella, María Gayón, la senyora, no poden oblidar tants anys d'amistat i de servei, més de disset anys... No sé què ha pogut passar, no sé què he pogut fer malament. Dono voltes i més voltes a l'assumpte i no m'ho explico.

Els darrers temps, mossèn Cinto, a més de repartir les almoines del marquès, havia donat tot el que tenia, el seu racó per a la pensió, tot per a obres de caritat. Ara no tenia res, estava pelat, era tan extrema la pobresa que fins i tot va haver de demanar a donya Desidèria uns diners per al bitllet de tren de tercera categoria per anar a Vic.

—Tingui, pare Verdaguer. Perquè després diguin que és vostè qui ens fa caritat, ja veu... Nosaltres estarem sempre al seu costat, sempre... No ho oblidi, passi el que passi, som la seva família.

—Gràcies, donya Desidèria.

—Demà mateix aniré a parlar amb la senyora marquesa. Hi aniré amb l'Amparo, la senyora és tan bona amb nosaltres, segur que ens escoltarà. Segur que tot això no és cosa d'ella...

—Li ho prohibeixo, donya Desidèria, deixi les coses com estan. A ella, a María Gayón, no l'emboliqui en tot aquest tèrbol afer. Ja veurà com tot s'arreglarà. Demà al matí, me'n vaig a Vic i d'aquí a dos mesos tornaré a Barcelona. Tingui l'adreça del bisbat, escrigui'm i expliqui'm com estan.

—I de què viurem nosaltres? Per sort he anat fent un raconet en els darrers temps. Però aviat s'acabaran els diners i jo, amb tres fills, què faré? Pobra de mi.

Una mica trist, decebut, sense comprendre encara l'abast d'aquella decisió, amb la maleta i el paraigua, mossèn Cinto va partir amb tren cap a Vic. Al Palau Episcopal, el doctor Morgades li oferí la millor cambra. Tenia absoluta llibertat per sortir a passejar. Havia de descansar i res més, i per tant ningú no li barrà les portes. El primer que va fer va ser anar a Folgueroles.

La seva germana Francesca el va rebre i, en assabentar-se dels darrers afers, va posar el crit al cel:

—Ja t'ho vaig dir, Cinto! Pel teu mal cap. Ho veus, ara? Havies d'agafar la canongia quan te la van oferir, i ara no estaries així. T'ho vam dir tota la família. Però tu no escoltes mai, mai, sempre amb el cap ple de pardalets... I mira ara com et trobes!

—No siguis exagerada... Tot s'arreglarà.

—Que innocent que ets, germà, no canviaràs mai, igual com quan eres petit.

—No diguis això, Francesca.

—Ho dic perquè et conec i tu encara no te n'has assabentat... T'han fotut al carrer de casa dels Comillas i el cosí Joan, aquella rabosa pudent, ara té la teva col·locació. Hi anava al darrere, se li notava tant, ho veia tothom menys tu, germanet. Ara, mossèn Joan, el nostre cosí, ara és ell l'almoiner. El que té la clau del calaix, vet aquí! I nosaltres, Cinto? Què farem? Ens has abandonat! Pel teu mal cap... I tu vinga menysprear la canongia, vas menysprear l'oferiment d'una reina per convertir-te en sacerdot de la capella reial, i no sé quantes altres coses. I, és clar, ara nosaltres ens quedarem sense pensió, ara que el meu home, el teu cunyat, en Pau, està malalt.

—Està malalt?

—Sí, Cinto... Què farem, ara? Així, ja no rebré l'ajuda?

El poeta va tornar al Palau Episcopal de Vic, volia reflexionar sobre tot el que li havia passat; eren coses massa recents i ell no s'ho volia acabar de creure. I tampoc volia afrontar la realitat, agafar el toro per les banyes. Un dia va fer una sortida fins al santuari de la Gleva. Aquella tarda els pensaments ombrívols l'aplanaven. Encara no s'ho volia creure, però les paraules de donya Desidèria i també de la seva germana començaven a pesar-li, feien el seu efecte. I si era veritat?

El custodi de la Gleva de seguida el va reconèixer, i en contemplar el seu aspecte llastimós, la cara demacrada, amb el pesar dibuixat al rostre, el va fer passar i el va acollir en una cel·la del santuari. Mossèn Cinto es va quedar a la Gleva reposant, com un ermità. El doctor Morgades, assabentat immediatament, va ordenar al custodi que disposessin la millor cambra per al poeta, que podria romandre el temps que volgués allí. Morgades es feia càrrec de totes les despeses, l'únic que demanava era que el vigilessin i que el tinguessin informat de tot el que feia.

Els primers dies, mossèn Cinto semblava feliç. A la Gleva hi havia una escolania i a ell li plaïa barrejar-se amb els xiquets, parlar amb ells, escoltar com cantaven. Trescava pels camins o escrivia, però la processó li anava per dintre. Sortia a passejar per les masades i els boscos, parlava amb pagesos i pastors, però cada cop ho veia més clar: «M'han foragitat de la casa, sense donar-me cap explicació... M'han tret com un gos! Per què? Per què?». No hi havia altre remei que comprovar-ho personalment: baixaria a Barcelona amb l'excusa que s'havia deixat uns llibres a la cambra del Palau Moja i parlaria directament amb el marquès.

Donya Desidèria va pujar amb gran secret a veure'l a la Gleva. El tenia ben informat del que estava passant a Barcelona. Li comentava que corria la veu que estava malalt, que patia un estrany trastorn mental. Però al santuari les parets tenien orelles i tot arribava al senyor bisbe, que no veia amb gaires bons ulls les trobades amb la dona, que segons la seva opinió era la causa de tots els mals del poeta. Amb els pocs diners que li va donar la vídua Duran, mossèn Cinto va baixar a Barcelona i, amb l'excusa dels llibres de la seva cambra, va anar directe al palau. Demanà de parlar amb don Claudi. El servei el contemplava de manera estranya. Alguns ni el van saludar, amb la barbeta altiva, menyspreant-lo; d'altres li van besar la mà i li van preguntar com es trobava. L'Alfons, el majordom, en veure'l aparèixer, se l'endugué a part i li va dir:

—Mossèn Cinto, com es troba? Necessita alguna cosa?

—Bé, molt bé... Em vaig deixar uns llibres a la cambra i vull recuperar-los, i si és possible vull parlar amb don Claudi...

—Jo el vaig advertir... Però ara, em sap molt de greu, crec que ja és massa tard.

La campaneta va sonar, el majordom es va disculpar.

—Un moment, si us plau.

L'Alfons va entrar a la cambra despatx on el marquès rebia visites de feina i en va sortir de seguida:

—Pare Verdaguer, pot passar, l'atendrà un moment, té molta feina, però sigui breu...

—Gràcies, Alfons, pregaré per tu, per la teva bondat.

El majordom va retirar-se amb la mirada trista, i abaixà els ulls.

Don Claudi no el va mirar quan va entrar; tenia la ploma a la mà revisant papers, documents de la Transatlàntica, dels ferrocarrils... Fredament li va dir:

—Segui, segui, pare Verdaguer.

Al poeta el cor li sortia per la gola, estava emocionat, nerviós, delerós de tornar a parlar amb qui havia estat el seu amic. Amb ell havia visitat tants llocs, contemplat tants paisatges, havia estat a tantes ciutats. Ell el va acompanyar sempre, tots els estius, fins que es va casar. Mossèn Cinto va trencar el dens silenci.

—Don Claudi, tenia tantes ganes de venir a parlar amb vostè... Com està la seva esposa, donya María? Doni-li records de part meva, sàpiga que...

El marquès, en sentir el nom de la seva dona, no va poder resistir-ho més i el tallà en sec:

—No vuelva a poner los pies en esta casa mientras duren las actuales circunstancias.

Li va costar uns segons reaccionar. Al seu pensament bullien tantes coses... On eren els disset anys d'amistat amb aquell home, don Claudi, que ell va conèixer al vaixell... Com podia ser?, es preguntava en silenci. El marquès no va poder aguantar la mirada plena de llàgrimes del poeta, que es va alçar de la cadira lentament i digué amb veu tremolosa:

—Dispensi'm... No m'ho haurà de tornar a dir. Quede usted con Dios.

Mossèn Cinto va marxar del palau, vençut, derrotat i convençut que en aquella casa ja no el volien. Ja no hi tornaria a entrar mai més. Desolat, va anar directament a l'única família de Barcelona on tenia llit i taula parada, a casa de la vídua Duran, que el va rebre amb els braços oberts i li oferí consol. Anys més tard, quan es va rebellar contra els poderosos en aquells escrits d'escàndol públic que va encetar a la premsa intitulats «En defensa pròpia», va deixar escrit el testimoni de la gran injustícia:

«A haver-hi una resta de caritat envers aquest pobre ministre de Déu, que no havia fet mal a ningú, s'hauria esperat a llençar-me de la casa un mes després, en què al sortir els marquesos cap a Panticosa o Comillas, jo me'n solia anar també a un racó de muntanya. Al passar la porta se'm podia haver tancat honestament amb qualsevol motiu, sense entregar-me lligat i indefens a l'horrible pastura de les males llengües i a les suposicions sempre malèvoles i molt sovint grosseres, quan es tracta d'explicar una caiguda. Mes com que no hi havia hagut orelles per escoltar-me, ni pietat, ni cor per condemnar-me, no havia d'haver-hi espera ni prudència per castigar-me. No estava ja resolta i determinada la sortida de la casa? Doncs, vaja a fora qui fa nosa; prompte, prompte, ara mateix; demà. Déu nos en guard! Es podria rehabilitar i arrelar-s'hi de nou. No es presentarà per fer-ho sense escàndol, una nova ocasió? Bona o mala, aqueixa es presentà, i si jo els havia trobat sords, ella no els trobà peresosos».

Quan el poeta va tornar a la Gleva, el bisbe Morgades l'estava esperant enfurismat, perquè el marquès li va enviar un avís urgent, i el prelat per res del món volia defraudar don Claudi. El va fer acudir immediatament al palau i el va renyar de valent.

—Li prohibeixo d'ara endavant sortir de la Gleva sense el meu permís. I encara li prohibeixo molt més anar a Barcelona sense el meu consentiment. I no torni a molestar don Claudi o aleshores seré implacable! M'ha entès bé? —li va dir amenaçant-lo.

Ara, mossèn Cinto ja ho tenia tot clar. No eren dos mesos de vacances, el santuari de la Gleva era una presó. Va sentir-se humiliat, vençut, tocat en una cosa que per a ell era sagrada, el seu orgull. L'orgull del sacerdot que ho ha donat tot, que se sap innocent, que ha fet vot d'obediència al bisbe, sí, però que mai podrà acceptar la injustícia, que mai acceptarà que vulguin doblegar-lo a cops, per la força.

Donya Desidèria va continuar pujant, però ara el custodi del santuari li feia mala cara, i fins i tot en alguna ocasió li va dir que el poeta no hi era. Ell obeïa les ordres del bisbe, que volia aïllar completament mossèn Cinto, i volia separar-lo d'aquella família que, per a ell i per al marquès, en aquell moment ja era la causant de tots els mals, de tots els trastorns mentals del sacerdot Verdaguer. Donya Desidèria explicava al poeta la trista situació de misèria que patien, sense el suport dels diners que abans els donava. La vídua també el va informar, alarmada, d'una altra cosa:

—Per Barcelona corren les males llengües. Diuen que vostè s'ha tornat boig, i que per això l'han apartat de casa del marquès.

—Això diuen? Que m'he tornat boig?

—Sí, pare Verdaguer, i em sembla que és el seu cosí mossèn Joan, i també els jesuïtes, el pare Governa, els que escampen i donen crèdit a les males llengües.

—Des del moment que aquest jesuïta, el pare Governa, va començar a freqüentar el palau de la Portaferrissa i a estendre-hi el seu domini, jo vaig sentir-me empès cap al carrer... Mare de Déu del cel! Per què? Per què? —es va escandalitzar el poeta alhora que pensava en la seva mare al llit de mort, quan es van quedar sols i ella, abans d'entregar la seva ànima a Déu, li va dir: «Cinto, et faran passar per boig, et voldran tancar en un manicomi».

I per si tot això no fos prou, aquells dies de la Gleva el poeta va haver d'afrontar una altra preocupació. Li van arribar cartes dels seus creditors. Havia comprat una finca a la falda del Tibidabo, la finca de Penitents, i la capella de la Santa Creu de Vallcarca, la tardor del 1891. Primer, va parlar amb don Claudi, però el marquès no se'n va voler fer càrrec; aleshores decidí assumir la compra de la finca i la capella, i com que no tenia diners signà pagarés hipotecaris. Una finca amb una capella dedicada a la Mare de Déu que anaven a enderrocar i que mossèn Cinto volia restaurar. No la va pagar perquè no tenia els diners i per tant va haver d'endeutar-se. Però mentre estava treballant de sacerdot domèstic i d'almoiner del marquès, no va tenir mai cap problema. Mentre estigués sota la protecció de don Claudi tenia crèdit. Però la situació va canviar radicalment. L'havien fet fora del palau per assumptes no gaire clars. Alguns deien que s'havia tornat boig amb els exorcismes; d'altres feien córrer la brama que volia crear una secta espiritista; d'altres deien que estava enamorat de la marquesa; alguns asseguraven que havia ficat la mà a la caixa del marquès. Sigui com sigui, els creditors van començar a perseguir-lo, com gossos famolencs que empaiten la presa. Tot això ja era *vox populi* a Barcelona.

L'havien despatxat del palau, aquesta era la crua realitat, no tenia res, estava pelat, i el deute enorme d'aquella propietat no podia pagar-lo de cap manera. En aquell moment el deute ascendia a trenta-cinc mil pessetes, més quinze mil que devia a don Claudi. Empaitat pels deutes i per la necessitat d'assistir la família Duran, que ja estava al límit de la pobresa més absoluta, mossèn Cinto va tornar a baixar a Barcelona diverses vegades i sense permís del bisbe. Visità amics i coneguts, demanava diners, per saldar algun pagaré, però sempre trobava un pobre necessitat, o era la família Duran que els necessitava, i aleshores s'endeutava més, creixia la bola. Alguns el van socórrer, d'altres no, però tots aquells diners, segons li deien, en lloc de saldar el deute, anaven a parar a mans de donya Desidèria, que amb els seus aires de grandesa gastava totes aquelles quantitats. I mossèn Cinto cada cop estava més endeutat. La bola de neu s'anava fent gran. També, desoint el que li va dir Morgades, va escriure diverses cartes al marquès demanant-li, pregant-li, que el perdonés i el socorrés econòmicament, que estava en la pura misèria. Que saldés els seus deutes, per l'amistat d'altres temps. Al marquès no li hauria costat gens. Però al Palau Moja hi havia una mà que deturava les cartes abans que arribessin al seu destinatari. Al marquès, malgrat tot, al final li acabaven arribant les queixes del poeta, i semblava disposat a pagar el deute i a acabar per sempre amb aquell assumpte penós, però el van frenar decididament el doctor Morgades i també el bisbe de Barcelona i el de Terol, el jesuïta pare Governa, el seu administrador. Tots semblaven confabulats, tots coincidien en el mateix: si mossèn Cinto es veia lliure de la cadena del deute, seria molt més difícil controlar-lo, doblegar-lo, mantenir-lo a la Gleva. L'havien d'escanyar, posar-li el peu al coll, afonar-lo en la misèria, com un cuc, i així no tindria més remei que arrossegar-se als seus peus i demanar clemència. El seu amic, el canonge Collell, va parlar del caràcter de mossèn Cinto al bisbe Morgades. Era convenient que aquell pobre capellà poeta se sentís presoner per la cadena dels deutes, així podrien doblegar la seva voluntat i apartar-lo d'aquelles males companyies de la família Duran. Aquí va entrar en escena l'altre cosí, Narcís Verdaguer, que va tenir al pis durant molts anys mentre estudiava per a advocat. En Narcís també va acabar formant part de la xarxa de complicitat contra el poeta i al final es va convertir en un dels seus botxins.

Dins el poeta s'anava despertant el rebel, el pagès humiliat que se sent menyspreat per tot i alça al cel, desafiant, el seu temible bastó de tortellatge, rebel·lant-se contra els poderosos, contra la injustícia. Però ell feia anys que havia deixat el bastó a l'entrada de l'ermita de Sant Jordi, quan va dir la seva primera missa. Ara ja només tenia la ploma, la paraula, i potser era l'hora de ferla servir com una arma, en defensa pròpia.

El cotxe es va deturar de cop, i amb el sacseig, el poeta va obrir els ulls, es van desfer les evocacions, tot i que en la seva ment encara van ressonar una estona aquelles darreres paraules: «En defensa pròpia».

Al carrer hi havia molt d'enrenou, un carruatge bolcat, un animal, un cavall renillava sota el pes del carruatge; segurament seria sacrificat amb un tret de gràcia allí mateix, per evitar-li més sofriment. Eren dies de vaga i manifestacions a Barcelona. La policia corria amunt i avall, alguns anaven a cavall. Un grup d'obrers cridava, tot era confusió, crits. El conductor, ràpid, va fer marxa enrere i es desvià per una travessia lateral. El soroll i el rebombori de la manifestació, barrejats amb crits i algunes explosions, ressonaven pertot arreu.

El poeta es posava una mica nerviós quan veia obrers

pel carrer manifestant-se, cridant, fent aldarulls; sempre li venien al cap les imatges que va veure per la premsa a la Gleva, quan feia pocs mesos que havia arribat al santuari. Les imatges terribles de la bomba, primer a la Gran Via contra el general Martínez Campos i després l'horror, la vera manifestació del maligne amb els atemptats del Liceu, les dues bombes Orsini llançades a la platea del teatre, mentre s'interpretava el *Guillem Tell* de Rossini, van fer una veritable destrossa humana. I després l'atemptat al carrer dels Canvis Nous, a la processó del Corpus Christi. Ell era a la Gleva, presoner del bisbe, vigilat per algú que tenia informat Morgades de tots els seus passos. Aquell dia de la massacre al Liceu, quan va arribar la terrible notícia, a la capella del santuari es va celebrar una missa per les víctimes. Mossèn Cinto estava desolat; havia iniciat una campanya per evitar precisament aquell terrible mal que estava arrelant entre les classes obreres i populars de Barcelona. Influït pel pare Piñol, estava convençut que a Barcelona a través dels exorcismes lliuraven una batalla contra Satanàs. Per a ell era tot molt simple, era la qüestió de sempre, el Bé contra el Mal.

Havia iniciat una particular croada per combatre aquell mal que s'estenia pel món modern. I la seva única arma era la caritat. I els exorcismes eren uns actes de caritat suprema. Però el maligne, utilitzant els poderosos, el va apartar de la seva sagrada missió, i al final les bombes havien esclatat. I en part se'n sentia culpable. Volia tornar a Barcelona, el necessitaven. Només amb la caritat es podia combatre la misèria, la pobresa, i amb la caritat se salvarien les ànimes contagiades per aquell doll de bondat que arrelava al seu entorn. Mossèn Cinto n'estava convençut. Aquesta fou la revelació del viatge a Terra Santa.

La seva situació a la Gleva era cada cop més penosa. El senyor bisbe de Vic volia collar-lo, obligar-lo a obeir, com havien de fer tots els capellans de la diòcesi. Però al poeta de tant en tant se li despertava aquell esclat de rebel·lia de la joventut, quan amb el garrot de tortellatge era invencible i posava a ratlla tots els carreters i tots els pinxos que el desafiaven al camí de Vic a Folgueroles. El prelat li va enviar una carta on li deia que tenia una cèdula per ingressar a la Casa Asil de Vic. Mossèn Cinto al primer moment no hi donà importància, però després es va esgarrifar! Aquella casa tenia molt mala premsa, tothom sabia que allò era una presó, un manicomi encobert, on anaven a parar els capellans folls. El vaticini de la seva mare, al llit de mort, ressonava en el silenci de les nits en vetlla a la Gleva: «Cinto, et tractaran de boig! Et voldran tancar en un manicomi!». La seva mare des del més enllà li enviava un senyal, venia a salvar-lo, com quan era petit i feia una malifeta. Ara ella també l'estava advertint d'un perill. Mossèn Cinto va meditar sobre tot això, però no acabava de treure'n l'entrellat. De tota manera, va fer cas d'aquell cop de cap que va tenir i de moment s'hi va negar en rodó i així ho va manifestar al senyor bisbe.

La cosa va quedar així, van passar dies i setmanes i ni el bisbe ni ell no movien fitxa. Semblava com si els dos homes volguessin deixar passar el temps, que tot ho guareix, per arribar a un acord en un moment o altre. L'única cosa que aconseguia alliberar el poeta del pesar i la tristesa que sentia era escriure, volar amb la lira i el calze agafat de la mà, enlairar-se al cel de la poesia. Així va escriure aquells dies el *Sant Francesc* i també *Flors del Calvari*, poemaris on deixà testimoni de tot el que estava vivint.

Donya Desidèria i l'Amparo el venien a visitar, i les notícies que rebia no eren gaire bones. Per Barcelona s'havia escampat que mossèn Cinto estava boig i també altres calúmnies relacionades amb la senyora Duran que el van ferir molt. El poeta sofria, però en cap moment es resignava, havia de continuar lluitant i defensar-se contra les acusacions de follia i també defensar l'honor d'aquella família que ara li feia costat. Per això, per assegurar-los una part del benestar, va decidir posar la finca de Penitents a nom de donya Desidèria.

CAPÍTOL XXXIII

L'evocació tenia el seu propi ritme de temps, el seu propi rellotge. Hi havia un altre cicle vital que emanava d'una font d'aigua fresca i cristal·lina. El temps que marcava el rellotge de la memòria no avançava de forma lineal, sinó que d'un fet saltava a un altre, avant i enrere, passat, present i futur seguint una pauta misteriosa, un patró governat pel rumb secret que connectava escenes, pensaments, vivències..., que s'anaven teixint al teler del seu cor. Així era d'inescrutable la voluntat divina que ara li enviava ràfegues d'imatges, escenes del record... Era com si per davall de la realitat hi hagués uns fils invisibles que connectaven esdeveniments, escenes, persones, converses, coses..., de distintes èpoques, de diferents llocs, que anaven formant una altra capa de realitat que tal volta explicava algun fet, tenia una raó de ser, una lògica que només es podia desxifrar amb la matemàtica del cor.

El soroll del cotxe anava acompanyat de petites explosions, de tant en tant el poeta obria els ulls i mirava, contemplava el paisatge de Barcelona. Però tenia la sensació que ell era un habitant del passat que contemplava el futur a través de la finestra del cotxe. A partir del 1888, any de l'Exposició Universal, els carrers, els barris i les façanes de la ciutat van iniciar una renovació que semblava que no tingués aturador. La metamorfosi era total, s'inauguraren nous trams de línies de tramvia per unir les distintes parts de la ciutat. S'acabà l'Eixample del Pla Cerdà i també l'electrificació de la Rambla. L'Estat espanyol no finançà ni un cèntim de les magnes obres de l'Exposició Universal de Barcelona, i a més el ministeri de la Guerra trigava i trigava a cedir els terrenys de la Ciutadella, que després de la demolició es va transformar totalment, amb jardins, edificis nous, zoològic, una impressionant cascada, el passeig de Colom amb el monument al final de la Rambla. Era l'impuls de la modernitat, el modernisme. L'alcalde Rius i Taulet, que va saber encomanar l'esperit renovador de la ciutat a la puixant burgesia catalana, va formar el «Comitè dels vuit». Don Claudi López Bru en formava part. També mossèn Cinto va formar part del comitè d'honor de l'Exposició Universal. Era el temps de la restauració borbònica i va venir a inaugurar l'exposició Alfons XII amb dos anys d'edat, la seva mare la regent Maria Cristina, el president del consell de ministres Práxedes Mateo Sagasta... Per a l'entrada es va construir l'Arc de Triomf. Per allà s'accedia al parc de la Ciutadella, totalment reformat, on hi havia els pavellons. La ciutat que ell tant estimava era com un ésser viu en contínua metamorfosi, obres pels carrers, nous edificis...

Aquell any mossèn Cinto havia publicat un llibre de

poemes, *Pàtria*. I recordà l'impacte entre el públic, fins i tot a Madrid, el dia 10 de desembre, el diari *El Imparcial*, en un article elogiós signat per Luis Alfonso, «Las Letras y las Artes en Barcelona»:

«Es clérigo como Lope, Calderón, los dos Luises, Tirso de Molina, Góngora, Feijóo, Isla... Ahora, en Pàtria, *descuella como patriota, patriota en el sentido más puro y más ferviente de la palabra.* Pàtria *es un himno constante a la tierra natal, ya llore el poeta en tono elegíaco su alejamiento o sus desventuras, ya enaltezca en tonos épicos sus luchas y sus glorias. En realidad toda la vida literaria —y a no dudar toda la vida espiritual— de Verdaguer está concentrada en dos profundas devociones: a la Virgen de Montserrat y a Vich...».*

El cotxe que portava mossèn Cinto a vil·la Joana va haver de desviar-se a la sortida de Barcelona, hi havia alguns carrers negats d'aigua, es veu que n'havia rebentat un dipòsit de la zona.

Mossèn Cinto va obrir els ulls, es va despertar dels sotracs que feia l'automòbil en passar per una zona plena de sots enormes. Va contemplar en Josep a la vora, s'havia quedat adormit. La imatge d'aquell noi li va recordar al cosí Joan Güell quan l'ajudava a dir missa a Vic; ell havia baixat malalt de Vinyoles d'Orís i el metge li feia portar un cataplasma al cap.

Des que havia caigut malalt, Joan Güell l'havia anat a veure al pis del carrer Aragó algun cop, però la família, l'Amparo i en Guri, el seu marit, no el van deixar passar, el van insultar, li van retreure que li hagués pres la feina d'almoiner a casa del marquès. El poeta se'n va assabentar i va ordenar que el deixessin passar. I el cosí va anar diverses vegades a veure'l. Aquestes setmanes es va escampar per Barcelona la seva situació i va començar a rebre diners i més diners, i el cosí, mossèn Joan Güell, li va dir:

—Mossèn Cinto, ara que té diners, ara seria l'hora de saldar els deutes. No es descuidi de pagar els deutes abans d'entregar comptes.

—Sí, fill, els deutes m'han perseguit els darrers anys... Però accepto la meva creu, és la voluntat de l'Altíssim.

—Ja ho sap, mossèn Cinto... Què li he de dir? Aquí a la terra convé deixar els deutes pagats.

—I tant, fill... Que sigui el que Déu vulgui.

—I els primers deutes que s'han de saldar són amb la família, mossèn Cinto. Recordi que vaig haver de pagar-li un deute de dos-cents duros... Ara seria el moment de tornar-los. Veig que li arriben diners de tot Barcelona, i d'aquesta parella, vull dir l'Amparo i en Guri, no se'n refiï, només estan amb vostè per pur interès. Per l'herència!

—Quina herència? Però si no tinc res, ni un ral!

—Els drets d'autor. Els papers que encara té amagats, mossèn Cinto, a mi no em pot enganyar. Vostè està greument malalt i ha de fer testament, i l'Amparo s'està aquí per xuclar-li fins a la darrera gota de sang. Ja sap que en Guri ha deixat la feina?

—Sí, això em va dir...

—I sap a què es dedica? Va per Barcelona demanant caritat per a vostè, donatius... De la manera més humiliant i lamentable! Un altre espavilat que viu a compte de vostè. Que no se n'adona? I ara li prendran els llibres! Els drets d'autors. Vostè no firmi cap paper, cap document, pensi en la seva veritable família, en la seva germana, la Francesca.

El poeta negava amb el cap, aquell home el feia sofrir i ell ja no tenia forces per lluitar, i el cosí encara continuava:

—Em sembla lamentable la situació en què es troba. A més, li ho repeteixo, vagi amb compte que aquest parell, i sobretot en Guri, no són de fiar. Aquesta habitació és fosca i llardosa. Em queixaré i ja em sentiran! Ja ho veurà!

—No, no, no... no cal que ho facis, cosí. Que hi hagi pau! Pau!

—Hi ha una altra cosa que li volia comentar. Aquest noi que li fa d'assistent, vol dir que no seria millor que el cuidessin els pares Camils? O les monges, les Josefines? Elles han tractat malalts com vostè, elles l'ajudaran.

—No, no i no... M'hi nego rotundament! Vull aquest noi, en Josep, d'assistent, que no el toquin del meu costat. El vaig demanar al bon amic capellà castrense mossèn Rafes, quan va venir a veure'm des de Lleida, i ell me'l va cedir i es quedarà amb mi.

—Està bé, està bé...

Una llàgrima li corria galta avall recordant aquesta escena, que es va produir feia un parell de setmanes. En silenci, es preguntava: «Qui ho havia de dir? El cosí que va intrigar contra mi per prendre'm la col·locació d'almoiner al Palau Moja, ara m'estima, es preocupa per mi... Alabat sia Déu!». El seu cosí, mossèn Joan Güell, que ell va posar a casa del marquès, que ell va col·locar d'ajudant seu repartint almoines, aquell noi servicial que venia a resar al pis del carrer Canuda, no va tenir cap escrúpol d'acusar-lo, de parlar malament d'ell d'una manera dissimulada. Mossèn Joan Güell va trair-lo. Va ser un dels Judes de la seva tragèdia. Tot ho va fer per prendre-li el lloc d'almoiner que ara exercia, un lloc de poder, un lloc privilegiat a la casa del marquès. Joan Güell va intrigar i confabular a la seva esquena; cobejava la col·locació d'almoiner del marquès i no va dubtar ni un moment a fer el que convingués. Fins i tot, aliat amb l'altre cosí, Narcís Verdaguer, van intentar fer gestions per incapacitar mossèn Cinto en els assumptes econòmics. El bisbe Morgades, però, s'hi va oposar en rodó. Però Joan Güell no se'n fiava, es pensava que tal volta el marquès i el bisbe es reconciliarien amb el poeta i ell perdria aquell lloc d'almoiner, i va continuar intrigant per submergir mossèn Cinto en la més completa xarxa de misèria. Quan semblava que havien arribat a un acord amb el marquès i el bisbe per pagar els seus deutes, va influir en l'opinió de l'administrador, el senyor Satrústegui, per anar demorant aquells pagaments, fins que la cosa es va complicar del tot i no es van fer efectius, i el seu cosí, el famós poeta Verdaguer, desesperat, perseguit contínuament pels creditors, va rodolar pel pendent... Els deutes per la compra de la finca de Penitents i de la capella van ser la font de tots els mals perquè mai no va poder pagar-los. Però calia el cop definitiu per enfonsar el cap del poeta en el fang. Calia trobar un motiu, alguna cosa que trenqués definitivament tots els ponts de reconciliació amb el bisbe Morgades i amb el marquès de Comillas, i el cosí de mossèn Cinto es va apropar a la família Duran, esperant trobar un dia la causa.

Al final, la pressió sobre el poeta va ser tan elevada que va esclatar con una olla bullent. Va ser un rebrot de rebel·lia, una reacció que ja li tancava la porta definitivament per tornar a casa del marquès. I mossèn Joan Güell va respirar tranquil, segur, finalment havia aconseguit el seu objectiu i ningú no el trauria de la seva col·locació d'almoiner.

Els dies a la Gleva es van anar succeint un darrere de l'altre i els ànims es van anar calmant. El bisbe va acabar entenent que, a la valenta, per les males, no aconseguiria res del seu súbdit, que també tenia el seu caràcter. Al final, ell mateix s'havia d'aplicar la frase que va dir al marquès: «La corda, si es tiba massa, es trenca». Sobretot, no volia que es trenqués, perquè començava a entreveure que si això passava, el poeta, que també tenia el seu raconet d'orgull, podria tirar pel dret i l'escàndol era a la vora, i sobretot no volia cap espectacle públic. Per tant, el prelat permet les escapades de Verdaguer de la Gleva. El custodi, però, continua fent d'agent secret i puntualment n'hi dóna referències.

El poeta se'n va a Montserrat a resar a la seva Verge, a demanar-li força i inspiració pels reptes que se li preparen. Al cap de pocs dies, torna al santuari, i aquí no ha passat res. Va una mica més lluny, a Mallorca, convidat per l'estrafolari arxiduc Lluís Salvador, a Miramar. El noble, amb fama de pròdig i bohemi, admira el poeta i en escoltar-lo li deixa diners, una quantitat important, que mossèn Cinto mai no podrà tornar.

El marquès s'assabenta dels viatges del poeta a Barcelona, i no se'n refia, però el bisbe Morgades, conciliador, li diu que tot està controlat, que no pateixi, perquè només ell sap la veritat, perquè el té controlat. El doctor Morgades va convencent el reticent don Claudi que a la fi s'haurà d'eixugar el deute del poeta, amb mesura i a poc a poc, i la proposta tirà endavant, però sigui per una cosa sigui per una altra es va endarrerint.

Un dia, mossèn Cinto, a la Gleva, rep missatges dels seus creditors, que estan disposats a cobrar el deute i fins i tot emprendran accions legals i li embargaran els llibres, si convé. El poeta va a parlar amb el bisbe.

—Cregui'm, mossèn Cinto, vostè faci bondat i jo li prometo que parlaré amb el marquès i podrà saldar els seus deutes, que no són pocs... I sobretot ara no es torni a endeutar, que sé que ha anat a veure algun amic a Barcelona i li han deixat diners. Estic informat de tot. Li prego que no ho faci, que ho aturi, perquè cada cop la bola de neu va creixent.

—Il·lustríssima, jo...

—Calli, no vull saber res. Tinc més ganes que vostè de tancar tot aquest afer.

—Gràcies, moltes gràcies, no sap el pes que em treu del damunt.

—Molt bé, continuï fent bondat i veurà com les aigües tornaran al riu.

—A la Gleva hi estic molt bé... Estic escrivint molt i passejo...

—Ho sé, ho sé, mossèn Cinto, no cal que li digui que em tenen ben informat de tot. És per la seva pròpia seguretat. Els metges recomanen repòs i allunyament de l'activitat. No li convé gaire viatjar a Barcelona, allà hi ha la font del seu mal. Jo l'estimo com un pare, així m'ha de veure...

—M'equivocava amb vostè, senyor bisbe... Faré el que em diu, sí...

—Hi ha encara una altra cosa que li voldria demanar. Sé que vostè va a Barcelona a casa de la família Duran, i aquesta dona, la Desidèria, la vídua, el ve a veure a la Gleva.

El capellà va abaixar el cap, no deia res.

—Mossèn Cinto, quan obrirà els ulls? Quan recuperarà del tot el seny? No s'adona que aquesta dona el porta enganyat? Si continua amb aquesta família, acabarà entrampat. L'arruïnaran! Que no ho veu?

El silenci del poeta continuava mentre el prelat afegia:

—Miri, jo li he promès que aconseguiria del marquès que saldés els seus deutes, però vostè m'ha de prometre que no s'endeutarà més i sobretot que no tornarà a veure aquesta dona i aquesta família.

—Això, això no li ho puc prometre, tinc una promesa sagrada amb la família Duran.

El bisbe Morgades, que ja no volia cap més discussió, no aconseguí del poeta aquesta promesa, però confiava que amb el temps, a poc a poc, l'aniria portant al seu terreny. Tenia el pressentiment que tot aquell afer un dia o altre arribaria a bon port.

El Nadal de 1895, quan encara no feia dos anys que el poeta estava reclòs a la Gleva, mossèn Cinto va anar a Folgueroles a veure la família. La seva germana Francesca, eixuta i amargada, li recordava el seu poc seny i les penúries que estaven passant per culpa d'ell. Per Cap d'Any, tornà al santuari, trist, i per Reis va escriure al seu amic el canonge Collell. En els darrers temps, la seva relació s'havia refredat, es distanciaven, però el poeta continuava escrivint-li, lamentant-se de la seva vida.

«Ja em veus, Jaume. A mi em tens aquí, a la Gleva,

pujant amb molta alegria la muntanya del meu calvari. No sé en quina estació sóc, ni m'importa saber-ho. Sols m'importa que es faci en mi la Seva voluntat».

Aquells dies, es va produir un fet que fou el detonant, obrà com la guspira en una cambra plena de pólvora...

Donya Desidèria, tot i que només disposava dels recursos que li donava el pare Verdaguer, no va perdre mai els aires de grandesa i tenia una criada. Mossèn Cinto la coneixia i la considerava una bona noia. Un dia, la criada, plorant desconsolada, quan el sacerdot no hi era, va parlar amb la seva mestressa:

—Donya Desidèria! Quina desgracia més gran!!! Voldria morir-me! Sí, morir-me! Ai, pobreta de mi! Què faré? Ai, quan ho sàpiga el pare Verdaguer!!! Ai, mareta meva!!! Ell és un sant, però no em perdonarà mai... Mai!

—Però, filla meva, què et passa? Calma't!! Té, filla meva, el mocador, eixuga't les llàgrimes. Va! Prou! I explica'm què et passa.

La criada sanglotava, s'entrebancava, li tremolava la cara, la veu. Tenia els llavis i els ulls inflats. Al final, va poder dir:

—Estic prenyada.

—Com? —féu esglaiada donya Desidèria.

—Sí, el metge m'ha visitat avui i ja no en té cap dubte.

—Jesús, Maria i Josep! —exclamà la vídua Duran, alçant-se de la cadira, persignant-se tres vegades i murmurant entre dents—: I el pare... Suposo que us casareu, oi?

—No en vol saber res... —La noia ara es va desfer en un mar de llàgrimes.

—Jesús, Maria i Josep!!! Això no ho pot saber el pare Verdaguer. Ell, ell posaria el crit al cel... Un escàndol així a la nostra casa! Mare de Déu del cel!

La noia li acabà explicant fil per randa el que li havia passat: el fadrí s'havia aprofitat d'ella i ara no se'n volia fer càrrec. Donya Desidèria va anar a buscar-lo i li recriminà la seva actitud. El noi va dir que sí a tot, li va prometre que se'n faria càrrec i que es casarien, però l'endemà va fugir escopetejat en el primer vaixell en direcció a Amèrica. I ja no se'l tornà a veure. Mossèn Cinto, que en qüestions de moral era un fanàtic estricte, no hauria consentit mai trepitjar una casa amb una noia embarassada, mare soltera, i aleshores la vídua Duran no va tenir cap més remei que despatxar la criada, amb el daltabaix que va significar per a la pobra criatura, que es trobava al carrer, sense ocupació, prenyada i soltera. Li va doldre, però no podia fer res més.

—Em sap molt greu, però has de sortir d'aquesta casa... Jo t'ajudaré en tot el que pugui, però aquí no pots continuar. Si ho sabés el pare Verdaguer... Mareta meva, quin escàndol, dirien que la nostra llar és una casa de barrets; això l'enfonsaria encara més. Ja malparlen d'ell per Barcelona. Només ens faltaria això... Ho sento, però has de marxar.

La noia, desesperada, amb els pocs estalvis que tenia i algunes monedes que aconseguí donya Desidèria, es va instal·lar en una humil pensió. Però allò li duraria ben poc... I després què podia fer?

El cosí del poeta, mossèn Joan Güell, que sempre

procurava tenir les orelles obertes a prop de la família Duran per comunicar qualsevol novetat al marquès o al bisbe, en assabentar-se de l'afer de la criada, va saltar d'alegria. Finalment, mossèn Joan Güell, de forma indirecta, va parlar amb un intermediari que coneixia la noia. Li va pagar uns bons duros de plata i li va dir que havia d'anar a parlar amb la criada i aconsellar-li que anés a demanar ajut a l'almoiner del Palau Moja, que en aquests casos de mares solteres sempre se'n feia càrrec, i les ajudava. La noia, desesperada, va caure al parany i es presentà al Palau Moja preguntant per l'almoiner.

Mossèn Joan Güell estava preocupat. Ell era del parer que el bisbe de Vic era massa condescendent amb el seu cosí poeta, el defensava, fins i tot havia calmat els ànims de don Claudi, que semblava disposat a cobrir el deute del seu antic capellà àulic. Mossèn Joan no dormia tranquil, estava inquiet, malpensava, creia que al final mossèn Cinto, si feia les paus amb don Claudi, que era el que tallava el bacallà, acabaria rehabilitat a casa dels marquesos de Comillas, i ell en quina situació quedaria? El farien fora? Quedaria com abans, un simple ajudant del seu cosí? Es va esgarrifar. Ara era ell l'almoiner titular i gaudia d'una posició envejable, i per res del món la hi prendrien. Lluitaria amb ungles i dents! S'aferraria a aquella taula de salvació, com un que s'està ofegant.

Mossèn Joan Güell aquella tarda estava esperant la criada i la va fer passar al seu petit despatx. Allí a porta tancada escoltà de viva veu la trista història de la criada de la vídua Duran. Per fora es mostrava afligit, compassiu, per dintre el cor li saltava d'alegria. Ell dissimulava, és clar, assentia amb el cap en silenci, però veia en tot aquell delicat afer el toc de gràcia per acabar de rematar el famós poeta Jacint Verdaguer i ofegar-lo del tot. I amb aquest fet ell s'asseguraria per sempre més l'ocupació d'almoiner del marquès don Claudi López.

—Ai, filla meva. No pateixis, aquella família, els Duran, són uns desagraïts! Sobretot donya Desidèria... Jo t'ajudaré. Quin comportament tan poc cristià! Se'm fa estrany i tot, en el cas del meu cosí, mossèn Cinto.

—No, no, a ell no l'hi fiqui... Ell no en sap res, i no voldria embolicar-lo en tot això... —contestà la noia entre sanglots.

Mossèn Joan va pensar: «Ja és massa tard, noia, i tant que l'embolicarem!».

—Calma't, jo t'ajudaré, és clar que sí... Sempre he tingut una especial vocació caritativa per les mares solteres.

—Sí, això em van dir i per això he vingut a veure'l.

—Però m'indigna molt, saps? Així no poden tractar una noia bondadosa com tu, que ha sigut enganyada per un barrut, un desaprensiu, un covard...

—Ja ho pot ben dir, senyor almoiner —la noia tremolava, plorava, estava desesperada.

—Mossèn Joan, em dic. Aquesta dona, donya Desidèria, que l'ha fet fora de casa és una mala persona, un diable, sí... I la seva filla, l'Amparo. Entre totes dues tenen embruixat el pobre mossèn Cinto. A Barcelona, al final tot acaba sabent-se. No em diguis que no estaves al cas del que feien aquestes dues dones. No les vulguis defensar, ara...

—Resaven a l'oratori. La senyoreta Amparo es desmaiava, girava els ulls en blanc i parlava com si no fos ella, amb una veu gruixuda, i de vegades parlava francès i anglès i llatí... I mossèn Cinto resava i apuntava a la llibreta. A mi em feia molta por, molta... Amb l'Amparo no ens portàvem gaire bé. Ella, ella...

—Ho veus com tinc raó? El meu pobre cosí, mossèn Cinto, embruixat per aquesta noia. Sàpigues que ell està descansant a la Gleva i el senyor bisbe li té prohibit baixar a Barcelona i visitar la casa de la senyora Duran, però tots sabem que no en fa cas...

—Cada setmana, o de vegades cada dos dies, baixa mossèn Cinto. Es prenen precaucions perquè ningú el vegi. Però jo ho sé tot.

—Ho veus com tinc raó?

—Ai, si jo li expliqués el que he vist en aquella casa.

—Explica, explica... —feia mossèn Joan, que ja es fregava les mans de satisfacció.

—Mossèn Cinto, quan baixa a Barcelona, ja l'hi dic, cada dos o tres dies, porta diners que li deixen els seus amics, i els dóna a donya Desidèria, i la senyora, que ve d'una família rica, gasta molt per aparentar, ja ho crec...

—Jo t'ajudaré, filla meva, no ploris més... Però amb una condició.

A la noia se li tallà el sanglot de cop. Mossèn Joan, amb mitja rialleta penjant del llavi i els ulls oberts com unes taronges, féu:

—Que tu ajudis mossèn Cinto.

—Com? Què he de fer? Com el puc ajudar? —féu, desconcertada.

—Mossèn Cinto, el meu cosí, és un tros de pa, una ànima càndida i bondadosa que viu embruixada en aquesta casa, tu mateixa m'ho has dit. El pobre mossèn

Cinto és obligat a buscar diners per donar-los a donya Desidèria... No és això el que m'acabes de dir?

La criada es va esglaiar, es va adonar que potser havia xerrat més del compte. Mossèn Joan, astut com una guineu, va copsar el missatge i de seguida la va tranquil·litzar.

—Jo t'ajudaré, dona, no pateixis... Has de tenir una criatura, has de portar-la al món i no et faltarà res. Assossega't, no t'ha de passar res, i encara menys a mossèn Cinto, som cosins, som família, com tu ja saps. I per això has vingut aquí, perquè t'han fet fora de la casa, i tens una criatura al ventre i estàs sola i desemparada. Què faràs?

La noia es va posar a plorar, amb les dues mans al ventre. En aquest moment, el capellà almoiner va obrir un calaix lateral i en va treure un feix de bitllets de bancs, nous de trinca, els deixà damunt la taula, i amb la punta dels dits, molt lentament, els va empènyer endavant...

—Això és per a tu... Agafa'ls. Amb això, en tindràs prou per portar al món la criatura que tens a dins... Vés en pau.

La noia respirà pel nas, els ulls li feien pampallugues, mai no havia vist tants diners junts, mirava alternativament els diners i la cara beatífica de l'almoiner, i tot just quan les seves mans anaven a agafar els diners, mossèn Joan hi va posar el puny al damunt, amb força, impedint que els pogués retirar:

—Però hem d'ajudar mossèn Cinto, aquesta és l'única condició que et poso. Jo et salvaré a tu i tu salvaràs el meu cosí.

La noia aixecà la vista i digué:

—I què he de fer per salvar-lo?

—Vés a Vic, té aquest altre bitllet extra per al viatge... —El capellà va posar un altre bitllet damunt del feix i continuà—: Vés a Vic i parla de tot això amb el senyor bisbe, el doctor Josep Morgades, ara mateix li envio una carta anunciant-li la teva visita. Demà et presentes al Palau Episcopal de Vic, el bisbe t'estarà esperant i només li has d'explicar tot el que m'has explicat a mi.

Quan la noia va marxar, amb els diners, mossèn Joan Güell per fi va poder descansar, es va treure aquell pes de sobre, ara ja s'havia assegurat el lloc a casa del marquès de Comillas, allò era l'estocada definitiva al toro, ningú li podria prendre el lloc d'almoiner del poderós marquès, ningú.

Quan la noia va sortir del Palau Episcopal de Vic, el doctor Morgades va sentir un defalliment per tot el cos, allò era un escàndol que si arribava als diaris liberals que estaven a la que saltava ell se'n veuria esquitxat, en sortiria perjudicat davant l'opinió pública, davant el marquès, davant la jerarquia eclesiàstica. De sobte, ho va veure molt clar... La condescendència, la comprensió dels darrers mesos, no havia servit de res. Aquell poeta rebel anava a la seva i no feia cas de ningú, l'havia desobeït en tot, i això no podia quedar així. Allò era la gota que feia vessar el got. «Mossèn Cinto està en mans d'aquella gent malvada, aquella dona perversa i la seva filla, una endimoniada... Ha caigut a les seves urpes i no el deixaran anar, i ell ni se n'adona. He d'actuar ràpid i amb contundència, si encara li queda una mica de seny, l'he de fer reaccionar... M'ha d'obeir! M'ha d'obeir!».

Calia actuar amb contundència i així ho va fer. El prelat va fer cridar mossèn Cinto al palau. El poeta era a la Gleva i no trigà a acudir-hi. L'entrevista va ser molt tensa, dolorosa, es va cridar, es va desfermar. Tant el bisbe com Verdaguer es van dir paraules gruixudes, que feien mal. El bisbe, acostumat a manar i a ser obeït, va sentir-se molt violentat, amb l'afegit que aquell capellà rebel era un súbdit de la seva diòcesi que li devia obediència absoluta. El poeta va sentir-se també violentat en el seu orgull, en la seva honestedat i en la seva llibertat. I de les tres coses la que més li dolia era l'última: la llibertat.

Mossèn Verdaguer va tornar a la Gleva i quan encara no feia ni un dia d'aquesta forta discussió, el custodi li va entregar en mà una carta del prelat de Vic:

«*Por último y sabiendo bien lo que hago, le prohibo tenga relación con la consabida familia y que vaya a Barcelona sin permiso mío y exposición del motivo que allí le lleve*».

I ell va contestar immediatament al bisbe dient-li que tot eren calúmnies contra l'honrada família Duran d'aquella criada desaprensiva, d'aquella criada que havia comès un pecat mortal:

«*Ma dolça mare, la Verge, que ens ha emparat a elles i a mi, la que em tingué a casa seva, quan la família que jo creia meva em va foragitar del seu palau, la que m'ha tornat la salut i l'alegria, la que és el meu consol en les tribulacions, Ella em donarà l'energia que no tinc per defensar la innocència trepitjada i per acusar el vici escoltat i triomfant allà on convingui*».

I al final de la carta deia les paraules més fortes al prelat, aquelles que van segellar la ruptura definitiva:

«En aquest camí, no el seguiré pas, ajudant Déu. Ja que tan poc s'estima la seva ànima, segueixi la inspiració de les prostitutes; jo seguiré la de la Mare de Déu».

Les relacions estaven trencades. La tempesta començava a congriar-se, i aquesta tronada seria molt pitjor que totes les que havia contemplat el poeta dalt dels cims del Pirineu o al pont del vaixell *Guipúzcoa*, travessant l'oceà Atlàntic, de Cadis a l'Havana, amb el seu estimat amic Andreu de la Ribera.

Un temps després d'aquests penosos fets, la criada, penedida del que havia fet, va escriure una carta a mossèn Cinto demanant-li perdó, dient-li que estava desesperada, que no sabia on anar, que havia fet allò impulsada pels parents del poeta. Però el mal ja estava fet i ben aviat cauria sobre el capellà la darrera sentència. De moment, però, va passar dos dies tranquil a la Gleva. Hi va pujar donya Desidèria, però el custodi de totes passades li volia impedir que parlés amb el poeta. Mossèn Cinto va sortir per darrere i el custodi va haver de marxar amb la cua entre cames. El capellà, quan tingué davant la vídua, no gosà preguntar per la criada. La dona, però, aquest cop pujava molt esverada...

—Mossèn Cinto, he pujat urgent... Urgentíssim. Em sap molt de greu, però per tot Barcelona corre la veu que vostè està boig i que l'han tancat en un manicomi.

—Com diu?

—El que sent.

—Ara ja començo a sospitar qui és el que escampa totes aquestes calúmnies contra mi.

—Els seus parents, mossèn Joan Güell i l'altre, Narcís Verdaguer, no en tingui cap dubte... Els seus cosins.

El poeta estava trasbalsat, el presagi de la seva mare s'estava complint i se sentia abatut, no podia lluitar. Donya Desidèria, que coneixia el seu caràcter, la seva feblesa, de seguida el va encoratjar:

—No pateixi per res, nosaltres el defensarem. Jo mateixa buscaré els millors metges que ho certificaran, sens dubte. I sàpiga una cosa: a Barcelona, hi té una casa, una família que l'acollirà, no ho oblidi, aquí està envoltat d'enemics, cada dia em posen més impediment per veure'l.

—Diuen que estic boig? Tancat en un manicomi?

—Sí... Però no s'amoïni més, sàpiga que nosaltres, jo, l'Amparo, la Mercedes i en Manolito no l'abandonarem mai. Vostè té molts amics, gent important que l'admira, ara és l'hora, mossèn Cinto, no defalleixi.

—Gràcies, donya Desidèria, moltes gràcies, ara veig qui em fa costat, qui és la meva veritable família.

La dona va marxar amb l'esperança que el poeta baixaria definitivament a Barcelona; allà a la Gleva el tenien vigilat i cada cop li costaria més fugir-ne. Per la seva banda, el bisbe Morgades deixà passar un parell de dies després de la tempesta. Era millor esperar que els ànims es calmessin, actuar fredament. El prelat tenia el seu orgull tocat... Qui era aquell capellanet poeta per desafiar l'autoritat del bisbe? Qui era? Un poeta famós? No era ningú! Ell ostentava el poder jeràrquic de l'Església i ara l'havia d'exercir amb tot el pes, amb la màxima contundència. Aleshores va fer el pas decisiu i li envià a la Gleva una nova carta. Aquesta vegada era diferent de les altres. El poeta ja sabia que allà, dins d'aquell paper doblegat i lacrat amb l'anell del bisbe imprès sobre la cera vermella, no hi podia haver res de bo:

«*Como había dado orden, para perpetuar a usted en la Casa Asilo, no la he revocado... Sólo he intentado mortificarle cambiándole de domicilio y haciendo un salto de lo más alto a lo más humilde. Esto no prejuzga nada y sucederá lo que tenga que suceder... que todo puede suceder en este pícaro mundo... y si de todos modos (Dios) quiere probarnos, no le faltan medios... limitarse a lo que se tiene y sentarse a la mesa que se presente indicada por el Señor*».

El bisbe, el seu superior jeràrquic, a qui devia obediència absoluta, li estava ordenant que ingressés immediatament a la Casa Asil a perpetuïtat, és a dir, per sempre. Allà en tenia la prova, la vídua Duran ja li ho havia dit: «Per tot Barcelona corre la veu que vostè està boig i que l'han tancat en un manicomi». I, ara, aquella carta del bisbe li ho confirmava. Tothom temia la Casa Asil de Vic, un manicomi encobert, on anaven a raure els sacerdots faltats, els vells senyors rectors amb demència senil. Si entrava allí dins, ja no en sortiria mai més. La sentència era terrible.

Mossèn Cinto es va esglaiar, ara ja sabia que havia de fugir per sempre de la Gleva, i només tenia un lloc on anar. I mentre pensava la manera com escapar-se del santuari, que era l'avantsala de la terrible presó de la Casa Asil, el seu cor bategava de pressa i l'arrossegava cap a aquell funest dia en què la seva mare, al llit de mort, li va dir:

«*Pensa, fill, que al món hi ha molta injustícia... Alguns se'n riurien de tu, ningú no et creuria... Fill meu, la Verge em va dir que hauràs de passar una gran prova, que et voldran fer passar per foll!!! Et voldran fer passar per boig i et voldran tancar al manicomi, i fins i tot els amics i els familiars et trairan!!! Això serà el teu calvari, però tu, mai, mai has de contar el nostre secret, que jo m'enduré amb mi a la tomba...».*

Hi havia un missatge ocult en tot allò, ho pressentia vivament cada cop que hi pensava. La seva mare li enviava un missatge i ell no acabava de copsar-lo, l'havia d'interpretar, però estava convençut que es trobava davant d'un perill.

CAPÍTOL XXXIV

Havia de fugir de la Gleva, o al final el bisbe l'obligaria a ingressar al manicomi per a capellans de Vic i no en sortiria mai més. Però al santuari, mossèn Cinto se sentia vigilat contínuament i, per tant, va haver de dissimular. Estava decidit i durant tot aquell dia va estar cautelós, a l'aguait.

De nit, amb la maleta i el paraigua sota el braç, es va escapar, va caminar fins a Vic, sense ser vist ni reconegut, i va pujar al primer tren cap a Barcelona. Sortí de l'estació i va anar directe al pis de la Portaferrissa on vivia la família Duran.

—Passi, mossèn Cinto... Passi, passi, porti la maleta i descansi. Mareta meva, quina cara! Ara li preparo alguna cosa de menjar.

El poeta, amb la mirada fixa, va deixar anar:

—Mai més! No hi penso tornar, a la presó de la Gleva. Ara ho he vist, em volen tancar a l'asil manicomi de Vic... Aquestes són les intencions del bisbe.

—Com diu, pare Verdaguer?

—Tingui, llegeixi... —Es va treure la carta de la butxaca de la sotana i la hi donà.

—A perpetuïtat!

—Això és pitjor que la mort... Allà, tancat i barrat per la força, m'hauria tornat boig de veritat, donya Desidèria.

—Tranquil, segui, descansi... Aquí té casa seva, ja ho sap. Viurà aquí, amb nosaltres. Té una habitació, el llit, i un plat a la taula no li faltarà. Vingui amb mi a la cuina ara mateix, li prepararé alguna cosa, segur que no ha menjat res encara...

—Vaig sortir ahir a la nit del santuari, ningú em va veure, he caminat tota la nit fins a Vic i allí he agafat el primer tren, he tingut sort que ningú m'ha vist. Segur que ara ja saben que he fugit i n'han informat el bisbe.

—I què pensa que farà?

—No n'estic gaire segur, però pel to de la carta endevino que no es donarà per vençut i em buscarà d'alguna manera.

—No pateixi, prendrem precaucions... Avui no surti de casa. Ja està fet, viurà amb nosaltres el temps que calgui, i a vostè ningú el tocarà d'aquí, ja en pot estar ben segur, mossèn Cinto. Com em dic Deseada Martínez que hauran de passar per damunt del meu cadàver... —féu la dona, petita però valenta i amb un gran caràcter, per donar coratge al pobre capellà, que es trobava totalment desemparat.

—No sap el favor que em fa... Una cosa és venir de tant en tant, però, ara...

L'Amparo, en Manolito i la Mercedes, en sentir enrenou, van acudir a la cuina, on la mare preparava una truita a la francesa al poeta. El petit es va tirar als seus braços:

—Pare Verdaguer!

—Hola, Manolito, com estàs?

—Molt bé, molt bé... M'ha portat el garrot de la muntanya que em va dir?

—No, Manolito, però no pateixis, ja te'l portaré.

Les germanes van fer també una abraçada al pare Verdaguer i li van preguntar com estava. Tots cinc a la cuina, xerrant, rient, mentre el poeta menjava, eren una família. A mossèn Cinto li van tornar els colors a la cara. N'estava segur, eren la seva família, l'única en tot Barcelona que l'havia acollit amb els braços oberts.

—Vinga, no molesteu el pare Verdaguer, que està molt cansat... —féu la mare, mentre tots sortien de la cuina.

—La maleta la té a la seva habitació... Avui li aconsello que no surti de casa —féu Desidèria en veu baixa.

Durant tota aquella nit, la dona rumià i rumià en l'assumpte i arribà a una conclusió. L'endemà al matí, després d'esmorzar, li va dir:

—Pare Verdaguer, crec que he trobat una sortida a la seva, vull dir a la nostra situació... Hem d'anar a veure don Claudi a Madrid, si el convencem a ell s'haurà acabat el problema, la resta callaran, el bisbe Morgades i també el prelat Jaume Català, els jesuïtes... El marquès és la clau de tot l'assumpte. L'hem de convèncer.

—Ja ho sap, donya Desidèria, vaig anar a veure'l i em va dir que sortís de casa seva... Em va fer fora del palau!

—Sí, sí, però el temps ho cura tot. Han passat els

mesos, potser ja s'ha calmat, i després també hi ha la seva dona. Ella se sentia molt unida a vostè, se li notava molt, fins i tot...

La dona va callar, tossí una mica, s'escurà la gola, simulant ennuegar-se, mentre pensava... «Uf, una mica més i fico la pota!». Mossèn Cinto no entenia res, esperava que es calmés i prosseguís. La vídua va dir:

—L'anirem a veure a Madrid, i si als marquesos els queda alguna cosa d'humà no poden oblidar-se de vostè. Vostè era com un membre més de la família, ho recordo perfectament, vostè ens va presentar María Gayón. I l'Amparo i la senyora s'avenien... La marquesa sempre ens parlava de vostè, de la seva virtut, de les seves bondats, ella estava enamorada, sí, dels seus poemes...

Mossèn Cinto, en escoltar aquestes darreres paraules, es va ruboritzar, es va posar un xic nerviós. La dona ho va veure i de seguida va reaccionar:

—La marquesa el té per un sant... Estava convençuda que acabaria fent miracles i tot... Hem d'anar a Madrid, intentar entrevistar-nos amb don Claudi, i que sigui ella, la María...

—No, no, no em sembla bé, això. En tot cas, ha de ser el marquès, i no crec que em rebi. A més, no tornaré mai al Palau Moja. No recuperaré mai el càrrec. Ara n'estic convençut.

—No ho sap, potser no s'ha perdut tot... Potser ell es pot fer càrrec dels pagarés, els deutes de la capella i la finca de Penitents que tants maldecaps ens dóna... Això és el que l'amoïna més.

—Només que prometés que ell pagarà la finca..., això, uf, ja sap el pes que em trauria.

—Sí, pare Verdaguer, només que li pagués els deutes, ja podria descansar alleujat. Ja està fet, demà tots a Madrid.

—Però, donya Desidèria... Tots a Madrid? D'on traurem els diners?

—Necessitarem poca cosa, ara són les festes de San Isidro i fan un bon descompte als bitllets de tren que van a Madrid.

El poeta visità un amic i es va endeutar un altre cop, i la bola de neu anava creixent. Tots cap a Madrid, tota la família sencera. En arribar-hi, van instal·lar-se en una pensió i el primer que féu el poeta va ser demanar audiència al marquès. Don Claudi no s'ho esperava pas, i el va fer cridar.

Don Claudi, estranyat, contrariat per aquella inesperada visita, el va rebre i el va escoltar, per veure quines eren les intencions del poeta. La seva actitud era del tot freda, distant, mentre escoltava el seu antic amic, aquell sacerdot en qui tant confiava, aquell amic que l'aconsellava, aquell capellà que el confessava. No sentia res, li feia nosa la seva simple presència, el rebutjava i cada cop s'empipava més i més, i per dins es deia: «Quina insolència, un descarat desvergonyit, un rebel!!! Gosar venir fins aquí? I em diu que ha vingut amb aquella ridícula dona i la seva família? Uns escurçons que l'han enverinat, i ara està encegat, per la mare i la vident, la posseïda... Déu meu! Ja no és el pare Verdaguer, és un altre, no el conec... Què hi fa, aquí? I el bisbe Morgades? Em va dir que tot estava controlat, que el tenia subjectat i vigilat al santuari de la Gleva i que ben aviat passaria a una residència a perpetuïtat. Està malalt, aquest home és boig i se l'ha de tancar. Ja no és ell». Però va reprimir totes aquestes paraules al fons del seu pensament i, amb un to fred i fins i tot amable, li va dir:

—Sí, sí, ja l'he escoltat, no cal que continuï... Ho sé tot, pot retirar-se. Li prometo que miraré de fer alguna cosa per tal que els creditors li treguin la denúncia del jutjat. Ja ho veurem, deixi'm rumiar la manera com fer efectiva la quantitat que deu. Pot marxar, tinc molta feina.

El marquès va encarregar a un dels seus mossos de confiança la vigilància de la família Duran i també del poeta, que visità algun convent i digué missa cada dia en una església de Madrid.

El mosso espia, ben plantat i amb duros a la butxaca, va encaramel·lar-se amb l'Amparo, li va fer creure que s'havia enamorat d'ella, i sense que ho sospités mossèn Cinto, mentre ell anava a resar tota la tarda o tota la nit a una parròquia propera, la parella i donya Desidèria, encantada, sortien a passejar pels carrers cèntrics de Madrid. Fins i tot van anar algun cop al teatre, i el mosso les va convidar a l'Apolo. L'Amparo era molt feliç i la mare encara més, anaven a tot arreu amb les despeses pagades. Tot això ho feien d'amagat del capellà, que en qüestions de moral i de frivolitat era molt estricte i no hauria vist amb bons ulls aquella disbauxa.

L'Amparo, però, per ordre de la seva mare, tal com tenia planejat, va jugar la darrera carta i va anar a visitar la marquesa. María Gayón la va rebre per compromís i la va escoltar. L'Amparo, obeint les ordres de la seva mare, es va posar a plorar davant d'ella.

—Però, Amparo, què li passa? Per què plora?

—He tingut un somni horrible, esfereïdor, senyora.

—Un somni? Però vostè em va dir que entrava en èxtasi, no?

—Sí, sí, el pare Verdaguer i abans el pare Piñol m'havien de resar exorcismes... Però aquesta vegada ho vaig veure clar, era un vaticini. Un vaticini, com els que faig al pare Verdaguer.

—Encara continua?

—Sí, és clar, a casa tenim un oratori, ell resa mentre jo entro en èxtasi i després ho escriu tot a la llibreta, però... Ai, senyora, quin pesar! Quin pesar més gran! —féu l'Amparo sanglotant un altre cop de sobte.

La marquesa, atabalada, li va dir:

—Però vol explicar-me què li passa? Puc fer-hi alguna cosa? Digui'm! Vol que li portin una mica d'aigua del Carme?

—No, no... Un somni, i vostè hi sortia. Vostè, ai, pobreta de mi...

—I què? Què?

—No, no li ho puc dir... No vull, és horrible, horrible, i per això he vingut a Madrid expressament per advertir-la, a vostè... Jo sé que vostè m'estima, a Barcelona érem amigues i després de sobte vam deixar de ser-ho. Jo encara en sóc, de vostè, i per això he vingut a Madrid. Un vaticini que es complirà d'aquí a molt poc temps, li ho asseguro, per la nostra antiga amistat, senyora marquesa.

María Gayón ja tremolava de por, veient aquella noia que ja començava a donar cops de cap endavant i endarrere cada vegada amb més violència, més ràpid.

—No, no, aquí no... Si us plau, crido el servei ara mateix. Què li passa?

—Res! —va fer l'Amparo, deturant el moviment de sobte, amb una veu fonda i agafant la delicada mà de la marquesa, plena de penjolls que devien valer una fortuna.

María Gayón estava esglaiada, es va posar a sospirar... Aleshores, l'Amparo, amb aquella mateixa veu enèrgica i greu que no semblava humana, li va dir:

—Si vostè i don Claudi no tornen a Barcelona... Si mossèn Cinto no torna a ocupar el lloc d'almoiner al Palau Moja, una desgràcia li caurà al damunt.

Tot seguit va reaccionar i l'Amparo, plorant, tornava a ser la mateixa:

—Què ha passat, senyora? Ho ha sentit? El vaticini... Què ha passat?

Aquella escena va impressionar tant la marquesa que va acomiadar de seguida la noia i cridà urgentment el seu marit.

Les coses havien arribat massa lluny. Aquell ingenu i infantil estratagema va causar l'efecte contrari. Don Claudi estava molt, però que molt enfadat contra aquella família, contra la fetillera que havia tingut l'atreviment d'espantar la seva delicada dona, i també contra mossèn Cinto, a qui féu cridar immediatament al seu despatx. El poeta, que es va passar els dies de Madrid resant, mentre l'Amparo, l'espia i la mare vivien la vida frívola del teatre i de l'Apolo, encara tenia esperances, es pensava que el marquès el feia cridar per donar-li una gran notícia. Però l'entrevista no va anar com ell volia. El mosso espia del marquès va comentar al poeta, davant de don Claudi, quina era la classe de vida frívola de la vídua Duran i la seva filla. L'Amparo i donya Desidèria havien anat al teatre i també a l'Apolo, havien sortit totes les tardes a passejar per Madrid. Li va explicar tot el que deien d'ell, com gastaven diners en banalitats, que els agradava la vida frívola i els ambients nocturns de la ciutat. Mossèn Cinto no s'ho volia creure, deia que tot era obra del diable, que no era cert.

—No, no... No m'ho crec! Vostès em volen enganyar! No, no ho crec, calúmnies!

Després de la darrera entrevista amb don Claudi, en veure que el mosso espia tan amable ja no tornava, com que ja no tenien ni un ral, tota la família, tots moixos, van tornar a Barcelona. A mossèn Cinto no se li va acudir en cap moment preguntar si era cert tot el que li havia dit l'espia del marquès. No dubtaria mai de la integritat de donya Desidèria i encara menys de l'Amparo, que ell creia que al final es convertiria en una santa.

A Barcelona, ja s'havia escampat la notícia de la fugida del poeta de la Gleva. Els dos cosins, mossèn Joan Güell i Narcís Verdaguer Callís, havien indagat i van esbrinar que era a Madrid i així ho van comunicar al doctor Morgades, que gairebé al mateix moment que rebia la notícia de Barcelona, rebia també la terrible carta urgent del marquès. Una carta on li ho explicà tot. El marquès estava molt disgustat i el prelat en llegir aquelles ratlles s'enfilava per les parets.

—Em sentirà! Em sentirà!

Al cap de pocs dies, al poeta li arribava a Barcelona una carta:

«*Señor don Jacinto Verdaguer, dije a usted terminantemente, de palabra y por escrito, que no quería que fuera a Barcelona sin mi expreso permiso, y a pesar de esto he averiguado que lo ha hecho usted y que está en ella hace días. Inmediatamente sin dilación ni excusa se me presentará usted hoy mismo o mañana, a recibir órdenes bajo apercibimiento a lo que haya lugar.*

El obispo de Vic».

El pare Verdaguer no tenia cap intenció de marxar de Barcelona i encara menys de tornar a Vic. L'amenaça d'ingressar a la força a l'asil manicomi el perseguia dia i nit, com l'ombra del maligne que l'arrossegava al pitjor dels inferns que havia imaginat de petit, assegut a la falda de la seva mare, a Folgueroles, vora la llar de foc, mentre li llegia fragments del pare Nuremberg i ell, poruc, s'abraçava amb totes les forces al cos de la mare. Es despertava sobresaltat, tot suat, espantat..., i es posava a resar el rosari. La simple idea d'ingressar en aquella casa d'on no sortia ningú ja el torturava i li feia rodar el cap. Només el coratge de donya Desidèria el tranquil·litzava una mica, quan li deia:

—No pateixi, vostè està segur a casa nostra... Nosaltres no hem fet res. I vostè encara menys! Si és un sant baró, tot Barcelona ho sap!!! No s'atreviran a venir aquí i si vénen no passaran de la porta, ja en pot estar ben segur.

Mossèn Cinto sortia poc al carrer, i sempre amb una mica de por, pressentia que l'anirien a buscar els esbirros del bisbe de Vic, de don Claudi. Eren gent poderosa i ell ara era conscient que els estava desafiant, desafiava el poder, l'autoritat, i ells d'una manera o altra reaccionarien, ho temia. Una tarda va anar a dir missa a l'església dels Caputxins i va veure confirmades les sospites: l'estaven seguint. En arribar a casa, ho va comentar a donya Desidèria, i a partir d'aquest dia va haver d'acompanyar-lo sempre en Manolito, el noi petit de la casa, el seu àngel guardià, que se sentia orgullós de protegir mossèn Cinto.

El capellà, esporuguit, mirava a una banda i a l'altra del carrer i creia fermament que el perseguien. De fet, els darrers dies, un parell d'homes estranys rondaven sempre a prop de casa.

Una tarda es va assabentar que el seu amic Antoni Gaudí, a qui feia anys que no veia, anava molt sovint a l'església de Sant Felip Neri. Acompanyat d'en Manolito, mossèn Cinto es va presentar al temple. Gaudí, aquell any 1895, ja era l'arquitecte més famós de Barcelona i vivia obsedit per la seva gran obra, la Sagrada Família, la catedral dels pobres.

En Manolito mirava a una banda i a l'altra i de vegades s'esperava rere seu. Va trobar l'arquitecte, que en aquell moment sortia de l'església, i gairebé van topar cara a cara. Es van abraçar, feia anys que no es veien, però aquella força magnètica que unia els seus destins i les seves ànimes amb el temps s'havia anat fent més forta.

—Antoni Gaudí! Quines ganes tenia de veure'l!

—Mossèn Cinto, és vostè...? Jo també he preguntat per vostè aquestes darreres setmanes. Es diuen tantes coses per Barcelona... El comte Güell em deia que el seu cunyat don Claudi està molt preocupat per vostè. Després, un picapedrer em va dir que no el trobaven, que havia fugit del santuari de la Gleva. Ho vaig preguntar al senyor Güell i em va dir que s'estava a Madrid...

—Ara ja no, sóc aquí, a Barcelona... I no em bellugaré d'aquí.

—Però com es troba? Necessita alguna cosa? Ja ho

sap, disposi... Em van dir que està en mans de metges. Que tenia una anèmia cerebral, és cert?

—Ja ho veu, senyor Gaudí, que es parla molt de mi per Barcelona, però jo l'informaré de primera mà...

—No voldria que, per culpa meva, fes tard als oficis, mossèn Cinto. Jo ja marxo cap a la Sagrada Família. Molt aviat m'instal·laré allà per sempre.

—No, no pateixi, he vingut expressament a trobar-lo a vostè. I després assistiré a la propera missa d'aquí a mitja hora. Miri, he vingut a trobar-lo perquè vull explicar la meva situació a diferents persones de confiança de la ciutat, amics i coneguts que aprecio, i que segurament es deuen preguntar si és cert tot el que diuen. Els vull explicar quina és la meva situació personalment.

—Miri, si vol pot acompanyar-me fins a la catedral... D'aquí a una hora, vindrà a veure'm un escultor que treballarà a la façana del Naixement, que és la primera que penso acabar.

—És que he de ser discret, per això sempre porto amb mi en Manolito... Noi, saluda el senyor Antoni Gaudí, l'arquitecte de Reus més famós de tot Barcelona. Què dic! De tot Catalunya!

Mossèn Cinto continuà:

—Seran vint minuts... Vingui amb mi, senyor Gaudí, aquí al costat mateix. Coneix la congregació de l'Oratori?

—Sí.

—Allà parlarem tranquils. Hi tinc un amic.

Van trobar la porta oberta i van entrar-hi. Al fons, a la dreta del passadís, hi havia una altra porta oberta, amb un llum de gas; era una mena de rebedor, van tancar i van seure a dues cadires que hi havia entre una imatge de gran patetisme del Sagrat Cor de Jesús.

—Feia temps que volia parlar amb vostè, senyor Gaudí. Sé que diuen que estic boig... Vostè mateix pot comprovar-ho. No estic malalt ni tinc res. Simplement, m'han fet fora de casa del marquès, feia nosa i encara no sé per què. No acabo de trobar-ne la raó.

—S'han dit tantes coses per Barcelona, li seré franc... Diuen que amb tot això dels exorcismes vostè s'ha trastocat, i que hi ha una certa família que el té dominat. Una senyora vídua i la seva filla vident.

—Ningú em té dominat, cregui'm, senyor Gaudí... I si m'estic a casa d'aquesta senyora, que no té res de fetillera ni de bruixa, com diuen, és perquè va ser l'única família que em va donar protecció a Barcelona. No estic boig, però potser m'hi faran tornar... Hi ha una confabulació contra mi, una veritable conxorxa entre el bisbe, el marquès i alguns parents. I encara no sé per què. El bisbe Josep Morgades em vol fer tancar en un manicomi de Vic a perpetuïtat, així m'ho ha fet saber i per això vaig fugir.

—Com és possible?

—Això em pregunto, jo, senyor Gaudí... No entenc res! A la Gleva he escrit un poemari dedicat a sant Francesc, ell és el que m'inspira i em dóna força. La seva vida per a mi és un mirall: desheretat pel seu pare, traït pel seu germà, esbroncat i escopit pels amics i perseguit a cops de pedra i a grapats de fang pels nois del carrer, com un home que ha perdut el seny... Ell estava casat amb la dama pobresa, com nosaltres, senyor Gaudí...

Nosaltres morirem amb l'hàbit del germà Francesc, som terciaris.

—És la meva il·lusió, mossèn Cinto, seguir els passos del nostre estimat Francesc...

—Sí, sabia que vostè m'entendria, senyor Gaudí... Necessito diners per pagar els meus creditors, necessito diners per mantenir la família Duran, però primer de tot per socórrer tants pobres. Hi ha tanta misèria a Barcelona...

—Mossèn Cinto, disculpi que li ho digui, però tinc certs dubtes sobre aquesta família. Segons he sentit a dir, donya Desidèria té un caràcter molt fort i dominant. La veritat, no entenc per què s'hi sent tan unit. Jo l'he defensat dels seus acusadors, però tothom creu que és per culpa d'aquesta família que ha caigut en desgràcia.

—És una gran mentida. No consentiré que malparlin dels Duran. I ningú aconseguirà que la rebutgi com alguns voldrien. Ells m'han protegit quan tothom em perseguia... Ells m'han donat refugi a Barcelona quan vaig fugir de la Gleva sol, desemparat. De què valen els premis mundans? El reconeixement, la glòria? Els Jocs Florals? On són tots aquells amics i coneguts que m'aclamaven al saló del Consell de Cent de Barcelona?

—Però vostè té alguna relació familiar amb els Duran? Són parents?

—No, ara li ho explico, senyor Gaudí... El marquès, trobant-se feble i malaltís, em va encomanar la caritat de les famílies que ell sostenia, unes vint-i-cinc... Jo aquest nombre de famílies el vaig anar augmentant progressivament. Un dia que em trobava auxiliant una d'aquestes famílies, vaig conèixer el senyor Duran, el difunt espòs de donya Desidèria. Vivia tot just davant del miserable pis d'una família a qui jo anava a portar almoina i consol... L'home estava malalt quan el vaig conèixer. Vaig fer amistat amb ell i també amb la seva família, que a partir d'aquell moment vaig socórrer com les altres. Al final, vaig arribar a estendre la caritat a més de tres-centes i si no m'haguessin foragitat de casa dels Comillas...

—Així no són família? Em diu que vostè els socorria amb la caritat?

—Sí, així és... El senyor Duran va empitjorar i en poc temps la seva salut es va debilitar fins a l'extrem que un metge que li vaig portar em va dir que no hi havia res a fer i que al cap de pocs dies moriria. Jo vaig assistir-lo al llit de mort. L'home va rebre l'extremunció, es va confessar cristianament amb mi, va combregar preparant-se per a l'altra vida. Jo no em vaig moure del seu costat i l'home abans de morir em va fer jurar, posant la mà damunt la Bíblia, que jo cuidaria la seva família, que cuidaria la seva dona, donya Desidèria, una dona que provenia d'una família rica de Madrid que va caure en desgràcia. Els Duran tenien dues filles i un fill petit i, si ell es moria, quedaven desemparats. En els darrers instants de la seva vida, abans de fer entrar la família per acomiadar-se'n definitivament, em va fer jurar que cuidaria aquella família i no deixaria que la seva dona i els fills caiguessin mai en la pobresa, en la misèria o en la desgràcia... I jo, don Antoni, em vaig veure lligat per sempre més a un jurament fet a un moribund abans de morir...

—Ara ho entenc. Aquest és un lligam més fort que el de la sang.

—Així ho vaig entendre i així ho penso complir fins al final dels meus dies. No trairé la paraula donada a aquella ànima que abans de partir al més enllà em va fer jurar posant la mà damunt la Bíblia, davant del Sant Crist.

—Estic tan content, mossèn Cinto, de tornar-lo a veure... Ara m'adono que vostè ha contestat també la seva pregunta, recorda?

—Sí, senyor Gaudí, vaig trobar la resposta a Terra Santa. Allí vaig saber que, com el germà Francesc, havia de donar-ho tot i festejar la dama pobresa per sempre més, aquesta és la meva missió a la terra... La caritat!

El poeta va aixecar els ulls i amb veu feble però segura, transportat per l'emoció del moment, com si en aquest mateix instant es trobés escrivint versos, li va dir unes paraules que li brollaven del cor i de la més pura inspiració:

—La caritat és claror que il·lumina els qui la fan, els qui la reben i fins els qui en senten a parlar, i si en els hospicis i hospitals no sempre pot obrir els ulls del cos, dóna llum als ulls de l'ànima. La caritat és omnipotent com Déu, puix segons sant Joan, *Deus est Charitas*, i lliga els qui la fan amb els qui la reben i fins els qui en senten la influència benèfica d'una manera o altra, fent impossible els actes de barbàrie que hem vist aquests últims temps a Barcelona, amb atemptats com els de la Gran Via, del Liceu i del carrer dels Canvis Nous.

—L'admiro, mossèn Cinto... Jo ara sóc el constructor d'un temple que es dirà la catedral dels pobres. En honor a la Sagrada Família, potser arribarà un dia que també em casaré amb la dama pobresa, això anhelo, com vostè, i així em deslliuraré de totes les cadenes materials. No, mossèn Cinto, vostè no està boig, és el món dels nostres dies el que camina cap a la follia, i si vostè està boig, jo també ho estic i benvinguda sigui la follia de la caritat.

Es van acomiadar i Gaudí li va dir que sempre que volgués o el necessités que passés per la Sagrada Família, que ell ja gairebé feia vida allà. Primer va sortir l'arquitecte i al cap d'uns minuts el poeta. Es va dirigir a l'església de Sant Felip Neri, i en Manolito li va dir:

—Mossèn Cinto, abans m'ha semblat veure un home estrany, el tinc vist per davant de casa i crec que és un policia. L'he vist mentre vostè i el senyor Gaudí estaven parlant. I em sembla que m'ha reconegut perquè ha marxat escopetejat.

En aquest moment entraven a l'església, amb altres feligresos, dues dones amb mantellina que es van deturar a la pila d'aigua beneita i van allargar els dits humits al mossèn. Aquest es persignà nerviós, amb ulls atabalats, i va anar a seure a un dels banquets laterals, una part més fosca de l'església. Durant tota la missa, es mostrà nerviós, intranquil, mirant a una banda i a l'altra, fins i tot no es va posar a la fila per combregar, per no mostrar-se a la llum, davant de tothom.

En Manolito feia guàrdia a la porta del temple. Esperaria que en sortís tothom i després el cridaria per marxar, i si veia algú sospitós aleshores l'avisaria i mossèn Cinto es refugiaria a la sagristia. El poeta coneixia el vicari i sabia que li donaria protecció. L'ofici es va acabar, la gent va començar a sortir. En Manolito va entrar, tot esverat:

—Mossèn Cinto, he tornat a veure aquell home i

venia amb un capellà. No sé qui era, era un home alt i gros... M'ha semblat un canonge.

—Un canonge?

—Sí...

—Molt bé, Manolito, tal com hem quedat, jo me'n vaig a la sagristia, el rector és amic meu, fes guàrdia a la porta i si hi ha alguna novetat m'avises de seguida. Fins que no m'avisis, no sortiré de la sagristia.

—Així ho faré!

CAPÍTOL XXXV

Mossèn Jacint Verdaguer va anar en direcció a la sagristia, agafà el pom, l'obrí i hi entrà. La seva sorpresa va ser enorme en trobar a dins una persona coneguda. Era el seu amic, el canonge Jaume Collell, que estava parlant amb el vicari de la parròquia, i en sentir la porta es va girar. Els dos amics per un breu instant es van mirar fixament en silenci. Quantes coses van passar pels seus pensaments en aquell moment, en fraccions de segons. Les darreres cartes, les darreres vegades que van trobar-se, alguna cosa s'havia trencat per sempre entre tots dos, es distanciaven. Mossèn Jaume canvià la cara de sorpresa pel gest enèrgic i enfadat.

—Es pot saber què hi fas aquí, Cinto? Vés ara mateix a Vic! Que no saps que el teu bisbe Josep Morgades t'està buscant? Torna a Vic ara mateix!!! Cinto, recapacita, hauries de ser a la Gleva! Què hi fas, a Barcelona? Per l'amor de Déu!

Tota aquesta tanda de preguntes i retrets li van sortir de la boca seguits i en veu alta. El poeta no va dir res, va abaixar els ulls a terra.

—No et facis el màrtir amb mi, Cinto, et conec molt bé... No pots rebel·lar-te contra el teu bisbe, no ho pots fer, això! És molt greu! El nostre bisbe està molt, però que molt enfadat amb tu. Torna a Vic, torna, i potser jo podré parlar amb ell i calmar-lo.

El to de veu, les amenaces, continuaven igual, però ell no deia res, deixava que aquell capellà que ara, de manera totalment oberta i declarada, també s'havia posat de part dels poderosos, de don Claudi, del bisbe Morgades, aquell home que en altre temps fou el seu millor amic, l'amic de l'ànima, ara també l'estava portant a la boca del llop... L'asil de Vic. El manicomi.

El poeta deixava que tragués la fel per la boca. Totes les fúries contra ell. Mossèn Cinto no s'ho esperava. Havia intuït per les cartes que potser no es mullaria, faria com Pilat, es rentaria les mans, com havien fet altres amics i coneguts, que li havien girat l'esquena, perquè, és clar, ningú es volia enfrontar a l'autoritat jeràrquica, al poder. Però estava ben equivocat. Ell, Jaume Collell, l'amic de l'ànima, l'amic de tota la vida, ara mateix també era el seu botxí. Ell també tenia un punyal a la mà i l'estava burxant, l'estava matant. Finalment, després d'escoltar tota classe d'amenaces i improperis, quan el canonge semblava més calmat, Verdaguer li va deixar anar:

—Mai no tornaré a Vic, ja li ho pots dir al teu amic, el bisbe... Jaume, no et conec! Què t'ha passat? Per què m'abandones? Et poses de part d'ells? Tu també creus que estic boig? Tu també vols que em tanquin a perpetuïtat en aquella Casa Asil de Vic, que tots sabem que és un manicomi per a capellans? Qui hi entra ja no en surt. Tu també vols que em tanquin per sempre allà? Vols que al final, dins del manicomi, m'acabi tornant foll de veritat? Per donar la raó als meus perseguidors? Què he fet? Quin pecat he comès?

—Obeeix el teu bisbe, Cinto! Vas jurar obediència! Ho saps! Aquest acte de rebel·lió et sortirà car! Torna a Vic o ara mateix escric al bisbe!

—M'amenaces?

—No!! T'exigeixo que tornis a Vic, Cinto!!!

Hi va haver uns instants de silenci, molt tens. El vicari de la parròquia de Sant Felip Neri estava espantat, volia posar pau, però el canonge Collell imposava amb la seva còrpora i amb els crits, estava enfurismat i treia espurnes pels ulls. Mossèn Cinto aixecà el cap desafiant:

—Ja no recordes els amics? Ja no recordes que un dia gràcies a mi vas obtenir la canongia?

—Calla, Cinto... Això em tires en cara? Pels claus de Crist! Calla i torna a Vic immediatament!

—Entre tots em voleu matar. Si torno, m'obligareu a anar per la força a l'asil manicomi i allí em moriré, ho sabeu tots vosaltres!!! Com podeu acusar-me de follia? Com? Entre tots em vau coronar a Ripoll, el príncep del poetes, el bisbe Morgades em va posar una corona de llorer, unes fulles que tu mateix vas anar a arrencar del llorer que vaig plantar a Vinyoles d'Orís; el meu cosí, en Narcís, el traïdor, va fer teixir la cinta de la corona... I ara, amics i parents, en els quals jo confiava, em voleu posar una corona d'espines... I tu? Tu també, Jaume?

—No diguis més bajanades! No estàs bé del cap, Cinto...

—Tu em coneixes i saps que és mentida... Mentida! Mentida!

El canonge Collell va girar la cara, va agafar un abric i féu el gest de sortir, sense acomiadar-se ni tan sols del pobre vicari de Sant Felip Neri, que estava astorat escoltant aquella discussió, i que se sentia impotent per deturar-la. El canonge donava per tancada la disputa i tal com li havia dit anava a comunicar al bisbe la trobada amb mossèn Cinto, el capellà rebel. Aleshores, el poeta, abans de sortir de la sagristia, li digué:

—*Tu quoque, Brute, fili mi?*

Jaume Collell, el canonge de Vic, es va sentir molt ofès!

—Qui et penses que ets? Cèsar? La teva supèrbia no té límits! Au, vinga! No em vinguis amb romanços... Amb el primer correu que sortirà de Barcelona assabentaré el bisbe Josep Morgades! Ja ho pots donar per fet!

Amb un cop de porta, mossèn Jaume Collell va marxar. Verdaguer va disculpar-se amb el pobre rector de la parròquia i se'n va acomiadar. En Manolito l'estava esperant a la porta, ja s'havia fet fosc.

—Anem cap a casa, noi... —digué el poeta, que sortí esperitat de l'església.

En Manolito es va esperar una mica, el seguia de lluny, per veure si algú els vigilava. Anava endavant i endarrere, i si hi havia alguna novetat s'apropava a ell. A l'altura de la font de Canaletes, el noi va córrer esverat:

—Ens segueixen, mossèn Cinto, és el mateix home d'abans i va acompanyat d'un altre.

—Vinga, afanyem-nos a arribar a casa.

El poeta i el noi no van trigar a arribar al pis, pujaven els esglaons de dos en dos, suats, no podien dir fava. Mossèn Cinto, en dues ocasions, s'havia girat i havia vist aquells dos homes que els seguien, tal com li havia dit en Manolito, i aleshores accelerà la marxa, trencant ara per un carrer, ara per un altre, intentant despistar-los, però es tornava a girar i tornaven a ser allà, els dos homes continuaven al darrere i ara de manera totalment descarada, com si s'haguessin vist descoberts i no els importés gens ni mica.

—Que li passà, pare Verdaguer? —cridà l'Amparo, en veure'l arribar esbufegant.

En Manolito es va avançar:

—Ens segueixen, ara és segur! Dos homes, dos...

La mare, donya Desidèria, també hi va acudir, espantada.

—Què passa? Què són aquests crits, Manolito?

—Són ells, aquells dos homes que l'altre dia no es van bellugar de la cantonada. Eren ells, mama, els he vist... Ens han seguit fins aquí. Fins aquí, és veritat! Dos homes, i són policies. Segur!

—No gosaran! No ho faran! Nosaltres no som delinqüents.

—Vénen per mi, donya Desidèria... —féu mossèn Cinto amb la veu entretallada, assegut en una butaca, derrotat i imaginant-se ja l'escena, empresonat i portat a la força a Vic—. Ara és segur, m'han seguit. A la sagristia de Sant Felip Neri, m'esperava el canonge Collell i m'ha amenaçat. Segueixen tots els meus passos!

—La policia? Jo no em pensava que n'hi hagués per tant! Que no hi ha malfactors i lladres a Barcelona que han de venir a torbar la pau d'una família honrada i un capellà que no ha fet res, sinó resar i donar-ho tot als pobres? —féu indignada la vídua Duran.

—Tinc por... Ara veig que em volen tancar al manicomi, no pararan! Em voldria morir!

—No digui això, pare Verdaguer! Jo el defensaré, vostè no ha comès cap crim, no ha robat, ni ha matat ningú. No el poden empresonar! No senyor! Ja em sentiran! No consentiré que se l'enduguin emmanillat d'aquesta casa. Seria una gran injustícia i no ho consentiré!

Mentre la dona parlava, van trucar a la porta. Mossèn Cinto aixecà els ulls, el cor li galopava, tenia un nefast pressentiment.

—Són ells... —féu esgarrifat i en veu baixa.

—Vostè tranquil, vagi-se'n a la seva habitació i no es mogui d'allí. Ja m'encarrego jo de tot, i no cal que pateixi per res... A vostè no se l'enduran! Li ho juro! —anava dient amb gran coratge i seguretat donya Desidèria.

En Manolito acompanyà l'esgarrifat poeta, que tenia la gola seca i resava, s'encomanava a sant Francesc, mentre deia al noi:

—Sant Francesc, a ell també el van empresonar, el va trair el seu germà, el van apedregar... El seu pare el va fer empresonar. Com a mi, com a mi.

Donya Desidèria va anar amb resolució i fermesa a obrir la porta.

—Digui'm? Qui hi ha? Què volen...?

La dona va obrir la porta, però no de bat a bat, sinó un parell de pams, i ella es ficà al mig de l'obertura plantada amb els braços encreuats.

—Vinc de part del governador. Sóc policia, aquí té les meves credencials. Que hi és mossèn Cinto Verdaguer, el poeta? Hauria de veure'l, és urgent, hem d'anar a parlar amb una altra persona.

—No, aquí no hi ha ningú que tingui aquest nom, aquí som jo mateixa, una pobra i indefensa vídua, i els meus tres fills, l'Amparo, la Merceditas i en Manolito. Ningú més!

—Miri, senyora, fa dies que el seguim, sabem del cert que mossèn Cinto es troba aquí, en aquesta casa.

—Li dic que no passaran! —féu la dona ferma i amb la mirada fixa, s'estava palplantada amb els braços encreuats.

Els tres fills en aquest moment van sortir i es van posar rere la seva mare, que no abaixà la mirada ni es deixà acovardir. L'home que era a la porta remenava el cap, semblava disgustat. La dona, per si no havia quedat clar l'assumpte, va dir amb fermesa:

—Abans d'emportar-vos mossèn Cinto, passareu per damunt del meu cadàver.

En Manolito es va posar a plorar, la Merceditas també i l'Amparo va començar a cridar:

—No, mama, això mai, mai... No entraran!!!

—Si us plau, no cridin! No, no, no volem cap escàndol —féu l'home intentant assossegar tota la família.

—Com que no? Escàndol tindran si volen entrar!!! —féu la dona en veure el policia esverat, intentant calmar els ànims. Va veure clar que a la policia l'escàndol públic els feia més por que una pedregada.

Donya Desidèria i el policia van parlar una estona més assossegats. Al final l'inspector li va dir:

—No pateixi... Senyora, jo sóc un manat. A mi tampoc no m'agrada tot això, aquesta ordre la trobo absurda. Jo admiro molt, molt, mossèn Cinto i sé que és innocent. Em sembla tot molt estrany. Aquesta ordre de detenció? No sé... Miri, no sóc agent, sóc un dels caps de policia de la ciutat, el meu nom és Daniel Freixas. I ara mateix aniré a aclarir tot aquest tèrbol assumpte.

El cap de policia va marxar, amb la intenció d'esbrinar què estava passant i per què li havien donat aquella estranya ordre. La dona va tancar la porta. Mossèn Verdaguer estava terroritzat, algú havia donat l'ordre d'empresonar-lo per portar-lo a Vic, al manicomi on tenia una cel·la reservada a perpetuïtat, el prelat li ho havia deixat molt clar. Però enviar la policia fins a casa seva? On s'havia vist? Allò el turmentava. Aquella mateixa nit, cap a les dotze, van tornar a trucar a la porta. Mossèn Cinto estava esglaiat, en Manolito era a la vora.

—No tingui por, pare Verdaguer, jo el defensaré, i la mare també, ja ho veurà...

—Resem, fill, resem, que em vénen a buscar. Déu del Cel. Verge de Montserrat, ajudeu-me en aquest moment de tribulació.

El poeta va sentir rebombori al carrer, va guaitar tímidament per la finestra i va veure la carretel·la de la policia amb agents. El terror se li va dibuixar als ulls, ara ho tenia clar, venien a emportar-se'l. Des de la seva cambra sentí els crits de donya Desidèria:

—No passaran de la porta. No tenen dret a entrar aquí! Acabo de parlar amb un cap de la policia... El senyor Daniel Freixas ha estat aquí fa unes hores i ha dit que li semblava tot molt estrany, i que mossèn Cinto no havia fet res. Daniel Freixas!!! El coneixen?

Els tres agents de la policia, que de totes passades

anaven a entrar, tirant la porta a terra si convenia, en sentir el nom «Daniel Freixas!», el nom del seu cap, que efectivament sabien que havia estat al domicili on s'amagava el poeta, es van mirar entre ells i es van frenar. Dubtaven. No sabien què fer. Donya Desidèria, mentrestant, continuava esgargamellant-se, cridant com una fera:

—Quina és l'acusació contra mossèn Cinto Verdaguer? De qui ve l'ordre? Detenen mossèn Cinto? I per què? Per què?

La dona cridava fort perquè tot el veïnat sortís a veure què passava. Els policies, a la porta, es van trobar desarmats, voltats de gent que preguntava, que admirava mossèn Cinto i s'estranyaven que vinguessin a detenir-lo. Els agents es van empetitir, tots havien cantat *La barretina*, una de les obres musicades del poeta més populars de Catalunya, tots havien recitat algun poema de mossèn Cinto, i se sabien el *Virolai* de memòria, però tenien aquella maleïda ordre, i a més, els van advertir que havien de ser molt discrets en la detenció del poeta, i anar ràpid cap a Vic, sense dilació. Però aquella dona no callava, posava per davant Daniel Feixas, el seu cap, i els llums de les finestres de tot el veïnat estaven encesos amb la gent mirant i preguntant què passava, què era aquell rebombori a aquelles hores de la nit.

—Què passa? Mira, és la policia.

—Vénen a buscar mossèn Cinto!

—Detenen Verdaguer, el poeta? Pobre home! Què ha fet?

—Diuen que ha caigut en desgràcia... El bisbe de Vic el vol tancar al manicomi.

—Si és un tros de pa... Valdria més que la policia es cuidés dels lladres i malfactors que caminen lliures per Barcelona. Vergonya, se n'haurien de donar. Fora la policia!

—Fora! Fora!

—Mira què li fan al poeta més famós de Catalunya!!! Ells mateixos el martiritzaran, simplement perquè s'ha oposat al marquès i al bisbe. Visca mossèn Cinto!

—Visca! Visca! Fora la policia!

Tot el veïnat era un crit en defensa del poeta. La cosa s'estava posant magra. Els policies, però, finalment anaven a entrar de totes passades, malgrat l'escàndol i la ferma oposició de la dona. Però un dels agents del carrer va cridar des de l'entrada, pel forat de les escales:

—Aturin la detenció! Acaba d'arribar una ordre del governador! Aturin la detenció! Baixin immediatament, s'avorta la detenció de mossèn Cinto!

La veu va córrer per tot el veïnat i de manera espontània algú va començar a picar cassoles des de la finestra i ben aviat tot el barri el va seguir.

—Visca mossèn Cinto!

—Visca, visca...

—Ja marxa la policia. Visca el príncep dels poetes!!!

Tot el carrer el victorejava. Mossèn Cinto, que era a la cambra i ho sentia tot, plorava d'emoció, com si en aquell moment hagués passat un veritable miracle! Interiorment pensava: «El meu calvari, el meu calvari acaba de començar. Ara la multitud m'aclama com el Diumenge de Rams van aclamar Jesús quan va entrar a Jerusalem. Després aquest mateix poble que l'aclamà va cridar davant de Pilat: "Crucifica'l Crucifica'l!!!"».

Els policies van marxar abans que l'escàndol no anés a més. Mossèn Cinto respirà tranquil i tota la família, en acció de gràcies, abans d'anar a dormir van resar el rosari a l'oratori de la casa.

L'inspector de policia Daniel Freixas va anar a veure el cap de policia de Barcelona, Josep Guillén. Van esbrinar de què s'acusava el poeta, què era el que havia fet i van descobrir que l'ordre venia de dalt, d'algú important, però sense especificar el motiu ni res de res. Tot plegat era molt estrany. Mossèn Verdaguer era un capellà famós, un bon home, un poeta, el poble l'adorava. Tant l'inspector com el cap de la policia van veure alguna cosa tèrbola i de seguida es van posar del cantó del poeta i van anar a veure el governador Sánchez de Toledo. L'home va escoltar els policies i va deturar de seguida aquella absurda detenció, i féu anar el cap de policia a casa de Verdaguer a assegurar-li que ja no se'l molestaria més.

Josep Guillén i un agent es van presentar a casa del poeta. El van saludar i van parlar amb ell. El senyor Guillén, però, abans de marxar li va dir:

—Poden estar tranquils, però la mateixa ordre s'ha donat al cap dels Mossos d'Esquadra i també a la Guàrdia Civil... Per tant, per l'estima que li tenim, procuri anar amb precaució. Si els Mossos o la Guàrdia Civil el detenen, nosaltres no el podrem defensar, encara que vulguem.

Després d'aquests dramàtics fets, ja no el van molestar més, però encara va rebre més cartes del seu examic, el canonge Jaume Collell, i també una carta molt dura del bisbe Morgades, en què continuaven les amenaces, i aquest cop amb la determinació de passar el cas al tribunal eclesiàstic. Mossèn Cinto, però, no es va bellugar de Barcelona. Quan la tronada va passar, uns dies més tard el poeta va escriure:

«La providència, que sempre vetlla pels que creuen i esperen, no volgué que un sacerdot anés pel camí de Vic confós entre els criminals, en mans de gent armada, i m'escudà misteriosament en aquella hora, potser la més terrible de la meva vida».

Aquella nit va pensar en la seva mare, Josepa Santaló, va pensar en les darreres paraules que li va dir al llit de mort, aquell advertiment que li va fer de guardar secret de la seva experiència a la cova de Montserrat. Durant hores va donar voltes i més voltes a l'assumpte; es va adormir molt tard. A trenc d'alba, quan es va despertar li va venir una idea al cap... La seva mare amb aquell advertiment li estava donant un missatge molt clar, ara ho veia, per fi havia interpretat el vaticini. Un poeta, un narrador, algú que no podia publicar tot allò que escrivia, havia de guardar coses en secret... La seva mare li estava dient que mai, mai de la vida fes públiques totes aquelles experiències dels exorcismes, que la gent no podria comprendre i fins i tot podria malinterpretar. I ell ho va entendre, va veure clar que tots aquells quaderns d'exorcismes que havia escrit no podrien sortir mai a la llum pública, no els podria publicar mai i els hauria de conservar en secret. Aquesta era la clau del seu dilema. Estava a punt de prendre una decisió, una sortida al seu conflicte, potser no li quedava altre camí que fer pública la seva situació, però mai, mai de la vida, havien de sortir a la llum aquells quaderns d'exorcismes, si tots aquells escrits queien en mans dels seus enemics, estaria perdut i definitivament aniria al manicomi de Vic. Es va alçar del llit amb el cor galopant, vivament emocionat, es va posar de genolls i va resar donant gràcies a la Verge perquè a través de la seva mare li envià aquell missatge cabdal.

I mossèn Cinto, dues setmanes més tard d'aquell intent de la policia d'empresonar-lo que el va espantar tant, havia arribat a la conclusió que l'únic camí que li quedava era fer pública la situació de profunda injustícia que estava patint. A través de la premsa liberal, on tenia amics i coneguts, el 17 de juny de 1895 va sortir el seu primer article de denúncia a la premsa de Barcelona, concretament a *El Noticiero Universal*, amb el títol «Un sacerdot calumniat», on demanava ajuda, i apel·lava a la justícia i sobretot a «la gent honrada de Barcelona». Un article que va ser un escàndol públic notori, va córrer com la pólvora per tota la ciutat i per tot Catalunya i més enllà de l'Ebre i dels Pirineus. Tothom a Barcelona va llegir-lo amb estupor, amb incredulitat, preguntant-se com era possible que mossèn Cinto, el poeta nacional, estigués patint persecució. Què insinuava en aquell escrit? De moment no mencionava ningú, però els seus silencis eren més punyents que les seves paraules. I aquest fet encara va crear més incògnites, més curiositats en el públic, sobretot en els sectors més progressistes, liberals i obrers, que ja sospitaven que es tractava d'un abús de poder del marquès de Comillas i d'alguna autoritat eclesiàstica. Abús de poder contra aquell poeta, un tros de pa, mossèn Cinto, el català més famós del seu temps. Les seves paraules clamaven justícia i la gent de Barcelona i també de tot Espanya i de més enllà, Itàlia i també França, del Rosselló, volien saber què estava passant amb el gran poeta Jacint Verdaguer, l'autor de *L'Atlàntida* i del *Canigó*. Al final del seu primer escrit, que no seria l'últim, el poeta deia:

«*Gràcies a la Verge, que no m'ha deixat en ma tribulació, no he passat per eixos carrers entre gent d'armes. Però si hi hagués de passar, demà o qualsevol altre dia i nit, contra l'expressa voluntat del senyor Governador, a qui estic agraïdíssim, ara, mentre tinc lloc i temps, demano justícia i protesto davant la llei, davant de la gent honrada de Barcelona, que em coneix, davant del Cel i de la Terra i del mateix Déu, qui ens ha de judicar a tots de la iniquitat de què és víctima, no sé amb quin fi, aquest pobre sacerdot...*».

Aquest escrit, publicat a la premsa liberal, va caure com una galleda d'aigua freda sobre tota la jerarquia eclesiàstica del país. Un mes després, a finals de juliol, mossén Cinto va rebre a casa seva els quatre enviats del tribunal eclesiàstic, que l'informaven que se'l condemnava a la suspensió *a divinis*, és a dir, a no poder dir missa, i d'aquesta manera, se'l despullava com a sacerdot i també l'abocaven a la ruïna, perquè sense poder dir missa, tampoc rebria cap ingrés com a capellà.

El marquès, el bisbe, els poders a la terra s'aliaven contra el capellà poeta: calia humiliar aquell sacerdot rebel que havia gosat desafiar el poder, i a més provocar aquell escàndol públic a la premsa liberal, els seus enemics públics. Calia afonar-lo en la més pura misèria, ofegar-lo completament, escanyar-lo fins que ja no pogués més i sense cap compassió possible.

Per a mossèn Cinto la suspensió a *divinis* fou un cop

baix que el va deixar sense alè. No s'ho esperava i no va reaccionar, es va quedar quiet, tremolant-li la cara, els llavis i la barbeta, amb el document a la mà. Els quatre emissaris del tribunal van marxar en silenci. Com els quatre genets de l'Apocalipsi. El poeta no va dir res. El disgust va ser tan gran que es tancà a la cambra i es posà a plorar desconsolat. Ara que havia entès quina era la seva missió a la terra, ara que a poc a poc aniria renunciant a la lira, i que es lliurava a la pobresa, s'abocava a la caritat i renunciava al món, resulta que li prenien el calze de les mans, i l'hi prenien aquells que ell creia que eren els seus, els amics de tota la vida, l'Església, la seva mare, i el bisbe, que era el seu pare...

«Pare! Pare, per què m'has abandonat?».

Va plorar dia i nit i ningú el podia consolar. Per a mossèn Cinto ara començava el calvari. La família temia per la seva salut, donya Desidèria va fer venir un metge amic seu. El poeta semblava com transportat, no menjava, ni dormia, només resava, i mai no podia acabar l'oració perquè les llàgrimes li saltaven dels ulls sense aturador i repetia:

—Pare! Pare, per què m'has abandonat?

Mai no es va refer del tot d'aquest disgust de mort, era com si l'haguessin mutilat, li faltava la part més important de la seva ànima. Pensava molt en sa mare, molt... I la veia plorant, resant... Quan anava a oir missa, sempre hi havia un moment d'autocompassió, quan obria la boca per rebre la comunió pensava que ell ja mai no tornaria a consagrar el pa i el vi, el cos de Jesús, i quedava sumit en un estat de tristesa profunda.

Però de mica en mica es va anar reconciliant amb si

mateix. Es va anar recobrant del cop, tot i que aquesta ferida ja no es tancaria. Es preguntava què havia fet. Es preguntava una vegada i una altra quin delicte, quin pecat havia comès? Hi donava voltes i més voltes i no hi trobava resposta. La consciència sempre li deia que no havia fet res, que era innocent i no es mereixia el que li estava passant, que allò era una gran injustícia. Lentament li va néixer a dins una força renovada, una energia nova que el feia alçar del llit i escriure, escriure, omplir pàgines i més pagines intentant explicar a Barcelona, a tot Catalunya, al món sencer, que era víctima d'una gran i terrible injustícia, i va tornar a enviar una altra de les seves proses al mateix diari.

«*Contra ma voluntat, i amb gran pena del meu cor, com mai l'haja sentida, Déu ho sap, torno a prendre la ploma, demanant justícia a les persones de bon cor i recte judici...*».

Ara, mentre el cotxe el conduïa pels carrers de la ciutat amb destinació a Collserola, a vil·la Joana, on anava malalt i envellit, recordava els articles a la premsa. La primera tanda no eren ben bé articles, sinó cartes en defensa pròpia, que va interrompre a finals d'aquell malaurat estiu del 1895. Tot Catalunya esperava amb candeletes aquells clams, aquells crits d'angoixa del mossèn perseguit per la mateixa jerarquia religiosa i el poder establert, és a dir el marquès de Comillas. Els sectors liberals, els progressistes i els anticlericals van fer bandera de la causa de mossèn Cinto. A ell al principi li va saber greu aquesta nova i estranya situació. Però eren els seus nous amics, els seus aliats, i s'hi aferrà, perquè els altres a més d'abandonar-lo l'estaven acusant de boig públicament, presentant informes a la premsa amb la signatura de doctors que raonaven estranyes teories sobre un malalt que mai havien visitat. L'estaven escanyant econòmicament, els creditors l'acorralaven, havien tancat el cercle al seu voltant. A més, amenaçaven uns i altres que ningú socorrés mossèn Cinto, que ningú deixés, prestés o donés diners al poeta maleït per la jerarquia religiosa i el poder del marquès de Comillas. I ell l'única arma que tenia era escriure, publicar la gran injustícia a la premsa. Que més podia fer?

«Josep Morgades me digué que m'esperava la misèria més absoluta i que havia de plorar llàgrimes de sang. I encara em van enviar un altre emissari per portar-me de bones al manicomi. I jo vaig dir-li que abans d'això signava la meva pròpia sentència de mort... I l'emissari em va dir: "Le dejarán sin camiseta", veient que es treballava contínuament encara que sota terra per treure'm dels dits un bocí de pa, baldament se'm dóna per almoina, i se'm martiritza cruelment i sense parar amb tots els mitjans que donen els diners contra la pobresa; veient ara embargades les meves obres literàries, l'única cosa que em restava, com una gota d'aigua en ma agonia; veient clarament que es tractava de fer-me morir de fam, contaré amb documents i detalls, que faran esborronar els vinents, la història de ma negra, hipòcrita i interminable persecució interrompuda en mes cartes: "Un sacerdot calumniat"».

Acorralat, perseguit, calumniat públicament i sense cap ingrés per tenir suspesa la llicència de dir missa, només tenia la ploma, les lletres, per viure. Va iniciar una intensa activitat en diferents revistes, i també inicià una nova tanda d'escrits, de laments que llançava a l'opinió pública de Barcelona, de Catalunya i del món, un total de vint-i-sis cartes que van sortir a diferents mitjans de Barcelona i que van ser reproduïdes per altres mitjans de Catalunya i del món. I que foren llegides religiosament per milions de persones. Articles que van finalitzar el 21 de novembre de 1897.

CAPÍTOL XXXVI

El trajecte des de Barcelona fins a vil·la Joana no era gaire llarg, però a mossèn Cinto li va semblar etern. La remembrança del temps passat obria a cada cicle noves finestres, nous escenaris que tenien el seu propi rellotge, que no tenia res a veure amb el temps real. Quan evocava era com si el motor de la memòria estigués sempre al ralentí, en punt mort, i el temps de l'escena que recreava s'allargava fins a l'infinit.

El cotxe que portava mossèn Cinto malalt a vil·la Joana anava fent via. Després de deturar-se a la farmàcia de la ciutat va continuar cap a Sant Gervasi. En aquell moment, però, l'automòbil va fer un soroll ensordidor i es va aturar de cop a mitja costa. Estaven ja enfilant el camí de muntanya, als afores de la ciutat. Aquell tram era tortuós i s'endinsava en un bosc de pins.

El seu amic Ramon Miralles, alcalde de Sarrià, en assabentar-se que el poeta necessitava ser traslladat a algun lloc de muntanya per respirar aires sans, de seguida li va cedir aquella residència de vil·la Joana. Mossèn

Cinto havia col·laborat en els certàmens literaris celebrats a Sarrià i els havia presidit. De fet, el poeta incansable, malgrat que els darrers anys ja arrossegava aquella malaltia, mai, mai va defallir i travessava Catalunya de part a part per acudir a totes les festes poètiques i literàries, romeries i jocs florals on el cridaven. Fins i tot de vegades hi anava a peu, no per gust, sinó perquè no tenia un ral. Ho feia perquè li agradava viatjar i també li agradava trobar el caliu de la gent senzilla del poble. I per això el coneixien arreu, l'admiraven i l'estimaven sincerament tant els que anaven a missa com també els obrers anarquistes, els comunistes, els ateus... Tothom el respectava i l'admirava, sentien a prop seu el sofriment d'una ànima lliure perseguida pels poderosos.

El poeta va obrir els ulls. En Josep, al seu costat, ja feia estona que estava despert i mirava encuriosit el xofer, que obria el capot de davant i amb una gran clau girava i girava intentant arrancar el motor un altre cop, fins que va desistir...

—No és res! S'ha escalfat el motor, haurem d'esperar una estona —va dir el doctor Falp.

Mossèn Cinto va somriure, li arribaven les flaires del romaní i la farigola i això el transportava a la muntanya. El doctor Falp s'impacientava. Es va girar i preguntà:

—Com es troba?

—Bé, molt bé... On som?

—Hem passat per Sarrià, i com que dormia, no l'hem volgut despertar.

—Volia donar les gràcies a l'amic Ramon Miralles.

—No pateixi, el vindrà a veure tan aviat com estigui instal·lat... Ara ja som camí de Vallvidrera. Hem d'esperar uns minuts. S'ha escalfat el motor, hem d'esperar que es refredi, després el xofer hi posarà aigua i abans de migdia serem a vil·la Joana...Vol sortir a estirar les cames? Crec que hi ha una font d'aigua fresca. A més, des d'aquí es pot contemplar una bona panoràmica de tot Barcelona i el mar.

—No, no, estic molt bé, aquí.

El doctor Falp li va allargar un diari que havia comprat en un quiosc quan van deturar-se a la farmàcia de Barcelona.

—Tingui, mossèn Cinto, si vol llegir el diari... Aquí tinc el Brusi.

—Gràcies, doctor.

Mossèn Cinto va allargar la mà, els dits llargs i ossuts, prims, la pell de color blavós. A la portada del *Diari de Barcelona* d'aquell dia apareixia la notícia de la jura de la Constitució del rei Alfons XIII, que complia els setze anys i es convertia en el nou rei d'Espanya: «Jo vaig conèixer personalment i vaig tractar ton pare, Alfons XII, i la teva àvia, la reina Isabel, em va oferir ser sacerdot de la capella reial». Aquesta notícia era la més important del dia. El poeta, però, no va llegir res, mirava les fotografies. Va obrir el Brusi i va llegir algun encapçalament a l'atzar d'articles on encara cuejava aquell estat de depressió, malaltia social, frustració i profund pessimisme que arrossegava la nació espanyola, amb la pèrdua de les últimes colònies, les Filipines, Cuba i Puerto Rico, que es va produir quatre anys enrere, el 1898, amb la declaració de guerra de la potència emergent, els Estats Units d'Amèrica, que després del tèrbol afer del *Maine* van declarar la guerra a Espanya. La Marina nord-americana va escombrar l'Armada espanyola. Un dels articles estava encapçalat per la famosa frase «*Más vale honra sin barcos... que barcos sin honra*», de l'almirall Casto Méndez Núñez durant la guerra d'Espanya al Pacífic.

Per a mossèn Cinto, l'any 1898, l'any del total ensorrament de l'imperi espanyol amb la pèrdua de les darreres colònies d'ultramar, tenia una altra significació especial.

L'any anterior, el 1897, havia iniciat una segona tanda d'articles de *En defensa pròpia*, concretament en faltaven sortir dos a la premsa barcelonina quan va decidir fer un segon viatge a Madrid amb donya Desidèria, per buscar aliats, algú que pogués desencallar el seu conflicte amb el bisbe Morgades, entossudit a no tornar-li les llicències per dir missa. Donya Desidèria, que sempre es vantava de provenir d'una família noble i de tractar-se amb la gent principal de Madrid, en aquella ocasió va demostrar-ho parlant amb el marquès de Retortillo, que li aconsellà que es traslladés a la capital i li va prometre que faria tot el que pogués. El poeta i la vídua van recollir els patracols i els pocs diners de què disposaven, van arribar a Madrid i es van instal·lar en una pensió humil.

L'hivern de 1897 era molt humit i fred. Donya Desidèria va sortir malalta de Barcelona, on deixà la Merceditas i en Manolito a càrrec de la germana gran, l'Amparo. Va ser un comiat a l'estació de tren ple de llàgrimes i mals pressentiments. La mare abraçà els fills amb llàgrimes als ulls, com si ja no els hagués de tornar a veure mai més.

Al cap de pocs dies d'arribar a Madrid, l'estat de la vídua empitjorà. Ja no sortia de la pensió, ni s'alçava del llit. El marquès de Retortillo li va enviar un metge. L'escena fou molt trista, el poeta estava dret esperant el metge i aquest no va dir ni paraula, amb la cara llarga, simplement va negar amb el cap, no hi havia res a fer. A l'estat de desesperació de mossèn Cinto, que l'havia embarcat en aquell segon viatge a Madrid, sense diners i amb un refredat a sobre, ara s'hi va afegir la mort de la vídua. El poeta es trobà sol, desemparat, sense ningú... «Ha mort lluny dels seus fills, de la seva petita Mercedes, la nineta dels seus ulls... Què els diré, als seus fills orfes? Què faré? Qui em defensarà? Qui em donarà ànims...? Que Déu la tingui a la glòria».

Encara sort que els amics literats de Madrid, que tant l'admiraven, van anar a la pensió i li van fer costat en aquella hora tràgica i profundament trista: Montero Ríos, Núñez de Arce, Menéndez y Pelayo.

Mossèn Cinto havia vingut amb una missió, aconseguir la llicència per tornar a dir missa. Es va entrevistar amb diferents personalitats eclesiàstiques, com el nunci, i també amb el jove pare Blanco, literat com ell, que coneixia d'haver presidit els Jocs Florals de Barcelona de 1893. Verdaguer també es va entrevistar amb un altre agustí, el pare Miguélez, que admirava profundament la seva obra, els seus versos. Els dos agustins es van posar a la feina. El pare Blanco visità el marquès i li explicà les raons de la seva defensa del poeta. Don Claudi li va mostrar els articles de *En defensa pròpia* i li digué:

—Aquí desaparece el santo y aparece el hombre cargado de pasiones y bilis... Lea, lea, padre Blanco, usted mismo verá por qué no puedo reconciliarme con el poeta...

Per al marquès de Comillas, el pare Verdaguer havia mort. Ja no existia, i per això no va moure mai ni un sol dit per socórrer-lo, tot i saber que el seu antic amic, el seu confessor, el seu antic almoiner estava enfonsat en la més pura misèria. Els disset anys d'amistat al Palau Moja, acompanyant-lo a la Presta, a Comillas, a Caldetes..., no van valdre per a res, un cop d'aire es va endur les últimes fulles de l'arbre de la memòria. La ventada es va emportar per sempre més aquells anys de records de vera amistat. El pare Blanco llegí en silenci alguns dels articles, els més punyents, que li va seleccionar el marquès. No s'ho esperava. Va començar a tenir dubtes, però tampoc no abandonà el poeta, encara que fos només per compassió. El pare Miguélez, que per la seva part també feia gestions, al contrari del pare Blanco, no tingué mai cap dubte respecte a Verdaguer i la seva situació. Confià cegament en ell. Al final aquest agustí es mostrà com el veritable amic, l'àngel de la guarda que necessitava el poeta a Madrid. No solament exercint d'advocat defensor, sinó també com un germà gran i protector. Es treia el mos de pa de la boca per donar-lo al poeta, l'animava contínuament, sortia amb ell a passejar i parlar, i de manera incansable cercava aliats a la jerarquia eclesiàstica per defensar el pobre mossèn Cinto, per tal que li retornessin allò que més estimava: el calze... Poder tornar a consagrar el pa i el vi. Dir missa.

El padre Blanco va fer acudir el poeta al convent dels agustins i el va sotmetre a un tribunal eclesiàstic. Era imprescindible passar per l'adreçador si ell havia de fer d'advocat defensor de la seva causa. Aquell jove capellà de vint-i-set anys, en presència d'altres agustins, el va sotmetre a un dur, llarg, tortuós interrogatori. Un procés voluntari però molt dolorós i una mica pervers, que anava excavant, lentament, fins al fons dels seus sentiments. En alguns moments va portar el poeta al límit. Mossèn Cinto va sentir-se aixafat, humiliat, mil cops vexat... Però s'empassà l'orgull, no tenia més remei que sotmetre's a aquell tràngol. Se l'acusava i se'l tornava a acusar, minant la seva resistència mental, moral, la seva voluntat. Tot ell sucumbia de manera implacable, de tant en tant al mig d'una llarga i recargolada deliberació, escrutat per tots aquells jutges encaputxats que escoltaven impassibles des de la penombra del seu tron, on s'insinuava que el diable intentava governar la seva voluntat a través d'aquelles sessions d'exorcismes. Ell alçava els ulls i tenia la sensació que era la víctima innocent que sucumbia davant del Tribunal de la Santa Inquisició. Sofria i sofria, les preguntes el torturaven, el deixaven extenuat. El portaven a una cel·la de la vora i li donaven pa i aigua, i al cap de dues hores el suplici de l'interrogatori continuava i ell, perdut el sentit del temps, se sentia defallir. El seu cor clamava en el silenci de la seva ànima. Les preguntes, les insinuacions, s'obrien pas com un bisturí, endins de la seva ànima. Per fi, el penós procés es va tancar i els jutges es retiraren a deliberar. El poeta havia d'esperar el veredicte a la pensió, un veredicte que mai acabava d'arribar.

El doctor Cos, arquebisbe de Madrid, també va fer esforços per la causa de Verdaguer. Però tot s'esdevenia amb una lentitud exasperant. Josep Morgades, assabentat de la mort de donya Desidèria, fou pressionat perquè trobés una solució, amb l'argument que sense la vídua

Duran, que per al bisbe de Vic era la causant de la perdició del poeta, mossèn Cinto podria ser rehabilitat. Però aquí es va mostrar un cop més el veritable rostre del prelat. El doctor Morgades va respondre amb aquesta carta al doctor Cos:

«*Pero ni con la muerte de la fulana, tengo confiança en él. Está tan pagado de su valer y de su gloria y le va tan bien poder compararse con los grandes hombres perseguidos, y hasta con el mismo Jesucristo, que a esto lo sacrifica todo, y si manifiesta deseos de decir misa, no es más que para darse aires de triunfador*».

Així estaven les coses d'enverinades. El doctor Morgades no volia afluixar de cap de les maneres, volia arrossegar-lo pel fang, vexar-lo, arruïnar-lo completament. Aquesta era també l'opinió de Jaume Collell, el seu antic amic, i també del marquès i dels dos parents, mossèn Joan Guell i el jove i triomfador Narcís Verdaguer Callís, que es mostrava encara més virulent contra el seu cosí, aquell que l'acollí a Barcelona.

Les gestions del doctor Cos, i especialment del pare Miguélez, no paraven. El poeta, molts d'aquells dies de cru hivern a l'altiplà castellà, no sortia de la pensió, pensava en la dita de la plana. «Nou mesos d'hivern i tres d'infern!». A fe de Déu que l'hivern se li barrejava amb l'infern. L'única cosa que aconseguia distreure'l una mica era escriure. Treballava en el seu gran poema sobre santa Eulàlia, era l'única cosa que li plaïa i hi trobava un xic de consol. I així arribà aquell trist Nadal. El pare Miguélez, l'únic que el visitava i no defallia, el va trobar fent les maletes.

—Me'n vaig a Barcelona. Sí! Hi estic decidit... Demanaré caritat per les Rambles! Ja es veu prou que no hi ha res a fer!

—Què diu, pare Verdaguer? Assossegui's, tingui confiança, no perdi la fe, ja veurà com al final acabarem trobant la solució.

Finalment, aconseguí treure-li del cap la idea, però el poeta estava neguitós, inquiet, es veia en un carreró sense sortida.

El pare Blanco el va cridar. Encara no hi havia veredicte. Hi hauria una segona tanda d'interrogatoris al convent dels Agustins. Aquell tribunal va tornar a insistir sobre els mateixos punts, però aquest cop eren més punyents, anaven més endins i eren més enverinats. Va anar tocant punt per punt i per separat tots els aspectes del cas. Se l'interrogà sobre la família Duran, aprofundint en les relacions, en totes les calúmnies que es van dir, en tot... El poeta suava sang, a cada pregunta, intentant demostrar la seva innocència. Llavors, una vegada aclarit aquest terme, se li preguntà si considerava que en aquell moment, morta donya Desidèria, ell quedaria lliure de la família. Mossèn Cinto s'indignà de valent i exclamà:

—Suposo que ara, morta la mare, no deuen voler vostès que abandoni els orfes! On és la caritat cristiana?

Es va deixar aquest tema de banda i el tribunal passà a un altre. Van preguntar-li sobre les calúmnies que s'havien dit contra ell respecte al fet que s'enriquia amb les almoines del marquès. En aquest punt el poeta, pobre i sense un ral, carregat de deutes, demostrà que tot eren mentides. Però aquella tensió, aquella pressió, de vegades el feia dubtar, el feia trontollar, si bé al final el poeta se'n sortia. De la mateixa manera, convencé el jurat de la seva innocència d'aquella absurda acusació de voler fundar una secta espiritista. Mossèn Cinto en algun moment del seu interrogatori va estar a punt de revelar el missatge secret, el vaticini de la seva mare. Va haver de lluitar molt, posant a prova la seva resistència mental, moral i física, però la seva vida penjava d'un fil; si ho revelava, la balança es decantaria i potser ja no hi hauria res a fer i acabaria tancat. Al final, va treure forces d'on no en tenia i amb un darrer esforç suprem aconseguí mantenir el secret... «Gràcies, mare...», es va dir en silenci.

Les sessions eren llargues, penoses, i aquell jove pare Blanco el feria contínuament fent de fiscal, furgava al fons de la seva ànima, buscava una vacil·lació, el dubte, i aleshores tornava com un furó, amb el morro tornava a entrar dins la polpa dels sentiments, aprofundint en la ferida, i mossèn Cinto al final contestava tot exaltat:

—No, no i no... Vaig vèncer el diable una i mil vegades. No, senyors! Jo no sóc fra Garí... No! Mai vaig tenir desig carnal ni mals pensaments respecte a donya Desidèria i la seva pobra filla Amparo! Mai! Aquests rumors em van fer molt de mal, em van doldre molt. Tot calúmnies i mentides! Em nego a acceptar que diguin això de mi.

Mossèn Cinto, de genolls a terra, amb els braços en creu i amb llàgrimes als ulls defensava la seva innocència. Després, es va passar al tema de la relació amb María Gayón, la marquesa. El poeta estava ja al límit, sense forces, defensant-se contra aquelles terribles acusacions de voler conquistar els favors de la marquesa, d'estar enamorat en secret d'ella, de tenir-la dominada i intentar tenir-hi relacions carnals. Passant per l'acusació del jesuïta pare Governa, quan un dia al palau li va dir: «Per què vol separar la marquesa de don Claudi?».

—No, no i mil vegades no!! Calúmnies! Calúmnies! Tinc la carta de la marquesa, tinguin, llegeixin, va sortir publicada també en un dels articles de, de... *En defensa pròpia*... Tinguin —féu amb la mà tremolosa, esfereït, cridant fins que es va cansar, davant del silenci immutable dels fiscals i del tribunal, situat en unes butaques de fusta fosca molt altes, amb les siluetes amagades a la penombra que l'escrutaven en silenci.

I finalment es va arribar al punt delicat, la fórmula de la retracció pública. El fiscal, el pare Blanco, després d'un llarguíssim silenci que acabà per desfer els nervis del poeta, amb veu pausada va dir:

—De quina manera pensa vostè suplicar al bisbe Josep Morgades el perdó i la devolució de les llicències?

El poeta no volia de cap manera demanar perdó. No volia acceptar la culpabilitat d'una cosa, un delicte que mai va cometre, que no havia fet. Allí davant d'aquell tribunal havia obert la seva ànima, cada racó al descobert. Però era ell el que havia estat injustament apartat del ministeri. Trepitjat i humiliat sense compassió. Era ell el que havia estat condemnat a la pura misèria pel prelat de Vic, prepotent i orgullós, i també pel marquès, que feia treballar els seus agents a Barcelona i allí on fos per escanyar-lo encara més. Era ell el que havia estat calumniat públicament, perquè havien fet córrer falsos rumors per Barcelona. Era ell el que havia hagut de suportar aquells dictàmens dels metges pagats pel marquès i el bisbe que el diagnosticaven com a boig i publicaven aquells informes a la premsa. No podia fer el que li demanava el tribunal. Allò era impossible. El bisbe havia contribuït a difamar-lo escampant falses acusacions contra ell. Era el bisbe el que volia empresonar-lo per a tota la vida en un manicomi, era el bisbe el que utilitzant les seves influències l'havia fet empresonar per la policia a Barcelona. El pare Blanco, descoratjat, li va preguntar:

—Aleshores què vol fer?

La situació estava encallada, el pare Blanco començava a perdre la paciència. Eren en un punt mort. No s'avançava ni es retrocedia. Verdaguer demanà parlar amb ell en privat. El tribunal esperava impassible. Mossèn Cinto li pregà, suplicà al pare Blanco que no l'abandonés, que si ell el deixava, ja mai més no tindria esperances de la missa nova, i finalment li va dir:

—Està bé, escrigui al bisbe Morgades, digui-li que vull dir missa, no hi haurà més cartes a la premsa, faré bondat, em dedicaré a escriure poesia religiosa, viuré en pau.

—Tot això està molt bé, però cal retractar-se públicament, demanar perdó. Això és preceptiu, vostè ho sap.

Havia d'humiliar-se públicament, havia de rebaixar-se, despullar-se de tot, de la roba material i també de l'espiritual, havia de perdre tot rastre d'orgull, el criteri, el sentit de la justícia, la raó, el perdó, la commiseració, el penediment. L'acte que se li demanava anava més endins de tot això. Ho havia de perdre tot, i convertir-se en un no-ningú, esborrar la seva memòria, fer taula rasa, fins i tot havia de perdre la més mínima dignitat, havia de transformar-se en una bavosa fosca i llefiscosa, perquè el peu del bisbe, la sabata de pell lluent, l'aixafés públicament. L'esclafés com un escarabat. Així estaven les coses si volia dir la missa nova.

El pare Blanco reiterà una vegada més:

—Així què fem? Accepta les condicions?

L'endemà el tribunal es va reunir de nou. Li van llegir el document. Mossèn Cinto tremolava, no estava decidit del tot, lluitava encara, com el condemnat per bruixeria, torturat i sense forces, que al final signaria el que fos perquè el deixessin morir en pau.

—No, no, no puc signar això que em demanen... El bisbe em tancarà al manicomi! Al manicomi! No em poden lliurar a les seves mans. Almenys he de tenir unes mínimes condicions. Seria com deixar un corder a la boca del llop. Que no se n'adonen?

El pare Blanco va redactar un nou document. El poeta esperà i al cap d'una estona, quan se li presentà i el va llegir, mossèn Cinto exclamà:

—Jo no signo això, mai, mai... No puc fer-ho, seria reconèixer que jo sóc el culpable! No! Em nego a signar això!

—Ja veurà el que fa, mossèn Cinto, jo em retiro, estic cansat... He fet tot el que he pogut.

El superior de l'orde que formava part del tribunal va demanar al pare Blanco que no abandonés, encara no. Llavors es va procedir a llegir la carta en veu alta. Es van encendre tots els llums de la sala, les llànties que penjaven del sostre, i també altres monjos van portar canelobres repartits per tota aquella cambra, que passà de ser un lloc tètric a un espai lluminós. Quan es van quedar sols, el pare Blanco va començar a llegir. Tots els membres del jurat estaven callats, assentint en silenci, creant un clima favorable. Mentrestant Verdaguer es revoltava, negava, suava sang. El poeta negava amb el cap, la seva lluita interior era terrible. Aquelles sessions, aquells llargs interrogatoris, el deixaven extenuat. Però en aquell moment tenia la sensació que es lliurava la batalla final, el seu cor, els sentiments, les emocions, tot ell vibrava, lluitava i lluitava, es resistia encara a passar per la forca.

El pare Blanco i Verdaguer encara parlaren en privat un altre cop. Mossèn Cinto amb llàgrimes als ulls li pregà:

—Com volen que em consideri culpable d'un delicte que no he comès?

Li suplicà que no l'abandonés, que no tenia res, que es veia en la més pura necessitat, carregat de deutes. A Barcelona no trobava ja amics que el volguessin ajudar, i els que ho volien fer eren amenaçats pels esbirros dels poderosos, que tancaven el cercle cada cop més i més. Ningú no pot socórrer el poeta, el capellà que ha gosat rebel·lar-se contra la jerarquia religiosa i contra el poderós marquès de Comillas. El pare Blanco fou implacable:

—Haurà de signar la retracció, sigui com sigui, o jo abandono definitivament.

El poeta, venut, humiliat, sagnant per totes bandes, se sentí vençut, i després d'aquella dura batalla de desgast va accedir a signar aquesta carta de retracció.

Mi venerado señor Obispo: A impulso de la gratitud y del afecto filial, actuando a V.E. para protestar de mi adhesión a su persona y a sus preceptos, y para manifestarle que solo a su bondad fío el remedio de la situación en que me han colocado una serie de circunstancias lamentable.

Ocioso creo recordar la historia de sucesos harto conocidos por desgracia, y cuyo aspecto más triste para mí es el que algunos me consideren como rebelde a las órdenes de mi Prelado. Con toda la energía de mi alma declaro que no he tenido intención de agraviar a V.E. ni de perjudicar en lo más mínimo a la Santa Iglesia, por cuyas divinas enseñanzas estoy dispuesto a derramar hasta la última gota de mi sangre.

Dios nuestro Señor se dignó favorecerme con una cruz, de la que no he sabido sacar todo el provecho espiritual que debía, y por ello pido perdón a su divina Majestad, que seguramente no ha de negármelo. También espero que el espíritu magnánimo de V.E., que tantas proezas ha realizado con universal admiración, manifestara, una vez más, su caridad sin límites para quien de ellas necesita y es de V.E. afectísimo súbdito y q.b.v.e.p.

Jacinto Verdaguer, Pbro.

Però la cosa encara no s'havia acabat. El calvari tot just en aquell moment semblava que tornava a començar. A partir d'aquí s'inicià un intens carteig, d'anada a Vic i de tornada a Madrid, amb intervenció d'autoritats eclesiàstiques, l'arquebisbe Cos, el prelat de Salamanca, la insistent i tenaç voluntat del pare Miguélez, incansable. Però Josep Morgades encara s'hi resistia, no en tenia prou... Què volia? Fins on volia humiliar-lo? El doctor Morgades volia esprémer fins a la darrera gota de sang d'aquella ànima turmentada, volia deixar-lo sense alè, vexat públicament fins a un extrem que ja fregava l'obsessió de la venjança. La lentitud amb què transcorrien els esdeveniments per al poeta va significar una nova mena de tortura que no el deixava dormir a les nits i es passava el dia neguitós d'una banda a l'altra preguntant si hi havia novetats.

Mossèn Cinto rebia a Madrid cartes d'alguns amics de Catalunya. En una d'aquelles lletres, l'amic Viada i Lluc li deia que el seu cosí Joan Güell s'havia comprat una casa a Vic, al carrer de Sant Hipòlit. Ell s'afonava en la misèria i l'almoiner del marquès prosperava i gaudia d'una posició econòmica i social envejable. Qui ho havia de dir?

Finalment, després de mil cartes, d'innombrables intervencions, de paraules i més paraules que formaven part del procés que mai acabava, al final del túnel es va veure una guspira de llum i s'acceptà la retracció. Immediatament fou enviada als diaris, però la premsa no va voler publicar-la. Només la publicà el butlletí oficial eclesiàstic. Des de Vic s'envià a Madrid la tramesa del certificat per concedir noves llicències a mossèn Cinto Verdaguer. El doctor Cos va ser l'encarregat d'aquesta recepció, l'encarregat de lliurar-la al poeta. Però juntament amb la llicència per a la missa nova hi anava adjunta una duríssima carta de Josep Morgades que, tot i que accedí a tornar la llicència al poeta rebel, no afluixava en els seus propòsits inicials.

«*[...] y le ruego encarecidamente que antes procure una buena confesión y absolución de cualquier censura en que haya podido incurrir. Le advertirá también que se le entrega el permiso a condición de que estará obediente a mis órdenes sobre todo en materia de fijar su residencia y condición de ella y que sin esta promesa no puede ser rehabilitado. Sería necesario que Mosén Verdaguer, a lo menos por de pronto, no viviese en compañía de la familia con quien vive... Ya se irá convenciendo de que nadie quiere a Mosén Verdaguer más que yo*».

En presència del pare Miguélez, se li va llegir la carta. El poeta es va esverar, es va posar a cridar. Es va aixecar de la reunió enfurismat, alçant les mans al cel i cridant:

—I per això m'han retingut a Madrid amb promeses i esperances? Aquesta és la caritat de l'Evangeli? No! Em nego rotundament al que demanen. Com he d'abandonar tres orfes? Com? Aquesta és la caritat cristiana? Que ell em vol fixar la residència? Que no veuen que no vol baixar del burro? El bisbe vol ficar-me al manicomi, sigui com sigui!

L'arquebisbe deixà sols el pare Miguélez i mossèn Cinto, que encara s'esbravava. El pare Miguélez, amb paciència, intentà tranquil·litzar-lo:

—Mossèn Cinto, assossegui's, ja té la llicència per dir missa, ha sortit publicada la seva retracció pública, tots els requisits legals s'han complert, el tribunal ja està satisfet... No faci cas, mossèn Cinto. El bisbe Jaume Català també ha dit que es pot fer càrrec de vostè a la seva diòcesi de Barcelona i li dóna una ocupació, una parròquia que ha quedat vacant... Vostè digui missa i després el bisbe Morgades no gosarà tornar-li a retirar les llicències. Això és més que impossible! Ara hem de treballar amb astúcia, ja té el que volia vostè, que no ho veu?, ara ja pot dir missa...

—Però el bisbe de Vic m'obligarà a anar al manicomi! Ho diu molt clar a la carta, és ell el que em destinarà a...

—No, no... Això ja està pactat, vostè anirà a Barcelona, el bisbe Jaume Català li dóna una col·locació. El doctor Morgades no li retirarà per segona vegada la llicència... Posaria en una situació molt delicada el mateix tribunal, el cas saltaria a instàncies superiors. La cúria romana. Un escàndol damunt d'un altre escàndol! No crec que gosi fer res. Que no se n'adona? —féu el pare Miguélez amb mirada astuta, somrient confiat.

L'arquebisbe va tornar a entrar a la cambra i sense perdre mai la paciència va preguntar si havien trobat una solució. El pare Miguélez li ho explicà tot. El doctor s'adonà de l'argúcia, somrigué... I tot seguit redacta la carta al bisbe Morgades passant de puntetes pels punts conflictius. Verdaguer llegeix i li fa rectificar un paràgraf. Llavors l'arquebisbe escriu una altra carta dirigida a mossèn Cinto on li lliura l'èxeat del tribunal, és a dir la llicència per dir missa, dóna la carta al poeta en mà, allí mateix, i envia l'altra per correu normal. Tot està fet de manera innocent, sense cap mala intenció. Les dues cartes surten al mateix moment, però Verdaguer la rep en mà, aquesta era la diferència. I quan Morgades rebria la resposta, mossèn Cinto ja hauria dit la primera missa. I la notícia correria com el foc per tot Espanya, ja seria un fet consumat i el bisbe no podria reaccionar encara que volgués o es posaria en una situació en fals... La partida s'havia guanyat, encara que a un preu molt alt. El poeta signà conforme havia rebut la carta, i la cosa quedava resolta. Josep Català li atorgava la humil parròquia de Betlem, tot just davant del Palau Moja, on ell havia exercit de capellà àulic disset anys.

El dia 13 de febrer de 1898, festivitat de Santa Eulalia, mossèn Cinto celebrà la seva missa nova al convent dels Agustins, a l'oratori del Sant Esperit. El pare Miguélez li féu d'escolanet. Ell havia volgut celebrar-la a

Montserrat, però no va poder ser, tot i que ja tenia ganes de marxar per pujar a la santa muntanya i visitar la verge moreneta, donar-li les gràcies de cor i oferir-li tot el sacrifici, la seva vida i la seva mort. El pla era aquest, ell havia de dir missa a Madrid abans que el bisbe Josep Morgades rebés la carta de confirmació del doctor Cos. I el fet ja seria consumat. El poeta, que veia sempre en tots els esdeveniments de la seva vida la mà de la providència, s'alegrà que fos el dia de Santa Eulalia, perquè precisament aquest era el títol del seu nou poemari, el que estava treballant i que publicaria segurament en els propers mesos.

Havia estat molt dolorós per a ell no poder celebrar la santa missa durant aquells anys. Ara ja podia oficiar, ja podia consagrar el pa i el vi, el cos de Crist. Això l'omplia de felicitat, renovava les seves forces, però el preu de tot aquell procés va ser terrible, va perdre els amics de tota la vida i també els parents.

Però mossèn Cinto havia de perdonar, resava per tots ells en silenci. Resava per Judes. Havia estat una peça necessària del seu martiri, del seu calvari, com també ho fou el Judes apòstol de Crist. Sense Judes, sense les trenta monedes, no hi hauria Passió, ni crucifixió, ni redempció, per tant Judes, la traïció també formava part del pla de Déu.

El Judes de mossèn Cinto havia estat el seu cosí Joan Güell. I ara que el poeta tornava a respirar, ara es compadia de l'almoiner del marquès, per la seva mesquinesa. En el fons era també un ésser humà, un germà, i ell l'havia de perdonar i se l'havia d'estimar. Sant Francesc, el seu sant predilecte, estimava el sol, la lluna, la boira i els animals, també les feres rabioses o les rates... I el seu cosí era una rata. La pitjor espècie! Una rata de claveguera, sí... Però tots eren criatures de Déu que mereixien l'amor i el perdó. Aquell cosí es va comportar com un veritable Judes, i ell va acabar perdonant-lo, i fins i tot el va acceptar novament, tot i saber que ara mossèn Joan tenia una bona posició econòmica i social i en canvi ell estava en la més completa misèria. I mossèn Joan Güell el visitava al pis del carrer Aragó, com si no hagués passat res.

En canvi, a l'altre cosí que també se li girà en contra, Narcís Verdaguer i Callís, li costava més. Era orgullós, intel·ligent, culte, tenia un brot de supèrbia; a més, en Narcís el va trair d'una manera diferent. Mossèn Joan Güell era el Judes primari, visceral, era una peça del seu propi calvari personal, formava part d'aquella part de predestinació que emanava de la providència, i el perdonava per això. En canvi, la traïció del cosí Narcís era un acte voluntari, premeditat, no formava part del seu calvari, sinó que s'hi va afegir, el va trair en la forma més vil. El poeta, quan fou apartat de la casa del marquès i va anar al santuari de la Gleva, ho confià tot a en Narcís, fins i tot la seva biblioteca. Ell havia de ser el valedor a Barcelona davant la gran injustícia que se li estava fent. En Narcís havia de ser el seu advocat defensor davant de don Claudi, i també davant del seu superior jeràrquic, el totpoderós bisbe Morgades. Però el cosí, per alguna raó desconeguda, es va passar al bàndol dels poderosos i d'advocat defensor es va transformar en fiscal en cap, i també l'acusà públicament de bogeria. Ell també formà part de tota la trama que es va ordir al seu entorn, era un membre destacat de la conjura. També volia fer creure al món, a tot Barcelona, que mossèn Cinto Verdaguer estava boig, que no es podia valdre per si mateix i s'hauria de tancar al manicomi.

Però ja s'acostava el dia que hauria de perdonar-los a tots, fins i tot a en Narcís, el cosí que ell va acollir a casa seva, el cosí que va fer teixir la cinta amb les quatre barres que penjava de la corona de llorer que el bisbe Morgades li va encastar al cap a Ripoll el dia que el va coronar príncep dels poetes. Fins i tot hauria de perdonar l'amic de l'ànima, Jaume Collell... Ell també se li girà en contra i això li va doldre molt, molt.

CAPÍTOL XXXVII

La notícia que portaven mossèn Cinto malalt a vil·la Joana, al cor de la muntanya de Collserola, va córrer com el foc per la ciutat de Barcelona i per tot Catalunya. L'automòbil que duia el poeta encara no havia arribat al seu destí i ja era de domini públic, anava en boca de tothom... A les tertúlies, places, fires i carrers de totes les ciutat i pobles no es parlava d'altra cosa.

—Porten Mossèn Cinto a Collserola!

—Sí, el porten a vil·la Joana, la residència dels Miralles, l'alcalde...

—El senyor Ramon és molt amic del mossèn.

—L'haurien de fer sant, mossèn Cinto!

—Ui, això mai de la vida, es va rebel·lar contra el bisbe de Vic, la jerarquia religiosa... Pobre, primer el van elevar dalt de tot i després el van rebutjar com si fos un gos...

—Ni el marquès de Comillas ni el bisbe Morgades li van perdonar mai que gosés enfrontar-se amb ells. El van tractar com a un empestat!

—Resem per ell...

—Sí, em sembla que el porten a morir... Segons he sentit dir a Barcelona.

—Tan greu està?

—Es veu que sí... La pesta blanca.

—Tuberculosi.

—Però no ho entenc, si està tan greu i ja no hi ha res a fer com es comenta... Per què el porten aquí, a vil·la Joana, un lloc apartat de Barcelona? És sospitós, no creieu?

—No m'estranyaria que el marquès de Comillas i algun prelat volguessin torturar el pobre moribund fins al darrer moment de la seva vida; encara busquen una retracció pública vexatòria i humiliant que el poeta mai no va voler signar.

—Vols dir?

—I tant que vull dir... No trobeu estrany que el portin aquí, a un lloc apartat, amagat entre obagues...?

—Jo crec que no, més aviat m'atreveixo a pensar que són els altres, els d'esquerres, els que l'han dut aquí... Joan Moles, l'advocat, i també el científic Turró. Els republicans. Diuen que són francmaçons i que volen aconseguir del poeta tots els documents que té, els quaderns d'exorcismes... I que faci una declaració última contra l'Església.

—No ho entenc, fins aquí arriba la vilesa humana? Un capellà pobre com una rata... que va ser almoiner del marquès de Comillas però que una mica més i buida la bossa de don López per donar-ho als pobres de Barcelona? Un mossèn que acabà demanant caritat per les Rambles... Què volen més?

—Hi ha els papers, els drets d'autor, en diuen, i per això es barallaran fins a l'últim moment...

—La família... Té una germana que pel que es veu sembla un caporal dels Mossos d'Esquadra, és esquerpa i malfiada, i no el vol deixar sol ni un instant, perquè no faci testament en favor de l'altra família.

—L'altra família?

—Sí, que no ho saps? Ell, els darrers anys, vivia amb la família Duran.

—Sigui com sigui, em fa molta pena mossèn Cinto... Pobre capellà, l'han de fer sofrir fins al darrer moment de la seva vida. I el pitjor de tots es veu que és el seu cosí, mossèn Güell, que li va prendre la feina d'almoiner al Palau Moja i ara diuen que està obsessionat que els francmaçons volen enredar mossèn Cinto abans de morir.

Aquestes converses i els rumors van escampar-se per Barcelona i com una taca d'oli es van estendre ràpidament per tot Catalunya, i tothom estava pendent de la salut del mossèn. Tothom sospirava per ell, resava, especialment la gent humil, els obrers de Barcelona, les famílies que havia ajudat sense preguntar-los si eren d'esquerres o de dretes, si eren creients o anarquistes o comunistes, perquè la caritat, ajudar els pobres de la ciutat, era la seva missió a la terra i mossèn Cinto la va complir fins que els poderosos el van segrestar, el van apartar i perseguir. Perquè aquell capellà poeta era tot un escàndol, un escarni públic.

Mossèn Cinto ja era un mite vivent per als centenars de milers de feligresos de les parròquies escampades pels països catalans que cantaven els goigs dels seus patrons, els càntics religiosos, les cançons populars com *La barre-*

tina, *L'emigrant* o el *Virolai*..., que ell havia compost en aquella obra immensa que va conrear durant tants anys. Tot Catalunya en ple, cada cor del Principat, del Rosselló, València o Mallorca bategava per ell, compassat amb algun dels seus versos, amb l'alenada del viatger amb la maleta i el paraigua sota l'aixella, incansable, pujant als cims més alts, les ermites.

L'havien portat a Vallvidrera a morir i tot Catalunya ho sabia i agonitzava una mica amb ell, tot un món, una època de renaixença. En tots els racons del Principat hi havia algú que sospirava perquè el cantor del poble català resistís, no es deixés portar per les ales de la mort blanca que se'l volia endur per sempre més. Hi havia un sentiment general de tristesa, mossèn Cinto era per a tots els catalans com algú de la família, un parent, un oncle bondadós que ho havia donat tot, un tros de pa que només feia favors i al final havia acabat pobre i humil, perseguit pels poderosos, però content i feliç, component versos, com un rossinyol que canta sense importar-li si el que escolta és ric o pobre, poderós o humil. Un rossinyol que canta a la vida... I ara la gran família catalana esperava el desenllaç amb aquell sentiment de profunda tristor. Jacint Verdaguer, aquell jove fadrí de muntanya, havia aconseguit el miracle de tornar al poble la veu, la llengua perduda, el numen de la pàtria, aquella llengua que restava en la més completa decadència, la llengua que havia estat arraconada i menyspreada, considerada com una forma d'expressió en plena dissolució, en decadència i contaminada per altres idiomes, una llengua en vies d'extinció que mossèn Cinto va elevar un altre cop, li va donar vida. Ell era el geni de l'idioma encarnat en la seva veu poètica. En tots aquells mots, que semblaven joiells màgics, antiquíssims, que restaven colgats a les veus dels pagesos, els pastors, perduts a les muntanyes i a les llegendes de l'antigor. La inspiració d'un artista, el seu numen, només en casos molt excepcionals coincideix també amb la inspiració de tot un poble. Mossèn Cinto Verdaguer era el numen de la pàtria. En ell, en mossèn Cinto Verdaguer, va produir-se aquesta fusió, aquest miracle inaudit, i era per aquest motiu que tot Catalunya no volia quedar-se òrfena de la veu poètica que havia tornat a dignificar la llengua, l'esperit del poble català.

Passant pel poble de Vallvidrera, grupets de gent que acabaven de saber la notícia esperaven a la vora del camí. El poeta estava despert i els va veure i va somriure complagut. Una munió de xiquets petits en veure el cotxe es van posar a córrer darrere. La gent saludava amb la mà. Un grup gairebé als afores del poble comentava animadament:

—És mossèn Cinto, està molt malalt.

—El porten a vil·la Joana...

L'automòbil va passar pel santuari de la Mare de Déu de Vallvidrera. Mossèn Cinto va contemplar el paisatge. A dalt de tot hi havia la vil·la Joana. En destacava la torra esvelta i la gran galeria oberta a la immensa obaga de pi verd i resplendent aquell migdia lluminós del mes de juny. Vil·la Joana, la seva residència, es veia allà dalt a la cresta d'un turó. Va voler que deturessin el vehicle.

—Si us plau, doctor Falp, voldria parar un moment al santuari.

L'auto es va deturar i mossèn Cinto, acompanyat

sempre d'en Josep, que ja era la seva crossa, com el pigall d'un vell cec que demana almoina pels carrers. El poeta va entrar dins l'ermita, es va postrar de genolls i va recordar la seva darrera composició, aquells goigs dedicats a la Verge Maria de Vallvidrera, una composició que havia lliurat tot just feia un mes, i de la qual encara tenia algunes estrofes vives a la memòria:

Lliri blanc i rosa vera
del jardí del Criador,
Maria de Vallvidrera,
embalsamau nostre cor.
[...]
Del Tibidabo en l'altura
vos somriu lo Sagrat Cor,
com al veure-la tan pura
somriu l'estrella a la flor.

En sortir del santuari, va mirar el cel i es va girar en direcció sur. Al davant hi havia una serralada de muntanyes que tapaven Montserrat, i en aquest moment va recordar una altra estrofa dels goigs...

Montserrat a l'altra banda,
com joiell de vostre amor,
de sa imatge veneranda
li ensenya lo soli d'or.

El poeta es començava a familiaritzar amb aquell paisatge, que seria el que l'acompanyaria aquells dies fins que «Déu vulgui», aquest era el comentari que en els darrers temps sempre sovintejava als llavis de mossèn Cinto. Era una mostra ja de la resignació, de l'acceptació dels esdeveniments amb la voluntat de no violentar res, de deixar-se emportar avall, com una fulla que cau de l'arbre durant la tardor. Fins que... «Déu vulgui».

Aquest estat de resignació, però, va penetrar dins la seva ànima gairebé a partir del moment que va dir la missa nova. A partir de la seva primera consagració del cos i de la sang de Crist va començar a cedir, la llàntia se li va anar apagant lentament. No va ser de cop, va ser de mica en mica, a mesura que se li anaven escolant les forces.

Va reconciliar-se amb el bisbe Josep Morgades, que després de la mort de Jaume Català es va convertir en bisbe de Barcelona, per molt poc temps. Verdaguer el va anar a visitar expressament a Sant Hilari Sacalm. Va ser un moment emotiu, Morgades i mossèn Cinto, els dos pagesos de la plana de Vic, dos homes que havien estat enemics mortals, es van abraçar amb llàgrimes als ulls.

Després tot continuà igual en la vida del poeta, perseguit pels creditors, passant fam, misèria. Tot i que el bisbe va tenir algun gest benèvol, aportant alguns diners quan els creditors més virulents el van assaltar. A més, en aquesta nova etapa de la vida, en Manolito, el fill petit de donya Desidèria, es va transformar en un tarambana declarat, un perdut. Mossèn Cinto, que li feia de pare, va haver de demanar diners prestats per pagar les malifetes d'aquell noi que, en altre temps, quan era un adolescent, li va fer de veritable àngel de la guarda. Vivien al pis que els va cedir el doctor Turró, al carrer Aragó. Ell anava cada dia a la modesta parròquia de Betlem, just davant del Palau Moja de les Rambles. Però aquell benefici era del tot insuficient i no va tenir cap més remei que anar a demanar auxili al bisbe Josep Morgades. Es va haver d'arrossegar novament, com un cuc. El prelat, compadit per la pobresa del poeta, amb la sotana ratada, el manteu descolorit, sargida per totes bandes, li va donar mil pessetes i li assignà una quantitat periòdica. Però les mil pessetes van anar a parar a saldar deutes d'en Manolito i aquella assignació es fonia al si de la llar, en mans de la Merceditas la geperuda i de l'Amparo, que es va casar amb Amadeu Guri, un obrer intel·ligent, deia mossèn Cinto, però que al final va demostrar ser un altre aprofitat que, sense cap respecte, demanava diners per a mossèn Cinto que anaven a parar a la seva butxaca.

Aquesta era la seva creu, i ell intentava arrossegar-la amb dignitat. Però cada dia trobava més portes tancades, cada dia que passava se li feia mes difícil portar algun diner a casa. Fins i tot els creditors un dia es van presentar a la parròquia de Betlem per embargar-li el benefici, l'únic jornal que tenia. I la seva salut en els darrers temps se'n va ressentir. Ja no era el mossèn Cinto ple de vitalitat que quan enfilava una muntanya no hi havia ningú que l'igualés en força i agilitat. La fortalesa havia minvat i el seu cos també. Molts dies ja no es podia aixecar del llit, i si ho feia, era només per poder recollir les dues pessetes d'un enterrament o d'un altre ofici. La misèria, la pobresa, se'l menjava per totes bandes. Se'l veia caminar sol, trist, encorbat, pel mig de les Rambles, camí de la parròquia de Betlem; de tant en tant s'aturava a tossir. Algú que passava per la vora el reconeixia i deia:

—Mossèn Cinto, es troba bé?...

I ell responia:

—Sí, sí, gràcies, senyora... No és res, aquests refredats.

—Tingui, mossèn Cinto... —feia la dona, plena de llàstima, allargant-li un pa, mitja dotzena d'ous o el que tingués a les mans.

—Déu t'ho pagui, filla, moltes gràcies.

De vegades trucaven a la porta del pis, obrien i no trobaven ningú, a terra un paquet, embolicat amb paper de diari, unes botifarres, unes pomes... La gent humil de Barcelona el socorria, socorria aquell almoiner de la casa Comillas que si arriba a durar més, potser hauria donat pa a tots els pobres de Barcelona. Els humils se'n recordaven i sabien que a les tendes ja no es fiava a mossèn Cinto, sabien que el sastre ja no li volia fer una sotana nova, sabien que ell era el pobre més il·lustre de tot Catalunya, l'home que ho havia donat tot, fins i tot la vida. Era el capellà que es va enfrontar al descobert contra el poder. Les barrinades l'havien castigat durament, sense compassió. Però mossèn Cinto continuava al peu del canó, rebia amics; molts eren artistes com ell i vivien en la més completa misèria. I de tant en tant, enmig de tanta calamitat, al pis del carrer Aragó hi havia una resplendor de llum, com aquella tarda que va rebre el music Amadeu Vives, pobre i sense un ral, i mossèn Cinto plorà d'alegria en escoltar la música que havia compost per als versos de *L'emigrant*, el poema que va escriure, mogut pel pur enyorament, quan era al vaixell de la Transatlàntica. Eren petits esclats de llum enmig de la foscor de la misèria.

Quan el cridaven d'un certamen literari, o per presidir uns jocs florals o qualsevol altre esdeveniment popular, religiós o literari, ell feia mans i mànigues per no defraudar la seva gent i hi acudia, moltes vegades a peu, passant penúries, però per a ell era del tot inexcusable no renunciar a l'escalfor de la gent senzilla que l'admirava, que volia besar-li les mans, tocar-lo, saludar-lo... Allò formava part de la seva vida, d'aquella vida literària que va començar als Jocs Florals de 1865. Feia gairebé cinquanta anys. En els darrers mesos, havia estat a Berga, la Bisbal, Lleida... Malalt, va viatjar fins al Rosselló per assistir a l'enterrament del fidel amic Justí Pepratx; tampoc va faltar a l'homenatge a Barcelona que es tributà a Rubió i Ors, on va fer el discurs. Fins que el cos va dir prou. El doctor Falp, que també era un bon amic seu, un dia li va prohibir aixecar-se del llit, cridà el doctor Robert i confirmaren les sospites, era tuberculosi. La notícia de la malaltia del poeta s'escampà per tot Barcelona i aleshores començaren a arribar al pis cartes, ajudes, de tot...

L'automòbil per fi es va deturar a l'esplanada de la torre, al casal dels Miralles. Els rajos de sol il·luminaven el paratge, aleshores va veure una munió de gent que l'estava esperant davant de la casa. Va reconèixer alguns amics fidels, Joan Moles, el doctor Turró i també altres capellans i amics dels darrers temps. En Josep el va ajudar a baixar del cotxe i el situà tot just davant d'una catifa de ginesta.

—Per molts anys, mossèn Cinto!

Aquella era la rebuda dels amics, era una sorpresa per a ell. Li havien teixit la catifa de ginesta per celebrar el seu aniversari. I ell, amb llàgrimes als ulls, només va tenir coratge per dir:

—Gràcies, amics, moltes gràcies... No m'ho esperava.

El poeta estava cansat. El van instal·lar en una cambra lluminosa del primer pis, espaiosa, i amb un crucifix d'ivori al capçal del llit. Al davant hi tenia la muntanya del Tibidabo. La part posterior de la casa, però, era la que tenia una panoràmica més bella. Hi havia una ampla galeria amb una vista de muntanyes amb boscos frondosos de pins, encarada cap a Montserrat, que es veia allà al lluny, resplendent. El doctor Falp donà instruccions a en Josep perquè li subministrés les medecines a les hores establertes. El metge es va acomiadar de mossèn Cinto, fins l'endemà.

El van despertar veus conegudes, però no va identificar de qui eren. Va obrir els ulls. Per la finestra, hi entrava un doll de claror del matí. Lentament, va anar prenent consciència d'on es trobava. Les veus anaven creixent d'intensitat. En Josep va entrar, portava una safata a la mà, rere seu va entrar l'Amparo, la seva germana Mercedes, que ja estava instal·lada al pis de dalt amb el seu home, en Guri. La noia estava molt amoïnada, no entenia per què aquell malànima, el seu cosí mossèn Güell, a primera hora del matí ja rondava per casa donant instruccions. Havien vingut un dia abans del que havien convingut.

—Qui és ell? Qui és? Què volen, pare Verdaguer? Tinc molta por, li ho dic de veritat, al final aquest cosí seu li farà firmar testament i nosaltres ens quedarem sense res, abandonats.

—No, filla, no ho diguis, això no passarà, ja ho veuràs...

Els primers dies va sentir-se animat, cada tarda volia

que el traguessin a la formidable galeria encarada a Montserrat. En Josep, l'assistent, l'acompanyava, li posava sempre la manta a les cames, perquè, malgrat la bona temperatura que feia aquells darrers dies del mes de maig, mossèn Cinto sempre tenia fred. Volia romandre allí fins que el sol es pongués rere les muntanyes, per xuclar el darrer raig de la tarda. Venien els amics a veure'l i ell xerrava sense parar, parlava sobretot de quan era petit, recordava Folgueroles, el camí de Vic, les apostes amb els amics, els primers versos, es quedava mut, amb la mirada perduda a l'infinit quan havia de parlar dels primers amors, d'aquells cants de caramelles, de la noia del mas de les Heures.

Parlava i parlava sense parar, i els amics l'escoltaven, i finalment ressonava la campana de l'ermita de Santa Maria de Vallvidrera, que des de la galeria es veia allà baix, al fons de la petita vall entre muntanyes, i abans de marxar encara mirava la muntanya de Montserrat, que es veia just al mig del paisatge, entre muntanyes que esclataven amb el color verd dels boscos que desperten a la primavera. Montserrat, ja mig borrós, quan s'alçava l'airet de la posta, d'un blau perla que l'atreia, el cridava des de lluny i ell se n'acomiadava fins l'endemà, i recitava en silenci, cantava el *Virolai*... «Rosa d'abril, morena de la serra, de Montserrat estel...».

Cada dia arribaven periodistes i preguntaven per la salut del poeta. Aquella primera setmana a vil·la Joana, li retornà un alè d'aquelles primaveres meravelloses de la seva joventut que tant havia cantat en els seus versos. Però el corc de la malaltia anava fent el seu camí, cada dia es trobava més malament, es reduïren les visites i moltes tardes ja ni sortia a la galeria. A més, aquests dies es van intensificar a l'entorn del poeta totes aquelles lluites soterrades que havien quedat atenuades per la novetat del canvi de residència. Ara tornaven a esclatar amb més virulència. L'Amparo no vivia, tenia un desfici, estava tot el dia vigilant qui entrava o sortia de la cambra del pare Verdaguer, sospitant que volien prendre-li l'herència. Mossèn Joan Güell també semblava instal·lat a vil·la Joana, no se'n movia, entrava a la cambra del malalt i contínuament el martellejava:

—Ja s'acosta l'hora, mossèn Cinto. Tranquil, no permetrem que la francmaçoneria li faci firmar cap document, això és el que volen. Hem de salvar la seva ànima. Es vol confessar?

—No, no, estic en pau amb Déu...

—Resem, mossèn Cinto, resem.

En Josep no es movia de la cambra i durant les nits vetllava el malalt. Hi havia com una secreta relació entre el poeta i el noi, que tot just sabia escriure i llegir amb dificultat, i malgrat tot en Josep sempre estava pendent en tot moment del poeta.

Un d'aquells dies, amb mossèn Güell arribaren els Mossos d'Esquadra; tenien l'ordre de protegir mossèn Cinto, vigilar les entrades i sortides de vil·la Joana. Mossèn Joan Güell sospitava que hi havia una conspiració francmaçònica per captar el poeta, per fer-li signar algun document contra l'Església, per això els mossos havien vingut. Mossèn Cinto, que ja no es bellugava de la cambra, pregava a la Moreneta, la Verge més estimada, que el seu calvari s'acabés; estava tan cansat de patir... Fins i tot allà, cada dia havia de suportar les baralles entre l'Amparo, la Mercedes, la família, les intrigues del seu Judes particular, el cosí mossèn Joan Güell. Tots al seu voltant només esperaven la seva mort com ocells rapinyaires, esperaven que ell, en aquells darrers moments, els atorgués el favor al testament, que cobejaven, i ell en silenci es deia: «Quin testament? Si no tinc res, sóc pobre, només em queda l'hàbit de sant Francesc, i vull morir portant-lo».

L'Amparo, pressionada pel gandul del seu home, s'esverava i anava a parlar amb mossèn Cinto. El doctor Falp acudia a visitar-lo, com també el doctor Turró i Moles. Aquests imposaven respecte i les lluites a l'entorn del malalt es calmaven. Un dia, mossèn Cinto féu quedar Moles i li va dir que es presentés amb dos sacerdots amics de confiança, Rafael Ballester i Josep Costa.

L'endemà a la tarda, van acudir-hi tots tres. Mossèn Cinto els va rebre a soles, la qual cosa provocà sospites. De l'Amparo, d'una banda, i de mossèn Joan Güell, de l'altra. Sigui com sigui, el poeta va dir a Moles que tragués una gran maleta de sota el llit, aleshores li va assenyalar uns paquets amb documents personals, i també els quaderns d'exorcismes. Era allí el seu gran secret. Gràcies a la seva mare es va salvar, i ara havia de confiar aquells textos a algú de la seva total confiança.

—No vull que tots aquests documents caiguin en mans de gent estranya. Així ja podré descansar en pau. Confio plenament en vostès!

També va dir als capellans amics que amaguessin sota els manteus els papers i els portessin a casa del doctor Turró, que ell ja sabia el que se n'havia de fer. Els capellans van sortir de vil·la Joana sense problemes, tot i que els Mossos d'Esquadra els van revisar de dalt a baix, per instrucció de mossèn Güell, que sospitava alguna cosa. El cosí del poeta va posar en marxa el seu pla, consensuat amb l'altre cosí, Narcís Verdaguer i Callís, i amb el canonge Jaume Collell, que tot i que no es reconcilià mai en vida amb el seu antic amic, estava pendent de la seva malaltia i vigilava tot el que feia mossèn Güell. Així, l'endemà de l'estranya visita de Moles amb els dos capellans, mossèn Joan Güell va entrar dins l'habitació amb el notari Permanyer i dos homes de bona fe i amics del poeta, el senyor Viada i Lluch i el senyor Busquets. L'Amparo va reconèixer el notari Permanyer i va posar el crit al cel.

Estaven tancats a la cambra redactant el testament quan la noia, totalment fora de si, va entrar sense trucar, cridant i insultant mossèn Güell. Mossèn Cinto, tot i que ja no li quedaven forces, hi va posar pau i va exigir que es llegís el testament en presència de l'Amparo. Així es va fer i, quan la noia va veure que no se l'esmentava per res, es va desmaiar. La van treure d'allà i el notari prosseguí, i mossèn Cinto, resignat, va signar i va dir:

—Que sigui el que Déu vulgui.

Mossèn Joan Güell va sortir visiblement content, però inquiet. Estava convençut que la francmaçoneria volia apoderar-se de l'ànima de mossèn Cinto i, amb els papers a la mà, va acomiadar el notari i els testimonis i va parlar amb els mossos.

—Sobretot, que no passi cap desconegut, per molt que digui que és l'amic més íntim del poeta... Ja li queda poc temps de vida i en aquests moments és quan més s'ha de vigilar. Jo procuraré ser aquí. Si ve algú, em vénen a avisar a mi personalment. Recordin que demà vindrà la seva germana Francesca... La poden deixar passar, si jo no hi sóc, ella supervisarà les visites. Entesos?

—A les ordres!

La Francesca, que rebia de feia temps una ajuda de mossèn Güell, venia amb una filla a atendre el malalt, però en realitat a ella només la preocupava l'herència, els drets d'autor, per veure si en podia treure alguna cosa. Només entrar a la cambra del seu germà poeta, fredament i sense preguntar-li com es trobava, li va dir:

—Encomana't a Déu, Cinto, pensa que el diable vetlla. Procura que la teva ànima vagi a l'altre món, cosa que passarà aviat, sense taca.

La batalla entre l'Amparo i la Francesca no es va fer esperar. Al poeta, que sentia les terribles discussions, li queien les llàgrimes i es deia en silenci. «Què he fet per merèixer això, Déu meu?». En Josep, aquell noi humil i servicial, sempre atent i jovial, eixugava les llàgrimes al poeta, que ja no tenia forces ni per a això.

Però mossèn Cinto, que havia fet la promesa de no abandonar mai la família Duran, en privat, i amb gran secret, va dir a l'Amparo que no patís, que ben aviat, amb l'ajuda de Déu, intentaria arreglar-ho tot.

I després entrava a la cambra mossèn Güell i malparlava de Moles i de Turró, deia que eren francmaçons, que volien arrencar-li del llit de mort una declaració contra l'Església i a favor dels ateus.

El dia 5 de juny va demanar els sagraments. Mossèn Cinto va oir missa des del llit, amb la porta de la capella del davant oberta de bat a bat. Estava plenament conscient i va respondre amb veu clara i segura tot el ritual. El cel es va cobrir de núvols, el temps primaveral rutilant va canviar de sobte, semblava compassat amb la gravetat de la malaltia del poeta. El doctor Falp va dir que era qüestió de dies. La notícia va córrer per tot Barcelona. La gent estava pendent dels diaris, de les notícies que arribaven de vil·la Joana, on sempre hi havia una escorta de periodistes a l'entrada, vigilats pels Mossos d'Esquadra. Tot Catalunya vivia amb un sentiment estrany, una barreja de buidor i tristesa per una cosa que estava a punt de passar.

Després de rebre els sagraments, que foren portats en seguici pels camins dels boscos de Vallvidrera, mossèn Cinto, quan començava a fosquejar, mentre la pluja espetegava contra els vidres de la finestra, va parlar amb en Josep. El poeta semblava reviscolat i li va donar instruccions clares i precises. No l'havia de veure ningú. Va dir a en Josep que anés a l'Ajuntament de Barcelona a entregar una nota.

—Josep, agafa paper i escriu el que ara et dictaré...

El noi, amb faltes d'ortografia i molt mala lletra, així ho va fer:

«*Ruego a Vuestra excelencia se sirva de acudir con el concejal Moles y un notario en la mayor brevedad posible, para testar mi voluntad*».

—Entrega aquesta nota a l'alcalde de Barcelona... Digues-ho a l'Amparo, ella t'ajudarà, procura que no et vegin els mossos...

—Així ho faré.

El noi, amb la complicitat de l'Amparo, va saltar el

mur per la part del darrere, va anar a peu, corrents fins al poble de Vallvidrera, i des d'allí agafà el tramvia cap a Barcelona. A dos quarts de deu de la nit, en Josep comunicà la notícia. Ràpidament, l'alcalde de Barcelona amb Moles i també amb el notari Manuel Borràs de Palau i el majordom de l'Ajuntament Llorenç Coma, amb dos carruatges escortats per la guàrdia municipal, van sortir urgentment cap a Vallvidrera. Plovia a bots i barrals, els camins estaven enfangats i van trigar més de dues hores.

Mossèn Cinto tenia la finestra entreoberta i va sentir el rebombori dels carruatges que arribaven. Moles va picar fort a la porta:

—Obriu a l'autoritat!

El mosso de guàrdia, espantat, va obrir. El cap de la Guàrdia Municipal, voltat d'agents, va començar a discutir amb el mosso, mentre el grup va entrar a la casa i van anar directament a la cambra del malalt, que vetllava esperant-los. El notari va redactar un nou testament voluntari, i van signar els testimonis. Va nomenar marmessors el sacerdot Josep Costa, beneficiat de la parròquia de Santa Anna, Ramon Turró, Joan Moles i Rafael Ballester. A ells, feia tan sols uns dies els va lliurar els paquets amb els documents compromesos i els quaderns d'exorcismes, i ara mostrava definitivament qui havien estat els amics fidels dels darrers moments. A ells els va dir que volia que se l'enterrés a Barcelona, en contra del que li havien fet signar a l'altre testament, on el seu cosí mossèn Joan Güell, per evitar qualsevol mostra d'adhesió pública, va estipular que se l'enterrés a Vallvidrera discretament. Fins al darrer moment, aquest cosí del poeta intentà per tots els mitjans enfonsar-lo. Al nou testament, expressió de la seva lliure voluntat, quedava clar que els drets de l'edició de la seva obra monumental, que preparava la Diputació, estaven destinats a cobrir els seus deutes. A l'Amparo li va lliurar la seva llibreria amb l'obligació de transmetre-la als seus fills. De tots els altres béns, inclosos els drets d'autor, l'Amparo també en seria hereva, a parts iguals, i juntament amb la Mercedes, amb l'obligació de lliurar-ne a la seva germana Francesca la cinquena part... Una vegada tot va quedar en ordre, quan l'alba clarejava, el poeta va exclamar:

—Gràcies a Déu.

Els carruatges van marxar de vil·la Joana. Aleshores, la germana Francesca, que es va despertar sobresaltada amb tot l'enrenou de la nit, una vegada tot va quedar en calma, va baixar a la cambra del malalt i li va dir:

—Del que has fet aquesta nit, ja en donaràs comptes a Déu.

L'Amparo, que en aquell moment entrava també a la cambra, es va posar a discutir amb la Francesca. En Josep les va treure totes dues.

—Si us plau, aquí no, aquí no... Respectin el malalt.

—És ella, pare Verdaguer, és una espia de mossèn Güell, el seu malvat cosí.

—Què vols, Amparo? Hi tinc dret, és el meu germà i vull assistir-lo en tot moment en aquest tràngol... Es pot saber què heu fet aquesta nit? Què li heu fet signar?

—Ho veu, pare Verdaguer, ella no hi té cap dret, nosaltres som la seva família...

Les dones cridaven, en Josep intentà calmar-les, però no hi havia res a fer. El poeta, des del llit, mirava amb els ulls ben oberts les dones, feia esforços, respirava forçadament, tossia, es va beure la tisana que li apropà en Josep. El noi el va ajudar a incorporar-se al llit... En aquest moment, entra la Merceditas, la geperuda, i es posa a cridar com una histèrica defensant la seva germana contra la Francesca. En Josep, amb veu tremolosa, va exclamar:

—Tingueu pietat!! Si us plau, voleu fer el favor de calmar-vos... No discutiu més, si us plau, us ho prego. Vergonya us hauria de fer.

Mossèn Cinto, des del llit, va dir:

—No sé per què us desaveniu, a mi m'augmenten els mals.

El doctor Falp, que acabava d'arribar, quan va sentir la discussió en presència del malalt, va entrar a la cambra i les va fer fora:

—Quin espectacle més lamentable! No tenen cap consideració pel pobre malalt... Que no ho veuen, que això l'està fent sofrir més?

Quan mossèn Joan Güell va arribar i parlà amb els mossos i la Francesca es va esgarrifar, amb el malalt que estava a les últimes i sempre voltat per tota aquella gent, va endevinar que al final aquella partida l'havia perdut. Ell havia tingut la seva oportunitat, havia jugat la seva carta, el seu trumfo, però no havia servit de res i a la cara li va aparèixer una expressió amarga, grotesca, de fàstic i d'impotència.

Aquella tarda, després de la pluja, un arc de Sant Martí es va dibuixar sobre la muntanya del Tibidabo. Mossèn Cinto va sentir que havia arribat el moment, però va resar a l'àngel de la mort i li pregà que li concedís unes hores més, fins després del capvespre: volia acomiadar-se de la seva musa, de Montserrat.

Va menjar molt poc, el doctor Falp el va visitar, i també el metge de Vallvidrera, que pujava sovint. Tots dos van coincidir que era ja a les portes de l'agonia. Mossèn Cinto, però, els va demanar que aquella tarda el deixessin sortir a la galeria. Els metges li ho van permetre, ja no hi havia res a fer. El doctor Falp va dir:

—Abrigui's bé, després de la pluja d'aquests dies, ha quedat l'atmosfera freda...

—Gràcies, doctor, no pateixi, en Josep em posarà dues mantes... Vull sortir a veure el capvespre, és la meva il·lusió.

Ben tapat, el van portar a la galeria i el deixaren sol, tal com havia demanat. En Josep el va tapar fins al coll amb una manta gruixuda. El doll de sol de la tarda impregnava el rostre del poeta d'una capa de purpurina daurada. Mossèn Cinto va obrir els ulls. Allà hi havia la muntanya resplendent, Montserrat. Hi encarà la seva meditació, la seva oració, allà dirigia la seva ànima, a la muntanya santa situada al cor de Catalunya. En Josep va sentir com recitava aquests versos, amb veu tremolosa:

Passant per eixes serres
un do us demanaré,
veniu a visitar-me
a l'hora que em moriré.

Aquella tarda, però, el sol adquiria matisos diferents, era d'un color d'or antic, tan evocador, tan meravellós que el poeta lentament va veure com del seu cos, del seu pensament, en fugien els turments, fugia aquella càrrega de sofriment que arrossegava, com una cadena, captiu encara del món, les obligacions, els deutes. De sobte, tot s'elevava al seu entorn, les pedres del terra, les fulles mortes dels arbres, les branques, les gotes d'aigua dels tolls, de la pluja dels darrers dies, tot pujava lentament cap al cel lluminós d'aquella tarda de juny... I tot d'una va veure suspesa al cel de la tarda la imatge de la Moreneta retallada al cel blau. Una llàgrima se li va quedar presa als ulls i, a través d'aquella gota de dolor i d'alegria, va veure un cel encara més lluminós, resplendent, tot brillant al seu entorn. Ja no hi havia res fosc, cap ombra que pogués tapar aquella llum de roses esclatant, unes immenses flors, com un cor que s'obria davant dels seus ulls. Aquell era el cor que encabia totes les ànimes, tots els éssers, totes les coses del món i del firmament estrellat, aquell era el veritable Cor de l'Amor. I aquella llum el tenia com hipnotitzat, no podia deixar de mirar aquella resplendor que de cap manera l'enlluernava, sinó que, ben al contrari, el feia mirar endins del cel, el feia penetrar al fons i més cap endins d'aquella rosa que contínuament esclatava i s'obria, i allà dins va tornar a veure-hi la imatge de la Moreneta.

«Mare de Déu del cel... Quanta bellesa», va fer amb un fil de veu. I recordà quan era jove i pujà a Montserrat, a la cova, i allà, a la roca, va veure aquella resplendor de mil roses de llum esclatant davant seu. Aquella experiència que va explicar a la seva mare al llit de mort i que havia estat el gran secret de la seva vida. Ara tenia la mateixa visió. No era a la cova, estava contemplant el cel de la tarda, però era el mateix.

Pel cap de mossèn Cinto, hi van passar tantes coses... Es veia ell de petit, agafat de la mà de la seva mare pujant a la humil ermita de la Damunt. Es veia al col·legi aquella tarda de maig quan va fer una toia amb flors boscanes per dipositar als peus de la Verge. Plorava de felicitat, no podia contenir aquell esclat de llum que sobreeixia dels seus ulls, i aleshores va adonar-se d'una cosa: tenia els ulls tancats des de feia una estona, però continuava veient aquella immensa rosa mística de claror llampant. El seu esperit tenia ales transparents i va volar, va alçar-se, va enlairar-se i allà al fons va aparèixer un altre cop la muntanya de Montserrat i va sentir-se lliure com un ocell, un ésser de Déu que s'encomanava a la Verge i tornava a baixar al bosc i abraçava els arbres i els deia: germans, us estimo! Adéu per sempre! Com un foll franciscà, besava l'aigua dels rius, i somreia mirant el cel, i flairava les plantes boscanes tot dient: us he estimat amb bogeria!!! I cada ocell que veia volar el saludava amb les mans tot cantant o refilant alguna tonada. Estava boig d'alegria, boig d'estimar la vida, els camps, les muntanyes, els cims, els núvols, ho estimava profundament tot i sentia que es dissolia en aquell tot com si una abraçada immensa l'acollís al mateix si de la mare, de la vida. Sí, ara mateix estava boig d'amor perquè tot ell es donava completament a la llum de l'esperit, que ara podia veure en el germà arbre que tenia a la vora i també en el germà sol que estava marxant cap a la posta, i ja s'estava apagant al fons de l'horitzó. Allò havien de ser les portes del cel, aquell trajecte era el seu viatge al paradís, ara en prenia consciència. Allò era l'amor en estat pur, la forma suprema de l'esperit, la més poderosa del cel i de la terra...

Quan en Josep el va cridar, mossèn Cinto ja no va voler obrir els ulls.

El cel es va tornar a cobrir, amenaçava pluja un altre cop. Uns núvols negres i espessos creixien com grans torres de fum. Ben aviat, el llamp esbiaixà la grisor i un tro descomunal retronà per aquelles muntanyes. El poeta escoltava una música amiga i dolça, ara era a l'ermita de la Damunt, i mirava a través de les cordes de la lira del trobador, la seva mare a la vora, amb una toia per a la Verge a les mans. Ell volia viure allà, dins d'aquell espai meravellós, volia sentir per sempre aquells braços de mare, d'esposa, de germana, d'amiga que l'acompanyava cap a aquell camí de llum que esclatava al seu voltant. Aquell era el camí del jardí de l'Edèn, i va notar com feia un pas vers aquell camí cobert per una catifa de flors de ginesta, la mateixa que li van teixir els amics el dia que va arribar a vil·la Joana, el dia del seu naixement. El principi, l'Alfa, i ara era l'Omega, el final, i va saber que ara sí, finalment, havia iniciat el seu veritable viatge al paradís.

Feia ja una estona que l'havien portat al llit, però ja no va tornar a obrir aquells ulls impregnats de l'atzur d'aquell últim capvespre. Estava agonitzant, però ni se'n va adonar. De sobte, el rostre li va canviar, va deixar de respirar d'aquella manera tan penosa, inspirà una alenada que conservà a dins uns segons, amb el rostre seriós, transfigurat. Després sí que va obrir els ulls. La mirada perduda al cel, els ulls plens de lluminositat havien abandonat el món feia una estona, serien els primers d'entrar per la porta de garlandes i flors. L'àngel de la mort el va ajudar a fer el darrer pas. Després d'un tro descomunal, que féu tremolar els vidres de vil·la Joana, mossèn Cinto, el príncep dels poetes, va exclamar:

—Jesús, Jesús, empareu-me...

I la pluja va començar a caure a bots i barrals.

EPÍLEG

—Mossèn Cinto ha mort! Mossèn Cinto ha mort!

La brama va escampar-se per serres i valls, pobles i ciutats. La gent, en assabentar-se de la notícia de la mort del poeta —que la premsa de les darreres setmanes ja anunciava—, sortia al carrer, ningú no deia res, només sentien la necessitat de reconèixer-se els uns als altres, en la mirada, en aquell silenci, en aquella tristesa que travessava Catalunya de banda a banda, com un vent gèlid que glaçava l'ànima. Tots, sense cap distinció, sentien que formaven part d'una gran, d'una immensa família, tots units pel mateix sentiment de buidor, de dol per la pèrdua d'algú que sentien molt a prop seu i no sabien exactament per què.

Aquella nit del mes de juny, el temps era rúfol. A estones plovia i, de sobte, una ventada obria grans clarianes al cel, per on traslluïen els estels de la nit, les galàxies llunyanes, les constel·lacions. El cos del poeta restava encara a vil·la Joana, al cor de Vallvidrera, però la seva ànima volava per les altures, s'enlairava a l'imaginari col·lectiu de tot un poble. Mossèn Cinto era un cometa que havia aparegut en el firmament de la terra catalana, un astre que havia brillat nit i dia, durant uns anys, acompanyant els somnis, els anhels de molta gent humil que el coneixia sobretot per la fama de capellà poeta que va enfrontar-se als poderosos. Molta d'aquella gent potser ni tan sols coneixien els seus versos, o potser els cantaven sense saber-ho; altres l'havien vist brillar amb intensitat quan fou coronat als Jocs Florals, quan s'estava a casa del marquès de Comillas, o quan repartia almoines. Després, fou rebutjat, menyspreat, calumniat, perseguit per tots aquells a qui havia servit. I, finalment, condemnat a la pura misèria, va passar per la humiliació d'haver de retractar-se públicament. La gent de Barcelona el veia caminant amb la seva miserable sotana per les Rambles, cap a la modesta parròquia de Betlem. Aquell humil capellà, que també era un alt poeta, havia il·luminat el poble català en aquelles hores fosques de violències i enfrontaments entre carlins i mestissos, liberals i conservadors, obrers i empresaris, tots contra tots. Havia passat un cometa i en totes aquelles ànimes hi havia el deixant d'aquella pols d'estel, dels versos del poeta més gran de la Renaixença. Un rastre de llum inesborrable. I ara tots s'adonaven de cop que s'havia apagat per sempre, que l'havien perdut. A Catalunya, res no tornaria a ser igual que abans del pas del cometa. Aquell astre de llum poètica havia despertat el vell esperit de l'idioma català que s'enfonsava en plena decadència. El fadrí de muntanya, aquell pagès, el seminarista de Vic, havia obrat el miracle de ressuscitar una llengua que estava agonitzant, que s'estava morint. Res no continuaria sent el mateix. El poeta havia vivificat la llengua catalana d'aquell lent crepuscle que caminava cap a la dissolució, a partir de la pèrdua de les llibertats de l'11 de setembre de 1714. Es parla d'Aribau, del seu poema *Oda a la Pàtria*, que aparegué el 1833, també de Rubió i Ors, de Lo Gaiter del Llobregat, com a guspires que van encendre la flama, però sens dubte va ser mossèn Cinto i la seva veu poètica que van donar cos i ànima al moviment que es donà a conèixer com la Renaixença. Va ser la veu poètica, la inspiració i també la tasca incansable del viatger que transita amunt i avall per serres, barrancs i muntanyes, parlant amb pagesos, menestrals, pastors, masovers..., en aquell immens treball de recerca de les joies de la llengua, les paraules, com perles recollides pel bussejador que baixa al fons de l'oceà de la consciència col·lectiva. Les expressions, que eren veritables tresors, restaven perdudes, oblidades, s'anaven apagant, i el capellà poeta, parlant amb el poble, les anava rescatant de l'immens cementiri de la memòria.

Mossèn Cinto recollia tots aquells mots, que eren com petits tresors, com animals moribunds i sense futur, com espècies en extinció i els reanimava un altre cop, amb el seu amor, i amb els seus versos, els vivificava, els donava el seu alè de vida i després els alliberava de la gàbia de l'oblit, sortien publicats o eren repetits per algú i tornaven a volar com ocells lliures i plens de vida. El geni de l'idioma tornava a parlar a través de mossèn Cinto, i així ho van recollir les noves generacions i, a partir d'aquest punt d'inflexió, a partir del poeta profundament enamorat de la pàtria i de la seva patrona, la Mare de Déu de Montserrat, la llengua catalana tornava a renéixer de les cendres.

Això és el que era dins de tantes consciències del país, això era el que bategava en tots aquells cors que havien sentit a parlar del poeta mossèn Cinto Verdaguer, que s'enfrontà amb el bisbe i el marquès de Comillas. Alguns havien escoltat els seus versos i s'havien emocionat, o fins i tot se sabien de memòria algunes de les seves poesies, com *La barretina*, o com els centenars de goigs que va escriure, i vibraven amb la llàgrima als ulls perquè, quan els recitaven, per a tots ells era com si repetissin una oració molt antiga, una invocació prohibida, un homenatge a la mística de la terra i de la sang. Mossèn Cinto Verdaguer tornava a dignificar la llengua, aquell residu que quedava d'una cosa pròpia, íntima, genuïna, que formava part de la tradició familiar, del poble, de la tribu, un fil que venia de temps passats, d'uns avis i avantpassats ja borrosos en el record, d'una memòria oral que s'explicava en veu baixa en el si de la llar, vora el foc, quan la família estava reunida les nits fredes d'hivern, o al pedrís de l'entrada del mas, prenent la fresca les nits dels calorosos estius... Els costums, les tradicions, la parla..., tot allò que era genuïnament català, i que era menystingut, menyspreat o prohibit, tot allò que s'anava desant a la calaixera de les golfes, ara hi havia un jove poeta, un fadrí de muntanya, de la plana de Vic, que, amb una gràcia fresca, gairebé divina, ho treia a la llum de la realitat i amb la seva força lírica ho elevava a la categoria del vers immortal. I la llengua catalana ja tornava a formar part de l'imaginari de les noves generacions, que agafarien el testimoni i caminarien mirant el futur amb la dignitat de sentir-se catalans i no amagar-ho mai més.

L'endemà, a primera hora del matí, van embalsamar el cadàver de mossèn Cinto i el van vestir amb l'hàbit de sant Francesc; aquesta era la seva voluntat. Es complia així, en la mort, el seu gran anhel que mai no va poder complir en vida. A primera hora del matí, pels camins que menaven a Vallvidrera, es veien colles d'homes i dones, gent senzilla, del poble, que, moguts per la força d'un imant, eren atrets cap a vil·la Joana per acompanyar el poeta una estona, ben a prop, potser per dir-li l'últim adéu, potser per vessar una llàgrima de sentiment en veure passar el carruatge amb les despulles, o per deixar unes flors sobre el taüt. Des de tot Catalunya es va iniciar un llarg pelegrinatge.

Els diaris van anunciar que l'Ajuntament de Barcelona es feia càrrec de l'enterrament, que tindria la màxima consideració i es faria el dia 13 de juny. Al saló del Consell de Cent de l'ajuntament de la ciutat, on en altre temps el jove fadrí de muntanya, amb la seva barretina i el bastó de tortellatge, va rebre l'ovació unànime i calorosa de tot Barcelona, ara hi hauria també el seu cos present, silenciós, perquè la gent se'n pogués acomiadar.

La nit del dia 11, a la taverna dels Quatre Gats del carrer Montsió, un grup de joves artistes parlaven de mossèn Cinto. Molts d'ells, en els darrers mesos, l'havien anat a veure al carrer Aragó, i després amb el cor encongit van seguir tots els esdeveniments de la malaltia. Ara estaven asseguts escoltant com un d'ells recitava fragments del *Canigó*. Aquell era l'homenatge que tributaven els joves artistes al poeta. Però, gairebé sense adonar-se'n, la lectura de poemes va durar fins a la matinada, i els joves artistes no se'n cansaven, estaven tots emocionats, afectats pel dol del poeta que veneraven i respectaven. Al final, en van quedar quatre, Rocarol, Ángel F. de Soto, Sabartés i Picasso. Quan la llum de l'alba ratllava l'horitzó, un d'ells va dir:

—Per què no anem a Vallvidrera? Segons deien els diaris, al matí, traslladaran el poeta a l'Ajuntament de Barcelona.

—Sí, podríem anar-hi... Jo vull posar un pom de flors al taüt —féu Sabartés.

—És el mínim que podem fer pel poeta de Catalunya... —hi afegí Rocarol.

I Pablo Picasso digué:

—Som-hi, amics!

Els joves artistes van agafar el primer tramvia de la matinada en direcció a Sarrià i des d'allà, també en tramvia, van arribar a Vallvidrera, poble que formava part del municipi de Sarrià. Després, a peu, van anar fins a vil·la Joana. Com que era temps de primavera, tot i que aquells dies el cel estava tapat i de tant en tant deixava anar quatre gotes, anaven agafant flors boscanes de la vora del camí. Van trobar també altres grups que anaven a vil·la Joana. En arribar-hi, de seguida van veure el carro mortuori que s'esperava a l'entrada. Però ells s'esperaven una altra cosa. Com que l'Ajuntament de Barcelona havia anunciat als diaris que es feia càrrec de l'enterrament del poeta i que tindria la màxima consideració, es pensaven trobar-hi un carruatge més lluït, més digne, estirat per dos cavalls, amb tot un seguici de seguretat.

En canvi, aquell carro de morts era més aviat atrotinat, i només duia un animal, un matxo. Allò feia pena. No l'acompanyava cap autoritat municipal i tampoc no tenia escorta. Estava a punt de ploure, se sentia l'olor de la terra mullada. La grisor del dia i la imatge de tota l'escena era lúgubre, trista, acompanyada d'un silenci glacial. Quan van pujar el taüt damunt del carro, va començar a ploure. El grupet de gent, sobretot camperols i pastors que esperaven sota la pluja, van obrir els paraigües, d'altres es protegien el cap amb un sac. Els quatre joves artistes, sota la pluja que creixia en intensitat, es van fer pas entre la gent i van atansar-se fins a deixar cadascun d'ells la seva toia sobre la caixa. De seguida, es va posar en marxa el carro de morts, atrotinat, estirat per aquell animal famèlic. Un carreter assegut al banquet amb les xurriaques a la mà, el cap mig tapat per una borrassa llardosa, anava guiant les regnes. El carro avançava pel camí enfangat amb dificultat, les roderes plenes d'aigua, els sots i les pedres feien trontollar la caixa. Rere del carruatge mortuori, hi anava una tartana amb periodistes i, al final, el seguici de gent a peu, entre els quals hi havia els joves artistes, que es protegien com podien de la pluja i es preguntaven en silenci com era possible que al poeta més gran de Catalunya el traslladessin d'aquella manera tan trista i miserable.

En arribar a Vallvidrera, la pluja no havia afluixat i van decidir parar a esmorzar a una taverna de la plaça. Els carreters, juntament amb els periodistes de la tartana, van entrar-hi a menjar. Al grupet de gent que acompanyava el cadàver, ara s'hi van afegir molts veïns i veïnes de Vallvidrera. Va parar de ploure. Al carrer, davant la taverna, el silenci persistia; per contra, a dins, se sentia parlar i riure, i allò contrastava enormement amb l'espectacle del carrer. Els quatre joves artistes que havien sortit de matinada dels Quatre Gats estaven dolguts.

—Com és possible una cosa així? Hem de fer arribar la nostra protesta a la premsa... —va dir, indignat, Sabartés. Picasso no se'n sabia avenir—. Com poden traslladar mossèn Cinto amb aquest carro de mala mort i aquest ridícul seguici que, a més, sense cap respecte pel difunt, s'atura a esmorzar a una taverna?

—I es foten farts de sardina escabetxada... Se'n sent l'olor des d'aquí —digué l'Ángel.

I Rocarol, enfadat, hi va afegir:

—Quin poc respecte, no tenen cap consideració.

Els carreters i periodistes van sortir riallers i en veure la gentada silenciosa i de cara trista van callar de cop, van pujar al carro i van dirigir-se cap a Barcelona. Alguns dels homes i dones que havien acompanyat el carro des de Vallvidrera ara havien marxat, però se n'hi afegien d'altres; a cada cruïlla, s'hi esperava un nou grupet de gent que s'afegia al seguici. Abans d'entrar a Barcelona, però, es va fer el canvi. Un carruatge luxós, amb tota una escorta de la Guàrdia Municipal i amb un delegat de l'alcalde es va fer càrrec del cadàver, que fou traslladat immediatament a la plaça de Sant Jaume, al saló del Consell de Cent de l'ajuntament.

Quan el carruatge entrà a l'ajuntament, ja estava tot preparat i guarnit amb les corones de flors que no paraven d'arribar de tot Catalunya... Institucions, associacions, parròquies, l'allau era imparable, constantment hi entraven flors i més flors, corones de totes mides. Mossèn Cinto, en vida, no havia dit mai que no quan el cridaven d'uns jocs florals, d'un concurs literari, d'una festa o romiatge, encara que no tingués diners per pagar el viatge, i fins i tot si l'acte no es feia gaire lluny de Barcelona, hi anava a peu... I, ara, totes aquelles entitats volien testimoniar el seu agraïment al poeta que sempre es mantingué fidel al poble i als versos.

Al saló es van instal·lar dues capelles a les bandes del cadafal on se celebraven misses contínuament. Durant aquell primer dia, els telegrames, les mostres de dol, arribaren sense parar de tot Catalunya i també de l'estranger, com passava amb les corones, que no deixaven d'entrar i s'anaven acumulant en petites muntanyes contra les parets. Mentrestant, la plaça de Sant Jaume era plena de gom a gom i tots els carrers adjacents s'anaven omplint tot esperant poder veure per últim cop el poeta.

Als volts del migdia, s'obriren les portes, i la llarga filera no es va interrompre durant tot el dia, fins a les onze de la nit. A aquella hora, les tres seccions d'homes, dones i nois de l'Orfeó Català entonaren les absoltes de *La Victòria.* La multitud era tan gran, que es va haver de celebrar a porta tancada. L'endemà, de bon matí, la gent continuà desfilant. L'allau de corones, missatges, telegrames, no parava. El cos de mossèn Cinto, embalsamat, restava al cadafal descobert, amb l'hàbit de sant Francesc, la caputxa posada, amb les mans al pit, sostenint un santcrist. A la una del migdia, es va decidir tancar les portes. La cerimònia final de l'enterrament tindria lloc aquella mateixa tarda. Molta gent es va quedar sense poder entrar a desfilar davant del cos, però no es bellugaren de la plaça o dels voltants. A Barcelona, hi continuaven arribant grups d'homes i dones que venien d'altres ciutats, pobles catalans i de més lluny encara, així com les delegacions oficials.

El cardenal Casañas, tots els bisbes catalans, canonges i la parròquia de Betlem, com també una multitud de representacions de congregacions religioses, juntament amb l'estament polític municipal en ple, els cossos de la Guàrdia Municipal, bombers, jardiners, tots vestits de gala... La Diputació Provincial en corporació, els diputats catalans a Corts, els senadors, alcaldes de Vic, de Folgueroles, de Sarrià —el lloc on havia mort el poeta—, juntament amb el de Barcelona i també el de València, on sempre es va tenir en gran estima mossèn Cinto. El comte de Romanones, en representació del govern i de la reina, el delegat del capità general, el governador civil, grans d'Espanya, noblesa catalana, altres ministres, governadors, capitans generals... I també la família, els parents i, al davant de tot, mossèn Joan Güell, aquella rata que va martiritzar el poeta fins al seu llit de mort, que mirava amb cara astorada aquella gernació que havia vingut a retre homenatge al seu cosí poeta. Els batedors de la Guàrdia Nacional obrien la marxa, els seguien els Infants del Refugi Naval, també els de la Casa Provincial de Caritat, que contrastaven amb la vestimenta humil amb les gales dels militars. També hi eren presents la corporació dels Jocs Florals, l'Ateneu Barcelonès, els mestres en Gay Saber i altres entitats culturals d'arreu de Catalunya, d'Espanya i també del Rosselló.

El luxós carruatge, el millor de la ciutat, engalanat amb negre i plata, amb un calze damunt del taüt, amb

condemnat pels poderosos de la terra, amb els quals es va enfrontar obertament als diaris liberals amb els escrits de *En defensa pròpia*, escrits de denúncia de la profunda injustícia que vivia. I això mai no li ho van perdonar.

L'onada d'emoció es va encomanar, i a mesura que els caps s'anaven descobrint amb el pas del carruatge, esclataven també els ulls plens de llàgrimes de molts dels assistents. Barcelona no havia vist mai un enterrament com aquell, una manifestació de dol tan sentida i compartida per tota la ciutat i les gernacions que van venir d'arreu de Catalunya.

El llarg i silenciós seguici va deturar-se davant de la parròquia de Betlem, allà es van cantar unes absoltes. Davant per davant, hi havia el Palau Moja, la residència del marquès de Comillas, l'home més ric i influent d'Espanya, on mossèn Cinto havia exercit de capellà àulic i d'almoiner, amic i confessor de don Claudi i de la seva fràgil dona, María Gayón, que també eren els grans absents d'aquella manifestació de dol que marcaria un abans i un després. Així era de cruel el destí: del luxós Palau Moja, el príncep dels poetes, amb la corona de llorer que van fer els seus amics, el canonge Collell i també el parent Narcís Verdaguer, el bisbe Morgades i altres, va travessar la Rambla i, davant mateix, va anar a parar a la pobra parròquia de Betlem. I aquella corona de llorer se li va transformar en corona d'espines.

El funeral continuà avall, de cara al mar, els guàrdies i els macers anaven obrint pas com podien, però per aquest tram les floristes de la Rambla de forma espontània van abocar totes les flors de les seves parades a terra, formant una magnífica catifa per on passà el carruatge amb el cadàver i el seguici. Aquell acte de les floristes va entendrir la multitud, que ho contemplava amb els ulls plens de llàgrimes.

Es va arribar, finalment, al monument a Colom. A la porta de la Pau, es van cantar unes últimes absoltes, la gentada continuava allà, rere el carruatge mortuori, com si volgués allargar eternament el comiat. Molta gent humil, a peu, enfilà cap al cementiri nou, passant per davant del moll del carbó, de les drassanes... El camí estava ple de tolls i de fang, hi havia guàrdies civils, policia vigilant a cada tram, el dia estava ennuvolat, però tots aquells homes i dones volien arribar fins al final, al capdamunt de Montjuïc.

Ja fosquejava quan van introduir el taüt dins d'una tomba excavada a la roca viva. Una tomba del cos de bombers que fou cedida per a mossèn Cinto. Per la banda de ponent, la nuvolada escampava una mica i en el moment que fou introduïda la caixa, un raig de sol, blanquinós, impactà just damunt la tomba. El mar, al davant, d'un color blau esmorteït, semblava un camp immens que es perdia en l'horitzó. La plana del Llobregat, de verdor fosca, i la ciutat de Barcelona, als peus de la muntanya, una mica emboirada, amb centenars de llums que s'encenien aquí i allà.

La multitud present a l'acte, que omplia tot el cementiri, s'hi va quedar fins al darrer moment, quan el darrer raig de sol del crepuscle va ocultar-se definitivament. La tristesa, la buidor per la pèrdua del poeta, per a tots els presents va significar també l'enterrament de tota una època, tot un món se n'anava per sempre i ja no tornaria. Tot estava canviant massa de pressa. Mossèn Cinto significava la cruïlla en l'esdevenir de la història de Catalunya, el final de la llarga decadència i el principi d'una nova època. Potser els centenars de milers de persones que van assistir a l'enterrament més multitudinari i sentit de la història de la ciutat no van poder copsar tot l'abast, la transcendència, d'aquell moment. Però la vida i l'obra poètica de mossèn Cinto havien escampat per tot Catalunya, a través dels seus versos profans i religiosos, la llavor d'aquella dignitat perduda, la llavor de l'amor a la pàtria i a la llengua oblidada i menystinguda, la llavor del sentiment de pertànyer a un petit país digne i lliure.